Die Reformatorin von Köln

Bettina Lausen, Jahrgang 1985, wohnt in Haan. Sie studiert Kulturwissenschaften mit den Schwerpunkten Literatur und Geschichte. Neben mehreren Kurzgeschichten in Anthologien erschien 2014 ihr Kriminalroman »Das vermisste Mädchen«.

Dieses Buch ist ein Roman. Die Handlung ist frei erfunden, wenngleich in das historische Umfeld eingebettet. Einige Personen, Ereignisse und Orte sind historisch, einige sind es nicht. Darüber hinaus sind Ähnlichkeiten mit lebenden oder toten Personen rein zufällig.

BETTINA LAUSEN

DIE REFORMATORIN VON KÖLN

HISTORISCHER ROMAN

emons:

Bibliografische Information der Deutschen Nationalbibliothek
Die Deutsche Nationalbibliothek verzeichnet diese Publikation in der Deutschen Nationalbibliografie; detaillierte bibliografische Daten sind im Internet über http://dnb.d-nb.de abrufbar.

MIX
Papier aus verantwortungsvollen Quellen
FSC® C083411

Umschlagmotiv: akg-images, mauritius images/age/Luis Castaeda
Umschlaggestaltung: Nina Schäfer
Gestaltung Innenteil: César Satz & Grafik GmbH, Köln
Lektorat: Christina Kuhn
Druck und Bindung: CPI – Clausen & Bosse, Leck
Printed in Germany 2017
ISBN 978-3-7408-0062-8
Historischer Roman
Originalausgabe

Für Mona

Kapitel 1

»Requiem aeternam dona ei, Domine.«

Jonata hasste es, die lateinischen Worte des Priesters nicht zu verstehen. Was predigte Enderlin über ihren gemeinsamen Bruder Lucas? Ihr Herz zog sich zusammen. Sie konnte es immer noch nicht fassen. Er hatte ihr das Lesen und Schreiben beigebracht, ihr den Umgang mit dem Abakus gelehrt und immer ein offenes Ohr für sie gehabt. Und vor drei Wochen – sie schluchzte auf, wischte sich die Tränen von den Wangen – hatte er erzählt, dass er sich verliebt hatte. Adelhaid hieß sie. Er hatte von ihrer melodischen Stimme und ihrer Klugheit geschwärmt, war in der Stube auf und ab gegangen, hatte Jonata in die Luft gehoben und sie im Kreis gedreht. Seine Augen hatten geleuchtet wie schon lange nicht mehr. Verloben wollte er sich, hatte unbekümmert gescherzt, dass er Vater mühelos von ihren Vorzügen überzeugen könnte. Jonata war in sein Lachen eingestiegen, doch nun rannen Tränen über ihre Wangen, brannten auf ihrer kalten Haut. Sie hatte nicht einmal die Möglichkeit gehabt, die Frau seines Herzens kennenzulernen.

Ein dicker Kloß im Hals raubte ihr die Luft zum Atmen. Wieso, oh HERR, schickst du mir diese schwere Prüfung? Womit haben wir deinen Zorn auf uns gebracht? Sie schluckte und warf einen Blick über die Schulter. Eng gedrängt saßen die Menschen in den Bänken der Heilig-Kreuz-Kirche. Einige standen zwischen den dicken Pfeilern. Ein Windstoß fegte durch die Fensteröffnungen. Sie zog ihren Mantel enger um sich. Die Kälte fraß sich in ihr Inneres und ließ sie erschaudern.

Zwei Reihen hinter ihr saß eine junge Frau mit gesenktem Kopf und schluchzte unablässig. Ihr Oberkörper bebte. Das lange schwarze Haar hatte sie zu einem Zopf geflochten, der über ihrer Schulter lag. Ein Schleier verdeckte ihr Antlitz, und doch glaubte Jonata, wache Augen zu erkennen. Das musste Adelhaid sein. Wenn Lucas sie zu seiner Braut auserwählt hatte, musste sie über einen scharfen Verstand verfügen und zum Lachen aufgelegt sein.

Jonata wandte den Kopf wieder nach vorn. Enderlin verließ

die Kanzel, um Wein und Brot darzubringen. Ein Ministrant ließ die Altarschellen erklingen, ein anderer schwenkte die Weihrauchschale, sodass sich dichter Rauch über die Trauergäste legte. Alle sanken auf die Knie, als Enderlin die Hostie hochhielt. Er murmelte leise vor sich hin. Im flackernden Licht der Kerzen wirkte sein Gesicht schmerzverzerrt und schauderhaft, als ob er die Leiden Christi selbst durchleben würde. Dies war der Moment, so hatte es sie der Vater schon in Kindertagen gelehrt, in dem Christus anwesend sein sollte.

Jonata klammerte sich an diesen Gedanken und betete stumm. Bitte, oh HERR, nimm Lucas in deinen ewigen Wohnungen auf, nimm dich seiner Seele an. Bitte, oh HERR, erbarme dich. Erhörte der HERR ihre stummen Gebete? War Jesus Christus in dieser Hostie lebendig?

»Pater noster, qui es in caelis.«

Jonata schloss die Augen, ihre Lippen formten das Vaterunser, so wie Lucas es ihr ins Deutsche übersetzt hatte. Sie verwahrte die Worte im Herzen. Warum musste alles in Latein gepredigt werden? Wer verstand schon die Sprache der Gelehrten und Geistlichen?

»Denn dein ist das Reich und die Kraft und die Herrlichkeit in Ewigkeit. Amen«, beendete sie das Gebet. Der Schluss der heiligen Messe rauschte an ihr vorbei, zu schmerzhaft waren die Erinnerungen an Lucas. Erst das Glockengeläut, das den Auszug ankündigte, holte sie aus ihren Gedanken zurück. Sechs Männer hoben den Sarg an und trugen ihn aus der Kirche. Enderlin, einige Dominikanermönche und die Ministranten folgten, dann kamen Jonata und ihre Familie mit den Knechten und Mägden der Brauerei. Sie schirmte die Augen gegen die tief stehende Sonne ab. Der Mönch an der Klosterpforte sah sie grimmig an. Auch er schien das Lachen verlernt zu haben. Wie fühlte es sich an, tagein, tagaus hinter diesen Mauern zu leben? Einsam und eingeengt? Oder voller Freude in Gemeinsamkeit mit Gott? Sie atmete auf, als sie das Klostergelände verließen. Die letzten Schneeklumpen zerbrachen unter ihren Schuhen. Einige Male musste sie schlammigen Pfützen ausweichen.

Als sie den Friedhof erreichten, sprach Enderlin erneut ein paar Worte. Schließlich ließen die Träger den Sarg in die Erde sinken. Jemand schluchzte laut auf. Adelhaid? Jonata wagte nicht, sich umzudrehen. Erneut stiegen Tränen in ihre Augen. In der Holzkiste lag Lucas. Die unvorstellbare Realität legte sich wie ein Eisklotz um ihr Herz, umfasste es und drückte es zusammen, als sollte es ebenfalls stehen bleiben. Doch es schlug weiter, ohne Unterlass. Wie hatte der HERR ihr nur den geliebten Bruder nehmen können? Er war so jung, so voller Lebenslust gewesen. Hatte geliebt, gelacht, sollte die Brauerei irgendwann übernehmen. Die Nachricht seines Todes hatte sie so unvermittelt getroffen.

Ein Klopfen an der Pforte hatte sie aus dem Schlaf gerissen. Sie hatte gelauscht, keine Geräusche vernommen. Beim erneuten Klopfen hatte sie ihren Mantel übergeworfen und war die Treppen hinuntergeeilt.

»Wer ist da?«

»Hier sind Jobst und Veit. Lasst uns ein.« Sie erkannte sofort die dunkle Stimme des Stadtbüttels Jobst.

»Was wollt Ihr?« Sie fühlte sich unwohl, die Tür zu öffnen, wenn alle anderen im Haus schliefen.

»Wir bringen Euren Bruder Lucas.«

Was hatte Lucas angestellt? Hastig entriegelte Jonata die Tür und erschrak. Lucas' schlaffer Körper hing zwischen den Bütteln hinab wie ein Sack. Im ersten Moment ärgerte sie sich, dass Lucas so viel getrunken hatte, dass ihn seine Beine nicht mehr trugen. Dann sah sie das Blut an seinem Hinterkopf. Die beiden Büttel ließen den Körper auf den Tisch in der Stube fallen.

»Seid doch vorsichtig!«, schrie sie.

»Bei dem ist keine Vorsicht mehr vonnöten«, brummte Jobst.

»Was meint Ihr damit?« Sie trat an ihren Bruder heran. Sein Gesicht war aschfahl und aufgedunsen, die Lippen blau, seine Kleidung triefte vor Nässe. Sie streckte die Hand aus, wollte ihn wach rütteln, doch sie hielt inne. Es polterte auf der Treppe. Das waren unverkennbar die Schritte ihres Vaters. Im nächsten Moment stand er auf der Schwelle. »Was ist hier los? Was soll die Ruhestörung mitten in der Nacht?«

Sie war froh, endlich Unterstützung zu erhalten. Die Büttel traten einen Schritt zurück, sodass ihr Vater Lucas auf dem Tisch liegen sah.

»Was ist mit ihm?«, schrie er, stürzte vor und stieß die Büttel zur Seite.

»Wir haben ihn im Rhein gefunden. Sein toter Körper hat sich im Geäst am Ufer verfangen.«

»Tot?« Jonata presste die Hand vor den Mund, als sie begriff, was dieses Wort zu bedeuten hatte. Ihr wurde schwindelig, sie stolperte nach hinten, ließ sich auf einen Schemel fallen.

»Nein! Bei allen Heiligen und der Jungfrau Maria!« Ihr Vater betrachtete Lucas eingehend, strich mit den Händen über das Gesicht und die Arme. Er keuchte, als nähme ihm der Schmerz den Atem. Jonatas Herz zog sich zusammen, und ihr wurde übel. Lucas. Tot? Das musste ein Traum sein. Sie schloss die Augen, öffnete sie wieder, in der Hoffnung, Lucas lebendig vor sich zu sehen. Doch er lag immer noch reglos auf dem Tisch, und die Büttel standen ratlos daneben. Warum? Was war passiert? Weshalb ihr Bruder? Das konnte nicht sein. Jonata rieb sich über die schweißfeuchte Stirn.

»Was … was ist passiert?« Ihre Stimme gehorchte ihr nicht, die Silben formten sich nur brüchig.

Veit zuckte mit den Schultern, Jobst antwortete: »Er hat zu viel Bier gesoffen.«

Jonata sprang auf. »Habt Ihr die Wunde am Hinterkopf nicht gesehen?«

»Er hat sich den Kopf gestoßen und ist in den Rhein gestürzt. So etwas passiert nicht das erste Mal«, antwortete Jobst.

»Wie könnt Ihr so was behaupten?«, rief Jonata.

»Riecht doch selbst! Auch jetzt noch stinkt es aus seinem Mund wie in Gottfrieds Bierschank.« Jobst lachte. Das war die berüchtigtste Schenke Kölns, in der sich Halunken und Gauner aufhielten. Auch Hübschlerinnen gingen dort ein und aus, sagte man sich. »Ich bin Eurem Bruder schon ein paarmal begegnet. Ihr solltet ihn nicht auf ein zu hohes Ross setzen, sondern erkennen, was er war: ein Trunkenbold!«

»Ihr …« Jonata stürzte auf Jobst zu, doch ihr Vater hielt sie zurück. »Das reicht, Jonata! Die Büttel haben ihre Schuldigkeit getan. Habt Dank, dass Ihr meinen Sohn hergebracht habt.«

»Aber Vater!«, protestierte Jonata.

»Schweig!«

Die Büttel verneigten sich und waren im Begriff zu gehen.

»Was, wenn es kein Unfall war, sondern Mord?« Sie packte ihres Vaters Arm und sah ihn entschlossen an. Seine Augen waren ruhelos, zuckten hin und her, wie immer, wenn er aufgeregt oder besorgt war. »Willst du nicht die Wahrheit erfahren?«, drängte sie. »Es muss doch Zeugen geben.«

Die Strenge verschwand aus seinem Gesicht, und seine Züge wurden weicher, ein winziges Lächeln zeichnete sich ab. Wahrscheinlich belächelte er ihre Hartnäckigkeit, die er so oft rügte.

»Wartet«, rief er den Bütteln hinterher. Die Männer drehten sich auf der Türschwelle um. »Findet heraus, was passiert ist. Wo war mein Sohn zuletzt? Wen hat er getroffen? Hat irgendjemand etwas gesehen?«

»Wir werden die Angelegenheit dem Bürgermeister vortragen. Der wird anordnen, was zu tun ist«, antwortete Jobst.

»Ich danke Euch«, sagte ihr Vater. Die Büttel verschwanden, und die Tür fiel krachend ins Schloss. Im nächsten Moment traf sie ein Schlag ins Gesicht.

»Au!« Sie hielt sich die Wange, die brannte, als stünde sie in Flammen.

»Du wirst meine Anweisungen nie mehr vor anderen in Frage stellen!« Seine Augen blitzten auf. Ruckartig drehte er sich um und stapfte die Treppe hoch.

Für Lucas würde sie es immer wieder tun. Der körperliche Schmerz war eine willkommene Wohltat und legte sich wie ein sanftes Wiegenlied um ihre Seelenqual. Jonata trat erneut an den Tisch. Sie ballte die Hand und biss in den Zeigefinger, ihr ganzer Körper bebte. Sie wollte nicht wahrhaben, was ihre Augen sahen. Die quälende Frage nach dem Grund krampfte ihr Herz zusammen. Zweiundzwanzig Lenze zählte er erst. Vaters ganzer Stolz und ihr Vertrauter, Zuhörer, Beschützer und Lehrer. Lucas war kein Trunkenbold. Nur wenn es ihm schlecht ging oder er sich Sorgen machte, trank er zu viel von dem Dickbier. Hatte ihn etwas bedrückt? Lucas, wieso hast du nicht mit mir gesprochen? Sie hatten doch immer alle Last und Sorge geteilt. Sie schloss die Augen. Ein Rascheln, ein Flüstern. Sprach er mit ihr? Nein, die Geräusche kamen aus dem oberen Stock.

Ihre Ziehmutter Elisabeth war aufgestanden. Jonata musste ihr sagen, was passiert war.

Die Nachforschungen der Büttel hatten keine Erkenntnisse zutage gebracht. Lucas war in der Schenke nahe Sankt Maria Lyskirchen gewesen und hatte sie betrunken und torkelnd verlassen. Danach wollte ihn keiner mehr gesehen haben. Sein Tod wurde vom Bürgermeister als Unfall deklariert. Jonata vermutete, dass die Büttel die Zeugenbefragungen nur halbherzig durchgeführt hatten. Für die beiden war die Angelegenheit von Anfang an klar gewesen. Jonata hatte selbst in die Schenke gehen und Nachforschungen anstellen wollen, doch ihr Vater hatte es verboten.

»Davon wird er auch nicht wieder lebendig«, hatte er gesagt.

Jonata starrte in das dunkle Loch im Boden, in das die Trauergäste als letztes Geleit eine Handvoll Erde warfen.

»So geht mit Gott«, beendete Enderlin die Beisetzung. »Doch bevor Ihr zum Alltag zurückkehrt, bedenkt den Moment, an dem Ihr dem Schöpfer gegenübertretet. Eure Sünden wiegen schwer! Kauft einen Petersablass, und Euch werden sieben Jahre Fegefeuer erlassen. Knausert nicht, wenn es um Euer Seelenheil geht, und bedenkt auch Eure Verstorbenen.«

Einige nickten, andere wandten sich murmelnd um und gingen. Wie konnte er es wagen, die Ablassbriefe anzupreisen wie ein Marktschreier? Die Worte des Priesters sollten allein Lucas gewidmet sein und nicht den Sünden der Trauergäste. Woher wusste Enderlin schon, wie groß die Sünden der Anwesenden waren? Und was war schon ein Erlass von sieben Jahren? Wie viele Ablassbriefe musste man erwerben, um den Qualen zu entgehen? Wie schwer wog eine Sünde? Wie viele Tage Fegefeuer standen für einen unkeuschen Gedanken oder ein böses Wort gegen den Vater? Dies hatte ihr bisher keiner beantworten können, und Vater hatte von diesen Fragen nichts wissen wollen. Auch ihr Beichtvater hatte sie für solche Fragen nur gescholten, ihr Entsagungen wie Fasten und das mehrmalige Aufsprechen des Ave-Maria aufgetragen, damit sich ihr Glauben festigte. Nur mit Lucas hatte sie über diese Ungewissheiten, die so heiß in ihrem Inneren brannten, diskutieren können. Er hatte sie nicht für ihre Neugier gerügt, sondern sie für ihren scharfen Verstand bewundert. Mit wem sollte sie nun darüber sprechen?

Enderlin trat zu ihnen und riss sie jäh aus den Gedanken. Ihr Vater fasste ihn an der Schulter. »Danke, dass du die Messe für Lucas gehalten hast. Es muss dich viel Kraft gekostet haben. Du bist stark, mein Sohn, das macht mich stolz. Zu Recht haben dir deine Brüder die geistige Leitung der Bruderschaft anvertraut.«

Enderlins Mundwinkel zuckten. Jonata wusste, dass dies ein Zeichen der Freude darstellte. Es war eine Ewigkeit her, seitdem Enderlin das letzte Mal herzhaft oder freundlich gelacht hatte.

»Es war mir eine Ehre.«

»Begleitest du uns zum Totenmahl?«, fragte ihr Vater.

Enderlin nickte. Seine Haut war im Winter blass geworden. Sein Gesicht wirkte eingefallen und knochig, sodass die Hakennase noch markanter hervorstach. Er hatte es sicherlich mit der Askese und der Selbstkasteiung wieder übertrieben.

»Verlieren wir keine Zeit. Wenn meine Gaffelbrüder Bier nur erahnen, sind sie so schnell zu Tisch, als wären Dämonen hinter ihnen her«, sagte ihr Vater.

Sie machten sich mit den Lehrlingen und Gesellen auf den Weg zur Schildergasse, in der sich seit fünfundzwanzig Jahren das Gemeinschaftshaus der Brauerbruderschaft befand. Als sie den geräumigen Saal betraten, waren die meisten Bänke bereits besetzt. Es roch nach Männerschweiß und Bier. Die Trauergäste unterhielten sich lautstark, hatten den Anlass der Zusammenkunft wohl vergessen. Erst als Enderlin nach vorn trat, ebbten die Gespräche ab.

»Lucas verstand es, sowohl mit Gerste und Hopfen umzugehen, als auch mit den Kaufleuten zu verhandeln«, ertönte Enderlins Stimme im Saal. »Er war verständig und ein guter Kerl, der keinem ein Leid zufügen konnte. Das sage ich nicht nur als Bruder, sondern auch als Mönch.«

Wie wollte Enderlin das beurteilen? Jahre schon hatte er sich im Kloster verschanzt. Erst seitdem er für die geistige Leitung der Brauerbruderschaft zuständig war, hatte Jonata ihn wiedergesehen.

»Lasst diesen Abend im Gedenken an diesen besonderen

Menschen ausklingen, den der HERR so früh zu sich geholt hat.«

Diejenigen, die bereits einen Becher Bier vor sich stehen hatten, hoben diesen für einen Trinkspruch zu Ehren von Lucas. Enderlin trat zur Seite, sodass ihr Vater die Gäste begrüßen konnte. Jonata hörte kaum mehr zu, sie war zu erschöpft. Sie ließ sich auf einem freien Scherenstuhl nieder und war froh, als ihr jemand einen Becher mit Keutebier hinschob.

»Ein schwerer Tag für Euch«, sagte der Mann.

Jonata trank einen Schluck und erkannte jetzt erst, wer neben ihr saß. Sebalt sah sie mitfühlend an, doch sie konnte seinem Blick kaum ein paar Augenaufschläge standhalten. Er schielte, seine Nase war klobig, und in seine Haut hatten sich trotz der noch jungen Jahre tiefe Falten gegraben. Als er nach seinem Becher griff, streiften sich ihre Hände. Diese Berührung war kein Zufall. Vor einem Monat hatte er sie auf dem Markt angesprochen, doch da hatte sich Lucas geschickt zwischen sie geschoben und ihn abgewiesen. Seither hatte sie seine Blicke im Nacken gespürt, wann immer sie ihm begegnete. Jetzt war sie auf sich allein gestellt. Sie nickte, da sie nicht wusste, was sie ihm antworten sollte. Sie nahm den Becher und trank. Er tat es ihr gleich, rülpste und wischte sich mit dem Ärmel den Schaum aus dem Bart.

»Hat Euer Vater schon über die Nachfolge der Brauerei nachgedacht, jetzt wo …«

Sie warf ihm einen zornigen Blick zu, der ihn zum Schweigen brachte. Was für eine Unverfrorenheit. »Was fällt Euch ein, am Tag der Beerdigung darüber zu sprechen?« Das konnte nur eins bedeuten, und dieser Gedanke bereitete ihr Übelkeit. Sie erhob sich, obwohl ihr Vater seine Rede noch nicht beendet hatte.

»Bitte entschuldigt.«

Der Stuhl kippte nach hinten, es war ihr egal. Die Blicke der anderen waren auf sie gerichtet. Ihr Vater hielt in der Rede inne und sah verärgert zu ihr herüber. Sie hob entschuldigend die Schultern und stürmte nach draußen. Bloß weg.

Erleichtert lehnte sie sich an die Hauswand und atmete tief ein. Die Sonne verschwand hinter den Dächern. Ein Schwein durchwühlte grunzend den Unrat nach etwas Essbarem. Die neue Magd des Fassbinders mühte sich mit einem Bündel auf den Schultern ab. Jonata nickte ihr zum Gruße zu, doch das Mädchen schien sie nicht wahrzunehmen, keuchte unter der schweren Last.

Jonata griff in ihren Beutel und zog das kleine Messer hervor. Sie hatte es an sich genommen, als niemand sie beobachtet hatte. Lucas hatte es immer am Gürtel getragen. Mit dem Finger fuhr sie über das Ornament auf der Lederscheide. Sie zog die Klinge heraus und betrachtete das glänzende Metall. Jeden Morgen hatte er sein Messer gesäubert und nachgeschärft, wenn es nötig war. »Der richtige Winkel ist beim Schärfen entscheidend«, hatte er gesagt. Natürlich hatte er es ihr nie gezeigt, aber vorerst wollte sie das Messer nicht benutzen. Sie war froh, diesen Gegenstand, der Lucas so kostbar gewesen war, für sich behalten zu können.

»Hier hältst du dich auf!« Enderlins schneidende Stimme ließ Jonata zusammenzucken. Geschwind ließ sie das Messer in der Scheide verschwinden und stopfte es in den Beutel. Er beäugte sie misstrauisch. Hoffentlich fragte er nicht, was sie vor ihm versteckte. Es geziemte sich für eine Frau nicht, ein Messer bei sich zu tragen.

***

Enderlin atmete tief ein, als er durch die Pforte des Klosters schritt. Geradewegs ging er auf die Kirche zu. Es war an der Zeit, mit den Klosterbrüdern für Lucas zu beten. Das Saufgelage, das sein Vater als »Totenmahl« bezeichnete, war in keinster Weise für das Gedenken eines Verstorbenen angemessen. »Sei nicht unter den Säufern und Schlemmern«, stand in der Bibel. Hatte er es ihnen nicht oft genug gepredigt? Doch die ungebildeten Säufer hörten einfach nicht zu. Selbst aus dem Tod von Lucas hatten sie nichts gelernt. Zu viel von dem flüssigen Gold brachte die Menschen ins Verderben.

Enderlin betrat die Abteikirche, in der sich die anderen Klosterbrüder versammelt hatten. Auf dem Altar brannten Kerzen. Er genoss die Ruhe. Wenn sie unter sich waren, gab es kein Husten oder Getuschel. Der Prior trat nach vorn und eröffnete die Vesper. Der Organist spielte die ersten Töne, und Enderlin sang mit den Klosterbrüdern. Ihre Stimmen hallten von den Wänden wider. Der Klang füllte den ganzen Chor aus und verschaffte ihm gleichzeitig eine innere Ruhe. Der HERR wurde durch ihre Klänge gerufen und gesellte sich zu ihnen.

Enderlin hätte stundenlang hier sitzen können, doch wie schnell waren die Horen vorbei. Dann fieberte er dem nächsten Stundengebet entgegen oder zog sich in eine Kapelle zurück. Immer dann, wenn es die Arbeit zuließ. Nach den Psalmengesängen und dem neutestamentlichen Canticum begann der Prior mit der Schriftlesung. *»Verba Ecclesiastes filii David regis Hierusalem.«* – Dies sind die Reden des Predigers, des Sohnes Davids, des Königs zu Jerusalem. Der Beginn des Buches Kohelet. Eine passende Stelle zum Gedenken an seinen Bruder.

»Es ist alles ganz eitel, sprach der Prediger, es ist alles ganz eitel. Was hat der Mensch für Gewinn von aller seiner Mühe, die er hat unter der Sonne?«, fuhr der Prior in Latein fort.

Nichts hatte Lucas davon! Er schmorte im Fegefeuer für seine Sünden und den übermäßigen Biergenuss. Wie fühlt es sich an, Bruder, wenn die Flammen deine Glieder zerfressen? Enderlin zwang sich, den Worten des Priors zu folgen. Als die Lesung beendet war, trat Enderlin mit drei weiteren Brüdern nach vorn, um das Responsorium zu singen. Wieder erfüllten die irdischen und zugleich himmlischen Wechselgesänge den Chorraum. Die Fürbitten widmete der Prior Lucas. Nach dem Tagesgebet und dem Segen läuteten die Glocken. Enderlin zog mit den Brüdern aus der Kirche aus. Als sie den Kreuzgang betraten, raunte ihm der Prior zu: »Ich erwarte dich gleich im Priorhaus.«

Enderlin blieb stehen, wollte etwas erwidern, doch Jakob Hochstraten war bereits in der Klausur verschwunden. Was hatte das zu bedeuten? Hatte er das Totengedenken für Lucas nicht zu seiner Zufriedenheit gehalten? Unruhig lief er im Kreuzgarten auf und ab, betete stumm zwanzig Ave-Maria, bis er sich zum Haus des Priors aufmachte.

Es lag im hinteren Teil der Klosteranlage und war nur für Mitglieder des Ordens zugänglich. Das herrschaftlich anmutende Fachwerkhaus hätte ebenso das eines wohlhabenden Kaufmanns sein können. Gelächter drang aus dem Fenster. Enderlin sprang die drei Stufen hoch und klopfte an die Tür. Bruder Walter öffnete ihm und zeigte auf die hohe Holztür. Wenigstens er hielt sich an das Schweigegebot nach der Vesper. Enderlin trat in die Kemenate. Drei Lehnstühle standen im Halbkreis um den Kamin. In einem saß der Prior, neben ihm der Ablassprediger aus den Sachsenlanden. Er verweilte seit drei Tagen im Kloster, aber Enderlin hatte ihn bisher nur im Refektorium beim Frühmahl zu Gesicht bekommen.

»Bruder Enderlin, setz dich zu uns«, rief der Prior und winkte ihn heran. Das große Kreuz an der Kette um seinen Hals schimmerte im flackernden Licht des Feuers.

Enderlin tat wie ihm geheißen und ließ sich auf dem freien Lehnstuhl nieder. Über Sitz- und Lehnfläche lag ein Schaffell, was den Stuhl viel zu bequem machte. An der Wand hing ein Teppich mit einer Abbildung des Paradieses. Daneben thronte ein Schrank mit vielen Verzierungen und Eisenbeschlägen. Der Prior bewahrte dort die wertvollsten Folianten auf. Darunter sollte sich die Originalschrift der »Catena aurea« von Thomas von Aquin befinden. Enderlin hatte dieses Buch nie zu Gesicht bekommen. Ob es so prunkvoll war, wie die Brüder sich erzählten? An den Wänden hingen aufwendig geschmiedete Kerzenhalter. Der Prior hätte in diesem Raum mehr Demut und Bescheidenheit walten lassen sollen. Wenn er selbst einmal Prior war, würde er diese Prunkstücke verschwinden lassen. Doch bis dahin war es noch ein langer Weg. Subprior Vallentin war mit seinen über sechzig Lenzen nicht mehr sehr gewandt. Seitdem er im Herbst bei der Apfelernte von der Leiter gestürzt war, zog er das rechte Bein nach. Es würde nicht mehr allzu lange dauern, bis dieses Amt neu zu besetzen war. Enderlin würde frühzeitig den Prior auf sich aufmerksam machen.

»Bruder Tetzel brachte uns Kunde von einem Ketzer aus Sachsen«, sagte der Prior.

»Auch in Köln gibt es Ketzer«, antwortete Enderlin.

»Keiner ist so wie dieser Augustinermönch.« Tetzel beugte sich vor. Er war so beleibt wie ein Kaufmann und besaß bis auf einen kleinen Flaum an der Stirn nur noch einen Kranz aus grauen Haaren. Der Tonsur schien er nicht mehr nachhelfen zu müssen. »Er gefährdet den Ablassverkauf und damit die Errettung der armen Seelen aus dem Fegefeuer.«

»Er tut was?«, fragte Enderlin erstaunt. »Ein einzelner Mönch?«

Tetzel trank einen Schluck und stellte den Becher auf den kleinen Holztisch. »Du hast noch nicht von Luthers fünfundneunzig Thesen gehört?«

»Nein.« Was kümmerten ihn Thesen eines Augustiners aus dem entfernten Sachsen? Darum sollte sich die dortige Geistlichkeit kümmern. In Köln gab es andere Probleme: Die Menschen missgönnten einander den Schinken zum Brot, gaben sich der Fleischeslust hin und nahmen sowohl zu viel Bier als auch Wein zu sich. Das hatte nicht zuletzt der Tod seines Bruders bewiesen. Seine Schwester hatte bestritten, dass Lucas zu viel Dickbier getrunken hatte, aber sie war nur ein Weib. Sie hatte keine Ahnung. Jemand musste die Einwohner Kölns ermahnen, sich wieder auf Gottes Gebote und die Heiligkeit der Kirche zu besinnen.

»In seiner einundzwanzigsten These sagt er, dass jene Ablassprediger irren, die sagen, dass durch die Ablässe des Papstes der Mensch von jeder Strafe frei werde.«

»Es gibt wirksame Maßnahmen gegen solche Ketzer«, sagte Enderlin.

»Sei gewiss, die Anklage wird vorbereitet. Doch seine Kunde verbreitet sich im ganzen Land und vergiftet die armen Seelen«, sagte Tetzel. »Der Papst habe nicht die Fähigkeit, Strafen zu erlassen. Blasphemie!«

»Wenn er erst einmal brennt und seine Anhänger mit ihm, werden die Menschen den Irrglauben erkennen und zur Kirche zurückkehren«, sagte Enderlin.

Tetzel nickte und warf dem Prior einen Seitenblick zu. Dieser lehnte sich entspannt im Stuhl zurück und erwiderte das Nicken. Er lächelte, wobei das Grübchen in seinem Kinn deutlich hervortrat.

Enderlin fragte sich, was diese wortlose Verständigung zu bedeuten hatte. Dann hob der Prior die Hand. »Du kannst gehen.«

Unschlüssig stand Enderlin auf, verbeugte sich und ging zur Tür. Er drehte sich noch einmal um. Im Kamin knackte ein Holzscheit. Funken sprühten. Was hatten die beiden mit ihm vor? Zu gern hätte er danach gefragt, doch die Aufforderung des Priors war unmissverständlich. Seine Anwesenheit war nicht weiter erwünscht.

***

»Kommst du?«, rief seine Mutter.

»Nur diese Seite noch.« Simon klaubte die Lettern aus dem Setzkasten und platzierte sie im Winkelhaken. Zwei Zeilen fehlten, dann wäre eine weitere Seite fertig und könnte der Druckform hinzugefügt werden.

»Du kannst danach weiterarbeiten.« Die Stimme seiner Mutter wurde energischer.

Er seufzte, legte das Werkzeug auf den Tisch und stand auf. In einer Woche musste er die Gebetsbücher im Beginenkloster abgeben. Und er hatte erst die Hälfte der Seiten gedruckt. Es würde keine Zeit mehr bleiben, um die Bücher zum Illuminator für die aufwendigen Initialen und Abbildungen zu bringen. Die Beginen würden ihm einen geringeren Preis pro Buch zahlen als ursprünglich vereinbart, aber es war besser als nichts.

Es war der letzte Auftrag, den sein Vater noch herangeholt hatte. Danach musste er sich selbst um neue bemühen. Wie er das hasste! Doch ihm blieb keine andere Wahl. Sein Bruder Nickell würde ihm dabei keine Hilfe sein. Er könnte bei der Kirche anfragen. Ablassbriefe wurden zurzeit in großer Zahl gebraucht. Doch dieser Quentell hatte sich bisher alle kirchlichen Aufträge vom Erzbischof persönlich zusichern lassen. Es würde schwierig werden, dazwischenzukommen.

»Simon!«

Es hatte keinen Sinn, sie länger warten zu lassen. Er verließ die Werkstatt und zog die Tür hinter sich zu. Sie griff nach seinen Händen und begutachtete sie. »Wie du schon wieder aussiehst.«

Die Druckerschwärze und das Grau der Bleilettern hatten sich tief in seine Haut gegraben, aber es war zwecklos, die Hände jedes Mal zu waschen. Sie wurden nur sauber, wenn er sie täglich schrubbte und mehrere Tage von der Arbeit fernblieb, wie vor Kurzem, als sein Vater gestorben war und er es eine Woche nicht übers Herz gebracht hatte, die Werkstatt zu betreten.

»Wir gehen nur zum Schreinsamt, nicht zu einer gesellschaftlichen Veranstaltung.«

Seine Mutter nickte und zupfte ein paar Flusen von seinem Wams. Warum war sie nur so nervös?

»Ich muss schnell wieder zurück sein, lass uns jetzt gehen«, sagte Simon und zerrte sie nach draußen. Auf dem ganzen Weg nestelte seine Mutter an ihrem Rock herum. Er legte einen Arm um ihre Schultern und drückte sie an sich. »Was sorgst du dich? Ich bin dein mündiger Sohn. Vater hat ein Testament hinterlassen. Der Schreinsmeister kann uns das Haus nicht wegnehmen.«

Seine Mutter nickte stumm. Irgendetwas bedrückte sie, das hatte er schon gestern Abend beim Essen gemerkt. Sie war ungewöhnlich still gewesen, sogar das Tischgebet hatte sie ihm überlassen.

Als sie ankamen, wurden sie von einem Buben mit zotteligen Haaren zur Kammer des Schreinsmeisters geführt. Er saß hinter einem großen Schreibpult mit reichlichen Verzierungen. Ein Kerzenständer mit sechs Wachskerzen stand neben einem Papierstapel. Die Fensteröffnung mit den in Blei gefassten Butzenscheiben spendete eigentlich genug Licht für die Schreibtätigkeit. An der rechten Wand befand sich ein Schrank. Eine Flügeltür stand offen und gab den Blick auf die Bücher und Folianten frei.

Der Schreinsmeister blickte auf, ohne den Federkiel beiseitezulegen. »Gott zum Gruße!« Er wies mit der freien Hand auf die beiden Scherenstühle, die vor dem Pult standen. Simon und seine Mutter setzten sich.

»Diese Zeile noch«, brummte er und ließ die Feder über das Pergament kratzen. Seine Finger waren flink trotz seines fortgeschrittenen Alters. Die wenigen Haare auf seinem Kopf waren ergraut, und die Gesichtshaut war von den langen Tagen in der Schreibstube gezeichnet. An der rechten Hand trug er einen klobigen Ring aus Gold, um den ihn so manch einer beneiden mochte. Störte ihn dieses Ding nicht bei der Arbeit?

Der Schreinsmeister atmete tief ein, legte die Feder auf das Schreibpult und blickte auf. »Von Werden, richtig?«

Simons Mutter nickte. »Ihr wisst, wir haben meinen Ehemann vor zwei Wochen zu Grabe getragen. Wir sind hier, um das Haus ›Zur goldenen Pforte‹ auf meinen ältesten Sohn umzuschreiben.«

Ihr Haus hatte diesen Namen wegen der Fassade erhalten. Der Vorbesitzer, ein Goldschmied, hatte den Torbogen der Pforte in einem Farbton streichen lassen, der im Sonnenlicht golden schimmerte.

»Gibt es ein Testament?«, fragte der Schreinsmeister.

Simons Mutter nestelte in ihrem Umhang und zog ein Pergament hervor. Er riss es ihr förmlich aus der Hand und begann zu lesen: »All mein Erbgut ...«

Seine Mutter räusperte sich. »Ist es denn nötig, alles vorzulesen? Ich dachte, es wird nur ein Eintrag im Schreinsbuch vorgenommen.«

»Vorerst müssen wir doch ergründen, wie der Wille Eures verstorbenen Ehegatten lautet«, sagte der Schreinsmeister und wedelte mit der Hand, als wollte er ihren Einwand verscheuchen.

Sie nickte betreten.

»All mein Erbgut, das Haus ›Zur goldenen Pforte‹, die Druckerei samt ihrer zur Arbeit notwendigen Gerätschaften sollen an Simon von Werden gehen, den unehelichen Sohn meiner Frau Irmel von Werden, den ich als meinen rechtmäßigen Sohn und Erben anerkenne.«

»Was?« Simon sprang auf, der Scherenstuhl kippte nach hinten. Was hatte der Schreinsmeister vorgelesen? Hatte er richtig gehört? »Mutter, was ...«

Seine Mutter saß wie ein Häufchen Elend auf dem Stuhl, die Hände versteckte sie in den Rockfalten. Sie hatte ihm das Testament nicht zu lesen gegeben, und er hatte nicht danach gefragt. Sie hatte ihm erzählt, dass sein Vater ihn als den alleinigen Erben eingesetzt hatte. Das hatte er erwartet, und mehr hatte er nicht zu wissen gebraucht – so hatte er zumindest geglaubt.

»Was hat das zu bedeuten?«

Sie murmelte etwas vor sich hin. Er beugte sich zu ihr. »Ich kann dich nicht verstehen.«

»Es ... es ist die Wahrheit«, flüsterte sie.

Simon wusste nicht, ob er lachen oder schreien sollte. Sein Vater, sein geliebter Vater sollte nicht derselbige sein? Und er ein

Bastard, gezeugt von einem Fremden, den er womöglich nicht kannte? Er glaubte, den Boden unter den Füßen zu verlieren, konnte den Gedanken kaum fassen, der sich mit Brutalität in seine Wirklichkeit drängte. Wie eine lästige Krankheit, die man mit aller Macht zu bekämpfen versuchte und doch nicht wieder loswurde.

»Wer?«, schrie er.

Seine Mutter rührte sich nicht. Er stellte sich vor sie, packte sie an den Schultern und zwang sie, ihn anzusehen. »Wer ist mein Vater?«

Sie schwieg. Eine Träne rann über ihre Wange. »Martin war dir ein guter Vater und wird immer dein Vater bleiben.«

Vater … ein guter Vater und doch nicht. Hatte Martin je was angedeutet? Hatte Simon was übersehen? Wieso hatten seine Eltern ihm nie etwas erzählt? Seine Gedanken kreisten, sodass ihm schwindelig wurde und die Beine nachzugeben drohten.

»Ihr habt mich angelogen. Mein Leben lang.« Er keuchte.

»Wir haben dich geliebt, Simon.«

Er wandte sich von ihr ab und trat ans Fenster, stützte sich mit den Händen an den kalten Steinen ab. Auf dem Sims stand ein Teller mit ein paar Krümeln und einem Apfelbutzen.

»Martin hat dich so geliebt, dass er dich zum Erben gemacht hat.«

Simons Herz raste. Er schloss die Augen, konzentrierte sich auf die Kälte, die die Steine an seine Hände abgaben. Genau mit dieser Erwartung war er hierhergekommen. Er war der ältere Sohn, ihm stand die Druckerei zu. Was, wenn sein Vater … Martin von Werden seinen einzigen leiblichen Sohn Nickell zum Erben erkoren hätte? Dann hätte er vor dem Nichts gestanden. Und doch … In Wahrheit stand das Erbe seinem Bruder zu – diesem Nichtsnutz. Mit einem Ruck drehte er sich um. »Weiß es Nickell?«

Seine Mutter schüttelte den Kopf.

Der Schreinsmeister räusperte sich. »Sollen wir fortfahren?«

Simon schloss die Augen. Wieso hatte sie ihm das nicht schon früher gesagt? Wieso musste sie ihn so demütigen? Er ballte die Hände, hätte am liebsten einen Strohsack verdroschen. Wieder ein Räuspern des alten Mannes. Dies war nicht der richtige Ort für weitere Fragen oder Anschuldigungen. Er öffnete die Augen und schluckte schwer. Er richtete den Stuhl auf und ließ sich darauf nieder. Wie hatte sie ihm das nur antun können? Die, die jeden Verstoß gegen die Gebote Gottes scharf rügte? Dabei war sie selbst kein bisschen besser. Wahrscheinlich fürchtete sie sich wegen ihrer schwerwiegenden Sünde ihr Leben lang vor den Höllenqualen im Fegefeuer.

Der Schreinsmeister blickte ihn mitfühlend, fast entschuldigend an. Dann zog er den Kerzenständer näher heran und hielt das Pergament in den Lichtkegel.

»Meine Ehefrau Irmel von Werden soll das lebenslange Wohnrecht im Haus behalten. Mein jüngerer Sohn Nickell soll seine Gesellenzeit vollständig in der Druckerei ableisten können und den üblichen Lohn erhalten. Anschließend soll ihm wahlweise eine Anfangshilfe von zwanzig Gulden oder eine Weiterbeschäftigung für zehn Jahre zum üblichen Lohn zugestanden werden. Gezeichnet Martin von Werden. Dezember 1517.«

Schon vor vier Monaten hatte sein Vater gewusst, dass sich sein Leben dem Ende zuneigte, und hatte sich nichts anmerken lassen. Simon biss die Zähne aufeinander. Sein ganzes Leben schien sich in eine Lüge zu verwandeln. Vor ihm tat sich ein großes Loch auf, in das er kopfüber hineinzufallen drohte. »Du sollst nicht falsch Zeugnis reden wider deinen Nächsten.« Zählte dieses Gebot Gottes für seine Eltern nicht?

»Ihr hättet Euren zweiten Sohn Nickell mitbringen sollen«, sagte der Schreinsmeister. Sie zuckte stumm mit den Schultern, ohne den Kopf zu heben. »Die Einspruchsfrist für die Übertragung des Hauses beträgt ein Jahr.«

»Aber …«, begann seine Mutter. Ihre Stimme brach. Sie schluckte und wischte sich über das Gesicht. »Aber im Testament steht doch …«

»… dass Euer Mann Euren Bastard zum Erben ernennt, ja. Doch wenn in der vorgegebenen Zeit triftige Gründe dagegen vorgebracht werden, kann die Eintragung im Schreinsbuch nachträglich korrigiert werden.«

Sie nickte beklommen. Simon rutschte auf dem Stuhl hin und her. Sie hatten nicht nur ihn, sondern auch seinen Bruder belogen.

»Dem Testament nach übergeht das Haus ›Zur goldenen Pforte‹ samt Druckerei und allen Gerätschaften an Euch, Simon von Werden. Seid Ihr damit einverstanden?«

Simon fand in dem Gesicht seiner Mutter keine Regung. Was sollte er anderes tun, als den Willen von Martin von Werden zu bestätigen? Sollte er Nickell die Druckerei überlassen und sich selbst bei einem anderen Drucker verdingen? Nickell würde es nicht zustande bringen, die Werkstatt zu führen, geschweige denn ein einziges Gebetsbuch allein fertigzustellen. Er würde das Erbe ihres Vaters ruinieren und die Existenzgrundlage ihrer Mutter in Gefahr bringen. Simon blieb keine Wahl.

»Ich nehme das Erbe an.«

Der Schreinsmeister nickte und drückte sich schwerfällig aus dem Stuhl hoch. Er war kleiner, als Simon vermutet hatte. Hinkend trat er zu dem Schrank und zog einen Folianten heraus. Simon hatte Angst, dass der alte Mann unter der schweren Last zusammenbrechen würde, doch mit wenigen Schritten war er am Schreibpult und legte das Buch behutsam darauf ab, als wäre es ein Schatz, der zu zerbrechen drohte. Er setzte sich und blätterte, bis er die richtige Seite gefunden hatte.

»Das Haus ›Zur goldenen Pforte‹«, murmelte er. Er tunkte die Feder in das Tintenfass und notierte Simons Namen in dem Schreinsbuch. Dann begutachtete er sein Werk und nickte zufrieden. »Das könnt Ihr wieder an Euch nehmen.« Er reichte seiner Mutter das Pergament. »Und unterrichtet Euren jüngeren Sohn von dem Inhalt des Testaments. Versündigt Euch nicht gegen Gott, indem Ihr in Eurem Haus eine Lüge leben lasst.« Scharf standen die Worte des alten Mannes im Raum.

Simon wandte sich zum Gehen, doch seine Mutter zögerte. Sie klaubte ein paar Münzen aus der Rocktasche und reichte sie dem Schreinsmeister. Dieser runzelte die Stirn und rührte sich nicht.

»Bitte«, sagte sie flehend. »Erzählt niemandem, was Ihr heute erfahren habt. Das Gerede …«

Der Schreinsmeister beugte sich vor und nahm die Münzen. »Das Geheimnis Eures Bastardsohns ist bei mir in treuen Händen. Darauf könnt Ihr Euch verlassen.«

Simon zerrte seine Mutter aus dem Amtszimmer. Als sie nach

draußen traten, wollte Simon sie für diese Ungeheuerlichkeit rügen. Sie konnten das Geld weitaus besser gebrauchen, als es diesem Gierlappen in den Hals zu werfen. Ob er sich an das Versprechen hielt, war ohnehin zweifelhaft.

Sie griff nach seiner Hand. »Nicht auf der Straße.« Ihre Augen waren rot und wässrig, flehend. Er hatte sie noch nie so niedergeschlagen gesehen, noch nicht einmal auf der Beerdigung seines Vaters. Wie er dieses Wort zu hassen begann. Er wusste noch nicht einmal, wie er Martin von Werden nun nennen sollte. Grob entzog er der Mutter die Hand und rannte die Gasse hinunter. Diesmal achtete er nicht auf seine Schritte und trat immer wieder in schlammige Pfützen, sodass dreckiges Wasser an seinen Beinen hochspritzte. Er ließ sich von seinen Gedanken treiben und erreichte die dicke Eiche an der Ulrepforte. Hier hatten Nickell und er als Kinder gespielt. Als er älter geworden war, hatte er oft ein Buch mitgenommen, sich in den Schatten des Baumes gesetzt und stundenlang gelesen. Simon lehnte sich an den Stamm und ließ sich in die Hocke gleiten. Wäre nur ein Sommertag im letzten Jahr, und hätte er das heutige Wissen damals schon gehabt. Es gäbe so viele Fragen, die er seinem Vater stellen wollte …

»Braucht Ihr ein Lager für die Nacht?«

Diese Worte rissen Simon aus den Grübeleien. Ein Reiter hatte neben ihm gehalten. Er trug ein Gewand aus feinstem Brokat und ein samtgrünes Barett mit einer Feder. Ein Kaufmann, schätzte Simon. Eine verlockende Vorstellung, heute nicht in der eigenen Bettstatt zu nächtigen und damit seiner Mutter aus dem Weg zu gehen. Doch er war kein Almosenempfänger, wie der Reiter wohl vermuten musste. Simon schüttelte den Kopf.

»Dann gehabt Euch wohl!« Der Reiter stieß dem Pferd die Hacken in die Seite und galoppierte Richtung Stadt.

Die Sonne versank bereits hinter dem Horizont. Als Simon sich erhob, schmerzten seine Beine. Sie waren steif von stundenlanger Bewegungslosigkeit. Seine Hose war mit Schlamm besprenkelt. Kein Wunder, dass der Kaufmann ihn für einen Vagabunden gehalten hatte. Simon machte sich auf den Weg nach Hause. Der Rückweg kam ihm länger und beschwerlicher vor als der Hinweg.

Als die Sonne untergegangen war, begegnete ihm in einer engen Gasse eine zwielichtige Gestalt. Sie ging gebückt, trug einen zerschlissenen Mantel, der mehr an eine alte Pferdedecke erinnerte als an ein Kleidungsstück. Sie hatte die Kapuze so weit ins Gesicht gezogen, dass Simon nicht einmal erkennen konnte, ob es ein Mann oder ein Weib war. Obwohl er am äußersten Rand ging, kam die Gestalt immer näher. Als sie auf gleicher Höhe waren, griff derjenige an Simons Gürtel. Bevor Simon reagieren konnte, hatte die Gestalt ihm den Beutel abgeschnitten und die Flucht ergriffen.

»Halt!«, rief Simon und rannte hinterher. Der Dieb vergrößerte den Abstand, blickte nicht zurück. Simon keuchte, versuchte, schneller zu laufen, doch seine Beine waren schwer. Der Dieb hetzte über den Heumarkt und verschwand zwischen den Häusern. Als Simon in der Gasse ankam, war die Gestalt verschwunden.

»Vermaledeiter Tag!« Simon schnaufte, lehnte sich an die Hauswand, um wieder zu Atem zu kommen. In dem Beutel waren nicht nur ein paar Münzen, sondern auch ein Messer und seine Letter. Der Druckbuchstabe, dessen Druckbild ein großes »S« zeigte, besaß auf der Kegelstärke ein eingraviertes »Simon Zelotes«, der Name des heiligen Simon, des Vetters von Jesus. Diese Letter hatte ihm sein Vater zum zehnten Namenstag des Heiligen geschenkt.

Simons Herz krampfte sich zusammen. Dass ihm am heutigen Tag der Verlust dieses Erinnerungsstücks so zusetzte, wunderte ihn. Und doch war eine geliebte Person von ihm gegangen – auf zweifache Weise. Nicht nur, dass Martin körperlich aus der Welt geschieden war, auch die neue Erkenntnis hatte ihn von Simon entfernt. Wenn er genau darüber nachdachte, war es seine Mutter, der er die Schuld gab. Sein Leben lang hatte sie ihn belogen. Ihm seine wahre Identität vorenthalten.

Wer war er? Diese Frage brannte in seinem Inneren wie ein glühendes Scheit, das einen Berg aus Hölzern in Flammen setzte. Einen Bastard hatte ihn der Schreinsmeister genannt. Stimmte das? Er ballte die Hand. Wie abschätzig er früher über Bastarde geurteilt hatte. Nun begriff er, dass diese Personen am wenigsten für ihr Schicksal konnten. Er lockerte die Hand. Ging er mit seiner Mutter zu hart ins Gericht? Konnte sie nicht ebenso bei der Eheschließung mit Martin Witwe gewesen sein und ein Kind eines verstorbenen Mannes unter dem Herzen getragen haben? Diese Möglichkeit hatte er noch gar nicht in Betracht gezogen. Vielleicht war seine Mutter ehrbarer, als er nach dem Besuch im Schreinsamt angenommen hatte, und er tat ihr unrecht. Dann wäre er kein Bastard. Was hatte seine Mutter für Leid erfahren müssen? Dass sie gelitten haben musste, hatte er in ihren Augen gelesen. Dennoch hätte sie ihm von seiner wahren Identität berichten müssen. Er würde sie zur Rede stellen. Heute noch. Er musste wissen, woher er stammte und wer sein Vater war.

Simon ging strammen Schrittes heim. Als er das Haus betrat, fiel ein Lichtstrahl aus der Druckerei in den Flur. Die Tür war angelehnt. Er schob sie leise auf und trat ein. Nickell zog kräftig an dem Hebel der Druckerpresse.

»Was machst du da?« Simon trat näher heran.

Nickells Gesichtsausdruck war unergründlich. Hatte ihre Mutter schon mit ihm gesprochen? Simon wartete einen Moment, um eine Reaktion des Bruders abzuwarten, die ihm eine Antwort liefern würde.

»Ich arbeite an dem Gebetsbuch, da du es nicht für nötig hältst.«

Simon wollte seinen Bruder maßregeln und ihm vorhalten, wie oft er der Druckerei fernblieb, doch er biss sich auf die Zunge. Meist war er froh, wenn sein Bruder mit Klaus durch die Straßen zog. Wenn Nickell in der Druckerei war, lief meistens etwas schief. Sein Vater hatte Simon zur Nachsicht angehalten und … Er sah kurz zu Boden. Auch sein Bruder war ein Betrogener.

»Wie weit bist du?«, fragte Simon.

»Die nächsten fünfunddreißig Bogen sind fertig«, sagte Nickell stolz.

Simon trat zur Leine, an der die Blätter zum Trocknen aufgehängt waren. Er hatte für das Gebetsbuch das Quartformat gewählt, bei dem auf jeder Seite eines Bogens vier Seiten gedruckt wurden. Sein Bruder hatte die letzte Seite zu Ende gesetzt, bevor er mit dem Drucken begonnen hatte. Simon las die Zeilen: *»Pleni sunt caeli et terra, maiestatis gloria tua.«*

»Bei ›gloria‹ und ›tua‹ fehlt jeweils ein ›e‹. Es muss ›gloriae tuae‹ heißen«, sagte Simon zornig.

»Was?«, fragte Nickell und trat zu ihm.

»Du musst sorgfältiger beim Setzen sein, wie oft habe ich dir das schon gesagt!«

Meist hatten sie die Arbeit aufgeteilt: Simon fertigte den Satz, löste ihn nach dem Druck wieder auf und legte die Lettern zurück in die Fächer des Setzkastens, ihr Vater las Korrektur und legte die Papierbogen ein, und Nickell färbte die Lettern, schob den Schlitten unter die Presse und betätigte den Hebel. Doch ihr Vater war immer darauf bedacht gewesen, dass jeder alle Arbeitsschritte beherrschte.

Nickell warf einen Blick auf die Vorlage, dann auf den neu gedruckten Bogen. »Keiner wird den Fehler merken.«

»Die Beginen schon! *Sie* sind des Lateinischen mächtig«, sagte Simon scharf. Seine Nachsicht flog dahin. Sie würden alle fünfunddreißig Blätter aussortieren und neu drucken müssen. Hoffentlich war noch genug Papier vorrätig. Martin hatte kurz vor dem Tod davon gesprochen, neues Papier erwerben zu müssen. Simon hoffte, dass sie noch Geld besaßen, um den Händler für Nachschub zu bezahlen. Außerdem würde es wiederum Zeit kosten.

Nickell schnaubte. Seine Nasenflügel bebten, und die Augen glänzten vor Wut. Er stand so dicht vor ihm, dass Simon seinen Atem auf dem Gesicht spürte. Er glaubte, Nickell würde ihm einen Fausthieb verpassen. Seitdem er vor zwei Wochen gesehen hatte, wozu sein Bruder fähig war, traute er ihm alles zu. Doch anstatt ihn seine Hand spüren zu lassen, machte Nickell auf dem Absatz kehrt und stürmte aus der Druckerei. Die Tür fiel krachend ins Schloss. Simon ließ sich auf einen Schemel sinken und stützte den Kopf in die Hände. Sein ganzes Leben schien zu zerbrechen.

Kapitel 2

Vögel zwitscherten. Jonata atmete die kühle Morgenluft ein. Sie hatte gestern vergessen, die Fensterläden zu schließen, war ins Bett gekrochen und hatte sich in den Schlaf geweint. Hoffentlich waren ihre Augen nicht zu arg verquollen. Sie schlug die Decken beiseite und stieg aus der Bettstatt. Auf dem Schränkchen war die Zinnschüssel mit frischem Wasser gefüllt. Elisabeth musste bereits in der Kammer gewesen sein. Meistens wurde Jonata von dem morgendlichen Treiben der Mägde wach, doch heute hatte sie geschlafen wie eine Tote. Tot wie … Ihr Herz krampfte sich zusammen. Mit jeder Faser ihres Leibes vermisste sie Lucas. Erneut stiegen Tränen in ihre Augen. Sie schluckte, spritzte sich Wasser ins Gesicht und hoffte, so die nächtliche Drangsal aus ihren Zügen vertreiben zu können. Sie würde mit neuem Mut den Tag beginnen. Nicht schon wieder wollte sie sich der Trauer hingeben. Sie streifte das graue Kleid über, das sie am Abend achtlos auf den Schemel geworfen hatte, und schlüpfte in die Schuhe.

In der Küche bereiteten Elisabeth und Margret das Frühmahl vor. Kuntz saß auf dem Boden und schob sein Rollpferd vor und zurück. Dabei miaute er leise vor sich hin.

Jonata kniete sich zu ihm und legte ihm eine Hand auf die Schulter. »Du machst die Geräusche von Pauli nach. Ein Pferd macht so.« Sie imitierte das Wiehern eines Rosses. Kuntz sah sie mit großen Augen an. Wie auf Befehl sprang Pauli durchs Fenster herein, streckte sich und strich miauend um Elisabeths Beine.

»Pauli«, rief Kuntz freudig.

»Willst du ihm die Milch geben?«, fragte Elisabeth.

Kuntz nickte. Sie stellte den Napf auf den Tisch, hob Kuntz auf einen Schemel und schlang den Arm um ihn, damit er nicht herunterfiel. Mit der freien Hand schob sie ihm den Krug hin.

»Aber nicht zu viel.« Elisabeth half dem Kleinen, da das Gefäß zu schwer für ihn war. Als sie die Katzenschüssel auf dem Boden absetzten, stürzte sich Pauli darauf und schleckte gierig. Kuntz bückte sich und streichelte den Kater.

Jonata trat zu Margret und half ihr, den Brotteig zu kneten. Die Magd sah traurig zu ihrem Sohn. »Ob er den Unterschied zwischen einem Pferd und einer Katze jemals begreift?«

»Gewiss wird er das.«

»Ich habe es ihm schon so oft erklärt.«

»Warte ab. Wenn Vater ihn auf Bernando setzt, wird er es verstehen.«

Pauli hatte den Napf leer geleckt und eilte nach draußen. Kuntz folgte ihm. Sein Lachen drang noch in die Küche, als er im Garten war. Das Herz ging Jonata auf, und sie musste lächeln. Kuntz war der Sonnenschein der Familie, kannte keine Sorgen und beschäftigte sich am liebsten mit den Tieren. Wenn es ihr nicht gut ging und sie sein Lachen hörte, konnte sie jeglichen Kummer vergessen.

»Wie glücklich er ist. Das ist das Wichtigste«, sagte sie. Sie hasste es, wenn man ihm nichts zutraute. Er mochte langsamer begreifen als seine Altersgenossen, aber er lernte genauso dazu. Er würde nie lesen oder schreiben lernen, aber das konnten ohnehin die wenigsten. Man musste nur Geduld aufbringen, doch Margret hatte den ganzen Tag im Haus und in der Schenke zu tun. Und ihr Vater sah diesen Makel als Strafe Gottes an, dafür, dass er sich nach dem Tod seiner Frau mit einer Hausmagd vergnügt hatte.

»Wie oft habe ich dir schon gesagt …?« Elisabeth stieß Jonata sanft zur Seite und nahm ihr den Brotteig aus der Hand. »Wenn dein Vater dich hier erwischt.« Elisabeth sah sie streng an, doch in ihren Augen lag die gewohnte Wärme. Da Jonatas Mutter bei ihrer Geburt gestorben war, hatte die Magd deren Funktion eingenommen und sie mit Liebe großgezogen. Elisabeth war für sie mehr eine Mutter denn eine Magd, auch wenn ihr Vater sie gern daran erinnerte, wer die höhere Stellung in diesem Haus innehatte.

Jonata lächelte. »Du brauchst mich nicht zu verscheuchen, nur weil Vater nicht will, dass ich in der Küche helfe.«

»Er erwartet dich in der Stube«, antwortete Elisabeth und begann, energisch den Brotteig zu bearbeiten.

Jonata wusch sich die Hände und betrat den Wohnraum. Ihr Vater saß am Kopfende des Tisches und starrte in den Becher.

»Vater.«

Er blickte auf. Augenringe zeugten von einer schlaflosen Nacht. In der letzten Woche schien er mehr graue Haare bekommen zu haben als in den zwei Jahren zuvor. Sein braunes Wams war zerknittert, als habe er darin genächtigt. »Setz dich.«

Jonata ließ sich auf einem Schemel nieder und sah ihn erwartungsvoll an. Elisabeth brachte zwei Schüsseln Haferbrei und einen Krug mit Dünnbier für Jonata.

»Wohl bekomm's.« Ihre Ziehmutter legte ihr kurz eine Hand auf die Schulter. Wusste sie bereits, was Vater ihr zu sagen hatte?

Als sie allein waren, faltete ihr Vater die Hände und sprach ein Dankesgebet. Er nahm einen Löffel von dem Brei.

»Was liegt dir auf der Seele?«, fragte Jonata. Sie vermochte den Brei nicht anzurühren.

Ihr Vater ließ den Löffel sinken und strich sich mit der Hand über das Kinn. »Da …« Er zögerte. »Da Lucas von uns gegangen ist …« Er machte wieder eine Pause. Sie empfand den gleichen Schmerz, aber sie hasste es, so auf die Folter gespannt zu werden. Dennoch gab sie ihm die Zeit, die er brauchte. »… muss jemand nach Bernburg reisen.«

Jonata riss die Augen auf. Dachte er an sie? »Aber …«

»Auch nach Lucas' Tod muss die Brauerei weiterlaufen.«

Ihre Knie wurden weich. Lucas hatte ihr zwar von der Geschäftsreise erzählt, aber sie hatte es völlig vergessen. Sie hatte es gehasst, wenn er weg war, und seine Rückkehr herbeigesehnt. Nun würde er niemals mehr zurückkommen.

»Ich kann die Verhandlungen nicht einem Gesellen oder gar einem Lehrling übertragen. Außerdem brauche ich sie im Brauhaus.«

»Du traust mir die Verhandlungen zu?«

Er nickte. »Du hast bei Ekarius dein Verhandlungsgeschick unter Beweis gestellt.«

Ihr Onkel war hergekommen, um zwei Fässer Bier abzuholen, als keiner der Männer zugegen war. Er hatte die Fässer für den halben Preis mitnehmen wollen und gesagt, das sei mit ihrem Vater abgesprochen gewesen. Sie hatte den vollen Preis verlangt oder ihm angeboten, auf ihren Vater zu warten. Ihr Vater hatte sie später gelobt, denn einen solch hohen Nachlass hätte er seinem Bruder nicht gewährt.

»Ich werde einen Brief an Hannes von Wieskau aufsetzen.«

Jonata nickte. Nur auf ihr Verhandlungsgeschick wollte sich ihr Vater also nicht verlassen.

»Steffan wird dich begleiten.« Er war der Knecht, der sich in erster Linie um die zwei Pferde kümmerte und alles erledigte, was starke Arme erforderte. »Außerdem wird Brid dir auf der Reise Gesellschaft leisten.«

»Brid? Willst du etwa Margret die Arbeit in der Schenke allein aufbürden?« Das würde bedeuten, dass sie sich noch weniger um Kuntz kümmern konnte.

»Ich gedenke, eine neue Magd ins Haus zu holen.«

»Eine neue …« Jonata schluckte. So lange hatte sich ihr Vater gegen eine neue Arbeitskraft gesträubt. »Hast du schon jemanden im Sinn?«

Ihr Vater schüttelte den Kopf. »Ich werde Ekarius fragen. Er kommt viel rum und weiß, wer sich als Magd verdingen will.«

Den Rat ihres Onkels als Bader nahmen meistens die ärmlichen Familien in Anspruch, weil sie sich einen Medicus nicht leisten konnten. Ekarius war ein Schwätzer und Wichtigtuer. Sie vertraute ihm nicht, doch diese Entscheidung oblag allein ihrem Vater.

»Ihr werdet das Fuhrwerk nehmen. Drei Fässer Bier sollen als Geschenk an von Wieskau gehen. Mal sehen, ob ihn das an die alte Handelsvereinbarung erinnert.«

Von Wieskau weigerte sich, Hopfen an sie zu verkaufen.

»Ich könnte versuchen, mit dem Älteren von Wieskau zu sprechen«, schlug sie vor. Ihr Vater hatte sich letztens mit Lucas beim Nachtmahl über ihn unterhalten. Sie hatte mitbekommen, dass er krank geworden war, aber nicht weiter zugehört. Hätte sie nur den Tischgesprächen öfter aufmerksam gelauscht. Dabei hätte sie viel gelernt.

»Damit verschwendest du deine Zeit. Er soll seinen Verstand verloren haben, liegt im Bett und schwafelt dummes Zeug. Morgen werdet ihr aufbrechen.«

»So früh?« Ihr Herz klopfte. Das würde ihr keine Zeit geben, sich mit dem Gedanken an diese Reise anzufreunden.

»Hannes von Wieskau hatte bereits gestern mit deinem Bruder gerechnet. Ich will ihn nicht zu lange warten lassen.«

Jonata war noch nie aus Köln fort gewesen, und nun sollte sie nach Sachsen reisen. Sie wusste noch nicht einmal, wie lange die Reise dauern würde, nur dass sie mehrere Tage unterwegs sein würden. Sie wollte ihren Vater danach fragen, als er entschlossen nach dem Löffel griff. »Nun iss, mein Kind!«

Sie aßen schweigend. Der klebrige Brei blieb ihr im Hals stecken. Sie spülte mit Bier nach. Lucas hätte mit ihnen gegessen, Witze gerissen, vielleicht von Adelhaid gesprochen. Ihr Vater stand auf und riss sie aus den Gedanken. Er blieb neben ihr stehen, sah sie an, als wollte er etwas sagen, doch dann verschwand er ohne ein Wort nach draußen.

Jonata brachte das Geschirr in die Küche. Margret las Linsen aus, und Elisabeth schürte den Ofen, um das Brot zu backen. Sie hängte den Schürhaken an den Ständer und kam auf sie zu. »Wohin schickt dich dein Vater?«

»Er hat dir schon von der Reise erzählt?«

»Er deutete an, dass du morgen für eine Weile fortgehen wirst.«

»Nach Bernburg zum Hopfenanbauer. Ich soll ihn an die Handelsvereinbarungen erinnern.«

»Dein Vater sollte lieber den Hopfen aus dem heimischen Stommeln oder Kerpen beziehen, anstatt dich auf eine so lange Reise zu schicken.«

Jonata legte die Finger auf die Lippen und sah sich um. »Du solltest nicht so über Vater sprechen.«

»Wenn es doch wahr ist! Eine solche Reise ist nichts für ein junges Ding, wie du es bist.«

Jonata drückte die Schultern durch. Auch wenn sie sich selbst noch nicht mit dem Gedanken angefreundet hatte, wollte sie sich beweisen. »Vater hat mich für die Verhandlungen ausgewählt. Ich werde ihn nicht enttäuschen. Außerdem begleiten mich Steffan und Brid.«

»Bei allen Heiligen, was denkt er sich?« Sie verdrehte die Augen.

Jonata schielte zur Tür. Ihr Vater würde ihre Ziehmutter für die frechen Worte rügen, doch es war niemand zu sehen.

»Will er für die Zeit die Schenke schließen?«, fuhr Elisabeth fort.

Jonata hatte keine Lust, weiterzudiskutieren und ihr auch noch zu eröffnen, dass eine neue Magd ins Haus kommen sollte. Elisabeth würde lamentieren, dass sie dem Mädchen das Hühnerrupfen, Linsenauslesen und Fegen von Grund auf beibringen musste. Jonata ließ sie stehen und ging in den Vorratskeller. Sie nahm den Korb und füllte ihn mit Brot, Käse, Äpfeln, gepökeltem Hering und ein paar gedörrten Kirschen. Als Schritte auf der Treppe ertönten, drehte sie sich um.

»Was machst …?« Elisabeth starrte auf den gefüllten Korb. »Du willst zum Waisenhaus?«

»Die Kinder haben mich fünf Tage nicht gesehen.«

»Du solltest dich lieber auf die Reise vorbereiten.«

»Mir wird es an nichts mangeln«, sagte Jonata und drückte Elisabeth an sich. Der vertraute Geruch nach Lavendel stieg ihr in die Nase. »Ich weiß, du wirst uns mit allem Nötigen ausstatten.« Sie löste sich von ihrer Ziehmutter.

Diese schüttelte den Kopf und lächelte. »Unverbesserlich bist du.«

Als Jonata das Waisenhaus betrat, wurde sie direkt von einer Schar Kinder umzingelt. Sie beugte sich hinunter, strich einem Jungen über das strubbelige Haar und kniff einem anderen liebevoll in die Wange. Der Junge quiekte vergnügt, lief hinter den Türrahmen, versteckte sich und lugte hervor. Agnes kam herbeigeeilt, drückte sie und nahm ihr den Korb ab, bevor die Sprösslinge etwas daraus stibitzen konnten.

»Dich schickt der Himmel«, sagte sie. Sie war ausgemergelt und trug ein zerschlissenes Kleid. Ihre braunen Haare hatte sie nachlässig unter die Haube geschoben. Alles Geld gab sie lieber für die Kinder aus, als sich selbst mit neuer Kleidung auszustatten.

»War die Gemeinde diese Woche wieder kniepig?«, fragte Jonata.

»Lieber schmeißen sie ihre Münzen dem Ablassprediger in den Rachen, als den Klingelbeutel zu füllen.« Agnes zog die Brauen über den müden Augen zusammen. Jeden zweiten Sonntag bekam das Waisenhaus die Kollekte von Sankt Maria Ablass. Das Geld reichte kaum, alle zweiundvierzig Kinder zu ernähren, geschweige denn neue Kleidung oder neues Geschirr zu kaufen, wenn etwas zu Bruch ging.

»Mach dem Priester klar, dass du die Kollekte von drei Sonntagen im Monat benötigst.«

»Der denkt doch nur an sein eigenes Wohl.« Agnes imitierte den watschelnden Gang des Priesters. Die Kinder lachten. »Wenn ich so beleibt wäre, könnte ich ein halbes Jahr auf Früh- und Nachtmahl verzichten.« Agnes prustete los.

Jonata schmunzelte. »Wenigstens ist dir das Lachen nicht vergangen.«

Agnes reichte ihr die Pergamentrolle aus dem Korb. »Ich bringe die Lebensmittel in die Küche.«

Jonata nahm die Rolle und hielt sie hoch, sodass die Kinder sie nicht erreichen konnten. »Soll ich euch etwas vorlesen?«

Die Kinder jubelten. Ein Junge sprang hoch und versuchte, nach dem Pergament zu greifen. Jonata hatte ihn noch nie gesehen, er musste in den letzten Tagen gekommen sein. In seiner Oberlippe klaffte eine Spalte, die bis zur Nase reichte, sodass man die oberen Zähne sah. »Wie heißt du?« Sie beugte sich zu ihm hinunter.

»Wilheln«, sagte er. Das »m« vermochte er nicht auszusprechen. Sie strich ihm über die braunen Locken.

»Ich lese euch die Vita der heiligen Ursula vor. Hast du schon einmal von ihr gehört?«

Er schüttelte heftig den Kopf.

»Kommt, ab in die Stube.«

Mit Geschrei und wildem Gerede stürmten die Kinder los, kabbelten sich um die besten Plätze. Die Großen drängten sich auf den Bänken, während sich die Kleinen auf dem Lehmboden niederließen. Wilhelm hatte sich auf die Bank gesetzt und wurde von einem anderen Jungen runtergeschubst. Der Neuling warf dem Älteren einen bösen Blick zu, ließ sich mit verschränkten Armen auf dem Schemel nieder. Jonata lachte und strich Wilhelm über den Schopf.

»Das ist mein Platz«, sagte sie lächelnd und zeigte auf den Boden. »Setz dich zu den anderen.«

Mit großen Augen sah er sie an, stand auf und setzte sich auf den Boden. Jonata nahm Platz und rieb sich die Arme. Obwohl es schon April war, ließ der Frühling auf sich warten. Und trotzdem brannte kein Feuer im Ofen. Der Korb, in dem sich normalerweise die Holzscheite stapelten, war leer. Wenn Agnes nicht mit dem Priester reden wollte, würde sie es übernehmen. Es konnte nicht sein, dass die Kinder im Kalten sitzen mussten. Hoffentlich wurde keines krank. Agnes hatte kein Geld für Medizin oder für den Medicus. Jonata konnte höchstens ihren Onkel Ekarius bitten, nach den Kleinen zu sehen. Sie hatte ihn schon einmal gebeten, ein krankes Mädchen zu untersuchen, doch bevor er im Waisenhaus aufgetaucht war, war es verstorben. Schnell drängte Jonata den Gedanken beiseite und rollte das Pergament auseinander. »Die heilige Ursula«, begann sie.

Die Kinder verstummten und sahen sie mit erwartungsvollen Augen an.

»Welcher Tag des Jahres ist ihr Gedenktag?«

Die Älteren hoben die Arme. Wilhelm sah betreten zu Boden, als habe er Angst, er müsse die Antwort liefern. Sie ließ Figen antworten, eine aufgeweckte Zehnjährige mit pechschwarzen Haaren und einem Muttermal auf der Nase.

»Der 31. Oktober.«

»Sehr gut!« Jonata lächelte ihr aufmunternd zu und begann zu lesen: »Es war zu Britannia ein frommer christlicher König, Nothus oder Maurus mit Namen, der hatte eine Tochter, die hieß Ursula. Die war so ehrbaren Wandels, so weise und so schön, dass ihr Name flog weit durch das Lande …«

Einige verloren bald die Geduld, tuschelten leise mit dem Nachbarn oder neckten sich. Doch die meisten blieben still sitzen und lauschten, war dies doch einer der wenigen unbeschwerten Momente für sie. Agnes konnte weder lesen noch Geschichten frei erzählen. Sie war ohnehin genug damit beschäftigt, das Haus in Ordnung zu halten und die Kinder zu versorgen. Wenn sie abends nicht zu müde war, setzte sie sich an ihr Spinnrad – ihr ganzer Stolz – oder nähte Gewänder für die Kleinen.

Jonata beendete die Heiligenvita.

»Noch mal«, rief ein Mädchen.

»Beim nächsten Mal.«

»Wann hat Ursula gelet?«, fragte Wilhelm.

Einige Jungen kicherten. Mit dem Sprachfehler würde er es schwer haben. Jonata warf den Kichernden einen bösen Blick zu und lächelte Wilhelm aufmunternd an. Sie war erfreut, sein Interesse geweckt zu haben. »Vor vielen Jahren.«

Seine Augen wurden größer. »Wie sah sie aus? So wie du?«

Diesmal prusteten zwei Mädchen los.

Jonata schüttelte den Kopf. »In der Basilika Sankt Ursula kannst du sie betrachten. Ein Steinhauer hat ihr Antlitz nachempfunden.«

»Gehen wir hin?«, fragte Figen.

»Nicht heute.«

»Bitte«, riefen einige. Sie drängten und flehten.

»Ich verspreche euch, das werden wir nachholen.« Sie erzählte ihnen von der Reise. Wenn sie daran dachte, wurde ihr mulmig zumute. Wie bereitete man sich auf eine solch lange Fahrt vor? Was musste sie mitnehmen? Welche Gefahren würden auf dem Weg lauern?

»Schwinnst du durch den Fluss?«, fragte Wilhelm.

»Eine Fähre wird uns ans andere Ufer bringen«, sagte sie und lächelte, obwohl ihr bei dem Gedanken an die Rheinüberquerung unwohl war. Als Jonata aufstand, liefen die Kinder aus der Stube, tollten und schrien. Wilhelm sprang an ihr hoch. Sie griff nach seinem ausgestreckten Arm und drückte ihn sanft hinunter. »Was möchtest du?«

»Noch nal, noch nal!«

»Nicht jetzt. Lauf zu den anderen.« Sie drehte ihn um und gab ihm einen sanften Klaps auf den Hintern. Ohne sich umzudrehen, spurtete er den Kindern hinterher. Seine Locken wirbelten durch die Luft. Er würde lernen müssen, sich durchzusetzen.

Jonata ging in die Küche. Agnes legte ein Holzscheit in den Ofen und entzündete es.

»Es ist kein Holz mehr in der Stube«, sagte Jonata, trat zu ihrer Freundin und legte ihr eine Hand auf die Schulter.

Agnes lächelte schwach. »Ich brauche die letzten für den Ofen in der Küche.«

»Aber die Kinder können nicht im Kalten sitzen.«

»Soll ich sie lieber verhungern lassen?« Agnes kippte Wasser in den großen Kochtopf.

»Sprich mit dem Priester.«

Agnes winkte ab. »In zehn Jahren hat er einmal das Waisenhaus inspiziert. Da weißt du, wie viel die Kinder ihm bedeuten.«

»Wende dich an den Erzbischof.«

Agnes lachte laut auf. »Als ob den die Belange der Kinder interessieren.«

»Versuchen solltest du es zumindest.«

»Die Geistlichkeit hat anderes zu tun, als sich um Waisenkinder zu sorgen. Das habe ich als Kind am eigenen Leib erfahren müssen.«

»Dann werde ich zum Priester gehen.«

»Tu, was du nicht lassen kannst. Aber glaub mir, ändern wird das nichts.«

Jonata ließ sich auf einen Schemel sinken. Würde Lucas noch leben, könnte sie mit ihm darüber sprechen. Er wüsste Rat, und wenn er im Wald einen Baum fällen würde. Sie rappelte sich auf und half Agnes, das Essen vorzubereiten. Die Ablenkung tat ihr gut.

***

Nach der großen Messe betrat Enderlin das Brauhaus des Klosters. Der süßliche Geruch nach Malz schlug ihm entgegen. Es war heiß und stickig. Er hasste es, mit so niederen Aufgaben betraut zu werden, doch auf der anderen Seite erinnerte ihn der Geruch an seine Kindheit.

Georg schürte das Feuer unter dem Bottich. Paulus trug zwei Körbe mit Hopfendolden heran. Der Prior hatte ihm die Knechte letztes Jahr zugeteilt. Sie waren nicht verpflichtet, sich an das Schweigegebot zu halten, und doch hatte er ihnen verboten, unnötig zu reden. Nur Verständigung, die die Arbeit betraf, gestattete er. Oft hatte er sie erwischt, wie sie sich nicht daran hielten. Doch heute hatte er nichts aus dem Brauhaus vernommen, als er sich genähert hatte. Vielleicht hatten sie ihn kommen sehen.

Enderlin stieg auf die Holzbank und warf einen Blick in den Sud aus brauner Flüssigkeit. Als Paulus den Hopfen hineingeben wollte, hielt er ihn mit einem strengen Blick und einer

Handbewegung davon ab. Der Sud war noch nicht heiß genug. Hatten die beiden nichts gelernt? Enderlin nahm dem Knecht den Korb ab. Es war viel zu viel Hopfen für den Kessel. Er zeigte auf die Eimer mit dem Treber. Seufzend schnappte sich Paulus die Eimer und brachte das gekochte Getreide nach draußen zu den Stallungen. Es eignete sich wunderbar als Futter für das Vieh.

Als der Sud die richtige Temperatur erreichte, gab Enderlin den Hopfen hinzu. Den Rest brachte er zurück in den Vorratskeller. Hier war es angenehm kühl, und die Fässer stapelten sich an der Wand. Noch zwei Wochen bis Sankt Georg würden sie brauen. Das Lager war nicht so groß wie das seines Vaters, doch es würde für die Mönche während des Sommers reichen.

Als Paulus die leeren Eimer gesäubert hatte, half Enderlin den Knechten, den Sud zu filtern und von den Hopfendolden zu befreien. Nun mussten sie warten, bis die Flüssigkeit abgekühlt war, und das Zeug der letzten Gärung hinzufügen. Danach lag es in Gottes Hand, dass aus dem Sud genießbares Bier wurde.

Die Glocken läuteten zum Mittagsgebet. Enderlin wies die Knechte an, den Maischebottich und den Läuterbottich zu schrubben sowie die Leinentücher zu waschen. Das würden die beiden auch ohne ihn hinbekommen. Er verließ das Brauhaus und überquerte den Hof zur Abteikirche, wo er sich den Psalmengesängen und den Gebeten hingab. Nach der Sext ging er mit den Brüdern ins Refektorium. Neben dem Becher Dünnbier gab es einen Eintopf aus Bohnen, Erbsen und Speck. Nach seinem Geschmack enthielt er zu viel Schweinefleisch, doch nach der Fastenzeit pflegten die Brüder in der Küche besonders großzügig mit dem Fleisch zu sein. Die Schüsseln wurden schneller geleert als noch vor zwei Wochen. Er hätte ganz auf Fleisch verzichten können, doch er musste essen, was ihm vorgesetzt wurde.

Heute hielt Melchior die Tischlesung. Er hatte das erste Kapitel des Johannesevangeliums gewählt. *»Altera die iterum stabat Iohannes et ex discipulis eius duo et respiciens Iesum ambulantem dicit: ecce agnus Dei.«* – Am nächsten Tag stand Johannes abermals da und zwei seiner Jünger; und als er Jesus vorübergehen sah, sprach er: Siehe, das ist Gottes Lamm!

Enderlin mochte es nicht, wie Melchior jede einzelne Silbe betonte. Es war anstrengend, der Lesung zu folgen, und er war froh, als das Mittagsmahl beendet war und er sich dem Studium widmen konnte. Während der Fastenzeit hatte er einen Kommentar zum Galaterbrief gelesen. Seit Ostermontag las er das Buch Hiob, das älteste Buch der Bibel. Er hoffte inständig, allezeit so gottesfürchtig zu sein wie der Mann in der Schrift. Was der Teufel ihm alles genommen hatte, und doch hielt er an seinem Glauben fest.

Als Enderlin sich auf den Weg zur Bibliothek machen wollte, trat der Prior zu ihm.

»Du musst einen Auftrag für mich erledigen.« Jakob Hochstraten überreichte ihm einen Bogen Papier. Hatte das mit dem gestrigen Gespräch zu tun? Enderlin hatte in der Nacht lange wach gelegen und darüber gegrübelt. Er sah den Prior fragend an.

»Der Ablassbrief. Geh damit zu Peter Quentell. Bruder Tetzel benötigt neue Drucke.« Als Enderlin nicht sofort reagierte, fasste der Prior ihn an der Schulter. »Du bist im Moment der Einzige, der die Klausur verlassen darf. Dir kann ich vertrauen.«

Seitdem Enderlin für die Memoria der Brauerbruderschaft Sorge trug, hatte der Prior seine Klausur gelockert. Schließlich musste er für das Totengedenken vorher mit den Angehörigen sprechen. Er durfte sogar für das heutige Nachtmahl in das Haus seines Vaters einkehren. Vor der Beerdigung hatte er dem Prior zu verstehen gegeben, dass er seinen Vater von der Wichtigkeit eines Ablassbriefes für Lucas überzeugen musste. Als der Prior gesehen hatte, wie er um das Seelenheil seines leiblichen Bruders besorgt war, hatte er eingewilligt. Enderlin nahm den Ablass. »Wie viele benötigt Bruder Tetzel?«

»So viele, wie Meister Quentell zu drucken vermag.«

»Aber –«

Der Prior hob die Hand. Enderlin senkte den Blick. Er hatte einwenden wollen, dass der Drucker eine viel zu große Stückzahl herstellen konnte. Diese Schwarze Kunst war Teufelswerk! Gute Schriften brauchten Zeit und Erfahrung. Jedes Werk war ein Unikat, doch diese Drucker brachten es fertig, ein und denselben Text in hoher Zahl herzustellen. Es gab keinen Unterschied zwischen den Ausgaben, keine Individualität, keine Gottesfurcht. Das grenzte an Zauberei. Aber er hatte kein Recht, dem Prior zu widersprechen.

»Unzählige Seelen in Köln wollen errettet werden. Bruder Tetzel will es ihnen gewähren, doch wie, ohne neue Ablasszettel?«, ergänzte der Prior.

Enderlin nickte. Er wollte fragen, wo sich die Druckerei von diesem Quentell befand, aber der Prior hatte sich bereits abgewandt. Enderlin ließ den Brief in der Kutte verschwinden und ging zur Klosterpforte. Bruder Fritz saß auf dem Schemel, hielt ein Buch so dicht vor sein Gesicht, dass man nur noch die Augen sah. Er murmelte den Text vor sich hin. Als Enderlin näher trat, blickte er verwundert auf, öffnete jedoch wortlos die Pforte.

Zum zweiten Mal in den letzten beiden Tagen verließ Enderlin die schützenden Klostermauern. Er steuerte auf den Dom zu. Dort gab es genug Händler, die er nach der Druckerei fragen konnte. Vielleicht unterhielt Quentell dort einen Stand. Schon von Weitem vernahm er das Markttreiben. Ein mit Fässern beladenes Fuhrwerk quälte sich durch den Matsch. Enderlin musste zur Seite treten, um nicht unter die Räder zu geraten. Zwei Frauen torkelten ihm Arm in Arm entgegen. Die Kleider waren viel zu tief geschnitten und gaben den Blick auf ihre üppigen Brüste frei. Der gelbe Saum der Gewänder wies sie als Hübschlerinnen aus. Er wandte den Blick ab, wollte nicht sehen, was sie den Freiern anboten. Verbieten sollte man dieses unkeusche Verhalten. Auch lasst uns nicht Hurerei treiben, wie einige von ihnen Hurerei trieben, zitierte er in Gedanken aus dem ersten Buch der Korinther. Gesenkten Kopfes ging er an ihnen vorbei.

Eine Magd mühte sich mit einem Bündel ab. Sie trug ein hochgeschlossenes Kleid, und eine Haube verdeckte die Haare, wie es sich gehörte. Sie sah ehrbar aus, doch er wollte kein Weib nach dem Weg fragen. Bis auf seine Schwester hatte er seit Jahren mit keiner Frau mehr ein Wort gewechselt.

Als er den Domplatz betrat, war er überwältigt von den vielen Menschen, die sich zwischen den Ständen tummelten. Die Händler schrien und priesen ihre Waren an. Zwei Gaukler unterhielten eine Gruppe von Kindern. Einer klimperte auf der

Laute, der andere tanzte und warf dabei Bälle durch die Luft. Die Sprösslinge lachten, als dem Spielmann ein Ball zu Boden fiel und er ein verdutztes Gesicht machte.

Worauf hatte Enderlin sich nur eingelassen? Wie er die Ruhe des Klosters vermisste. Ein großer Mann fiel ihm auf, der in einem Bauchladen Bücher zum Verkauf anbot. Vielleicht kannte er diesen Drucker. Enderlin trat auf ihn zu.

»Ach, sieh an, ein Mönch! Ich habe eine wunderbare Ausgabe der Vulgata.« Der Mann griff nach der lateinischen Bibel und wollte sie ihm zeigen.

Enderlin hob abwehrend die Hände. »Nein, danke. Wisst Ihr, wo Peter Quentell wohnt? Der Drucker.«

»Ich weiß, wo er seine Werkstatt unterhält.« Der Buchführer strich seine langen zotteligen Haare aus dem Gesicht. Konnte er sich keinen Besuch bei einem Bader leisten? »Was wollt Ihr von ihm?«

»Das ist meine Sache.«

»Was ist Euer Begehr, Pfaffe? Ich kann Euch die neusten Schriften besorgen.«

Enderlin schluckte. Wieso sagte ihm der Buchführer nicht einfach, wo der Quentell zu finden war? »Ich muss persönlich mit dem Drucker sprechen.«

»Ihr solltet die Schriften bei mir kaufen. Ich mache Euch einen guten Preis. Braucht Ihr neue Lehrbücher für die Klosterschule oder Gebetsbücher für die Messe?«

Enderlin schüttelte energisch den Kopf. »Nichts dergleichen.«

»Braucht Ihr Heilsbücher von Hippokrates? Welche Schrift es auch ist, ich kann sie Euch besorgen.«

»Ich muss bloß wissen, wo ich den Drucker finde.«

Der Buchführer schnaubte und wandte sich zum Gehen.

»So wartet doch!« Enderlin umrundete den Buchführer, sodass dieser ihn wieder ansehen musste. Anscheinend sorgte er sich um sein Geschäft. Womit konnte er ihn überzeugen, ohne gleich sein Anliegen preiszugeben? »Ihr könnt zum Kloster kommen und unserem Skriptor Schriften anbieten. Gewiss wird er Euch welche abkaufen. Ich habe jedoch einen persönlichen Auftrag. Bitte seid so freundlich und verratet mir, wo der Drucker wohnt.« Enderlin neigte den Kopf und faltete die Hände. Machte man das so?

Der Buchführer seufzte. »Also gut, Pfaffe! Bei meinem nächsten Besuch in Köln werde ich zum Kloster kommen und Euch an das Versprechen erinnern.«

Enderlin hatte die Worte nicht als ein Versprechen aufgefasst. Hoffentlich hatte der Buchführer dieses Gespräch bis dahin vergessen.

»Seine Offizin ist nicht weit.« Der Buchführer zeigte quer über den Domplatz. »Seht Ihr das Haus mit den grünen Fensterläden?«

Enderlin neigte demütig den Kopf. »Gott wird es Euch vergelten.« Er trat einen Schritt zurück und ging über den Domplatz.

Über dem Verkaufsladen hatte der Drucker den Namen der Werkstatt »Officina Quenteliana« auf die Fassade malen lassen. Enderlin betrat den Verkaufsraum. Mehrere Bücher lagen auf einem Tisch zur Schau.

Ein Junge um die zehn Jahre kam herangeeilt. »Was ist Euer Begehr?« Der Bengel musterte ihn von oben bis unten. »Edler Herr«, setzte er zaghaft hinzu. Anscheinend hatte er seinen Satz auswendig gelernt und wusste nicht, ob die Anrede passend war.

»Ich suche Meister Quentell.«

»Ich werde Euch gut beraten.« Der Junge zeigte auf die Bücher und atmete tief ein, wohl um in einem ausladenden Monolog die Druckwerke anzupreisen.

Enderlin hob die Hand, um ihn zum Schweigen zu bringen. »Ich muss den Meister persönlich sprechen.«

Unsicher schaute ihn der Junge an und schielte zu einer Tür. »Aber … ich bin befugt.«

Enderlin zog den Brief aus der Kutte. »Ich überbringe eine Nachricht vom Prior persönlich. Also tu, worum man dich bittet.«

Der Junge nickte zögerlich, dann führte er Enderlin durch die Tür in den hinteren Teil des Gebäudes. Sie betraten einen Raum mit vier gewaltigen Ungetümen. Holzapparaturen, die größer waren als ein Mann. Mit einem Gewinde in der Mitte, an dem ein Hebel befestigt war. Einige Männer zogen daran. Sie mussten so viel Kraft aufwenden, dass einer sich mit den Füßen an dem unteren Holzbalken abstützte. Andere hantierten mit Papier, einer drückte schwarze Ballen auf eine Metallfläche. Insgesamt zählte er sechzehn Drucker. Der Junge sprach mit einem Mann an einem Stehpult. Sein Wams bestand aus feinem Seidenstoff, und das schwarz-orange Barett war farblich darauf abgestimmt. Dies musste Peter Quentell sein.

»Ihr braucht neue Ablassbriefe«, stellte der Drucker fest.

Enderlin nickte. »Bruder Tetzel ist in der Stadt und benötigt Nachschub.«

Peter Quentell lachte. »Die Leute reden, er verkauft den Ablass so gut wie die Bäcker das Brot.« Er trat ans Fenster und begutachtete das Schriftstück. »Ist er so gut, wie man sagt?«

War er wirklich in der richtigen Druckerei gelandet? Hätte der Prior keinen gottesfürchtigen Drucker auswählen können? »Bruder Tetzel rettet die Seelen.«

Quentell winkte ab und kam auf ihn zu. »Welche Stückzahl wünscht Euer Prior?«

Enderlin schluckte, hasste es, dass Bruder Jakob ihm keine Zahl genannt hatte. Wie viel Briefe mochte Tetzel benötigen? Drei Tage sollte er noch in der Stadt weilen, wie viele Briefe verkaufte er an einem Tag? Er ärgerte sich, nicht in den Dom gegangen zu sein und sich ein Bild von dem Ablassverkauf gemacht zu haben. Er hatte keine Ahnung, wie viele Menschen einen Ablass erwarben. Sicherlich nicht viele. Die meisten waren mit ihrem gotteslästerlichen Leben beschäftigt.

»Achtundvierzig«, antwortete Enderlin.

»Sicher? Hat Euer Prior nicht eher vierhundertachtzig geordert?«

So viele wollte er in kurzer Zeit herstellen können? Welcher Mensch würde dazu imstande sein? Hier arbeiteten zwar sechzehn Drucker, aber der geübte Melchior brauchte Jahre für ein einziges Buch. Enderlin benötigte die Drucke schnell und konnte nicht Monate darauf warten. »Ich bin mir sicher. Vierhundertachtzig hat er nicht gesagt.«

Peter Quentell nickte, warf ihm einen mürrischen Blick zu. »Vierzig Schillinge werde ich für die Nachdrucke nehmen.

Einen besseren Preis kann ich Euch bei dieser Stückzahl nicht anbieten.«

»Wann sind die Briefe fertig?«

»Morgen zur sechsten Stunde könnt Ihr Eure heiligen Blätter abholen.«

So geschwind sollten die Nachdrucke fertig sein? Das schaffte er niemals, doch nichtsdestotrotz würde Enderlin morgen Mittag auf die Ablassbriefe bestehen. Er war gespannt auf die Ausreden des Druckers. »Habt Dank!«, sagte er zum Abschied und zog sich zurück. Er wollte keinen Augenblick länger in der Gegenwart dieses Heiden bleiben.

***

Simon betrat die Küche. Der Topf über dem Feuer verströmte den Duft einer kräftigen Suppe. Seine Mutter zog an der Eisenkette und hängte ihn am Kesselhaken ein paar Zähne höher. »Wo ist dein Bruder?«

»Bin ich seine Amme?«

Seine Mutter strafte ihn mit einem vernichtenden Blick, doch er ließ sich davon nicht beirren. Gestern hatte er keine Möglichkeit gehabt, sie zur Rede zu stellen, da sie bereits zu Bett gegangen war.

»Geh und hol ihn.«

Am liebsten hätte er allein mit seiner Mutter gesprochen, doch Nickell hatte ein Recht darauf, das Familiengeheimnis zu erfahren. Vielleicht würde sie bei dem Gespräch seine brennenden Fragen beantworten. Simon stieg die Treppen hinauf, klopfte an die Tür und öffnete sie. Die Bettstatt war leer, sah unberührt aus. Unverrichteter Dinge kehrte er in die Küche zurück. »Nickell ist nicht in seiner Kammer.«

Erstaunt sah seine Mutter ihn an. »Er ist heute Morgen noch nicht runtergekommen.«

Es war unwahrscheinlich, dass sein Bruder früher als seine Mutter aufgestanden war.

»Dann ist er gestern Abend nicht nach Hause gekommen«, schlussfolgerte Simon.

Seine Mutter setzte sich auf den Schemel, die Schultern nach unten gesenkt. Auch sie trug eine Last. Simon wollte seinen Ton im Zaun halten und doch nicht nachgeben. »So bleibt Zeit für eine Unterhaltung unter uns. Du bist mir noch eine Antwort schuldig.«

»Ach, Simon.« Sie seufzte. »Martin ist und bleibt dein Vater.«

»Nein! Das ist er nicht! Martin war gut zu mir, und vielleicht hat er mich geliebt wie einen Sohn, aber mein ganzes Leben steht auf einer feigen, widerlichen Lüge! Ich will meine wahre Herkunft erfahren.«

»Sie ist nicht wichtig.« Sie sah ihm fest in die Augen. Heute war sie gefasster als gestern. »Bist du nicht behütet aufgewachsen?«

»Darum geht es nicht.«

»Doch, Simon. Nur das zählt.«

»Wer ist mein leiblicher Vater?«

»Er hat sich nie für dich interessiert.«

»Das will ich ihn selbst fragen.«

»Er lebt nicht in Köln.«

»Nicht?« Er stockte. »Ist er ein Reisender, ein Kaufmann oder gar ein Gaukler?«

Sie schüttelte den Kopf. »Du verstehst nicht.«

»Ach nein? Was soll ich denn verstehen, wenn du es mir nicht erklärst?« Sein Kopf begann zu glühen, und sein Vorsatz, einen versöhnlichen Ton anzuschlagen, war dahin. Am liebsten hätte er sie gepackt und geschüttelt, die Antwort aus ihr herausgezwungen.

»Ich …«, sie rieb sich über die Stirn, »… habe nicht immer in Köln gelebt.«

»Was? Ich dachte … Welche Geheimnisse hast du noch vor uns?«

»Ich bin mit achtzehn nach Köln gekommen und habe hier Martin, deinen Vater, geheiratet.«

»Vater! Nimm dieses Wort nicht mehr in den Mund!« Er schnaubte, mahnte sich zur Nachsicht, doch er konnte sich nicht mehr im Zaum halten. »Wo bist du aufgewachsen?«

Sie knetete die Hände und senkte den Blick. Als sie nicht antwortete, trat er an sie heran, atmete tief durch und legte eine Hand auf ihre Schulter. »Bitte, Mutter, erzähl es mir.«

Vielleicht musste er es doch sanft angehen, um sie zum Reden zu bringen.

»Ich will nicht an die Zeit zurückdenken, es war eine Schmach.«

Eine Schmach? Was erzählte sie da? Was hatte sie erleiden müssen? Er setzte sich zu ihr, nahm ihre Hände in die seinen. »Was hat man dir angetan?«

Sie blickte ihn an, Tränen standen in ihren Augen. Die Haut darum war faltig geworden, das hatte er noch nie wahrgenommen. Hatten sie im gleichen Haus nebeneinanderher gelebt, ohne füreinander da zu sein?

»Simon, bitte, ich …« Sie schluchzte auf, entzog ihm die Hände und stürzte aus der Küche. Regungslos sah er ihr nach. Wie sollte er nur die Wahrheit erfahren?

Er beschloss, in die Druckerei zu gehen. Dort berichtigte er die letzte Seite, erstellte einen Korrekturabzug und las ihn drei Mal sorgfältig durch. Als er sich sicher war, dass er keine Fehler enthielt, befestigte er den Satz im Schließrahmen der Druckerpresse, färbte ihn mit der Druckerschwärze und legte einen Bogen ein. Er schob den Schlitten unter die Presse und zog mehrmals kräftig am Anpresshebel. Das Ganze wiederholte er, bis die fünfunddreißig bedruckten Bogen an der Leine zum Trocknen hingen. Hierbei hätte er Nickells Hilfe gut gebrauchen können. Wo steckte der bloß? Normalerweise kam er vor Tagesanbruch nach Hause.

Simon sortierte die Lettern in den Setzkasten ein und begann mit dem Setzen der nächsten Seite. Als das Setzschiff zur Hälfte mit den Lettern einer neuen Seite gefüllt war, wurde die Haustür geöffnet. Das musste Nickell sein. Simon legte den Winkelhaken nieder und ging zur Diele. Nickells Augen waren gerötet, und er roch nach Wein.

»Wo warst du so lange?«

»Was geht dich das an?« Nickell stapfte an ihm vorbei die Treppen hinauf.

»Mutter hat sich Sorgen gemacht!«

»Soll sie nur.«

Wut kochte in Simon hoch. Was bildete sich sein Bruder ein? Auch wenn er selbst im Moment nicht gut auf sie zu sprechen war, hatte sie es nicht verdient, so behandelt zu werden.

»Nur weil Vater nicht mehr im Haus ist, gibt dir das noch nicht das Recht –«

»Was denn?« Nickell drehte sich um, sah ihn wutentbrannt an. »Mein eigenes Leben zu leben? Du willst mich doch nicht in der Druckerei haben. Sie gehört dir. Für mich ist hier kein Platz mehr.«

»Ich hätte dich heute gut gebrauchen können.«

Nickell lachte auf. »Aber gestern meine Arbeit schlechtmachen.«

»Es war ein Fehler in der letzten Seite.«

»Immer weißt du alles besser.« Nickell stapfte weiter die Treppen hinauf. Er sprach kurz ein paar Worte mit seiner Mutter, dann knallte die Tür zu.

Es hatte keinen Zweck, ihn jetzt zur Rede zu stellen. Simon musste warten, bis sein Bruder ausgeschlafen war. Also begab er sich in die Werkstatt und fuhr mit dem Setzen fort.

Zum Nachtmahl kam Nickell aus der Kammer. Seine Mutter füllte die Suppe aus Lauch, Pastinaken und Kohl in die Holzschüsseln. Nur wenige Speckstückchen befanden sich darin. Noch vor ein paar Wochen hatte sie mit dem Fleisch nicht gespart. Dazu gab es Brot und Käse. Nickell machte sich wortlos über die Suppe her.

»Lasst uns beten!«, sagte seine Mutter.

»Wozu?« Nickell schlürfte die Suppe vom Löffel. »Gott hat uns verlassen.«

»Sag so etwas nicht«, erwiderte sie.

»Vater ist tot, trotz meiner Gebete.«

Sein Bruder hatte gebetet? Er drückte sich um jeden Kirchenbesuch und jede Beichte.

»Er hat mich nicht erhört«, fuhr Nickell fort. »Wieso sollte er unsere Tischgebete erhören?«

»Wir dürfen nicht hadern mit Gott. Wir brauchen seine Hilfe mehr denn je«, sagte seine Mutter.

Nickell hörte nicht und aß weiter. Simon sah seine Mutter an. Sie nickte ihm zu und faltete die Hände. Er tat es ihr gleich und wartete auf ihre Worte, die diesmal leise und zaghaft kamen: »Dir sei, oh HERR, für Speis und Trank, für alles Gute Lob und

Dank. Du gabst, du willst auch künftig geben, dich preise unser ganzes Leben. Amen.«

»Amen.« Simon riss ein Stück von dem Brotlaib ab und tunkte es in die Suppe. Würde seine Mutter nun mit der Sprache rausrücken? Sie zögerte, dann begann sie, ebenfalls zu essen. Nickell nahm sich einen Nachschlag. Als er die Holzschüssel zum zweiten Mal geleert hatte, stand er auf.

»Bitte bleib noch. Ich muss dir etwas erzählen.« Die Lippen ihrer Mutter bebten.

»Willst du mich loswerden? Ist es das, was du sagen willst?«

Sie riss die Augen auf. »Niemals.«

»Koste ich zu viel?«

»Wie kannst du so etwas nur denken?«

Nickell griff in seine Geldkatze und warf zwei Schillinge auf den Tisch. »Für die letzte Woche.«

»Nickell!« Seine Mutter kam um den Tisch herum, fasste ihren Sohn am Arm, doch er riss sich los.

»Ich werde mich selbst versorgen können.«

»Du streunst wieder mit Klaus durch die Gassen«, sagte Simon.

»Er hat mir eine Laterne geschenkt. Nun verdiene ich meinen Unterhalt. Wenn ich genug Geld habe, miete ich mir eine Wohnung. Solange kann ich bei Klaus unterkommen.«

»Was ist denn das für eine Arbeit? Nachts den zwielichtigen Gestalten den Weg zum nächsten Frauenhaus zu leuchten?«

»Nur ehrbare Bürger fragen nach einem Leuchtemann. Die Halunken und Gauner können sich den Dienst gar nicht leisten.« Nickell wandte sich um.

»Nickell, hör doch erst einmal, was ich zu sagen habe«, flehte seine Mutter.

»Ich weiß bereits alles.« Er riss die Tür auf.

»Im Testament steht, du sollst die Gesellenzeit in der Druckerei ableisten können. Zum üblichen Lohn.«

Nickell drehte sich um. »Was nützt es, wenn er es nicht will?«

»Danach erhältst du eine Anfangshilfe von zwanzig Gulden.«

Seine Augen weiteten sich. »Zwanzig Gulden?« Er kam näher.

»Und da gibt es noch etwas.« Seine Mutter schaute zu Boden. Nickell sah sie gespannt an. Sein Interesse war geweckt. »Simon ist nicht der Sohn von Martin.«

»Was?« Nickell trat auf seine Mutter zu, hob ihren Kopf an, sodass sie ihn ansehen musste. »Was sagst du da?«

»Ich …« Sie atmete tief durch. »Ich war schwanger, als ich Martin geheiratet habe.«

»Wie bitte? Das erfahre ich jetzt? Das bedeutet doch –«

»Martin hat in seinem Testament Simon als Erben eingesetzt.«

Nickell schüttelte verständnislos den Kopf. »Du sagst mir, Simon ist nicht Vaters Sohn, aber trotzdem sein Erbe? Und ich, sein leiblicher Sohn, soll mich bei diesem Bastard verdingen? Hast du den Verstand verloren?«

Tränen rannen über ihre Wangen. »So hat es Martin verfügt.«

Nickell ließ seine Mutter stehen und kam auf Simon zu. Er schlug die Hände auf den Tisch. »Hast du gehört? Mir steht die Druckerei zu!«

»Nein.« Simon stand ebenfalls auf. »Gegen das Testament können wir nichts einwenden.«

»Oh doch! Du akzeptierst deinen Stand und überlässt mir die Druckerei und das Haus.«

»Willst du nicht Vaters letzten Willen akzeptieren?«

»Pah!« Nickell fasste sich an die Stirn. »Was fällt dir ein, Martin deinen Vater zu nennen?«

»Er ist sein Vater«, wandte ihre Mutter ein.

»Halt dich da raus«, rief Nickell ihr zu. Dann blickte er Simon mit zornigen Augen an. »Wir gehen zum Schreinsamt und lassen das Haus auf mich umschreiben.«

Simon schluckte. Es nützte nichts, wenn er noch weiter dagegenhielt. »Lass uns darüber reden, wenn du dich beruhigt hast.«

»Wenn du nicht mitwillst, gehe ich allein.« Mit schnellen Schritten verließ Nickell die Stube. Ihre Mutter rief ihm hinterher, doch kurze Zeit später fiel die Haustür ins Schloss. Sie ließ sich auf den Schemel sinken. »Bitte rede mit ihm«, flüsterte sie.

Simon atmete tief durch. Es war ihr Verdienst, und doch blieb ihm keine Wahl, wenn er die Druckerei vor dem Untergang retten wollte.

***

Jonata fand Elisabeth hinter dem Haus, die mit flinken Fingern das Unkraut aus dem feuchten Boden zupfte.

»Du warst lange fort«, sagte ihre Ziehmutter, ohne sich zu erheben.

Sie ging nicht auf die Bemerkung ein, bückte sich, zog ein paar Disteln aus der Erde und warf sie in den Eimer. »Was muss ich wohl auf die Reise mitnehmen?«

Elisabeth richtete sich auf. »Genug Kleidung. Ihr nehmt das Fuhrwerk, also musst du dein Bündel nicht tragen.«

»Zwei Kleider«, überlegte Jonata laut.

»Deinen Wollmantel und ein paar Schuhe zum Wechseln.«

»Was ist mit Vorräten?«

»Darum kümmere ich mich. Ich werde Steffan genug mitgeben, auch Decken.«

»Dann werde ich jetzt mein Bündel schnüren.«

»Zuerst geh ins Brauhaus. Dein Vater hat nach dir gefragt.«

»Was wollte er?«

Elisabeth zuckte mit den Schultern und widmete sich dem Gemüsebeet.

In der Brauerei schloss Jonata die Augen und atmete tief durch. Wie sie den süßlich herben Geruch des Bieres liebte. Sie wusste nicht, ob sie noch vor Sankt Georg zurück sein würde. Nach dem Tag des Schutzheiligen würden die Maischebottiche leer bleiben, und ihr Vater würde auf die neue Ernte im Herbst warten.

Die Lehrlinge Clewin und Ewald spannten ein Tuch über einen Bottich, während Geselle Christoff die matschige Maische aus einem Kessel abschöpfte und durch das Leinen hindurchlaufen ließ. Zweimal musste das Bier gefiltert werden, das wusste sie. Warum die Lehrlinge das taten, wusste sie nicht. Sie hoffte, bald mehr über das Brauen zu erfahren. Lucas hätte ihr mit wenigen Worten erklärt, was bei der Herstellung des Bieres zu beachten war.

Ihr Vater kam ihr entgegen und reichte ihr einen Brief mit Siegel. »Für Hannes von Wieskau. Verwahre ihn gut.«

»Natürlich, Vater.«

»Wir werden heute einen Gast beim Nachtmahl begrüßen«, sagte er.

Jonata sah auf. Eine Gestalt näherte sich. Enderlin. Sein schwarzer Mantel verdeckte den weißen Habit, und so hatte sie ihn in der dunklen Ecke nicht wahrgenommen.

»Oh!«, entfuhr es ihr. Warum war Enderlin außerhalb der Klausur? Die gestrige Beerdigung mit dem Besuch im Haus der Brauer beim Totenmahl war eine Ausnahme gewesen. Ansonsten verließen die Mönche für gewöhnlich nicht das Kloster.

»Du scheinst dich nicht zu freuen«, sagte Enderlin.

»Überrascht bin ich. Was veranlasst den Prior, dich aus dem Konvent zu entlassen?«

Ein Zucken um seine Mundwinkel. »Ich soll euch in der schweren Zeit beistehen.«

»Nun geh und bring dein Reisegepäck zu Steffan«, sagte ihr Vater.

Jonata neigte den Kopf und zog sich zurück.

Nachdem sie ihr Bündel geschnürt und zu Steffan in den Stall gebracht hatte, half sie Elisabeth, das Nachtmahl vorzubereiten. Gegen Sonnenuntergang deckten sie den Tisch. Wenn ein Gast im Hause weilte, trug Elisabeth üppig die Speisen auf. Auch wenn Enderlin im Kloster eher ein mageres Essen gewohnt war, hatte sie sich nicht davon abbringen lassen. Neben einem Eintopf aus Bohnen und Erbsen mit reichlich Fleisch gab es Brot und Käse, Marmelade, gepökelten Kabeljau, einen am Spieß gebratenen Biber sowie gedörrte Kirschen und Pflaumen.

Jonata und die Mägde setzten sich zu den Männern. Ihr Vater hatte vor Jahren eingeführt, dass nicht nur die Gesellen und Lehrlinge abends mit ihnen speisten, sondern auch Margret und Kuntz. So hatte es sich eingebürgert, dass auch Elisabeth und der Knecht Steffan mit am Tisch aßen. Nur Brid arbeitete zu der Zeit meist in der Schenke. Den Platz von Lucas hatte Enderlin eingenommen. Ihr Vater bat ihn, das Tischgebet zu sprechen. Jonata faltete die Hände und senkte den Blick.

»Adsis, Christe, dapes hinc nunc benedicere sumptas, ut satient famulos fercula ista tuos …«

Wie konnte er es wagen, das Gebet auf Latein zu halten? Keiner in der Familie verstand die Sprache der Gelehrten. Sie konnte sich nicht vorstellen, dass Gott und die Heiligen nur Gebete in Latein erhörten. Wenn sie zum heiligen Peter von Mailand, dem Patronus der Brauer, oder zur heiligen Mutter Maria betete, spürte sie im Herzen, dass sie erhört wurde. Wäre sie ein Mann, dann könnte sie Enderlin maßregeln. Ihr Vater schien jedoch zufrieden und forderte alle auf, zuzugreifen.

Jonata ließ sich von Elisabeth die Holzschüssel mit Eintopf füllen. Er schmeckte vorzüglich, doch sie bekam kaum etwas hinunter. In Gedanken war sie auf der Reise nach Sachsen. Wie hatte Lucas sich auf eine Reise vorbereitet? Hatte er keine Bedenken gehabt? Das vertraute Heim zu verlassen, nicht jede Gasse der Stadt zu kennen, nicht zu wissen, wo man gutes Brot oder leckeres Obst erstehen konnte. Sie bekam von Elisabeth einen Seitenhieb und schreckte hoch.

»Jonata.« Ihr Vater sah sie erwartungsvoll an.

»Wie bitte?«

»Was hältst du von Enderlins Vorschlag?«

»Ich …« Was mochte ihr Bruder vorgeschlagen haben?

»Wo bist du nur mit deinen Gedanken?«

»Bei der morgigen Reise«, antwortete sie wahrheitsgemäß.

Ihr Vater nickte brummend. »Wir sollen einen Ablass für Lucas erwerben.«

»Um ihm die Leiden des Fegefeuers zu ersparen«, raunte Enderlin. Seine Stimme klang bedrohlich, als ob er die Schrecken des Fegefeuers heraufbeschwören wollte.

Lucas im Fegefeuer? Als Enderlin auf der Beerdigung von Ablassbriefen und Fegefeuer gepredigt hatte, hatte sie nicht daran gedacht, dass Lucas auch dort sein könnte. »Natürlich sollten wir Lucas retten!«, sagte sie atemlos. Sie sah Lucas' Gesicht vor sich, wie es vom lodernden Feuer umschlossen war.

»Wir beide kaufen den Brief morgen früh«, sagte ihr Vater.

Jonata nickte. Ihr Herz krampfte sich zusammen. War Lucas im Fegefeuer gefangen und litt unglaubliche Qualen? Verbrannten seine Glieder? Schrie er zu ihnen, und sie hörten ihn nicht? Ihre Hände wurden feucht, sie rieb sie an dem Kleid trocken. Wenn sie ihn durch den Kauf eines Ablasses aus der Feuersbrunst retten konnten, wieso hatten sie ihn dort zwei Wochen leiden lassen? Sollte sie diese Frage laut aussprechen?

Geselle Christoff nahm sich etwas von dem Fisch. Der Lehrling Felix versuchte, ein Stück vom Biber abzuschneiden. Lehrling Ewald zog ihn auf, dass er es nicht richtig machte. Elisabeth nahm ihm das Messer aus der Hand und übernahm das Zerkleinern des Fleisches. Kuntz matschte mit den Fingern im Eintopf. Margret maßregelte ihn und drückte ihm den Löffel in die Hand. Enderlin und ihr Vater unterhielten sich über das Klosterleben. Das war nicht der rechte Zeitpunkt für Jonatas Fragen.

Als sie das Mahl beendet und die Mägde den Tisch leer geräumt hatten, wollte Enderlin für Lucas beten. Jonata faltete die Hände und lauschte den Worten. *»Kyrie, elesion. Christe, elesion …«*

Wieder Latein. Die Worte rauschten an ihr vorbei.

»Amen«, schloss Enderlin das Gebet.

»Amen«, wiederholten alle.

Jetzt konnte sie nicht mehr an sich halten. »Wieso betest du nicht auf Deutsch?«

Enderlins Augen blitzten. »Gebete werden in der heiligen Sprache gehalten.«

»Keiner hier versteht sie.«

Alle am Tisch verstummten, regten sich nicht. Sogar Kuntz blieb still sitzen.

»Darum sollten sie von Geistlichen gesprochen werden.«

Wuttränen stiegen ihr in die Augen, doch sie wollte nicht weinen. »Der allmächtige Gott muss auch die deutsche Sprache verstehen.«

»Blasphemie!«

»Schluss jetzt«, rief ihr Vater. »Jonata, du gehst auf deine Kammer und denkst darüber nach, was du getan hast. Ich will dich heute nicht mehr sehen.«

»Aber …« Sie wollte protestieren, doch der Blick ihres Vaters ließ sie verstummen.

»Enderlin ist nicht nur dein Bruder, sondern auch Mönch.«

Enderlins Mundwinkel zuckten. Freute er sich etwa, dass ihr Vater sie maßregelte? Sie lief in ihre Kammer und ließ ihren Tränen aus Wut und Trauer freien Lauf. Sie wünschte sich, Lucas wäre da. Er würde ihr sagen, dass Enderlin es nicht wert wäre, sich über ihn zu ärgern. Und das stimmte. Jahrelang hatte er sich hinter den Klostermauern verschanzt, und jetzt mischte er sich in ihr Leben ein. Er maßte sich an, besser für Lucas zu beten, obwohl er ihn lange nicht mehr gesehen hatte. Sie hoffte, dass Enderlin sich bald wieder ins Kloster verzog.

Kapitel 3

Die Flammen loderten meterhoch und umschlossen seinen Körper. Die Haare versengten, sein Gesicht schien dahinzuschmelzen. Lucas schrie vor Schmerz und streckte die Hand nach ihr aus, doch er konnte sie nicht erreichen. »Jonata!« Sie wollte ihn befreien, aber ihre Beine waren steif, als ob sie an den Füßen festgebunden wäre. »Jonata!« Der Schmerz verzerrte sein Gesicht zur Fratze, eine große schwarze Hand griff nach ihm und zog ihn in ein tiefes Loch hinunter.

Sie schlug die Augen auf und schnappte nach Luft. Ihr Herz pochte wild. Das Feuer war verschwunden. Lucas auch. Jonata setzte sich in ihrem Bett auf. Es war nur ein Alptraum gewesen. Zweifelnd ließ sie sich zurücksinken. Was, wenn es kein Traum, sondern der Blick ins Totenreich gewesen war? Waren Lucas' Leiden real? Zitternd erhob sie sich, zog sich an und lief die Treppen hinunter. Elisabeth schleppte Eimer mit Wasser in die Küche. »Was machst du denn schon hier?«

»Wo sind die anderen?«

»Schlafen noch. Das solltest du auch! Denk an deine Reise.«

Jonata winkte ab. Sie würde kein Auge mehr zubekommen. Während Elisabeth die Schüsseln mit Wasser füllte und sie in die Zimmer brachte, fütterte Jonata die Hühner und Ziegen im Stall. Sie half ihrer Ziehmutter, das Frühmahl vorzubereiten, und konnte es kaum erwarten, dass ihr Vater aufstand, doch auch nach dem Essen wollte er erst in der Brauerei nach dem Rechten sehen. Sie lief in der Küche auf und ab.

»Hier.« Elisabeth drückte ihr einen Besen in die Hand. »Bevor du mir unnütz im Weg stehst.«

Jonata fegte die Stube, hielt immer wieder inne und horchte auf. Erst als auf der ersten Etage kein einziger Krümel mehr zu finden war, rief er nach ihr.

Schweigend gingen sie quer durch die Stadt. Eine Magd mit einem Korb voll Gemüse kam ihnen entgegen. Vor dem Verkaufsladen des Bäckers hatte sich eine Schlange gebildet. Der

Duft des Backwerks erfüllte die Luft. Sie kamen an dem Waisenhaus vorbei. Das Gezeter zweier Kinder drang hinaus auf die Straße. Mussten sie sich immer streiten?

Auf dem Domhof herrschte bereits geschäftiges Treiben. Heute waren ihr die Stände der Krämer, Seidmacherinnen und Pelzhändler egal. Auch die Steinmetze, die Steine für den Dom fertigten und denen sie sonst so gern zuschaute, würdigte sie keines Blickes. Zielstrebig steuerten sie das Südportal an. Viele Menschen drängten in den Dom. Die Stimme des Ablasspredigers war gut zu hören. Von der Kanzel predigte ein Mönch im gleichen schwarz-weißen Habit, wie Enderlin ihn trug. Auch ein Dominikaner. Dieser war vom Körperbau das Gegenteil ihres Bruders. Beleibt, mit einem runden Gesicht und einer lauten Stimme.

»Jeder von euch ist ein Sünder! Jeder von euch hat die Qualen der Hölle verdient.«

Jonata erschauderte bei dem Satz. Das Bild von Lucas, wie er in den Flammen litt, tauchte erneut vor ihrem inneren Auge auf.

»Aber Jesus Christus und die Heiligen haben so viele gute Werke getan, dass es für euch alle reicht. Der Papst verfügt über einen Schatz im Himmel. In seiner Güte verkauft er ihn an euch, damit ihr von den Qualen des Fegefeuers erlöst seid!«

Galt das auch für Verstorbene?

»Beim Kauf eines Petersablasses für euch und eure verstorbenen Angehörigen werden sieben Jahre Fegefeuer erlassen. Gleichzeitig unterstützt ihr den Bau des heiligen Petersdoms in Rom.«

Damit war ihre Frage beantwortet. Sie wandte sich ihrem Vater zu. »Wollen wir nicht zwei für Lucas kaufen?«

Erstaunt sah er sie an. »Ich verstehe nicht.«

»Woher wissen wir, dass sieben Jahre ausreichen?«

»Enderlin hat uns zu *einem* Ablassbrief geraten.«

»Was, wenn Lucas länger leiden muss?«

»Die Mönche wissen, was richtig ist!« Sein Tonfall ließ keine Widerworte zu.

»Das Ablasskreuz ist so mächtig wie das Kreuz Christi«, rief der Ablassprediger.

Jonata sah auf das große Kreuz mit dem Siegel des Papstes. Dieser Mönch hatte die Vollmacht von Gottes Stellvertreter auf Erden. Sie musste vertrauen, bloß vertrauen. Sie schloss die Augen und betete zur heiligen Mutter Maria, dass sie Lucas helfen möge. Anschließend bat sie um die Stärkung im Glauben und ließ zwei Ave-Maria folgen.

»Bist du bereit?«, fragte ihr Vater, als sie die Augen geöffnet hatte.

Sie nickte und reihte sich mit ihm in die Schlange ein.

»Sobald das Geld im Kasten klingt, die Seele aus dem Fegefeuer springt«, rief der Ablassprediger.

Unruhig beobachtete sie, wie die Menschen vor ihr die Ablassbriefe erwarben. Quälend langsam ging es voran. Als sie endlich an der Reihe waren, fragte der erste Mönch, für wen sie einen Ablass kaufen wollten.

»Für meinen Sohn Lucas von Menden«, antwortete ihr Vater.

Der Mönch schrieb den Namen auf einen Ablassbrief und reichte ihn ihrem Vater. Jonata atmete auf. War es jetzt geschafft? Ihre Hände zitterten. Sie sah zum Kreuz empor. Lucas, bist du gerettet?

»Berufsstand?«, fragte ein weiterer Mönch.

»Ausgebildeter Brauer und Sohn des Meisters der Bruderschaft.«

»Einen Gulden.« Der Mönch trug den Namen und den Betrag in ein dickes Buch ein, dann musste ihr Vater die Münze in eine große Kiste werfen. Jonata schloss die Augen und betete stumm ein Dankesgebet. Sie nahm den Brief und wollte ihn lesen, doch auch er war in Latein.

»Seid gegrüßt«, sagte ihr Vater. Jonata blickte kurz auf. Ein junger Mann mit braunen buschigen Haaren unterhielt sich mit ihrem Vater, doch sie widmete sich lieber dem Ablassbrief. Sie murmelte die fremden Silben. Auch wenn sie den Sinn nicht verstand, wollte sie den Klang der Worte in sich aufnehmen.

Als sie innehielt und aufschaute, musterte er sie, und sofort senkte sie wieder den Blick. Ihr Herz klopfte. Was war mit seinen Augen? Sie musste erneut hinsehen. Eines war grün, das andere braun. Zwei unterschiedliche Augenfarben. Das hatte sie noch nie gesehen. Geschwind sah sie auf den Ablassbrief. Sie sollte ihn nicht anstarren, das geziemte sich nicht.

Sie beobachtete, wie ihr Vater ihm sein Bier anbot. Er ließ keine Gelegenheit aus, Geschäfte zu machen. Selbst in der Kirche nicht. Der andere lehnte ab, und sie verabschiedeten sich, doch bevor sie gingen, warf sie dem Fremden einen verstohlenen Blick zu. Unverwandt starrte er sie an. Manieren schien er nicht zu kennen.

»Wer war das?«

»Hast du nicht zugehört? Das war Simon von Werden, der Sohn des Druckers.«

Sie sah zurück, doch in der Menge konnte sie ihn nicht mehr ausmachen.

***

Der Ablassbrief wog schwer in Simons Hand. Das Geld hätten sie für die Druckerei brauchen können, doch er hatte seiner Mutter den Wunsch nicht ausschlagen können, als sie ihm die Münzen aus Martins Truhe gezeigt hatte.

Simon suchte in der Menge nach seiner Mutter, konnte sie jedoch nicht ausfindig machen. Jäh hielt er inne. Eine junge Frau in einem blauen Gewand trat vor den Tisch des Ablassschreibers. Ihre Haare verbarg sie unter einer Haube, doch mehrere Strähnen hatten sich gelöst, umspielten ihr Gesicht und reichten ihr bis zu den Hüften. Obwohl Traurigkeit in ihren Augen lag, sah ihr Gesicht anmutig aus. Sie bewegte sich geschmeidig, als schwebte sie über den Boden. Als er sah, mit wem sie einen Ablassbrief erwarb, blieb ihm die Luft weg. Es war der Meister der Bierbruderschaft Bechtolt von Menden. Er wollte fliehen, doch ehe er sich abwenden konnte, kamen die beiden auf ihn zu.

»Seid gegrüßt!« Bechtolt neigte den Kopf zum Gruß.

Simon erwiderte die Begrüßung und zwang sich, seine Aufregung nicht zu zeigen.

»Ich habe vernommen, Euer Vater ist von Euch gegangen«, sagte der Brauer.

»Er war sehr krank«, erwiderte Simon und schluckte. Es

schmerzte, gleichaltrige Männer und Freunde seines Vaters wohlauf zu sehen.

»Möge Gott seiner Seele gnädig sein.«

Simon schwenkte den Ablassbrief hin und her. »Dabei soll dieser Ablass helfen.«

»Auch wir haben einen Verlust zu beklagen. Mein Sohn ist plötzlich von uns gegangen.« Bechtolt strich seiner Tochter über die Schulter, die unentwegt auf das Schriftstück starrte. Ihre Augen überflogen die Zeilen. War sie etwa des Lesens mächtig? Er kannte keine bürgerliche Frau, die das vermochte. Kurz blickte sie von dem Ablassbrief hoch. Ihre Augen leuchteten. Sie waren wissbegierig und sprühten vor Lebenslust. Aber es lag auch Traurigkeit in ihnen. Simon hatte das Gefühl, vor ihnen sein Innerstes preiszugeben. Konnte sie nicht nur das Latein, sondern auch seine Gedanken lesen?

»Der Petersablass ist etwas Besonderes. Er wird die Verstorbenen retten«, sagte der Brauer.

Simon zwang sich, ihn anzusehen. »Mein Beileid. Ein Sohn sollte nicht vor seinem Vater gehen.«

»Wer vermag schon Gottes Pläne in Frage zu stellen? Doch ich muss gestehen …« Er seufzte und sah seine Tochter an. »Manchmal ist es schwer, zu verstehen und zu akzeptieren.«

Simons Blick schwenkte zu ihr. Ihre Schönheit überwältigte ihn, doch er durfte sich nicht für sie interessieren. Nicht für sie!

»Euer Vater hat lange kein Bier mehr bei uns gekauft. Eure Vorräte müssten bald versiegt sein. Ich freue mich, Euch bald in unserer Brauerei begrüßen zu dürfen. Oder soll mein Knecht Euch ein Fass in die Stolkengaß bringen?«

Simon hatte die Biervorräte noch nicht geprüft, daher schüttelte er den Kopf.

»Der Preis bleibt selbstverständlich der gleiche. Ein Schilling für ein Fass.«

»Gern komme ich auf Euer Angebot zurück. Doch zuerst muss ich mich um die Druckerei kümmern. Seitdem zwei Hände weniger in der Werkstatt helfen, bringe ich kaum die Aufträge zustande.«

Bechtolt von Menden nickte wissend. »Auch wir müssen neue Wege gehen. Meine Tochter wird einige Aufgaben meines Sohnes übernehmen. Daher haben wir auch keine Zeit mehr für Plaudereien.« Als habe er erst jetzt begriffen, dass das Geschäft rief, drängte er seine Tochter Richtung Ausgang. Ehe Simon sich's versah, waren die beiden in der Menge verschwunden.

»Unterstützt den Bau des Petersdoms im heiligen Rom und rettet eure Seele!«

Simon warf dem Ablassprediger einen letzten Blick zu. Er konnte die Sprüche nicht mehr hören. Er zwängte sich zwischen den vielen Menschen hindurch und suchte seine Mutter. Wo war sie nur abgeblieben? Er trat nach draußen und sah sich um. Sie lehnte an der Mauer des Doms und zitterte, als wäre tiefster Winter, obwohl ihr die Sonne ins Gesicht schien.

»Mutter.« Er reichte ihr den Ablassbrief. Sie lächelte ihn an und strich über seine Wange. »Danke.«

»Warum zitterst du? Ist dir kalt?« Er legte den Arm um sie und drückte sie an sich. Seine Mutter war ihm in den letzten beiden Tagen fremd geworden, obwohl er mehr von ihr erfahren hatte als in seinem ganzen Leben zuvor. Wer war diese Frau, die er in den Armen hielt? Warum fürchtete sie sich? Ihm kam ein Gedanke, und noch ehe er es verhindern konnte, hatte er ihn ausgesprochen. »Soll ich für dich auch einen Ablassbrief kaufen?«

»Heute nicht.«

Er war froh, dass er nicht noch mehr Geld in die Kiste werfen sollte. Es würde noch viele Stunden dauern, bis er ihrem Geheimnis und damit auch seinem auf die Schliche kommen würde. Doch zuerst musste er ihren Lebensunterhalt sichern. »Lass uns noch Papierbogen kaufen.«

Simon nahm seine Mutter an die Hand und zog sie über den Domplatz. Als sie zwei Männern auswichen, die einen Balken für das Domgerüst heranschleppten, rempelte Simon einen Mann mit Bauchladen an.

»Verzeihung … wir …«, stotterte Simon, bis er das Gesicht erkannte. Mathes Roht, der fahrende Buchführer. Mit ihm hatte Martin öfter Geschäfte gemacht.

Das Gesicht des Buchführers erhellte sich, als er Simon erkannte. Seine rotblonden Haare waren noch länger geworden.

Über den Schultern hing das Fuchsfell. »Der junge Herr von Werden. Seid Ihr auf der Suche nach neuen Büchern?«

»Was habt Ihr denn heute anzubieten?«

Der Buchführer nahm das dickste Buch aus dem Bauchladen. Es war in einem hochwertigen Leder eingebunden und an den Ecken mit Eisen beschlagen. »Die Vulgata. Ihr müsst Euch die Bildnisse ansehen. Ein wahrer Meister war bei dieser Ausgabe am Werk.« Er schlug wahllos das Buch auf und zeigte ihm den Detailreichtum eines farbenprächtigen Bildes, auf dem Jesus am Kreuz hing. Zwei Frauen standen zu seinen Füßen und beteten. Ein Engel stach Jesus eine Lanze in die Brust. Das ganze Bildnis war eingerahmt in ein aufwendig gemaltes Ornament. Simon schüttelte den Kopf. Seine Mutter wandte sich ab und trat zu einem Verkaufsstand.

Der Buchführer verstaute das Buch, schwankte ein wenig, hatte jedoch schnell das Gleichgewicht wiedergefunden. Die Bücher waren zu schwer, um sie in einem Bauchladen anzubieten, doch er schien es gewohnt zu sein. Er zog ein dünnes hervor. »Außerdem ein Handbuch über die Sternenkunde.«

Der lateinische Text war mit einfarbigen Tierskizzen angereichert. Kleine Punkte zeigten, wo sich die Sterne befanden.

»Als Drittes habe ich noch die ›Legenda aurea‹.« Der Buchführer reichte ihm das Buch.

»Es ist viel zu dünn.« Simon schlug es auf. Die Heiligenlegenden waren zweispaltig und im gut lesbaren Schriftgrad gedruckt. Rote Initialen markierten die Anfänge der jeweiligen Vita, ansonsten waren die Seiten schmucklos.

»Es enthält bloß zwanzig Heiligenviten, dabei hat der Schreiber eine gute Auswahl getroffen«, erklärte Mathes Roht.

Simon gab das Buch zurück. »Was wollen die Menschen mit einer unvollständigen Ausgabe?«

»Ihr irrt, Herr von Werden. Die Leute reißen es mir aus der Hand. Es ist schlicht und günstig.«

»Was kostet es?«

»Nur einen halben Gulden. Aber Euch überlasse ich es für zweiundzwanzig Schillinge. Was sagt Ihr?«

Für die meisten Menschen war ein halber Gulden ein Vermögen, doch die wohlhabenden Gelehrten oder Studenten würden es sich leisten können. Simon sah zu seiner Mutter, die sich an einem Stand Kämme und Bürsten ansah. Er konnte sie bitten, ihm die Münzen für dieses Buch zu geben, damit er es nachdrucken konnte. Wenn der Buchführer recht behielt, würde es für die nächsten Wochen ihr Auskommen sichern.

Schnell verwarf er den Gedanken wieder. Er kannte ihre Antwort bereits, außerdem war das Vorhaben riskant. Woher wusste er, dass er die Bücher verkaufen würde? Der Buchführer hatte seinem Vater von einem Buch maximal zwei Exemplare abgekauft. Er brauchte einen Auftrag wie von den Beginen. Dabei musste er erst einmal den fertigstellen.

»Wie geht es Eurem Vater?«, fragte der Buchführer.

Simon sah zu Boden und schluckte, bevor er Mathes Roht unverwandt ansah. »Er ist vor zwei Wochen verschieden.«

»Nein!« Die Augen des Buchführers weiteten sich. »Woran ist er gestorben?«

»Auswülstungen an den Gliedern. Zu viel schwarze Galle, selbst der Aderlass konnte nicht helfen.« Dass die Beine schwarz geworden waren, wollte er nicht erzählen.

Der Buchführer fasste ihn an der Schulter. »Euer Vater war ein ehrenwerter Mann, und Ihr seid sein Fleisch und Blut, ihm mehr als ebenbürtig. Gern mache ich auch mit Euch Geschäfte. Habt Ihr Bücher für mich?«

Simon schluckte. Sein Herz krampfte sich zusammen. Fleisch und Blut. Ihm ebenbürtig. Wenn das nur so wäre! Er schaffte es nur mit Mühe, das Gebetsbuch zu Ende zu bringen, müsste sich dringend um neue Aufträge bemühen. Sein Vater hatte früher städtische Verordnungen gedruckt, doch schon lange hatte Simon keinen Ratsherrn mehr in der Druckerei gesehen. Vielleicht sollte er im Rat nachfragen, ob sie neue Drucke benötigten.

»Was überlegt Ihr?« Der Buchführer hatte sein Zögern falsch verstanden. Hätte er doch nur vorrätige Bücher, die er abverkaufen konnte, doch sein Vater hatte zuvor alle seine Bücher einem fahrenden Kaufmann feilgeboten.

»Heute kann ich Euch nichts bieten.«

»Ich verlasse Köln wieder, aber beim nächsten Mal können wir gern ins Geschäft kommen.«

Simon verabschiedete sich und ging mit seiner Mutter zum Alter Markt, um neues Papier zu erstehen. Immer wieder tauchte das Gesicht der Brauerstochter vor seinem geistigen Auge auf. Wie ihr Blick über den Ablassbrief gehuscht war. Latein, sie konnte wirklich Latein! Er schüttelte den Kopf, als könnte er damit das Bild aus den Gedanken vertreiben. Nicht sie, nur nicht sie!

***

Nach der Messe kam der Prior zu ihm und drückte ihm einen Gulden in die Hand. »Geht zu Quentell und fragt, wie viele Ablassbriefe er schon fertig hat.«

Enderlin starrte auf die Münze. Sein Hals schnürte sich zu. Er hatte den Verbrauch der Ablassbriefe falsch eingeschätzt. Wieso hatte sich der Prior nicht präzise ausgedrückt?

»Wenn er mehr Geld benötigt, versichert ihm, dass er es erhalten wird.«

Noch mehr? Bei allen Heiligen, wie viele Ablassbriefe verkaufte Bruder Tetzel?

»Bringt die Ablassbriefe direkt zum Dom.« Jakob Hochstraten wandte sich ab.

Enderlin eilte geschwind durch die Gassen Kölns zur Werkstatt des Druckers. Als der Junge ihn eintreten sah, holte er den Meister. Dieser kam mit einem Stapel bedruckter Papierbogen in den Verkaufsladen.

»Die Ablassbriefe sind fertig.«

Quentell reichte ihm die Drucke samt Muster und streckte ihm die offene Handfläche entgegen.

Enderlin betrachtete eingehend das obere Blatt, las die ersten Zeilen. »Ihr habt gute Arbeit geleistet.«

»Was denkt Ihr denn? Ich führe die renommierteste Druckerei der Stadt.« Auf der Stirn des Druckers zog sich eine senkrechte Falte. Der Junge trat einen Schritt zur Seite und sah den Meister ängstlich an.

»Bruder Tetzel rettet viele Seelen vor dem Fegefeuer. Wir brauchen noch mehr Ablassbriefe.« Enderlin drückte dem Drucker den Gulden in die Hand. »So viele, wie Ihr drucken könnt. Dies ist die Anzahlung.«

Der Meister starrte auf den Gulden. »Ihr wolltet mich testen?« Seine Stimme war so laut geworden, dass der Junge sich rückwärts bewegte und durch die hintere Tür in der Werkstatt verschwand. »Euer Prior weiß, welche Qualität meine Drucke aufweisen.« Quentell warf ihm den Gulden entgegen, der an seiner Schulter abprallte und klirrend unter eine Kommode sprang. »Schert Euch zum Teufel! Druckt Eure Seelenretter bei einem anderen Dummkopf!«

Enderlin bekreuzigte sich. »Aber … wie soll der Ablassprediger …«

»Was schert es mich?«

»Mein Prior sprach von Euch in den höchsten …« Er stockte, das hatte der Prior nicht gesagt. Wie konnte er sich so in Lügen verstricken? Er senkte den Kopf und schwieg. Du sollst nicht falsch Zeugnis reden, sagt der HERR. Wie hatte er sich zu solch einer Sünde hinreißen lassen können? Dafür musste er büßen. Heute Nacht würde er nicht schlafen, sondern beten, um Verzeihung bitten und seinen Körper züchtigen. Das Klostergelände zu verlassen bedeutete, der Sünde ausgesetzt zu sein.

»Verlasst meinen Laden!« Der Meister zeigte auf die Tür.

Enderlin ging neben der Kommode auf die Knie, um nach dem Gulden zu suchen. Er musste bis zur Schulter unter das Möbelstück kriechen, um die Münze zu erreichen.

Als Enderlin endlich wieder auf dem Domhof stand, ließ er den Blick schweifen. Die Händler boten lauthals ihre Waren feil. Am liebsten wäre er sofort zurück ins Kloster geeilt, doch er musste einen neuen Drucker finden. Er wusste nur noch nicht, wie er das anstellen sollte.

Enderlin betrat den Dom. Ein Junge trat ihm auf den Fuß, entschuldigte sich nicht einmal, sondern verschwand zwischen den Beinen der Menschen. Eine dicke Frau verschaffte sich mit ihren Ellenbogen Platz. Sie roch nach Schweiß und Urin. Ekelhaft! Sie gluckste vergnügt, als wäre das die Vorführung einer Gauklertruppe. Er konnte kaum einen Fuß vor den anderen setzen, ohne jemanden zu berühren. Was machten die ganzen

Menschen hier? Hatten sich alle zu Gott bekehrt? Tetzel predigte von der Kanzel. »Jeder von euch«, er ließ den Arm kreisen, schien auf jeden zu zeigen, »… ist ein Sünder. Jeder von euch hat die Qualen der Hölle verdient.«

Die Menge wurde unruhig, der Mann neben ihm im blauen Gewand aus feinstem Stoff und engen Kniehosen sog hörbar die Luft ein.

»Jeden Tag versündigt ihr euch gegen Gott, gönnt dem Nachbarn nicht das Vieh noch die Frau, betreibt Hurerei, übervorteilt eure Geschäftspartner.«

Tetzel sprach ihm aus der Seele. Die Missstände im Volk nahmen immer weiter zu. Es war an der Zeit, dass jemand zu ihnen durchdrang und sie zur Gottesfürchtigkeit ermahnte. Tetzel schien so jemand zu sein. Seine kräftige Stimme erfüllte den gesamten Chorraum und drang bis in die letzte Wölbung. Seine Worte waren ausdrucksstark und schienen die Einwohner Kölns wachzurütteln. Sie standen Schlange vor den Tischen der Ablassschreiber. Wenigstens diese Menschen hatten begriffen.

Enderlin bahnte sich einen Weg nach vorn. Hinter den Tischen saßen zwei Dominikanermönche, die mit Tetzel im Kloster verweilten, doch er hatte bisher nicht mit ihnen gesprochen. Enderlin überreichte dem Schreiber die Briefe. Dieser begutachtete das obere Blatt und legte die Drucke auf den Stapel. »Wo ist dein Träger?«

»Ich bin allein.«

Der Schreiber runzelte die Stirn. »Wann bringst du die anderen?« Er zeigte auf die Ablassbriefe. »Man hat uns mehr versprochen.«

Enderlin schluckte. »Das ist alles für heute.«

Der Bruder riss die Augen auf und blies durch die Lippen. Er fuhr mit dem Daumen am Rand des Stapels vorbei, als wollte er die Briefe im Schnelldurchlauf zählen. »Morgen früh spätestens.«

»Ich werde es versuchen.« Ein Kloß bildete sich in seinem Hals. Wo sollte er so schnell die Drucke herbekommen? Sollte er zu Quentell zurückgehen und ihn anflehen, weitere zu erstellen?

»Versuchen?« Das Gesicht des Schreibers rötete sich. »Sieh dir die armen Seelen an.« Er zeigte auf die Menge. »Sie sind begierig darauf, aus dem Feuer gerettet zu werden. Willst du schuld an ihrem Leid sein?«

Enderlin schüttelte den Kopf, trat unwillkürlich ein paar Schritte zurück. Der Bruder hatte recht. Wenn es die Menschen nach Errettung dürstete, durften sie ihnen diese nicht verwehren. Nicht wegen ein paar Drucken.

Er blickte in die Menge. Eine Magd mit zerschlissener Haube und einem verschmutzten Kleid, ein Greis, der sich auf einen Stock stützte. Das Gesicht war eingefallen, er schien nur noch aus Haut und Knochen zu bestehen. Enderlin wollte nicht schuld an ihrem Leid sein.

»Ihr bekommt die Drucke morgen früh«, sagte er, doch der Schreiber hörte ihn nicht mehr, sondern schrieb den nächsten Namen auf einen Ablassbrief.

»Bruder!«

Hatte ihn jemand gerufen? Er sah in die Menge, doch keiner beachtete ihn.

»Bruder!«

Er drehte sich um. Der Mönch am Opferstock bedeutete ihm, näher zu kommen. Enderlin trat zu ihm. Der Greis ließ eine Münze in dem Schlitz der großen Kiste verschwinden. Es klimperte, als die Münze den Boden erreichte.

»Kommt dein Drucker mit den Ablassbriefen nicht hinterher?«

Enderlin nickte. Er erregte zu viel Aufsehen. Wenn dies alles der Prior erfuhr!

»Heute Morgen hat ein Drucker einen Ablass erstanden. Er hat mir seinen Dienst angeboten.«

Enderlins Augen weiteten sich. »Wie heißt er?«

Der Bruder zuckte mit den Schultern. »Ich habe ihn abgewiesen.«

Enderlins Mut sank. Wie sollte er diesen Drucker in Köln so schnell ausfindig machen?

»Jeder Ablasskäufer wird schriftlich mit Namen, Betrag und Berufsstand festgehalten.« Der Bruder zeigte auf das Buch, in das der dritte Mönch die Namen eintrug.

»Hab Dank«, sagte Enderlin und trat an den Tisch heran.

Der Mönch blickte von dem Folianten auf. »Was willst du, Bruder?«

»Heute Morgen war ein Drucker hier. Ich brauche seinen Namen.«

»Siehst du nicht? Ich habe zu tun.« Er ließ eine Frau mit ihrem Sohn herantreten.

»Ich bin die Witwe eines Kranmeisters.« Sie klagte dem Mönch, dass sie drei Kinder durchzubringen habe und auf die Gunst ihres Bruders angewiesen sei. Der Mönch gewährte ihr den Ablassbrief für den Spottpreis eines Viertelguldens, trug Namen, Betrag und den Witwenstand ein und ließ sie zum Opferstock treten.

»Kannst du dich an den Drucker erinnern?«, versuchte Enderlin es erneut.

»Du siehst doch, wie viel hier los ist. Glaubst du, ich kann mich an alle erinnern?«

Enderlin schluckte. Wie konnte er den Bruder überzeugen, nachzusehen? Er musste an seine Gabe appellieren. Schreiben schien seine Begabung zu sein. »Ich sehe, du hast eine saubere Handschrift. So klar und deutlich, dass jeder einzelne Buchstabe unserem HERRN zur Ehre gereicht. Es wird für dich ein Leichtes sein, geschwind die heutigen Einträge durchzusehen.«

Der Mönch sah ihn einen Moment lang stumm an. Sein Nasenrücken kräuselte sich, als ekelte er sich. Bitte, oh HERR, lass diesen Bruder den Namen für mich herausfinden. Es kam Enderlin wie eine Ewigkeit vor, bis der Bruder auf den Folianten sah, zurückblätterte und mit dem Finger über die Zeilen fuhr. Auf der Mitte der dritten Seite stoppte er. »Hier. Simon von Werden.«

»Hab Dank!«

Der Mönch wandte sich dem nächsten Ablasskäufer zu. Enderlin drängte sich zum Ausgang. Er hatte den Namen. Nun musste er diesen Drucker nur noch finden.

Er trat auf den Domhof und sah sich um. Wen sollte er fragen? Der fahrende Buchführer von gestern könnte ihm weiterhelfen. Er hatte schließlich auch gewusst, wo dieser Quentell seine Werkstatt hatte. Enderlin ging über den Domplatz, schlängelte sich zwischen den Menschen hindurch, doch der Buchführer war nicht zu sehen. Ein beleibter Mann mit einem Kaninchen auf dem Arm rempelte ihn an und entschuldigte sich. Enderlin nutzte die Chance. »Kennt Ihr den Drucker Simon von Werden?«

Der Dicke lachte schallend. »Was interessieren mich die gedruckten Worte? Ich kann nicht einmal lesen.« Damit wandte er sich ab.

Hier würde er nicht fündig werden. Irgendwo mussten die Buchführer und Drucker ihre Verkaufsstände haben.

Enderlin ging zum Alter Markt. Dort boten zahlreiche Händler in den festen Buden allerlei Nahrungsmittel feil. Eine Schlange hatte sich vor dem Stand mit dem Konfekt gebildet. Zwei Bengel stritten sich um eine kandierte Pflaume, die alsdann im Matsch landete. Der kleinere begann zu weinen. Geschah ihnen recht. Wozu brauchte man schon dieses süße Zeug? Am Ende des Marktes fand Enderlin einen Papierhändler.

»Gott zum Gruße. Braucht Euer Kloster Nachschub für das Skriptorium?«, fragte der Händler. Er war jung, vierzehn vielleicht.

Enderlin schüttelte den Kopf. »Den Drucker von Werden? Kennst du ihn?«

Der Bengel presste die Lippen aufeinander und zog die Stirn kraus. Er schien zu überlegen und sagte dann: »Kann sein, dass mein Vater mal von ihm gesprochen hat, aber ich kann mir nicht alle Namen merken.«

»Wann kommt dein Vater zurück?«

Der Bengel zuckte mit den Schultern und sah sich um. »Er ist geschäftlich unterwegs. Das kann dauern.«

Ein Schwätzer also. Wie er diese Menschen hasste. Hilflos sah Enderlin sich um. Was sollte er tun? Ihm fehlte die Zeit, um stundenlang herumzufragen.

»Ein Mönch außerhalb des Klosters«, sagte ein Mann belustigt. Enderlin wandte sich dem großen, stämmigen Mann zu. Eine Narbe zog sich über Stirn und Wange. Er sah ihn an und schien gleichzeitig zur Seite zu blicken. Hatte er diesen schielenden Mann schon einmal gesehen?

»Ihr seht aus, als ob Ihr etwas suchen würdet. Wie kann ich Euch behilflich sein?«

Endlich jemand, der ihm beistehen würde. »Der Drucker von Werden. Wisst Ihr, wo ich ihn finde?«

»Er wohnt und arbeitet in der Stolkengaß. Das Haus könnt Ihr nicht verfehlen. Der Torbogen leuchtet wie die Pforte des Himmels.«

Enderlin konnte sich nicht vorstellen, dass der Eingang eines Kölner Hauses der Pforte des Himmels gleichen würde, aber er war froh, endlich zu wissen, wohin er musste. Die Stolkengaß befand sich in der Nähe des Klosters. »Ihr habt meinen Tag gerettet!«

Der Mann lachte herzhaft. »Ich wünschte, andere Männer wären ebenso genügsam. Soll ich Euch begleiten?«

»Nicht nötig.«

Der Mann schlug ihm freundschaftlich auf die Schulter. »Ich wollte sowieso in die Richtung.«

Enderlin nickte. Er wollte den Mann nicht abweisen.

»Sind wir uns schon einmal begegnet?«, fragte der Mann auf dem Weg.

Enderlin sah seinen Begleiter fragend an. Das Gefühl hatte er vorhin auch gehabt.

»Jetzt weiß ich es! Auf der Beisetzung von Eurem Bruder Lucas.«

»Ihr seid …«

»Ebenfalls Brauer. Richtig.« Der Mann erzählte ihm, dass sein ältester Bruder die Brauerei des Vaters übernehmen sollte, der zweite war ins Kloster gegangen, und der dritte würde ebenfalls in das Geschäft einsteigen. Für ihn sei in der Brauerei kein Platz mehr, daher sei er auf der Suche nach etwas Eigenem, doch er habe nicht viel Geld.

»Ihr solltet ins Kloster eintreten. Auch bei uns wird Bier gebraut.« Er könnte noch einen erfahrenen Mann gebrauchen.

Sein Begleiter schüttelte den Kopf. »Ich bin nicht für das geistliche Leben bestimmt.«

Enderlins Gedanken kreisten. Er suchte eine eigene Brauerei. Er schien anpacken zu können, und er war ein edler Mann. Das hatte er bewiesen, indem er ihm den Weg zeigte. Die Brauerei seines Vaters hatte keinen würdigen Nachfolger mehr. Sein Vater würde Kuntz nicht als rechtmäßigen Erben akzeptieren, also blieb nur noch seine Schwester. Was war da besser, als Jonata mit einem Brauer zu vermählen?

»Ihr solltet heiraten«, schlug Enderlin vor.

»Daran habe ich auch schon gedacht.«

»Eine Brauerstochter, die die Brauerei erben wird.«

»Die meisten Brauer haben Söhne, ich glaube nicht, dass …« Mit einem Mal erhellte sich sein Gesicht. »Ihr denkt an Eure Schwester.«

Enderlin nickte. Mittlerweile war sein Begleiter stehen geblieben und zeigte auf ein Haus. Die goldene Pforte war nicht zu übersehen. Er schuldete diesem Mann einen Gefallen. »Nennt mir Euren Namen!«

»Sebalt Magnus.«

»Ich werde Euch meinem Vater als Ehemann für meine Schwester vorschlagen.«

Der Brauer lächelte. »Habt vielen Dank!«

»Wie wird mein Vater Euch finden?«

»Seid unbesorgt. Er weiß, wo sich die Brauerei Magnus befindet.«

Enderlin verneigte sich. »Gut. Ich danke Euch.«

Enderlin blickte dem Mann nach, bis dieser in der Gasse verschwunden war. Dann wandte er sich dem Haus zu und atmete tief durch. Hoffentlich hatte der Drucker nicht schon einen anderen Auftrag angenommen. Enderlin betätigte den Türklopfer und wartete. Eine ältere Frau mit eingefallenem Gesicht und geröteten Augen öffnete ihm. Sie musterte ihn neugierig.

»Was kann ich für Euch tun?«

»Bin ich hier richtig bei dem Drucker von Werden?«

»Seid Ihr wegen der Gebetsbücher da? Ihr seid früh dran.«

Er wollte sein Anliegen vorbringen, da winkte ihn die Frau herein. »Ich führe Euch in die Werkstatt.«

Diese befand sich im Erdgeschoss. Auf der linken Seite thronte die Druckerpresse. An Leinen hingen mehrere Blätter. Eine einfache Truhe, daneben ein Schreibtisch.

»Simon!«, rief die Frau. »Ein Dominikaner möchte dich sprechen.«

Ein junger Mann erhob sich von einem Schemel. Seine

Schürze war mit Sprenkeln der Druckerschwärze übersät. Seine Finger waren schwarz und ungepflegt. Selbst die Hände von Melchior sahen nicht so aus, obwohl er jeden Tag den Federkiel benutzte. Die Schwarze Kunst war ein Teufelshandwerk, und doch schien dieser Mann gottesfürchtig zu sein. Er arbeitete an einem Gebetsbuch.

»Was führt einen Mönch in meine Druckerei?«, fragte von Werden.

Die Frau zog sich zurück und schloss die Tür hinter sich. Enderlin ärgerte sich, sich die Worte nicht schon in Gedanken zurechtgelegt zu haben. Wenn er nicht genügend Ablassbriefe lieferte, würde der Prior ihm nie wieder eine solche Aufgabe anvertrauen. Dann würde er ihn nicht als Nachfolger des Subpriors in Betracht ziehen. »Ich …« Die Worte blieben ihm im Hals stecken. Er hatte es verlernt, mit Menschen außerhalb des Konvents umzugehen. Enderlin zog den Ablassbrief aus der Kutte, schob den aufgerollten Bogen in der Hand hin und her. »Ich habe von einem Bruder gehört, Ihr habt heute einen Ablass erworben.«

»Das ist richtig.« Der Drucker kräuselte die Stirn, sah ihn misstrauisch an.

Wie konnte er sich nur so dumm anstellen? Er biss sich auf die Zunge. »Dabei habt Ihr ihm Eure Dienste als Drucker angeboten.«

»Er hat mich abgewiesen. Den Ablass habe ich auch bezahlt. Was also führt Euch zu mir?«

Enderlin blickte zu Boden, suchte die richtigen Worte.

»Bringt Euer Anliegen vor. Ich habe nicht viel Zeit. Ein Auftrag muss fertiggestellt werden.«

Das mussten die Gebetsbücher sein. Er hatte also keine Zeit für die Ablassbriefe. Doch jetzt war Enderlin schon mal hier. Bitte, HERR, hilf mir, diesen Drucker zu überzeugen. Er räusperte sich und blickte von Werden an. Einen Moment war er irritiert von dessen Augen. Er schob den Gedanken beiseite und konzentrierte sich. »Ich brauche neue Ablassbriefe.« Er überreichte dem Drucker den Papierbogen. »So viele Ihr zu drucken vermögt«, schob er den Satz des Priors hinterher.

Verdutzt sah der Drucker auf den Bogen.

»Bis morgen früh«, ergänzte Enderlin.

»Bis morgen?« Der Drucker riss die Augen auf. Er sah zu dem Kasten, an dem er gearbeitet hatte. Er schien abzuwägen, ob er für einen solchen Auftrag genug Zeit hatte.

»Uns gehen die Drucke aus, und die Kölner lechzen nach Errettung. Könnt Ihr mir helfen?«

»Ich dachte, Quentell …« Der Drucker verstummte.

Er wusste also, wer sonst die Druckaufträge des Klosters erhielt. Enderlin wollte gerade sagen, dass Quentell nicht mit den Drucken hinterherkam, doch er konnte sich zurückhalten. Nicht schon wieder eine Lüge. Außerdem kannte von Werden sicherlich die Druckerei von Quentell. Er holte den Gulden hervor und zeigte ihn dem Drucker. »Eine Anzahlung. Falls Ihr mehr benötigt, werdet Ihr den Rest baldmöglichst erhalten.«

Gierig starrte der Drucker auf die Münze. Mit Geld waren sie alle zu locken. »Wie viele Nachdrucke benötigt Ihr, habt Ihr gesagt?«

»So viele, wie Ihr drucken könnt.«

»Geht das nicht präziser?«

Der Drucker sprach ihm aus der Seele. Zu gern hätte er ihm eine genaue Zahl genannt.

»Wie viele Briefe könnt Ihr für diesen Gulden drucken?«

Simon von Werden rollte den Ablassbrief auseinander und betrachtete ihn eingehend. Die Stirn des Druckers zog sich kraus. »Es ist nicht gerade ein kleiner Satz«, murmelte er, »doch wenn ich viele Drucke … zweiundfünfzig Stück.«

War das teurer oder günstiger als bei Quentell? So schnell konnte er das nicht feststellen, doch was blieb ihm für eine Wahl? »Schafft Ihr es bis morgen früh?«

Der Drucker schielte zum Kasten hinüber. Enderlin trat von einem Fuß auf den anderen. Wieso antwortete er nicht? Er hatte doch praktisch schon zugestimmt. Er drückte von Werden den Gulden in die Hand. Dies schien ein überzeugendes Argument zu sein. Der Drucker nickte. »Kommt morgen bei Sonnenaufgang.«

»Druckt gern mehr, und Ihr werdet das restliche Geld erhalten.«

Der Drucker nickte. Sein Blick wurde immer noch von der Münze angezogen.

»Gott segne Euch.« Enderlin verneigte sich und verschwand aus der Druckerei. Schnell weg, bevor es sich der Drucker anders überlegen konnte.

Auf dem Weg zum Kloster dachte Enderlin darüber nach, was er dem Prior sagen mochte, wenn er ihn darauf ansprach. Die Wahrheit, es kam nur die Wahrheit in Frage. Aber wer wusste schon, wenn er etwas verschwieg? Im Matthäusevangelium stand geschrieben: »Eure Rede aber sei: Ja, ja; nein, nein. Was darüber ist, das ist vom Übel.« Blieb nicht deshalb im Kloster vieles ungesagt, auch wenn der Prior das Schweigegebot nicht sonderlich eng sah?

Das Mittagsgeläut schallte von der Kirche herüber. Er würde es noch rechtzeitig zur Sext schaffen.

***

Simon starrte noch immer auf die Münze, als seine Mutter in die Werkstatt kam.

»Was wollte der Mönch?«

Simon wollte die Münze in seinem Beutel verschwinden lassen, doch er griff ins Leere. Von dem Geld würde er sich einen neuen kaufen.

»Ich soll Ablassbriefe nachdrucken.«

»Wie kommt er auf dich?«

»Ich habe einen der Mönche im Dom angesprochen.«

»Geschäftig wie dein Vater. Sogar im Gotteshaus denkst du nur an die Druckerei.«

»Woher kommt wohl das Geld, mit dem wir den Ablassbrief erstanden haben?«

Seine Mutter nickte. »Schon gut. Du hast wohlgetan. Schließlich hast du einen neuen Auftrag und, wie ich sehe, die Bezahlung bereits erhalten.«

»Aber er braucht die Drucke bis morgen früh.« Wo war Nickell nur? Er könnte seine Hilfe gut gebrauchen. »Tu mir einen Gefallen. Ich brauche neues Papier.« Er drückte ihr den Gulden in die Hand. »Hol so viele Bogen, wie du für den Gulden erhältst.«

Seine Mutter riss die Augen auf. »Für den ganzen Gulden?«

»Und lass dich nicht übervorteilen. Du solltest mindestens zweihundertneunzig Bogen bekommen.«

»Wie soll ich das denn tragen?«

»Du hast recht. Kauf Papier für einen halben Gulden. Gib dich nicht mit weniger als hundertvierzig Bogen zufrieden.«

»Aber –«

Er hob die Hand. Widerreden konnte er nicht gebrauchen. »Du schaffst das. Ohne deine Hilfe werde ich den Auftrag nicht rechtzeitig fertig bekommen.«

Sie neigte den Kopf. »Gewiss.«

»Falls es dir zu schwer ist, nimm dir einen Karrenknecht.«

Ohne ein weiteres Wort wandte er sich um und trat an den Setzkasten. Der Satz für die nächste Seite war zu drei Vierteln gefüllt. Sollte er daran weiterarbeiten oder den Satz ausheben und direkt mit den Ablassbriefen beginnen? Nein, auch das Gebetsbuch musste er fertigstellen. Er würde heute Nacht durcharbeiten, wenn es sein musste, und sich Nickell zu Hilfe holen – wenn der jemals wiederauftauchen sollte.

Simon stellte den Satz fertig, druckte einen Korrekturabzug und las die Zeilen sorgfältig durch. Keine Fehler. Als er auch die folgende Seite gesetzt hatte, wurde die Haustür geöffnet. Nickell? Aber es war seine Mutter.

»Hundertzwanzig Bogen. Mehr wollte er mir für den halben Gulden nicht geben.«

Simon kochte vor Wut. »Er weiß doch, wessen Mutter du bist. Wie kann er nur –«

»Sein Sohn hat mich bedient. Er meinte, er würde mich nicht kennen und mir einen rechtmäßigen Preis machen.«

Simon schnaubte. Das würde er dem Papierhändler beim nächsten Mal unter die Nase reiben, und wenn er ihm keinen Nachlass gewährte, würde er sich einen anderen Händler suchen. Und wenn Nickell ihn in Zukunft nicht unterstützte, musste er sich jemanden in die Druckerei holen. Am besten einen Lehrling, der kostete am Anfang nicht viel und würde ihm gute Dienste erweisen. Einem jungen Bengel hätte der Sohn des Papierhändlers sicher einen besseren Preis gemacht als einer Frau.

Simon nahm seiner Mutter den Stapel Papier ab. »Hilf mir, bis Nickell zurück ist.«

»Ich? Aber ich habe noch nie –«

Er winkte ab. »Ich erkläre dir, was du zu tun hast.«

Simon spannte die Sätze der vier Seiten in den Schließrahmen, färbte sie ein und ließ seine Mutter die Papierbogen einlegen. Auf diese Weise kam er mit seinen mit Druckerschwärze befleckten Händen nicht mit den sauberen Bogen in Berührung. Nach den fünfunddreißig bedruckten Bogen entließ er sie und hob die Sätze aus. Danach nahm er sich den Ablassbrief vor. Das Schriftbild war kleiner, enger geschrieben und bestand aus wesentlich mehr Zeilen. Er benötigte dreimal so lange wie für eine Seite des Gebetsbuches. Als er die letzten Zeilen setzte, öffnete sich die Haustür. Das musste Nickell sein. Hoffentlich hatte er gute Laune. Simon stand auf und ging zur Tür. Sein Bruder sah müde aus, aber nicht übernächtigt. Er verzog das Gesicht, als er Simon erblickte. »Lass dir gesagt sein, das ist bald meine Druckerei.«

»Warst du beim Schreinsmeister?«

»Nein, beim Meister der Bruderschaft. Sie werden das Druckergewerbe mir zusprechen, egal, wer der Eigentümer dieses Hauses ist.«

Simon sog scharf die Luft ein. Natürlich musste die Bruderschaft in der nächsten Zusammenkunft zustimmen, dass er die Druckerei führte. Er hätte im Leben nicht damit gerechnet, dass der Meister eine andere Entscheidung treffen mochte. Simon schluckte. Würde Nickell ihm doch noch die Druckerei wegnehmen? Er hatte seinen Bruder unterschätzt. Doch nun war kein guter Zeitpunkt für Auseinandersetzungen. Der Druckauftrag musste erledigt werden, und dazu brauchte er Nickells Hilfe.

»Die Bruderschaft wird entscheiden, wem sie die Druckerei überlässt«, antwortete Simon in versöhnlichem Ton.

»Das wird sie. Ich werde bald der Herr dieser Werkstatt sein. Ich, der rechtmäßige Erbe und einzige Sohn von Martin von Werden.«

Simon nickte. Wahrscheinlich würde er ähnlich handeln, wenn er an Nickells Stelle wäre. Nichtsdestotrotz war er sich sicher, dass die Druckerei unter Nickells Leitung nicht lange würde bestehen können. Das musste er in der Zusammenkunft darbringen, auch wenn sein Bruder ihn dafür hassen würde.

»Bis dahin könnten wir zusammenarbeiten. Ich brauche deine Hilfe.«

Nickell lachte auf. »Oh, der Herr Lateinmeister schafft die Arbeit nicht allein.«

Simon schluckte seine aufkommende Wut hinunter. Er wollte sich nicht provozieren lassen. Nicht heute. »Ein Mönch war hier. Wir sollen Ablassbriefe drucken. Bezahlung gab es im Voraus.«

Nickell zuckte unbeeindruckt die Schultern. »Was interessiert mich das? Bald drucke ich eigene Schriften.«

»Wenn du die Druckerei übernehmen willst, sollte es dich interessieren, dass die Drucke pünktlich geliefert werden.«

»Was nimmst du auch für Aufträge an, die du nicht bewältigen kannst?« Nickell verzog das Gesicht, machte sich aber dennoch an die Arbeit.

Simon reinigte die Hände, legte die Papierbogen ein und half Nickell, den Hebel der Druckerpresse zu betätigen. Sie arbeiteten bis spät in die Nacht und druckten einen Ablassbrief nach dem nächsten.

***

Die Fähre schaukelte bedrohlich. Jonata hielt krampfhaft Brids Hand. Das Wasser rauschte, platschte an den Seiten hoch. Waren das Fuhrwerk samt Pferd und ein Dutzend Menschen nicht zu schwer für die Fähre? Was, wenn sie umkippte oder einfach im Wasser versank? Die Strömung würde sie fortreißen und töten. Dann wäre sie bei Lucas. Der Gedanke an ihn krampfte ihr Herz zusammen. War er aus dem Fegefeuer befreit? Sehnsüchtig wartete sie auf die nächste Nacht. Wenn sie erneut von den Flammen träumte, würde sie es als Zeichen sehen. Ihr Vater hatte ihr einige Münzen mitgegeben. Sie würde in Sachsen einen weiteren Ablass für Lucas kaufen.

Langsam bewegte sich die Fähre auf das Ufer zu. Jonata war noch nie auf der gegenüberliegenden Rheinseite gewesen, und obwohl sie sich nach festem Boden unter den Füßen sehnte, erschreckte es sie, so weit von der Heimat entfernt zu sein. Die Ansicht der Stadt beeindruckte sie allerdings schon von der Fähre aus. Die Kirchen und der Dom mit dem fertiggestellten

Chor und dem Baukran überragten alle Dächer, und im Hafen wurden die vielen Schiffe geschäftig be- und entladen.

Die Fähre schaukelte heftig, als sie andockte. Jonata schrie erschrocken auf und umfasste Brids Hand noch fester. Die kicherte leise, wofür Jonata ihr einen finsteren Blick zuwarf.

»Du machst dich lustig über mich.«

»Weil du dich benimmst wie ein kleines Kind.« Brid kicherte erneut.

Jonatas Wangen begannen zu glühen, sie schämte sich ihrer Angst, gleichzeitig kochte sie vor Wut. Was fiel der Magd ein, so mit ihr zu reden? Kaum war sie aus dem Haus, bekam sie ein freches Mundwerk. Jonata sollte sie maßregeln, wenn sie jemals heil von dieser schwankenden Fähre käme.

Mit Hilfe von Brettern gelangten sie ans Ufer. Es war dermaßen schlammig, dass Jonata fast mit den Schuhen stecken blieb. Steffan ließ sie und Brid auf das Fuhrwerk aufsteigen, und sie setzten sich in Bewegung. Eingewickelt in eine Wolldecke, lehnte sich Brid an ein Bierfass. Jonata fand nicht die richtige Sitzposition, doch sie tat es der Magd gleich. Das Fuhrwerk schwankte und rumpelte, sodass sie immer wieder mit dem Rücken gegen das Holz stieß. Wie lange sollte sie das aushalten? Nach einer Weile legte sich Brid lang auf den Boden und schloss die Augen. Kein Wunder, sie hatte am Vorabend noch in der Schenke gearbeitet. Für Jonata war nicht an Schlaf zu denken, dafür war sie viel zu aufgewühlt. Außerdem war es helllichter Tag, und sie wollte sich nicht unter dem Verdeck des Fuhrwerks verkriechen. Sie krabbelte nach vorn zu Steffan.

»Darf ich mich zu dir setzen?«

»Wenn du dich gut festhältst.«

Das Brett, auf dem Steffan saß, sah nicht vertrauenerweckend aus. Sie kletterte hinüber, hielt sich krampfhaft an dem Sitzbrett fest. Sie mochte sich nicht ausmalen, was passierte, wenn sie herunterfiel und von einem Fuhrwerk überrollt wurde. Doch nach einer Weile hatte sie sich an das Rumpeln gewöhnt und konnte die Schwankungen mit dem Oberkörper ausgleichen.

Die Wolkendecke riss auf, und die Sonne sandte ihre wärmenden Strahlen auf die Erde. Jonata schloss die Augen und genoss die Wärme auf den Wangen. Sie atmete tief ein. Wie frisch die Luft außerhalb Kölns war.

Bernandos Wiehern ließ Jonata die Lider öffnen. Ein Dutzend Wanderer und Pilger kamen ihnen entgegen. Als sie über die Kuppe eines Hügels fuhren, sah sie den ganzen Menschenstrom.

»Die wollen alle nach Köln«, sprach sie ihre Gedanken aus.

Kaufleute machten Geschäfte in Köln, und viele Pilger reisten hierher, um die Reliquien der Heiligen Drei Könige anzubeten, aber in der Stadt waren sie ihr kaum aufgefallen.

»Alle bringen Geld in die Kassen Kölns«, sagte Steffan.

Jonata lächelte. Selbst Vaters Knecht dachte nur an den geschäftlichen Vorteil. »Wie lange brauchen wir nach Bernburg?«

»Das kommt drauf an.«

»Worauf?«, hakte sie nach.

»Auf die anderen.«

Unwillkürlich warf Jonata einen Blick über die Schulter. Ein Schnarchen drang aus dem Inneren des Fuhrwerks. »Wen meinst du?«

In dem Moment zog Steffan an den Zügeln und stoppte Bernando neben einer Schenke.

»Wir halten?«, fragte sie. »Aber …« Sie sah zurück. Noch war Köln gut zu erkennen. Es tat nicht not, eine Rast einzulegen.

Steffan drückte ihr die Zügel in die Hand und sprang von der Sitzfläche. »Ich frage, wann wir aufbrechen.«

Noch bevor sie etwas erwidern konnte, verschwand er in der Gaststube. Wie konnte er sie auf dem Fuhrwerk mit Bernando allein lassen? Sie hatte den Hengst oft gefüttert und gestriegelt, aber noch nie einen Karren gelenkt. Im nächsten Moment kam der Knecht wieder. »Du kannst absteigen.«

»Hier? Aber wieso? Wir sind doch noch …« Wollte der Knecht erst einmal ein paar Bier saufen? Steffan fuhr in den Stall, wo ein Junge half, Bernando von dem Geschirr zu befreien. Zwei weitere Pferde standen in den Stallungen.

»Und jetzt?«, fragte Jonata.

»Brid«, rief Steffan. »Komm raus.«

Es rührte sich nichts.

»Weck Brid, wir gehen in die Schenke.«

»Aber … unsere Sachen.« Jonata verstand die Welt nicht mehr. Warum machten sie hier halt? Und wieso erklärte ihr Steffan nicht, warum? Sie schlüpfte ins Innere des Wagens und rüttelte an Brids Schultern. »Aufstehen, wir machen Rast.«

Brid stöhnte und drehte sich um. »Lass mich schlafen.« Sie knubbelte die Decke zusammen und bettete den Kopf darauf.

Sollte sie doch bleiben, wo sie war. Jonata stieg vom Karren. »Brid will nicht aufstehen.«

Steffan zuckte mit den Schultern. »Dann bleibt sie hier.«

Jonata folgte ihm in die Schenke. Gerüche nach Schweiß, Bier und Gebratenem schlugen ihr entgegen. Kerzen spendeten Licht, denn durch die kleinen Fensteröffnungen drang nur wenig Helligkeit. Männer lachten und tranken. Über dem Feuer hing ein Stück Fleisch am Spieß. Fett tropfte in die Glut, es zischte, und Funken sprühten.

»Endlich ein Weib zum Wärmen«, rief ein untersetzter Mann mit einem Rauschebart und hob seinen Bierkrug. Als er lachte, kamen seine wenigen gelbbraunen Zähne zum Vorschein. Angewidert wandte Jonata sich ab, als ihr der Mann schwungvoll auf den Hintern schlug.

»Hey«, rief sie und funkelte ihn böse an.

»Behaltet Eure Hände bei Euch!«, sagte Steffan. Er führte sie zu einem freien Tisch am Rande des Lokals, brachte für sie beide jeweils einen Becher Dünnbier und eine Schale mit Suppe. »Lass es dir schmecken. Das wird das letzte Mal sein, dass wir kölsches Bier vorgesetzt bekommen.«

»Deswegen sind wir hier eingekehrt?«

Steffan nahm einen großen Schluck und setzte den Krug geräuschvoll auf dem Tisch ab. »Hat dein Vater nicht mit dir über die Reise gesprochen?«

»Nein. Was hätte er mit mir besprechen sollen?«

»Wir werden nicht allein reisen.«

»Was meinst du damit?« Jonata wurde ungeduldig. Wieso musste sie ihm alles aus der Nase ziehen?

»Wir werden uns anderen Reisenden anschließen. Allein ist die Reise zu gefährlich.«

»Gefährlich?« Sie schnappte nach Luft. Natürlich wusste sie, dass die Reise einige Gefahren barg, doch sie hatte nicht geahnt, dass es so gravierend war. Und dann sollte sie mit diesen Halunken reisen?

»Keine Sorge. Wegelagerer greifen selten eine große Gruppe an. Und nun iss, sonst wird die Suppe kalt.«

Sie beobachtete die Männer aus den Augenwinkeln, während sie die Suppe löffelte. Sie hätte gern mit Brid getauscht, die nicht den gierigen Blicken ausgesetzt war.

»Wer begleitet uns?«, fragte Jonata Steffan, als sie endlich weiterfuhren. Brid schlief immer noch im Inneren.

»Du wirst auf dem Weg noch genug Gelegenheit haben, sie nach ihrem Reisegrund zu fragen.«

Vor ihnen lenkte ein Mann mit langen roten Haaren einen Karren. Neben ihm gingen zwei junge Burschen zu Fuß. Zwei weitere Fuhrwerke folgten ihnen. In einem reiste eine Gauklertruppe, von der lautes Lachen herüberdrang. Das andere lenkte der ekelhafte Kerl mit dem Rauschebart. Ihm wollte sie nicht zu nahe kommen. Das Schlusslicht bildete ein barfüßiger Mönch, der außer der Kutte am Leib nur einen verkrüppelten Ast bei sich hatte, auf den er sich stützte. Keiner sah so aus, als würde er den Reisetrupp gegen unbarmherzige Wegelagerer schützen können. Nur ein Reiter trug sein Schwert sichtbar an der Seite. Er ritt mal nach vorn, mal ließ er sich zu dem Mönch zurückfallen. Als er neben ihnen herritt, lächelte er Jonata breit an.

»Wie schön, weibliche Gesellschaft auf der Reise zu haben.«

»Ich bin nicht wegen Eurer Gesellschaft hier.« Ihr Tonfall war zu schroff, doch nach der Erfahrung in der Schenke konnte sie es nicht vermeiden.

Der Reiter verzog das Gesicht. Sein schütteres blondes Haar wirbelte im Wind umher. Er besaß jugendhafte Züge, doch die Narbe an der Schläfe zeigte, dass er schon einiges durchgemacht haben musste. »Verzeiht, ich wollte Euch nicht beleidigen.«

Jonata schluckte. Sie sollte es sich mit diesem Jüngling nicht verderben. Wahrscheinlich wäre er der Einzige, der sie gegen Angreifer verteidigen konnte. »Warum verlasst Ihr Köln?«, fragte sie, um das Gespräch in Gang zu bringen.

»Ich reite zurück zu meinem Herrn, dem Grafen von Regenstein.«

»Was hat Euch nach Köln geführt?«

Er lachte auf. »Neugierig seid Ihr!«

Jonata senkte den Kopf, als sie merkte, wie ihr die Röte ins Gesicht stieg. Sie hatte nicht unhöflich sein wollen.

»Sei's drum. Eure direkte Art gefällt mir. Ich habe den Neffen des Grafen nach Köln begleitet. Er wird an der Universität Theologie studieren.«

Sofort dachte sie an Enderlin. »Wird er ins Kloster eintreten?«

»Nein. Er lebt mit anderen Studenten in einer Burse.« Der Reiter schwärmte von der Edelmütigkeit des Grafen von Regenstein und von der Blankenburg, auf der der Graf seinen herrschaftlichen Sitz unterhielt. »Bei unserer nächsten Unterredung hoffe ich, mehr von Euch zu erfahren.« Er lächelte, stieß seinem Pferd die Hacken in die Seiten und ritt voran.

»Er ist ein Wichtigtuer«, sagte Steffan und warf ihr einen vielsagenden Seitenblick zu. Er hatte ihr errötetes Gesicht falsch gedeutet.

»Ein Schwätzer, aber der Einzige mit einem Schwert«, entgegnete sie.

Die Gruppe kam nur langsam vorwärts. Die beiden Burschen waren mittlerweile auf das Fuhrwerk der Gaukler aufgestiegen, doch der Mönch weigerte sich, auf einen Karren zu steigen. Eine Pilgerreise müsse man zu Fuß bewältigen, hatte er gesagt. Wie es Franz von Assisi drei Jahrhunderte zuvor gepredigt hatte.

»Wie lange werden wir unterwegs sein?«, fragte Jonata erneut.

»Bestimmt zehn Tage«, antwortete Steffan.

»Für eine Strecke?«

Der Knecht nickte. »Wenn wir gut vorankommen.«

Vielleicht waren sie zum Gedenktag der heiligen Hildegunde von Schönau wieder zu Hause. Dann würden die Tage merklich wärmer werden, und vielleicht blühten auch schon die ersten Nelken.

Brid war aufgewacht und drängte sich mit auf das Sitzbrett. Es dauerte nicht lange, und der junge Reiter hielt mit ihnen Schritt. »Ihr habt mir gar nicht verraten, dass Euch noch eine junge Frau begleitet.«

Jonata wollte erwidern, dass er sie nicht danach gefragt hatte, doch Brid kam ihr zuvor. »Wir haben noch genug Zeit, uns kennenzulernen.«

»Da mögt Ihr recht haben.«

»Mein Name ist Brid, und wer seid Ihr?«

»Albert von Torgau, Ritter des Grafen von Regenstein.«

»Oh, ein Edelmann.« Brid drückte den Rücken durch und zupfte an dem Kleid, sodass es den Ausschnitt ihrer Brust betonte. Der Schnitt war viel zu freizügig, mochte vielleicht für eine Schankdame annehmlich sein, aber nicht für eine Magd auf Reisen. Doch der Ritter von Torgau schien angetan zu sein. Er prahlte mit seinen kämpferischen Fertigkeiten und berichtete von fünf starken Männern, die er im Kampf erledigt hatte.

»Ich werde euch gegen Gauner und Raubritter verteidigen«, schloss er den Bericht.

Brid zeigte sich beeindruckt und erzählte von der Schenke und den hohen Herren, denen sie bereits Bierkrüge gefüllt hatte.

»Wenn ich das nächste Mal in Köln verweile, werde ich in Eurer Schenke einkehren.«

Jonata hörte nicht weiter zu. Viel lieber schaute sie sich die Landschaft mit den vielen Bäumen und Feldern an. Immer hügeliger wurde das Land. Als der Ritter sich verabschiedete und zum Gauklerkarren ritt, atmete sie auf.

Bei Einbruch der Dämmerung kehrten sie in eine Gaststätte ein. Nachdem die Pferde im Stall untergebracht waren, fand sich die Reisegesellschaft in der Gaststube ein. Der Raum war klein und ungemütlich. Die Bänke waren abgenutzt und von Holzwürmern zerfressen. Im offenen Kamin glühte ein einzelnes Holzscheit. Der stämmige Wirt brachte Krüge mit Würzbier und Schüsseln mit dünner Suppe. Steffan hatte recht gehabt. Das Gruitbier schmeckte scheußlich. Der Geschmack von Kümmel und Lorbeer war viel zu dominant. Dass man Bier heutzutage mit Hopfen braute und es dadurch schmackhafter und haltbarer wurde, war in diese Region noch nicht durchgedrungen. Trotzdem zwang sich Jonata, den Krug zu leeren.

Die Schlafkammern – für Männer und Frauen getrennt – befanden sich unter dem Dach. Die Fensteröffnung wurde von den Fensterläden nur unzureichend abgedeckt. Darunter war der Holzboden schwarz und morsch. Bei Regen floss das Wasser anscheinend in die Kammer. Ein Bretterverschlag diente als Nachtlager. Das Stroh roch muffig, die alte Decke war löchrig und voller Flecken. Ein Nest für Ungeziefer. Jonata hätte sich von Elisabeth eine Phiole mit Korianderwasser gegen die Flöhe mitgeben lassen sollen. Sie raffte das Stroh zusammen und brachte es in den Stall. Hier fand sie einen frischen Strohballen und nahm so viel mit, wie sie tragen konnte. Sie breitete es auf dem Verschlag aus, verbannte die Decke auf den Boden und legte sich auf ihre eigene. Wo blieb Brid? Sie brauchte reichlich lange auf der Latrine. Kurz dachte sie an Lucas, doch bald fielen ihr die Augen zu.

KAPITEL 4

Jonata schreckte auf.

»Rutsch mal«, sagte Brid und legte sich zu ihr auf das Lager. Durch die Ränder der Fensteröffnung drang die Morgendämmerung.

»Wo bist du gewesen?«, fragte Jonata und richtete sich auf. Sie war auf einmal hellwach. Brid grinste verschmitzt. Ihr Haar war zerzaust, die Schnürung des Kleides offen, sie hielt es mit den Händen an Ort und Stelle.

»Ich fasse es nicht, warst du etwa …?«

»Was geht es dich an?«

»Schämst du dich nicht? Was, glaubst du, werden die anderen Männer von dir denken?«

Brid schob das Stroh zu einem Häufchen zusammen und bettete den Kopf darauf. »Du bist doch nur neidisch.«

»Neidisch? Wo denkst du hin?«

Brid hob die Decke, schlüpfte mit darunter und zog sie über ihren freien Rücken.

»Hast du deine Decke etwa bei ihm gelassen?« Jonata ließ sich zurück aufs Lager sinken, zerrte an der Decke, dass sie vollständig darunterlag.

»Meine ist noch im Fuhrwerk.« Brid zog ihrerseits wieder daran. »Jetzt sei doch nicht so. Zu zweit ist es doch viel wärmer.«

»Zum Wärmen taugen deine Bettgesellen wohl nicht!« Jonata schnaubte. Nach einer Weile schnarchte Brid. Das Geräusch machte sie wahnsinnig. An Schlaf war nicht mehr zu denken, also stieg sie hinab in die Stube.

Der Mann mit dem Rauschebart saß in einer Ecke und schlürfte an einem Getränk. An einem anderen Tisch saß der Mann mit den langen Haaren. Sie wollte sich nicht allein an einen Tisch setzen, womöglich kam der ekelhafte Typ zu ihr, also trat sie zu dem Langhaarigen. »Darf ich Euch Gesellschaft leisten?«

Er zeigte auf den Schemel ihm gegenüber. »Gern.«

Der Wirt brachte ihr einen Becher mit dem überwürzten

Bier und eine Schale Haferbrei. Er schmeckte fad, als hätte er Tage in dem Kessel gestanden. Am liebsten hätte sie Honig oder ein paar Beeren hineingegeben, doch sie wagte nicht, danach zu fragen. Sie hob den Löffel und ließ ein paar Kleckse des Breis zurück in die Schüssel tropfen. Hoffentlich würde Steffan nicht viel für diese Kost bezahlen.

»Schmeckt es Euch nicht?«, fragte der Langhaarige.

»Nicht sonderlich.«

»Mir auch nicht.« Er schob die Schale von sich weg.

»Selbst mein kleiner Bruder würde den Brei besser zubereiten«, sagte sie, obwohl sie Kuntz niemals an die Kochstelle lassen würde.

Der Mann lachte und warf die Haare nach hinten. Über den Schultern lag ein Fuchsfell, in dem sich einzelne Strähnen verfingen. Die rötliche Färbung seiner Haare und des Bartes war ungewöhnlich. Bestimmt kam er nicht aus der Gegend. »Das nächste Mal werde ich eine Unterkunft aussuchen«, sagte er.

»Seid Ihr oft auf Reisen?«

»Auf den Wegen des Landes bin ich zu Hause. Immer auf der Suche nach neuen Drucken.«

»Ihr seid Buchführer«, stellte sie interessiert fest. Sie bekam nur selten Bücher zu Gesicht.

»Ihr könnt lesen?«

Sie nickte eifrig und war stolz, ihn beeindrucken zu können.

»Ein paar Bücher habe ich noch auf meinem Karren, wenn Ihr sie Euch ansehen möchtet.«

Sie schüttelte den Kopf. »Nein.« Die meisten waren in der Gelehrtensprache verfasst. Sie hatte zwar das Lesen anhand lateinischer Texte wie dem Vaterunser und der Psalter gelernt, aber der Sinn der Worte blieb ihr verborgen. Lucas hatte ihr auf einer Wachstafel das Schreiben beigebracht, damit sie die Handelsbücher der Brauerei fortführen konnte, wenn er auf Reisen war. »Ich bin des Lateinischen nicht mächtig.«

Der Buchführer lächelte verständnisvoll. »Es gibt Schriften auf Deutsch. Gerade erst ist eine neue von Martinus Luther erschienen. Deswegen reise ich ins Kurfürstentum Sachsen.«

Jonata runzelte die Stirn.

»Kennt Ihr Luther nicht?«, fragte er.

»Wer ist das?«

»Ein Mönch, der mit seinen Thesen den Ablasshandel anprangert. Leider habe ich kein Exemplar mehr davon. Von ihm solltet Ihr etwas lesen.«

Ein Mönch, der auf Deutsch schrieb und den Ablass kritisierte. Was war gegen den Ablass einzuwenden? Was war mit dem Ablass für Lucas? Reichte er nicht, um ihren Bruder aus dem Fegefeuer zu retten? Sie hatte heute Nacht nicht von der Feuersbrunst geträumt. Oder konnte sie sich nur nicht erinnern? Vielleicht hatte Brid sie zu früh geweckt, und sie hätte Lucas noch in den Flammen gesehen. Oder hatten sie ihn von den Qualen befreien können?

»Was … was ist mit dem Ablass?«, fragte sie zögerlich. Sie wusste nicht, ob sie die Antwort wirklich hören wollte.

Der Buchführer lehnte sich vor und antwortete im gedämpften Ton: »Er sagt, ein Ablass kann nur von Strafen befreien, die die Kirche auferlegt hat, vom Fegefeuer jedoch nicht.«

»Kann er nicht?« Jonata schnappte nach Luft.

»Nein. Und noch etwas: Er fragt, warum der Papst nicht aus Güte die Seelen aller rettet, wenn er über einen so großen Schatz im Himmel verfügt. Wieso lässt er sich das mit Geld bezahlen?« Der Mann lehnte sich zurück und verschränkte die Arme vor der Brust. »Das ist eine interessante Frage, findet Ihr nicht?«

Jonatas Hals schnürte sich zu. »Mein Bruder ist vor Kurzem verstorben, und wir haben …«

»Ihr habt einen Ablass für ihn gekauft.«

Sie nickte beklommen.

»Luther hat eine neue Schrift verfasst. Sie soll sich ebenfalls mit dem Ablass beschäftigen.«

»Aber …« Sie fasste sich an den Hals.

»Wenn man seinen Thesen Glauben schenkt, braucht Ihr Euch nicht um Euren Bruder zu sorgen.«

»Was? Wie könnte ich nicht?«

»Luther sagt, dass jeder wahre Christ einen Anteil an allen Gütern Christi und der Kirche hat – auch ohne Ablassbrief.«

Jonata schluckte. »Ohne Ablassbrief?« Ihre Stimme versagte.

»Ganz recht. Das bedeutet, es ist schade um das Geld, das Ihr für diesen heiligen Zettel aufgebracht habt, aber wenn er ein bußfertiger und rechtschaffener Christ war, geht es Eurem Bruder gut.«

Fassungslos schüttelte sie den Kopf. Lucas war nicht im Fegefeuer? Ihr Vater und sie hatten ihn gar nicht leiden lassen? Der Ablassbrief war unnütz? Sie stand auf. »Entschuldigt mich.«

Sie stürmte aus der Gaststube ins Freie. Sie brauchte frische Luft, atmete tief ein und ließ sich auf einem großen Stein nieder. Lucas war nicht verloren, sondern hatte nie gelitten. Der Gedanke war viel verlockender als der, ihn zwei Wochen im Feuer schmoren gelassen zu haben. Sie schluckte. Was wusste schon ein fahrender Buchführer? Vielleicht bastelte er sich aus allerlei Schriften eine Wahrheit zusammen, die ihm gelegen kam. Sie konnte sich auf sein Wort nicht verlassen. Enderlin hatte gesagt, sie hätten diesen Ablass für Lucas kaufen müssen, um ihn zu retten. Er lebte jahrelang im Kloster und war des Lateinischen mächtig. Wenn er nicht wusste, was richtig war, wer dann?

***

Erste Sonnenstrahlen schienen durch die Fenster der Abteikirche. Die Gesänge erfüllten das Gotteshaus. Enderlin schloss die Augen. Er unterbrach das Singen, unterdrückte ein Gähnen. Sein Rücken schmerzte, wenn er sich bewegte und das Leinen über die Striemen strich. Die ganze Nacht hatte er vor dem Kreuz gekniet und Gott mit jedem Hieb der Geißel um Vergebung seiner Lügen angefleht. Er würde mehr auf seine Worte achtgeben.

Nach den Laudes zogen sich die Brüder zurück, um sich zu erfrischen, zu kämmen und die Nachtschuhe gegen das Tagesschuhwerk auszutauschen. Kurz darauf fanden sie sich im Refektorium ein. Enderlin zwang sich, den Brei gemächlich zu essen, auch wenn der Hunger nach so einer Nacht groß war.

Nach der Prim und der Morgenmesse trafen sich alle Mönche zur Kapitelversammlung. Der Prior saß auf einem Lehnstuhl ihnen gegenüber. Enderlin setzte sich auf eine der hinteren Bänke. Er schluckte, schloss die Augen und wartete auf den Beginn der Versammlung.

»Hat jemand von euch eine Verfehlung zu melden, oder wisst ihr von der Verfehlung eines Bruders?«

Enderlin sah nach vorn. Er durfte sich nicht durch einen abgewandten Blick verraten. Er musste seine Lügen preisgeben, doch … nein, er konnte nicht. Er hatte heute Nacht gebüßt. Bruder Melchior stand auf. »Mir ist im Skriptorium das Tintenfass umgefallen. Die Tinte ergoss sich über zwei Pergamente.«

Enderlin lächelte innerlich. So ungeschickt kannte er den Skriptor gar nicht.

»Was für Schriften?«, fragte der Prior.

»Eine Abschrift der Vita von Sankt Georg und die Notizen über die Ausgaben des Klosters vom letzten Monat.«

»Sind sie noch zu lesen?«

»Ich habe sie unverzüglich neu erstellt.«

»Du bist zwei Tage von den Mahlzeiten ausgeschlossen und sollst vier Ave-Maria beten.«

Melchior nickte und setzte sich. Bruder Franz stand auf.

»Was hast du getan?«, erkundigte sich der Prior.

»Ich habe gesehen, wie ein Bruder sich außerhalb der Mahlzeiten an unseren Vorräten vergangen hat.«

»Wer?«, fragte der Prior, obwohl jedem im Raum klar war, wer dahintersteckte. Jede Woche das Gleiche. Manchmal wurde er erwischt, selten stellte er sich geschickt an. Seine Leibesfülle kam nicht von ungefähr.

Bruder Syfried erhob sich zögerlich. »Ich war es«, gab er mit gesenktem Kopf zu. Er war genauso beleibt wie Bruder Tetzel. Auch der Mönch aus Sachsen konnte sich nicht an gemäßigte Speisen halten. Dafür rettete er viele Seelen aus dem Fegefeuer. Der HERR würde es ihm vergelten. Doch Syfried hatte keine besondere Gabe, sogar das Lesen fiel ihm schwer. Nur einmal hatte ihn der Prior als Vorleser bei der Mahlzeit auserkoren. Die Brüder waren längst mit dem Essen fertig gewesen, als er die Lesung beendet hatte.

»Was hast du aus der Vorratskammer entwendet?«

»Drei Äpfel und einen halben Laib Brot.«

»Das war nur an einem Tag«, warf Bruder Franz ein.

Der Prior hob die Hand. »Lass Bruder Syfried sprechen.«

Der nickte, den Blick auf den Boden geheftet. »Am folgenden Tag gedörrte Mispeln, noch einmal Brot und am nächsten Tag eine Schüssel mit Brei.«

»Du solltest dich zügeln! Im Buch Sirach steht: ›Und wenn der Magen mäßig gehalten wird, so schläft man sanft; so kann einer des Morgens früh aufstehen und ist fein bei sich selbst. Aber ein unersättlicher Fraß schläft unruhig und hat das Grimmen und Bauchweh.‹ Diese Sätze sollst du heute Nacht siebzig Mal aufsagen. Des Weiteren bist du zwölf Tage von den Mahlzeiten ausgeschlossen.«

Syfrieds Miene verzog sich zu einer entsetzten Grimasse. Ohne etwas zu erwidern, nahm er Platz. Er würde an diesen Tagen allein zu einem späteren Zeitpunkt essen müssen als die Brüder. Außerdem gab es nur trockenes Brot.

Enderlin war erleichtert, als der Prior die Kapitelversammlung auflöste.

Die Klostermauern zu verlassen und durch die Gassen Kölns zu laufen, schien Enderlin fast schon vertraut. Doch noch immer hasste er das laute Gezeter der Menschen, vermied große Plätze und bewegte sich geschwind zum Haus des Druckers. Dieser führte ihn in die Werkstatt. Seine Augen waren gerötet, die Schultern hingen schlaff herunter. Er sah müde aus, hatte anscheinend ebenfalls keine geruhsame Nacht hinter sich.

»Habt Ihr die Ablassbriefe gedruckt?«, fragte Enderlin.

Von Werden zeigte auf einen Stapel bedruckter Papiere. »Ihr sagtet, Ihr braucht so viele, wie ich drucken kann. Die ganze Nacht habe ich durchgearbeitet, hundertzehn Nachdrucke erstellt. Mehr als doppelt so viele wie vereinbart.«

Der Drucker hatte sein Anliegen verstanden. »Das bedeutet, ich schulde Euch noch Geld.«

»Gebt mir noch einen Gulden, so habt Ihr ein besseres Geschäft gemacht als abgesprochen.«

Hatte er das? Das Rechnen war nicht seine Stärke, vor allem nicht bei den großen Zahlen. Er vertraute darauf, dass der Drucker keiner dieser Halsabschneider war. »Ihr werdet Eure Münze bekommen. Wenn nicht heute, so doch übermorgen.« Am morgigen Sonntag würde er die Klostermauern nicht verlassen.

Von Werden nickte und reichte ihm die Briefe. »Falls Ihr noch mehr braucht oder einen anderen Auftrag habt, stehe ich Euch gern zur Verfügung.«

Enderlin zwang sich zu einem Lächeln. »Ich werde Euch unserem Skriptor ans Herz legen.«

Der Drucker bedankte sich und geleitete ihn zur Tür. Enderlin würde im Kloster kein Wort darüber verlieren, dass er die Ablassbriefe nicht von Quentell hatte erstellen lassen.

***

Die Sonne stand bereits tief, als Simon die Augen aufschlug und hochschreckte. Er hatte doch nur ein Nickerchen machen wollen.

»Simon!«, schallte die Stimme seiner Mutter durch das Haus. Er stand auf und ging in die Küche.

»Du hast das Mittagsmahl verpasst.« Sie setzte ihm einen Teller Suppe vor. »Außerdem wartet ein Auftrag auf dich.«

»Ich habe die ganze Nacht gearbeitet«, verteidigte er sich, obwohl er wusste, dass sie recht hatte. Er sollte lieber das Tageslicht nutzen, als in der Nacht unnötig die Talglichter zu vergeuden. Gierig machte er sich über die Suppe her.

»Eine der Beginen hat sich nach den Gebetsbüchern erkundigt.«

»Was hast du ihr gesagt?«, fragte er.

»Dass du die ganze Nacht mit dem Drucken beschäftigt warst und dich jetzt ausruhst.«

»Hast du ihr gesagt, dass wir Ablassbriefe gedruckt haben, anstatt an dem Gebetsbuch weiterzuarbeiten?«

Sie verschränkte die Arme vor der Brust. »Für wie dumm hältst du mich?«

Simon senkte den Blick. »Entschuldige.« Er löffelte die Schüssel leer und begab sich in die Druckerei. Wenn er das Gebetsbuch fertig bekommen wollte, durfte er keine Zeit verlieren, auch wenn der Auftrag mit den Ablassbriefen ein willkommener Verdienst gewesen war.

Als er die nächste Seite gesetzt hatte, erstellte er einen Korrekturabzug. Er hatte eine Hochzeit gesetzt und musste den doppelten Buchstaben entfernen. Zwei Zeilen weiter gab es eine Leiche, und er fügte das fehlende Wort hinzu. Er arbeitete, bis die Dämmerung einsetzte und kaum noch Licht in die Werkstatt fiel. Seine Mutter rief ihn zum Essen, und auch sein Bruder kam aus der Kammer.

»Na, gut geschlafen?«, zischte Simon, als sie zusammen am Tisch saßen.

»Natürlich!« Nickell grinste verschmitzt.

»Ich könnte deine Hilfe morgen gut gebrauchen.«

Nickell machte sich über die Suppe her. »Du schuldest mir noch Geld für die letzte Nacht.«

»Wenn du jeden Tag mit mir in der Druckerei arbeitest, werde ich dir den üblichen Lohn zahlen, wie Vater es verfügt hat.«

Nickell warf ihm einen wütenden Blick zu. Simon hätte das Wort »Vater« nicht in den Mund nehmen dürfen. »Ich werde gleich Geld verdienen, aber nicht in der Werkstatt.«

»Du willst wieder als Leuchtemann durch die nächtlichen Gassen streifen?« Simon verstand ihn nicht. Warum erhob Nickell Anspruch auf die Druckerei, wenn er nicht bereit war, ihm zu helfen? Seit jener Nacht war ihm sein Bruder ohnehin fremd geworden.

Nickell hatte ihm das Versprechen abgenommen, kein Wort über diese Nacht zu verlieren. Es war eine Erneuerung ihres Pakts aus Kindertagen. Keine Geheimnisse verraten! Sie hatten Beeren aus dem Korb der Nachbarin gestohlen oder Mädchen durch nachlässig verschlossene Fenster beobachtet. Es war ein großer Spaß gewesen, doch was in jener Nacht passiert war, war alles andere als ein Kinderstreich.

»Und übermorgen gehe ich zum Schreinsmeister«, sagte Nickell und riss ihn damit aus den Gedanken. Dennoch, das Versprechen galt.

»Tu das nicht«, flehte ihre Mutter ihn an.

»Wieso nicht?«, schrie er. Sein Kopf wurde rot, an seiner Schläfe pochte eine Ader. »Dies ist mein Haus und meine Druckerei. Anstatt dass ich mich verdrücke, müsste er sich eine neue Bleibe suchen.«

»Aber er ist dein Bruder! Warum willst du ihn vertreiben?«

Nickell griff nach einem Stück Brot und stand auf. »Er ist nicht mein Bruder. Er ist ein Bastard.« Damit verschwand er aus der Küche.

Simon war zu müde, um sich aufzuregen. Der Schreinsmeister hatte das Testament gelesen, es würde schon alles gut gehen. Mehr Bedenken hatte er vor der nächsten Sitzung der Druckerbruderschaft. Wenn er Pech hatte, würde ihm zwar das Haus gehören, aber Nickell durfte die Druckerei weiterführen. Dann wusste er nicht, wie er das Haus halten sollte.

***

An einem Bach machte die Reisegesellschaft Pause. Die Männer huschten hinter die Bäume, um sich zu erleichtern. Auch Jonata und Brid nutzten die Chance und hockten sich hinter einen Busch.

»Aufregend, diese Reise«, sagte die Magd.

»Du solltest dich nicht fremden Männern hingeben, nur weil wir fernab der Heimat sind«, sagte Jonata.

Brid lachte auf. »Glaubst du, die Kölner Männer kann ich nicht begeistern?«

»In Köln verhältst du dich auch wie eine Metze?«

»Meinst du, die Männer kommen nur in die Schenke, um deines Vaters Bier zu saufen? Warum laufen die Geschäfte wohl so blendend?«

»Unser Bierzapf ist doch kein Frauenhaus!« Wusste ihr Vater davon? Sie konnte es sich kaum vorstellen. Als Meister der Bruderschaft konnte er es sich nicht erlauben, dass die Schenke einen zweifelhaften Ruf bekam. Nach der Reise würde sie es ihm erzählen müssen. Sie mussten sich eine neue Magd suchen, auch wenn Brid ihnen jahrelang gute Dienste geleistet hatte.

»Du wirst deine Sünden noch bereuen«, sagte Jonata und stapfte zum Fuhrwerk zurück. Die zwei jungen Burschen hatten sich ihrer Kleider entledigt und waren in den Fluss gestiegen. Zu gern hätte sie sich ebenfalls frisch gemacht. Es gab jedoch keine Stelle, wo sie vor den Blicken der anderen geschützt gewesen wäre, ohne sich zu weit von der Raststelle entfernen zu müssen. Sie könnte mit den Füßen ins Wasser und ihre Beine reinigen, aber auch das schickte sich nicht.

»Trink. Frisch gefüllt«, sagte Steffan und riss sie damit aus den Gedanken. Er reichte ihr einen Trinkschlauch.

»Hast du ihn etwa mit Wasser gefüllt?«

Er nickte.
»Willst du mich vergiften?«
Er lächelte. »Das kannst du bedenkenlos trinken.«
»Wir werden alle krank und können die Reise nicht mehr fortsetzen!«
»Vertrau mir! Außerhalb der Stadt können wir das Wasser getrost zu uns nehmen.«
Sie sah zum Bach. Die Männer schöpften mit bloßen Händen das Wasser und tranken davon. Konnten sie sich alle irren? Zögerlich nahm Jonata den Schlauch und kostete einen Schluck. Die kühle Flüssigkeit umschmeichelte ihre Zunge, schmeckte frisch und rein. Ein wenig nach dem Geruch des Morgentaus. Gierig trank sie weitere Schlucke und atmete tief durch. Wie wohltuend reines Wasser sein konnte. Sie gab dem Knecht den Trinkschlauch zurück.
»Schmeckt es doch?«, fragte er lächelnd.
Sie nickte. Es war viel angenehmer als Dünnbier oder verdünnter Wein, auch wenn sie das Bier ihres Vaters schätzte.

Sie fuhren bis zum Einbruch der Nacht und fanden bei einem Bauern im Stall Unterschlupf. Jonata hasste es, mit den Männern in einem Raum schlafen zu müssen, doch Steffan erklärte ihr, dass dies nicht unüblich war. Sie suchte sich einen Platz hinter dem Fuhrwerk und zog die Decke eng um sich. Es war kalt und zugig. Der Wind pfiff durch die Schlitze zwischen den Brettern hindurch. Ein Pferd in einer Box schnaubte.
»Ich lege mich zu den anderen. Dort ist es wärmer«, sagte Brid.
Wahrscheinlich war das nicht der einzige Grund. Bald hörte Jonata Schritte. Sie sah unter dem Karren her: Vier nackte Füße tapsten durch den Stall. Zwei gehörten eindeutig einer Frau. Das durfte doch nicht wahr sein! Sollte sie aufstehen und Brid maßregeln? Doch die beiden waren schon hinter einem Heuballen verschwunden. Die Magd hätte einen Ablassbrief viel nötiger als Lucas.

KAPITEL 5

Jonata schlug die Augen auf. Ihr Herz raste. Was hatte sie geweckt? Sie rührte sich nicht, sondern horchte nur. Ein Hahn krähte, ansonsten war es still. Allmählich beruhigte sich ihr Herzschlag. Sie stand auf und rieb sich die Arme. Gegen die Kälte schlang sie die Decke um sich und kam hinter dem Fuhrwerk hervor. Viele Männer lagen noch im Stroh, eng aneinander.

Wo war Brid? Jonata schlich um den Heuballen herum, hielt inne. Die Magd lag dort Arm in Arm mit einem der jungen Burschen. Es war einer der Gesellen. In seinen schwarzen Haaren hatte sich Heu verfangen. Seine Haut war dunkler, als es nach dem Winter üblich war. Eine Narbe zog sich über seine Brust bis zur Achselhöhle.

Brid blinzelte, drehte sich auf die Seite und legte den freien Arm um den Oberkörper ihres Liebhabers. »Lass uns schlafen«, raunte sie.

Auch er öffnete die Lider, lächelte, als er Jonata sah, und zog Brid näher an sich heran.

Wenn das ihr Vater sehen könnte! Jonata ging nach draußen, schöpfte Wasser aus einem Brunnen und erfrischte ihr Gesicht. Konnte sie es auch trinken? Es war niemand da, den sie fragen konnte. Sie kostete von dem kühlen Nass. Es schmeckte ebenso frisch und rein wie aus dem Bach. Sie trank begierig.

Von Westen zogen düstere Wolken heran. Wenn sie Pech hatten, würde es bald regnen. Sie schloss die Augen und versuchte, sich an Nachtträume zu erinnern. Nichts. Obwohl sie sich vorgenommen hatte, das Ausbleiben eines Traumes von Lucas in den Flammen als Zeichen zu werten, war sie nicht wirklich beruhigt. »Warum musstest du mich so früh verlassen?«, flüsterte sie und betrachtete die nahende Wolkendecke.

Eine Tür knarzte. Aus dem Wohnhaus trat eine alte Frau. Sie steuerte direkt auf den Stall zu und weckte die anderen. Jonata verkniff sich ein Lächeln. Brid würde keine Chance mehr haben, weiterzuschlafen.

Kurz darauf brachen sie auf. Die düstere Wolkenfront holte

sie ein, und es begann, heftig zu regnen. Jonata zog sich mit Brid unter die Plane des Fuhrwerks zurück, doch durch die Nähte der Tierhäute tropfte das Wasser. Steffan stoppte das Gefährt.

»Warum halten wir?«, rief Jonata. Sie konnte ihre eigene Stimme kaum verstehen, so laut war das Prasseln des Regens. Steffan beugte sich nach hinten. »Kommt raus! Wir müssen alle mit anpacken.«

Schon nach wenigen Augenblicken war Jonata bis auf das Unterkleid durchnässt. Die paar Strähnen, die unter der Haube hervorlugten, klebten ihr im Gesicht. Der Starkregen bildete eine weiße Wand, durch die sie alles nur schemenhaft wahrnahm. Die Räder eines Karrens waren im Schlamm stecken geblieben. Die Männer hatten sich darum versammelt. Es war der Karren des Rauschebärtigen. Sollte er das Fuhrwerk doch selbst aus dem Schlamm ziehen. Aber Steffan dirigierte sie hinter den Karren. »Ihr Frauen schiebt von hinten, die Männer packen an den Seiten zu!«

Zusammen stemmten sie sich gegen das Fuhrwerk und versuchten, es anzuschieben. Dabei versanken ihre Beine knöcheltief im Matsch. Das Fuhrwerk bewegte sich kein Stück.

»Was jetzt?«, rief der schwarzhaarige Bursche.

»Hat jemand ein Seil?«, fragte Albert von Torgau.

»Wir natürlich!«, rief der älteste Gaukler. Er wühlte in bunt bemalten Kisten und präsentierte stolz zwei kräftige Taue. Sie verbanden das Fuhrwerk mit dem vorderen und ließen das Pferd zusätzlich ziehen. Mit einem schmatzenden Geräusch setzten sich die Räder in Bewegung. Endlich konnten sie zurück auf die Fuhrwerke! Auch der Mönch hatte mittlerweile eingesehen, dass die Reise zu Fuß zu beschwerlich war, und war mit auf den Karren des Buchführers aufgestiegen. Als die Reise weiterging, begann Brid, von dem jungen Schwarzhaarigen zu schwärmen.

»Er ist Messerschmied. Nun will er die Welt kennenlernen und seine Fertigkeiten verbessern. Wenn er zurück nach Köln kommt, will er mir ein Messer mitbringen.« Brids Augen strahlten. Wenn der wieder in Köln war, hätte sie ihn sicherlich vergessen und wusste bestimmt nicht einmal mehr seinen Namen. Doch Brid schwärmte weiter von seinen zärtlichen Berührungen und seinen starken Armen. Jonata hörte nicht länger zu. Sie fror und war froh, als sie abends endlich eine Herberge fanden, in deren Gastraum sie sich aufwärmen und ihr Kleid trocknen konnte. Die Gästezimmer waren sauberer als in der ersten, aber Komfort wie zu Hause war auch hier nicht gegeben. Brid verließ am Abend wieder das Schlafgemach. Diese unbelehrbare Metze!

Die nächsten Tage vergingen quälend langsam. Doch das Wetter besserte sich, es wurde wärmer, und die Sonne ließ sich blicken. Sie nutzten das Tageslicht, um ein gutes Stück voranzukommen.

»Wir rasten hier«, verkündete der Buchführer.

»Mitten im Wald?«, fragte Jonata und sah Steffan ungläubig an.

»Keine Angst. Uns wird nichts passieren«, antwortete er, doch sie erkannte an seiner Stimme, dass ihm dieser Vorschlag ebenfalls nicht behagte. Auf einer Lichtung stellten sie die Fuhrwerke im Halbkreis auf und entzündeten ein Feuer in der Mitte. Die Pferde ließen sie aus einem Teich trinken, der durch die Regenfälle gut mit Wasser gefüllt war und an einigen Stellen über die Ränder trat. Steffan, Brid und Jonata teilten sich das letzte Stück Brot und ein paar gedörrte Kirschen.

»Im nächsten Dorf müssen wir neue Vorräte kaufen«, sagte Steffan.

Die Männer hatten sich um das Lagerfeuer versammelt. Der Buchführer und der Mönch hielten auf einen Zweig aufgespießte Fische über die Glut. Der Buchführer schien noch genug Proviant zu besitzen. Jonata setzte sich zu ihm und wartete, bis er das Mahl beendet hatte.

»Ich habe vergessen, wie dieser Mönch heißt, der die Thesen verfasst hat.«

»Martinus Luther.«

Der Franziskaner lachte auf. »Ihr erzählt dem unschuldigen Ding von diesem Ketzer?«

»Er kritisiert den Missstand der Kirche. Das war längst überfällig«, antwortete der Buchführer und warf die Haare über die Schulter.

»Das ist Ketzerei! Ihr lebt gefährlich, wenn Ihr so redet.«

»Wollt Ihr mich der Inquisition melden?« Ein Lächeln umspielte den Mund des Buchführers, und er sah sich demonstrativ um.

»Behaltet Eure Meinung für Euch, und Euch wird nichts geschehen. Wenn Ihr aber unschuldige Seelen anstiftet«, er zeigte auf Jonata, »fühle ich mich gezwungen, in der nächsten Stadt einzuschreiten.«

Der Buchführer lachte auf. »Freund, bedenkt, wem Ihr die Speise in Eurem Leib zu verdanken habt, und dann überlegt noch mal, wen Ihr anklagen wollt.«

Der Franziskaner setzte wieder an, doch der Buchführer hob drohend die Hand. »Schweigt! Ihr habt genug Gift versprüht!«

Der Mönch presste die Lippen zusammen und stand ruckartig auf. »Das werdet Ihr noch bereuen.« Dann zog er ab.

»Das werden wir sehen«, flüsterte der Buchführer.

»Es hätte ein anregendes Gespräch mit dem Franziskaner werden können«, wandte Jonata ein. Auch seine Meinung zu den Ablässen hätte sie interessiert.

»Er ist katholischer als der Papst. Er sollte lieber als Einsiedler leben wie sein Vorbild Franz von Assisi.«

Sie schwiegen einen Moment, dann sagte der Buchführer: »Ihr wollt also mehr über Luther erfahren?«

Jonata nickte. »Ihr habt seine Thesen gelesen?«

»Ich habe sie verkauft. Ich studiere alle Schriften, die ich feilbiete.«

»Ihr seid des Lateinischen mächtig?«

»In meinem Berufsstand ist das unabdingbar. Wenn mich meine Kunden nach dem Inhalt der Bücher fragen, muss ich ihnen Auskunft geben können.«

»Wer hat es Euch gelehrt?«

»Ich habe die Klosterschule besucht und danach mit dem Studium begonnen, doch das Studieren war nichts für mich. Ich musste auf die Straßen.«

»So viele träumen von einem Studium, und Ihr nutzt diese Möglichkeit nicht?« Wie gern würde sie Latein lernen und die Schrift studieren. Was für eine Welt sich den Gelehrten eröffnete. Doch ihr als Frau und vielen anderen blieb dies verwehrt.

»Die meisten Gelehrten verbringen ihr ganzes Leben mit Lesen. Ich möchte etwas bewegen! Den Menschen neue Kunde verbreiten.«

»Wie seid Ihr Buchführer geworden?«

Er lachte. »Wenn alle so neugierig wären wie Ihr, würde sich keiner auf das Geschwafel der Pfaffen verlassen wollen.« Er griff in ein Bündel, zog einen ledernen Beutel heraus, öffnete die Verschnürung und hielt ihn ihr hin. Sofort stieg ihr der süßliche Geruch in die Nase.

»Was ist das?«

»Mit Honig überzogene Haselnüsse. Eine Spezialität meiner Mutter.« Er nahm sich ein paar und warf sie sich in den Mund. Jonata kostete ebenfalls. Eine vollkommene Süße breitete sich auf ihrer Zunge aus. Es knackte, als sie auf die Nuss biss. So etwas gab es bei ihr zu Hause nur selten.

Der Buchführer platzierte den Beutel zwischen ihnen. »Das wird eine längere Geschichte.« Er grinste ihr zu. »Es steckt so viel Wissen in Büchern, das darf nicht nur den Gelehrten zugänglich bleiben. Meinen Eltern und Geschwistern wollte ich den Zugang zu den Schriften erleichtern. Sie unterstützten zwar mein Studium, doch selbst lesen lernen wollten sie nicht.«

»Da wart Ihr enttäuscht.«

Er nickte. »Wenn schon nicht meine Familie, dann wollte ich andere Menschen mit Büchern versorgen. Die, die begierig sein würden, die Welt des geschriebenen Wortes zu entdecken.«

Er sprach ihr aus der Seele. »Die meisten können nicht lesen, geschweige denn Latein.«

»Auch hier müsste sich etwas ändern. Die Klosterschulen müssten mehr Jungen aufnehmen.«

»Was ist mit den Mädchen?« Waren sie nur dazu bestimmt, ein gutes Eheweib zu sein und sich um das Haus zu kümmern? In Köln gab es mittlerweile Frauenzünfte. Die Garnmacherinnen und Seidenweberinnen. Viele von ihnen konnten lesen und schreiben, doch sie mussten zusehen, woher sie es lernten.

Er zuckte mit den Schultern und nahm erneut ein paar Nüsse. »Ich kann nur einen kleinen Beitrag leisten. Und so ist es ein mühsames Geschäft. Selbst denen, die lesen können, fehlt meist das Geld. Bücher kosten ein Vermögen.«

»Also müssten die Bücher günstiger werden.«

»Die Schwarze Kunst begünstigt das. Schriften können schnell in großer Auflage erstellt werden. Und da kommt Luther ins Spiel. Seine Schriften sind überschaubar, weil er sich auf das

Wesentliche konzentriert. Zudem sind sie auf Deutsch erhältlich. Die Menschen reißen sie mir aus der Hand.«

»Wie habt Ihr von diesem Luther erfahren?«

Er lachte. »Das war nicht schwer. Seine Thesen haben sich in kürzester Zeit im ganzen Kurfürstentum Sachsen verbreitet.«

»Und die waren in deutscher Sprache verfasst?« Jonata nahm sich erneut ein paar Nüsse. Bald würde der Beutel leer sein. Sollte sie zurückhaltender sein? Ach was, schließlich hatte er ihr die Köstlichkeit angeboten.

»Ursprünglich waren sie in der Gelehrtensprache verfasst. Doch bald wurden sie übersetzt und in vielen Städten nachgedruckt.«

Eine Schrift auf Deutsch und noch dazu über den Erlass der Sündenstrafen. Sie musste diese Thesen lesen. Das war sie Lucas schuldig. Sie musste wissen, ob sie ihn aus dem Fegefeuer gerettet hatten oder ob sie noch etwas für ihn tun musste. »Wo bekomme ich diese Thesen?«

»In Sachsen werdet Ihr sie erstehen können. Was ist Euer Ziel?«

»Bernburg, in der Nähe von Leipzig.«

»Ich kenne Bernburg.« Er griff in den Beutel und sah überrascht hinein. »Hier.« Er hielt ihr den geöffneten Beutel hin. »Drei sind noch drin.«

Hitze stieg ihr ins Gesicht. Sie hatte viel zu ungeniert zugegriffen. »Aber jetzt habt Ihr nichts mehr für die weitere Reise.«

»Bald werde ich meine Mutter besuchen. Ihre Vorräte sind immer gut gefüllt.«

Sie lächelte und nahm sich die letzten heraus.

»Ihr solltet einen Abstecher nach Wittenberg machen«, sagte er.

»Wittenberg?«

»Dort lebt und predigt Martinus Luther.«

»Er predigt auch?«

»Vornehmlich hält er Vorlesungen in der Leucorea, der Universität. Aber er vertritt den kranken Stadtpriester. Wenn Ihr Euch so für den Ablass interessiert, solltet Ihr eine seiner Predigten hören.«

»Wo liegt dieses Wittenberg?«

»Zwei Tagesreisen östlich von Bernburg.«

Noch weiter nach Osten. Das würde ihre Reise um vier, wahrscheinlich fünf Tage verlängern. Sie sah zu Steffan. Er saß gegenüber dem Feuer. Der Älteste der Gauklertruppe mit wenigen grauen Haaren unterhielt die Männer, die sich vor Lachen die Bäuche hielten. Ob Steffan einer Verlängerung der Reise zustimmen würde?

»Wenn Ihr ein Pferd nehmt und eine geübte Reiterin seid, könntet Ihr es an einem Tag schaffen.«

Sie schüttelte den Kopf. »Ich bin nie allein geritten.« Sie erinnerte sich an die Ausritte mit Lucas, als er mit ihr durch die Felder Kölns gestreift war. Bei Sonnenaufgang war es am schönsten. Das war lange her. Sie schluckte, sah ihren Gesprächspartner an. »Es lohnt sich sowieso nicht.«

Der Buchführer runzelte die Stirn. »Ich verstehe nicht.«

»Habt Ihr vergessen? Ich kann kein Latein. Auch wenn ich diesen Luther auf der Kanzel sehe, ich werde kein Wort verstehen. Dann lese ich lieber seine Schrift.«

»Holt Euch einen Übersetzer.«

Resigniert sah sie auf die Hände. »Ich kenne dort niemanden und …« Sie sah zu Steffan, der sich prächtig zu amüsieren schien. »… meine Weggefährten sind ebenfalls des Lateinischen nicht mächtig.«

»Wenn Ihr erlaubt, werde ich das gern übernehmen. Ich werde mich mehrere Tage in Wittenberg aufhalten. Fragt nach mir in der Schenke ›Brauner Hirsch‹.«

Sie lächelte. »Habt vielen Dank, aber ich glaube nicht, dass ich es bis Wittenberg schaffe.«

»Das werdet Ihr. Ich werde auf Euch warten.«

Was machte ihn so sicher? Sie konnte nicht zwei Tagesreisen allein auf sich nehmen. Steffan würde denken, sie habe den Verstand verloren. Zwei Tagesreisen, um einem ketzerischen Prediger zuzuhören! Und wenn sie sich mit Brid auf den Weg machen würde, hätte sie am Ende eine Herde liebestoller Kerle im Schlepp.

»Ich werde es versuchen«, antwortete sie und verabschiedete sich. Es war an der Zeit, sich hinzulegen. Sie ging um den Teich und erleichterte sich hinter einem Baum. Das Mondlicht schimmerte silbrig im stillen Wasser. Sie fuhr zusammen, als es knackte. Als sie hinter dem Stamm hervorlugte, sah sie eine sich nähernde Gestalt. Wer war das? Sie beeilte sich, ließ ihre Röcke fallen und umrundete den Tümpel in entgegengesetzter Richtung, in der Hoffnung, nicht bemerkt zu werden.

»Hey«, rief jemand.

Unwillkürlich drehte sie sich um. Fauliger Mundgeruch strömte ihr entgegen. Vor sich sah sie die verfaulten Zähne, den Rauschebart und im Mondlicht leuchtende Augen. Wie hatte er sie so schnell eingeholt? Sie wich einen Schritt zurück, doch er packte ihren Arm.

»Lass mich«, rief sie, zog ihren Arm zurück, aber er fasste ihn so fest, dass sie ihn nicht freibekam. Flehend sah Jonata ihn an. Er lachte hämisch, ließ sie los, gab ihr einen kräftigen Stoß. Sie taumelte rückwärts, stolperte über einen Ast und fiel. Sie schrie auf. Er stürzte sich auf sie, sein Körper schien sie zu erdrücken. Wieder der ekelhafte Mundgeruch, ihr schwindelte. Sie wandte den Kopf zur Seite und versuchte, den Kerl gleichzeitig von sich zu werfen, doch er war zu schwer.

»Geh runter von mir!«, rief sie.

Seine Augen glühten vor Begierde. »Die Metze lässt jeden ran, nur nicht mich. Aber du bist mir genauso lieb.«

»Nein!« Sie schrie, wand sich unter ihm.

Er drückte eine Hand auf ihren Mund. »Zier dich nicht so, Liebchen. Ich bin ganz schnell.« Er schob ihr Kleid hoch, zerrte an ihrer Unterhose. Fingernägel zerkratzten ihr Fleisch, scharf schnitt der Stoff in ihre Schenkel. Sie strampelte, versuchte, seine Hände fortzutreiben. Keine Chance. Mit einem heftigen Ruck riss er das letzte Stück Leinen auf, das ihren Intimbereich bedeckte. Mit grober Hand betatschte er ihre Scham und drang mit dem Finger in sie ein. Eine Stelle, die sie selbst niemals berührte. Sie schrie, seine Hand erstickte jeden Laut.

»Oh, schön feucht. Du freust dich wohl auf mich. Kann ich verstehen.« Er grinste sie an, leckte ihre Wange ab, nahm die Hand weg und schob ihr stattdessen die Zunge in den Mund. Sie schmeckte nach verdorbenem Fisch. Jonata glaubte, sich übergeben zu müssen, und biss in seine Zunge. Er zuckte zurück.

»Du Miststück!« Er schlug ihr ins Gesicht. Ihr Kopf flog zur Seite, mit der Schläfe knallte sie gegen etwas Hartes. Ihr Schädel brummte, weiße Punkte tanzten vor ihren Augen. Sie durfte nicht ohnmächtig werden, nicht jetzt. Ihr Mund war frei, sie konnte schreien. Jemand musste sie retten. Tief holte sie Luft und schrie, doch im nächsten Moment drückte er ihr die Hand auf den Mund.

»Du Teufelsbraut. Dir werde ich es zeigen.«

Er nestelte an seiner Hose, sie spürte sein steifes Glied an den Schenkeln. Sie nahm ein letztes Mal alle Kraft zusammen, um ihn von sich zu drücken, doch sie kam nicht gegen ihn an. Das Messer von Lucas! Sie versuchte, eine Hand zwischen sich und den Kerl zu schieben, aber sie kam nicht an den Beutel heran. Er lag mit dem ganzen Gewicht darauf.

»Oh, du willst ihn anfassen.« Er packte ihre Hand und führte sie zu seinem steifen Glied. Krause Haare, faltige Haut. Sie glaubte, sich übergeben zu müssen.

»Los! Umfass ihn.« Er packte ihr Handgelenk so fest, dass sie unfähig war, die Hand zu bewegen. Hilfe! Wieso hilft mir keiner? Er rieb ihre Hand an seinem Glied entlang. Nein! Sie drehte den Kopf zur Seite, presste die Augen zusammen. Sie wollte ihn nicht spüren.

»Ach! Als Hübschlerin taugst du doch nicht.« Mit einem Ruck legte er ihre Hand neben ihren Kopf, stemmte sich mit dem Gewicht darauf, sodass sie den Arm nicht mehr bewegen konnte. Er ließ die Hüfte wieder sinken, suchte mit seinem Glied ihre Scham. Das Messer in dem Beutel war unerreichbar. Warum hatte sie nicht vorher daran gedacht? Sie war verloren, musste es über sich ergehen lassen. Sie sah zum Mond, der mit der vollen Scheibe am Himmel stand. Eine eiskalte Hand legte sich um ihr Herz. Hoffentlich würde es schnell vorbei sein.

***

»Et respondens Iob ait. Vere scio quod ita sit et quod non iustificetur homo conpositus Deo. Si voluerit …« – Da antwortete Hiob und sprach: Wahrhaftig, ich weiß, dass es sich so verhält; und wie kann ein Mensch gerecht sein vor Gott? Wenn er wollte …

Enderlin unterbrach sein murmelndes Lesen, als ein Schatten auf das Buch fiel. Der Prior setzte sich zu ihm auf die Bank. Enderlin klappte vorsichtig das Buch zu und legte es neben sich. Er streckte den Nacken und faltete die Hände in seinem Schoß. Wie er es hasste, von seinen Studien abgehalten zu werden, doch er ließ sich nichts anmerken.

»Bruder Tetzel hat viele Seelen mit den Ablässen retten können«, sagte Jakob Hochstraten.

Enderlin nickte.

»Du hast deinen Anteil daran. Du hast wohlgetan.«

Er hätte ihm gern gedankt, doch heute war der Tag des HERRN. An diesem Tag hatte er noch nie das Schweigegelübde gebrochen. Wie konnte der Prior es so leichthin missachten? Enderlin sah dem Prior in die Augen, antwortete mit einem Kopfnicken und deutete ein Lächeln an.

»Du willst dich wieder dem Studium widmen.« Der Prior legte ihm die Hand auf die Schulter. »Recht so.«

Enderlin musste den Prior noch um den zweiten Gulden bitten, den er dem Drucker schuldete. Nein, für den Drucker würde er das Schweigegebot nicht brechen. Er ließ Jakob Hochstraten ohne ein weiteres Wort gehen, dann legte er das Buch auf die Beine und blätterte, bis er die Stelle gefunden hatte.

Am nächsten Tag hatte er kaum eine Chance, mit dem Prior zu sprechen, da dieser sich mit Bruder Tetzel ins Priorhaus zurückgezogen hatte. Tetzel sollte am folgenden Tag das Kloster verlassen und zurück nach Sachsen reisen. Erst nach der Non konnte er ihn vor der Abteikirche abpassen.

»Auf ein Wort«, bat Enderlin.

Der Prior trat mit ihm zur Seite.

»Der Drucker bekommt noch Geld für die Ablassbriefe. Er hat so viele gedruckt, wie er konnte. So, wie Ihr es gewünscht hattet.«

»Tetzel war zufrieden mit dir. Was schulden wir Meister Quentell?«

Enderlin schluckte, schloss kurz die Augen. Nicht schon wieder lügen! »Der Drucker bekommt noch einen weiteren Gulden«, sagte er und sah den Prior an.

»Geh zum Bursarius. Er wird dir die Münze aushändigen.« Der Prior wandte sich zum Gehen.

»Um eines wollte ich Euch noch bitten«, sagte Enderlin.

Jakob Hochstraten hielt inne und sah ihn auffordernd an.

»Wenn ich noch mal das Kloster verlasse, würde ich gern in das Haus meines Vaters einkehren.«

Der Prior hob die Brauen. »Du hattest deine Chance, die Klausur für einen Besuch zu verlassen.« Er breitete die Arme aus. »Sieh dir deine Brüder an. Sie haben nicht die Möglichkeit, in ihr Elternhaus zu gehen.«

»Ich weiß.« Enderlin sah zu Boden. Sollte er die Begegnung mit diesem Sebalt vergessen? Sein Vater würde selbst auf die Idee kommen, dass Jonata bald heiraten musste. Doch ein Versprechen sollte man einhalten. »Es geht um die Zukunft der Brauerei meines Vaters.«

»Diese weltlichen Dinge sollten dich nicht mehr kümmern. Aber gut, ich gestatte dir den Besuch. Bald wirst du ohnehin öfter das Kloster verlassen.«

»Ich werde was?« Enderlin sah auf. Er hoffte, sich verhört zu haben.

»Ich werde in Kürze eine Versammlung einberufen. Dort wirst du alles erfahren.«

»Aber …« Enderlin blieben die Worte im Hals stecken. Wieso strafte ihn der Prior so? Einerseits war es ein Privileg, sich außerhalb der Klostermauern bewegen zu dürfen. Das hatte er erhalten, als er die Memoria der Brauerbruderschaft übernommen hatte. Aber noch öfter die schützenden Mauern verlassen? Er hasste das sündhafte Treiben in den Gassen Kölns. Die letzten Tage hatten gezeigt, dass die Gottlosen auch ihn zu sündhaftem Verhalten anstifteten. »Warum?«, fragte er.

»Auf dich ist Verlass.« Ein Lächeln umzog den Mund des Priors, dabei trat das Grübchen in seinem Kinn noch deutlicher hervor. »Es wird eine weitere Aufgabe für dich geben.«

»Welcher Art?«

Der Prior hob beschwichtigend die Hand. »Hab Geduld.«

Nur widerwillig hatte sich der Bursarius den Gulden entlocken lassen, den Enderlin nun dem Drucker brachte. Anschließend ging er zur Brauerei seines Vaters. Als er das Haus erreichte, atmete er schwer. Er blieb einen Moment stehen und beruhigte seinen Atem.

Aus der angrenzenden Schenke stolperte ein beleibter Mann. Er trug eine zweifarbig gebauschte Hose sowie ein edles Wams und verströmte den Geruch nach Alkohol und Schweiß. Er zog das Barett zum Gruß, dabei verlor er fast das Gleichgewicht. »Oh, ein Mönch. Gelüstet es Euch nach Abwechslung?« Ein hämisches Grinsen überzog sein aufgedunsenes Gesicht.

Enderlin wandte sich ab und ging zur Brauerei im Innenhof. Bis nach draußen drang die Stimme seines Vaters, der seinen Gesellen und Lehrlingen Anweisungen gab. Enderlin öffnete die Tür und trat ein. Der Geselle Christoff rührte in einem großen Bottich. Ein Lehrling schrubbte einen Eimer, ein anderer schleppte einen Sack in den Keller. Die herrische Stimme seines Vaters hallte durch den Raum: »Clewin, zeig Felix, wie er den Eimer zu säubern hat. Ich will so eine Schlamperei nicht noch einmal sehen!«

Enderlin trat näher, und sein Vater sah ihn erstaunt an. »Enderlin! Was für eine Überraschung! Ist etwas passiert?«

Enderlin schüttelte den Kopf. »Ich durfte erneut die Klausur verlassen, um mit euch zu speisen, wenn es dir recht ist.«

»Natürlich.« Er wandte den Kopf. »Ewald, gib Elisabeth Bescheid!« Der Vater führte ihn in den hinteren Teil mit Tisch und Bank, an der Wand hing ein Bücherbord mit den Geschäftsfolianten.

»Gar nicht so einfach, die Bande im Zaum zu halten«, sagte sein Vater und setzte sich auf die Bank. Enderlin tat es ihm gleich. Eigentlich hatte er bis nach dem Essen warten wollen, aber die Gelegenheit schien günstig zu sein.

»Hast du dir schon Gedanken darüber gemacht, wer die Brauerei erben soll?«

Sein Vater seufzte, ließ die Schultern hängen und vergrub den Kopf in den Händen. »Lucas. Es sollte Lucas werden.« Er rieb sich über das Gesicht und sah auf.

Enderlin erwiderte nichts, gab seinem Vater Zeit.

»Nein, wenn ich ehrlich bin, dann bleibt nur …«

»Jonata«, sagte Enderlin.

Sein Vater nickte. »Sie muss noch viel lernen, aber wenn sie ihre Bewährungsprobe besteht …«

»Du solltest sie verheiraten.«

»Daran habe ich auch schon gedacht.«

»Hast du bereits jemanden im Blick?«

»Ich habe ihr vor Jahren versprochen, dass wir ihren Ehemann gemeinsam aussuchen.«

Was für ein törichtes Versprechen! Keine Frau vermochte diese Lebensentscheidung selbst zu treffen. Sie musste den Mann nehmen, den ihr Vater für sie aussuchte.

»Die Situation hat sich geändert. An erster Stelle steht die Brauerei.«

Sein Vater brummte zustimmend.

»Darf ich dir einen Vorschlag unterbreiten?«

Erstaunt zog sein Vater die Brauen hoch. »Du? Wieso? Einer deiner Knechte aus dem Kloster? Nein.«

»So hör mich erst einmal an. Du kennst Sebalt Magnus?«

»Der Sohn vom Franz. Natürlich. Wie kommst du auf ihn?«

»Ich habe mich mit ihm unterhalten und –«

»Auf der Beerdigung?«, warf sein Vater ein.

Wieso stellte man ihm immer so verfängliche Fragen? Sie beschworen die Lügen fast herauf. Ohne darauf einzugehen, fuhr er fort. »Ich habe in Erfahrung gebracht, dass er auf der Suche nach einer Frau ist. Er kann in die Brauerei seines Vaters nicht einsteigen und sucht eine eigene, da er sich weiterhin dem Brauen widmen möchte.«

Sein Vater strich sich über das Kinn. »Keine schlechte Wahl. Er kennt das Braugewerk, ist stattlich und kommt aus einer angesehenen Familie.«

»Er scheint mir ein rechtschaffener Mann zu sein. Du hättest das Problem des Erbes gelöst und eine weitere helfende Hand in der Brauerei.«

»Ich werde mit Jonata darüber sprechen, wenn sie zurück ist.«

»So lange solltest du nicht warten! Er könnte sich zwischenzeitlich anderweitig verloben.«

»Das wird Jonata nicht gefallen.«

»Das Versprechen kannst du nicht einhalten. Sie wird das verstehen.«

Sein Vater nickte. »Du hast recht. Ich werde Franz Magnus morgen einen Besuch abstatten. Mal sehen, was er zu dieser Verbindung sagt.«

***

Die nächsten beiden Tage arbeitete Simon unaufhörlich an dem Gebetsbuch, gönnte sich nur Pausen zum Essen oder Schlafen. Nickell und er sahen sich bloß zum Abendessen und sprachen kaum ein Wort miteinander. Den Schreinsmeister erwähnte sein Bruder nicht. Den Heiligen sei Dank! So konnte er sich auf das Drucken konzentrieren.

Als alle Seiten fertiggestellt waren, betrachtete Simon die Papierbogen, die auf den Leinen hingen. In zwei Tagen erwarteten die Beginen die fertigen Bücher, doch zuvor mussten sie noch zum Illuminator. Die zwei Holzschnitte, die er in dem Buch verarbeitet hatte, mussten nicht zwingend farbig gestaltet werden, doch die Anfangsbuchstaben fehlten.

Nach dem Trocknen nahm er die Blätter ab und machte sich auf zum Illuminator, den bereits sein Vater mit Aufträgen betraut hatte. Simon klopfte an die mit bunten Ornamenten verzierte Holztür. Der Lehrling öffnete und führte ihn in die Werkstatt.

»Schön, Euch bei mir zu sehen! Wie laufen die Geschäfte, nachdem Euer Vater von uns gegangen ist?« In den Augen von Conrat Bickel stand echte Anteilnahme. Mit farbverschmierten Fingern fuhr er sich durch die buschigen Haare.

Simon legte die Ledermappe mit den gedruckten Seiten auf dem Tisch ab, um kurz seinem Blick ausweichen zu können. Sollte er die Wahrheit sagen? Dass ihnen das Geld ausging?

»Ich muss mich um neue Aufträge bemühen«, gab er als vage Antwort.

Der Meister nickte und zeigte auf die Ledermappe. »Ihr bringt neues Druckwerk?«

»Ein Gebetsbuch für die Beginen.« Er zeigte dem Illuminator, auf welchen Seiten die großen Initialen anzufertigen waren. Dieser wies auf den Schreibtisch, auf dem sich Blätter türmten.

»Ich arbeite an einem Messbuch von Quentell. Es enthält

zahlreiche Abbildungen. Es wird einige Wochen in Anspruch nehmen.«

»Wochen?« Die Beginen würden ihm niemals so lange Aufschub gewähren. »Könnt Ihr das Gebetsbuch nicht dazwischenschieben?«

Der Meister zog seine Stirn in Falten. »Euch den Vorzug geben? Ihr kennt doch Quentell!« Er seufzte, wandte ihm den Rücken zu, beugte sich über den Schreibtisch und tat so, als überblicke er die Schriften.

Hatte er keine Zeit für den Auftrag? Simon konnte sich einen anderen Illuminator in der Stadt suchen. Es gab noch drei weitere, aber Bickel war der beste. Die Initialen würden auch die anderen annehmbar hinbekommen, aber wer wusste schon, ob sie den Auftrag schneller erledigen würden? Und da er und sein Vater immer nur Bickels Dienste in Anspruch genommen hatten, würden die anderen ihn nicht vorziehen.

»Ich habe nicht mehr viel Zeit. Mein Vater hat mit den Beginen verhandelt, und nach seinem Ableben … konnte ich tagelang die Werkstatt nicht betreten.« Simon trat einen Schritt näher an den Illuminator heran, sodass dieser seine Anwesenheit im Nacken spüren musste. »Die Beginen warten, wenn ich die Bücher nicht bald liefere, habe ich womöglich umsonst gedruckt.«

Conrat Bickel wandte sich ihm zu. »Also gut. Ich schiebe Eure Bücher dazwischen. Für Euren Vater.«

»Danke.«

Ein Handschlag besiegelte das Geschäft, und Conrat Bickel versprach, in drei Tagen die fünfunddreißig Bücher fertig zu haben.

Simon begab sich zum Beginenhaus. Es war das ehemalige Haus eines wohlhabenden Kaufmanns, der es vor zehn Jahren den Beginen vermacht hatte, als seine Tochter der Gemeinschaft beigetreten war. Es war bis zur Dachspitze aus Stein gebaut, besaß viele Fenster, die meisten bogenförmig und mit in Blei eingefassten Butzenscheiben besetzt. Die eisenbeschlagene Tür war auf Augenhöhe mit zwei geschnitzten Reliefs verziert. Auf dem linken war die Kreuzigung Jesu dargestellt, auf dem rechten seine Wiederkehr.

Simon betätigte den Türklopfer, der die Gestalt eines Engels besaß. Es öffnete ihm eine junge, verschüchterte Begine, die kaum wagte, ihn anzusehen.

»Ja bitte?«, fragte sie mit zaghafter Stimme.

»Ich würde gern mit Schwester Magdalena sprechen.«

»In welcher Angelegenheit?«

»Es geht um das Gebetsbuch.«

Sie trat einen Schritt zur Seite und öffnete die Tür noch weiter. Ihrer Geste folgend trat Simon in den Eingangsbereich. Ein kleiner Raum mit einem Tisch, darauf eine Vase mit Blumen. Der Boden war gekachelt, was sich nur die Patrizier leisten konnten.

Die junge Begine verschwand und holte Schwester Magdalena, die körperlich das Gegenteil der jungen Frau war. Beleibt, fast so groß wie Simon, mit einem hervorstehenden Wangenknochen. Sie stemmte einen Arm in die Hüfte und musterte ihn.

»Wo habt Ihr die Bücher?«, fragte sie ohne eine Begrüßung.

»Sie sind beim Illuminator, danach werden sie noch gebunden. In einer Woche werde ich sie Euch bringen können.«

»Vereinbart war etwas anderes.« Ihre Augen verengten sich.

Wie hielten es die Schwestern nur mit ihr aus?

»Wie Ihr vielleicht gehört habt, ist unser Vater verstorben. Uns fehlen zwei Hände in der Werkstatt.« Wenn er ehrlich war, fehlten ihm zwei Personen in der Druckerei.

Ihre Gesichtszüge wurden für einen kurzen Moment weich. »Das haben wir vernommen. Gott möge Euren Vater schützen.« Ihre Miene wurde wieder ernst. »Euer Vater hat uns versprochen, das Buch bis zum Gedenktag der Seligen Hadwig von Meer zu liefern. An dem Tag verstarb Schwester Beate, die Gründerin unseres Konvents.«

»Das ist mir bewusst.«

»Wir brauchen die Bücher an dem Tag zu ihrem Gedenken.«

Der Tag der Seligen Hadwig war übermorgen. Bis dahin würde er die Bücher nicht abliefern können. Wie konnte er die Begine besänftigen? Sie mussten doch mehrere Bücher in ihrer Bibliothek haben. Wieso kam es auf dieses eine Gebetsbuch an?

»Ich werde Euch morgen das Buch bringen, das Ihr mir

als Vorlage gegeben habt. Daraus könnt Ihr an dem Tag den Schwestern vorlesen.«

Sie schnaubte. »Es geht um die Memoria der Gründerin, was versteht Ihr davon?«

»Es tut mir leid um Euren Verlust, wir teilen den gleichen Schmerz.« Er sah ihr in die kalten Augen. Er hatte keine Lust mehr, sich überall rechtfertigen zu müssen. »Gott gibt und Gott nimmt. Darauf haben wir keinen Einfluss. Ich konnte nicht mehr tun als drucken. Wenn Ihr unbedingt wollt, bringe ich Euch die Bücher unfertig, ohne Initialen, wenn das Euer Wunsch ist.«

Erneutes Schnauben. »Ich habe fertige Bücher bestellt.«

»So müsst Ihr Euch gedulden.«

Ihre Augen blitzten ihn an. »Also gut. Aber glaubt nicht, dass wir noch einmal bei Euch etwas drucken lassen werden. Wir müssen uns auf Absprachen verlassen können.«

Er nickte. Mit dieser Frau hatte er ohnehin keine Lust, weitere Geschäfte zu machen.

***

Der faulige Mundgeruch nahm ihr die Sinne. Jonata bäumte ihren Körper auf, versuchte ein letztes Mal, ihren Peiniger von sich zu drücken. Sie kam gegen sein Gewicht nicht an. Mit der freien Hand schlug sie ihm unters Kinn.

»Du Metze!« Er ließ ihre andere Hand frei, und sie stemmte beide gegen seinen Körper. Plötzlich blitzte ein Messer vor ihren Augen auf. Er hielt es ihr an die Kehle.

»Wenn du nicht stillhältst, wirst du das hier zu spüren bekommen.« Er drückte die Klinge an ihren Hals, dass sie kaum noch Luft bekam. Jonata wagte es nicht, sich zu bewegen. Tränen benetzten ihre Augen. War es nicht besser, zu sterben, als diese Schmach über sich ergehen zu lassen? Mit einem kräftigen Ruck nach vorn würde alles vorbei sein. Sie würde Lucas wiedersehen. Aber wo? Im Fegefeuer? Musste sie für ihre Sünden büßen? Was hatte sie alles im Leben auf sich geladen? Doch konnte das Feuer schlimmer sein als das hier?

»So ist es gut!« Er war im Begriff, in sie einzudringen, als lautes Gebrüll ertönte. Verdutzt schaute der Bärtige auf. Jemand kam auf sie zugestürmt, zerrte den Mann von Jonata herunter und schleuderte ihn zu Boden. Er packte ihn am Kragen, zog ihn zum See und trat ihm ins Kreuz, sodass er ins Wasser stürzte. Ihr Peiniger tauchte unter. Für einen Moment glaubte Jonata, das Wasser hätte ihn verschluckt. Dann tauchte er auf, rieb sich die Augen und spuckte aus. »Du Teufelskerl! Was fällt dir ein!«

Jonata bekam eine Hand gereicht. Sie blickte auf. Albert von Torgau.

»Da bin ich keine Sekunde zu spät gekommen.«

Sie ließ sich von ihm aufhelfen und strich ihre Röcke glatt. Schamesröte stieg ihr ins Gesicht, und sie sah zu Boden. Der Ritter hatte ihre nackten Beine gesehen.

»Zieh mich raus, du Schuft«, schrie der Bärtige.

»Halt's Maul! Ersaufen sollte ich dich, Gallus!«

So hieß also ihr Peiniger. Gallus. Ein viel zu harmloser Name.

Fackeln tauchten zwischen den Bäumen auf, und die dumpfen Rufe der anderen Männer waren zu hören, die von dem Tumult angelockt worden waren.

»Bitte.« Jonata griff nach der Hand des Ritters. »Sagt den anderen nicht, was …« Sie stockte, vermochte nicht weiterzusprechen. In ihrem Inneren breitete sich eine erdrückende Leere aus, die sie zerfraß, doch diese Gefühle wollte sie nicht mit anderen teilen. Nicht mit Brid, nicht mit Steffan und schon gar nicht mit diesen fremden Männern. Aber wichtiger war noch, dass ihr Vater niemals davon erfuhr. Womöglich glaubte er nicht, dass die Tat nicht vollendet worden war, und er würde keinen standesgemäßen Ehemann mehr für sie finden, sondern nur einen Halunken, der nicht besser war als Gallus.

»Schweigen bedeutet, dass ich ihn nicht verstoßen kann! Er wird weiter mit uns reisen. Wollt Ihr das?«

Das war das Letzte, was sie wollte, doch blieb ihr eine Wahl? Steffan und der Buchführer waren nur noch ein paar Schritte von ihnen entfernt.

»Was ist hier los?«, rief Steffan.

Jonata warf Albert von Torgau einen flehenden Blick zu und nickte leicht. Er schenkte ihr für einen Sekundenbruchteil ein Lächeln. Dann wandte er sich den Männern zu. Die Gauklertruppe und die jungen Burschen waren mittlerweile auch da, und sogar der Mönch war herangehumpelt.

»Gallus ist beim Pinkeln in den Teich gefallen«, rief Albert von Torgau.

Die Männer lachten und sahen belustigt dem rudernden Gallus zu. Der verstummte für einen Augenblick, sah von Torgau und Jonata überrascht an. Er schien zu überlegen, ob er den Spott auf sich nehmen oder es mit der Wahrheit probieren sollte. »Lacht nur! Aber helft mir wenigstens raus.«

Der Buchführer reichte ihm die Hand und zog ihn mit einem Ruck aus dem Wasser. Gallus' Hose war bis zu den Knien hinuntergerutscht. Das sorgte für erneutes Gelächter.

»Du musst dich nicht ganz ausziehen«, rief Brids Messerschmied.

»Morgen Abend werde ich Euch mit Wein abfüllen, und dann sehen wir, wer zuletzt lacht.« Er zog die triefende Hose über die Hüfte, kam auf Albert und Jonata zu und blickte sie grimmig an. »Das werdet Ihr noch bereuen«, raunte er dem Ritter ins Ohr. Er watschelte Richtung Feuer, die Rufe der anderen ignorierend.

»Ich würde sagen, Ihr braucht einen Beschützer«, sagte der Ritter im gedämpften Ton. Keiner schien sie zu belauschen, alle erfreuten sich noch an dem Spott über Gallus. Jonata wollte keinen Beschützer, vor dem sie sich ebenfalls fürchten musste. Sie zweifelte nicht daran, dass Albert von Torgau ein Edelmann war, aber woher wusste sie, welche Absichten er hegte?

»Ich danke Euch, doch das wird nicht nötig sein.«

Er seufzte. »Das hoffe ich.«

Steffan trat zu ihnen. »Was hast du hier gemacht?« Er blickte Jonata misstrauisch an.

»Ich ...« Sie stockte. »Ich habe mich hinter einem Baum erleichtert, und dann habe ich Gallus in den Teich fallen sehen ... Vor Schreck schrie ich auf ... und ...« Sie sah Albert von Torgau hilfesuchend an.

»Ich kam dazu und wollte nachsehen, was passiert war«, sagte der Ritter.

»Du solltest dich nicht so weit von unserem Rastplatz entfernen«, sagte Steffan streng. Der Tümpel war zehn Karrenlängen von dem ersten Fuhrwerk entfernt.

»Soll ich mich etwa direkt ans Feuer hocken?«

»Natürlich nicht, aber –«

»Ich will nichts mehr hören«, sagte sie und stapfte davon. Auch wenn ihr der schroffe Tonfall leidtat, hatte sie keine Kraft, sich Maßregelungen von dem Knecht anzuhören. Sie wollte allein sein, kroch in das Fuhrwerk und kauerte sich in eine Ecke. Brid war nicht da. Heute war sie darüber erleichtert, sollte sie sich doch mit einem der Männer vergnügen.

Jonata bekam einen Würgereiz, wenn sie daran dachte, was Gallus mit ihr hatte anstellen wollen. Sie glaubte, immer noch den ekelhaften Geschmack von seiner Zunge im Mund zu haben. Wie gern hätte sie noch eine süße Nuss des Buchführers gekostet, um die schamvollen Erinnerungen aus ihrem Mund zu verbannen.

Ihre Vorräte waren aufgegessen, doch sie fand einen Trinkschlauch und nahm einen großen Schluck. Er enthielt Wasser. Diesmal wäre ihr Bier oder verdünnter Wein lieber gewesen. Sie kuschelte sich in eine Decke ein und zwängte sich zwischen die Fässer, zog die Beine an und schlang die Arme darum.

»Lucas, bitte hilf mir.«

Ein Kloß bildete sich in ihrem Hals. Die Leere in ihrem Inneren nahm von ihrem ganzen Körper Besitz. Etwas kitzelte sie am Bein. Erschrocken fuhr sie hoch. Ein Käfer. Sie erschauderte, schlug ihn fort.

Erneut ergriff sie ein Würgereiz, ihr Oberkörper bäumte sich auf. Sie kletterte nach vorn, beugte sich aus dem Karren und übergab sich. Die Säure reizte ihren Rachen, nahm ihr die Luft zum Atmen. Sie spuckte aus, versuchte, den widerlichen Geschmack zu vertreiben. Sie ging zurück ins Fuhrwerk, zog die Beine an die Brust und vergrub den Kopf in dem Stoff ihres Kleides. Ihr Körper bebte, Tränen durchnässten das Leinen. Hilflos war sie gewesen! Sie hatte nichts gegen Gallus ausrichten können. All das wäre nicht passiert, wenn Lucas noch leben würde.

Kapitel 6

Als Jonata aufwachte, schmerzten ihre Schulter und die Hüfte. Das Fuhrwerk war viel zu hart. Noch immer hatte sie den fauligen Mundgeruch in der Nase und sah das hämische Grinsen vor sich. Sie schüttelte sich. Wieso musste Gott sie so strafen? Hatte sie gesündigt, als sie gegen Enderlin das Wort erhoben hatte? Sie würde nach ihrer Rückkehr auf ihn hören.

Brid kam ins Fuhrwerk gekrochen. »Du Langschläfer. Das kenne ich gar nicht von dir.«

Jonata faltete die Decke zusammen und drängte sich an Brid vorbei. Am liebsten hätte sie ihr einen Kommentar über ihre nächtliche Abwesenheit an den Kopf geworfen, doch sie wollte keine Diskussion beginnen. Sie musste sich waschen! Jede Stelle ihrer Haut wollte sie schrubben, sich vom Gestank, dem Dreck, der Demütigung reinigen.

Am Teich wusch sich der Buchführer den Oberkörper. Sie zögerte, wollte allein sein und keinem anderen Mann bei der Morgenwäsche zusehen, doch der Drang nach dem kühlen Nass war größer. Sie trat von der anderen Seite an den Teich heran und spritzte sich Wasser ins Gesicht. Wasser, in dem Gallus gestern noch geschwommen war. Sie bekam eine Gänsehaut.

Der Buchführer trocknete sich mit einem Leinentuch ab und zog sein Obergewand an. Er lächelte. »Na, habt Ihr heute Nacht von den Thesen geträumt?«

Sie bemühte sich, sein Lachen zu erwidern. Kein Traum war in ihr Bewusstsein gekrochen, darüber war sie froh. »Von Euren Nüssen«, antwortete sie. Das war zumindest die halbe Wahrheit. »Wo ist er eigentlich?«, fragte sie.

Der Buchführer sah sie fragend an. »Wen meint Ihr? Luther?«

So ein Mist. Sie würde sich noch verraten, wenn sie nicht aufpasste. »Ich meine Gallus. Nicht … nicht dass er sich erkältet.«

Der Buchführer lachte auf, erhob sich und legte sich das Fuchsfell über die Schultern. »Eine gute Spürnase habt Ihr. Er liegt im Karren und klagt über Kopfschmerzen und Husten.«

Die Pest sollte ihn dahinraffen!

»Endlich hat der Mönch begriffen, dass er sein Seelenheil nicht durch einen Fußmarsch erlangt, da hält uns dieser Hundskopf auf, nur weil er zu blöd zum Pinkeln ist!«

Sollte er doch allein im Wald bleiben und sich von Räubern ausnehmen lassen. »Vielleicht bleibt er im nächsten Dorf und wartet auf eine andere Reisegruppe«, sagte sie hoffnungsvoll. Dann wäre sie ihn los.

»Wohl kaum. Wir sind fast da. Wenn alles gut geht, erreichen wir morgen Bernburg.«

Das waren wunderbare Aussichten. Sie konnte es kaum erwarten, für ein paar Tage an einem festen Ort zu bleiben. Hoffentlich würde es ihr gelingen, den Hopfenanbauer zu überzeugen. Sie durfte ihren Vater nicht enttäuschen. Doch eins war noch wichtiger: Sie wollte Gallus vergessen, die Nacht aus dem Gedächtnis tilgen. Erneut bildete sich ein Kloß in ihrem Hals, und Tränen stiegen ihr in die Augen. Sie schluckte, spritzte sich nochmals Wasser ins Gesicht, sodass der Buchführer nichts merkte.

Jonata war froh, als sie wieder unterwegs waren. Die Wolken lösten sich auf, und die Sonne tauchte das flache Land in leuchtende Farben. Doch sie vermochte sich daran nicht zu erfreuen. Die innere Leere lähmte ihre Glieder und machte sie schwer. Er hatte sie benutzt, genötigt, gezwungen, hatte sie an Stellen berührt, zu denen noch nie jemand vorgedrungen war. Sie schämte sich, wollte sich verkriechen, mit niemandem mehr sprechen, niemandem begegnen.

Als Brid munter über das Wetter und die Landschaft plapperte, hörte sie nicht hin. Jonata kroch ins Fuhrwerk und bettete sich zwischen die Fässer.

Im nächsten Dorf kaufte Steffan neue Vorräte. Jonata blieb im Fuhrwerk, denn sie wollte weder auf Gallus noch auf Albert von Torgau treffen. Als sie abends in einem Gasthaus unterkamen, musste sie aus ihrem Rückzugsort hervorkommen. Steffan sah sie besorgt an. Müde erwiderte sie seinen Blick.

Das Gasthaus bot zwei Kammern für Reisende. Eine für Männer und eine für Frauen. Es war die bisher komfortabelste

Unterkunft auf der Reise. Neben dem Lager gab es zwei Stühle, eine Kommode mit einem Spiegel und mehrere Nachttöpfe unter der Bettstatt. Doch der Komfort war Jonata egal. Sie hätte auch in einem Stall geschlafen, wenn nur die Männer nicht in der Nähe waren.

Heute lagen Brid und zwei weitere Frauen, die nach Wittenberg reisten, bei ihr. Eine Alte, Füllige mit ergrauten Haaren und eine Junge, die der Alten wie aus dem Gesicht geschnitten war.

Jonata fand in dieser Nacht kaum Schlaf und war hellwach, sobald sich eine Frau neben ihr umdrehte. Zudem schnarchte die Alte. In Gedanken war Jonata wieder am Teich. Sie betete zur Jungfrau Maria, dass sie ihr helfen und diese Erinnerung tilgen möge. Irgendwann schlief sie ein.

Es war noch dunkel, als Jonata aus der Kammer schlich. In der Gaststube fegte die Wirtin den Boden.

»Was macht Ihr denn so früh auf den Beinen? Habt Ihr nicht genügend Nachttöpfe?« Verständnislos schüttelte sie den Kopf.

»Ich kann nicht mehr schlafen.«

»Essen gibt es erst nach Sonnenaufgang, da müsst Ihr Euch gedulden.«

»Das werde ich«, sagte Jonata. Sie fühlte sich dreckig und verschmutzt. Am liebsten hätte sie ein Bad genommen. Sie fragte, ob es in der Nähe einen Teich oder Bach gab.

»Im hinteren Raum gibt es einen Zuber. Zu dieser frühen Stunde müsstet Ihr Euch das Wasser selbst aus dem Brunnen holen.«

Nichts lieber als das. Nach kurzen Anweisungen der Wirtin schleppte Jonata eimerweise Wasser herbei. Sie konnte sogar heißes Wasser aus dem Kessel über dem Feuer hinzugeben. Sie wollte mit dem ganzen Körper untertauchen, die Schmach von den Schenkeln waschen.

Als der Zuber gut gefüllt war, ließ sie sich hineinsinken. Wie gut das tat! Auf einem Regal lag Seife, ein Geschenk des Himmels. Jonata schloss die Augen und genoss die wohlige Geborgenheit, bis im oberen Stockwerk Geräusche ertönten.

Sie trocknete sich schnell ab, schlüpfte in die Kleidung und trat durch eine kleine Tür nach draußen. Tief atmete sie die Morgenluft ein und streckte sich. Im Osten dämmerte es. Der Himmel war klar, ein paar Sterne blinkten noch am Firmament. Ob es wirklich Engel waren, die auf sie achtgaben, wie Lucas ihr erzählt hatte? Wieso hatten sie vorgestern nicht auf sie aufgepasst? Oder hatten sie Albert von Torgau gerufen? »Bitte begleitet meine Reise«, flüsterte sie. Sie beschloss, heute die Sonne zu genießen und sich nicht mehr zu verkriechen.

Als sie den Gastraum betrat, saß der Buchführer mit einem Krug an einem Tisch.

»Der Frühaufsteher«, sagte sie und setzte sich zu ihm.

Er lächelte sie an. Es war ein warmes, herzliches Lächeln, ganz anders als das hämische Grinsen von Gallus.

»Ist Gallus noch bei uns?«, fragte sie.

Er nickte. »Die ganze Nacht hat er gehustet und mir den Schlaf geraubt.«

»Er sollte sich ausruhen, bevor er weiterreist.«

»Er soll sich nicht so anstellen«, antwortete der Buchführer barsch. »Das wird ihn nicht umbringen.«

Jonata presste die Lippen zusammen. Hoffentlich ging es Gallus so schlecht, dass er nicht aus dem Bett kam.

Die Wirtin brachte ihr einen Becher Würzwein. »Wie viel Wasser habt Ihr denn geschleppt?«, fragte sie und lachte.

Verdutzt sah Jonata auf. »Wie?«

»Na, der Zuber. So voll wie heute Morgen war er noch nie. Wenn nur meine eigene Tochter so tüchtig wäre.« Mit diesen Worten verschwand sie zur Kochstelle und rührte in einem großen Topf.

Der Buchführer lachte.

»Was?«, fragte Jonata.

»Ihr seid früher auf den Beinen als die Lerche. Wie mir scheint, wäret Ihr ein gutes Eheweib!«

»Was fällt Euch ein?«, donnerte sie los.

Er lachte laut. »Na, na, hat das Bad Euch die gute Laune geraubt? Man wird doch wohl noch einen Scherz machen dürfen.«

Nach vorgestern wurde ihr übel, wenn sie nur an eine Hochzeit dachte, doch sie benahm sich albern und sollte nicht jedes Wort auf die Goldwaage legen. Sie zwang sich zu einem Lächeln.

Als endlich alle aus den Kammern gekommen waren, nahmen sie gemeinsam das Frühmahl ein, nur Gallus fehlte. Auch als sie die Fuhrwerke bestiegen, blieb sein Pferd im Stall und der Karren unbewegt. Jonata dankte Gott dafür. Auf der Weiterreise trabte einmal mehr der Ritter neben ihrem Fuhrwerk her. Er zwinkerte ihr zu. Brid bezog diese Geste auf sich, aber Jonata wusste es besser. Sie senkte den Blick. Seine Anwesenheit war ihr unangenehm. Obwohl Brid munter drauflosplapperte, ließ er sein Pferd schneller traben.

Als endlich das Dorf Bernburg in Sicht kam, atmete sie erleichtert auf. Der Buchführer legte ihr zum Abschied eine Hand auf die Schulter. Sie widerstand der Versuchung, seiner Berührung auszuweichen. Nein, so unangenehm war es nicht.

»Wir nächtigen im Dorf. Bis morgen früh werde ich hier sein. Ich nehme Euch mit nach Wittenberg, wenn Ihr wollt.«

Sie sah zu Steffan und Brid. Der Knecht klopfte dem älteren Gaukler freundschaftlich auf den Rücken. Brid umarmte erst den Messerschmied und dann Albert von Torgau. Wie sollte Jonata sich von ihnen absetzen?

»Es brennt Euch auf der Seele«, sagte der Buchführer und holte sie aus den Gedanken.

»Was?«, fragte sie verwirrt.

»Die Frage nach dem Ablass.«

Sie nickte. Wie gut er sie schon kannte. Sie sah ihm in die Augen. Sie waren von ungewöhnlichem Grün, wie sie erst jetzt wahrnahm, und voller Tatendrang und Lebenslust. Sie erinnerten Jonata an Lucas' Augen, wenn er von Adelhaid schwärmte. Der Buchführer meinte es gut und wollte ihr helfen. Von wem aus dieser Reisegesellschaft konnte sie das noch behaupten?

»Es ist nie einfach, den eigenen Weg zu gehen.« Er zog die Hand zurück, in seinen Zügen lag fürsorgliche Wärme.

»Ich werde es versuchen.«

»Versucht es nicht nur. Es geht um Euren Bruder!«

So recht hatte er. Sie musste erfahren, was es mit dem Ablass auf sich hatte.

»Wo finde ich Euch?«

Auf seinen Lippen zeichnete sich ein Lächeln ab. »In der besten Schenke des Dorfes. Ihr werdet sie leicht erkennen. Davor steht eine große Eiche. Fragt nach Mathes Roht.«

»Ich bin Euch zu tiefem Dank verpflichtet, Mathes Roht.«

»Ein Anfang wäre es, mir Euren Namen zu verraten.«

Sie lachte. Wie ungeschickt sie sich anstellte. »Natürlich. Jonata von Menden. Die Tochter eines Bierbrauers in Köln.«

»Oh, eine Brauerstochter. Dann weiß ich, wo ich demnächst in Köln mein Bier beziehen werde.«

»Das solltet Ihr. Es ist etwas Besonderes in Köln. Mein Vater bezieht den Hopfen hier aus Sachsen.«

»Deswegen habt Ihr die lange Reise angetreten«, sagte er und sah sich um.

»Der Hopfenanbauer muss an die Handelsbeziehungen erinnert werden.«

»Ihr seid nicht nur tüchtig und früh auf den Beinen, sondern auch verhandlungssicher. Ich sollte mir doch überlegen, Euren Vater um Eure Hand zu bitten.«

Sie schnaubte. »Zügelt Eure Worte.«

»Na, na, Ihr müsst nicht gleich zornig werden.« Er lachte. »Also, ich erwarte Euch morgen früh, Jonata von Menden.« Ohne ein weiteres Wort von ihr abzuwarten, ging er davon.

Wollte er wirklich um ihre Hand anhalten? Er, ein Buchführer? Ihr Vater würde niemals einer Verbindung mit einem fahrenden Händler zustimmen. Außerdem wollte sie in der nächsten Zeit keinem Mann zu nahe kommen. Allein bei der Vorstellung wurde ihr übel.

Mit Steffan und Brid begab sie sich auf die letzte Reiseetappe. Es war nicht mehr weit, bis der Hof des Hopfenanbauers in Sicht kam. Ein Hund kam ihnen entgegen und bellte. Er lief kläffend neben Bernando her und machte ihn ganz nervös.

Auf dem Hof befanden sich mehrere Holzgebäude. Ein großes dominierte den Hof, sie schätzte, dass es als Lager genutzt wurde. Hühner liefen gackernd herum und waren durch ein Loch in der Wand aus dem Stall entwichen. Eine Frau kam aus einem Gebäude, es musste Frau von Wieskau sein.

»Was führt Euch …«, begann sie mürrisch, dann erhellte sich ihr Gesicht. »Steffan! Ihr kommt spät. Wir hatten Euch schon vor Tagen erwartet.«

Sie rief einen Stallburschen herbei, der sich um das Pferd und das Fuhrwerk kümmern sollte. Als sie abstiegen, zog Frau von Wieskau verwundert die Augenbrauen zusammen, was ihre Falten auf der Stirn verstärkte. Mehrere Leberflecke auf der Nase ließen sie grimmig wirken. »Wo ist Lucas?«

»Lucas ist auf tragische Weise von uns gegangen«, sagte Steffan.

Frau von Wieskau hielt die Hand vor den Mund. »Bei allen Heiligen, kann der HERR so grausam sein? Und wen habt Ihr stattdessen mitgebracht?«

»Jonata. Die Tochter von Bechtolt von Menden.« Er schob Jonata ein Stück nach vorn. »Und ihre Magd Brid.«

Frau von Wieskaus Augenlider zuckten. Sie sah sich um, als würde sie jemanden suchen. »Kommt erst einmal rein. Mein Sohn müsste gleich kommen.«

Frau von Wieskau führte sie in eine kalte Stube. Der Kamin war sauber geputzt, der Korb daneben leer. Sie setzten sich an den Tisch, und sie brachte ihnen Bier. Der Tisch wackelte, eisige Luft pfiff durch das offene Fenster. Der Fensterladen hing schief und konnte nicht mehr geschlossen werden.

»Wie geht es Eurem Mann?«, fragte Steffan.

Frau von Wieskau setzte sich zu ihnen und sah auf ihre Hände. »Er trinkt und isst nur noch, wenn ich ihn dazu dränge.« Ihre Lippen bebten. »Er erkennt uns nicht mehr. Nachts schreit er nach seiner Mutter.« Sie sah auf. Tränen benetzten ihre Augen. »Letzte Woche ist er ins Dorf gegangen, ohne dass ich es gemerkt habe. Ein Stadtbüttel hat ihn aufgegriffen und wollte ihn in den Irrenturm sperren.« Eine Träne rann über ihre Wange, die sie mit dem Handrücken wegwischte. »Er fehlt mir!«

In dem Moment sprang die Tür auf, und ein drahtiger Kerl stürmte herein. Er war seiner Mutter wie aus dem Gesicht geschnitten, hatte ebenfalls Leberflecke auf Nase und Stirn. Doch im Gegenzug zu seiner Mutter waren es nicht nur die Leberflecke, die ihn grimmig erscheinen ließen.

»Wen hast du wieder ins Haus geschleppt?« Er trat näher.

»Das ist Jonata von Menden. Sie ist aus Köln hergereist, um –«

»Was wollen Herumtreiber aus dem fernen Köln von uns?«, fragte er und warf seiner Mutter einen finsteren Blick zu. Auf seiner Stirn bildete sich eine senkrechte Falte.

»Dein Vater –«, begann Frau von Wieskau, doch ihr Sohn schnitt ihr das Wort ab.

»Meinen Vater gibt es nicht mehr.«

Frau von Wieskau schluckte, widersprach jedoch nicht.

Jonata nestelte den Brief aus dem Beutel. Es schien, als müsste sie ihr Anliegen direkt vorbringen. Sie stand auf und hielt ihm das Schriftstück entgegen. »Mein Vater hat Euch einen Brief geschrieben.«

Er machte eine abwertende Handbewegung. »Euer Brief interessiert mich nicht.«

»Euer Vater hat uns jedes Jahr Hopfen verkauft. Wir hoffen, dass auch Ihr –«

»Ich werde keinen Hopfen nach Köln senden. In Sachsen habe ich genug Käufer.«

Jonata schluckte und ließ den Arm sinken. Die Verhandlungen schienen schwieriger zu werden als gedacht. Hatte ihr Vater gesagt, wie viel er für den Hopfen aufbringen wollte? Sie konnte sich nicht erinnern. Es musste in der Handschrift stehen. »Wir werden Euch einen guten Preis zahlen«, sagte sie.

Für einen Moment blitzten seine Augen auf. Hatte sie ihn? Aber wie viel konnte sie ihm anbieten? Er schnaubte jedoch. »So gut kann Euer Preis gar nicht sein.«

»Außerdem haben wir auf dem Karren drei Fässer Bier für Euch. Als Geschenk.«

»Ihr glaubt, das würde meine Meinung ändern?«

Steffan erhob sich ebenfalls. »Ihr müsstet Euch doch an mich erinnern. Wir haben immer gute Geschäfte gemacht.«

»Mit mir nicht!«, rief Hannes von Wieskau. »Verlasst meinen Hof!«

»Aber wir haben die lange Reise hinter uns gebracht.« Jonata konnte es nicht fassen, dass sie die Strapazen umsonst auf sich genommen haben sollte.

»Ich habe Euch nicht darum gebeten! Wenn ich gleich zurückkomme, seid Ihr verschwunden!« Er verließ die Stube und schlug die Tür hinter sich zu.

»Es tut mir so leid«, sagte Frau von Wieskau. »Wenn doch nur –« Schreie ertönten aus dem oberen Stock. Sie blickte zur Treppe. »Entschuldigt. Es ist wohl besser, Ihr verlasst den Hof. Wenn ich die Geschäfte führen würde, dann …« Sie stand auf, ließ den Satz unbeendet. Ohne ein weiteres Wort stieg sie die klapprige Holztreppe hinauf, die bei jedem Schritt knarzte.

»Und jetzt?«, fragte Brid.

»Brauchen wir eine Unterkunft für die Nacht«, sagte Steffan.

»Wir müssen uns umhören, vielleicht finden wir einen anderen Hopfenanbauer, der an einer Handelsbeziehung interessiert ist«, sagte Jonata.

Sie fuhren ins Dorf zu der Schenke mit der großen Eiche. Das Gelächter der Männer drang bis auf die Straße. Als sie die Gaststube betraten, schlug ihnen der Duft von Bier und Braten entgegen. Sofort lief Jonata das Wasser im Mund zusammen. An einem Dutzend Tische saßen Männer, tranken und aßen oder spielten Würfelspiele. Sie ließ ihren Blick schweifen und konnte Mathes Roht und die anderen der Reisegesellschaft an einem hinteren Tisch ausmachen.

»Ich werde den Wirt fragen, ob noch ein Schlafplatz zur Verfügung steht.« Steffan begab sich zum Ausschank. Zielstrebig steuerte Jonata auf ihre Reisegefährten zu. Brid folgte ihr.

Als der Buchführer sie erblickte, erhellte sich seine Miene. »Ihr seid früh dran!«

Jonata setzte sich neben ihn, wobei Brid sich zum Messerschmied gesellte. Albert von Torgau zwinkerte Jonata zu und hob den Bierkrug zum Gruß.

Steffan kam mit drei Krügen zu ihnen. »Wir können hier nächtigen«, sagte er, schob Jonata einen Krug hin und nahm bei den Gauklern Platz.

»Heute Abend hätte ich nicht mit Euch gerechnet. Und sogar Eure Begleitung ist dabei«, sagte der Buchführer zu Jonata.

Resigniert schüttelte sie den Kopf. »Das ist nicht meiner Überredungskunst geschuldet. Unsere Handelsbeziehung ist geplatzt.«

»Das tut mir leid. Aber das heißt, Ihr habt Zeit, mit nach Wittenberg zu reisen.«

Sie sah auf ihre Hände. »Ich muss einen Bauern finden, der bereit ist, Hopfen nach Köln zu liefern.«

»Das könnt Ihr ebenso auf dem Rückweg machen.«

Sie schüttelte den Kopf. »Nein. Das ist wichtiger als meine Reise nach Wittenberg.«

»Der Hopfen ist Euch wichtiger als die Gewissheit über den Ablass?«

Das war es nicht, aber für ihren Vater hatte diese Handelsbeziehung Vorrang. Darum hatte er sie überhaupt nach Sachsen geschickt. »Mir nicht, aber für meinen Vater und ...« Sie schielte zu Steffan. Er lachte über die Witze der Gaukler.

»Ich verstehe«, sagte der Buchführer und stand auf.

»Wohin wollt Ihr?«

»Mal sehen, was ich tun kann, damit Ihr morgen Zeit für eine weitere Reise habt.« Er lächelte ihr zu und ging zum Wirt.

Was hatte er nur im Kopf? Nach einem Moment kam er zurück, ging zu Steffan und flüsterte ihm etwas ins Ohr. Der nickte ihm zu und sah dann zu Jonata. Was besprachen die beiden miteinander?

Mathes Roht kam zu ihr. »Kommt.«

»Wohin gehen wir?«, fragte sie.

»Wollt Ihr nun Euren Hopfen oder nicht?«

»Natürlich.«

»Dann habt Vertrauen.«

Wusste er, was er da von ihr verlangte? Vertrauen! Konnte sie je wieder einem Mann vertrauen? Er hielt ihr die Hand hin. Sie zögerte, dann ergriff sie seine Hand und stand auf.

***

Unruhig lief Enderlin im Kreuzgarten auf und ab. Es nieselte, doch er genoss die leichte Kühle auf dem Gesicht. Er hatte nachts kaum ein Auge zugetan und sich tagsüber nicht auf sein Studium konzentrieren können. Tagelang hatte er darauf gewartet, dass der Prior die Versammlung einberief. Nun war es endlich so weit.

Die anderen Brüder kamen, und sie gingen gemeinsam in den Kapitelsaal. Die Brüder ließen sich auf den Bänken nieder, doch einige Plätze blieben leer. Der Prior hatte anscheinend nicht alle zu dieser Versammlung eingeladen. Der Skriptor Melchior saß ihm erhobenen Hauptes gegenüber, daneben Bruder Balthasar, der ihm bei den Schreibtätigkeiten zur Hand ging. Der Bibliothekar, der Propst, der Bursarius und der Novizenmeister saßen mit auf seiner Seite. Der Infirmarius führte den Subprior Vallentin in den Raum. Der Subprior hinkte, die Wangen waren eingefallen, die Haut war blass. Und das trotz der Extraportionen, die er im Spital bekam. Die vier ältesten Mönche stießen noch zu ihnen sowie der Sakristan.

Als der Prior die Holztür zuziehen wollte, schlüpfte Bruder Gregor hinein, er atmete schnell, als wäre er durch das ganze Klostergebäude gerannt. Jakob Hochstraten nahm auf dem Lehnstuhl Platz und eröffnete die Versammlung mit einem Gebet.

»Heute haben wir uns in ausgesuchter Runde versammelt. Eine außergewöhnliche Situation verlangt außergewöhnliche Maßnahmen.« Er breitete die Arme aus. »Ihr wisst, dass Bruder Tetzel aus Sachsen bei uns war und viele Kölner Seelen vor dem Fegefeuer bewahrt hat.« Er hob den Zeigefinger. »Aber er hat eine beunruhigende Kunde überbracht. Der Teufel treibt im fernen Sachsen sein Unwesen in Gestalt eines Augustinermönches. Sein Name ist Martinus Luther. Er klagt die heilige Kirche an, stellt sich gegen den Papst und verflucht den Ablassverkauf.«

Die Brüder sahen einander ungläubig an.

»Seine Schriften verbreiten sich im ganzen Reich. Auf Deutsch kursieren sie im Volk. Sie werden auf Märkten vorgelesen und diskutiert. Es wird nicht mehr lange dauern, bis die Schriften in Köln auftauchen, wenn sie nicht schon längst zum Verkauf angeboten werden. Sie vergiften die Seelen der Menschen und veranlassen sie, mit dem Teufel den Bund einzugehen.«

»Jede neue Schrift wird von der Universität einer strengen Bücherzensur unterzogen«, wandte Melchior ein.

»Aber was ist mit den fahrenden Buchführern, den Händlern? Die Schriften müssen nicht zwangsläufig in unseren heimischen Druckereien entstehen.«

»Ein Teufelshandwerk, diese Schwarze Kunst«, rief Melchior.

Der Prior nickte. »Ihr habt recht. In diesem Bezug ist die

Druckkunst ein Werk des Teufels. Andernfalls würde sich diese Kunde nicht so schnell verbreiten.«

»Was tun wir dagegen?«, fragte der Bibliothekar.

»Das werden wir heute besprechen. Gleichzeitig erreichte mich in den letzten Tagen ein Schreiben von Papst Leo.«

Ein Raunen ging durch die Menge, Augenbrauen hoben sich.

»Er hat mir erneut das Amt des Inquisitors zugetragen.«

Stolz und Hochmut entlarvte Enderlin hinter der ernsten Miene des Priors. Wenn er einmal Prior sein sollte, würde er die Brüder Bescheidenheit und Demut lehren.

»Diesen Auftrag nehme ich ernst«, fuhr Jakob Hochstraten fort.

Zustimmendes Nicken.

»Doch diese Aufgabe kann ich nicht allein bewältigen. Ich brauche Hilfe, Kunde von draußen.«

Enderlin ahnte, was kommen würde. Sein Herz klopfte.

»Daher möchte ich, dass einer von euch regelmäßig die Klostermauern verlässt, die Druckereien besucht, auf den Märkten ketzerische Reden aufspürt, den Menschen auf den Zahn fühlt und mir Bericht erstattet.«

Enderlin schluckte. Das alles sollte er tun? Sich wieder in das Getümmel der gotteslästernden Einwohner Kölns begeben? Ihm wurde übel bei dem Gedanken an die Hübschlerinnen, an den Lärm und das dreckige Geschwätz der Leute. Sein Blick wanderte zum Holzkreuz an der Stirnwand des Saals. Er wollte dem HERRN dienen, mit ganzer Seele, mit all seiner Kraft. Wenn ihm der HERR diese Aufgabe zugedacht hatte, würde er sie mit vollem Eifer bestreiten.

»Meine Wahl ist auf Enderlin gefallen. Er hat Erfahrung damit, das Kloster zu verlassen, und er hat die Aufgabe, Ablassbriefe nachdrucken zu lassen, schnell und zuverlässig gemeistert.«

Melchior musterte ihn durchdringend. In seinen Augen stand Missgunst. Enderlin wandte den Blick ab.

»Hat jemand einen anderen Vorschlag zu machen?«, fragte der Prior.

Subprior Vallentin erhob sich langsam. »Ich.« Seine Stimme war schwach. Er wankte, doch nach einem Moment hatte er sich gefangen. »Bruder Melchior, als Leiter des Skriptoriums.« Er wies mit der Hand auf den Bruder. »Er kennt sich besser mit Schriften aus als Enderlin. Er würde ketzerische Drucke zügiger erkennen.«

Enderlin unterdrückte ein Schnauben. Warum sollte er keine ketzerischen Schriften erkennen? Er konnte ebenso gut lesen wie Melchior.

Der Prior nickte. »Ein guter Vorschlag. Auch ich hatte Melchior in Erwägung gezogen. Wir brauchen ihn jedoch im Skriptorium. Er arbeitet an einem Messbuch für das Kloster in Trier.«

»Zieht in Erwägung, weitere Brüder im Skriptorium einzusetzen. Jetzt, da die Schwarze Kunst unsere Handschriften bedroht, sollten wir umso eifriger daran arbeiten.« Der Subprior ließ sich wieder auf der Bank nieder. Der Infirmarius hielt ihm dabei den Arm.

»Ein berechtigter Einwand.« Der Prior schwieg für einen Moment. »Wir sollten darüber abstimmen, wer diese verantwortungsvolle Aufgabe übernehmen soll. Geht einen Augenblick in euch, betet zu Gott und den Heiligen. Mögen sie euch helfen, die richtige Entscheidung zu treffen.«

Die Brüder falteten die Hände und senkten die Köpfe. Enderlin schielte zu Melchior. Er hatte die Augen geschlossen. Sollte der Skriptor wirklich den Zuspruch erhalten, obwohl der Prior ihn ausgewählt hatte?

***

»Was wirst du tun?«, fragte seine Mutter beim Frühmahl. Sie hatte Simon heute wecken müssen, so müde war er gewesen. »Jetzt, da du mit den Gebetsbüchern fertig bist.«

»Ich werde mich nach neuen Schriften umsehen und sie nachdrucken.« Vielleicht hatte er Glück, und das Kloster würde ihn regelmäßig mit Aufträgen versorgen. Das Geld für die Ablassbriefe und von den Beginen würde nicht lange vorhalten. Vor allem nicht, wenn bald die Sitzung der Druckerbruderschaft anstand. Er würde für die Übernahme der Druckerei eine Gebühr zu entrichten haben. Und für den Druck neuer Bücher musste er mit dem Papier in Vorleistung treten. Er durfte nicht eine Münze verschwenden. Vielleicht war es ratsam, vor der Sitzung mit dem Meister der Bruderschaft zu sprechen.

»Kannst du mir das Testament von Martin geben?«, fragte er. Ihn »Vater« zu nennen, kam ihm immer noch falsch vor.

»Wofür brauchst du es?«

»Ich werde mit dem Meister der Bruderschaft über die Druckerei sprechen.«

»Keiner soll es erfahren.«

»Nickell will mir die Druckerei streitig machen. Wenn ich Hans von Rheinbach nicht unterrichte, wird es Nickell tun.«

Sie willigte schließlich ein und ging in ihre Kammer, um es zu holen. Mit hochrotem Kopf kam sie zurück. »Es ist weg!«

»Es ist weg?« Simon sprang auf. »Wohin hast du es getan?«

»In die Truhe. Nachdem ich es Nickell gezeigt habe.«

»Du hast es ihm gezeigt?«

»Natürlich! Er hat ebenso ein Recht darauf, es zu sehen.«

Simon stürmte hinauf zu Nickells Kammer, klopfte und trat ein, ohne eine Antwort abzuwarten. Sie war leer. Was hatte er auch erwartet? Nickell bot mal wieder seine Dienste als Leuchtemann an. Aber es war mittlerweile hell. Müsste er nicht längst zurück sein? Was fiel seinem Bruder ein, das Testament ungefragt an sich zu nehmen? Doch viel beunruhigender war: Was hatte er damit vor?

Den ganzen Vormittag wartete Simon vergeblich auf Nickell. Schließlich hielt er es nicht mehr aus.

»Ich werde ihn suchen gehen«, sagte er zu seiner Mutter und verließ das Haus. Was, wenn Nickell das Testament vernichtete? Nein, das würde ihm nichts nützen. Nur dieses Dokument bewies, dass er selbst ein Bastard war.

Simon machte sich zuerst auf den Weg zu Klaus, dem Freund seines Bruders. Er wohnte in einem mehrstöckigen Haus in der Hemmersgaß. Die Haustür war angelehnt. Simon stieß sie auf und stapfte die Treppen hinauf. Nickell hatte ihm einst erzählt, dass Klaus unterm Dach wohnte. Ganz oben gab es nur eine Tür. Heftig klopfte er.

»Nickell, bist du da drin?« Keine Regung. Er klopfte erneut. »Klaus? Nickell? So macht auf!«

Nichts. In dem Stockwerk unter ihm öffnete sich eine Tür, und eine Frau blickte grimmig zu ihm hoch. »Was macht Ihr für einen Lärm? Mein Kind schläft!«

»Ich muss mit meinem Bruder sprechen. Er muss hier drin sein.«

»Die Wohnung ist leer. Heute Morgen ist noch keiner nach Hause gekommen.« Anscheinend wusste die Frau, dass Klaus nachts arbeitete und tagsüber daheim war.

»Aber es ist bereits Mittag«, wandte er ein.

Sie zuckte mit den Schultern. »Weiß ich, wo die sich herumtreiben? Und jetzt verschwindet!«

Wütend, wenn auch mit verhaltenem Schritt ging er die Treppen hinunter. Die Augen der jungen Mutter blitzten zornig, als er sich an ihr vorbeizwängte. In dem Moment fing ein Baby an zu plärren. Sie verschwand in ihrer Wohnung und knallte die Tür hinter sich zu.

Simon ging nach draußen. Was jetzt? Seine Füße trugen ihn wahllos durch die Gassen, bis er sich vor der Schenke wiederfand. Vielleicht ließen die beiden hier die Nacht ausklingen.

Das untere Stockwerk war aus Stein gebaut, die oberen Etagen aus Fachwerk. Ein Karren stand neben der Tür, einige Speichen der Räder fehlten. Es roch nach Bier und Suppe. Simons Magen krampfte sich zusammen. Bilder aus jener Nacht tauchten auf. Wie hatte Nickell nur …? Was war nur aus seinem Bruder geworden?

Simon verdrängte die Erinnerungen und betrat die Schenke. An einem Tisch spielten Männer mit Würfeln. Zu seiner Rechten saßen sich ein Mann und eine Frau gegenüber, er streichelte ihre Hand, sie kicherte verlegen. Nickell war nicht hier.

»Vermaledeiter Hund!«, rief er. Die Anwesenden schauten ihn irritiert an. Simon stürmte wieder hinaus. Wo sollte er noch suchen? Er konnte schlecht alle Schenken der Stadt abklappern. Stattdessen machte er sich auf den Weg zum Meister der Druckerbruderschaft.

Die schwarzen Balken der oberen Stockwerke waren mit aufwendigen Schnitzereien versehen, die Bücher und Federkiele zeigten. Zehn Stufen führten hinauf zu einer Doppelflügeltür. Die meisten Häuser in Köln besaßen eine Treppe vor der Haustür, damit kein Wasser ins Gebäude floss, wenn der Rhein über die Ufer trat. Doch so hoch waren die Treppen selten.

Simon betätigte den Türklopfer. Hufe klapperten. Ein Mann trieb einen Esel an, der einen mit Säcken beladenen Karren hinter sich herzog. Dies war eine der wenigen gepflasterten Gassen in Köln. Doch auch hier verbreitete der Unrat am Rand beißenden Gestank.

Die Tür öffnete sich, und Simon wandte sich um. Als er begriff, wer vor ihm stand, blieb ihm die Luft weg.

***

Mathes Roht führte Jonata zum Bierbrauer des Dorfes. Von ihm erfuhren sie, wer in der Umgebung Hopfen anbaute. Sie machten sich auf den Weg zurück zur Schenke, um mit dem Pferd schneller an ihr Ziel zu gelangen. Jonata holte den Brief hervor, brach das Siegel und las die Zeilen im Gehen. Ihr Vater erinnerte Hannes von Wieskau an die guten Handelsbeziehungen mit seinem Vater, lobte die ausgezeichnete Güte des Hopfens und den unverwechselbaren Geschmack. Hannes von Wieskau hätte sich geschmeichelt gefühlt. Ihr Vater verstand es, Geschäfte zu machen. Doch was nützten die überzeugenden Worte, wenn sie nicht gelesen wurden? Aber vielleicht … ja, vielleicht konnte Hannes von Wieskau gar nicht lesen. Daran hatte sie bisher keinen Gedanken verschwendet. Sie hätte Hannes von Wieskau anbieten sollen, den Brief vorzulesen. Hatte sie ihn damit gekränkt? Nein. Er war schon abweisend gewesen, als er zur Tür hereingekommen war. An dem Schriftstück konnte es nicht gelegen haben.

Jetzt war es ohnehin zu spät. In dem Brief fand sie, wonach sie gesucht hatte: den Preis, den ihr Vater bereit war, für ein Fass Hopfen zu bezahlen. Einen Gulden und zehn Schillinge. Jetzt wusste sie, womit sie verhandeln konnte.

»Hört Ihr mich gar nicht?« Mathes Roht fasste sie an der Schulter.

»Wie?« Beinahe wäre sie an der Schenke vorbeigelaufen, und das, obwohl die gewaltige Baumkrone der Eiche direkt über ihr war.

»Wollt Ihr Euer eigenes Pferd oder mit bei mir aufsitzen? Meine Stute ist stark.«

»Ihr wollt, dass ich mit Euch auf einem Pferd reite?« Ungläubig sah sie ihn an.

»Ihr sagtet doch, Ihr seid keine gute Reiterin.«

Ihr Vater würde es niemals erlauben, dass sie mit einem fremden Mann auf ein Pferd stieg, das schickte sich nicht. Andererseits, wer würde sie sehen? Allerdings ... Sie würde ihm nah sein, seinen Körper an ihrem spüren. Unwillkürlich musste sie an Gallus denken.

»Ihr kommt mit auf meine Stute.«

Sie wollte widersprechen, doch Mathes Roht verschwand bereits im Stall. Kurz darauf ritt er heraus, stoppte das Pferd neben einem Stein und reichte ihr die Hand. Würde er die Situation ausnutzen? Vielleicht wollte er mit ihr in eine dunkle Gasse reiten und sie dort schänden, wie es Gallus versucht hatte.

»Meine Stute ist zahm, sie wird Euch schon nicht runterschmeißen.«

Sie ergriff seine Hand und ließ sich hinter ihm aufs Pferd ziehen.

»Haltet Euch gut fest.«

Woran sollte sie sich festhalten, wenn nicht an ihm? Jonata zögerte, doch als er losritt, blieb ihr nichts anders übrig. Sie schlang die Arme um seinen Bauch, spürte seinen warmen Körper. Hin und wieder kitzelte sie das Fuchsfell im Gesicht. Das Kleid rutschte ihr bis zu den Knien hoch. Ihr Herz begann zu rasen, ihre Wangen glühten. Sie zog die Unterschenkel nach hinten, um sie vor seinen Blicken zu schützen. Doch er schien ohnehin nur auf den Weg zu achten, und Jonata hoffte, der Wind würde ihre Wangen kühlen.

Sie ritten aus dem Dorf auf die Felder. Mathes Roht steuerte einen Hof an, der wesentlich größer war als der des Hopfenanbauers von Wieskau. Er bestand aus sieben Gebäuden. Beim Wohnhaus stieg Rauch aus dem Schornstein.

Mathes Roht ließ die Stute neben dem Eingang anhalten, sprang ab und hielt ihr auffordernd die Hand hin. Sein Blick war auf ihre Augen gerichtet, nicht auf die entblößten Beine.

Jonata rutschte von der Stute, er fing sie auf und setzte sie sanft auf den Boden. Sie waren sich so nah, dass sie seinen Atem auf den Wangen spürte. Seine grünen Augen leuchteten, waren mit goldenen Sprenkeln durchsetzt. Ihr Herz klopfte wild, die Knie wurden weich. Seine Hände lagen immer noch auf ihrer Hüfte. Er rührte sich nicht. Sie schloss für einen kurzen Moment die Augen. Die Haut brannte unter seiner Berührung. Trotzdem wollte sie nicht … Hatte sie sich in ihm getäuscht? Würde er ihr wie Gallus die Kleider vom Leib reißen?

Sie öffnete die Augen. Er lächelte und trat einen Schritt zurück. Sie erwiderte sein Lächeln und ärgerte sich über die Gedanken. Wie konnte sie ihn nur mit Gallus vergleichen?

»Lasst uns hoffen, dass wir bei dem Ersten erfolgreich sind.« Mathes Roht betätigte den Türklopfer. Schritte ertönten. »Diesmal redet Ihr«, raunte er ihr zu.

Bevor sie etwas erwidern konnte, öffnete sich die Tür. Ein großer Mann mit breiten Schultern und strenger Miene stand vor ihnen. Überrascht musterte er erst sie, dann den Buchführer. »Wir haben keine Unterkunft für junge Paare.«

Das war kein guter Start.

»Wir suchen keinen Schlafplatz. Wir haben gehört, dass Sie ein angesehener Hopfenanbauer sind.«

Ein kurzes Lächeln huschte über sein Gesicht. Er schien empfänglich für Schmeicheleien zu sein. »Ja und?«, fragte er weiterhin schroff.

»Wir sind interessiert, Euren Hopfen zu kaufen. Ich bin die Tochter eines Bierbrauers.« Dass sie aus dem entfernten Köln kam, verschwieg sie lieber vorerst.

Er rümpfte die Nase, als würde sie ihm vergammelten Fisch anbieten. »Ich soll mit einer Frau verhandeln?« Er betrachtete sie abschätzig, ließ den Blick über ihren Körper wandern. Unwillkürlich senkte sie den Kopf. Gallus. Das war ein Typ wie Gallus.

»Ich verbürge mich für sie«, sagte Mathes Roht.

»Wer seid Ihr, dass Ihr das könnt?«

»Ein Freund der Familie.«

Mathes Roht sollte aufhören. Sie warf ihm einen Seitenblick zu. Wie sollte sie ihm das nur begreiflich machen? Mit diesem Kerl wollte sie keine Handelsbeziehungen eingehen.

»Wenn Ihr uns eintreten lasst, können wir uns über das Geschäftliche unterhalten«, fuhr Mathes Roht fort.

»Auch wenn ich wollte …«

Jonata atmete innerlich auf.

»… ich habe keinen weiteren Hopfen feilzubieten.«

»Ihr habt so große Felder.« Mathes Roht zeigte hinter sich. »Da werdet Ihr doch sicher einen Teil an eine kleine Brauerei abgeben können.«

»Ihr seid hartnäckig. Das gefällt mir. Hättet Ihr die Frau nicht mitgebracht, hätte ich es mir womöglich überlegt.«

Wut kochte in Jonata hoch. Was fiel diesem aufgeblasenen Kerl ein, so in ihrer Anwesenheit zu sprechen? Sie atmete tief ein, sah den Kerl unvermittelt an. Er hielt ihrem Blick stand, dann wandte er sich wieder an Mathes Roht.

»Aber meine ganze Ernte geht an die Privatbrauerei Friedrichs, den Kurfürsten von Sachsen.«

Sollte er seinen Hopfen doch an sonst wen verkaufen. Sie war froh, mit diesem unverschämten Kerl keine Geschäfte machen zu müssen. Mathes Roht nickte.

»Verstehe. Habt Dank für Eure Zeit.«

Er trat einen Schritt zurück, und sie tat es ihm gleich. Sodann schloss sich die Tür, und ein Riegel wurde vorgelegt.

»Was für eine Unverfrorenheit«, sagte Jonata.

»Er ist es gewohnt, mit dem Adel Geschäfte zu machen.«

»Das gibt ihm nicht das Recht, mich so abschätzig zu behandeln.«

Er lachte. »Regt Euch nicht auf. Es lohnt sich nicht.«

Jonata schluckte. Das hätte auch Lucas zu ihr gesagt.

Sie ritten zum nächsten Bauernhof, der nicht weit entfernt war. Diesmal würde sie selbstbewusster auftreten.

Ein Mädchen um die zehn Jahre öffnete ihnen und verneigte sich demütig. Das graue Kleid und die Schürze mit den roten Flecken ließen darauf schließen, dass sie sich in diesem Haushalt als Magd verdingte. Jonata brachte ihr Begehr vor, und das Mädchen führte sie in die Stube. Vor dem Kamin saß eine alte Frau in einem Lehnstuhl und strickte. Zwei Burschen im Alter von sechs oder sieben Jahren saßen auf dem Boden und spielten mit geschnitzten Holztieren. Der Herr des Hauses saß am Tisch und trank ein Bier. Er erhob sich und trat ihnen entgegen. Er hinkte leicht, sein Leib war schlank, aber dennoch schien er schwere Arbeit gewohnt zu sein.

»Was kann ich für Euch tun?«

Jonata lächelte den Hopfenanbauer an. Dies war eine weitaus freundlichere Begrüßung. Der Bauer hatte weit auseinanderstehende Augen und eine klobige Nase. Brid würde ihn sicherlich unansehnlich finden, doch ihr war er auf Anhieb sympathisch.

»Ich bin die Tochter eines Bierbrauers«, sagte sie und drückte den Rücken durch. »Mein Vater ist auf der Suche nach einem Bauern, der uns Hopfen verkauft.«

Er zeigte auf die Bank und forderte sie auf, sich zu setzen. Das junge Mädchen brachte ihnen jeweils einen Krug Bier. »Seid Ihr hungrig? Darf ich Euch eine Mahlzeit anbieten?«, fragte er. Mit so viel Gastfreundschaft hatte sie nicht gerechnet.

»Wir wollen Euch nicht zur Last fallen«, antwortete sie, obwohl in ihrem Magen ein großes Loch klaffte.

»Ihr fallt uns nicht zur Last. Christina, geh und hol Brot, Käse und das Stück Speck für unsere Gäste.«

Die Magd nickte stumm und verließ die Stube. Dann wandte sich der Bauer wieder ihr zu. Jonata war froh, dass er nicht mit Mathes Roht verhandeln wollte, sondern sie als Geschäftspartnerin annahm.

»Wie heißt Euer Vater?«

»Bechtolt von Menden.«

Er brummte zustimmend und trank einen Schluck. Das Mädchen kam herein und tischte das Essen auf. Es roch köstlich, doch Jonata zwang sich, noch einen Moment innezuhalten. Mathes hingegen griff direkt zu. Er schien ebenso großen Hunger zu haben wie sie.

»Ich erinnere mich nicht, den Namen je gehört zu haben«, fuhr der Bauer fort.

»Das wundert mich nicht. Unsere Brauerei befindet sich in Köln.«

»In Köln?«, fragte der Brauer verwundert und zog die Augenbrauen hoch. Hoffentlich ließ er sich von der Entfernung nicht abschrecken.

»Mein Vater schätzt die gute Qualität und den ausgezeichneten Geschmack des Hopfens aus dieser Region.«

Ihr Gegenüber brummte und nahm noch einen Schluck Bier. War das ein Zeichen der Zustimmung oder Ablehnung?

»Mein Vater hat den Hopfen vorher von Pesolt von Wieskau bezogen, doch sein Sohn will an die Geschäftsverbindung nicht anknüpfen.«

Wieder dieses Brummen. Was hatte es nur zu bedeuten? Sie rutschte auf der Bank hin und her. Langsam wurde sie unruhig. Mathes Roht riss ein Stück vom Brotlaib ab und hielt es ihr hin. Sie nahm es und legte es vor sich auf den Tisch.

»Wie hat Pesolt denn den Hopfen nach Köln geschafft? Wer übernimmt die Kosten für den Transport?«

»Mein Vater natürlich. Unser Knecht wird herreisen und die Ware abholen.«

»Ein ziemlich riskantes und kostspieliges Unterfangen. Meint Ihr nicht, dass Ihr Hopfen auch in Köln beziehen könnt?«

Das durfte doch nicht wahr sein. Wieso wollte er nicht darauf eingehen? »Mein Vater möchte gern den Hopfen aus Sachsen verwenden. Wenn Ihr auf den Handel eingeht, erhaltet Ihr drei Fässer Dünnbier als Geschenk.«

»Hm.« Er sah zu den Kindern, die auf dem Boden spielten. Jonata wäre am liebsten aufgesprungen und im Zimmer auf und ab gelaufen. Die Zeit für zwei Ave-Maria schien zu vergehen, bis er ihr den Kopf zuwandte.

»Ich nehme einen Gulden für ein Fass Hopfen«, sagte er.

Sie lächelte. Ihr Vater hatte in dem Brief Hannes von Wieskau einen Gulden und zehn Schillinge für ein Fass geboten. Sie hatte sich vorgenommen mit dem Bauern zu handeln, doch bei diesem Preis würde ihr Vater mehr als zufrieden sein. Jetzt musste nur noch die Größe des Fasses stimmen.

»Kann ich mir einen Eindruck von Euren Fässern verschaffen?«

Er erhob sich und forderte sie auf zu folgen. Sie hoffte, gleich wieder in die Stube zurückzukehren, denn sie hatte bisher noch keinen Bissen gegessen.

Der Bauer führte sie ins Lager. An der Wand waren Fässer aufgestapelt. Es roch immer noch wunderbar nach dem fruchtigen Hopfen, obwohl mittlerweile alles verkauft sein musste. Er rollte ein Fass heran. Es reichte ihr bis zu den Hüften, wie auch die Bierfässer auf dem Karren. Das Maß schien identisch.

Sie nickte. »Der Preis ist angemessen für die Größe der Fässer.«

Sie orderte mehrere Fässer und versprach, am nächsten Tag die drei Fässer Bier zu bringen. Nachdem sie den Handel mit einem Handschlag besiegelt hatten, kehrten sie zu Jonatas Freude in die Stube zurück. Endlich konnte sie etwas Brot und Schinken essen.

Während des Ritts zurück zur Schenke spielte Jonata die Begegnungen noch einmal in Gedanken durch. Sie hätte niemals gedacht, so schnell einen neuen Hopfenanbauer für ihren Vater zu finden. Was hätte sie nur ohne Mathes Roht gemacht? Steffan hätte ihr sicherlich zur Seite gestanden, aber sie bezweifelte, dass er solch eine Tatkraft gezeigt hätte. Sie war gespannt, wie er auf die Neuigkeit reagieren würde. Und auf ihre morgige Reise nach Wittenberg. Jetzt hielt sie nichts mehr davon ab. Den kleinen Umweg konnten sie sich bei dem Erfolg leisten.

Als sie die Gaststätte erreichten, hatte sich bereits die Nacht über das Dorf gelegt. Aus dem Gebäude drangen laute Stimmen. Mathes Roht führte die Stute in den Stall, und sie half ihm, das Pferd mit Hafer und Wasser zu versorgen.

»Ich bin Euch zu Dank verpflichtet«, sagte Jonata.

Er lächelte sie an. Seine Augen leuchteten selbst in der Dunkelheit.

»Wie kann ich es Euch vergelten?«, fragte sie.

Er sah sie einen Moment schweigend an. »Ihr seid mir nur eines schuldig.«

Ihr Herz schlug schneller. Was meinte er? Sie konnte ihm nicht viel bieten als … Doch bevor sie den Gedanken zu Ende denken konnte, fuhr er fort. »Reist mit mir morgen nach Wittenberg und nehmt an einer Predigt Luthers teil.«

Erleichtert atmete sie auf und erwiderte sein Lächeln. »Diesen Wunsch erfülle ich Euch gern.«

Sie betraten die Gaststube. Ihre Reisegesellschaft saß immer noch zusammen am Tisch. Als sie sich näherten, warf Steffan ihr einen fragenden Blick zu. Sie setzte sich zu ihm und erzählte ihm von ihrem neuen Handelspartner.

»Du hast bereits einen neuen Hopfenbauern gefunden?«, fragte er überrascht. »Hast du dich von der Qualität der Ware überzeugt?«

Für einen kurzen Moment erschrak sie. Wie hatte sie etwas so Wesentliches vergessen können? Dann erinnerte sie sich, dass sie das Bier gekostet hatte. Sie würde sich wundern, wenn der Bauer Bier bei einem Brauer bezog, der nicht seinen Hopfen verarbeitete. Und an dem Bier war nichts zu beanstanden gewesen.

»Wir haben sein Bier verkostet. Es war gut. Außerdem bezahlen wir pro Fass einen geringeren Preis als vorher.«

»Pah! Wer weiß, wie groß seine Fässer sind.«

Sie drückte den Rücken durch. »Ich habe mir eins seiner Fässer zeigen lassen. Es entspricht der Größe der unseren.«

Steffan zog die Augenbrauen hoch. »Wie es aussieht, habe ich dich unterschätzt.«

Es ärgerte sie, dass er ihr die Verhandlungen nicht zugetraut hatte, andererseits war sie stolz, dass er nun ihre Fähigkeit anerkannte.

»Wir werden ihm morgen die drei Fässer als Geschenk übergeben. Dann lernst du ihn und den Hof kennen, damit du weißt, wo du die Ware im Herbst abzuholen hast.«

Steffan nickte. Nun kam der schwierige Teil.

»Wir werden morgen nach Wittenberg reisen und dort ein paar Tage bleiben.«

»Witten… was?« Seine Stirn kräuselte sich.

»Wittenberg«, wiederholte sie. »Ich möchte mir eine Predigt des Augustiners anhören.«

»Du kannst hier im Dorf die Messe besuchen, wenn es dich danach verlangt. Aber dank deines hervorragenden Verhandlungsgeschicks haben wir unser Anliegen bereits erledigt und können uns auf den Heimweg machen.«

»Auf ein paar Tage mehr wird es bei dieser Reise nicht ankommen.«

»Dein Vater braucht mich in der Brauerei. Je schneller wir zurückkehren, desto besser.«

»Wie ich Vater verstanden habe, plante er ein paar Tage für uns bei den von Wieskaus ein. Diese Zeit können wir nutzen.«

»Ihr solltet ihn predigen hören!«, warf Mathes Roht ein und setzte sich neben Steffan.

»Wen?«, fragte der Knecht verwirrt.

»Luther. Er ist ein Meister des Wortes.«

»Meister? Was redet Ihr da?« Steffan schüttelte verständnislos den Kopf.

»Er predigt anders als Eure Pfaffen in Köln.«

»Unsere Geistlichen sind am besten ausgebildet. Zu Hunderten strömen sie nach Köln, um dort Theologie zu studieren.«

»Auch in Wittenberg gibt es eine Universität. Die Leucorea. Dort doziert Luther, und er –«

Steffan hob die Hand. »Schluss jetzt. Wir treten morgen die Rückreise an.«

Jonata erhob sich ruckartig. »Das bestimmst nicht du. Und wenn ich die Zügel selbst in die Hand nehme, wir reisen morgen nach Wittenberg!«

Wortlos sah er sie an. Mit diesem Widerstand hatte er anscheinend nicht gerechnet.

»Gute Nacht«, sagte sie und entfernte sich. Sie wollte sich hinlegen. Morgen lag ein weiterer anstrengender Tag vor ihnen.

Kapitel 7

Nachdem sie die Fässer zum Hopfenbauern gebracht hatten und Steffan noch letzte Absprachen getroffen hatte, ging die Reise endlich weiter. Sonnenstrahlen brachen durch die Wolken und erwärmten Jonatas Gesicht. Wie es wohl in Wittenberg sein würde? Endlich würde sie mehr über den Ablass erfahren. Sie hatte schon länger nicht mehr von Lucas geträumt. War das ein gutes Zeichen? Sie hoffte es. Steffan brummte ein paarmal unwillig neben ihr, doch hielt er ihr zum Glück keine Vorträge.

Mathes Roht legte ein ordentliches Tempo vor. Dem HERRN sei Dank hatte es in den letzten Tagen nicht geregnet, sodass sie gut durchkamen. Am liebsten wäre Jonata mit auf das Fuhrwerk des Buchführers geklettert und hätte sich mit ihm unterhalten, doch er hatte dem Mönch den Platz überlassen. Auch ihn zog es nach Wittenberg. Alle anderen ihrer Reisetruppe waren nach Süden in Richtung Leipzig aufgebrochen. Die Gaukler vermuteten in der Stadt gute Einnahmen. Wahrscheinlich wäre auch Wittenberg für sie lohnend gewesen. Wenn der Buchführer recht hatte, zog dieser Augustinermönch viele Menschen an – vor allem Studenten. Sie war gespannt auf die Stadt und vor allem auf diesen Luther.

Die Zeit verging langsam, trotzdem tat das ihrer guten Stimmung keinen Abbruch. Als die Abenddämmerung einsetzte, hielt Mathes Roht sein Fuhrwerk neben ein paar Häusern an und stieg ab. »Heute schaffen wir es nicht mehr nach Wittenberg. Wir sollten hier rasten.«

»Ihr sagtet, es ist nur eine Tagesreise entfernt«, wandte Steffan ein.

»Wir mussten heute Morgen noch zu dem Hopfenanbauer. Das hat Zeit gekostet.«

Jonata war enttäuscht, dass sie die Stadt noch nicht sehen würde. Ein Bauer gewährte ihnen einen Schlafplatz im Stall. Es war nicht komfortabel, aber das Stroh war sauber, und der Bauer brachte frische Milch, gekochte Eier und Brot. Das Brot duftete herrlich, die Kruste war noch warm.

Eisiger Wind zog durch die Bretter. Brid kuschelte sich eng an sie. Jonata spürte die Kälte kaum, die Aufregung wärmte sie von innen. Lange lag sie wach, beobachtete Mathes Roht. Er hatte sich kaum hingelegt, da hob und senkte sich sein Oberkörper gleichmäßig. Ihr seid ein eigenartiger Mann, Mathes Roht, dachte sie. Was hätte sie nur ohne ihn gemacht? Wahrscheinlich würde sie immer noch darüber nachgrübeln, wie sie an Hopfen für ihren Vater kommen sollte.

***

Enderlin sah auf den Boden. Das Blut pochte in seinen Schläfen. Durfte er an der Abstimmung teilnehmen, wenn er selbst zur Wahl stand? Heilige Mutter Maria, gib mir die Kraft, das Richtige zu tun. Und lass meine Brüder die rechte Wahl treffen.

»Brüder«, begann der Prior und breitete die Arme aus. »Möge Gott uns den Weg weisen.« Er erhob sich. »Bruder Balthasar, tritt zu mir.« Der junge Mönch folgte den Anweisungen. »Da unser Skriptor zur Wahl steht, möchte ich, dass du den Ausgang der Wahl aufzeichnest.«

Der Prior wies auf das kleine Pult hinter ihm, auf dem Papier und Schreibfeder bereitlagen. »So gebt euer Handzeichen, wenn Gott euch eingegeben hat, dass Melchior die ehrenvolle Aufgabe übernehmen soll, die ketzerische Lehre in der Stadt zu bekämpfen.«

Enderlin hielt die Luft an. Subprior Vallentin, der Infirmarius sowie Balthasar und Melchior selbst hoben den Arm. Das waren vier Stimmen. Er atmete innerlich auf. Der Prior warf Bruder Balthasar einen Blick zu, und dieser begann zu schreiben.

»Vier von euch haben sich für Melchior entschieden. Nun hebt die Hand, wenn Gott euch eingegeben hat, dass Bruder Enderlin für dieses Amt bestimmt ist.«

Die übrigen Brüder samt Prior hoben den Arm. Enderlin beteiligte sich nicht an der Abstimmung. Die Brüder hatten ihn erwählt, es war der Wille des HERRN und bedurfte seines Handzeichens nicht. Der Prior sah ihn mit hochgezogenen Brauen an. »Bruder Enderlin, warum gibst du nicht dein Zeichen?«

»Die Wahl soll in Gottes Hand liegen. Meine Entscheidung wäre womöglich von niederen Beweggründen getrieben.«

Ein Lächeln umspielte den Mund von Jakob Hochstraten. »Somit ist es entschieden. Zehn Brüder wählen Enderlin zum Helfer der Inquisition.«

Die Schreibfeder Balthasars kratzte über das Papier. Der Prior beendete die Versammlung, entließ die Brüder und winkte Enderlin zu sich. »Auf ein Wort, Bruder.«

Als Balthasar seine Schreibtätigkeit beendet und den Raum verlassen hatte, wies der Prior auf die Steinbank am Fenster. »Das war ein kluger Zug von dir, dich nicht selbst zu wählen. Das werden die Brüder dir hoch anrechnen.«

Enderlin nickte.

»Du wirst mir eine große Hilfe sein. Weißt du bereits, wie du vorgehen willst?«

»Gebt mir einen Tag.«

Der Prior nickte, legte die dürre Hand auf Enderlins Schulter. »Gewiss, den sollst du haben. Komm morgen nach der Messe ins Priorhaus.«

Der restliche Tag rauschte an Enderlin vorbei. Nur während der Horen gelang ihm die Sammlung zu einem Bittgebet an Gott und die Heiligen um Kraft und Weisheit. Beim Essen, als er im Brauhaus nach dem Rechten sah und noch in der Nacht kreisten seine Gedanken darum, wie er der ketzerischen Lehre begegnen sollte. Niemals durfte sie Besitz von den Einwohnern Kölns nehmen. Die Gottlosigkeit würde noch weiter zunehmen. Er musste hart durchgreifen und jede kleinste Verfehlung dem Prior melden.

Aufgrund der durchwachten Nacht fühlte er sich am nächsten Tag müde, sprühte aber vor Tatendrang. Er fieberte dem Gespräch mit Jakob Hochstraten entgegen und war froh, als der Glockenschlag zur vierten Stunde endlich verkündete, dass die Zeit gekommen war.

Im Kamin knisterte ein Feuer, der Prior wies ihm einen mit Fell bedeckten Lehnstuhl zu. Draußen war kein Frost, es tat nicht not, ein Feuer zu entzünden, doch es stand ihm nicht zu, den Prior zur Mäßigung anzuhalten.

»Kannst du dich auf deine neue Aufgabe einlassen?«, fragte der Prior.

»Gott hat mich für dieses Amt auserkoren, und ich danke Euch, dass Ihr mir den Weg dazu bereitet habt.«

»Du bist fest im Glauben, kennst die Menschen außerhalb des Klosters. Ich bin froh, dass die Versammlung dich gewählt hat.« Das Grübchen in seinem Kinn vergrößerte sich. »Hast du den Tag genutzt?«

»Viele Gedanken habe ich mir gemacht. Ich will mir einen Überblick über Kölns Schriften verschaffen, werde die Drucker besuchen und mir das Angebot der Buchführer ansehen.«

Der Prior nickte zufrieden. »Du solltest den Zensor aufsuchen und mit ihm reden. Es ist gut, Verbündete zu haben.«

Enderlin nickte. Das war eine gute Idee.

»Schau dich auf Märkten um. Was wird verkauft, wer liest etwas vor und was?«

Enderlin verbarg die Hände in den weiten Ärmeln des Gewandes. »Aber sagt mir, was muss ich tun, wenn ich eine ketzerische Schrift entdecke?«

»Du wirst sie an dich nehmen. Ich werde dir ein Schreiben ausstellen, das dich als Mitglied der Inquisition auszeichnet. Führe es immer bei dir! Erstatte mir stets Bericht. Und wenn die Drucker sich nicht an die Zensurvorschriften halten, wirst du es dem Zensor melden.«

Enderlin nickte.

»Lass dir von Bruder Melchior das ›Directorium Inquisitorum‹ aushändigen. Es ist ein Handbuch für die Arbeit der Inquisitoren. Studiere es, so wirst du immer sicherer.«

Das hieß, es würde noch weniger Zeit für das Studium der Heiligen Schrift bleiben. Andererseits brannte Enderlin darauf, zu wissen, wie andere Inquisitoren den Kampf gegen die Ketzer gemeistert hatten.

»Wir werden bald die Einwohner Kölns über unseren päpstlichen Auftrag informieren. Aber erst sollst du dir einen Überblick über die Schriften verschaffen, und ich muss mit dem Erzbischof und mit dem Stadtrat in Verbindung treten.«

»Mit dem Stadtrat?« Was hatte der Rat mit den Häretikern zu schaffen?

»Sollte ein Ketzer nicht widerrufen und zum wiederholten Male auffallen, werden wir ihn dem weltlichen Gericht übergeben.« Der Prior beugte sich vor. »Wann immer du wankst, wann immer dich eine Frage plagt, komm zu mir.« Er strich über das schwarze Skapulier. »Von deiner Klausur bist du freigesprochen. Du darfst für diese Aufgabe das Kloster so oft verlassen, wie du es für nötig erachtest. Doch nimm die Kraft der Laudes mit in den Tag und verlass erst danach die Klostermauern. Zur Vesper erwarten wir dich wieder in der Gemeinschaft.«

Enderlin nickte beklommen. Er würde viele Stundengebete verpassen, sein Studium und die Brauerei vernachlässigen müssen. Was war mit der Klosterbrauerei? Daran hatte er noch gar nicht gedacht. »Wer wird das Bier brauen?«

»Ich werde einen anderen Bruder auswählen, den du anlernen wirst.«

Enderlin schluckte schwer. Einerseits war er froh, diese niedere Aufgabe abgeben zu können, und doch würde er diese Arbeit vermissen, die ihn an seine Kindheit erinnerte. Aber Gott hatte eine verantwortungsvollere Aufgabe für ihn erwählt, er sollte sich nicht an Vergangenes klammern.

Der Prior erhob sich. »Wir werden dafür sorgen, dass sich die Schriften von diesem Luther nicht in Köln verbreiten.«

***

»Du?«, fragte Simon erschrocken. »Ich habe dich überall gesucht.«

Nickell zwängte sich an ihm vorbei. »Jetzt hast du mich ja gefunden.«

Der Meister der Druckerbruderschaft erschien auf der Türschwelle. »Na, so etwas. Noch ein von Werden.«

Sollte er Nickell jetzt zur Rede stellen, dass er das Testament gestohlen hatte? Vielleicht hatte er es dem Meister bereits vorgelegt.

»Wollt Ihr ebenfalls mit mir über die Druckerei sprechen?«, fragte Hans von Rheinbach.

Simon warf Nickell einen wütenden Blick zu, dann wandte er sich an den Meister. »Deswegen bin ich hergekommen.«

»Wir sehen uns zu Hause«, sagte Nickell und verschwand.

Ratlos sah Simon seinem Bruder nach.

»Tretet ein«, forderte Hans von Rheinbach ihn auf.

Simon ließ sich in die Stube führen. Eine Katze räkelte sich auf der Bank vor dem grün gekachelten Ofen. An den Wänden hingen Gemälde von Heiligen und ein Hirschgeweih. Sie nahmen an dem Tisch Platz, die Bänke waren gepolstert. Die Druckerei von Hans von Rheinbach musste florieren. Eine Magd betrat die Stube, brachte Simon einen Krug Bier und goss dem Meister nach.

»Nun sprecht. Was möchtet Ihr?«, fragte Hans von Rheinbach, als die Magd den Raum verlassen hatte. Er strich sich über das Wams aus feinstem Stoff. Auf der Brust war sein Druckerzeichen aufgestickt. Die Buchstaben H und R waren ineinander verschlungen, wobei der senkrechte Strich des »R«, ein stilisierter Federkiel, in vergoldeter Spitze endete.

Simon umfasste den Becher. Mit welchen Argumenten hatte Nickell den Meister der Bruderschaft überzeugen wollen, dass ihm die Druckerei zugesprochen würde?

»Hat mein Bruder Euch das Testament meines Vaters gezeigt?«

»Euer Vater?« Hans von Rheinbach warf ihm einen skeptischen Blick zu. Kein Zweifel, er kannte das Testament.

Simon räusperte sich. »Er war mir all die Jahre immer ein guter Vater gewesen.«

»Daran zweifle ich nicht. Martin war ein ehrenvoller Mann. Hat Eure Mutter vor der Schande bewahrt.«

»Sein letzter Wille war, dass ich das Haus und die Druckerei erbe.«

Der Meister nickte. »So steht es im Testament, doch die Bruderschaft entscheidet, wer eine Druckerei führen darf.«

Simon nahm einen Schluck. Der Becher wog schwer in seiner Hand, sein Arm schien die Kraft verloren zu haben. »Gibt es für Euch einen Anlass, mir die Druckerei nicht übergeben zu wollen?«

Der Meister hob die Augenbrauen. »Ihr wollt eine Entscheidung von mir hören vor der Versammlung?«

»Nein … ich …« Er stockte.

Der Meister strich sich über das Wams, als wollte er Krümel wegwischen. »Ich möchte ehrlich zu Euch sein. Nickell hat mir erzählt, dass die Druckerei nicht gut läuft. Ihr habt Schwierigkeiten, die Aufträge zu erfüllen.«

»Mir fehlt eine Arbeitskraft.«

»Das verstehe ich. Außerdem sollt Ihr Quentell einen Auftrag abgenommen haben.«

»Was? Ich?« Er konnte es nicht fassen.

»Leugnet Ihr, Ablassbriefe gedruckt zu haben?«

Simon schüttelte den Kopf. »Nein, natürlich nicht. Aber ... der Mönch kam zu mir. Er war verzweifelt, brauchte die Briefe schnell. Ich wollte nur helfen.«

»Und dann habt Ihr die ganze Nacht gedruckt, obwohl Ihr kaum das Gebetsbuch für die Beginen fertig bekommt?«

Wut kochte in Simon hoch. Hätte Nickell ihn nicht angeschwärzt, wäre es nie ans Licht gekommen. Und war es nicht das Privileg der Drucker, ihr Handwerk nahezu eigenständig ausüben zu dürfen? »Ich habe nichts Böses dabei gedacht.«

»Habt Ihr keine Ehre im Leib, Simon von Werden?« An von Rheinbachs Schläfe schwoll eine Ader. »Was seid Ihr für ein Drucker, wenn Ihr unseren Kodex missachtet? Wir nehmen uns in der Bruderschaft nicht gegenseitig die Druckaufträge weg. Quentell hat mit dem Erzbischof eine Abmachung, dass er die Ablassbriefe druckt.«

Simon schluckte. Er war sich sicher, dass die Abmachung nur für die Kölner Ablassbriefe galt. Dieser war jedoch vom Papst, doch er wagte es nicht, zu widersprechen. Er musste den Meister überzeugen, dass die Druckerei nur unter ihm eine Zukunft hatte. Nickell hatte ihn schlechtgemacht. Durfte er das Gleiche mit ihm tun? Er sträubte sich dagegen, und doch ... Wenn Nickell die Druckerei übernehmen würde, würden sie bald kein Auskommen mehr haben.

»Welches Werk gedenkt Ihr als Nächstes zu drucken?«, fragte Hans von Rheinbach.

So ein Mist! Darauf hatte er noch keine Antwort. Das Gespräch begann ihm zu entgleiten. Nickell hatte großartige Vorarbeit geleistet. »Erst muss ich die Gebetsbücher für die Beginen abliefern, und dann werde ich mich umsehen.«

»Ihr habt also noch nichts in Aussicht.«

Simon schüttelte den Kopf.

»Das hört sich nicht vielversprechend an.«

Simon rieb sich über die Stirn. Was sollte er tun? Womit konnte er überzeugen? »Mein Bruder will mir die Druckerei streitig machen, weil er sich benachteiligt fühlt. Vielleicht würde ich an seiner Stelle ebenso denken. Aber wenn Ihr ihm die Offizin zusprecht, wird sie nicht lange überleben. Nickell ist leichtfertig beim Setzen, es fehlt ihm an Sorgfalt, und er ist des Lateinischen nicht mächtig.« Simon beugte sich vor. »Er zieht nachts durch die Gassen und verdingt sich als Leuchtemann, kehrt übernächtigt in den Morgenstunden heim und schläft bis zum Mittag. Ich frage Euch, wie kann man so eine Druckerei führen? Nach dem Tod unseres Vaters hat er mir zwei Mal geholfen. Ansonsten erledige ich die Arbeit für drei!« Simon stand auf, hatte sich in Rage geredet, sein Kopf glühte. »Ich bitte Euch, überdenkt Euren Entschluss noch einmal.«

»Ich hatte mich noch nicht entschieden, aber bedenkt, dass wir die Druckerei auch einem anderen zusprechen können.«

»Wie bitte?«

»Ein Geselle einer anderen Druckerei könnte nach der Meisterprüfung gegen eine Gebühr, die er Euch zu entrichten hat, die Druckerei führen. Sicherlich könntet Ihr bei ihm arbeiten.«

»Was?« Er sollte sich in der eigenen Druckerei wie ein Geselle verdingen? »Das könnt Ihr nicht tun!«

»Oder Ihr bemüht Euch um einen neuen Druckauftrag und holt Euch einen Lehrling oder Gesellen.«

Simon unterdrückte ein Schnauben. Nur wegen Nickell bekam er Auflagen für die Übernahme der Druckerei. Er konnte es nicht fassen. Das Blut pulsierte in seinen Schläfen.

»In drei Tagen ist die Versammlung«, fuhr Hans von Rheinbach fort. »Bis dahin sollten wir Eure Bemühungen sehen können.«

Wie sollte er in drei Tagen einen Lehrling bekommen? »Bitte, ich –«

Der Meister hob die Hand. »Ich möchte nichts weiter hören.«

Simon verabschiedete sich und ging. Innerhalb von ein paar Wochen war sein Leben auseinandergefallen wie ein zerfleddertes Buch. Sein Vater war tot, zudem nie sein Vater gewesen.

Seine Mutter hatte ihn sein Leben lang angelogen, und der Bruder war zum Rivalen geworden. Hätte doch Martin niemals dieses Testament verfasst. Dann hätte Simon nur mit seiner Trauer um ihn zu kämpfen. Keiner würde sein rechtmäßiges Erbe an Haus und Druckerei anzweifeln.

***

Mittags kam endlich Wittenberg in Sicht. Jonata war enttäuscht. Sie hatte sich eine große Stadt vorgestellt. Nicht so prächtig wie Köln freilich, aber doch größer als dieses Dorf. Zwei Gebäude überragten die übrigen Häuser. Eines war unverkennbar eine Kirche, das andere mochte ein Schloss oder eine Residenz sein.

Je näher sie kamen, desto mehr Menschen tummelten sich auf dem Weg. Fahrende Händler, Gaukler, Scholaren, und bestimmt waren auch Halunken und Diebe unter ihnen, die es nur auf ihr Hab und Gut abgesehen hatten.

Sie überquerten einen Fluss über eine Holzbrücke. Am Wegzollposten kam die Menge ins Stocken. Als sie an der Reihe waren und der Zollknecht auffordernd die Hand hinhielt, warf ihm Steffan mürrisch eine Münze vor die Füße. Der Knecht schimpfte, bückte sich, um die Münze aufzuheben. Steffan ließ Bernando anlaufen. Die Häuser vor den Stadtmauern erinnerten mehr an Holzverschläge, die Dächer waren löchrig, einige Fensterläden hingen schief in den Angeln. Ein Junge trieb zwei Schweine zu einer baufälligen Hütte.

Sie hatten kaum den Stadtgraben und das Stadttor passiert, da sprang der Mönch vom Fuhrwerk des Buchführers, bedankte sich mit einer Verbeugung und eilte davon. Sie fuhren bis zu der Gaststätte »Brauner Hirsch«, brachten Pferde und Karren im Stall unter und nahmen in der Stube eine warme Mahlzeit zu sich. Danach zeigte Mathes Roht ihnen die Stadt.

»Auf dem Weg hierher haben wir die Elbe überquert und sind durch das Elbtor in die Stadt gekommen«, begann er seinen Bericht. Er führte sie zum Schloss und zur Schlosskirche. An der Tür flatterten so viele Blätter, dass das Holz kaum zu erkennen war. Jonata trat näher heran, die Texte waren auf Latein, wie sollte es auch anders sein.

»Hier schlagen die Dozenten wichtige Bekanntmachungen an«, erklärte er. »Auch Luthers fünfundneunzig Thesen haben an dieser Tür gehangen. Er streitet jedoch ab, dass er sie selbst angenagelt hat. Sie haben sich weiter verbreitet, als er ursprünglich beabsichtigt hat.«

»Was meint Ihr damit?«, hakte Jonata nach.

»Luther wollte die Thesen nicht verbreiten, sondern nur mit den Gelehrten über sie diskutieren. Aber solche Thesen lassen sich nicht zurückhalten.«

Jonata konnte es kaum abwarten, sie zu lesen. Zwei Bäche mündeten auf dem Schlossplatz ineinander, sprudelten über klappernde Mühlräder. Durch ein weiteres Stadttor konnte sie außerhalb der Mauern Häuser ausmachen, von denen beißender Gestank nach Exkrementen und Kalk bis zu ihnen drang. Dort mussten die Gerber ihr Tagwerk vollbringen.

Mathes Roht zeigte ihnen den Marktplatz, in der Mitte das dunkle Holzgerüst mit Galgen. Hier würden sich die Menschen tummeln, wenn eine Hinrichtung stattfand. Auch in Köln war es jedes Mal ein Spektakel. Angrenzend an den Platz befand sich das Rathaus. Ein mehrstöckiges Holzgebäude, dessen Balken mit Moos besetzt waren. Ein Arbeiter ersetzte aus einer Dachluke heraus ein paar Holzschindeln. Dabei beugte er sich so weit hinaus, dass Jonata Angst hatte, er würde gleich vom Dach fallen.

Als sie die dahinterliegende Stadtkirche Sankt Marien erreichten, blickte sie, die Augen mit der Hand gegen die Sonne abschirmend, zu den beiden westlichen Türmen hinauf, die zur Spitze pyramidenförmig ausliefen. Was für ein beeindruckendes Bauwerk! Nur zu gern folgte sie Mathes Roht ins Innere, das mit aufwendig gemalten Bildnissen und Statuen verziert war. Reichlich Licht durchflutete das Gebäude. Die Kirche war nicht annähernd so imposant wie der Dom, der in Köln gebaut wurde. Es faszinierte sie jedoch immer wieder, welch große Gebäude die Baumeister errichten konnten.

Nach dem Besuch führte Mathes Roht sie zur Leucorea.

»Unserem Kurfürsten Friedrich III. haben wir diese Universität zu verdanken. Auf sein Anraten hin hat Kaiser Maximilian das Gründungsprivileg erteilt. Friedrich hat daraufhin Luther aus Erfurt an die Universität geholt.«

»Der Kurfürst hat Luther nach Wittenberg geholt?«

Der Buchführer nickte, und ein stolzes Lächeln umzog seinen Mund. Wenn der Kurfürst einen einfachen Mönch an eine Universität holte, schien er ein bedeutender Mann zu sein. Mathes Roht führte sie noch zum Augustinerkloster, das am anderen Ende der Stadt einen Teil der Stadtmauer bildete. »Und jetzt gehen wir zum Drucker.«

»Was soll ich dort?«, fragte Steffan barsch.

»Wir fragen ihn, ob er Lutherschriften feilzubieten hat. Er wird sicherlich noch etwas auf Lager haben«, antwortete der Buchführer.

»Ich habe genug von diesem Luther«, brummte Steffan. »Ich brauche ein Bier.« Er hakte sich bei Brid ein und ging zur Gaststätte, die nur ein paar Häuser weiter lag.

»Ein recht unangenehmer Zeitgenosse, dein Knecht«, sagte Mathes Roht.

Jonata zuckte mit den Schultern. »Normalerweise ist er hilfsbereit und umgänglich.«

»Er ist wohl noch mürrisch wegen des Umweges.«

»Ich kann sein Verhalten nachvollziehen. Er versteht den Grund für diesen Umweg nicht.«

»Glaub mir«, er lächelte ihr aufmunternd zu, »spätestens, wenn er mit uns die Messe besucht hat, wird er es verstehen.«

Jonata hoffte es, bezweifelte jedoch, dass sich Steffan würde überzeugen lassen. Trotzdem war sie froh, dass sie die Reise nach Wittenberg angetreten hatten. Sie konnte es kaum erwarten, die fünfundneunzig Thesen von Luther in den Händen zu halten. »Sollen wir?«, fragte sie.

Mathes Roht nickte, betätigte den Türklopfer und trat ein. Es roch nach Druckerfarbe und Holz. Auf einem Tisch lagen Bücher zum Verkauf.

Ein Mann mit weißen Haaren und tiefen Falten im Gesicht trat auf sie zu. Sein Körper schien ausgemergelt, seine Finger waren dünn, doch seine Augen leuchteten freudig, als er Mathes Roht erkannte.

»Ich habe dich schon vermisst«, sagte der Drucker und begrüßte ihn mit einer Umarmung. »Und wen hast du da mitgebracht?«, fragte er mit einem Augenzwinkern.

»Das ist Jonata von Menden. Sie stammt aus Köln und ist begierig darauf, Schriften von Luther zu lesen.«

»Da seid Ihr bei mir richtig, Liebes.«

Jonata schluckte bei dem Wort »Liebes«, aber aufgrund der herzlichen Begrüßung konnte sie dem Drucker nicht böse sein. »Habt Ihr die Thesen auf Deutsch?«, fragte sie.

»Ihr habt Glück, ich habe noch genau zwei Exemplare davon.« Er holte eine Rolle Papier, die mit rotem Band zusammengebunden war, und reichte sie Jonata.

Ihr Herz pochte. Das war nun die Schrift, die ihr die Antworten auf die Fragen liefern würde. Sie öffnete das Band und rollte den Papierbogen auseinander. »Aus der Liebe zur Wahrheit und in dem Bestreben, diese zu ergründen ...« Sie bekam eine Gänsehaut, als sie die Überschrift las. Endlich hielt sie diese Schrift in der Hand. Die Worte klangen ehrlich, als spräche Luther persönlich mit ihr, hätte sie nur für sie verfasst. Hier nahm jemand die Wahrheit nicht per se in Anspruch, sondern war bemüht, sie herauszufinden. Sie las begierig weiter, auch die erste These: »Da unser Herr und Meister Jesus Christus spricht ›Tut Buße‹ und so weiter, hat er gewollt, dass das ganze Leben der Gläubigen Buße sein soll.«

»Jonata?«

»Wie?« Sie blickte auf, merkte erst jetzt, dass der Buchführer ihren Namen gerufen hatte.

»Wollt Ihr die Schrift kaufen?«, fragte der Drucker.

»Natürlich.« Sie fasste an ihren Beutel. Das Geld verwahrte Steffan. Verdammter Mist. Wieso hatte sie nicht daran gedacht, ihn um ein paar Münzen zu bitten?

»Was soll sie kosten?«, fragte sie mit brüchiger Stimme. Sie hatte Angst, dass er ihr die Schrift wieder wegnehmen würde und sie erst das Geld holen musste. Mathes Roht hob beschwichtigend die Hände. Er zog ein paar Münzen aus seiner Geldkatze und drückte sie dem Drucker in die Hand. Sie hatte nicht sehen können, wie viel er ihm gegeben hatte. Sie würde ihm das Geld zurückzahlen, sie stand ohnehin schon viel zu tief in seiner Schuld.

»Wenn Ihr übermorgen wiederkommt, könnt Ihr auch die neuste Schrift Luthers erwerben«, sagte der Drucker. »›Ein Sermon von Ablass und Gnade‹.«

»Noch ein Text über den Ablass?«

»Ja, noch einer. Die Thesen waren ursprünglich in Latein zur Diskussion unter den Gelehrten. Die neue Schrift hat Luther direkt in Deutsch für das Volk verfasst.«

Dieser Luther schien die Bedürfnisse der Menschen zu kennen.

»Ich werde übermorgen die Erste in Eurer Druckerei sein.« Hoffentlich konnte sie Steffan überreden, so lange zu bleiben.

»Findet Ihr allein zur Gaststube zurück?«, fragte der Buchführer.

Sie nickte. »Natürlich.«

Mathes Roht war im Nu mit dem Drucker im Gespräch. Wahrscheinlich feilschte der Buchführer um den Preis für die neue Schrift Luthers. Sicherlich würde er viele davon kaufen, um sie andernorts mit lohnendem Aufschlag weiterzuverkaufen.

Als Jonata auf die Gasse trat, schien ihr die Sonne ins Gesicht. Sie schloss die Augen. Die Strahlen wärmten ihre Haut, bekamen von Tag zu Tag mehr Kraft. Die Papierrolle brannte in ihrer Hand. Sie musste lesen – jetzt. Dafür brauchte sie Ruhe. Sie würde nicht direkt zur Gaststube gehen. Da warteten Steffan und Brid auf sie. Sie wollte allein sein, also ging sie Richtung Kloster und verließ die Stadt durch das Elstertor. Der Fluss war an dieser Stelle sauber und nicht durch Fäkalien der Stadt und die Fleischreste der Gerber verunreinigt. Jonata lehnte sich an den Stamm eines Ahornbaums. Die Sonne brachte das Wasser zum Glitzern. Immer noch herrschte reger Verkehr auf der Brücke.

Sie atmete tief durch und rollte das Papier auseinander. Begierig begann sie zu lesen, murmelte die Zeilen vor sich hin. Der Ablass könne nur Strafen erlassen, die der Papst selbst auferlegt hat. Die Ablassprediger irrten, schrieb Luther, wenn sie sagten, dass der Ablass den Menschen frei von Strafe mache.

Der Kauf eines Ablasses hatte für Lucas also nicht die geringste Auswirkung gehabt. Die Versprechungen der Ablassprediger waren eine Täuschung. Ihr Herz klopfte. Was war nun mit Lucas? In der sechsunddreißigsten These fand sie die Antwort: »Jeder Christ, der wirklich bereut, hat Anspruch auf völligen Erlass von Strafe und Schuld, auch ohne Ablassbrief.«

Sie hatten das Geld für den Ablass umsonst ausgegeben, wie der Buchführer ihr auf der Reise gesagt hatte. Aber was bedeutete »wirklich bereut«? Hatte Lucas wirklich bereut? Waren ihm alle Strafen erlassen worden? Jonata las weiter. »Jeder wahre Christ, sei er lebendig oder tot, hat Anteil an allen Gütern Christi und der Kirche, von Gott ihm auch ohne Ablassbrief gegeben.«

Warum predigten die Priester etwas anderes? Wieso hatte Enderlin ihnen empfohlen, einen Ablass zu kaufen? Ihr schwirrte der Kopf. Woher wusste sie, dass dieser Luther recht hatte und nicht Enderlin? Ihr Blick flog über die Zeilen. Der Ablass mache gegenüber der Reue gleichgültig. Es sei besser, den Bedürftigen zu geben, als einen Ablass zu erwerben. Denn durch ein Werk der Liebe wachse die Liebe.

Jonata blickte auf, ein Schauer lief über ihren Rücken. Sie spürte die Wahrheit in diesen Worten. Luther hatte nicht den Anspruch auf Wahrheit erhoben, sondern die Thesen zur Diskussion gestellt, und doch erschienen ihr diese näher an der Wahrheit als die Lehren der Priester in Köln. Luther kritisierte weiterhin die Ablassprediger und pries das Evangelium. Warum hatte sie bisher so wenig von dem Evangelium gehört? Musste sie Latein lernen, um mehr über Gott zu erfahren und die Predigten zu verstehen? Aber was war mit all den anderen Menschen, die gottgefällig zu leben suchten?

Sie las die Thesen zu Ende und rollte das Papier zusammen. Dann lehnte sie den Kopf an den Stamm des Ahornbaums, schloss die Augen und fing die letzten Sonnenstrahlen des Tages ein. Keinen weiteren Ablass würde sie kaufen, doch ihre Zweifel waren immer noch nicht beseitigt. War Lucas im Fegefeuer oder im Himmelreich?

»Hast du wirklich bereut?«, flüsterte sie.

Sie rief sich sein Gesicht vor Augen, sah sein zerzaustes Haar und den kleinen Leberfleck oberhalb der Lippe, sein Lachen. Gern war er jeden Sonntag zur Messe gegangen, hatte ihr das Vaterunser übersetzt. Konnte die Predigten der Priester verstehen. Wenn er kein wahrer Christ gewesen war, wer dann?

Jonata blieb sitzen, bis die Sonne den Horizont erreichte, dann begab sie sich zum Elstertor. Als sie dort ankam, begann ihr Herz zu rasen. Die Pforte war bereits geschlossen. Hatte sie zu lange gewartet? Die Sonne war noch nicht ganz hinter dem Horizont verschwunden. Sie klopfte heftig an das Holztor. Eine Luke öffnete sich, ein jungenhaftes Gesicht erschien dahinter, ein paar einzelne Barthaare wuchsen über der Oberlippe.

»Wer seid Ihr?«, fragte eine gereizte Stimme. Die Augen blitzten sie feindselig an. Was sollte sie antworten? Wie würde man ihr am ehesten Einlass gewähren? Ein Hinweis auf Luther? Und der Buchführer – vielleicht kannte man ihn?

»Jonata von Menden. Ich bin mit dem Buchführer Mathes Roht nach Wittenberg gereist.« Sie wartete auf eine Reaktion in dem Bubengesicht, doch es tat sich nichts. Sie hielt die Schriftrolle hoch. »Er hat mir die fünfundneunzig Thesen zum Studium gegeben. Ich habe sie am Flussufer gelesen und war so vertieft, dass ich die Zeit vergessen habe.«

»Ihr solltet besser achtgeben. Kommt morgen wieder«, keifte der Pförtner. Mit einem Ruck schob er das Holz zurück in die Ausgangsstellung.

»Halt, aufmachen!« Sie hämmerte mit der Faust gegen die Pforte. Ein dicker Kloß im Hals nahm ihr die Luft zum Atmen, Tränen stiegen in ihre Augen. »Vor Sonnenuntergang dürft Ihr die Tore nicht schließen!«

»Verschwindet«, hörte sie dumpf von der anderen Seite.

»Nein!«, schrie sie. »Lasst mich ein!« Sie hämmerte weiter, doch es blieb still.

Kapitel 8

Nach den Laudes ging Enderlin zur Universität, um dem Zensor einen Besuch abzustatten. Vor seiner Tür warteten zwei Männer mit jeweils einem Buch in der Hand. Ihre Hände waren von der Druckerschwärze gezeichnet.

Hier musste es sein. Die Tür öffnete sich, und ein junger Bursche mit hellen Locken und Pickelgesicht steckte den Kopf heraus und winkte den Nächsten herein. Der Mann vor Enderlin in der Reihe musterte ihn. Er trug rote Beinlinge, neue Schnabelschuhe und einen grünen Umhang, dessen spitze Kapuze über den Rücken fiel. »Was will denn ein Mönch vom Zensor?«, fragte der Drucker.

»Mein Prior schickt mich. Und was habt Ihr da?« Enderlin zeigte auf das Buch.

»Ein Kräuterbuch. Müsste ich es nicht dem Zensor vorlegen, hätte ich längst gutes Geld damit verdient.« Der Drucker stemmte die Hände in die Hüften. »Ich frage Euch: Was soll an einem Kräuterbuch gotteslästerlich sein? Aber wer kauft das Buch schon ohne entsprechenden Druckvermerk? Zumindest nicht die Scholaren der Medizin, aber genau für die wird es von Bedeutung sein.«

»Sagt mir Euren Namen, vielleicht ist das Buch für das Infirmarium unseres Klosters interessant.«

Der Drucker lächelte. »Sigmund Dencklin. Mein Haus liegt in der Nähe vom Alter Markt.«

Die Tür ging auf, der Mann, der zuvor stolz und zuversichtlich das Zimmer des Zensors betreten hatte, stürmte mit mürrischem Gesicht heraus und stampfte davon.

Das Pickelgesicht bat Dencklin ins Zimmer. Dencklin. Den Namen musste er sich merken. Er würde ihm einen Besuch abstatten, sehen, was er außer dem Kräuterbuch noch zum Verkauf anbot. Nach einem kurzen Augenblick kam der Drucker wieder heraus und machte den Weg für Enderlin frei.

Der Bursche führte ihn in einen winzigen dunklen Vorraum ohne Fenster. Auf einem Tisch lag ein aufgeschlagenes Buch, davor ein klappriger Schemel. Die Talgkerze war fast abgebrannt und hatte den strengen Geruch im ganzen Raum verbreitet. Auf einem Teller lag ein abgenagter Apfelbutzen.

Das Pickelgesicht musterte ihn skeptisch. »Was wollt Ihr vom Zensor?« Enderlin zog das Schreiben des Priors aus der Kutte. Der Bursche hob abwehrend die Hände. »Ich prüfe nicht. Ihr müsst das dem Zensor vorlegen.«

»Ich bin von der Inquisition. In dieser Angelegenheit muss ich mit dem Zensor sprechen.«

Die Augen des Jungen weiteten sich, er neigte den Kopf und verschwand durch eine weitere Tür. Wenige Augenblicke später konnte Enderlin die Kammer des Zensors betreten. Sie war wesentlich geräumiger, bot Platz für einen Schreibtisch, zwei Schränke und eine mit Eisen beschlagene Truhe. Auf dem Tisch stapelten sich Bücher und Schriftrollen. Durch die großen Fenster fiel genug Licht, und kalter Wind wehte herein. Im Kamin glühte ein Holzscheit, das keine Wärme mehr spendete und zu erlöschen drohte.

Der Zensor trug einen wollenen Mantel, die Hände waren lang und dünn, aber sauber, trotz des Federkiels in seiner Hand. Graue Haare lugten unter dem Barett hervor. Die spitze Nase und die schmalen Lippen verliehen ihm einen strengen Gesichtsausdruck. Interessiert blickte er auf.

»Was will ein Dominikaner von mir?«

Enderlin reichte ihm den Brief. »Der Papst hat den Prior zum Inquisitor benannt.«

Der Zensor nahm das Papier. »Das ist mir bekannt.«

»Die Brüder haben mich zu seinem Gehilfen auserkoren.«

Der Zensor hob die Brauen, überflog das Schreiben und gab es ihm zurück. »Es freut mich, dass Ihr bei mir vorstellig werdet. Falls Ihr gotteslästerliche Schriften entdeckt oder welche, die diesen Druckvermerk nicht enthalten …«, er stand auf und reichte ihm einen Papierbogen; Enderlin las die Worte, die beurkundeten, dass eine Schrift der Universität Köln zur Genehmigung vorgelegen hatte, »… nehmt Ihr sie an Euch und bringt sie mir. Jede neue Schrift muss vor Verkauf genehmigt werden. Leider halten sich nicht alle Drucker daran. Aber …«, er wies auf die Bücher auf seinem Schreibtisch, »… ich habe nicht auch noch Zeit, mich draußen in den Druckereien herumzutreiben. Ich habe genug zu tun. Außerdem ist das die Aufgabe der Druckerbruderschaft.«

»Nennt mir die Namen der Drucker, die sich nicht an die Zensur halten.«

Sein Gegenüber zuckte mit den Schultern. »Gott weiß, vielleicht tun sie das alle nicht. So schnell, wie die Drucke entstehen, kann ich sie nicht prüfen.«

»Wir dürfen nicht zulassen, dass Köln von ketzerischen Schriften vergiftet wird! Ich werde die Druckereien prüfen, nennt mir alle Drucker.«

Der Zensor zählte sieben Drucker der Stadt auf und nannte ihm die Häuser, in denen sie ihre Werkstätten unterhielten, darunter auch von Werden, Quentell und Dencklin. Enderlin murmelte die Namen mehrmals vor sich hin, um sie sich einzuprägen.

»Vor allem nach Schriften von Martinus Luther solltet Ihr Ausschau halten. Ich hatte letztens seine Thesen auf dem Tisch. Natürlich habe ich den Druck abgelehnt.«

»Der Name ist mir bekannt.«

Der Zensor nickte anerkennend. »Und nun waltet Eures Amtes. Ich habe viel zu tun.«

Enderlin verneigte sich und ging hinaus.

***

Wie sollte Jonata die Nacht außerhalb der Stadttore überstehen? Es würde sich so weit abkühlen, dass sie ohne Decke erfrieren konnte. Nicht zu denken an die Gauner und Landstreicher, die unterwegs waren. Diesmal war Albert von Torgau nicht in der Nähe, um sie zu retten. Gallus! Ihr Magen krampfte sich zusammen. Nicht noch einmal, das würde sie nicht überleben. Sie schniefte, ließ sich am Tor hinabsinken und legte den Kopf auf ihre Knie. Dann hörte sie Stimmen und stand wieder auf. Sie hämmerte erneut gegen das mächtige Holztor. »Bitte lasst mich ein!«

Die Pforte öffnete sich einen Spalt, sodass sie hindurchschlüpfen konnte.

»Du lässt so eine junge Frau allein vor der Stadt, noch bevor die Sonne untergegangen ist«, sagte ein alter Pförtner und strafte den Jüngling mit einem bösen Blick.

»Habt vielen Dank«, sagte sie und knickste leicht.

Schnellen Schrittes lief Jonata zur Gaststätte. Als sie die Stube betrat, stürmte ihr Steffan entgegen und packte sie am Arm. »Bei allen Heiligen. Wo hast du nur gesteckt?« Zorn lag in seinen Augen.

Sie riss ihren Arm los und rieb sich die schmerzende Stelle. »Ich war in die Schrift vertieft.« Dass sie beinahe nicht mehr in die Stadt gekommen wäre, verschwieg sie lieber.

»Du wirst nie wieder allein in der Stadt herumstreunen. Vor allem nicht zu dieser Stunde. Was dein Vater dazu sagen wird!«

»Vater hat keine Einwände, dass ich mich in Köln frei bewege«, erwiderte sie trotzig. Sie hasste es, sich vor dem Knecht rechtfertigen zu müssen.

»Wir sind aber nicht in Köln.«

»Wittenberg ist viel kleiner, es besteht doch nur aus zwei Straßen!«

»Anscheinend kannst du dich trotzdem verlaufen.«

Sie ballte die Hand. Was fiel ihm ein?

»Wir reisen morgen ab!«, sagte er.

»Das werden wir nicht.« Sie würde Wittenberg nicht ohne die neuste Schrift Luthers verlassen. »Übermorgen!«, bestimmte sie.

»Morgen ist Sonntag, du kannst deine Messe besuchen, und danach machen wir uns auf den Weg.«

»Sonntag ist der Tag des HERRN. Wenn es nicht nötig ist, werden wir an dem Tag nicht aufbrechen«, entgegnete sie und sah ihn entschlossen an. Diese Worte ließen ihn innehalten. »Dann sind wir uns ja einig«, sagte sie, trat an ihm vorbei und ging zum Tisch, an dem Brid und Mathes Roht saßen.

»Ich habe ihm gesagt, dass du dich vergnügst«, sagte Brid grinsend.

»Auch ich habe mir Sorgen gemacht«, sagte der Buchführer lächelnd. Es lag sowohl Besorgnis als auch Freude in seinem Gesicht. »Ihr habt die Schrift studiert?«

Jonata ließ sich ihm gegenüber auf der Bank nieder, legte die Schriftrolle auf den Tisch und nickte. »Ich spüre die Wahrheit in diesen Worten, und doch bleibt mir vieles noch verborgen.«

Mathes Roht lachte. »Der Abend ist noch lang. Was ist Euch unklar?«

***

»Nickell?«, rief Simon, als er ins Haus trat.

Seine Mutter kam ihm entgegengestürmt. Sorgenfalten durchfurchten ihre Stirn. »Was ist passiert?«

»Ich war beim Meister der Bruderschaft, und Nickell war vor mir da.« Es kostete ihn Mühe, nicht zu schreien.

»Dein Bruder meinte, bald werde die Druckerei ihm gehören.«

Er ballte die Hand. »Wenn wir Pech haben, verlieren wir sie beide.«

Seine Mutter umklammerte ihr Schultertuch vor der Brust. »Was soll das heißen?«

Simon drängte sich an ihr vorbei. »Ich muss mit ihm reden.«

»Er schläft.«

»Mir egal.« Er stapfte die Treppe hoch zu Nickells Kammer, klopfte und riss die Tür auf.

»Verschwinde«, murmelte sein Bruder und wälzte sich im Bett. Die Fensterläden waren geschlossen, nur durch einen Spalt fiel Licht herein.

»Du trittst das Erbe von Martin mit Füßen!«

»Reg dich nicht auf, nur weil ich, der leibliche Sohn, die Druckerei bekomme.«

»Du glaubst, du bekommst die Druckerei zugesprochen?«

»War klar, dass dir das nicht passt!«

»Du bist nicht nur faul und verschläfst den ganzen Tag, sondern auch dumm und unfähig.«

Nickell richtete sich auf. »Verschwinde, das muss ich mir nicht anhören.«

»Und ob du musst! Du bist weder Meister, noch hast du die Gesellenzeit abgeleistet. Ist dir noch nicht eingefallen, dass der Meister dir die Druckerei nicht zusprechen kann?«

»Was willst du damit sagen?«, zischte Nickell.

»Ein Fremder wird unsere Offizin übernehmen. Wir erhalten die Miete, und das war es. War es das, was du wolltest?«

»Aber …«

»Jetzt bist du sprachlos, was? Deine Gier hat dich weit gebracht.«

»Die Druckerei gehört mir. Ich bin der Erbe.«

»Glaubst du, Hans von Rheinbach schert sich darum?«

»Er hat mir versprochen, sich darum zu kümmern.«

»Oh, er wird sich darum kümmern, nur nicht so, wie du es dir vorstellst. Möge Gott uns helfen. Ansonsten hast du uns beide um unser Erbe gebracht!«

Simon verließ das Zimmer und knallte die Tür hinter sich zu. Er musste sich etwas überlegen. Aus der Schatulle in der Druckerei holte er ein paar Münzen und verschwand aus dem Haus. Auf dem Markt kaufte er sich einen Lederbeutel und ein Messer. Dann befestigte er den Beutel am Gürtel und verstaute das Messer und die restlichen Münzen darin. Die Letter mit der Gravur von Martin war für immer verloren. Es war nicht das Einzige, was er in den letzten Tagen verloren hatte. Zumindest auf den Beutel würde er zukünftig besser aufpassen.

Simon bahnte sich einen Weg durch die Stände. Händler priesen schreiend ihre Ware an, es roch nach Fisch, süßem Konfekt und Leder. Eine alte Frau mit zotteligen Haaren und fehlenden Schneidezähnen bot ihm aus einem Bauchladen Holzfiguren der Heiligen Drei Könige an. Er schüttelte den Kopf und drängte sich an ihr vorbei. Vielleicht war der Buchführer von der Reise zurück.

Simon suchte auf dem Domhof nach ihm, doch er konnte ihn dort nirgends entdecken. Also machte er sich auf zum Rathaus. Wenn er vom Rat den Auftrag zum Druck neuer Verordnungen erhalten würde, könnte Hans von Rheinbach ihm die Druckeroffizin nicht aberkennen. Doch der Ratsdiener ließ ihn nicht zu einem der Herren des Rates vortreten. Er werde sein Begehr vortragen, doch bis nächste Woche müsse er sich gedulden.

»Es ist wichtig.«

»Was wichtig ist, entscheidet nicht Ihr.« Die Augen des Ratsdieners blitzten ihn an.

Nächste Woche konnte es für ihn zu spät sein. Mit gesenktem Kopf verließ Simon das Rathaus, irrte wahllos durch die Gassen und näherte sich schließlich dem Hafen. Zu lange hatte er seinem Freund Thomas keinen Besuch mehr abgestattet. Das letzte Mal hatten sie sich zu Martins Beerdigung gesehen.

Am Rheinufer herrschte geschäftiges Treiben. An der nördlichen Seite wurden große, bauchige Aaken entladen. Im Süden lagen die flachen Oberländer am Ufer.

Thomas' Kran stand am nördlichen Ufer. Er unterhielt sich mit einem Händler, der ein rotes Obergewand aus Samt und enge Beinlinge trug. Eine Kette aus Gold zeigte, dass er wohlhabend sein musste. Die Gehilfen bedienten den Kran, ließen ein Bündel auf das Schiff herab.

»*Pagare, pagare!* Immer zahlen hier.« Der Händler drückte Thomas ein paar Münzen in die Hand. Seufzend wandte er sich ab und sah zu, wie die Ware verladen wurde.

Simon trat näher heran. Das Gesicht seines Freundes erhellte sich, und er umarmte ihn.

»Simon, schön, dich zu sehen!«

»Störe ich?«, fragte Simon und deutete mit dem Kopf zum Kaufmann.

»Nein«, flüsterte Thomas. »Er wollte das Krangeld nicht bezahlen.« Er ließ die Münzen in der Hand klimpern. »Aber selbst die Ware an Bord tragen wollte er auch nicht.« Sein Freund grinste.

Ein Fremder hätte eine Fratze gesehen, Pockennarben, die sich in die Gesichtshaut gefressen und alles Sanfte getötet hatten. Simon hatte sich an den Anblick gewöhnt, aber viele Händler erschraken. Thomas ließ sich nicht beirren. Die Krankheit hatte seine ganze Familie dahingerafft, nur er hatte überlebt. Er war ein Kämpfer, und so leicht konnte ihm nichts mehr etwas anhaben. Wie zum Beweis trug er bessere Kleidung als die Kaufleute, scherte sich nicht darum, wenn sie bei seiner Arbeit schmutzig wurde.

Heute hatte er sich in ein blaues Gewand mit bauschigen Ärmeln gekleidet, das mit Goldfäden durchzogen war, und trug enge Beinlinge und einen spitzen Hut mit einer bunten Feder, die er sicherlich einem Händler abgeluchst hatte.

»Wer ist der Mann?«, fragte Simon.

»Ein Kaufmann aus Italien. Schwätzer, diese Südländer. Wollen alle den Preis drücken. Doch nicht mit mir.« Er tippte mit dem Finger auf eine Kladde. »Auch ich muss meine Aufzeichnungen machen. Mit dem neuen Akzisenmeister ist nicht zu spaßen. Er kontrolliert die Kranmeister öfter als nötig.«

»Was gibt es Neues auf der Erde? Welche Kunde konntest du den Kaufleuten entlocken?«

»Nachdem dieser Kolumbus für die Spanier Land im Westen entdeckt hat, tauchen ungewöhnliche Waren auf. Das hat mir ein Händler geschenkt.« Simons Freund holte ein paar braune Blätter hervor und hielt sie ihm unter die Nase. Sie rochen holzig und süßlich zugleich.

»Was ist das?«

»Tabak.«

Als ob das seine Frage beantworten würde. »Und was macht man damit?«

»Man rollt es zusammen, entzündet die eine Seite und soll von der anderen mit dem Mund daran ziehen. So.« Er zeigte es ihm.

»Was für ein Unsinn.«

Thomas verstaute das Kraut wieder im Beutel. »Aber erzähl! Wie geht es dir?«

Simon sah sich um. Er hätte ihm gern von dem Testament erzählt, doch die Gehilfen konnten mithören, und auch der Kaufmann stand nicht weit entfernt. Also berichtete er nur, dass er auf der Suche nach einem neuen Lehrling war. »Kennst du jemanden?«

»Achtung!«, rief ein Gehilfe, und schon schwenkte der riesige Arm des Krans zum Ufer. Das Seil fuhr herunter. Ein anderer befestigte ein Bündel daran. Mit Hilfe eines großen Gewindes beförderten vier Männer die schwere Last in die Höhe, um den Ballen auf dem Schiff abzuladen.

Thomas schüttelte den Kopf. »Meine Burschen sind nicht für das Druckergewerk geschaffen. Kräftige Männer, doch wenn man nicht aufpasst, verladen sie die Güter auf das falsche Schiff.«

»Und sind dir neue Schriften begegnet?«, fragte Simon, doch er hatte kaum eine Hoffnung, dass er ihm in dieser Sache weiterhelfen konnte.

Unvermittelt wandte sich der Kaufmann zu ihnen um. »*Davvero!* Ihr seid Drucker?«

Simon warf Thomas einen Seitenblick zu. Hatte der Händler sie die ganze Zeit belauscht? »Ja«, antwortete er zögerlich.

»Ich suche ein Buch über die Heiligen Drei Könige. Habe gehört, Kölner sind stolze Besitzer von Reliquien. Habt Ihr so ein Buch zu verkaufen?«

»Leider nicht.«

Der Händler zuckte mit den Schultern. »*Peccato!* Wenn ich habe mehr Zeit das nächste Mal, ich gehe zum Dom und bewundere Reliquien.« Er lächelte breit. »Bis dahin ich lese Buch über Rom! Roma! Ihr schon mal in der heiligen Stadt gewesen?«

Simon schüttelte den Kopf. »Nein, aber sagt: Von welchem Buch sprecht Ihr?«

»›Die Wunder Roms‹. Es bestärkt den Glauben und ist reich an Abbildungen.«

»Könnt Ihr es mir zeigen?«

Der Kaufmann rief einen Knecht heran, der ihm eine Kiste brachte. Er entnahm ein großes Buch und reichte es ihm. Das Leder war abgegriffen, von einem Blatt fehlte eine kleine Ecke. Simon las die ersten Zeilen. Es begann mit der Entstehung Roms. Zwillinge seien am Fluss ausgesetzt und von einer Wölfin genährt worden. Er blätterte weiter, las von der Wunderheilung einer Nonne und fand die Vita der heiligen Agnes von Rom.

»Ich kaufe es Euch ab. Was wollt Ihr dafür haben?« Er brauchte endlich neue Bücher, die er verkaufen konnte. Das war ein interessantes, gottesfürchtiges Werk, was sicherlich kein anderer Drucker Kölns feilbot.

Der Händler wedelte mit dem Arm vor seinem Gesicht. »*No, no, no!* Nicht verkäuflich!«

»So leiht es mir. Auf Eurer Rückreise erhaltet Ihr das Buch zurück mit einer frisch gedruckten Ausgabe aus meiner Offizin.«

Der Kaufmann zog die Stirn in Falten.

»Umsonst«, schob Simon hinterher.

»Von so einem Handel habe ich noch nie gehört.«

»Ich werde das Buch bei meinem Freund abliefern.« Simon schlug Thomas auf die Schulter. »Wo Ihr ihn findet, wisst Ihr.«

»Warum sollte ich darauf eingehen?«

»Das Leder ist abgegriffen. Die Seiten sind schmutzig, eine ist abgerissen.« Er zeigte dem Händler die Mängel des Buches. »Ihr bekommt ein neues Exemplar!«

Der Italiener grunzte, stemmte die Hände in die Hüften. »So gebt mir ein Pfand dafür!«

Pfand? Wo sollte er jetzt etwas hernehmen? Er hatte nichts bei sich, was er abgeben konnte.

»Kennt Ihr Tabak?«, fragte Thomas und holte die Blätter aus dem Beutel. Er erklärte dem Kaufmann, was man damit anstellte und woher es kam.

Der Südländer betrachtete die Blätter eingehend und roch an ihnen. »So sei es! Sollen sich die Wunder meiner Stadt in die Welt verbreiten!«

Sie besiegelten das Abkommen mit einem Handschlag.

»Was bin ich dir schuldig?«, flüsterte Simon seinem Freund ins Ohr.

Thomas lachte. »Lass uns nach der Verladung dieses Schiffes in einen Bierzapf gehen, du zahlst. Damit soll es genügen.«

***

Jonata konnte es kaum erwarten, in die Kirche zu gehen und Luther persönlich kennenzulernen. Mathes Roht hielt sein Versprechen und begleitete sie, Steffan und Brid in die Stadtkirche. Als sie ankamen, strömten viele Gläubige in das Gotteshaus. Mathes Roht zog sie nach vorn bis kurz vor die Kanzel. Immer mehr Menschen drängten sich hinein, einige fanden nur noch hinter den großen Pfeilern Platz, an denen steinerne Figuren angebracht waren.

»Jetzt wisst Ihr, warum ich für einen frühen Aufbruch plädiert hatte«, flüsterte der Buchführer Jonata ins Ohr.

Bemerkenswert viele Scholaren waren unter den Besuchern. Sie tuschelten und scherzten in kleinen Gruppen. Der Chorraum befand sich nicht wie üblich in der Mitte der Kirche, sondern war nach rechts versetzt. Sie fragte den Buchführer nach dieser Eigenart.

»Der Chorraum ist wesentlich älter«, erklärte er. »Das dreischiffige Langhaus und die Türme sind später gebaut worden.«

Als Luther im Chorraum erschien, wurde es still. Jonata reckte den Kopf, um ihn besser sehen zu können. Er war jünger, als sie sich ihn vorgestellt hatte. Sie hatte einen weisen alten Mann erwartet. Luther trug den schwarzen Habit eines Augustinermönchs, und unter dem braunen kurz geschnittenen Haar wirkte sein Gesicht blass.

Die Messe begann mit dem Gesang des Kyrieeleisons. Die ganze Gemeinde sang mit, und die Klänge hallten von den Wänden wider. Jonata schloss die Augen und ließ sich von dem Choral erfüllen. Als Luther die Kanzel bestieg, wurde es mucksmäuschenstill. Es war, als hielten alle Kirchenbesucher die Luft an.

»Paulus servus Christi Iesu, vocatus apostolus segregatus in evangelium Dei«, ertönte seine Stimme durch das Gotteshaus. Natürlich in Latein! Mathes Roht flüsterte Jonata zu: »Paulus, der Knecht Jesu Christi, berufen zum Apostel, erkoren zu predigen das Evangelium Gottes.«

Sie lächelte. Der Buchführer übersetzte ihr jedes Wort, und das erste Mal im Leben hatte sie das Gefühl, Gott wirklich nahe zu sein. So konnte die heilige Messe immer vonstattengehen. Nach der Lesung folgten erneut Gesänge, und dann stieg Luther wieder auf die Kanzel. *»Sensus Ergo Apostoli est, quod in nova lege omnia sunt libera et nulla necessaria iis qui credunt in Christo …«*

»Die Lehre des Apostels ist, dass im neuen Gesetz alles frei ist und nichts notwendig für die, die an Christus glauben«, fuhr Mathes Roht fort.

Jonata atmete erleichtert auf. In diesen Worten schwang der gleiche Geist wie in den Thesen.

»Wie Paulus sagt, reicht die Liebe von reinem Herzen und gutem Gewissen und ungeheucheltem Glauben.«

Sie horchte in sich hinein. Wie stand es um sie? Sie glaubte an den lebendigen Gott und seinen Sohn, der am Kreuz gestorben war. Aber war sie auch guten Gewissens? Keiner ist sündlos, das hatten Enderlin und ihr Beichtvater immer gepredigt. Was war mit den Widerworten gegenüber ihrem Vater oder der Missgunst gegenüber ihrem Onkel Ekarius? Sie hatte ihn bei Agnes schlechtgeredet. Ihr Gewissen war keineswegs rein.

Mathes Roht übersetzte weiter: Es gebe viele Scheinpropheten, die verführten. Zum neuen Gesetz gehöre nicht, gewisse Tage für das Fasten zu bestimmen, Fleisch zu verbieten, bestimmte Tage als festlich zu erklären oder auf eine bestimmte Weise zu singen. Jeder Tag sei ein Festtag, jede Speise erlaubt, alles sei frei, aber solle in Bescheidenheit und Liebe verrichtet werden. Durch festen Glauben und rechte Buße werde Gott dem Menschen die Sünden erlassen. Diese Worte waren klar und deutlich. Jeder war selbst dafür verantwortlich, ob ihm die Sünden erlassen würden oder nicht. Einen Ablass für einen Verstorbenen zu kaufen war unnötig.

Nach der Predigt folgten erneut Gesänge und die Kommunion. Jonata hatte das Gefühl, die Messe sei viel zu schnell vorbeigegangen. Wann hatte sie das je erlebt? Sie konnte sich an keinen anderen Sonntag erinnern. Luther stand am Ausgang und schüttelte jedem Gemeindemitglied die Hand und gab ihm eine Botschaft mit auf den Weg. Es dauerte lange, bis sie zur Tür gelangten. Als Jonata an der Reihe war, drückte der Augustinermönch ihr die Hand und sprach: »Tu Buße und sei im festen Glauben, so werden dir deine Sünden vergeben.«

Er hatte markante Gesichtszüge, seine Miene war ernst, doch seine Augen leuchteten. Als er den Buchführer erblickte, erhellte sich sein Antlitz. »Der verlorene Sohn kehrt zurück!«

»Nur für ein paar Tage.« Mathes Roht griff nach Luthers Hand.

»Dann lasst uns zusammen speisen. Wartet vor der Pforte auf mich.«

Jonatas Herz klopfte. Sie bekam die Möglichkeit, persönlich mit Luther zu reden.

Kapitel 9

»Ihr habt mir gar nicht erzählt, dass Ihr Luther so nahesteht«, sagte Jonata.

»Hatte ich nicht erwähnt, dass ich an der Leucorea studiert habe?« Mathes Roht lachte.

»Ihr wollt mit diesem Pfaffen das Mittagsmahl einnehmen?«, fragte Steffan mit hochgezogenen Augenbrauen.

»So ist es.«

Brid schaute sich nervös um. Anscheinend wollte sie ebenso wenig wie Steffan die Bekanntschaft dieses Mönches machen.

»Wir werden Euch nicht begleiten. Ich habe genug von Gottesreden für heute. Kommt!« Steffan wandte sich zum Gehen. Während Brid ihm folgte, machte Jonata keinerlei Anstalten, mit ihnen zu gehen. Steffan blickte sich überrascht um. »Komm!«

Sie schüttelte entschieden den Kopf. »Ich werde mit Mathes Roht und dem Mönch speisen.«

»Du –«

Sie trat auf den Knecht zu und streckte ihm die Hand entgegen. »Gib mir bitte mein Geld.«

Grimmig sah er sie an, zögerte, seufzte dann und griff nach seinem Geldbeutel. Er gab ihr zwei Schillinge.

Jonata war dem Buchführer noch die Kosten für die Thesen schuldig. »Mein Vater hat dir zwölf Schillinge zur Aufbewahrung für mich gegeben. Nun würde ich sie gern bei mir haben.«

»Wozu?«, fragte er schroff. »Zwei Schillinge reichen für ein Mittagsmahl.«

Sie konnte ihm schlecht sagen, dass sie Mathes Roht noch Geld für die Schrift schuldete. »Mein Vater hat es mir zur freien Verfügung mitgegeben.«

»Und er hat mir aufgetragen, auf dich achtzugeben. Dazu gehört auch, die Münzen zu verwalten.« Er wandte sich um und zog Brid mit sich.

Mathes Roht trat neben Jonata. »Lasst es gut sein.«

Sie sah zu Boden. »Ich schulde Euch noch Geld für die Thesen und kann sie nicht bezahlen.«

»Ach, Jonata.« Er legte die Hand auf ihre Schulter. »Es war ein Geschenk.«

»Aber …« Sie blickte auf. In diesem Moment trat Luther zu ihnen.

»Schön, Euch wohlbehalten wiederzusehen«, sagte der Mönch und umarmte Mathes Roht. »Und wen habt Ihr bei Euch? Habt Ihr etwa geheiratet?«

Der Buchführer verneinte. »Das ist Jonata von Menden. Sie ist von Köln mit mir hierhergereist und begierig darauf, Eure Schriften zu lesen. Sie hat ein paar Fragen an Euch, die beim Essen wunderbar erörtert werden könnten.«

Jonata schluckte. Fragen? Darauf war sie nicht vorbereitet.

Luther nickte. »Ihr seid herzlich willkommen.« Mit einladender Geste bedeutete er ihnen, ihm zu folgen, und führte sie zu einem Gasthaus. Auf dem Weg dorthin dachte sie fieberhaft nach, was genau sie fragen sollte. Lucas. Die Ungewissheit über seinen Verbleib brannte immer noch in ihrer Brust. Ging es ihm gut? War er im Fegefeuer gefangen oder bei Gott und den Heiligen?

Die Gaststube war gefüllt mit jungen Scholaren. Die meisten blickten auf und grüßten den Mönch. Stille trat ein. Luther ging zu einem Tisch in der Ecke. Erst als sie Platz genommen hatten, wurden die Gespräche wieder aufgenommen.

Luther nestelte an einer Falte seiner Kutte. »So ist das, wenn der bekannteste Mönch der Stadt eine Schenke betritt. Dieses Aufsehen hatte ich nicht beabsichtigt.«

Der Buchführer nickte. »Bescheiden wie eh und je.«

»Meine Thesen in Deutsch. Wer hatte das erwartet. Doch das zeigt, dass das Volk begierig darauf ist, die Wahrheit zu erfahren. Und die Wahrheit findet es nicht in der Kirche, geschweige denn bei den Ablasspredigern.« Luthers Miene verfinsterte sich. »Wie Krämerwaren werden die Ablässe angepriesen, und was nützt es den Seelen? Nichts!«

Der Wirt brachte ihnen Bier, Suppe und Brot. Luther trank einen großen Schluck. »Was machen die Geschäfte?«, fragte er.

»Dank Eurer Thesen laufen sie gut. Die Leute reißen sie mir aus der Hand. Nun bin ich hier, um Eure neue Schrift zu kaufen.«

»Ihr tut wohl. Verbreitet sie! ›Ein Sermon von Ablass und Gnade‹ ist für das Volk geschrieben. In der Mundart der einfachen Bürger.«

»Johannes Rhau-Grunenberg wird mich morgen mit Euren Drucken versorgen. Auch Fräulein von Menden wird ein Exemplar erwerben.« Mathes Roht legte eine Hand auf ihre Schulter.

»Ich habe gestern Eure Thesen gelesen«, sagte Jonata leise.

Luther wollte einen Löffel Suppe zum Mund führen, doch er hielt inne. »Ihr könnt lesen?« Es klang nicht abschätzig, sondern bewundernd.

»Ja.« Sie atmete tief durch. »Mein Vater und ich, wir haben einen Ablassbrief für meinen kürzlich verstorbenen Bruder gekauft.« Sollte sie ihre innerste Angst offenbaren? Wenn nicht ihm, wem dann? »Ihr sagtet, der Ablass hilft den Seelen nicht. Auch mich plagten Zweifel, ob der Ablass reicht, um meinen Bruder aus dem Fegefeuer befreit zu haben.«

Sie schluckte, nahm all ihren Mut zusammen und sah den Gottesmann an. Seine braunen Augen leuchteten vor Lebenskraft und Entschlossenheit. Es lag echtes Interesse in ihnen. »Ich habe geträumt, dass mein Bruder noch in den Flammen des Fegefeuers gefangen ist und Qualen erleidet.«

Luther legte den Löffel ab. »Ihr tragt eine große Last mit Euch.«

Sie lächelte. Der erste Geistliche, der sie zu verstehen schien.

»Ich habe jahrelang die gleiche Last mit mir herumgetragen, mich gefragt, wie ich vor dem lebendigen Gott bestehen könne. Mich plagten Höllenqualen, denn auch als Mönch bin ich nicht sündlos. Im Römerbrief steht, dass wir alle Sünder sind, ausnahmslos. Nur einer war ohne Sünde, das war unser HERR Jesus Christus.«

Was für ein Bekenntnis! Welcher Geistliche würde das ihr gegenüber zugeben? Noch nicht einmal Enderlin.

»Ich habe mich vor der Gerechtigkeit Gottes am Jüngsten Tag gefürchtet«, fuhr er fort. »Oh, wie habe ich gelitten! Doch dann habe ich den Römerbrief studiert, und Gott hat mir die Augen aufgetan. Dort steht, die Gerechtigkeit kommt zu jedem, der an Jesus Christus glaubt. Ohne Verdienst oder gute Werke werden wir gerecht allein aus seiner Gnade durch die Erlösung, die uns durch Jesus Christus gegeben ist.«

»Das bedeutet …«, murmelte Jonata.

»Das bedeutet, der Gerechte wird durch den Glauben leben. Nicht aber, weil er oder jemand anderes einen Ablass für ihn erwirbt.«

»Was ist mit meinem Bruder? Ist er im Fegefeuer gefangen oder bei Gott?« Sie rieb die feuchten Hände an dem Kleid trocken.

Luther zuckte mit den Schultern. »Dazu kann ich nur sagen: Wer seine Schuld wahrhaft bereut und seine Sünden vor Gott bringt, empfängt Vergebung.«

»Aber woher weiß ich, dass mein Bruder bereut hat?«

»Das könnt Ihr nicht. Jeder ist für sich selbst verantwortlich.«

Jonata senkte den Blick. Sie würde wohl niemals erfahren, ob Lucas in der Hölle gefangen war oder sich im Himmel bei Gott befand.

»Ihr solltet nicht verzagen, sondern Euch um Eure Seele und die Lebenden kümmern. Lest meine Schrift, reicht sie weiter, diskutiert sie mit Eurem Vater, warnt vor dem Ablass, wenn Ihr etwas für andere tun wollt. Und …«, er hob den Finger, »… werft Euer Geld nicht den Ablasskrämern in den Rachen, sondern gebt es lieber den Armen in Eurer Stadt. Bedürftige gibt es überall. Den Petersdom kann der Papst von seinem eigenen Geld bezahlen.«

»Das werde ich, Herr.«

»Nennt mich nicht ›Herr‹. Ich bin ein einfacher Mönch.«

Mathes Roht und Luther unterhielten sich über den Buchverkauf und über die Leucorea. Jonata löffelte die Suppe und hing ihren Gedanken nach. Hatte Lucas wahrhaft bereut? War ihm die Gnade Gottes zuteilgeworden? Sie sah aus dem Fenster in den wolkenlosen Himmel, wünschte sich, er würde zu ihr sprechen, ihr ein Zeichen senden.

***

Enderlin trat auf die Gasse. Dunkle Wolken zogen heran. Gleich würde es regnen. Wo sollte er beginnen? Drucker Dencklin. Er könnte ihm sagen, dass er sich nach Büchern für die Klosterbibliothek umsah. Nein! Er musste die Wahrheit sprechen, durfte sich nicht in Lügen verstricken. Der Drucker musste wissen, mit wem er es zu tun hatte.

Dicke Tropfen platschten auf die Erde. Eilenden Schrittes begab er sich zur Botengaß, die in der Nähe des Alter Markt lag. Die Gassen verwandelten sich in Morast und Pfützen, die sich mit Unrat und Fäkalien der Anwohner vermischten.

Enderlin blieb mit dem Schuh im Schlamm stecken. Ein Junge hüpfte an ihm vorbei, wich geschickt den Pfützen aus und kicherte. Was fiel dem Bengel ein? Brachten die Eltern den Kindern kein Benehmen mehr bei? Überall herrschten Unsitte und Unzucht.

Als er vor dem Haus mit den roten Fensterläden stand, war seine Kutte durchweicht. Er stieg die Treppen hoch und klopfte an die Tür. Er drückte sich an das Holz, um sich vor dem Wolkenguss zu schützen. Dencklin öffnete.

»Ihr?« Der Drucker trat zur Seite und ließ ihn eintreten. »Ich hatte nicht erwartet, Euch so schnell wiederzusehen.«

»Ich würde mir gern Eure Schriften ansehen.«

»Natürlich.« Der Drucker strahlte, glaubte wohl, er würde ein gutes Geschäft machen. Er führte ihn in die Offizin. Es roch nach Holz, Druckerfarbe und Schweiß. Der Anblick der Gerätschaften des Handwerks war Enderlin mittlerweile vertraut. Ein junger Mann zog den Hebel der Presse, schnaufte, Schweißperlen standen auf seiner Stirn.

Dencklin wies auf einen Tisch mit mehreren Büchern. »Wonach sucht Ihr?«

»Was habt Ihr im Angebot?« Enderlin schlug den Deckel eines kleinen Buches auf und entdeckte den Vermerk des Zensors auf der ersten Seite.

»Ein Buch über die Reliquien der Heiligen Drei Könige und ihre Wunder«, kommentierte Dencklin. »Es ist bei vielen Pilgern beliebt.«

»Und das hier?« Enderlin zeigte auf einen Folianten.

»Das ist das ›Novum Instrumentum omne‹ von Erasmus. Das Neue Testament auf Griechisch und Latein.«

Dieser Drucker schien sich den christlichen Texten zu widmen. Dencklin erklärte bereitwillig die anderen Bücher. Mehrere Gesangbücher und eine Grammatik. Alle Drucke enthielten die Druckerlaubnis der Universität Köln. Dencklin hielt sich an die Vorschriften.

»Ich prüfe die Schriften Kölns im Auftrag des Inquisitors.«

Dencklins Augen weiteten sich. »Die Inquisition?«

»Ihr habt nichts zu befürchten. Jedes Eurer Bücher habt Ihr der Zensur unterzogen.«

»Bei allen Heiligen, wo denkt Ihr hin? Natürlich!« Der Drucker trat einen Schritt zurück, zog die Stirn kraus, schien sichtlich beleidigt zu sein. »Braucht Ihr denn noch Drucke für Eure Klosterbibliothek?«

»Heute nicht.«

Als Enderlin die Druckerei wieder verließ, hatte es aufgehört zu regnen. Er sah zum Himmel. Die Wolken verzogen sich. Johannes von Landes unterhielt die Druckerei in der Gereonstraße. Von da aus war es nicht weit bis zum Kloster. Enderlin hatte das Haus »rubia porta« schnell gefunden. Der Drucker ließ ihn eintreten und musterte ihn skeptisch.

»Was kann ich für Euch tun, Mönch?«

»Ich würde mir gern ansehen, welche Schriften Ihr anzubieten habt.«

Der Drucker führte ihn in einen kleinen Verkaufsraum. Die Werkstatt musste sich hinter einer weiteren Tür befinden, zumindest drangen Männerstimmen von dort zu ihnen. Johannes von Landes hatte seine Drucke in einem Regal ausgestellt. Man konnte kaum von Büchern sprechen, es waren bloß zusammengelegte Papiere.

Enderlin nahm einen Druck. Der Titel wies an, dass es sich um die Vita von Bruno von Köln handelte. Er las die ersten Zeilen, aber der Druckvermerk fehlte. Dies war keine gotteslästerliche Schrift, trotzdem fragte er: »Habt Ihr diese Schrift dem Zensor vorgelegt?«

Eine senkrechte Falte bildete sich auf der Stirn des Druckers. »Was interessiert Euch das? Das ist eine Heiligenvita.«

»Das sehe ich.«

Der Drucker schnaubte, nahm ihm das Papier ab und zeigte

ihm den Vermerk am Ende der Schrift in kleinen Lettern. »Hier ist er.«

Auch die anderen Drucke enthielten die Genehmigung des Zensors. Von Landes bot durchweg asketische Schriften an. Als Enderlin ihm erklärte, in wessen Auftrag er hier war, wurde die Falte auf der Stirn des Mannes noch tiefer. Der Drucker schien froh zu sein, als er sich verabschiedete. Enderlin hatte genug für heute und wollte zurück ins Kloster. Er würde es noch rechtzeitig zur Sext schaffen.

***

Simons Kopf brummte. Er hatte sich nach dem Besuch in der Schenke mit Thomas am Severinstor wiedergefunden, war durch die halbe Stadt geirrt und hatte die Dienste eines Leuchtemanns in Anspruch genommen, um nach Hause zu finden. Den Heiligen sei Dank war es nicht Nickell gewesen. Aber was hatte er dem Kerl alles erzählt? Er konnte sich nicht mehr an seine Worte erinnern, nur dass der Leuchtemann ihn irgendwann gebeten hatte, ihn mit seinen Lebensgeschichten zu verschonen.

Er rieb sich die Augen und schwang die Beine aus dem Bett. Auf der Kommode lag das Buch des Händlers. Er hatte es sich gestern noch angesehen. Er würde es mit weniger Holzschnitten versehen und eine kleinere Schriftgröße wählen, so würde er das Buch günstiger herstellen können. Jetzt musste er noch einen Lehrling finden.

Seine Mutter rief ihn. Er zog die grüne Pluderhose, das Leinenhemd und das Wams an, ignorierte den Biergeruch und die Flecken auf den Ärmeln, dann nahm er das Buch und stieg die Treppen hinunter. Am Treppenansatz wartete sie auf ihn. In ihren Augen lag Ungeduld.

»Was treibst du mich zur Eile?«

»In der Druckerei wartet der Dominikaner auf dich.«

Brauchte die Klosterbibliothek neue Bücher? Sein Herz machte einen Sprung. Wahrlich, das war die Rettung. Als er die Werkstatt betrat, legte der Mönch geschwind eine Letter zurück in den Setzkasten und fuhr erschrocken herum. Was machte er sich an den Gerätschaften zu schaffen?

»Was für eine Freude, Euch so schnell wiederzusehen«, sagte er und legte das Buch auf den Schreibtisch. »Ihr interessiert Euch für meinen Setzkasten?« Er zeigte auf die vielen Fächer, in denen sich die Lettern befanden.

»Würdet Ihr mir erklären, wie ein Druck entsteht?«

Beabsichtigte das Kloster, eine eigene Druckerei zu betreiben? Das würde der Bruderschaft nicht gefallen. Simon griff wahllos in ein Fach und klaubte eine Drucktype heraus.

»Dies sind die Drucktypen. Sie werden aus Blei, Zinn und Antimon gegossen. Die Lettern sind seitenverkehrt darauf angebracht.« Simon trat näher an den Mönch heran und nahm den Geruch von Weihrauch wahr. Er zeigte ihm das Setzen und wie man die Zeilen aus dem mit Lettern gefüllten Winkelhaken in das Setzschiff stellte.

»Wenn ich Holzschnitte einfüge, muss ich das beim Zusammenstellen beachten. So entsteht ein Satzspiegel. Dann erstelle ich einen Korrekturabzug und prüfe, ob ich Fehler gemacht habe. Wenn alles richtig ist, befestige ich den Satz in diesem Schließrahmen. Je nach Format werden mehrere Seiten gesetzt und gleichzeitig auf einen Bogen gedruckt. Mit den Druckerballen bringe ich die Druckerschwärze auf den Satz. Daher erkennt man die Drucker an den schwarz gefärbten Händen.« Er zeigte dem Mönch die Handflächen, die dieser mit einem abschätzigen Blick musterte. »Anschließend lege ich einen befeuchteten Papierbogen ein, der in diesem Rahmen über den Satz gestülpt wird.«

Simon tat, wie er beschrieben hatte. »Ich schiebe alles unter die Presse und ziehe kräftig an dem Hebel, sodass sich der Satz gleichmäßig auf das Papier drückt. Danach hänge ich die Bogen zum Trocknen über die Leinen.«

»So könnt Ihr die Seiten beliebig oft herstellen.«

Simon nickte. Das klang so, als wollte er wirklich eine eigene Druckerei im Kloster einrichten.

»Woraus gewinnt Ihr die Farbe?«

»Aus Leinöl, Ruß und Firnis. Das Leinöl wird gekocht, damit es dickflüssig wird. Aber sagt, warum interessiert Ihr Euch so für die Schwarze Kunst?«

Er wollte es vom Dominikaner selbst hören. Dann könnte er

es Hans von Rheinbach berichten. Eine Aufmerksamkeit, die den Meister gelinde stimmen konnte.

Der Mönch fuhr mit den Fingern über das Holz der Druckerpresse. »Mich interessieren die Wunder des HERRN.«

Was hatte das zu bedeuten? Er wirkte so anders als das letzte Mal, als er bei ihm war und ihn um die Drucke der Ablassbriefe gebeten hatte. Simon wurde aus dem Pfaffen nicht schlau.

»Habt Ihr Bücher zu verkaufen?«, fragte der Mönch.

»Nein, im Moment nicht.« Es wurde höchste Zeit, dass er Schriften vorrätig hatte.

»Und was ist damit?«

Bevor Simon ihn daran hindern konnte, griff der Dominikaner nach dem Buch des Italieners und blätterte durch die Seiten.

»Es handelt von den Wundern Roms. Wenn Ihr einen Druck für Eure Bibliothek erstehen möchtet, kann ich Euch nach Fertigstellung eins vorbeibringen.«

Der Mönch schüttelte den Kopf und klappte das Buch ruckartig zu. »Habt Ihr die Schrift dem Zensor vorgelegt?«

Simon runzelte die Stirn. Kaum ein Käufer interessierte sich dafür, ob die Bücher von der Universität in Köln genehmigt wurden, wie es Vorschrift war. Die Bruderschaft achtete darauf, aber auch der Meister hatte Drucke rausgegeben, die der Zensor vorher nicht zu Gesicht bekommen hatte. Das zumindest hatte sein Vater mal beim Abendessen verlauten lassen.

»Noch nicht.«

»Dann werde ich das Buch mitnehmen.«

»Was fällt Euch ein?« Simon trat näher an den Mönch heran.

Der Mönch wedelte mit einem Brief vor seiner Nase. »Ich bin ein Gehilfe des Inquisitors. Jede ketzerische Schrift wird eingesammelt.«

»Aber das ist doch keine Ketzerschrift!«, rief Simon. »Es geht um die Wunder Roms, um Wunderheilungen, und es enthält Heiligenviten.«

»Jeder Druck muss genehmigt werden.«

Wenn der Pfaffe jetzt dieses Buch mitnahm, hatte er nichts, was er in der Sitzung vorlegen konnte. So eine Vorgehensweise hatte sich die Inquisition noch nie erlaubt. Was war nur los in dieser Stadt?

»Dieses Buch stammt nicht aus dieser Druckerei. Seht doch selbst! Ich habe es von einem Kaufmann aus Italien erhalten!«

Der steife Gesichtsausdruck des Mönches bröckelte. Simon trat zu ihm, blätterte und zeigte ihm, dass die Schrift 1501 von Johann Besicken in Rom gedruckt worden war. Geschwind klappte er das Buch zu und nahm es dem Pfaffen aus der Hand.

»Der Druckvermerk kann erst drinstehen, wenn das Buch aus meiner Werkstatt stammt und ich die Approbation vom Zensor erhalten habe.«

»Dann solltet Ihr das zügig nachholen.«

Was fiel diesem Mönch ein, ihm Vorschriften zu machen? Hitze stieg in sein Gesicht. »Verschwindet! Ich will Euch hier nie wiedersehen.«

»Seid gewiss, ich werde wiederkommen!«

Simon drängte den Dominikaner zur Tür und schlug sie mit Wucht zu. Was für eine Unverfrorenheit. Und was hatte dieser Besuch zu bedeuten? Hatte es die Inquisition auf ihn abgesehen? Aber warum? Er hatte sich nichts zuschulden kommen lassen.

KAPITEL 10

Am nächsten Tag nahmen sie das Frühmahl kurz vor Sonnenaufgang zu sich. Steffan löffelte stumm seinen Brei.

Jonata brauchte ihr Geld. Sie hatte darüber nachgedacht, sich nachts in die Kammer der Männer zu schleichen und an Steffans Geldbeutel zu gehen, doch sie hatte sich nicht getraut. Mit Sicherheit wäre einer wach geworden und hätte sie der Dieberei bezichtigt. Und Steffan wären die fehlenden Münzen ohnehin aufgefallen. Sie ließ den Löffel sinken. Bedacht musste sie vorgehen.

»Kaufen wir noch Vorrat für die Reise?«, fragte sie.

»Schon erledigt«, antwortete Steffan, ohne den Blick zu heben.

»Hast du bereits jemanden gefunden, der mit uns reist?«

Der Knecht nickte. »Wir treffen uns gleich mit ihnen in der Schenke neben der Schlosskirche.«

»Reist Ihr auch nach Köln?«, fragte sie den Buchführer.

»Nein. Ich bin noch auf der Suche nach weiteren Schriften und werde sie erst einmal hier in Sachsen feilbieten.«

Jonata hatte gehofft, dass er sie auf der Rückreise begleiten würde. Dann hätte sie einen angenehmen Gesprächspartner gehabt.

»Seid getrost! Wir werden uns wiedersehen. Nicht lange, und mein Weg wird mich zurück nach Köln führen.«

Sie lächelte ihn an. »Ich hoffe, Ihr besucht einmal unsere Brauerei.« Sie schluckte, warf Steffan einen Seitenblick zu, der sie mürrisch beobachtete. Wahrscheinlich dachte er, sie habe andere Absichten. »Ich würde gern wissen, wie Eure Geschäfte laufen, und würde mich freuen, mit Euch über Luthers neuste Schrift zu sprechen.«

»Ich weiß, wo ich Euch finde.«

Sie wandte sich an Steffan. »Gib mir bitte meine Münzen.«

Der Knecht blickte auf, seine Gesichtszüge waren hart. »Wofür?« Er wusste genau, wofür sie das Geld benötigte.

»Ich möchte die neuste Schrift Luthers kaufen.«

»Von diesem Pfaffen? Du hast doch schon eine von ihm. Zu viel Lesen verdirbt den Geist. Wieso dein Vater dir …« Er brach ab, begriff anscheinend, dass er nicht abfällig von seinem Herrn reden sollte.

»Ich kaufe diese Schrift nicht nur für mich. Enderlin wird sich freuen, Kunde über den Ablass aus dem fernen Sachsen zu erhalten.« Sie wusste zwar nicht, ob das stimmte, aber das Argument wirkte. Steffan stockte, schien zu überlegen. Schließlich brummte er unwillig und griff nach dem Lederbeutel. »Wie viel brauchst du?«

»Gib mir alle, ich will dem Drucker nichts schuldig bleiben.«

»So teuer kann eine Schrift doch gar nicht sein«, murmelte er.

»Wesentlich günstiger als Handschriften, aber gute Qualität hat dennoch ihren Preis«, mischte sich der Buchführer ein.

»Halsabschneider.« Steffan warf die Münzen über den Tisch.

Jonata sammelte sie ein. »Wenn ich meinem Vater erzähle, wie du dich mir gegenüber verhalten hast, wirst du deine Strafe noch erhalten.«

»Er wird mir danken, dass ich auf dich aufgepasst habe. Und beeil dich, wir treffen uns kurz nach Sonnenaufgang mit den anderen Reisenden.«

»Du wirst wohl kaum ohne mich losfahren.« Sie erhob sich.

Mathes Roht tat es ihr gleich. »Ich begleite Euch.«

Der Himmel lag noch im Dämmerlicht, und doch kamen ihnen Frühaufsteher entgegen, die ihr Tagwerk begannen. Eine Magd schleppte zwei Eimer Wasser durch die Gasse. Ein Junge trieb Hühner vor sich her. Mathes Roht und Jonata gingen schnellen Schrittes zum Drucker. »Hoffentlich hat er die Drucke fertig«, sagte Jonata.

»Mit Sicherheit.«

Sie klopften an die Holztür und mussten nicht lange warten, bis der weißhaarige Drucker öffnete. Er lächelte sie an. »Ihr habt Euer Versprechen gehalten, Liebes. Die Erste an diesem Tag.«

Auf dem Tischchen stapelten sich Hefte. Sie schielte hinüber. »Ein Sermon von Ablass und Gnade – durch den würdigen Dr. Martinus Luther Augustiner zu Wittenberg gemacht«. Der

Drucker nahm das oberste und reichte es ihr. »Gebt es in Köln einem Meister der Schwarzen Kunst, er soll es nachdrucken. Luthers Worte müssen im ganzen Lande verbreitet werden.«

»Was bekommt Ihr?«, fragte sie.

»Einen Schilling.«

Einen Schilling bloß? Sie könnte mehrere Schriften erwerben und sie in Köln … Nein. Der Verkauf der Schriften oblag dem Buchführer, und sie sollte sich in sein Geschäft nicht einmischen. Sie gab dem Drucker die Münze und bedankte sich. Der Buchführer ließ sich ein Fass mit den Drucken und noch weiteren Büchern füllen, zahlte und verließ mit Jonata die Offizin. Sie hatte nicht gesehen, wie viel er dem Meister gezahlt hatte, er musste ein Vermögen mit sich tragen.

Als sie zurück zur Gaststätte kamen, hatte Steffan Bernando vor den Karren gespannt und erwartete sie bereits.

»Hatte ich nicht gesagt, du solltest dich beeilen?«

Jonata ging nicht auf die Bemerkung ein und wandte sich dem Buchführer zu. »Habt Dank für alles.« Sie würde sein herzliches Lachen und seine Aufrichtigkeit vermissen.

»Gute Reise, Jeanne d'Arc. Gedenkt der Worte Luthers und kämpft für Eure Sache.«

Sie schenkte ihm ein Lachen, dann stieg sie aufs Fuhrwerk. Sofort ließ Steffan Bernando anziehen. Der Buchführer verschwand aus ihrem Blickfeld. Am liebsten hätte sie gleich in der Schrift gelesen, doch sie zügelte sich. Stattdessen verstaute sie das Heft sorgfältig in ihrem Bündel und setzte sich zwischen Brid und Steffan. Köln wartete auf sie.

***

Als Enderlin den Domhof betrat, hielt er inne. Wie Ameisen wuselten die Menschen zwischen den Ständen umher. Zwei beleibte Frauen gackerten, als sie mit vollen Körben an ihm vorbeischlenderten. Sie stanken nach Wein und Stallmist. Geschwind überquerte er den Hof.

Hatte er es bei dem Drucker von Werden falsch angegangen? Er hatte Enderlin aus der Werkstatt geworfen, nur weil er ihn auf den fehlenden Vermerk hingewiesen hatte. Dass die Schrift nicht aus seiner Werkstatt stammte, darauf hatte er nicht geachtet. Das würde ihm nicht noch einmal passieren.

Enderlin betrat die Offizin von Quentell. Der Junge starrte ihn mit großen Augen an, wollte in der Werkstatt verschwinden, doch Enderlin hob die Hände. »Warte. Heute kannst du mir helfen.«

Der Junge lächelte. »Ihr wollt ein Buch kaufen?«

Vielleicht war es besser, wenn er sich einen Überblick über Quentells Schriften machte, ohne dass der Drucker zugegen war. Der würde nicht erfreut sein, ihn zu sehen. »Welche stehen zum Verkauf?«

Der Junge trat eifrig zum Tisch. »›Baptista Mantuanus Buccolica‹. Das sind Hirtengedichte.« Es handelte sich um eine dünne Schrift, bestehend aus ein paar Druckbogen. Enderlin nahm sie, wurde auf der ersten Innenseite fündig. Die Schrift stammte aus dieser Druckerei. Der Druckvermerk des Zensors war ebenfalls enthalten. Der Junge fuhr fort, zeigte ihm Grammatiken, Heiligenviten, einen Bauernkalender und eine Abhandlung von Aristoteles sowie Gebetsbücher. Ein kleines Heftchen mit Sagen in deutscher Sprache erregte seine Aufmerksamkeit. Der Druckvermerk fehlte.

»Wie viele habt Ihr davon?«, fragte Enderlin.

»Nur noch diese fünf. Wird von vielen gekauft, sie ist günstig und in unserer Sprache.«

»Kannst du den Meister holen?«

Der Junge sah ihn trotzig an. »Ich bin befugt, die Drucke zu verkaufen.«

»Ich will sie nicht kaufen, sondern konfiszieren. Dem Drucker fehlt die Genehmigung, diese Schrift anzubieten.«

Die Augen des Jungen weiteten sich, er stolperte rückwärts zur Tür und verschwand in der Druckerei. Enderlin nahm alle Drucke an sich und wartete. Der Junge kam allein zurück. »Peter Quentell ist nicht zugegen.« Angst lag in seinen Augen. »Was werdet Ihr tun?«

»Ich nehme die Drucke mit und lege sie dem Zensor vor.«

»Aber …« Der Junge zögerte. »Ihr müsst sie bezahlen.«

»Sagt Eurem Herrn, die Inquisition war hier und hat die Drucke mitgenommen.«

Der Junge stammelte, wollte etwas erwidern, doch er bekam kein Wort heraus.

»Ich komme wieder und werde mit dem Drucker persönlich sprechen.«

Enderlin wollte dem Zensor direkt Quentells Sagenheftchen vorlegen, doch in der Universität erfuhr er, dass der Zensor erkrankt und in Behandlung beim Medicus sei. Auf dem Weg zurück zum Kloster geriet Enderlin in einen Platzregen. Er hielt die Schriften unter sein Skapulier, doch der Regen durchnässte seine ganze Kutte. Als er sie in seiner Kammer hervorholte, bemerkte er, dass die erste Seite durchweicht war und die Buchstaben durch die Feuchtigkeit verwischt worden waren. Er breitete die Drucke zum Trocknen auf seiner Bettstatt aus. Nur das Deckblatt war beeinträchtigt. Was hatte er getan? Er ließ sich auf die Knie sinken und bekreuzigte sich. »Heilige Muttergottes, verzeih mir die Nachlässigkeit. Ich bin es nicht wert, vor dich zu treten, und doch hoffe ich auf deine Gnade. Bitte in meinem Namen um Vergebung und stehe mir bei meiner neuen Aufgabe bei. Ich brauche deine Hilfe, um gegen die Gottlosen zu bestehen.«

Er schloss mehrere Ave-Maria an. Als seine Knie schmerzten und er die Füße kaum noch spürte, erhob er sich. Nach der Vesper bekam er die Möglichkeit, mit dem Prior zu sprechen.

»Ich habe in Quentells Offizin einen Druck gefunden, bei dem der Druckvermerk fehlt.« Er reichte ihm die Sagenheftchen. »Ich wollte sie dem Zensor vorlegen, doch er ist erkrankt.«

»Heldengeschichten?« Der Prior runzelte die Stirn. »Was hat Quentell dazu gesagt?«

Enderlin schluckte. »Er war nicht zugegen. Ein Junge hat mich –«

»Du hast die Drucke konfisziert, ohne dem Drucker Bescheid zu geben?«

»Ich dachte, ich sollte alle Schriften ohne Vermerk –«

Der Prior hob die Hand. »Schon gut. Wenn der Zensor wieder wohlauf ist, wirst du ihm die Drucke zur Überprüfung bringen. Quentell hat sich nicht an die Vorschriften gehalten. Ketzerschriften scheinen mir das allerdings nicht zu sein.«

Enderlin nickte.

»Und die anderen Drucker? Hast du etwas Verdächtiges gefunden?«

»Nichts.«

»Halte weiter die Augen auf.«

Als Enderlin die Drucke zurück in seine Kammer brachte, fiel sein Blick auf das »Directorium Inquisitorum«. Es war ein dicker Foliant, in kleiner Schrift gedruckt. Bisher hatte er kaum Zeit gefunden, darin zu lesen. Das Inquisitionshandbuch von Nicolaus von Eymerich aus dem Jahr 1376 enthielt eine Beschreibung der Häresie sowie eine Anleitung von der Nachforschung bis zur Urteilsfindung und zum Schluss viele Fragen, die den Beschuldigten gestellt werden sollten. Enderlin setzte sich auf die Bettstatt und klappte das Buch auf. Darin würde er erfahren, wie er vorgehen musste.

***

Simon holte in den nächsten Tagen die Gebetsbücher beim Illuminator ab, ließ sie vom Buchbinder binden und brachte sie anschließend zu den Beginen. Es kostete ihn viel Mühe, Schwester Magdalena dazu zu bringen, ihm das vereinbarte Geld zu zahlen. Sie wollte ihm nur den halben Preis geben, doch dann hätte er die Bücher wieder mitgenommen und anderweitig verkauft. Das wollte sie auch nicht und drückte ihm brummend die Münzen in die Hand.

Heute war der Tag der Sitzung gekommen. Ihm schwindelte, als er die beheizte Stube der Bruderschaft betrat. Viele Drucker hatten bereits an der langen Tafel Platz genommen. Sein Bruder war noch nicht unter ihnen.

Simon setzte sich neben Sigmund Dencklin und legte das Buch »Die Wunder von Rom« auf die Bank. Frau von Rheinbach setzte ihm schwungvoll einen Becher Bier vor, dabei schwappte etwas über, platschte auf den Tisch und auf seine Hose. Ein paar Tropfen landeten auf dem Einband des Buches. »Vorsicht«, rief er und wischte mit dem Ärmel die Flüssigkeit weg.

Hans von Rheinbach nahm am Kopf der Tafel Platz. Simons Knie wurden weich. Er hatte zwar eine neue Schrift, die er nachdrucken wollte, aber keinen Lehrling oder Gesellen auftreiben können. Nickell betrat gemeinsam mit Quentell die Stube. Die beiden scherzten und lachten. Was hatte sein Bruder mit ihm zu schaffen? Simon biss die Zähne aufeinander. Was hatte er ausgeheckt? Die letzten Tage hatten sie nicht miteinander gesprochen. Nickell war kaum zu Hause gewesen.

Als alle Drucker und Gesellen anwesend waren, eröffnete Hans von Rheinbach die Sitzung. »Gott grüß die Kunst.«

Die Drucker erwiderten den Gruß im Chor. Der Meister öffnete die Zunftlade und holte den Folianten heraus, überreichte ihn dem Gesellen, der heute die Schreibtätigkeit erledigen sollte. Dieser schlug das Buch auf und nahm die ersten Eintragungen vor. Sie sprachen über neue Werke, Sigmund Dencklin ließ sich die Aufnahme eines neuen Lehrlings genehmigen, und sie gedachten noch einmal Simons Vaters, Martin von Werden. Anschließend stand Peter Quentell auf, um das Wort zu erheben. »Ein Mönch war in meiner Druckerei. Er hat mir Schriften gestohlen, meinte, mir fehle die Genehmigung!« Sein Gesicht war hochrot, er gestikulierte wild mit den Händen.

Johannes von Landes erhob sich ebenfalls. »Auch bei mir ist er gewesen. Hat sich nicht zu erkennen gegeben, tat so, als würde er sich für meine Drucke interessieren.«

Tumult kam auf. Simon fiel ein Stein vom Herzen, dass der Dominikaner nicht nur ihm einen Besuch abgestattet hatte.

Hans von Rheinbach pochte auf den Tisch, forderte Mäßigung. »Nehmt Eure Plätze wieder ein! Auch bei mir ist dieser Mönch gewesen. Er hat ein offizielles Schreiben der Inquisition bei sich gehabt. Wir müssen achtgeben. Alle Drucke müsst Ihr vom Zensor genehmigen lassen!«

Erneut erhob sich Quentell. »Was nützt es schon? Hier ist meine Approbation für das Heldenbuch.« Er zeigte das Stück Papier in die Runde. »Aus Platzgründen habe ich in der Schrift auf den Vermerk verzichtet! Die meisten interessiert er sowieso nicht.«

»Wir müssen uns an die Vorschriften halten«, murmelte Hermann von Kettwig.

»In meiner Abwesenheit hat er sich meiner Drucke bemächtigt. Hätte er auf mich gewartet, hätte ich ihm die Genehmigung unter die Nase gerieben.«

»Habt Ihr die Drucke zurückerhalten?«, fragte der Meister.

»Nein! Dieser Mönch traut sich mir nicht unter die Augen.«

Ein Geselle sprang auf. »Geht zum Kloster und holt Euch, was Euch gehört!«

Wieder schlug der Meister mit dem Hammer auf den Tisch. »Ruhe und setzt Euch, Männer.«

Nur widerwillig ließ sich Quentell auf der Bank nieder. Noch immer war sein Kopf rot wie ein reifer Apfel.

»Wie viele Drucke hat er Euch weggenommen?«, fragte Hans von Rheinbach.

»Fünf.«

Der Meister warf dem Schreiber einen Blick zu, der ließ die Feder über das Papier kratzen. »Ich werde eine Beschwerde an die Inquisition richten. Gegen ihre Kontrolle können wir nichts einwenden, aber wir lassen nicht alles mit uns machen. Lasst jeden Druck von der Universität genehmigen.«

»Der Zensor braucht viel zu lange für die Prüfung«, flüsterte Hermann von Kettwig so leise, dass der Meister es nicht hörte.

»Kommen wir zur Druckerei von Martin von Werden.«

Simons Muskeln spannten sich an.

»Martin von Werden hat zwei Söhne. Simon und Nickell.« Der Meister sah sie beide nacheinander an. »Er hat ein Testament hinterlassen, in dem er seinen älteren Sohn Simon zum Erben von Haus und Druckerei einsetzt. Darin bekennt er allerdings, dass Simon nicht sein leiblicher Sohn ist.«

Ein Raunen ging durch die Reihen. Die Drucker starrten Simon an. Am liebsten wäre er unter dem Tisch verschwunden. Er wusste genau, was sie dachten. Bastard! Wie oft er dieses Wort nun über sich würde ergehen lassen müssen. Seine Mutter hätte sich die Münze sparen können, die sie dem Schreinsmeister zugesteckt hatte. Die Nachricht würde sich schneller in Köln verbreiten als die Pestilenz.

»Nickell hat als leiblicher Sohn Anspruch auf die Druckerei erhoben.«

Einige Drucker nickten. Quentell zwinkerte Nickell zu. Sie hatten wirklich etwas abgesprochen.

»Nickell hat mir erzählt, dass Simon die Aufträge nicht rechtzeitig fertigstellt und dass die Druckerei kaum noch Geld abwirft.«

Simon warf seinem Bruder einen wütenden Blick zu. Der grinste hämisch. Dieser Mistkerl!

»Was habt Ihr dazu zu sagen?«, fragte Hans von Rheinbach. Er gab ihm noch einmal die Gelegenheit, sich zu rechtfertigen. Jetzt musste er die Worte mit Bedacht wählen. Er erhob sich.

»Die Beginen hatten bei meinem Vater Gebetsbücher in Auftrag gegeben. Diese habe ich fertiggestellt und übergeben.«

Nickell stand auf. »Viel zu spät! Die Schwester hat sich beschwert!«

Simon kochte. Woher wusste er das? Hatte er ein Gespräch mit seiner Mutter belauscht, oder war er zum Beginenhaus gegangen?

»Wir hätten es pünktlich geschafft, wenn du mir geholfen hättest.«

»Du wolltest mich doch nicht in der Druckerei.« Nickells Augen blitzten. Er sah den Meister an. »Rausgeschmissen hat er mich, den eigenen Bruder!«

»Stimmt das?«, fragte der Meister.

»Beleidigt hinausgestürmt ist er. Wir hatten einen Streit. Er hatte Fehler im Satz gemacht.«

»Wer macht niemals einen Fehler?« Nickell blickte in die Runde. »Wer von Euch hat niemals Hochzeiten oder eine Leiche im Satz?«

Zustimmendes Nicken. Das durfte doch nicht wahr sein. Nickell ging über seine fehlende Lateinkenntnis hinweg, als wäre das eine Nichtigkeit.

»Wir mussten fünfunddreißig gedruckte Bogen vernichten, weil er den Korrekturabzug nicht sorgfältig geprüft hatte«, sagte Simon.

»Du warst doch nur so sauer, weil wir uns kein neues Papier leisten konnten. Nicht einmal dafür hatte er Geld.«

»Jetzt habe ich welches!«

Der Meister klopfte mit dem Hammer auf den Tisch. »Ruhe. So kommen wir nicht weiter. Simon, ich habe Euch eine Aufgabe gestellt, was habt Ihr erreicht?«

Simon schluckte, hielt das Buch in die Höhe. »›Die Wunder von Rom‹. Ein Buch zur Erbauung der Seelen mit Wunderheilungen und Geschichten der Heiligen. Das ist mein nächstes Druckwerk.«

»Habt Ihr einen Lehrling oder Gesellen?«

Er schüttelte den Kopf. »Noch nicht.« Hoffentlich würde es daran nicht scheitern.

»Und Ihr?« Der Meister sah Nickell fragend an.

Stolz hob er den Kopf. »Der jüngste Lehrling von Quentell möchte gern in einer kleineren Druckerei lernen und in meine Offizin wechseln.«

Das also hatten die beiden zusammen ausgeheckt. Der Meister der Bruderschaft fragte den Lehrling selbst. Ein schmächtiger Junge am Ende der Tafel erhob sich zögerlich und bestätigte Nickells Aussage. Bestimmt ein Nichtsnutz, sonst würde sich Quentell niemals von ihm trennen. Worauf ließ sich Nickell nur ein?

»Und was wollt Ihr drucken?«

Er hielt ein Buch hoch. »Heiligenlegenden. Eine Auswahl aus der ›Legenda aurea‹. Die Schrift ist dünn und günstig. Geeignet für die vielen Pilger, die nach Köln reisen.«

Simon erkannte die Schrift, die der Buchführer ihm auf dem Domhof angeboten hatte. Gewiss hatte Quentell sie erworben und Nickell für einen horrenden Preis überlassen. Hatten nicht Münzen aus der Schatulle seines Vaters gefehlt?

»Damit ist die Angelegenheit entschieden«, sagte der Meister.

Simons Herz setzte einen Schlag aus. Nein! Das durfte nicht wahr sein. Was konnte er noch anführen, um zu verhindern, dass Nickell die Druckerei zugesprochen bekam?

»Aber … Ich bin der Meister! Mein Bruder hat die Meisterprüfung noch nicht hinter sich gebracht. Noch nicht einmal die Gesellenzeit hat er abgeleistet. Wie soll er da eine Druckerei führen?«

Hans von Rheinbach nickte. »Bis zu seiner Meisterprüfung wird er einen Meister anstellen müssen.«

Simon schnaubte. »Ihm gehört die Druckerei, er zahlt mir Miete und gleichzeitig Lohn, weil ich als Meister dort arbeite. Das ergibt doch keinen Sinn!«

»Wer sagt, dass ich dich als Meister anstelle?«, fragte Nickell trotzig.

»Nickell von Werden kann sich einen Meister frei auswählen«, sagte Hans von Rheinbach.

»Aber mein Vater hat mich zum Erben der Druckerei gemacht, nicht ihn! Was glaubt Ihr, wieso? Er wusste genau, wem das Druckergewerk mehr liegt. Wenn ihr ihm die Druckerei überlasst –«

»Schweigt!« Hans von Rheinbach hob die Hand. »Ihr habt meine Auflagen nicht erfüllt, Euer Bruder schon.«

Resigniert ließ Simon sich auf die Bank sinken. Würde er überhaupt noch in der Druckerei seines Vaters arbeiten können? Was würde aus ihrer Mutter und dem Haus werden, wenn die Druckerei kein Geld abwarf? Und dann ein fremder Meister im Haus. Wo war sein vertrautes Leben geblieben?

Kapitel 11

Sie hatten sich wieder einer Gruppe Reisender angeschlossen. Diesmal waren vier Hübschlerinnen, ein Krämer, vier Handwerksburschen und ein Scholar darunter. Am dritten Tag fanden sie Unterschlupf bei einem Bauern und saßen abends um ein Feuer, auf dem sie eine Suppe erwärmten. Als Jonata Luthers Schrift hervorholte, setzte sich der Scholar neben sie.

»Eine Frau, die lesen kann, sehe ich nicht allzu oft.«

Jonata sah auf. Er trug eine Pluderhose, spitze Schnabelschuhe und eine Samtkappe. Seine zwei Lederbeutel am Gürtel waren aufwendig bestickt und sicher teuer gewesen.

Zweimal hatte sie die Schrift »Ein Sermon von Ablass und Gnade« gelesen. Sie wollte einige Stellen auswendig kennen, um davon erzählen und mit ihrem Vater oder gar Enderlin darüber diskutieren zu können.

Sie seufzte. »Wenn Ihr wüsstet, wie viel Widerstand ich überwinden musste, bis ich endlich diese Schrift in den Händen gehalten habe.«

Der Scholar lächelte sie an. »Ich freue mich so über jeden, der Luthers Schriften liest.«

»Seid Ihr bei Luther in den Vorlesungen?«

Der Scholar nickte. »Ein beeindruckender Mann mit Worten, wie ich sie bisher noch nicht gehört habe.«

»Das erkenne ich auch in seiner Schrift.«

»Ein Sermon von Ablass und Gnade« hatte ihr einiges offenbart, was ihr bei den fünfundneunzig Thesen unklar geblieben war. Die Schrift war viel einfacher zu verstehen und wirklich fürs Volk gedacht. Wie es wohl mit dem Augustinermönch weitergehen würde? Hoffentlich würde der Buchführer regelmäßig Kunde aus Sachsen mitbringen.

»Endlich traut sich jemand, das Wort zu erheben«, sagte der Scholar.

Mit glühenden Wangen diskutierten sie den letzten Teil der Schrift, in dem Luther die Geistlichen kritisiert, nie die Nase in die Bibel gesteckt zu haben, und in dem er festhält, die Verkündung der Wahrheit sei schlecht für den Kasten der Ablassprediger. Luther prophezeit sogar, dass einige ihn für seine Worte als Ketzer schelten werden.

»Glaubt Ihr, Luther wird der Inquisition übergeben?«, fragte sie besorgt.

»Dafür hat er viel zu mächtige Freunde. Das werden wir nicht zulassen«, sagte der Scholar bestimmt.

Der Abend verging in leidenschaftlichem Disput, und auch in den nächsten Tagen, wenn sie Rast machten, kam der Scholar zu ihr. So verstrich die Zeit geschwind, obwohl sie sich nach dem eigenen Bett und ihrer Familie sehnte.

Als Köln in Sicht kam, schlug ihr Herz schneller, auch Brid rutschte auf dem Sitzbrett hin und her. Der Baukran des Doms überragte die Dächer der Stadt. Der Blick auf die vielen Kirchen, den Ratsturm und Groß Sankt Martin beeindruckte Jonata immer wieder.

Am Ufer der gegenüberliegenden Rheinseite ent- und beluden die Kranmeister mit fest installierten Kränen die Schiffe. Schon als Kind hatte der Vater ihr erklärt, dass kein Schiff vorüberfahren durfte, ohne die Ware auszuladen und für drei Tage zum Verkauf feilzubieten. Dadurch war die Versorgung der Kölner Bevölkerung gesichert. Die übrigen Waren wurden anschließend auf andere Schiffe umgeladen. In nördlicher Richtung fuhren die großen, bauchigen Niederländer, in südlicher Flussrichtung die flachen Oberländer mit hochgezogenem Heck. Sie ähnelten ein wenig den Schnabelschuhen des Scholars.

Obwohl der Tag weit fortgeschritten war, fanden sie einen Fährmann, der sie übersetzte. Auch jetzt war Jonata das Wasser nicht geheuer. Der Fluss sei ruhig heute, sagte der Fährmann, doch Jonata hatte immer noch Angst, die Wellen würden jeden Moment über die Fähre schwappen und sie alle in die Tiefe reißen. Krampfhaft hielt sie sich an Brids Hand fest und war froh, dass die Magd es nicht kommentierte. Wieso bauten die Kölner keine Brücke wie in Wittenberg? War der Rhein zu breit dafür?

Sobald sie das gegenüberliegende Ufer erreichten, atmete

Jonata erleichtert auf. Sie verabschiedeten sich von den Reisegefährten und machten sich auf den Weg nach Hause.

Kaum waren sie auf den Hof gefahren, kam Elisabeth nach draußen gestürmt. Sie schloss Jonata in die Arme. »Endlich!«, flüsterte sie, dann herzte sie die anderen beiden. Steffan versorgte Bernando und brachte ihn in den Stall, Jonatas Ziehmutter führte Brid und sie in die Stube. Der Vater ließ noch auf sich warten und stieß erst zum Abendessen dazu, doch seine Umarmung war herzlich. »Da seid ihr ja endlich.« Er löste sich von ihr, fasste sie an den Schultern und sah sie eindringlich an. »Schön, dich wohlbehalten zurückzuhaben, aber nun erzähl! Warst du erfolgreich?«

Ihr Vater nahm Platz und bedeutete ihr, sich ebenfalls zu setzen. Als auch Steffan dazukam, trugen Elisabeth und Margret das Essen auf. Es gab Suppe mit Lauch, Pastinaken und Schweinefleisch. Das Brot duftete herrlich, Elisabeth musste es frisch gebacken haben. Außerdem tischte Jonatas Ziehmutter Stockfisch, Schinken und Käse auf. Sie hatte sich bemüht, so kurzfristig ein üppiges Mahl zu servieren.

Jonata hätte gern direkt zugegriffen, doch ihr Vater sah sie erwartungsvoll an. Was würde er zu einem neuen Handelspartner sagen? Sie atmete tief durch. »Bevor ich alles genau erzähle, möchte ich vorwegsagen: Wir waren erfolgreich.« Sie sah ihrem Vater in die Augen.

Er breitete die Arme aus und lachte. »Das sind wunderbare Nachrichten.« Er griff nach dem Becher und trank ihr zu. »Fahre fort. Wie bist du mit Hannes von Wieskau übereingekommen?«

Jonata sah auf ihre Schüssel. Die Suppe dampfte, der köstliche Geruch kitzelte in ihrer Nase. »Hannes von Wieskau hat uns angeschrien und Geschäfte mit uns rigoros abgelehnt.«

Ihr Vater blickte verdutzt auf. »Aber du hast doch eben gesagt, dass du erfolgreich warst?«

Sie nickte. »Das war ich auch, aber nicht bei den von Wieskaus.«

»Was soll das heißen?«

»Hannes von Wieskau hat deinen Brief nicht einmal angerührt und uns vom Hof geschmissen.« Jetzt musste sie auf ihre Worte achtgeben. Den Buchführer sollte sie nicht erwähnen.

Wer wusste, was ihr Vater von ihr denken würde. Sie warf Steffan einen Seitenblick zu. Auch er hatte sein Mahl unterbrochen und lauschte der Unterhaltung.

»Ulrich Kniss ist bereit, Hopfen an uns zu verkaufen. Das Bier schmeckt wunderbar. Außerdem habe ich einen geringeren Preis aushandeln können. Wir zahlen einen Gulden je Fass. Auch die Größe der Fässer habe ich überprüft, sie entspricht der unseren.«

Mit offenem Mund sah ihr Vater den Knecht an. Der zuckte mit den Schultern und löffelte die Suppe. »Aber …«, ihr Vater fand seine Stimme wieder, »… ich habe dir nicht aufgetragen, einen neuen Bauern zu suchen.«

»Was hätte ich denn tun sollen?«

»Du hättest Hannes von Wieskau überzeugen müssen.«

Sie sah ihrem Vater fest in die Augen. »Du hättest dabei sein sollen. Mit dem jungen von Wieskau lassen sich keine Geschäfte machen. Selbst der Brauer im Dorf hat uns vor ihm gewarnt. Wenn der so weitermacht, liegen seine Felder bald brach. Das Haus war runtergekommen.« Sie sah hilfesuchend zu Steffan.

Der nickte. »Das stimmt. Der Bursche wäre kein guter Handelspartner.«

Ihr Vater seufzte. »Also gut. Ein neuer Hopfenanbauer also. Was habt ihr mit ihm besprochen?«

Der Knecht berichtete, und Jonata konnte sich endlich der Suppe widmen.

***

Nach dem Frühmahl kam Bruder Franz zu Enderlin. »Wir brauchen neues Bier in unserem Vorratsraum.«

Daraufhin suchte Enderlin seine Knechte Georg und Paulus. Er fand sie im Hühnerstall den Mist zusammenkehren.

»Holt einen Karren und kommt mit!«

Die beiden folgten ihm wortlos. Er führte sie in den Keller der Brauerei. Es war kühl, doch die Eisblöcke zwischen den Fässern bildeten bereits Tropfen.

»Die Fässer von hier zuerst«, sagte Enderlin und zeigte auf die linke Seite, an der die Fässer mannshoch gestapelt waren. Die

Knechte schafften es nicht, eins der Fässer hinunterzuheben und auf den Karren zu hieven. Also musste er mitanfassen.

»Bruder Franz erwartet euch im Refektorium«, sagte Enderlin.

Hektische Schritte ertönten im Gang. Im nächsten Moment stand der Prior im Keller. »Hier bist du! Komm sofort mit ins Priorhaus!« Er wedelte mit einem Schriftstück.

Enderlin schluckte. Was hatte er getan? Gehorsam folgte er Jakob Hochstraten in dessen Haus. Sobald sie die Tür der Kemenate hinter sich geschlossen hatten, fragte der Prior: »Weißt du, was das hier ist?« Er hielt das Papier in die Höhe.

Woher sollte er das wissen? Er schüttelte den Kopf.

»Das ist ein Beschwerdebrief von Hans von Rheinbach. Weißt du, wer das ist?«

Das wusste er zu gut. Die Druckerei von dem Meister der Druckerbruderschaft war exzellent geführt, und er hatte sich Mühe gegeben, zuvorkommend, aber bestimmt vorzugehen. In der Druckerei hatte er keinerlei Beanstandungen gefunden. »Ja«, antwortete er.

»Die Bruderschaft hat eine Beschwerde über dich geschrieben.«

Enderlins Knie wurden weich. Warum? Er hatte nichts Unrechtes getan. Er gehörte der Inquisition an und musste sich einen Überblick über die Drucke verschaffen. »Was werfen sie mir vor?«

»Du hättest dich nicht als Gehilfe der Inquisition zu erkennen gegeben und Drucke konfisziert, obwohl eine Approbation der Universität vorlag. Stimmt das?«

»Ich habe nur die Schrift mitgenommen, die ich Euch gezeigt habe.«

»Hast du sie dem Drucker zurückgebracht?«

»Noch nicht. Ich habe sie noch nicht dem Zensor vorlegen können.«

»Das solltest du schnellstmöglich nachholen.«

Warum regte sich der Prior so auf? »Wenn sich die Drucker bei dieser Nichtigkeit beschweren, bedeutet das nur, dass sie etwas zu verbergen haben.«

Der Prior stützte einen Arm in die Hüfte. »Meinst du?«

»Gewiss doch! Die Heldenschrift bekommt Quentell zurück, aber anscheinend wollen sie uns einschüchtern.«

Der Prior betrachtete das Schreiben. »Du könntest recht haben.«

»Es hat ihnen nicht gefallen, dass ich in den Druckereien war, und das kann nur einen Grund haben!«

»Du meinst …« Der Prior brach ab.

»Natürlich. Ketzerische Schriften sind bereits im Umlauf. Wir müssen ihnen das Handwerk legen, bevor sie die unschuldigen Seelen Kölns vergiften.«

Jakob Hochstraten knüllte das Schreiben zusammen und warf es in den Kamin. Es knisterte, das Papier wurde von den Flammen verschluckt und war bald zu Asche verbrannt.

»Ich bin froh, dich ausgewählt zu haben. Nicht viele hätten gewagt, ihre Meinung mir gegenüber zu vertreten.«

»Ich werde Euch nicht enttäuschen. Köln wird frei von Ketzerschriften sein.«

Der Prior lächelte, das Grübchen in seinem Kinn vertiefte sich.

***

Die Sonne schickte die ersten Sonnenstrahlen in die Kammer. Simon konnte sich nicht aufraffen, das Bett zu verlassen. Was wartete schon auf ihn? Ein Bruder, der ihn hasste, eine Druckerei, die nicht mehr ihm gehörte, und eine Mutter, die ihn ihr Leben lang belogen hatte. Er könnte Köln den Rücken kehren und woanders sein Glück suchen. Doch wohin sollte er? Wo wurden Drucker benötigt? Der Buchführer würde ihm gewiss einen Hinweis geben. Simon bezweifelte, dass er schon wieder in der Stadt war, und er selbst sollte die Zeit nutzen, um herauszufinden, wer sein leiblicher Vater war. Vielleicht war er zu etwas anderem bestimmt. Seine Mutter rief nach ihm, und er quälte sich aus dem Bett.

»Was weckst du mich?«, fragte er grimmig, als er die Küche betrat. Auch sie sah niedergeschlagen aus, hatte aber bereits mit dem Tagwerk begonnen und fegte eifrig den Boden. »Es wartet nichts auf mich.« Resigniert ließ er sich auf einen Schemel sinken.

»Doch! In der Druckerei.«

»Die Druckerei ist nicht mehr mein, wie du dich vielleicht entsinnst.«

»Dort steht ein junger Bursche und möchte etwas lernen.«

Der Lehrling war also schon da. »Was interessiert es mich? Ruf Nickell.«

Sie lehnte den Besen an die Wand und trat zu ihm. »Nickell ist nicht da.«

»Er wird bestimmt gleich kommen.«

Sie schlug mit der Faust auf den Tisch, er zuckte zusammen. »Ihr seid Brüder. Helft einander.«

Er verschränkte die Arme vor der Brust. »Für Nickell sind wir keine Brüder. Er hat mir die Druckerei weggenommen.«

»Er glaubt, es sei sein Recht.«

»Ja, weil du uns jahrelang betrogen hast. Sonst wäre es nie so weit gekommen. Und ich möchte immer noch wissen, wer mein Vater ist. Vielleicht bin ich gar nicht fürs Druckergewerk geschaffen.«

Sie ließ sich auf einen Schemel sinken. »Ach, Simon. Du solltest in die Druckerei gehen und dem Jungen etwas zeigen.«

Simon schnaubte. »Als ob das meine Aufgabe wäre.«

»Die Druckerei bringt uns die Suppe auf den Tisch. Wovon sollen wir leben, wenn sie kein Geld abwirft?«

»Frag Nickell!«

»Simon, willst du uns verhungern lassen?«

»Du glaubst also auch, dass Nickell die Druckerei nicht führen kann? Wie wäre es, wenn du zu Hans von Rheinbach gehst und ihm das sagst?« Er zeigte auf die Tür, doch er wusste genau, dass das nichts nutzen würde. Auf die Aussage einer Frau gab man in der Bruderschaft nicht viel. Dies war allein Männergewerk.

Seine Mutter senkte den Blick, blieb still. Er atmete tief durch. Er hatte zu heftig reagiert, aber wie sollte er in seiner Situation angemessen reagieren? Ruckartig erhob er sich, der Schemel fiel krachend zu Boden. Er ließ ihn liegen und ging in die Werkstatt.

Der Junge stand verschüchtert inmitten des Raums, sah ihn erschrocken an. Er hatte verfilzte Haare, dünne Arme und war mager. Er würde nicht in der Lage sein, den Pressbengel der Druckerpresse nur ansatzweise zu bewegen. Simon seufzte.

»Dann erzähl mal, was du bei Quentell über das Drucken gelernt hast.«

Der Junge sah stumm zu Boden, knetete die Hände.

Simon legte ihm die Hand auf die Schulter. »Keine Angst. Rede ruhig.«

Der Junge zog die Schultern immer höher, als wollte er den Kopf dazwischen verstecken.

»Kannst du lesen?«

Keine Antwort. Hatte Quentell einen Schwachsinnigen loswerden wollen?

»Wie heißt du eigentlich?«

»Michel«, flüsterte der Junge und drehte sich halb von ihm weg.

»Hast du heute schon etwas gegessen?«

Michel schüttelte den Kopf.

»Ich auch nicht. Mit leerem Magen lässt sich nicht gut arbeiten. Also komm.«

Er führte den Jungen in die Stube und brachte ihnen Haferbrei. Dieser Lehrling würde erst einmal keine große Hilfe sein. Worauf hatte sich Nickell da nur eingelassen?

Während des Essens versuchte Simon erneut, ein Gespräch zu beginnen, doch Michel machte sich nur gierig über den Brei her. Verköstigte Quentell seine Lehrlinge etwa nicht anständig? Simon konnte es sich kaum vorstellen. Die Druckerei bot einwandfreie Ware an und hatte einen guten Ruf. Irgendetwas musste mit diesem Lehrling vorgefallen sein.

Als Nickell kam und in seiner Kammer verschwinden wollte, hielt Simon ihn auf der Treppe auf. Sein Bruder schwankte, konnte sich kaum auf den Beinen halten und stank nach Wein.

»Die Druckerei wartet auf dich.«

»Erst ab morgen«, lallte Nickell. Beim Versuch, sich am Geländer abzustützen, griff er ins Leere und fiel auf die Stufen. Er lachte schallend. »Lass mich durch, ich muss schlafen.«

»Dein Lehrling wartet auf dich.«

»Sag ihm, wir fangen morgen an.« Nickell zog sich ungelenk wieder hoch.

»Wenn du die Druckerei heute nicht betrittst, hole ich sie mir zurück.«

Nickells Augen funkelten ihn an. Für einen Moment schien es, als wäre er nüchtern. »Das kannst du nicht.«

»Oh doch! Wenn du die Druckerei nicht ordentlich führst, wird sie dir Hans von Rheinbach schneller wegnehmen, als du einen Krug Bier leeren kannst.« Simon ging in die Stube.

»Du Bastard!«, rief sein Bruder ihm hinterher.

Wie hatte es so weit kommen können?

Kapitel 12

»Komm her!«

Jonata wollte rennen. Jemand zog am Saum ihres Kleides, zerrte sie zurück. Sie erkannte die dunkle Stimme. Der faulige Mundgeruch nahm ihr die Sinne.

Mit einem Mal schreckte sie hoch. Sie keuchte, ihr Herz galoppierte. Ein Nachtmahr!

Die Tür flog auf, und Elisabeth stürmte ins Zimmer. »Was ist?«

Erschrocken sah sie ihre Ziehmutter an. Hatte sie im Traum geschrien?

»Nur ein Alptraum.«

Elisabeth kam näher und fasste ihr an die Stirn. »Kalter Schweiß!« Sie tunkte ein Leinen in die Zinnschüssel mit Wasser und tupfte ihr damit das Gesicht ab.

»Mir geht es gut«, sagte Jonata und stieg zum Beweis aus dem Bett. »Bitte lass mich allein. Ich komme gleich runter.«

»Wie du willst.« Elisabeth zog sich zurück.

Jonata stützte sich auf der Fensterbank ab und schloss die Augen. Die Erinnerung an jene Nacht ließ sie erschaudern. Nie wieder würde ein Mann sie so demütigen. Nie wieder würde sie das mit sich machen lassen! Sie wusch sich das Gesicht, in der Hoffnung, so die nächtlichen Dämonen verscheuchen zu können. Hier würde ihr niemand zu nahe treten.

In der Küche arbeiteten bereits die Mägde. Ein junges Ding kehrte den Kamin aus. Eine äußerst unliebsame Aufgabe.

»Das ist Figen, unser neuster Familienzuwachs«, sagte Elisabeth. Das schwarzhaarige Mädchen erhob sich und drehte sich zu ihr.

»Figen!« Jonata umarmte sie. »Wie kommst du hierher?«

»Ihr kennt euch?«, fragte ihre Ziehmutter erstaunt.

»Aus dem Waisenhaus, natürlich. Sag, was machst du hier?«

»Ich bin jetzt Magd«, sagte Figen stolz.

Also hatte ihr Vater sein Wort gehalten und eine neue Magd

ins Haus geholt. Sie strich dem Mädchen über den Kopf. »Ich freu mich, dass du hier bist!«

»Wirst du mir ab und zu vorlesen?«

»Dafür wird sich kaum Zeit finden«, rief Brid. Sie war dabei, Lauch zu putzen. Dass Brid bereits wach war, grenzte an ein Wunder.

»Na, du nimmst dir ja auch unanständig viel Zeit für die männlichen Schankbesucher. Da wird Figen sich auch mal zurückziehen dürfen«, sagte Jonata.

Auf Brids Stirn legten sich kurz ein paar Falten, dann entspannte sich ihr Gesicht. Vor den anderen Mägden wollte sie keine Diskussion beginnen. Es war an der Zeit, dass Jonata ihrem Vater erzählte, was Brid auf der Reise getrieben hatte.

»Ich werde wieder in der Schenke bedienen«, sagte Brid erhobenen Hauptes. »Da werde ich keine Zeit haben, hier im Haus zu helfen.«

»Du solltest dir überlegen, ob das der richtige Platz für dich ist.«

»Willst du etwa sie in die Schenke schicken?« Brid zeigte auf Figen.

Elisabeth drängte sich neben Jonata. »Könnt ihr zwei mir einmal erklären, was zwischen euch vorgefallen ist?«

»Das soll sie dir erzählen«, sagte Jonata und verließ die Küche.

Ihr Vater war in der Brauerei. Die Bottiche waren leer, die Feuer aus. Er saß am Schreibtisch über die Bücher gebeugt, hob den Kopf, als Jonata eintrat, und lächelte.

»Du wirst deiner Mutter immer ähnlicher. Die langen Haare und die Stupsnase.« Er berührte ihre Nase, wie er es früher oft getan hatte. So gern hätte sie ihre Mutter kennengelernt. Wie hatte sie ausgesehen? Was für ein Wesen hatte sie gehabt? Lucas hatte oft von ihrer weichen Stimme und ihrer Gutherzigkeit gesprochen. Wäre sie selbst nicht auf der Welt, würde ihre Mutter vielleicht noch leben. Sie schob den Gedanken beiseite.

»Wie laufen die Geschäfte?«, fragte sie

»Ich kann mich nicht beklagen. Auch wenn die Schenke in den letzten Tagen nicht so viel abgeworfen hat wie gewohnt.«

Konnte das an Brids Fehlen gelegen haben? Jonata atmete

tief durch, sie würde ihm sagen müssen, was die Magd mit den Männern anstellte.

»Aber lassen wir das.« Ihr Vater schlug das Buch zu. »Wir beide sind heute Abend zum Nachtmahl eingeladen.«

»Bei wem?«

Ihr Vater lachte. »Das wird eine Überraschung.« Ohne Fragen zuzulassen, stand ihr Vater auf. »Komm, gleich gibt es Essen.«

In angespannter Erwartung fieberte Jonata dem Abend entgegen, brachte ihre Kammer in Ordnung und erledigte einen Einkauf auf dem Markt. Wie ein Geist bewegte sie sich durch die Stände und Menschen. Sie nahm keinen wahr, bis ihr jemand um den Hals fiel.

»Da bist du ja wieder!«

Erst als Agnes sich von ihr löste, erwachte Jonata aus den Tagträumen. Sie zwang sich zu einem Lächeln. »Wie schön, dich zu sehen«, sagte sie und drückte die Freundin.

»Seit wann bist du zurück?«

»Seit gestern.«

Agnes' Gesicht schien noch dünner geworden zu sein, um ihre Augen hatten sich Krähenfüße gebildet. Ob sie endlich Holz zum Heizen gekauft hatte?

»Wie geht es dir und den Kindern?«, fragte Jonata.

»Wir haben dich vermisst. Kommst du mit?« Agnes hob den Korb mit Lauch und einem winzigen Fetzen Speck. »Ich könnte eine helfende Hand gebrauchen.«

Wieso eigentlich nicht? Ablenkung konnte nicht schaden.

»Und nun erzähl! Wie war die Reise?«

Jonata ließ sich von der ungetrübten Laune ihrer Freundin anstecken, berichtete vom Buchführer, der Suche nach dem neuen Hopfenanbauer und von der Begegnung mit Luther.

»Ein Mönch, der sich gegen den Ablass ausspricht?«, fragte Agnes erstaunt.

»Wenn ich es dir doch sage! Ich habe zwei Schriften von ihm mitgebracht. Und sie sind auf Deutsch.«

»Das sollten unsere Pfaffen einmal lesen. Vielleicht würden sie so zur Vernunft kommen und das Geld nicht nach Rom schicken, sondern sich um die Kinder der Stadt kümmern.«

»Ich werde die Schriften in Köln verbreiten.«

»Du?« Agnes' Augen weiteten sich. »Wie willst du das anstellen?«

»Ich werde mir einen Drucker suchen, der gewillt ist, die Werke nachzudrucken.«

»Wir sollten die Schriften zuerst in der Gemeinde von Sankt Maria Ablass verteilen. Vielleicht sind sie dann williger, mehr Geld für die Waisen zu spenden.«

Mittlerweile waren sie vor dem Waisenhaus angekommen.

»Hast du immer noch kein Geld für Feuerholz übrig gehabt?«

»Überzeug dich selbst.«

Als sie das Haus betraten, stürmten ihnen die Kinder entgegen. »Liest du uns was vor?«, riefen die Kleinen.

Jonata stellte den Korb auf eine Kommode und kniete sich zwischen die Kinder, streichelte über Köpfe, lauschte den neusten Geschichten. Wilhelm lächelte vergnügt, wollte auf ihren Schoß. Sie hob ihn auf ihr Knie. Die Haut um sein rechtes Auge war grüngelb gefärbt. Die Schwellung klang bereits ab.

»Was ist denn mit dir passiert?«

»Ich bin die Treppe runtergefallen.« Er knetete die Hände und sah verstohlen zu einem anderen Jungen hinüber.

»Wer's glaubt«, rief Agnes und verdrehte die Augen. Anscheinend wollte Wilhelm die älteren Jungs nicht gegen sich aufbringen, sondern dazugehören. Er musste lernen, sich durchzusetzen.

Jonata half Agnes beim Gemüseschneiden und Brotbacken. Holz war genug vorhanden, ob es allerdings bis zum Sommer reichte, bezweifelte sie. Zumindest mussten die Kinder nicht mehr im Kalten sitzen. Jonata genoss die Ablenkung und vergaß die Zeit. Als die Glocken zur elften Stunde schlugen, sprang sie auf.

»Ich muss los! Wir sind zum Essen eingeladen.« Sie schnappte sich den Korb und rannte los.

Als Jonata zu Hause eintraf, nahm Elisabeth ihr die Einkäufe mit zornigem Gesicht ab. »Wo hast du dich herumgetrieben?«

»Im Waisenhaus. Ich habe Agnes getroffen.« Sie atmete stoßweise.

Ihr Vater kam herein. Seine Miene war düster. »Jonata! Willst du deinen zukünftigen Schwiegervater warten lassen?«

»Wen?« Sie verschluckte sich und musste husten. Sie hoffte, sich verhört zu haben. Er wollte sie verheiraten? Mit wem? Warum? Er hatte ihr doch versprochen, dass sie gemeinsam einen Ehemann für sie aussuchen würden. Dass sie mitentscheiden durfte. Gallus! Sie unterdrückte einen Würgereiz. Was, wenn es ein Typ wie Gallus war – mit fauligem Mundgeruch und unstillbarer Fleischeslust? Nein! Sie wollte keinen Ehemann! Nicht jetzt.

Ihr Vater musterte sie von oben bis unten. »Zieh dein edelstes Kleid an und mach dich hübsch!«

Jonata sah an sich hinunter. Heute Morgen hatte sie das grüne Kleid gewählt. Es war bequem und hochgeschlossen, wie es sich für eine Bürgerstochter geziemte. Erst letzten Herbst hatte es der Schneider für sie angefertigt. Was erwartete ihr Vater? Dass sie sich in eins von Brids Kleidern zwängte und sich ihrem Schwiegervater präsentierte wie eine Hübschlerin? Sie wollte etwas erwidern, doch ihr Vater verschwand in der Stube.

»Soll ich dir helfen?«, fragte Elisabeth.

»Wusstest du davon?«

»Es ist dir bestimmt, einmal zu heiraten.«

Jonata wandte sich um und stapfte die Treppen hoch, die Rufe ihrer Ziehmutter ignorierend. Meinten alle, über ihr Leben bestimmen zu können? Sie ließ sich aufs Bett fallen und vergrub das Gesicht im Kissen. Wie kam ihr Vater plötzlich auf diese Idee? Und wieso hatte er eine Überraschung daraus gemacht? Das konnte nur eines bedeuten: Ihr würde der Ehemann nicht gefallen. Sie ließ den Tränen freien Lauf, bis jemand über ihren Kopf streichelte.

»Meine Jonata.« Ihre Ziehmutter wiegte sie in den Armen. Es tat gut, gehalten zu werden. »Verzage nicht! Lerne den Mann erst einmal kennen.«

Jonata wischte die Tränen fort. »Weißt du, wer es ist?«

»Nein. Aber du solltest deinem Vater vertrauen.« Ihre Ziehmutter stand auf. »Und nun komm! Wir werden dich anziehen. Lassen wir deinen Vater nicht zu lange warten.«

Sie suchten das blaue Kleid aus, in dem Elisabeth sie eng

schnüren musste. Es hatte einen kleinen Ausschnitt, zeigte aber nicht zu viel Haut. Dazu die kostbare Kette ihrer Mutter mit dem Anhänger der heiligen Maria. Darüber zog sie ihren braunen Mantel. Ihre Haare versteckten sie unter einer Haube aus mehreren Lagen Leinen. Elisabeth wollte ihr das Lavendelöl auftragen, doch das lehnte Jonata entschieden ab. Zu aufreizend wollte sie nicht wirken.

Elisabeth trat einen Schritt zurück und begutachtete sie. »Wie eine Patrizierin.«

»Und wenn ich keine Patrizierin sein möchte?«

»Jetzt zier dich nicht. So schlimm wird es nicht werden.« Elisabeth gab ihr einen leichten Klaps auf das Hinterteil und komplimentierte sie so nach draußen.

»Wo bleibst du denn?«, rief ihr Vater von unten. Sie würden wahrscheinlich zu spät kommen, aber das war ihr egal. Ihr Vater hätte sie auf diesen Abend vorbereiten müssen. Er hätte ihr erzählen sollen, bei wem sie eingeladen waren und was er vorhatte. Als er sie sah, lächelte er. »Du wirst allen den Kopf verdrehen.«

Sie hoffte, dass es nicht so war. Als sie ins Freie traten, atmete sie tief durch. Sie würde sich zusammenreißen und ihrem Vater keine Schande bereiten. Versprechungen würden heute schon nicht gemacht werden.

Als sie sich dem Haus der Magnus' näherten, blieb Jonata stehen. Ihr Herz galoppierte. »Mit welchem Sohn von Franz Magnus willst du mich verheiraten?«

»Jetzt warte erst einmal ab.« Ihr Vater zog an ihrem Arm, doch sie riss sich los.

»Du hast dein Versprechen gebrochen. Jetzt habe ich zumindest das Recht, den Namen zu erfahren.« Sie verschränkte die Arme vor der Brust.

Er seufzte. »Es ist Sebalt.«

Sie keuchte. »Sebalt ist viel zu alt, er ist hässlich, er schielt. Vater, er ist grob!«

»Er ist eine gute Wahl. Er sucht eine Frau und kennt das Brauergewerk. Wir müssen an die Zukunft der Brauerei denken, jetzt, da Lucas von uns gegangen ist.«

Jonata schluckte. Darum ging es also. Es ging nicht um sie!

Es ging einzig und allein um die Brauerei. »Aber ich kann es lernen, das Brauen«, protestierte sie.

»Das ist nichts für Weiber.«

»Du hast genug Gesellen und Lehrlinge. Wenn du die Brauerei nicht führen kannst, kann ich einen Meister ins Haus holen und mir anschließend einen Ehemann suchen. Wozu die Eile?«

»So weit lasse ich es nicht kommen. Und jetzt gehen wir da hinein. Benimm dich anständig.« Er zog sie am Arm, diesmal konnte sie sich nicht befreien. Sie unterdrückte die aufsteigenden Tränen. Sie wollte Sebalt nicht wiedertreffen.

***

Enderlin betrat die Kammer des Zensors. Das Feuer im Kamin spendete genügend Wärme. Der Zensor hatte sich den Mantel um den Leib geschlungen und vergrub den Kopf bis zur Nase in einem wollenen Schal. Er hustete und brachte dabei die flackernde Kerze auf dem Tisch fast zum Erlöschen.

»Ihr?«, krächzte der alte Mann. Er ließ das Papier auf den Schreibtisch sinken, das er kurz zuvor in den Händen gehalten hatte. Dunkle Schatten lagen unter seinen Augen, und die Wangen schienen eingefallener als beim letzten Mal.

»Ihr seid immer noch nicht wohlauf.« Enderlin trat an den Tisch. Würde der Mann überhaupt Kraft haben, sich dieser Schrift zu widmen?

»Der Medicus ist bloß ein Quacksalber.«

»Ich werde für Euch beten, dann wird es Euch bald besser gehen.«

Der Zensor lächelte schwach. »Das weiß ich zu schätzen.«

Enderlin legte ihm die Drucke von Quentell vor. »Ich habe einen Druck ohne den Vermerk konfisziert.«

Die Augen des Zensors begannen zu leuchten. Mit den dünnen Fingern griff er nach dem Schriftstück, blätterte und las gierig die Zeilen.

»Heldensagen aus der Offizin von Quentell«, kommentierte Enderlin.

»Diesen Druck kenne ich doch!«

»Ihr kennt ihn? Das ist unmöglich. Der Druckvermerk fehlt.«

»In der Tat. Der Drucker hat auf den Vermerk verzichtet.«

»Verzichtet?« Was sollte das bedeuten? Sein Atem beschleunigte sich.

Der Zensor stand auf, stützte sich am Tisch ab. Er ging zum Schrank und zog einen Folianten heraus. »Helft mir. Meine Arme sind noch zu schwach.«

Enderlin legte das dicke Buch auf den Schreibtisch. Der Zensor setzte sich und blätterte. »Ja, hier!«, sagte er und hielt den Finger auf eine Zeile. »Die Approbation für diesen Druck habe ich vor zwei Jahren an die Offizin Quentell vergeben.«

»Aber ...« Enderlin stockte.

Der Zensor sah ihn an. Sein Blick war fest, auch wenn seine Augen fiebrig glänzten. »Die Drucker können auf den Vermerk verzichten. Es reicht, wenn sie die Genehmigung aufbewahren.«

»Warum habt Ihr mir das nicht gesagt?«

»Habe ich nicht? Wahrscheinlich dachte ich, Ihr wüsstet das.« Der Zensor klappte das Buch zu. »Würdet Ihr?« Enderlin nahm den Folianten und stellte ihn ins Regal zurück. Der alte Mann gab ihm die Drucke. »Die solltet Ihr Quentell zurückbringen.«

Er hatte einen Fehler gemacht. Und noch dazu war ein Exemplar vom Regen unleserlich geworden. Das würde dem Drucker nicht gefallen. Er würde zügig in die neue Aufgabe reinfinden, hatte der Prior gesagt. Doch wie sollte er sich je an die weltlichen Vorgaben gewöhnen? Die Regeln des Klosters waren einfach, doch außerhalb der Mauern schien der Teufel sein Unwesen zu treiben. Er musste den HERRN bitten, ihm den Weg zu weisen.

»Ich danke Euch«, sagte er und wandte sich zum Gehen.

»Verzagt nicht«, krächzte der Zensor. »Ihr seid auf dem richtigen Weg.«

***

»Was machst du in meiner Druckerei?« Nickell kam hereingestürmt. Michel sprang vom Schemel auf und verzog sich in die Ecke. Simon erhob sich ebenfalls. Er hatte kein Wort aus dem Lehrling herausbekommen, was er bei Quentell bereits gelernt hatte. Wahrscheinlich hatte er nur den Boden gekehrt und Wasser geholt. Zumindest des Lesens war er mächtig. Er hatte ihm die Zeile vorlesen können, doch ob er den Sinn des lateinischen Textes verstand, wusste Simon nicht.

»Wir setzen die erste Seite der ›Legenda aurea‹. Du kannst gern fortfahren.«

»Du willst mir die Druckerei wegnehmen!«

Simon schluckte. Das stimmte, doch stattdessen antwortete er: »Ich will nur, dass die Druckerei weiterbesteht.«

»Oh, das wird sie! Sie wird aufblühen. Wir werden viele Schriften drucken.« Nickell nahm auf dem Schemel Platz, auf dem Simon zuvor gesessen hatte. »Komm her!«, rief er zu dem Lehrling, doch Michel bewegte sich kein Stück. »Jetzt komm endlich!«

Langsam näherte sich der Junge. Es würde viel Geduld brauchen, um ihm das Druckhandwerk beizubringen. Ob Nickell dafür der Richtige war?

»Hast du schon einen Meister angestellt?«, fragte Simon.

Nickell drehte den Kopf zu ihm. »Was interessiert es dich?«

»Möchtest du, dass ich dir helfe, oder soll ich gehen?«

»Lass uns allein!«

Ein Kloß bildete sich in Simons Hals. Jetzt war es so weit. Er wurde aus seiner Druckerei verscheucht. Aus der Druckerei seines Vaters. Vater. Was für ein Wort. Martin. Wie gern hätte er noch einmal mit ihm gesprochen. Wieso hatte er nie ein Wort darüber verloren und es dann in dem Testament erwähnt? Hätte er es nicht dabei bewenden lassen können? Keiner hätte davon erfahren. Keiner hätte ihm die Druckerei weggenommen. Was war er noch? Ein Bastard! Er musste endlich wissen, woher er stammte.

Simon fand seine Mutter im Gemüsegarten beim Unkrautzupfen. Er setzte sich auf die Steinstufen und lehnte sich an die Hauswand. Ihre Finger waren flink – immer noch. Wie oft hatte Martin ihr eine Magd an die Seite stellen wollen, doch seine Mutter wollte den Haushalt allein stemmen. Das gehöre sich so, hatte sie gesagt. Sie war eine stolze Frau. Woher kam sie? Und was für eine Schmach hatte sie erlebt, dass sie nicht über ihre Vergangenheit sprechen wollte?

»Nickell hat mich aus der Druckerei geworfen.«

Sie hielt inne, sah zu ihm auf. »Er braucht deine Hilfe. Das wird er bald einsehen.«

»Erst, wenn es zu spät ist.«

»Ich rede mit ihm«, sagte sie, rupfte ein paar Disteln aus der Erde und warf sie in den Eimer.

»Bitte sag mir endlich, wer mein Vater ist.«

Sie zupfte noch energischer das Unkraut, tat, als hätte sie ihn nicht gehört.

»Nicht nur du leidest!« Er stand auf. »Wenn du es mir nicht erzählen wirst, statte ich Base Ottilia einen Besuch ab.«

Sie sah auf und wischte sich mit dem Handrücken über die Stirn. »Du vergeudest deine Zeit.«

»Da ich nicht in der Druckerei erwünscht bin, habe ich nichts zu vergeuden.« Er wandte sich um und ging ins Haus.

Die Schwester seines Vaters wohnte mit ihrem Mann außerhalb der Stadtmauern. Wenn jemand etwas über die Vergangenheit seiner Mutter wissen konnte, dann sie. Simon verließ die Stadt durch das Ehrentor in westlicher Richtung. Wie lange war er schon nicht mehr hier draußen gewesen? Er hatte Ottilia und ihre drei Töchter zu Martins Beerdigung gesehen, aber kaum ein Wort mit ihnen gewechselt.

Die Hütte, in der seine Base wohnte, war genauso windschief, wie er es aus Kindertagen in Erinnerung hatte. Eine Amsel flog in ein Loch des Strohdachs. An einer Leine hing Schafswolle zum Trocknen. Die morsche Holztür stand einen Spaltbreit offen. Er drückte sie auf und trat ein. Der strenge Geruch nach Schafen schlug ihm entgegen, obwohl sich kein Tier im Haus aufhielt. »Ottilia? Bist du da?«

Sie humpelte heran. Das Haus bestand aus einem einzigen Raum. Der Bretterverschlag, der als Schlafplatz diente, befand sich ganz hinten. Davor stand ein abgewetzter Tisch mit Bänken, daneben die Kochstelle. Drei Spinnräder standen vor dem kleinen Fenster. In dem abgezäunten Bereich für die Tiere fegte Walburga, die jüngste Tochter, den Mist zusammen.

»Simon?«, fragte seine Base überrascht. »Ist etwas geschehen?«

Kein Wunder, dass sie über den Besuch erstaunt war. Nachdem sich ihr Ehemann und Martin vor Jahren gestritten hatten, waren Simon und seine Familie nicht mehr hier gewesen. Einige Male hatte Ottilia sie allein in Köln besucht, wenn sie Besorgungen auf dem Markt erledigt hatte.

»Ist Hermann mit den Schafen draußen?«

»Ja. Er kommt erst gegen Abend heim.« Sie zeigte auf den Tisch und bot ihm einen Krug Bier an. Er lehnte ab. Seine Base hatte es schwer genug.

»Ich möchte mit dir über die Ehe meiner Eltern sprechen.« Er nahm auf einem Schemel Platz. Sie setzte sich zu ihm und lächelte gezwungen. Ihre Augen waren ebenso leuchtend blau wie die seines Vaters. Außerdem hatte sie die gleiche Zahnlücke zwischen den vorderen Zähnen. Auch Nickell hatte sie geerbt, wobei sie bei ihm weniger auffiel. Nur er, Simon von Werden, besaß diese Lücke nicht. Inzwischen wusste er, warum.

»Was möchtest du wissen?«

»In Martins Testament steht, dass ich nicht sein Sohn bin. Weißt du, wer mein Vater ist?«

Sie strich eine lose Strähne zurück unter die Haube. »Nein. Dabei kann ich dir nicht helfen.«

»Irgendwas musst du doch wissen!«

»Martin hatte gerade die Meisterprüfung absolviert, da hat er uns deine Mutter vorgestellt. Heimlich hatte er Irmel geheiratet. Ihr Bauch war bereits gewölbt.«

»Du weißt nicht, wer sie geschwängert hat?«

Ottilia schüttelte den Kopf. »Nein. Sie stammt nicht aus Köln. Nach der Heirat hat dein Vater das Haus ›Zur goldenen Pforte‹ gekauft. Woher er das Geld hatte, wussten wir nicht. Wahrscheinlich war es ihre Mitgift.«

»Meine Mutter hat das Haus bezahlt?«

Seine Base zuckte mit den Schultern. »Woher sollte er sonst das Geld gehabt haben?«

Hatte Martin seine Mutter nur zur Frau genommen, weil sie Geld mit in die Ehe gebracht hatte? »Hat meine Mutter jemals gesagt, woher sie kam?«

»Dieses Geheimnis hat sie gehütet wie die Alchimisten die Rezeptur zur Goldherstellung.«

»Irgendwer muss es doch wissen!«

»Vielleicht der Priester. Sie haben sich in Sankt Maria Ablass getraut.«

Das war zumindest ein Ansatz.

***

Als Jonata und ihr Vater die beheizte Stube betraten, war der Tisch bereits gedeckt. Sie waren wirklich zu spät, auch wenn Franz Magnus kein Wort darüber verlauten ließ. Am Tisch saßen die drei erwachsenen Söhne. Sie hatten alle die gleiche Knollennase geerbt, aber nur Sebalt schielte und hatte diese unansehnliche Narbe quer über dem Gesicht. Als er sie begrüßte, funkelten seine Augen begierig. Er musterte sie von oben bis unten, als könnte er sie mit den Blicken verschlingen.

»So sehen wir uns wieder, und dann zu einem solch erfreulichen Anlass.« Er lächelte sie an, eine Zahnlücke kam zum Vorschein. Gallus. Sie glaubte, den Mundgeruch in der Nase zu haben. In allem erinnerte er sie an Gallus. Ihr wurde übel, die Knie wurden weich. Gleich würden sie nachgeben. Sie trat einen Schritt zurück und stützte sich an der Tischkante ab. Wie sollte sie das Essen überstehen? Wie konnte ihr Vater ihr das nur antun? Lucas hätte das verhindert. Er hatte genau gewusst, wie sehr sie Sebalt verabscheute.

Ihr wies man den Schemel neben Sebalt zu. Zwei Mägde kamen herein und brachten Bier. Jeder Krug war anders gestaltet, ihrer aus Ton gefertigt und bunt bemalt, andere aus Holz, Kupfer oder Messing. Der ihres Vaters hatte eine aufwendige Verzierung, zeigte einen Heiligen. Erst jetzt entdeckte sie das Regal an der Wand, in dem Dutzende Krüge aufgereiht waren. Sebalt beugte sich zu ihr und flüsterte: »Mein Vater sammelt Bierkrüge aus allen Landen.«

Franz Magnus hob seinen Krug. »Bechtolt, habt Ihr mein Bier schon einmal gekostet?«

»Bisher ergab sich noch nicht die Gelegenheit.«

»Es wird Euch munden«, sagte Franz mit Stolz in den Augen. »Auf eine gesegnete und kinderreiche Verbindung!«

Jonata schluckte. Stand für alle schon fest, dass sie Sebalts Eheweib werden sollte? Sebalt griff nach ihrer Hand. Sie unterdrückte den Impuls, sie wegzuziehen. »Sollten wir nicht auf unsere Ehe trinken?«

Er führte ihre Hand zum Becher und ließ sie dann los. Sie atmete aus, hatte nicht gemerkt, dass sie die Luft angehalten hatte. Sebalt hob den Krug und lächelte sie an. Sie griff ebenfalls nach ihrem Krug.

»Möge der HERR deinen Leib segnen und uns viele Kinder schenken.«

Ihr wurde übel. Sie wollte die Dämonen aus dem Kopf vertreiben, nicht daran denken, wie es wäre, mit Sebalt das Lager zu teilen. Doch sie sah, wie er ihr das Kleid hochschob, die Unterhose zerriss.

»Jonata.«

Sie öffnete die Augen. Sebalt wartete auf sie. Sie zwang sich zu einem Lächeln. Er erwartete eine Erwiderung. Das würde sie nicht über die Lippen bringen. Sie nippte an dem Bier. Es schmeckte widerlich.

Das Mahl begann, und sie zwang sich, etwas von der Pastete und dem Hering zu essen, doch sie bekam kaum einen Bissen hinunter. Ihr Vater unterhielt sich mit Franz über das Bierbrauen und Angelegenheiten der Bruderschaft. Sebalt versuchte immer wieder, ein Gespräch mit ihr zu beginnen, doch sie konnte sich keiner heiteren Konversation hingeben, sondern dachte fieberhaft darüber nach, wie sie eine Heirat mit diesem Kerl verhindern konnte. Vielleicht sollte sie ihrem Vater doch von der Begegnung mit Gallus berichten. Sie könnte ihm sagen, dass er sie geschändet hätte, dann könnte er sie nicht mehr mit dem Sohn eines angesehenen Bürgers verheiraten. Schlimmer konnte es doch gar nicht mehr kommen. Oder sie könnte ihm von dem Buchführer erzählen. Er war freundlich und hilfsbereit zu ihr gewesen, hatte angedeutet, dass er um ihre Hand anhalten könnte.

Es dauerte eine gefühlte Ewigkeit, bis ihr Vater sich endlich zum Aufbruch entschied. Sebalt legte eine Hand auf ihr Knie. Erschrocken wich sie ein Stück von ihm weg, sog die Luft ein, stieß die Hand von ihrem Knie und sah ihn an.

Sebalt hob beschwichtigend die Hand. »Du bist doch sonst nicht so schreckhaft. Du solltest dich an ein bisschen Nähe gewöhnen.«

Jonata stand auf. »Ich glaube, mein Vater will gehen.«

Sebalt lächelte. »Es ist auch schon spät geworden.«

Sie ging mit ihrem Vater zur Tür. Bevor sie auf die Gasse traten, drehten sie sich noch einmal um. Sebalt stand direkt vor ihr. Die Augen. Er sah sie an und tat es doch nicht. Sie würde sich nie an das Schielen gewöhnen. Sebalt griff nach ihren Händen. Ihr Herz raste. Er kam immer näher. Sie wollte fliehen, doch ihr Vater beobachtete sie.

»Es war ein sehr schöner Abend«, hauchte Sebalt. »Ich hoffe, das können wir wiederholen.« Er beugte sich zu ihr, wollte sie umarmen.

Sie trat einen Schritt zurück, befreite ihre Hände und verbeugte sich demutsvoll. »Vielen Dank für die Gastfreundschaft.«

»Bis zum nächsten Mal«, rief Franz ihnen zu.

Ohne den Blick zu heben, wandte sie sich um. Mit jedem weiteren Schritt konnte sie wieder befreiter atmen. Als sie ein paar Häuserlängen entfernt waren, sagte ihr Vater: »Du hättest dich ruhig gesprächiger geben können.«

Sie warf einen Blick über die Schulter. Die Tür war bereits geschlossen. »Wie kannst du es wagen, mich mit diesem Ekel verheiraten zu wollen?«

»Stell dich nicht so an!«

Jonata konnte die Tränen nicht mehr unterdrücken. Sie begann zu rennen, weg von hier – egal, wohin!

Kapitel 13

»Wir brauchen neues Bier.« Seine Mutter drückte ihm einen Schilling in die Hand. Simon hatte eigentlich direkt zu Sankt Maria Ablass gehen und mit dem Pfarrer sprechen wollen.

»Wie eilig ist es?«

»Ich hatte gedacht, wir hätten noch ein Fass, doch das ist schon leer. Aber kauf nur eins, mehr Geld habe ich nicht.«

Das Geld, das er mit dem Ablassdruck verdient hatte, würde nicht lange vorhalten, wenn die Druckerei nichts abwarf.

Bevor er das Haus verließ, steckte Simon den Kopf in die Werkstatt. Nickell zeigte dem Lehrling, wie man die Blätter in die Druckerpresse einlegte. Als er ihn sah, warf er ihm einen wütenden Blick zu. Hier war er nicht willkommen. Simon wollte sich gerade aufmachen, da stand Hans von Rheinbach vor der Tür.

»Ihr?«, fragte Simon überrascht.

»Ich will mir einen Überblick verschaffen. Wie läuft es in der Druckerei?«

»Das müsst Ihr meinen Bruder fragen. Ich bin dort nicht mehr erwünscht.«

Simon trat zur Seite und ließ Hans von Rheinbach eintreten. Er schloss die Tür und folgte dem Meister in die Werkstatt.

Hans von Rheinbach begutachtete die Blätter, die an den Leinen hingen. »Ihr habt mit dem Druck des neuen Werkes begonnen«, sagte er anerkennend.

»Natürlich. Man wird uns die Ausführung der ›Legenda aurea‹ aus den Händen reißen«, sagte Nickell mit erhobenem Kopf.

»Welcher Meister führt Eure Druckerei?«

Nickell stockte, warf Simon einen Seitenblick zu. Nein, er würde seinem Bruder nicht aus der Klemme helfen. »Bisher noch keiner.«

»Ihr wisst, dass Ihr die Druckerei nicht ohne einen Meister führen dürft. Wenn Ihr Euren Bruder nicht anstellt, müsst Ihr einen anderen suchen.«

»Das ist mir bewusst.«

»Ich gebe Euch eine Woche. Habt Ihr bis dahin keinen Meister, geht die Offizin an Euren Bruder.«

Nickell warf ihm einen wütenden Blick zu. Was konnte er dafür?

Hans von Rheinbach wandte sich zum Gehen. »Ach, und in der vierten und siebten Zeile habt Ihr eine Leiche«, sagte er beiläufig im Hinausgehen.

Simon konnte sich ein Grinsen nicht verkneifen. Nickell wollte etwas sagen, doch bevor er dazu kam, verschwand Simon aus der Werkstatt. Gab es doch noch eine Chance, die Druckerei zurückzubekommen?

Simon ging zur Brauerei von Bechtolt von Menden. Er zögerte, an die Tür zu klopfen. Wieso sollte er sein Bier nicht von einer anderen Brauerei beziehen? Aber das Gesöff schmeckte, und er bekam einen fairen Preis, den sein Vater ausgehandelt hatte. Und doch wollte er ihr nicht begegnen.

Gerade als er gehen wollte, öffnete sich die Tür. Dort stand sie. Sein Herz setzte einen Schlag aus. Ihre Wangen waren gerötet, ein paar Strähnen hatten sich aus der Haube gelöst und umspielten ihr Gesicht. Sie trug ein hochgeschlossenes blaues Kleid mit weiten Ärmeln und einer Schnürung am Bauch. Es lag eng an, sodass es ihre zarte Gestalt preisgab. An den rechten Stellen zeichneten sich wohlgeformte Rundungen ab.

»Fräulein von Menden«, krächzte er und neigte den Kopf. Wie hieß sie mit Vornamen? Hatte ihr Vater letztens ihren Namen erwähnt? Er konnte sich nicht erinnern.

»Ihr seid der Drucker, richtig?«, fragte sie.

Er hob den Kopf. In ihren Augen spiegelten sich Interesse und Bewunderung. »Ja. Simon von Werden.« Er hoffte, dass sie auch ihren Namen preisgeben würde, doch stattdessen zog sie die Haustür zu und trat näher zu ihm. Er meinte fast, ihren Atem an der Wange zu spüren. Hitze stieg ihm ins Gesicht.

»Ich habe zwei Schriften mitgebracht. Würdet Ihr sie nachdrucken?«

Sie wollte Drucke vervielfältigen? Welche Frau interessierte sich schon für die Schwarze Kunst? »Ich …« Er stockte. Zurzeit hatte er keinen Einfluss mehr auf die Druckerei.

»Sie stammen aus Sachsen und werden dort massenhaft verkauft. Ein gutes Geschäft.«

Sollte dieses Mädchen seine Rettung sein? Konnte er mit neuen Schriften Hans von Rheinbach dazu bringen, ihm die Druckerei zuzusprechen?

»Was sind das für Schriften?«

»Soll ich sie holen?«

Sie wandte sich um, doch er hielt sie am Arm. Erstaunt sah sie auf seine Hand. Er zog sie zurück. Seine Haut brannte wie Feuer, sein Herz begann zu rasen. »Wartet! Sagt mir zuerst, um welche Drucke es sich handelt.«

»Texte eines Augustinermönches. Er spricht sich gegen den Ablass aus.«

»Eine Ketzerschrift?« Unwillkürlich trat er einen Schritt zurück.

Sie schüttelte vehement den Kopf. »Er argumentiert mit der Heiligen Schrift. Wie kann so etwas falsch sein?« Ihre Wangen glühten.

»Das wird der Zensor anders sehen.«

Sie zog die Stirn kraus. Dabei sah sie noch lieblicher aus.

»Ich muss jeden Druck von der Universität genehmigen lassen.«

»Aber die Kölner müssen die Schriften lesen. Sie sind in Deutsch und kurz.«

Damit ließe sich in der Tat Geld verdienen, doch es gab ein Problem. »Die Inquisition sieht sich in den Druckereien um. Ich kann diesen Text nicht drucken.«

Sie ließ die Schultern sinken. »Gibt es denn keine Möglichkeit?«

Sie traurig zu sehen, machte sein Herz schwer. »Wenn Ihr noch warten könnt, werde ich mir etwas überlegen.« Was hatte er da nur gesagt?

Ihre Augen begannen zu leuchten. »Das wäre wunderbar!« Ihr Lächeln entschädigte ihn. Er musste die Druckerei wiederbekommen, es war seine Bestimmung.

»Aber sagt, warum seid Ihr gekommen?«, fragte sie.

Er rieb sich die schwitzenden Hände an der Hose trocken. »Wir brauchen neues Bier.«

Sie lächelte. »Mein Vater ist in der Brauerei. Kommt.«

Sie führte ihn durch den Innenhof zur Brauerei, doch anstatt mit reinzukommen, blieb sie davor stehen und verabschiedete sich mit einem Knicks. Er schloss die Augen. Wieso musste ausgerechnet sie ihm den Kopf verdrehen? Alle Töchter Kölns, aber doch nicht sie!

***

Der Drucker mit den unterschiedlich farbigen Augen ging Jonata nicht mehr aus dem Kopf. Sie berührte die Hand, die er zuvor angefasst hatte. Sie glühte immer noch. Sie hatte geglaubt, keinen Mann mehr nah an sich heranlassen zu können, doch der Drucker löste ganz andere Gefühle bei ihr aus.

Schnell schob sie den Gedanken beiseite. Sie wollte keinen Ehemann finden, er sollte ihr nur helfen, die Schriften Luthers zu vervielfältigen. Ihren Vater musste sie noch überzeugen. Sie hatte nach gestern Abend kein Wort mehr mit ihm gewechselt. Eines stand fest: Sebalt würde sie nicht heiraten, eher würde sie in die Fluten des Rheins springen. Nur wie sollte sie das ihrem Vater beibringen? Und wie sollte er das Gesicht vor Franz Magnus wahren? Aber mit diesem lüsternen Schielgesicht würde sie nicht das Lager teilen.

Letzte Nacht hatte sie lange hinter der Brauerei gesessen und geweint. Erst als ihre Tränen versiegt waren, war sie ins Haus gegangen. Elisabeth hatte sie besorgt angeschaut. Jonata hatte sich ohne ein Wort an ihr vorbeigedrängt. Als ihre Ziehmutter sie am Morgen zur Rede stellte, hatte sie abgeblockt. Sie wollte und konnte nicht darüber reden. Natürlich hatte ihr Vater verlauten lassen, dass sie sich angeblich unmöglich benommen hatte. Das war ihr egal. Es war immer noch ihr Leben!

Sie ging in die Schenke. An einem Tisch saßen fünf Männer und würfelten. Kuntz saß neben Margret am Tresen und spielte mit einem Holzpferd. Jonata lächelte die Magd an, kniete sich zu ihrem Bruder. »Ich muss zum Markt. Möchtest du mit?«

Er sprang auf, klatschte in die Hände. »Markt, Markt, Markt!«

»Ich brauche auch noch etwas. Ich muss eine neue Suppe für die hungrigen Mäuler kochen«, sagte Margret.

»Wo ist Brid?« Eigentlich oblag es ihr, sich um die Einkäufe für den Bierzapf zu kümmern.

Margret verdrehte die Augen. »Du kennst sie doch.«

»Was brauchst du?«

»Zwiebeln sind keine mehr im Vorrat. Außerdem brauche ich Pastinaken und Speck.« Margret drückte ihr ein paar Münzen in die Hand. »Hole reichlich, ich will morgen nicht schon wieder einkaufen müssen.«

Jonata nickte und nahm Kuntz an die Hand. »Komm, wir gehen.«

»Markt! Markt«, rief er mit leuchtenden Augen. Jonata lächelte.

Als sie in einer engen Gasse beiseitetreten mussten, weil ein Fuhrwerk mit einem Pferd vorbeirumpelte, klatschte ihr Bruder freudig in die Hände. »Miau. Miau.«

Jonata kniete sich zu ihm hinunter. »Das ist ein Pferd, keine Katze.«

Kuntz verzog das Gesicht, dann lachte er wieder. Es war an der Zeit, dass er die Tiere aus der Nähe kennenlernte. Ihr Vater hatte bisher verboten, dass er auf Bernando ritt oder ihn fütterte. Er meinte, es sei zu gefährlich für den Jungen, er sei noch nicht groß genug. Jonata ging mit ihm zum Pferdehändler auf dem Heumarkt, der zwei stattliche Rosse zum Verkauf anbot.

»Darf mein Bruder eins der Pferde streicheln?«, fragte sie den Händler.

Er breitete seine Arme aus. »Gedenkt Ihr eins zu kaufen?« Er beäugte Kuntz skeptisch. »Sie sind für ihn freilich zu groß, ich kann auch kleinere Rassen besorgen, wenn es Euch beliebt.«

Sie schüttelte den Kopf. »Nicht nötig. Dürfen wir trotzdem?«

Unwillig trat der Händler einen Schritt zurück. »Aber nicht zu lange. Nicht dass Ihr mir die Kundschaft verscheucht.«

Es war niemand da, der sich für ein Pferd interessierte, aber Jonata überging den Kommentar. Sie hob ihren Bruder hoch, der über das glänzende Fell strich. In dem Moment wieherte es.

»Hast du gehört? So macht ein Pferd.« Es wieherte erneut, und diesmal imitierte Kuntz die Geräusche. Jonata lächelte und setzte ihn auf dem Boden ab. »Habt vielen Dank. Falls mein

Vater alsbald ein Pferd erwerben möchte, werde ich ihm Euch empfehlen.«

Der Händler grinste und verneigte sich.

»Erzählst du den Kaufleuten Lügengeschichten?«, vernahm sie eine Stimme hinter sich.

Sie drehte sich um und konnte ihren Augen nicht trauen. »Was machst du denn hier?«

Enderlins Mundwinkel zuckten. »Seit wann gehen dich die Klosterangelegenheiten an?«

»Entschuldige, ich bin bloß überrascht.«

Kuntz lief zum nächsten Verkaufsstand. Vier Ferkel waren in einem Käfig zusammengepfercht und quiekten. Noch ehe Jonata etwas rufen konnte, hatte er sich in den Schlamm gesetzt und betrachtete die Tiere.

»Oh nein.« Sie seufzte.

Enderlin warf ihm einen abschätzigen Blick zu. »Du solltest ihn nicht mit zum Markt nehmen.«

»Seit wann interessierst du dich für die weltlichen Dinge?«

»Schwester, du solltest deine Zunge hüten.«

Sollte sie das? Er war immerhin ein Mann Gottes. Aber musste er ihr nicht Vorbild sein und ihr mit Güte und Liebe begegnen? Erst jetzt bemerkte sie die Blätter in Enderlins Hand. »Was hast du da?«

Enderlin rollte die Drucke zusammen und hielt sie hinter den Rücken. »Nichts für junge Frauen wie dich.«

Sie verdrehte die Augen und ging zu Kuntz. Er wollte seine Finger zwischen die Gitterstäbe stecken. Sie griff nach seiner Hand und zog sie weg. »Lass das. Die können beißen.«

»Meine Schweine beißen nicht«, sagte der beleibte Verkäufer und wankte herbei. Seine Hosenbeine waren mit Schlamm bespritzt, das Wams verschlissen. »Benötigt Ihr ein Ferkel für Euren Stall?«

Auch wenn sie ein Ferkel erwerben wollte, würde sie es nicht hier kaufen. »Nicht heute!«, sagte sie und hob Kuntz hoch. Die ganze Hose war schlammverschmiert. Sie würde sich einiges von Margret und Elisabeth anhören müssen. Das wäre nicht passiert, wenn Enderlin nicht aufgetaucht wäre. Was machte er nur außerhalb des Konvents? War er im Auftrag der Brauerbruderschaft unterwegs? Er las die Messen und war für die Memoria der Verstorbenen verantwortlich. War schon wieder jemand verschieden? Doch dann hätte ihr Vater etwas erwähnt. Sie zog Kuntz hinter sich her, der sich beschwerte und an ihrem Arm zog, weil er zurück zu den Schweinen wollte.

»Wenn du lieb bist, kaufe ich dir gleich ein Honigküchlein.«

Seine Augen leuchteten. »Honig! Honig!« Er konnte nie genug von der süßen Leckerei bekommen.

»War deine Reise erfolgreich?«, fragte Enderlin.

»Ich habe Vater zufriedengestellt.«

»Also bist du mit dem Hopfenbauern übereingekommen?«

Was interessierte er sich dafür? Die Klosterbrauerei bezog den Hopfen aus dem Umland von Köln. Zog er etwa auch in Erwägung, sächsischen Hopfen zu erwerben?

»Ich habe einen guten Preis erzielen können.«

Sollte sie ihm von diesem Luther erzählen? Sie könnte ihm die Schriften zeigen und ihn fragen, was er davon hielt. Enderlin hielt die Arme immer noch hinter dem Rücken. Nein. Seiner Meinung nach sollten Frauen nicht lesen. Wer wusste, was er dazu sagte, dass sie Drucke mitgebracht hatte. Sicherlich wären es Ketzerschriften für ihn. Und doch … sie wüsste zu gern, was er über den Ablass dachte, ob er nach Lektüre der Schrift zur gleichen Überzeugung käme. Sie öffnete den Mund, um etwas zu sagen, da kam er ihr zuvor.

»Hat Vater schon mit dir über die Zukunft der Brauerei gesprochen?«

Wovon sprach er? Jonata schaute ihn verständnislos an.

»Jetzt, da Lucas von uns gegangen ist, muss er sich Gedanken über das Erbe machen.«

»Hast du ihn etwa darauf gebracht?«

Wieder das Zucken um die Mundwinkel. Das durfte doch nicht wahr sein. Wieso blieb er nicht hinter den Klostermauern, wo er hingehörte?

»Du hast ihn dazu gedrängt, mich zu vermählen. Hast du ihm etwa auch Sebalt vorgeschlagen?«

»Er hat euch schon vorgestellt.«

Hitze stieg ihr in den Kopf.

»Au«, rief Kuntz. Sie hatte zu stark zugedrückt. »Entschuldige«, sagte sie und beugte sich zu ihm. »Das wollte ich nicht.« Sie erhob sich wieder. »Was fällt dir ein, dich in mein Leben einzumischen?«

»Die Entscheidung über deine Zukunft liegt bei unserem Vater.«

»Aber du hast ihn auf diesen Sebalt aufmerksam gemacht, stimmt's? Was hast du mit dem zu schaffen?«

Enderlin zuckte mit den Schultern. »Was regst du dich so auf? Er ist ein stattlicher Kerl.«

»Was redest du da? Sag, woher kennst du ihn?«

Kuntz begann zu weinen. »Oh, mein Schatz.« Sie hätte nicht die Stimme erheben sollen. Sie hob ihn hoch, setzte ihn auf die Hüfte. Jetzt würde sie auch ihr Kleid mit dem Schlamm besudeln. Egal! Sie strich eine Träne von seiner Wange. »Alles ist in Ordnung. Wir gehen jetzt.« An Enderlin gewandt sagte sie: »Verschwinde wieder in dein Kloster und lass uns in Frieden.«

***

Enderlin sah Jonata nach, wie sie durch den Matsch stapfte. Unverschämt und undankbar war sie! Er hatte eigens wegen ihr das Kloster verlassen, um mit Vater zu sprechen, und sie wusste es nicht zu schätzen. Aber Vater hatte anscheinend schon alles in die Wege geleitet. Sie würde sich ihrem Glück nicht entziehen können, und die Zukunft der Brauerei war gesichert.

Er schlenderte über den Markt, beobachtete die Menschen, lauschte den Gesprächen. Keine öffentliche Lesung, keine Bekanntmachung, als würden sich die Gotteslästerer vor ihm verstecken. Aber er würde sie noch zu fassen bekommen.

Als er vor Quentells Offizin stand, zögerte er. Dies würde keine einfache Begegnung werden. Heilige Mutter Maria, hilf mir! Er gab sich einen Ruck und trat ein.

Der Junge wich einen Schritt zurück. Fürchtete sich der Kleine etwa vor ihm?

»Ich bringe die Drucke zurück! Schaff den Meister herbei.«

Der Junge nickte stumm und verschwand in der Werkstatt. Enderlin legte die Drucke auf den Tisch zu den anderen und überflog die Titel. Keine neuen Bücher. Die Tür sprang auf, und Quentell trat herein. Seine Stirn lag in Falten, die Augen blitzten.

»Habt Ihr Euch endlich hergetraut, Ihr Schlitzohr?«

Wie redete er mit einem Mann Gottes? »Ich habe Euch die Drucke zurückgebracht!« Er zeigte auf die Schriften.

»Das wurde auch Zeit. Was fällt Euch ein, in meiner Abwesenheit Schriften aus meiner Druckerei zu stehlen?« Der Drucker kam ihm so nah, dass Enderlin den heißen Atem auf seinem Gesicht spürte. Quentell schnaufte, als wäre er durch die halbe Stadt gerannt, bebend hoben und senkten sich seine Nasenflügel.

Enderlin wich nicht zurück, sondern versuchte, sich größer zu machen, doch der Drucker überragte ihn um Haupteslänge. »Konfisziert habe ich sie. Der Druckvermerk fehlte.«

»Ich habe die Genehmigung. Hier.« Er hielt ein Schriftstück hoch und warf es Enderlin an die Brust. Das Papier segelte zu Boden.

Enderlin hob es auf und reichte es Quentell.

»Wollt Ihr es nicht lesen?«, fragte dieser verwundert.

»Der Zensor hat mir bestätigt, dass Ihr die Approbation für den Druck erhalten habt.«

»Das hätte ich Euch eher sagen können. Ihr hättet nur zu fragen brauchen!«

»Ihr wart nicht zugegen.«

»Dann hättet Ihr warten müssen!« Quentell kam ihm mit dem Gesicht so nahe, dass Enderlin Angst hatte, er würde ihn gleich am Kragen packen. Der Drucker schnaubte, trat einen Schritt zurück und nahm die Drucke. Enderlins Herz klopfte. Den vom Regen verschmierten Druck hatte er nach hinten gesteckt. Quentell zählte die Schriften durch, sah sich dabei die Exemplare an und stockte, als er das letzte betrachtete. »Was ist das denn?« Er schlug mit der Hand auf das verschmierte Blatt. »Dies ist ruiniert. Was habt Ihr damit gemacht?«

Er schluckte. Jetzt durfte er sich nicht einschüchtern lassen. »Es hatte geregnet.«

Quentell stöhnte. »Das kann doch nicht wahr sein!«

»Hättet Ihr den Druckvermerk –«

»Bleibt mir weg mit Eurem albernen Druckvermerk! Ich habe

die Genehmigung, das allein ist ausschlaggebend.« Er wedelte mit dem Papier vor Enderlins Nase. »Diesen Druck kann ich nicht mehr verkaufen. Den werdet Ihr mir ersetzen!«

»Das kann ich nicht.«

»Und ob! Zwei Schillinge bekomme ich von Euch. Ach was! Für Euch sind es vier. Für den Ärger, den Ihr mir gemacht habt.«

Enderlin trat zurück. Jetzt wurde der Drucker auch noch unverschämt. Er konnte nicht bezahlen, denn er besaß kein eigenes Geld, und der Bursarius würde ihm dafür niemals Münzen aus dem Klosterkasten geben. »Ihr könnt froh sein, dass ich nichts zu beanstanden habe.«

»Froh?« Quentells Gesicht färbte sich blutrot. »Ihr ruiniert mein Geschäft.«

So schlecht konnte es dem Drucker nicht gehen, schließlich hatte er ihm den Gulden für die Ablassbriefe entgegengeworfen. »Seid umsichtig und hütet Euch vor Ketzerschriften!«

Der Drucker hob drohend die Faust. Wollte er etwa einen Mönch schlagen? Enderlin trat noch einen Schritt zurück.

»Ihr seid eine Schande für die Inquisition und für den HERRN!«

Enderlin hielt in der Bewegung inne. »Dafür landet Ihr im Fegefeuer.«

»Pah! Ihr macht mir keine Angst!«

»Wir sehen uns wieder.« Enderlin drehte sich um und verließ die Offizin. Auf diesen Drucker würde er ein besonderes Augenmerk richten.

Kapitel 14

Auf dem Weg zu Sankt Maria Ablass zerbrach sich Simon den Kopf, wie er wieder in den Besitz der Druckerei kommen konnte. Die Ketzerschriften der Brauerstochter würde Hans von Rheinbach niemals gutheißen. Und wenn er Quentell bat, den Lehrling zurückzufordern? Auch das würde ihn keinen Schritt weiterbringen. Er sollte Zeit ins Land gehen lassen. Nickell würde früh genug Fehler begehen. Wenn ihm nur nicht diese junge Frau die ganze Zeit im Kopf herumspuken würde. Er musste sie vergessen, ihr sagen, dass er kein Drucker mehr war.

Als er vor dem Pfarrhaus stand, schob er die Gedanken beiseite. Es gab noch andere Probleme in seinem Leben. Er atmete tief durch und klopfte an die Tür. Der beleibte Pfarrer öffnete. Er zog die buschigen Augenbrauen zusammen, wodurch sich eine senkrechte Falte auf seiner Stirn bildete. Eine unansehnliche Warze saß auf seiner Nase.

»Seid Ihr neu in der Gemeinde?«

Simon schüttelte den Kopf. »Ich habe eine Frage an Euch.«

»Zum Beichten solltet Ihr Euren Beichtvater aufsuchen.«

»Es geht um eine Ehe, die Ihr vor mehr als zweiundzwanzig Jahren geschlossen habt.«

»Als ob ich mich heute daran erinnern würde.«

»Würdet Ihr mir den Gefallen tun und es wenigstens versuchen?«

Der Pfarrer stemmte den Arm in die Hüfte. »Ich sitze an der Predigt für den nächsten Sonntag.«

»Gott wird es Euch vergelten, wenn Ihr Euch Zeit für mich nehmt. Es dauert nicht lange.«

Der Pfarrer trat von einem Fuß auf den anderen, als könne er sich nicht entscheiden, doch dann führte er ihn in eine enge, beheizte Stube. Es roch nach Kräutern, die zum Trocknen über dem Kamin hingen. Simon erkannte Salbei, Minze und Liebstöckel. Auf dem Tisch lag ein großer Foliant aufgeschlagen. Die Bibel. Verzierungen an den Rändern zeigten die Szenen der

Schöpfungsgeschichte. Der Pfarrer ließ sich auf einem Lehnstuhl mit Schafsfell nieder, das Holz knarrte bedrohlich. Für Simon blieb Platz auf der Bank.

»So sprecht. Um was geht es?«

»Martin von Werden hat vor mehr als zweiundzwanzig Jahren meine Mutter geheiratet, als sie mit mir schwanger war. Könnt Ihr Euch daran erinnern?«

Er strich sich über den Bauch. »Wie ich schon sagte, es ist viel zu lange her.«

»Es war eine kleine Hochzeit ohne Verwandte. Sie kam nicht aus Köln.«

Er zuckte mit den Schultern.

»Es muss Euch seltsam vorgekommen sein. Ohne großes Aufsehen. Sie werden ein Geheimnis daraus gemacht haben.«

»Schwanger war sie, sagt Ihr?« Er zog die Stirn in Falten, sah in das Feuer. Es knisterte, ein Holzscheit fiel in sich zusammen, Funken sprühten. »Er war Drucker, nicht wahr?« Der Pfarrer sah ihn wieder an.

Simon atmete erleichtert auf. Er schien sich zu entsinnen. »Richtig. Kurz danach hat er das Haus ›Zur goldenen Pforte‹ erworben.«

»Der Bauch der Frau hatte sich bereits gewölbt, doch sie wusste es zu verstecken. Jetzt erinnere ich mich. Zuerst hatte ich ihren Umstand nicht bemerkt.«

»Haben die beiden Euch erzählt, woher sie kam oder von wem das Kind stammte?«

»Wieso fragt Ihr sie nicht selbst?«

»Weil mein Vater gestorben und meiner Mutter kein Wort zu entlocken ist.«

Der Pfarrer musterte ihn eindringlich.

»Bitte«, flehte Simon. »Ich möchte wissen, woher ich stamme, wer mein leiblicher Vater ist.«

»Gott ist unser aller Vater. Auf ihn solltet Ihr vertrauen.«

Simon beugte sich vor, stützte sich auf den Knien ab. »Das tue ich. Im Vertrauen auf den HERRN habe ich mich aufgemacht, den Mann zu suchen, den der HERR auserwählt hat, mich zu zeugen. Seid Ihr nicht auch froh, Euren irdischen Vater zu kennen?«

Der Pfarrer seufzte. »Ich weiß nicht, ob ich es Euch erzählen soll.«

»Ich flehe Euch an. Seit dem Tod meines Vaters liegt mein Leben in Scherben, und ich bin dabei, sie wieder einzusammeln. Bitte helft mir!«

Er hob den Finger. »Also gut. Aber ich will keine Beschwerden von Eurer Mutter.«

»Dafür sorge ich.«

Der Pfarrer nickte, ließ sich Zeit. Am liebsten hätte Simon ihn geschüttelt und die Antwort aus ihm herausgepresst.

»Eure Mutter kam aus Sachsen.«

»Aus Sachsen? Haben sie gesagt, warum sie die weite Reise auf sich genommen hat?«

»Sie war bei ihrem Vater in Ungnade gefallen. Der Grund war offensichtlich.«

»Wisst Ihr, wer mein Vater ist?«

Der Pfarrer schüttelte den Kopf. »Sie sagte, sie hatte heiraten wollen, doch der Vater des Kindes war verschwunden.«

»Wer?« Simon ballte die Hand. Wer hatte seiner Mutter das angetan?

»Mehr weiß ich nicht.«

»Aber ich muss es wissen.«

»Ihr solltet die Vergangenheit ruhen lassen.«

Simon stand auf. »Das kann ich nicht. Mein Leben hängt davon ab.«

»Der Drucker hat Größe bewiesen, dass er Eure Mutter in dem Zustand zu seinem Eheweib genommen hat.«

Vielleicht hatte er sie nur wegen des Geldes geheiratet. Aber konnte das wirklich sein? Die beiden waren immer so liebevoll miteinander umgegangen. Oder hatten sie das nur vorgetäuscht? Nein, das hätten sie nicht so viele Jahre durchhalten können. »Ich danke Euch«, sagte Simon.

Der Pfarrer brachte ihn zur Tür. Der hölzerne Boden knarzte bei jedem Schritt des Beleibten.

»Geht nicht zu streng mit Eurer Mutter ins Gericht. Sie wird für ihre Sünden vor Gott bezahlen müssen.«

Simon nickte und trat nach draußen. Sie hatte einen Verlobten gehabt, der sie ausgenutzt und sitzen gelassen hatte. Sie war nicht das Opfer einer Vergewaltigung gewesen, sondern hatte sich ihr Schicksal selbst zuzuschreiben. Jetzt musste sie ihm endlich erzählen, was geschehen war.

***

Kuntz sah Pauli im Innenhof und lief ihm hinterher. Jonata brachte die Einkäufe in die Schenke und in die Küche.

»Ist Vater in der Brauerei?«, fragte sie.

»Heute ist die Sitzung der Bruderschaft.« Elisabeth sah vom Abwasch auf.

Das hatte ihr Vater gar nicht erwähnt. Das bedeutete, er würde Franz Magnus wiedersehen. Was würde er mit dem anderen Brauer vereinbaren? Sie hätte heute Morgen mit ihm sprechen sollen, doch da hatte ihr noch die Kraft dazu gefehlt. Jetzt, da sie wusste, dass Enderlin hinter allem steckte, würden ihr die Worte leicht über die Lippen kommen. Sie ballte die Hand.

»Wusstest du, dass Enderlin durch die Stadt streift?«, fragte Jonata.

»Er war letztens noch einmal zum Essen hier.«

»Wusstest du, dass er Vater vorgeschlagen hat, mich zu verheiraten? Er hat ihn auch auf Sebalt gebracht.«

»Nein, davon wusste ich nichts.«

»Was interessiert er sich plötzlich für mein Leben? Und wieso, bei allen Heiligen, verlässt er das Kloster so oft?«

Elisabeth trat zu ihr und strich ihr über die Schulter. »Das weiß ich nicht, aber er hat sicherlich nur dein Bestes im Sinn.«

»Mein Bestes?« Jonata trat einen Schritt zurück. »Weißt du, wer Sebalt ist?«

»Natürlich. Ich habe ihn auf der Beerdigung von Lucas gesehen.«

»Er ist hässlich und grob. Ich will ihn nicht zum Ehemann.«

»Wenn dein Vater es so wünscht.«

»Er hat mir einmal ein Versprechen gegeben. Ein Versprechen, auf das ich mich verlassen konnte, bis einer meiner Brüder gestorben und der andere aus dem Kloster ausgebrochen ist.«

»Ach, meine Liebe. Reg dich nicht auf. Dir fehlt Lucas, aber auch deinem Vater fällt es schwer.«

»Es geht doch nicht nur um Lucas. Es geht um mein Leben!« Sie holte tief Luft. Es nutzte nichts, sie wollte ihre Ziehmutter nicht weiter anschreien. Jonata lief nach draußen und ließ sich auf der Steintreppe nieder. Sie durfte nicht unfair werden. Elisabeth konnte nichts dafür.

Steffan spannte Bernando vor den Karren und lud mehrere Bierfässer auf.

»Wohin fährst du?«, fragte sie.

»Bier ausfahren.«

»Bringst du auch Fässer zum Drucker Simon von Werden?«

Er sah sie skeptisch an. »Haben es dir auch die Drucker Kölns angetan?«

»Fährst du nun zu ihm oder nicht?«

»Ja«, brummte er. Es schien ihm nicht zu gefallen, dass sie ihn danach fragte.

»Ich fahre mit.« Sie lief in ihre Kammer und holte die Drucke Luthers. Sie würde ihm die Schriften zeigen, vielleicht ließ er sich so schneller überzeugen.

Sie lieferten mehrere Fässer an verschiedene Kunden aus, bis sie zur Druckerei der von Werdens kamen. Eine Frau öffnete ihnen und ließ sich von Steffan das Fass in den Keller bringen.

»Wo ist die Druckerei?«, fragte Jonata.

Die ältere Frau musterte sie interessiert. Ihre Schürze war dreckig, und Schweiß stand auf ihrer Stirn. Sie wies auf eine Tür.

»Ist Simon von Werden dort?«

Sie zog die Stirn in Falten. »Was wollt Ihr von meinem Sohn?«

Jonata hob die Drucke hoch. »Ich wollte ihm neue Schriften aus Sachsen zeigen.«

»Mein jüngerer Sohn Nickell führt die Druckerei«, sagte sie.

Unschlüssig blickte Jonata zwischen der Tür zur Werkstatt und der Treppe hin und her. Sie würde den Mann mit den unterschiedlich farbigen Augen nicht zu Gesicht bekommen. Sie hatte nicht gedacht, dass es sie so betrüben würde. Aber er sollte ihr doch nur helfen. Sie konnte ebenso gut den Bruder danach fragen.

»Darf ich?«, fragte Jonata und zeigte auf die Tür. Die alte Frau zögerte. Warum nur? War es keine gute Idee gewesen, herzukommen?

Steffan kam die Treppe wieder hinauf. »Das Fass steht in Eurem Vorratskeller.«

»Habt vielen Dank.«

»Kommst du?«, fragte er Jonata.

»Ich wollte dem Drucker etwas zeigen.«

»Etwa deine Ketzerschriften?«

Die Frau riss die Augen auf.

»Ob es sich um ketzerische Schriften handelt, soll der Drucker entscheiden«, sagte Jonata.

»Ich fahre zurück. Ich werde in der Brauerei gebraucht. Kommst du mit oder nicht?«

»Wir drucken keine Ketzerschriften«, warf die Frau ein.

»Da hörst du es«, sagte Steffan.

In diesem Moment kam Simon von Werden die Treppe herunter. »Ihr?« Sein Kopf glühte wie ein Schmiedestab. Es schien kein guter Moment zu sein.

»Verzeiht. Ich dachte, ich würde Euch in der Druckerei antreffen«, sagte Jonata.

»Ihr habt die Drucke mitgebracht?« Er zeigte auf die Blätter in ihrer Hand.

»Du lässt dir von dieser Göre doch wohl keine Ketzerschriften andrehen!«, sagte die Mutter und sah ihn warnend an.

»Kommt mit in die Stube«, forderte Simon von Werden sie auf.

»Ich fahre jetzt«, sagte Steffan. »Und du solltest mitkommen.«

»Fahr! Ich laufe nach Hause.«

Steffan schnaubte und verschwand.

Jonata folgte dem Drucker. Sie musste unbedingt mit ihrem Vater über die Schriften sprechen, bevor der Knecht es tat.

»Die Inquisition war im Haus, muss ich dich wirklich daran erinnern?« Die Stimme der Mutter hallte drohend zu ihnen. Die Inquisition? Was hatte das zu bedeuten?

Der Drucker führte sie in die Stube. Sie war klein, aber zweckmäßig eingerichtet. Ein offener Kamin in der Ecke, einige Kleidungsstücke hingen über einer Leine, die Bank umrundete den ganzen Raum, wurde nur von der Tür und der Feuerstelle unterbrochen. Auf dem Tisch standen frische Blumen. Mehrere

Kerzenhalter hingen an den Wänden, die bei Tageslicht, das durch das Fenster fiel, nicht benötigt wurden.

»Beachtet die Worte meiner Mutter nicht.«

Was würde die Inquisition von dieser Schrift halten? War es wirklich eine Ketzerschrift? Obwohl sich Luther auf die Heilige Schrift berief, hatte er selbst angedeutet, dass manche ihn als Ketzer schelten würden. Hoffentlich beging sie keinen Fehler. Aber sie musste jemanden finden, der die Texte druckte, und der einzige Drucker, den sie kannte, war Simon von Werden.

***

Warum hatte er die Brauerstochter nur in die Stube gebeten? Er hätte sie fahren lassen und vor seiner Mutter und dem Knecht das Gesicht wahren sollen. Er wollte sie vergessen, stattdessen tauchte sie immer öfter in seinem Leben auf.

Sie reichte ihm zwei Schriften.

»Setzen wir uns doch.« Er ließ sich auf einem Schemel nieder und betrachtete das erste Schriftstück. Sie nahm neben ihm Platz.

»Das sind die fünfundneunzig Thesen von Martinus Luther. Er schreibt, dass die Ablassprediger irren, die predigen, der Mensch sei durch Ablässe frei von jeder Strafe.«

Simon sah sie an. Ihre Augen glühten vor Begeisterung. Sie war mutig, ihm so offen eine ablasskritische Schrift zu zeigen.

»Er sagt, dass jeder Christ, der wirklich bereut, Anspruch auf den völligen Erlass der Strafen habe. Man brauche den Ablass nicht und solle lieber den Armen spenden, als den Bau des Petersdoms im entfernten Rom zu bezahlen«, fuhr sie fort.

»Ist das auch Eure Meinung?«

Sie zögerte, kaute auf der Unterlippe.

Er war unfair zu ihr, schließlich zweifelte er selbst, ob die überteuerten Ablassbriefe vor dem Fegefeuer schützen könnten. Da ermutigte er sie mit einem Lächeln.

Sie erwiderte das Lächeln. »Habt Ihr Euch nicht auch schon gefragt, warum nur sieben Jahre Ablass gewährt werden mit einem Brief? Aber wie viele Jahre muss eine Seele in dieser

Feuersbrunst ausharren? Wie viele Jahre Fegefeuer stehen für eine Sünde?«

Sie hatte einen scharfen Verstand. Plapperte nicht alles nach, was die Pfaffen erzählten.

»Ein guter Einwand. Was sagt Euer Beichtvater dazu?«

Sie lehnte sich zurück, sah auf die Hände. Ihre Finger waren zart, passend zu ihrer Gestalt. »Diese Frage konnte mir bisher keiner beantworten.« Sie lehnte sich wieder nach vorn, stützte sich mit den Armen auf dem Tisch ab. »Aber diese Schrift zeigt, dass die Frage unnötig ist. Der Ablassbrief kann mir die Strafen im Fegefeuer nicht erlassen. Und das müssen die Menschen Kölns erfahren. Sie werden allesamt betrogen.«

»Und wie wollt Ihr diese Schrift unter das Volk bringen? Die Inquisition schleicht durch die Gassen. Jeder Drucker, der sich nicht an die Zensurvorschriften hält, wird angezeigt.«

»Wir könnten die Schriften verkaufen. Der Buchführer Mathes Roht –«

»Ihr kennt Mathes Roht?«

»Mit ihm bin ich nach Sachsen gereist. Er hat mich erst auf Martinus Luther aufmerksam gemacht.«

Simon betrachtete die Schrift. Der Buchführer hatte meist ein gutes Näschen für lohnende Geschäfte. Aber dieser Druck war gefährlich. »Was ist mit der anderen Schrift?«

»›Ein Sermon von Ablass und Gnade‹. Luther hat sie fürs Volk geschrieben, direkt in deutscher Sprache. Er stützt sich auf die Heilige Schrift, sagt, dass Gott aus Gnade vergebe und der Ablass dazu verleite, keine guten Werke mehr zu tun. Man solle lieber den Bedürftigen geben und ein guter Christ sein. Ein Ablass aber könne einen Menschen nicht aus dem Fegefeuer befreien.«

Hatten sie das Geld für Martin umsonst ausgegeben? Er hatte geahnt, dass es nur Geldverschwendung war und sie die Münzen für die Druckerei hätten aufsparen sollen. Ihre Augen glühten, sie redete weiter, fasste ihm die ganze Schrift zusammen, als hätte sie die Zeilen stundenlang studiert. Wie ansteckend ihre Begeisterung war! Der Inhalt war eine Sensation, würde viele wachrütteln und die Inquisition auf den Plan rufen. Selbst wenn ihm die Druckerei gehören würde, könnte er die Drucke nicht einfach nachdrucken. Er würde sie anonym herstellen müssen, am besten, er druckte in der Nacht.

»Ist Mathes Roht in der Stadt?«, fragte er. Er könnte den Buchführer fragen, was von dieser Schrift zu halten war.

Die Brauerstochter schüttelte den Kopf, dabei lösten sich einige Strähnen aus der Haube. Sie schien sie zu nachlässig zu binden. »Ich habe ihn noch nicht gesehen.«

»Wenn ich die Schrift drucke, wer verkauft sie? Ich kann sie nicht in meiner Druckerei auslegen.«

Ihre Stupsnase kräuselte sich. »Ich könnte sie auf dem Markt verkaufen.«

»Habt Ihr Erfahrung damit?«

»Nein, aber –«

Er hob die Hand. »Unterschätzt es nicht. Die wenigsten können lesen. Drucke sind teuer, die Menschen werden sich kaum dafür die Münzen aus dem Beutel locken lassen.«

»Ich werde Mathes Roht um Unterstützung bitten«, sagte Jonata.

Simon fuhr mit den Fingern über das Papier. Vielleicht würde der Buchführer ihm einige Drucke abkaufen. »Und wer trägt die Kosten für die Herstellung? Kauft Ihr mir die Drucke ab?«

Sie stockte. »Darüber habe ich mir noch keine Gedanken gemacht. Ich könnte meinen Vater –«

»Seid Ihr sicher, dass Ihr Eurem Vater davon erzählen wollt? Als Meister der Bruderschaft könnte ihm großer Schaden zukommen.«

»Natürlich werde ich mit ihm über diese Texte sprechen. Ich bin nur noch nicht dazu gekommen.«

»Er weiß nicht, dass Ihr hier seid?«

»Nein.«

»Also gut. Lasst mir die Drucke hier. Ich werde sie erst einmal studieren.«

Sie zögerte.

»Ihr müsst mir die Schriften schon überlassen, wenn ich sie nachdrucken soll. Ihr könnt versichert sein, dass Ihr Eure Exemplare zurückerhalten werdet.«

»Gut. Dann komme ich morgen wieder.« Sie stand auf.

»Morgen?« Er lächelte. Sie schien es eilig zu haben. Dabei musste er erst das Problem mit seinem Bruder aus der Welt schaffen. Wer wusste, wie schnell er die Druckerei zurückerhielt, wenn er es überhaupt schaffte.

Er sollte es der Brauerstochter erzählen. Noch besser wäre es, wenn er ihr die Ketzerschriften in die Hand drückte und sie hinausjagte. Diese Drucke brachten ihn nur in Schwierigkeiten, *sie* bedeutete bloß Schwierigkeiten. Das begeisterte Glühen in ihren Augen hielt ihn jedoch davon ab. Er konnte sie nicht enttäuschen. Er erhob sich ebenfalls.

»Es sind kurze Schriften, meint Ihr nicht, dass Ihr sie zügig lesen könnt?«, fragte sie.

»Es gibt nicht nur diese Drucke in meinem Leben.«

Das Glühen in ihren Augen erlosch. Er vermisste es in dem Augenblick, in dem er es nicht mehr sah. »Ich komme zu Euch in die Brauerei, wenn ich fertig bin.«

Sie willigte ein, und er begleitete sie zur Tür. Sie drehte sich noch einmal um, war ihm so nahe, dass er einen schwachen Geruch nach Lavendel wahrnahm. Sein Atem beschleunigte sich. Wieso konnte er diese Frau nicht fortschicken?

»Bevor Ihr geht, verratet mir noch Euren Namen«, sagte er.

»Oh, den kennt Ihr noch nicht? Wie unhöflich.« Ihre Wangen erröteten, sie senkte kurz den Blick. »Jonata von Menden.«

»Ein schöner Name.« Was faselte er da? Er sollte sie vergessen! Er trat einen Schritt zurück. »Ihr werdet von mir hören.«

»Habt vielen Dank.«

Er schloss die Tür und lehnte sich daran. Ketzerschriften. Eine Frau, der er nicht zu nahe kommen sollte. Worauf ließ er sich nur ein?

»Ist sie endlich weg?«, fragte seine Mutter aus der oberen Etage. Er verdrehte die Augen. Jonata hatte ihn davon abgehalten, seine Mutter auf ihre Herkunft anzusprechen. Es war an der Zeit, das nachzuholen. Er stieg die Stufen hinauf in die Küche. Ihre Augen blitzten ärgerlich. »Hast du dir etwa die Ketzerschriften andrehen lassen?«

»Kümmere dich nicht darum.«

»Ich mache mir Sorgen. Die Inquisition war im Haus, und du begehst eine Dummheit.«

»Falls du es vergessen haben solltest: Nickell führt die Druckerei. Ich kann keine Schriften drucken.«

»Aber du würdest es tun, wenn du könntest. Was sind das für Texte?«

»Ich erzähle es dir, wenn du mir berichtest, warum du vor zweiundzwanzig Jahren aus Sachsen nach Köln gereist bist.«

»Was?« Sie ließ sich auf einen Schemel sinken, fasste sich an die Stirn. Ihre Augen wurden trübe.

»Ich habe herausgefunden, dass du einen Verlobten in Sachsen hattest, dass er dich sitzen gelassen hat und du bei deinem Vater in Ungnade gefallen bist. Und nach der Hochzeit konnte sich Martin dieses Haus leisten, obwohl er über kein Geld verfügte.«

Sie vergrub den Kopf in den Händen. »Wieso kannst du keine Ruhe geben?«

»Kannst du mich nicht verstehen?« Simon zog einen Schemel heran, setzte sich und ergriff ihre Hand. »Ich habe meinen Vater verloren, zweifach. Nickell hat mir die Druckerei weggenommen. Mein Leben liegt in Scherben seit Martins Tod. Ich suche nach einem Anker, der mich zurück in einen sicheren Hafen zieht.«

»Lass mich dieser Anker sein.« Ihre Augen flehten ihn an.

Er drückte ihre Hand. »Das bist du, aber das reicht nicht. Bin ich der Sohn eines reichen Kaufmanns? Hattest du deswegen das Geld für das Haus?«

Sie schüttelte den Kopf, eine Träne rann über ihre Wange. Simon wischte sie weg.

»Ich weiß, du willst dich nicht erinnern. Wenn du es mir verrätst, werde ich dich nie wieder damit belästigen, versprochen!«

Ihre Augen glänzten, die Lider flatterten. »Hätte Martin doch niemals dieses Testament geschrieben.« Ihr Körper bebte, ein Weinkrampf erfasste sie. Simon nahm sie ihn den Arm und wiegte sie. Er strich ihr über den Rücken. Er konnte nicht sagen, wie lange sie dort saßen, Arm in Arm. Als sie sich beruhigt hatte, löste sie sich von ihm. Sie wischte sich die Tränen aus dem Gesicht. »Können wir das nicht einfach vergessen?«

»Martin ist tot. Nickell ist unten in der Druckerei. Die Druckerbruderschaft weiß Bescheid. Wie sollten wir … wie sollte ich das vergessen?«

Mit einem Ruck stand sie auf. »Glaub mir, du willst nicht wissen, wer dein Erzeuger ist. Martin ist und bleibt dein Vater.«

Er wollte es dementieren, doch sie war bereits im Begriff, die Küche zu verlassen, als Michel auf der Schwelle auftauchte. Er schien das Sommersprossengesicht zwischen den hochgezogenen Schultern einzuklemmen. »Ich soll hier helfen«, sagte er zögerlich.

»Wo ist Nickell?«, fragte Simon.

»Er braucht mich heute nicht mehr.«

Schritte ertönten auf den Stufen.

»Komm rein«, sagte Simon, stand auf und warf einen Blick ins Treppenhaus. Nickell ging in seine Kammer und kam kurze Zeit später mit der Laterne zurück.

»Reicht dir die Druckerei nicht?«, fragte Simon.

»Das geht dich nichts an«, sagte Nickell, ohne ihn eines Blickes zu würdigen, und lief die Treppe hinunter. Er würde morgen zu müde sein, um in der Werkstatt zu arbeiten. Außerdem war es noch viel zu früh, um als Leuchtemann Dienste anzubieten. Die Dämmerung hatte noch nicht einmal eingesetzt. Würde er mit Klaus in einer Schenke die Nacht einläuten? Oder was hatte er vor? Das musste Simon herausfinden.

»Warte mit dem Essen nicht auf mich«, raunte er seiner Mutter zu.

Als Simon die Haustür ins Schloss fallen hörte, stürmte er seinem Bruder hinterher. Nickell ging in nördlicher Richtung. Simon folgte ihm mit ausreichendem Abstand, fand sich bald vor dem Haus von Hans von Rheinbach wieder.

Was hatte er schon wieder mit dem Meister der Bruderschaft zu schaffen? Doch anstatt zu klopfen, imitierte Nickell den Ruf eines Käuzchens und verschwand in einer Häusernische. Kurze Zeit später trat eine junge Frau heraus. Hand in Hand liefen sie die Gasse entlang.

Das durfte doch nicht wahr sein! Nickell traf sich heimlich mit der Tochter von Hans von Rheinbach. Simon setzte ihnen nach.

Als die Felder in Sicht kamen, vergrößerte er den Abstand, um nicht von ihnen gesehen zu werden. Ein Karren rumpelte vorbei, und er musste in einen Hauseingang ausweichen. Als er weiterging, sah er sie nicht mehr. Wohin waren sie verschwunden? Er lief ein paar Schritte weiter, stoppte. War er aufgeflogen? Dann hörte er verdächtige Geräusche aus einem heruntergekommenen Schuppen. Er lehnte sich an die Wand und lauschte. Die beiden waren da drin. Simon lief um das Gebäude herum und spähte durch eine Fensteröffnung. Sie stand an der Wand, hatte die Haube abgestreift, die langen schwarzen Haare fielen über ihre Schulter. Nickell drückte sich an sie, küsste sie und nestelte an dem Kleid.

Sollte er sich das wirklich ansehen? Zumindest musste er wissen, wie weit sie gehen würden. Das war seine Möglichkeit, die Druckerei zurückzubekommen. Nickell zog ihr das Kleid über die Schulter, sie stöhnte. Die beiden ließen sich auf dem Boden nieder. Simon musste den Kopf höher heben, um noch etwas zu sehen. Nickell hatte die Hose heruntergezogen. Er bedeckte ihren Körper mit Küssen. Sie keuchte.

Simon duckte sich, er hatte genug gesehen. Nur noch schnell weg. Gebückt schlich er um die Hütte und stieß dabei gegen einen alten Krug, der in Scherben zerbrach. Verflucht! Er hielt inne, horchte.

»Was war das?«, fragte die junge Frau.

Simon erhob sich und rannte los, verschwand im Schatten des nächsten Hauses. Keiner folgte ihm. Er musste sich genau überlegen, was er mit diesem Wissen anfangen würde.

***

Enderlin ließ das Buch auf den Schoß sinken und rieb sich die Stirn. Quentells Stimme hallte in seinem Kopf. »Ihr seid eine Schande für den HERRN!« Er schaffte es nicht, sich auf das Inquisitionshandbuch zu konzentrieren, sosehr er es auch versuchte. War er der Richtige für diese Aufgabe? Jetzt hatte er alle Druckereien überprüft und nichts gefunden. Dass die Einwohner Kölns so gottesfürchtig waren, wie es sich darstellte, mochte er nicht glauben. Die Ketzer waren da, lebten unter ihnen wie Ratten, die man ausrotten musste. Es wäre von Vorteil, einmal eine Schrift dieses Luthers zu lesen. Der Zensor hatte davon gesprochen, dass ihm die Thesen zur Genehmigung vorgelegen hatten. Sie mussten schon in der Stadt kursieren.

Schnelle Schritte ertönten im Kreuzgarten. Der Infirmarius stürmte auf ihn zu, völlig außer Atem, auf der Stirn glänzten Schweißperlen. »Der Subprior.« Er beugte sich vor, stützte sich auf den Knien ab. »Auf dem Weg zur Latrine ist er die Treppe hinuntergestürzt.« Der Schreck stand in seinen Augen. »Hol den Medicus Loffler. Dafür reicht meine Arznei nicht aus.«

Enderlin erhob sich. »Was ist mit ihm?«

»Sein Bein ist gebrochen. Der Knochen schaut heraus.«

»Wo finde ich diesen Medicus?«

»Nahe der Universität. Du erkennst das Haus an dem Äskulapstab.«

»Geh selbst, wenn du weißt, wo er wohnt.«

»Ich darf die Klausur nicht verlassen. Außerdem muss ich beim Subprior bleiben.«

Enderlin drückte dem Infirmarius das Buch in die Hand und lief los.

Als Enderlin die Universität erreichte, schnappte er nach Luft. Er packte einen Scholar am Ärmel. »Wo wohnt der Medicus?«

Der Scholar zeigte die Straße hinunter. »Das Haus an der nächsten Ecke.«

»Habt Dank.« Er rannte weiter. An der Tür war der Stab mit der Schlange abgebildet. Enderlin hämmerte gegen das Holz, trat einen Schritt zurück, wartete, klopfte erneut. Wieso machte keiner auf? »Ist jemand da?«

Im nächsten Augenblick schwang die Tür auf, und eine alte Frau erschien. Ihre mit rotem Saft befleckte Schürze und das einfache Leinenkleid wiesen sie als Magd aus.

»Ich muss zum Medicus«, sagte er.

»Ein Mönch?« Sie zog skeptisch die Augenbrauen hoch.

»Es eilt!«

»Der Medicus ist nicht im Haus.« Sie stützte sich am Türrahmen ab. »Habt Ihr Pfaffen keine Spitäler in Euren Klöstern?«

Was fiel dem Weib ein, so dumme Fragen zu stellen? »Wo finde ich ihn?«

»Er besucht Kranke.«

»Wo?«

Sie zuckte mit den Schultern. »Er ist mir keine Rechenschaft schuldig.«

»Irgendjemand muss uns helfen. Der Subprior ist schwer verletzt.«

»Betet für ihn!«

Was für ein unverschämtes Weib. »Habt Ihr kein Mitgefühl?« Er trat einen Schritt zurück. Was sollte er jetzt machen?

»Geht zum Bader. Er wohnt in der Gasse rechts ums Eck.« Sie wies ihm die Richtung und schloss die Tür.

Was würde der Infirmarius sagen, wenn er einen Bader mit ins Kloster brachte?

KAPITEL 15

Jonata schreckte hoch, atmete flach. Sie hatte geträumt. Von den unterschiedlich farbigen Augen. Das eine braun, das andere grün. Sie hatte ihn an sich gezogen und geküsst. Er hatte den Kuss erwidert. Scham stieg ihr in den Kopf. Es war nur ein Traum! Sei nicht albern, schalt sie sich in Gedanken. Und doch – wie konnte sie nur? Was wusste sie schon von ihm? Gar nichts.

Entschlossen stand sie auf und zog sich an. War es richtig gewesen, ihm die Drucke zu überlassen? Er hatte die Inquisition erwähnt. Was, wenn es wirklich eine Ketzerschrift war? Würde er sie anzeigen? Nein, er würde sie nicht verraten, das hatte sie gespürt. Er war ebenso fasziniert von Luthers Aussagen über das Fegefeuer wie sie. Wieso konnte sie nicht einfach diese Augen vergessen? Er sollte bloß die Schriften nachdrucken.

Sie lief in die Küche und half ihrer Ziehmutter bei den Vorbereitungen für das Frühmahl.

Figen kam die Treppe heruntergetorkelt. Schlaftrunken rieb sie sich die Augen. »Da bist du ja endlich«, sagte Elisabeth. »Das lange Schlafen werden wir noch aus dir heraustreiben.« Jonatas Ziehmutter drückte der Magd einen Eimer in die Hand. »Geh und hol Wasser!«

Figen trottete nach draußen.

»Die Schnellste ist sie auch nicht.« Elisabeth verdrehte die Augen.

»Hab Geduld mit ihr.«

»Warum?«

»Sie ist noch jung.«

»Ich war jünger, als ich Magd wurde. Meine Herrin hätte mich aus dem Bett geprügelt, wenn ich nicht aufgestanden wäre. Sie hat es noch gut bei mir!«

Jonata lächelte.

Beim Frühmahl würdigte ihr Vater sie keines Blickes. Dicke Augenringe zeugten von einer langen Nacht. Wahrscheinlich war nach der Sitzung das Bier in Strömen geflossen.

Als er nach dem Mahl die Stube verlassen wollte, stellte Jonata sich ihm in den Weg. »Ich muss mit dir reden.«

»Jetzt willst du also reden?«

Sie sah zu Boden. Sie hatte sich unmöglich ihm gegenüber verhalten, hatte ihn nach dem Essen stehen lassen. Aber er hatte sein Versprechen nicht eingehalten. Was erwartete er von ihr?

»Es tut mir leid, wenn ich dich enttäuscht habe.«

»Enttäuscht? Undankbar bist du und stur.«

Sie zog ihn zur Seite, wartete, bis Mägde und Lehrlinge den Raum verlassen hatten. »Ich möchte nicht undankbar sein, doch du hast mich überrumpelt mit deinem Vorhaben. Und dann auch noch Sebalt.«

»Darüber diskutieren wir nicht. Ich bin mit Franz übereingekommen.«

Ihr stockte der Atem. »Nein! Das darfst du nicht.« Sie packte seinen Arm. »Bitte nicht Sebalt!«

»Er wird dir ein guter Ehemann sein.«

»Du hast ihn doch nur ausgesucht, weil Enderlin ihn vorgeschlagen hat.«

Er verengte die Augen. »Woher weißt du das? Hat Elisabeth es dir verraten?«

Sie schüttelte den Kopf. »Ich habe Enderlin auf dem Markt getroffen. Immer wieder verlässt er den Konvent. Ich verstehe nicht, weshalb er sich in unser Leben einmischt. Vater«, sie fasste seine Schultern, »du hattest mir einmal versprochen, dass wir meinen Ehemann gemeinsam auswählen.«

Er trat zurück, wischte sich über die Ärmel, als gälte es, ihre Berührung abzustreifen. »Die Situation hat sich geändert.«

»Weil Lucas gestorben ist?«

Er nickte. »Ich muss an die Zukunft der Brauerei denken.«

»Bist du krank oder gebrechlich? Hast du vor, Lucas alsbald ins Grab zu folgen? Bitte, Vater, gib mir Zeit, mich an den Gedanken einer Ehe zu gewöhnen. Wie kann ich mich einem Mann zuwenden, wenn mein Herz noch voller Trauer ist? Nicht nur du hast einen Sohn verloren, auch ich den geliebten Bruder!«

Er zögerte, musterte sie, strich über ihre Schulter. »Es tut mir leid, ich habe Franz bereits die Zusage gegeben. Wir haben nach der Sitzung auf die neue Verbindung getrunken.«

»Du musst das Versprechen auflösen!«

»Wie soll ich das tun, ohne das Gesicht zu verlieren?«

»Ist dir ein Fremder wichtiger als dein eigen Fleisch und Blut? Gilt dein Wort gegenüber deiner Tochter nichts?«

»Auch deine Mutter und ich mussten nach der Hochzeit erst zueinanderfinden. Es hat lange gedauert, bis sie ihr Herz öffnen konnte, doch schließlich haben wir innige Zuneigung füreinander empfunden, bis ...« Er senkte den Kopf.

Sie schluckte. Wie gern hätte sie ihre Mutter kennengelernt. Wenn sie noch leben würde, könnte sie mit ihr darüber sprechen, hätte vielleicht eine Unterstützerin. Jede Frau musste sehen, was für ein Kerl Sebalt war. Ein Schauer lief ihr über den Rücken.

»Sie fehlt mir«, fuhr er fort. Er hob den Kopf. Hatte er Tränen in den Augen? Davon würde sie sich nicht erweichen lassen. »Du wirst dich an ihn gewöhnen.«

»An Sebalt? Niemals. Er ist eine widerliche Kreatur. Wenn ich an ihn denke, wird mir speiübel.«

Seine Augen zuckten ruhelos hin und her. »So schlimm?«

»Hättest du mich vorher gefragt, hättest du es gewusst.«

»Ich dachte, es wäre in deinem Sinne.«

»Wirst du das Versprechen wieder lösen?«

Er strich sich über das Kinn, zögerte.

»Versprich es mir!« Sie trat näher, griff nach seiner Hand. »Bitte.«

Er antwortete nicht, sah sie traurig an.

Sie seufzte. Warum war ihm die Brauerei wichtiger als sie? »Lucas hätte es nicht zugelassen, dass du mich mit ihm verheiratest«, sagte sie und lief aus der Stube. Sie wollte nicht, dass er ihre Verzweiflungstränen sah.

***

Ein zögerliches Klopfen an der Tür der Druckerei.

»Herein«, sagte Simon und sah von der Schrift auf. »Ein Sermon von Ablass und Gnade« konnte ein Vermögen einbringen.

Die Tür öffnete sich, und Michel stand auf der Schwelle. »Wo ist Nickell?«, fragte er.

»Ich glaube kaum, dass er heute die Druckerei betreten wird.«

Der Lehrling atmete erleichtert auf, blieb unschlüssig stehen.

Simon winkte ihn zu sich. »Komm rein. Zeig mir, woran ihr gestern gearbeitet habt.«

Michel wies auf die Blätter an den Leinen.

»Mehr habt ihr nicht geschafft?« Der Bogen war bloß auf der einen Seite mit zwei Buchseiten bedruckt.

»Nein. Er hat mir viel gezeigt.«

Simon seufzte, nahm ein Blatt ab und las es durch. Er fand auf Anhieb zwei Fehler, außerdem waren die Zeilen ungleichmäßig gesetzt. So würde Nickell nur einen geringen Preis für das Buch erzielen können.

»Setz dich.« Simon ließ Michel vor dem Setzkasten Platz nehmen. Es war an der Zeit, herauszufinden, was der Junge konnte. Simon drückte ihm die »Legenda aurea« in die Hand. »Lies mir die Seite vor.«

Michel sah ihn mit großen Augen an, doch er gehorchte, begann zu lesen, stockend, aber es ging.

»Und nun übersetz mir den Text.«

Schrecken stand in seinem Gesicht.

»Bist du des Lateinischen mächtig?«

Michel schüttelte den Kopf und sah zu Boden.

»Dem werden wir abhelfen müssen. Es ist wichtig, die Sprache der Gelehrten zu beherrschen. Weißt du, warum?«

Wieder ein Kopfschütteln. Was hatte Quentell diesem Bengel überhaupt beigebracht? Simon drückte ihm den frisch bedruckten Bogen in die Hand. »Vergleich die ersten beiden Seiten, und gleich sagst du mir, wo der Unterschied liegt.« Erschrocken sah ihn das Sommersprossengesicht an. »Keine Angst. Ich gebe dir genug Zeit. Studiere den Text Buchstabe für Buchstabe.«

Simon setzte sich an den Schreibtisch und widmete sich der Schrift Luthers.

Als die Haustür aufging, passte er Nickell im Flur ab. Dicke Ringe lagen unter seinen geröteten Augen. Hatte er sich die ganze Zeit mit der Frau vergnügt oder sich mit der Laterne Geld dazuverdient? Egal, was es war, es war nicht förderlich für die Druckerei.

»Was machst du in meiner Druckerei?«, fragte Nickell scharf.

Sollte er ihn jetzt mit seiner Erkenntnis konfrontieren? Doch sein Bruder war viel zu müde für eine Diskussion. »Ich warte auf dich«, sagte Simon stattdessen. »Dein Lehrling will unterrichtet werden.«

Nickell schnaubte. »Rühr mein Buch nicht an.«

»Ich habe Fehler gefunden. Soll ich die Bogen noch einmal drucken?«

Nickells Augen funkelten ihn an. »Du Besserwisser!«

»Willst du ein Buch mit Fehlern herausgeben?«

»Halt dich von meiner Druckerei fern!« Nickell trat auf ihn zu, hob drohend die Hand.

»Und jetzt? Willst du mich schlagen? Nur zu! Du wirst sehen, was du davon hast. Keinen weiteren Tag wird dir die Druckerei gehören, wenn du so weitermachst.«

Nickell ließ die Hand sinken. »Tu, was du nicht lassen kannst«, sagte er und stapfte die Treppe hoch zu seiner Kammer.

Simon ging zurück in die Werkstatt. Michel sah ihn verschüchtert an. Wie konnte er diesen Jungen nur aus der Reserve locken? Er ging zu ihm und sah ihm über die Schulter. »Kannst du mir schon etwas sagen?«

Der Lehrling nickte und zeigte ihm die beiden Fehler im Satz.

»Sehr gut. Du hast scharfe Augen.« Er tippte dem Jungen auf die Brust. »Und wenn du Latein lernst, entdeckst du diese Fehler noch schneller.«

Er würde ihn bei der Lateinschule anmelden, aber erst wenn ihm die Druckerei gehörte. Es würde höchstens noch einen Tag dauern. Dann berichtigte er die Sätze und druckte die Bogen neu. Zum Glück hatte Nickell die Sätze noch nicht ausgehoben und die Lettern wieder in den Setzkasten einsortiert.

Beim Nachtmahl würdigte Nickell Simon keines Blickes, sondern aß wortlos Suppe, Brot und Hering. Als er fertig war und aufstehen wollte, sagte Simon: »Gehen wir in die Werkstatt? Ich muss mit dir reden.«

»Ich aber nicht mit dir.«

»Glaub mir, das möchtest du!« Simon packte Nickell am Arm und zog ihn aus der Küche. Brummend folgte sein Bruder ihm in die Druckerei.

»Willst du mir wieder einen Vortrag über meine fehlenden Lateinkenntnisse halten?«

»Das wäre durchaus angebracht, aber nein. Hast du einen Meister für die Druckerei?«

»Was schert es dich?«

»Weil du nachts einer anderen Beschäftigung nachgehst und tagsüber keine Kraft hast, um hier zu arbeiten.«

»Das geht dich nichts an. Du setzt keinen Fuß mehr in die Werkstatt.« Nickell gab ihm einen leichten Schubs.

»Was soll dein Lehrling machen, wenn du nicht in der Werkstatt auftauchst?«

»Was weiß ich? Er soll Mutter im Haus helfen.«

»Was soll er dabei lernen?«

»Deine Fragerei geht mir auf die Nerven. Verschwinde!«

»Du solltest dir überlegen, wie du mit mir sprichst.« Simon konnte sich ein Grinsen nicht verkneifen.

»Warum lachst du?«

»Weil du mir keine Wahl gibst. Du wirst morgen zu Hans von Rheinbach gehen und ihm sagen, dass du dich der Aufgabe nicht gewachsen fühlst und ich die Druckerei übernehmen soll.«

»Bist du vom Teufel besessen? Warum sollte ich?« Sein Gesicht wurde rot.

»Weil es nicht gut für dich wäre, wenn ich ihm erzähle, dass du dich mit seiner Tochter vergnügst. Ich habe euch gesehen. Gestern in dem alten Schuppen. Das wird ihrem Vater nicht gefallen.«

»Du Mistkerl«, schrie Nickell, trat auf ihn zu und hob die Hand. »Ich werde dich –«

»Verprügeln? Mach nur!« Simon straffte die Schultern, trat so nah an den Bruder heran, dass sich ihre Nasenspitzen fast berührten.

»Ich sollte dich umbringen«, zischte Nickell.

»Das würdest du nicht wagen.«

»Du raubst mir mein Erbe.«

»Wenn du noch möchtest, kannst du deine Gesellenzeit in der Druckerei ableisten, wie unser Vater es in seinem Testament verfügt hat.«

Nickell schnaufte. »Du … du …«

Simon nahm Jonatas Schriften vom Schreibtisch. Er wollte nicht riskieren, dass Nickell sie aus Wut zerriss. »Überleg es dir«, sagte er und verließ die Werkstatt.

***

Enderlin klopfte heftig an die Tür des Baders. Ein Mann mit lockigen Haaren in einem braunen Gewand, das mit goldenen Streifen versehen war, öffnete ihm.

»Seid Ihr der Bader?«

»Der bin ich. Verlangt es Euch nach einem Bad, oder zwickt Euch ein Zahn? Eine Rasur scheint Ihr nicht nötig zu haben.«

»Kennt Ihr Euch mit Knochenbrüchen aus?«

»Knochenbrüche? Welcher Art?«

»Der Subprior ist die Treppe hinuntergestürzt und hat sich das Bein gebrochen. Der Knochen guckt heraus.«

»Dafür solltet Ihr den Medicus konsultieren. Ich kümmere mich um Wunden, Husten oder lasse die Leute zur Ader.«

»Der Medicus ist nicht da. Seine Magd hat mich zu Euch geschickt.«

»Diese Metze«, murmelte der Bader. »Er ist nicht der einzige Medicus in Köln. Für Knochenbrüche empfehle ich allerdings den Scharfrichter.«

Enderlin wich einen Schritt zurück. »Seid Ihr von Sinnen?«

»Werter Bruder!« Der Bader kreuzte die Arme vor der Brust. »Der Scharfrichter kennt sich am besten mit Brüchen aus, muss sie bei Folterungen immer wieder zusammenflicken.«

»Niemals kann ich einen Henker ins Kloster führen.«

Der Bader nickte, fuhr sich durch die Locken. »Dann also Medicus von Schermbeck. Er wohnt in der Nähe des Rheins.«

Das Haus des Medicus hatte Enderlin schnell gefunden. Das Blut pochte in seinen Schläfen, er lehnte sich an den Türrahmen, um seinen Atem zu beruhigen. Diesmal öffnete eine junge Frau mit blonden Haaren, die sie mit einem roten Band zusammengebunden hatte. Das grüne Kleid glänzte im Sonnenlicht. Hoffentlich nicht schon wieder eine Enttäuschung.

»Ist der Medicus da?«

»Ich hole meinen Vater.«

Einen Augenblick später kam sie mit einem kräftigen Mann zurück. Seine Haare und der Vollbart waren ergraut. Er trug ein hölzernes Kreuz um den Hals, und Enderlin schöpfte neuen Mut.

»Wie kann ich Euch helfen?«, fragte der Medicus mit einem freundlichen Lächeln.

»Unser Subprior ist gestürzt und hat sich einen offenen Bruch am Bein zugezogen. Der Infirmarius braucht Eure Hilfe.«

Die Augen des Medicus verdüsterten sich. »Wartet kurz.« Er kam mit einem Leinenbeutel zurück und lief mit ihm eilenden Schrittes zum Kloster.

Es dauerte lange, bis Bruder Fritz die Luke zur Seite schob. War er etwa schon wieder eingenickt?

»Lass mich ein. Ich habe den Medicus für den Subprior dabei.« Die Pforte öffnete sich, und Enderlin führte den Medicus zum Spital. Die Schreie von Bruder Vallentin hallten durch die Gänge.

»Da bist du ja endlich! Wen hast du mitgebracht?«, fragte der Infirmarius. Seine Stirn war immer noch schweißbedeckt.

»Augustin von Schermbeck«, stellte sich der Medicus vor und verneigte sich. »Ihr habt einen Knochenbruch zu beklagen?«

Der Infirmarius ließ ihn eintreten. Er sah Enderlin fragend an. »Habe ich nicht gesagt, du solltest Medicus Loffler holen?«

»Schon, aber der war nicht zugegen«, sagte Enderlin.

Der Infirmarius trat in den Raum und zog die Tür hinter sich zu. »Ich werde Euch ebenso helfen können«, hörte Enderlin den Medicus sagen.

Er ließ sich auf der Steinbank nieder und lehnte den Kopf an die Wand. Konnte der Medicus den Subprior heilen? Ein gellender Schrei ertönte aus der Kammer, dass ihm ein Schauer über den Nacken fuhr. Was machte er mit ihm? Hatte er den Teufel heraufbeschworen? Was geschah, wenn der Subprior das nicht überlebte? Wer würde sein Nachfolger werden? Melchior mit Sicherheit, er war älter und beliebter bei den Mönchen. Und er selbst hatte noch keine Erfolge bei der Suche nach den Ketzern vorweisen können. Sollte der Skriptor das Amt zugewiesen bekommen, würde es für mehrere Jahrzehnte besetzt sein. Enderlin stand auf und lief zur Kapelle. Es war Zeit, für Bruder Vallentin zu beten.

***

»Was liest du da?« Nickell lehnte am Türrahmen. Simon war so in die Schrift vertieft gewesen, dass er seinen Bruder nicht hatte kommen hören. Das Talglicht war fast abgebrannt.

»Zwei Schriften von der Brauerstochter.« Den Inhalt behielt er lieber für sich. Nickell sollte die Ketzerschriften nicht gegen ihn verwenden können.

»Kommst du mit in einen Bierzapf? Wir sollten unsere Probleme aus der Welt schaffen. Das geht am besten bei einem Becher Bier.« Er lächelte, wobei die Lücke zwischen den Schneidezähnen zum Vorschein kam. Martins Zahnlücke. Wann hatte er Nickell das letzte Mal lächeln sehen? Wollte er wirklich den Zwiespalt zwischen ihnen beseitigen? Er schien keine Möglichkeit mehr zu sehen, wie er mit seinen Mitteln die Druckerei behalten sollte. Er würde versuchen, Simon für sich einzunehmen. Nach dem, was Nickell ihm an den Kopf geworfen hatte, sollte er nicht darauf eingehen. Aber er war immer noch sein Bruder, und solch ein versöhnliches Angebot musste er annehmen – Martin zuliebe. Simon stand auf und verstaute die Schriften in der Truhe.

Sie gingen in die nächstgelegene Schenke »Zum alten Ahorn«. Zwei längliche Tische dominierten den Raum. Das Schafsfell auf den Bänken machte das Sitzen bequem. Die Wand hatte ein Maler mit einer Schlachtszene verziert. Die Schankdame brachte ihnen zwei Becher Bier, zwinkerte Nickell zu und beugte sich so weit hinunter, dass das Kleid einen freizügigen Blick auf ihre Brüste freigab.

»Sie kennt dich wohl«, sagte Simon und hob den Krug.

Nickell zuckte mit den Schultern. »Sie glaubt, ich würde ihr den Hof machen.« Er hob ebenfalls den Krug und trank einen Schluck. Der Brauer hatte neben Hopfen Ingwer, Kümmel und Anis beigemischt, wie es bei dem Grutbier üblich war. Seit zwei Jahren hielten sich viele Brauer an das Reinheitsgebot und brauten das Gesöff nur mit Hopfen, was das Bier schmackhafter und haltbarer machte. Aber Simon war nicht wegen des Bieres gekommen. »Hast du ihr Anlass dazu gegeben?«

»Ihr? Niemals. Sie hat doch schon jeden zweiten Gast an ihren Busen grapschen lassen.«

Simon lächelte. Hatte die Druckerstocher Nickell so den Kopf verdreht? Noch vor einem Jahr war er Stammgast im Frauenhaus gewesen. »Wie heißt dein Liebchen eigentlich?«

»Adelhaid.«

»Das ist Adelhaid?« Simon schluckte, jene Nacht drückte sich mit aller Gewalt in seine Erinnerung zurück.

»Erst war sie todtraurig über den Verlust. Aber sie ließ sich trösten.« Nickell grinste. »Und sie lässt sich wunderbar trösten.« Sein Grinsen wurde breiter, er trank und rülpste.

»Was machst du, wenn Hans von Rheinbach davon erfährt?«

»Wir sind vorsichtig.«

»Dein Katz-und-Maus-Spiel hältst du nicht lange durch.«

»Wenn ich Meister bin, werden wir heiraten.«

»Und du glaubst nicht, dass Hans von Rheinbach seine Tochter vorher einem anderen Mann versprechen wird?«

»Er vergöttert sie. Sie ist die fünfte Tochter, und selbst die zweite ist noch nicht vermählt.« Nickell lehnte sich entspannt an die Wand. »Wir haben also Zeit.«

»Du wirst trotzdem zu ihm gehen und ihm sagen, dass du dich nicht in der Lage fühlst, die Druckerei zu führen, und sie gemäß dem Testament mir zusprechen willst.«

Nickell verschränkte die Arme vor der Brust. »Du lässt mir keine Wahl.«

»Wir werden gemeinsam die Aufträge bearbeiten, und du erhältst einen guten Lohn.«

»Das ist auch das Mindeste.«

»Wir sorgen dafür, dass die Druckerei floriert, und dann kann ich dir die zwanzig Gulden am Ende deiner Gesellenzeit geben, wie es Martins Wunsch war.«

»Und anschließend soll ich das Haus verlassen?«

»Du könntest dir mit dem Geld ein Haus kaufen, eine eigene Druckerei aufmachen und Adelhaid heiraten.«

»Du machst es dir einfach, weißt du das?« Nickell zog die Brauen zusammen, dann entspannte sich sein Gesicht.

Sie sprachen über die »Legenda aurea« und über den neuen Lehrling. Simon schlug vor, den Jungen auf die Lateinschule zu schicken, doch Nickell fand dies unnötig. Bald hätte Simons Bruder nicht mehr darüber zu entscheiden. Nickell bestellte den nächsten Krug Dickbier und danach noch einen. Simon wurde der Kopf schwer, doch die Stimmung löste sich, und sie konnten sogar über alte Kinderstreiche lachen.

»Wenn ich noch mehr trinke, falle ich um.« Simon erhob sich.

»Warte. Ein Bier noch!« Nickell hielt ihn am Arm und rief die Schankdame.

Simon schüttelte den Kopf. »Ich habe genug für heute. Kommst du mit nach Hause?«

»Noch nicht. Ich genehmige mir noch einen.«

Simon trat auf die Gasse und atmete die kühle Nachtluft ein. Sie ließ den Kopf klarer werden, trotzdem nahm er alles nur verschwommen wahr. Der Himmel war wolkenverhangen, sodass er die Häuser nur erahnen konnte. Gut, dass er es nicht weit hatte. Ein Leuchtemann hätte ihm gute Dienste erwiesen, aber nirgends konnte er jemanden erblicken.

Als er um die Ecke bog, hörte er ein Rascheln hinter sich. Er wandte sich um. Was war das? Er konzentrierte sich, versuchte, etwas zu erkennen, doch bei der Dunkelheit und in seiner Verfassung nahm er nur Schemen wahr. Eilige Schritte waren zu hören, kamen näher. Eine schwarze Gestalt schälte sich aus den Schatten der Nacht, stürzte mit erhobener Hand auf ihn zu. Trotz der Dunkelheit erkannte Simon eine Klinge. Ihm stockte der Atem. Was sollte das? Simon machte einen Satz zur Seite, wich dem Angreifer aus.

Mit einem Mal war er hellwach, sein Herzschlag galoppierte. Den Blick nach vorn gerichtet, nestelte er an seinem Lederbeutel und zog das neu gekaufte Messer hervor. Wo war er? Der Angreifer war wieder mit der Dunkelheit verschmolzen. Simon drehte sich um und rannte los. Sein Haus war nur eine Querstraße entfernt. Die Schritte kamen näher. Der Angreifer war schnell, hatte höchstwahrscheinlich kein Bier getrunken.

Als Simon ihn hinter sich spürte, sprang er über einen Zaun, umrundete einen Schuppen, fand auf der Rückseite eine Tür angelehnt. Er schlüpfte hinein, kniete sich hin und lauschte. Schweinegrunzen war zu hören, ansonsten war es still. Dann öffnete sich die Tür quietschend, ein Bein wurde hineingesetzt. Simon stürzte sich auf die Gestalt und schlug ihr das Messer aus der Hand. Ein Faustschlag in seinen Magen ließ ihn einknicken, doch geschwind erhob er sich. Die Gestalt bückte sich nach dem Messer, aber Simon packte sie am Umhang und hielt ihr das eigene Messer an die Kehle.

»Wer bist du?«, fragte Simon.

Die Gestalt krächzte.

»Du willst mich umbringen – warum?«

Die Gestalt schlug seinen Arm weg und trat ihm mit voller Wucht in den Magen. Simon taumelte zurück und knallte gegen einen Holzbalken. Im nächsten Moment war der Angreifer verschwunden.

Simon verharrte lange an dem Balken und lauschte. Als er sich sicher war, allein zu sein, kroch er über den Boden und suchte im Stroh nach dem Messer des Angreifers. Er nahm es an sich und verstaute es mit seinem eigenen in dem Beutel. Sein Herz raste immer noch, seine Hände zitterten, und sein Kopf wurde wieder schwer. Wer trachtete ihm nach dem Leben?

Er trat aus dem Schuppen, horchte. Niemand war da. War Nickell ihm gefolgt? Simon lief zurück zur Schenke. Sein Herzschlag pochte in seinen Schläfen, er zögerte einen Moment, bevor er in den stickigen Gastraum trat. Männer scherzten und lachten. Dort saß er, immer noch auf seinem Platz, und prostete einem Sitznachbarn zu. Er trank einen großen Schluck. Als er ihn wahrnahm, hob er überrascht die Brauen.

»Gelüstet es dich doch noch nach einem Bier?« Nickell wies auffordernd auf die Bank neben sich. »Was ist los? Du siehst aus, als hättest du einen Geist gesehen.«

Simon schüttelte den Kopf. »Nichts.« Wie hatte er denken können, dass sein eigener Bruder ihm etwas antun wollte? »Bis morgen«, murmelte er und verschwand nach draußen. Die Gasse war menschenleer. Dicke Tropfen platschten auf die Erde. Er machte, dass er nach Hause kam.

KAPITEL 16

Jonata packte den Korb fürs Waisenhaus. Am liebsten hätte sie Luthers Schrift mitgenommen, um Agnes daraus vorzulesen. Warum hatte der Drucker ihr die Schriften noch nicht zurückgebracht, wie er es versprochen hatte? Sollte sie zu ihm gehen? Aber er hatte ihr deutlich gesagt, dass er Zeit brauchte.

Als sie zurück in die Küche kam, trat Elisabeth zu ihr. »Dein Vater will mit dir sprechen.«

Jonata stellte den Korb auf die Kommode und ging in die Brauerei. Ihr Vater saß am Schreibtisch und schrieb in das Geschäftsbuch. Vor dem Tisch standen drei Fässer Bier. Als sie näher kam, sah er auf. Die Schatten unter seinen Augen zeugten von einer langen Nacht. Wahrscheinlich ihretwegen, aber da konnte sie nichts zu.

»Ich war bei Franz Magnus«, sagte er.

»Und?« Ihre Hände wurden feucht, ihr Herzschlag beschleunigte sich.

»Deine Sturheit kostet mich drei Fässer Bier.«

Sie lächelte. »Das heißt, du hast die Hochzeit abgesagt?« Sie lief zu ihm, legte den Kopf an seine Schulter. »Das werde ich dir nie vergessen.«

Er packte sie an den Armen und hielt sie ein Stück von sich weg, sah sie ernst an. »Ich habe ihm gesagt, dass du nach dem Tod von Lucas Zeit brauchst, um dich mit dem Gedanken an eine Vermählung anzufreunden.«

Sie trat einen Schritt zurück. »Das bedeutet?«

»Das bedeutet, du bekommst Zeit.«

»Aber er glaubt immer noch, dass ich eine Verbindung mit Sebalt eingehen werde?«

»Das wird die Zeit ergeben. Wir haben verabredet, dass jeder frei ist zu heiraten, aber nächstes Jahr werden wir uns erneut darüber unterhalten.«

»Nächstes Jahr schon?«

»Du hast Zeit, Sebalt besser kennenzulernen. Vielleicht änderst du deine Meinung.«

»Bevor ich ihn zum Mann nehme, versinke ich eher in den Fluten des Rheins.«

Er gab ihr eine Ohrfeige. Ihre Wange brannte. »So was will ich nie wieder hören!«

Sie hielt sich das Gesicht. »Dann verheirate mich nicht mit Sebalt.«

Sie wandte sich um und rannte hinaus. Niemals würde sie Sebalts Eheweib werden. Kennenlernen wollte sie ihn auch nicht. Warum musste sie jetzt schon heiraten? Sie zählte erst siebzehn Lenze. Viele Frauen lernten erst, als Magd den Haushalt zu führen, bevor ihnen ein Mann den Hof machte. Sie kannte Frauen, die erst mit dreißig heirateten. Sie hatte also noch viel Zeit.

»Was wollte er?«, fragte Elisabeth, als sie zurück ins Haus kam.

»Er gibt mir ein Jahr Zeit, bevor er erneut Hochzeitspläne schmiedet.«

Ihre Ziehmutter lächelte. »Du weißt es gar nicht zu schätzen. Wie viele Töchter haben schon die Möglichkeit, gegen eine vereinbarte Hochzeit Einwand zu erheben?«

Wenn sie wüsste, was ihr auf der Reise widerfahren war, könnte ihre Ziehmutter sie verstehen. Doch von jener Nacht würde Jonata ihr nie erzählen. Scham erfasste sie, als sie daran dachte, und sie sah zu Boden. So grob hatte er sie berührt.

»Was betrübt dich so?« Elisabeth fasste ihr unters Kinn und hob ihren Kopf. »Ist das nicht ein Grund zur Freude?«

Jonata zwang sich zu einem Lächeln. »Doch.« Sie hatte ein Jahr Zeit, musste sich überlegen, was sie wollte. Vielleicht würde ihr der richtige Mann noch über den Weg laufen.

Auf dem Weg zum Waisenhaus machte Jonata einen Abstecher zur Druckerei der von Werdens. Auf ihr Klopfen öffnete die alte Frau und sah sie feindselig an. »Was wollt Ihr schon wieder?«

»Zu Eurem Sohn Simon.«

»Ihr seid hier nicht willkommen!«

Was hatte die Mutter nur gegen sie? Lag es an den Lutherschriften oder an ihrem Wesen?

»Warum vergraulst du sie?« Simon von Werden erschien in der Tür, warf seiner Mutter einen verärgerten Blick zu.

»Kommt herein.« Der Drucker führte Jonata in die Werkstatt. Es roch nach Druckerfarbe und Papier. An den Leinen hingen frisch gedruckte Blätter. Ein Junge saß vor einer Art Kommode, auf der ein Kasten mit vielen kleinen Fächern angebracht war. Auf einem Ständer lag ein aufgeschlagenes Buch. Es war nicht die Lutherschrift, dafür war es zu dick.

Simon von Werden nahm zwei Schriften vom Schreibtisch und trat zu ihr. Was hatte das zu bedeuten? Wollte er ihr die Lutherschriften zurückgeben, ohne sie zu drucken? Hätte sie doch gewartet, bis er zu ihr gekommen wäre!

»Habt Ihr sie schon gelesen?«, fragte sie. »Ich bin auf dem Weg ins Waisenhaus.« Sie hob den Korb hoch.

»Ihr glaubt, dass die Lutherschriften das Richtige für die Kinder sind?«

»Nein. Ich wollte meiner Freundin vorlesen. Aber den Kindern lese ich Heiligenlegenden vor. Die Legende der heiligen Ursula kennen sie bald auswendig.«

»Ich drucke eine verkürzte Ausgabe der ›Legenda aurea‹. Wäre das etwas für Euch?«

Sie zögerte. »Ist sie auf Latein oder in deutscher Sprache?«

Simon von Werden lachte auf. Lachte er sie aus? »Ihr seid des Lateinischen also nicht mächtig?«

»Noch nicht. Ich hoffe, dass sich das irgendwann ändern wird.«

»Dann solltet Ihr mit meinem Lehrling zusammen die Lateinschule besuchen.«

Der Junge mit dem Sommersprossengesicht blickte schüchtern zu ihnen herüber.

»Ich glaube kaum, dass Frauen dort willkommen sind«, sagte sie. Das musste er doch wissen. Wollte er sie verhöhnen?

Sein Gesicht wurde ernst. »Da habt Ihr recht. Wer hat Euch das Lesen gelehrt?«

»Mein verstorbener Bruder.«

»Bei mir war es mein Vater, auch er ist vor Kurzem von uns gegangen. Der HERR möge sich ihrer Seelen annehmen.«

Lucas! Ihr Herz zog sich zusammen. Er hätte sie vor einer Hochzeit mit Sebalt bewahrt, hätte mit Vater geredet, mit ihm gestritten, wenn es nötig gewesen wäre.

»Den Pfaffen wird diese Schrift nicht gefallen und dem Erzbischof schon gar nicht«, sagte er.

»Was denkt Ihr darüber?«

Er sah sie unverwandt an. Seine Augen hielten ihren Blick gefangen. Sie waren wie der Spiegel einer unbekannten Seele, eines Selbst, das sie nicht kannte. Die unterschiedlich farbigen Augen verliehen seinem Gesicht eine irritierende Ungleichmäßigkeit und zugleich eine faszinierende Einzigartigkeit. Sie glaubte, den Boden unter den Füßen zu verlieren. Der Raum um sie herum schien zu verschwimmen. Sie blinzelte, musste sich zusammenreißen.

»Ich habe lange über die Worte dieses Luthers nachgedacht. Meiner Mutter zuliebe hatte ich einen Ablass für meinen Vater gekauft, doch lieber hätte ich das Geld für die Druckerei aufgespart.«

Konnte er mit diesen Ablasszetteln auch nichts anfangen?

»Die Drucke sind eine Sensation, aber gefährlich wie das Henkersschwert«, fuhr er fort.

»Werdet Ihr sie nachdrucken?« Sie sah ihn hoffnungsvoll an.

Er seufzte, sah auf die Drucke in seiner Hand. »Ich werde erst mit dem Buchführer sprechen.«

»Auch ich werde Euch Schriften abkaufen.« Wie sie die loswerden würde, wusste sie noch nicht, aber es würde sich ein Weg finden.

»Ihr habt schon mit Eurem Vater gesprochen?«

»Noch nicht, aber es soll Euer Schaden nicht sein. Ihr bekommt Euer Geld.«

In dem Moment riss ein Mann die Tür auf und betrat schwungvoll die Druckerei. Seine Augen blitzten feindselig. Als er Jonata sah, zögerte er kurz, dann ging er geradewegs auf Simon zu und fuhr mit der Faust gegen dessen Brust. »Bis auf Weiteres gehört die Druckerei dir!«

Der Lehrling verdrückte sich in eine Ecke. Zitterte er etwa?

»Ich danke dir, mein Bruder!«, sagte Simon und lächelte.

Der Jüngere schnaubte, hob drohend die Hand. »Glaub nicht, dass die Sache damit ausgestanden ist. Und wer ist sie eigentlich?« Er trat zu ihr, musterte sie von oben bis unten. Er stank nach Bier und Schweiß, sein offenes Wams war knittrig, und durch den Ausschnitt des Hemdes lugte die Brustbehaarung.

Dieser unsympathische Kerl sollte der Bruder von Simon von Werden sein? Wie unterschiedlich Brüder doch sein konnten.

»Etwa deine Geliebte?« Er wandte sich Simon zu, kam ihm so nahe, dass dieser zurückwich.

»Sie hat mir Schriften zum Nachdrucken gebracht.« Wie zum Beweis hob Simon die Hand mit den Lutherschriften.

»Ein Weib?« Er sah sie feindselig an. Sie stellte sich aufrecht hin. Gut, dass sie nicht mit ihm verhandeln musste. Er würde die Lutherschriften niemals drucken, zumindest nicht, wenn der Vorschlag von ihr, einer Frau, kam.

»Das entscheide nun ich!«, sagte Simon.

Der Bruder nickte unwillig. »Glaub nicht, dass ich dir helfe.«

»Du hast die Heiligenlegenden besorgt.« Simon zeigte auf das aufgeschlagene Buch auf dem Ständer. »Willst du sie nicht zu Ende drucken?«

»Das hast du doch schon übernommen!« Der Bruder ging zur Tür, drehte sich noch einmal um. »Hans von Rheinbach möchte dich übrigens sehen.« Dann knallte er die Tür hinter sich zu.

Simon atmete tief durch. »Verzeiht!« Er wandte sich zum Lehrling um. »Du brauchst keine Angst zu haben.« Der Junge kam zögerlich zurück und setzte sich auf den Schemel. »Wie Ihr gehört habt, führe ich nun die Druckerei.«

»Das bedeutet, Ihr entscheidet, was Ihr druckt.«

Er nickte. »Aber diese Schrift muss ich ohne einen Hinweis auf meine Offizin herstellen.«

»Wegen der Inquisition.«

»Sonst bin ich die Druckerei schneller wieder los, als ich das Vaterunser aufsprechen kann.«

»Werdet Ihr es denn tun?«

»Wie gesagt, der Buchführer.«

»Soll ich ihn auf dem Markt suchen und zu Euch schicken? Vielleicht ist er aus Sachsen zurück.«

Der Drucker lachte. »So eilig ist es Euch?«

»Wir dürfen nicht mehr warten! Die Menschen geben ihr letztes Hab und Gut für eine Lüge her. Es wird Zeit, dass die

Wahrheit ans Licht kommt. Und Luther gibt den Gläubigen neue Hoffnung.«

Simon von Werden lächelte. Hatte sie ihn überzeugt?

***

Hans von Rheinbach führte Simon in den Verkaufsraum. Ein Lehrling war damit beschäftigt, Schriften auf einem Tisch zu drapieren, zog sich aber zurück, als sie den Raum betraten.

»Mein Bruder sagte, Ihr wollt mich sprechen.«

Hans von Rheinbach strich sich über das Wams. »Euer Bruder war hier und sagte, Ihr solltet die Druckerei führen. Er sei nicht der Richtige.«

»Ich bin froh, dass er das eingesehen hat.«

»Dies muss in der nächsten Sitzung entschieden werden.«

»Natürlich.« Nichts anderes hatte er erwartet. Um ihm das mitzuteilen, hatte er ihn hierherbestellt?

»Den Lehrling werde ich übernehmen und das Buch, das Nickell angefangen hat, zu Ende bringen.«

Der Meister nickte abwesend, hing einen Moment seinen Gedanken nach, dann sah er ihn eindringlich an. »Was steckt wirklich dahinter? Ich kenne Nickell. Er würde nicht freiwillig auf sein Erbe verzichten.«

»Er hat erkannt, dass er es nicht schafft.«

»Ihr hättet ihm helfen können.«

»Er wollte meine Hilfe nicht.«

»Stattdessen kommt er zu mir und überlässt Euch die Offizin? Das glaube ich nicht.«

Die Tür öffnete sich, und eine junge Frau trat ein. Ihre Haare hatte sie zu einem Zopf geflochten, der ihr bis zur Hüfte reichte. Sie hatte ein zartes Gesicht mit spitzem Kinn und schmaler Nase. Das hellgrüne Gewand ließ ihre Augen leuchten. Kein Wunder, dass Nickell sich in dieses Mädchen verguckt hatte.

»Oh, du bist nicht allein. Verzeih!« Sie zog sich wieder zurück.

Hans von Rheinbach schüttelte gedankenverloren den Kopf, lächelte kurz, dann sah er Simon ernst an. »Ich höre!«

»Die Wahrheit ist …« Simon schluckte. Wie er Lügen hasste.

Sie vergifteten Leben – wie die Lüge seiner Eltern. »Nickell und ich haben uns ausgesprochen.« Das war zumindest die halbe Wahrheit, auch wenn die scheinbare Versöhnung nicht lange vorgehalten hatte. »Wir haben uns intensiv über unseren Vater und die Zukunft der Druckerei unterhalten. Wir sind zu dem Entschluss gekommen, dem Willen unseres Vaters zu folgen.«

»Euer Bruder sah so aus, als wäre er mit dieser Entscheidung nicht einverstanden.«

»Ich weiß auch nicht, was heute Morgen in ihn gefahren ist. Er kann sehr launisch sein.«

Hans von Rheinbach brummte zustimmend. »Ich werde ein besonderes Auge auf Eure Offizin haben. Die Bruderschaft garantiert Qualität.«

»Wir werden die Qualität meines Vaters fortführen.«

»Wir arbeiten in einem jungen Gewerk! Grobe Fehler dürfen wir uns nicht erlauben.«

Warum hielt er ihm diesen Vortrag? Als ob er das nicht alles wüsste. Unter der Führung von Nickell hätten die Drucke viel mehr gelitten. Das musste selbst Hans von Rheinbach bei dem letzten Besuch gemerkt haben.

»Ihr könnt Euch auf mich verlassen.« Niemals durfte herauskommen, dass er vorhatte, Ketzerschriften zu vervielfältigen. Am besten, er ließ die Finger davon.

»So geht nun! Aber lasst Euch eins gesagt sein: Ihr seid der erste Bastard, der in Köln eine Druckerei führen darf.«

Darum ging es also. Wie er dieses Wort hasste. Was konnte er dafür? Hätte Martin doch nie dieses vermaledeite Testament verfasst. Alles wäre so einfach gewesen. Simon presste die Zähne zusammen. Jetzt kein falsches Wort. Er nickte und zog sich zurück.

***

Jedes Stundengebet war dem Subprior gewidmet. Sein Bein nässte, er fieberte, faselte Unverständliches und war nur in wenigen Momenten bei Sinnen, hatte der Infirmarius Enderlin mitgeteilt. Der Medicus hatte sich das Bein noch einmal angeschaut. Er hatte ihnen empfohlen, für den Bruder zu beten.

Enderlin faltete die Hände und neigte den Kopf, als der Prior die Fürbitten sprach.

Nach der Messe verließ er das Kloster. Er musste unbedingt Erfolge vorweisen. Er könnte zum Zensor gehen, um nach dem Drucker zu fragen, der ihm die Lutherschrift vorgelegt hatte, doch zuerst wollte er sich auf dem Markt umschauen. Eine beleibte Frau warf sich ihm zu Füßen und umklammerte seine Knöchel.

»Vergebt mir meine Sünden.«

Er schlug ein Kreuz, riss die Füße los und trat ein paar Schritte zurück. Sie sah ihn mit tränennassen Augen an. Ihr Kleid war zerschlissen, die Wangen schmutzig. »Kauft einen Domablass, und Ihr werdet vor dem Fegefeuer bewahrt.«

»Ich habe kein Geld, keine einzige Münze«, sagte sie weinerlich. Wie zum Beweis schüttelte sie ihren Beutel aus. Bis auf ein paar Krümel fiel nichts auf den Boden.

»Dann betet zu den Reliquien der Heiligen Drei Könige. Sie werden Euch helfen.«

Sie lächelte, dabei kamen vergilbte Zähne zum Vorschein. »Danke, Herr.« Sie wollte wieder nach seinen Füßen greifen, doch er trat zurück und verschwand in der Menge.

Jetzt fassten die Sünder ihn auch noch an! Er würde heute Abend nach heißer Lauge verlangen müssen, um die Füße zu reinigen.

Eine Händlerin bot ihm aus einem Bauchladen Holzfiguren und Abbildungen der Heiligen Drei Könige an, er lehnte ab. Ein Steinmetz bearbeitete eine Figur nahe den Dommauern. Die Fratze glich eher der eines Teufels denn der eines Heiligen. Dann sah er den Mann mit den langen roten Haaren. Wer wusste, was der Buchführer für Drucke verkaufte. Enderlin trat zu ihm.

»Ihr schon wieder«, sagte der Buchführer. »Braucht Ihr wieder eine Auskunft?«

Wie hochmütig dieser Kerl doch war. »Zeigt mir, welche Schriften Ihr mit Euch führt.« Musste er das Schreiben vorzeigen, um sich als Inquisitor zu erkennen zu geben? Nein, bei diesem Kerl nicht. Erst einmal wollte er sich einen Überblick über die Schriften verschaffen.

»Ihr benötigt neue Bücher für Eure Bibliothek?«

Wie er solche Fragen hasste. »Wenn Ihr etwas Passendes mit Euch führt.«

Der Buchführer zögerte. Hatte er etwas zu verbergen? Enderlin warf einen Blick in den Bauchladen. Zwei Bücher und mehrere dünne Drucke.

»Ein Buch über die Viersäftelehre von Galen.« Der Buchführer sah ihn fragend an.

Enderlin schüttelte den Kopf. »Unser Infirmarius ist damit bestens vertraut.«

»›Vinum Solis‹. Ein Buch über den Weinanbau. Geschrieben von einem Benediktiner.«

»Wir brauen Bier.«

»Dann, fürchte ich, habe ich nichts für Euch.«

»Und diese dünnen Schriften?«

Der Buchführer fummelte an seinen Haaren herum, warf sie über die Schulter. »Drucke über den Ablass.«

Das klang interessant. »Lasst mal sehen!« Enderlin griff in den Bauchladen und zog einen Druck heraus, bevor der Rothaarige ihn daran hindern konnte. »Aus Liebe zur Wahrheit und in dem Bestreben, diese zu ergründen, soll in Wittenberg unter dem Vorsitz des ehrwürdigen Vaters Martinus Luther …« Das war sie, die Ketzerschrift! Er griff an seinen Beutel, in dem er den Brief des Priors aufbewahrte. In dem Moment riss ihm der Buchführer den Druck aus der Hand.

»Erst zahlen, dann bekommt Ihr die Schrift.«

Enderlin holte das Schriftstück hervor und hielt es ihm unter die Nase. »Ich bin von der Inquisition. Ihr verkauft Ketzerschriften. Ich werde sie allesamt an mich nehmen.«

»Den Teufel werdet Ihr tun!« Die Augen des Buchführers blitzten, und er trat einen Schritt zurück.

Enderlin bekreuzigte sich. Wie redete der Mann mit ihm? »Wollt Ihr Euch der Inquisition widersetzen?« Enderlin trat auf ihn zu.

»Ich lasse mir meine teuer erkauften Drucke nicht wegnehmen!«

»Ihr vergiftet die Seelen der Kölner. Das werde ich nicht zulassen.«

Der Buchführer hielt die Arme über den Bauchladen. »Und

was wollt Ihr tun? Mich verprügeln, damit ich Euch die Schriften gebe?«

»Ihr gebt Sie mir freiwillig, oder ich komme mit den Bütteln wieder.«

»Verschwindet! Heute werdet Ihr leer ausgehen.«

Enderlin trat vor, schielte in den Bauchladen. Die Arme des Händlers waren stark, er hatte keine Chance, an die Drucke zu gelangen. »Ketzer! Ihr werdet brennen, lasst Euch das gesagt sein.«

Anstatt einzulenken, wich der Buchführer weiter zurück. »Verschwindet endlich.«

Enderlin wandte sich um und drängte sich zwischen zwei Mägden hindurch. Er ging zu einem Stand mit Lederwaren und sah zurück. Endlich ein Erfolg! Dann sah er sie. Was machte sie hier? Sie sprach den Buchführer an. Was wollte sie von diesem Ketzer?

KAPITEL 17

Nach dem Besuch im Waisenhaus traf Jonata Mathes Roht auf dem Domhof.

»Jonata von Menden! Was für eine Freude, Euch zu sehen.«

Wie sie sein Lachen und seine Herzlichkeit vermisst hatte. Die roten Haare leuchteten in der Sonne.

»Wie geht es Euch in der Heimat?«, fragte er.

Am liebsten hätte sie ihm die Heiratspläne ihres Vaters anvertraut. Wieso verspürte sie den Drang, mit ihm darüber zu sprechen? Sie betrachtete das Fuchsfell und musste unwillkürlich lächeln. Was wäre, wenn er der Brauer wäre, mit dem ihr Vater sie verheiraten wollte? Sie schluckte, schob den Gedanken beiseite. »Ich habe die Lutherschriften an einen Drucker übergeben, er wird sie nachdrucken.«

Der Buchführer sah sich um, beäugte skeptisch die Marktbesucher.

»Wonach haltet Ihr Ausschau?«, fragte sie.

»Still! Zügelt Eure Stimme«, flüsterte er.

»Was? Warum?« Er war doch sonst nicht so vorsichtig.

»Ein Mönch hat meine Lutherdrucke konfiszieren wollen.«

Jonata sah sich um, beobachtete die Menschen, das geschäftige Treiben. Frauen mit vollen Körben, ein Mann, der seinen Sohn huckepack trug. Dann sah sie ihn. Ihre Blicke trafen sich. Enderlin. Feindselig sah er sie an.

»War er das?« Jonata wies mit dem Kinn in Enderlins Richtung.

Mathes Roht nickte.

»Weshalb wollte er Euch die Schriften wegnehmen?«, fragte Jonata, ohne den Blick von ihrem Bruder abzuwenden.

»Er ist von der Inquisition.«

»Ihr scherzt!« Sie blickte den Buchführer erschrocken an.

Er schüttelte den Kopf.

Als sie erneut in Enderlins Richtung sah, war er in der Menge verschwunden. Deshalb verließ er so oft das Kloster. Zwei Bücher lagen in Mathes Rohts Bauchladen. »Habt Ihr sie ihm nicht gegeben?«

»Nein.« Das Lächeln war aus seinem Gesicht gewichen. »Aber er wird wiederkommen. Ich werde die Texte Luthers nicht mehr in dieser Stadt verkaufen können.«

»Wegen dieser Schriften will Euch der Drucker von Werden sprechen. Könntet Ihr ihn in seiner Offizin besuchen?«

»Ihn habt Ihr also gebeten, die Lutherschriften nachzudrucken. Eine kluge Wahl.«

»Es war der einzige Drucker, den ich kannte.«

»Wer weiß, ob der Mönch gleich mit einer Horde Büttel auftaucht. Da stehe ich lieber nicht mehr auf dem Markt.« Er zwinkerte ihr zu.

Als Jonata fast zu Hause war, lief ihr Sebalt über den Weg.

»Mein Vater hat mir erzählt, dass unsere Hochzeit um ein Jahr verschoben wird.« Er fasste sie an der Schulter.

Sie wich zurück. Verschoben? Niemals heirate ich dich! Sie biss sich auf die Lippe.

Sebalt kam näher. »Die Nachricht hat mich sehr betrübt.« Er zog einen Schmollmund, drängte sie noch weiter zurück, bis sie eine Hauswand im Rücken spürte.

»Es tut mir leid, aber ich kann Euch nicht heiraten.«

»Warum so förmlich? Sag Du!« Er griff nach ihrer Hand, sie entzog sie ihm.

»Es tut mir leid, aber ich kann dich nicht heiraten.«

»Ich habe gehört: Die Trauer um deinen Bruder ist noch zu groß. Dabei könnte die Ehe dir neues Glück bescheren.«

Sie schluckte trocken. »Glaub mir, ich würde dich nicht glücklich machen.«

»Was redest du da?« Er griff nach ihrer Hand und drückte ihr einen feuchten Kuss auf den Handrücken. Ein Schauer durchfuhr ihren Körper. Bitte nicht! Sie schloss die Augen, roch den Mundgeruch, sah die gelben Zähne, spürte, wie er mit Gewalt in sie eindringen wollte. Nein, sie konnte sich keinem Mann hingeben. Nie.

»Ich wäre der glücklichste Mann Kölns.« Seine spröden Lippen liebkosten ihre Wange.

Sie drehte den Kopf zur Seite, blinzelte. Sebalt sollte die Tränen nicht sehen.

»So schwer wiegt die Trauer um deinen Bruder?« Er ließ ihre Hand frei.

Sie wischte sie am Kleid ab. »Such dir ein anderes Weib. Wir werden nicht heiraten – niemals.« Jetzt war es raus!

»Was redest du da?« Er fasste sie am Kinn, drehte den Kopf so, dass sie ihn ansehen musste. »Ich habe schon lange ein Auge auf dich geworfen, meine Liebe gehört dir. Wenn es noch eine Ewigkeit dauern wird, ich werde auf dich warten.«

Sie schüttelte den Kopf. »So glaub mir doch, ich …«

Im nächsten Moment spürte sie seine Lippen auf ihren, er drückte sie mit dem Körper gegen die Wand, dass sie nicht entfliehen konnte. Nein! Sie presste die Lippen zusammen, stemmte die Hände gegen ihn. Er ließ sie nicht entkommen. Ihr wurde übel, sie glaubte, sich übergeben zu müssen. Tränen schossen in ihre Augen. Sie schlug mit den Fäusten auf ihn ein, schob sich zur Seite, doch er hielt sie fest. Sie öffnete den Mund ein Stück, er fasste es als Aufforderung auf, seine Zunge ins Spiel kommen zu lassen, dann biss sie zu. Er zuckte zurück und schrie: »Du Miststück!«

Sie trat zur Seite, beugte sich vornüber, spuckte aus, wollte den Geschmack vertreiben. Ihr Magen verkrampfte sich, sättigte den Speichel mit bitterer Galle. Sie wischte sich die Tränen aus dem Gesicht und richtete sich auf. Sebalt tupfte sich mit dem Ärmel die Zunge ab. Er färbte sich rot.

»Ich bringe dir so viel Liebe entgegen, und was tust du? Trittst sie mit Füßen.«

»Ich will deine Liebe nicht! Hast du es endlich begriffen?«

Mit zornigem Blick sah er sie an. »Die Liebe hat viele Gesichter. Meine wirst du noch kennenlernen!« Er wandte sich um und ging davon.

Ihr Herz pochte wild. Was meinte er damit? Würde er ihr das nächste Mal Gewalt antun? Wieso glaubten alle, sie könnten mit ihr machen, was ihnen beliebte?

***

Als Simon die Haustür aufschloss, legte ihm jemand eine Hand auf die Schulter. Erschrocken fuhr er herum. »Ach, Ihr!«

Mathes Roht lächelte ihn an. »Ihr seid so schreckhaft, als wäre Euch der Leibhaftige begegnet.«

»In den letzten Tagen hatte ich des Öfteren das Gefühl, als wäre er das wirklich.« Vor allem gestern Nacht, als ihn jemand mit dem Messer erstechen wollte. Die Beute hatte er in der Truhe verstaut. Wem es wohl gehörte? Er hatte es noch nie gesehen. Wer wollte ihn aus dem Weg räumen? Er würde umsichtiger sein und nicht mehr nach Einbruch der Dunkelheit durch die Gassen streichen.

»So düstere Gedanken?«, fragte Mathes Roht.

Simon zwang sich zu einem Lächeln. »Ich will sie für den Augenblick vergessen.« Er geleitete den Buchführer in die Druckerei. Michel kehrte den Boden. »Du kannst aufhören. Bring den Besen zurück in den Keller.«

Michel verschwand mit Kehrbesen, Eimer und Schaufel.

»Euer neuer Lehrling?«

Simon nickte. »Sehr schüchtern, spricht kaum ein Wort. Da liegt noch viel Arbeit vor mir.«

Der Buchführer nahm den Bauchladen von den Schultern und lehnte ihn an die Druckerpresse. »Hauptsache, er kann lesen.« Er trat an den Setzkasten und betrachtete den halb gefertigten Satz.

»Das ja, nur kein Latein«, sagte Simon.

»Für die Lutherschrift ist das nicht vonnöten. Jonata von Menden hat mir erzählt, dass Ihr die Schrift nachdrucken wollt.«

Simon ließ sich auf den Schemel sinken und stützte den Kopf mit der Hand ab. »Ob das so eine gute Idee ist? Die Inquisition war schon im Haus.«

»Auch bei mir war der Dominikaner und wollte die Lutherdrucke konfiszieren.« Mathes Roht schlug die Faust gegen die flache Hand, als wollte er sich in einen Kampf stürzen. »Soll er es noch einmal versuchen.«

»Bei Euch auch schon?« Simon musste vorsichtiger sein, als er gedacht hatte. Am besten, er vergaß die Schriften und gab sie Jonata zurück. Sie sollte aus seinem Leben verschwinden. Das war für alle das Beste – für sie und für ihn.

»Die Kirche hat Angst vor den Worten Luthers – und warum?« Mathes Roht ging auf und ab. »Weil sie die Wahrheit enthalten!«

»Die Inquisition kann gefährlich sein.«

»Sie wollen uns nur einschüchtern.« Der Buchführer hatte gut reden, er konnte die Stadt verlassen, wenn es brenzlig wurde.

»Sie kann mir die Druckereilizenz entziehen«, sagte Simon.

»Der Mönch will nur, dass Ihr das denkt. Zuerst gibt es eine Verwarnung.«

»Ich habe in der Bruderschaft keinen guten Stand. Selbst mit einer Verwarnung würde ich die Druckerei verlieren.«

Mathes Roht kam auf Simon zu. Seine Augen glühten. »Wenn Luthers Drucke die einflussreichen Bürger erreichen und sie die Wahrheit erkennen, wird die Inquisition nichts mehr ausrichten können.«

»Und wer verkauft die Drucke, wenn Ihr nicht in Köln seid?«

»Verkauft sie unter der Hand, in den Schenken, dort, wo sich der Mönch nicht aufhält.«

Vielleicht war der Lutherdruck die Rettung für die Druckerei. Wenn die Kölner begriffen, dass die Pfaffen mit den Ablässen nur auf ihr Geld aus waren, könnte sich die Nachricht wie ein Lauffeuer verbreiten, und er würde mit dem Text ein Vermögen verdienen. »Kauft Ihr mir Drucke ab?«, fragte Simon.

Mathes Roht schlug ihm lachend auf die Schulter. »Druckt ›Ein Sermon von Ablass und Gnade‹, und ich werde die Hälfte Eurer Auflage abnehmen. Mein Vorrat ist fast erschöpft.«

Der Druck war kurz, er würde ihn schnell nachdrucken können. Wenn er ihn auf dem Dachboden trocknete, würden ihn weder Nickell noch Michel oder seine Mutter zu Gesicht bekommen. Je weniger davon wussten, desto besser.

»Was grübelt Ihr?« Der Buchführer schlug ihm freundschaftlich auf die Schulter. »Lasst uns in einen Bierzapf gehen und dort Eure Dämonen bekämpfen.«

Simon nickte. Keine schlechte Idee.

***

Der Prior kniete in der Abteikirche vor dem Holzkreuz. Es war lange her, dass Enderlin ihn allein hatte beten sehen. Durch die bunt verglasten Fenster schienen Sonnenstrahlen, in denen

Staubkörnchen tanzten. Schatten lag über dem Gesicht der Petrusstatue. Der Heilige schien heute besonders grimmig auf ihn herabzuschauen. Den Finger erhoben, als wollte er ihn warnen. Enderlin setzte sich auf die hinterste Bank und senkte den Kopf. Was hatte seine Schwester mit dem Buchführer zu schaffen? Er hätte sie warnen müssen anstatt wegzulaufen. Dieses törichte Ding handelte sich nur Ärger ein. Hoffentlich würde Sebalt sie zur Vernunft bringen.

»Willst du zu mir?«

Enderlin sah auf. Er hatte den Prior nicht kommen hören. »Ich habe Lutherschriften gefunden und brauche Euren Rat.«

»Tatsächlich?« Der Prior zog die buschigen Brauen hoch. »Bei wem?«

»Auf dem Domhof bot der rothaarige Buchführer die Thesen von Luther feil.«

»Hast du sie an dich genommen?« Der Prior setzte sich zu ihm.

Enderlin zog die Ärmel über die Hände. »Er hat sich geweigert, sie mir auszuhändigen.«

»Was? Aber du hast ihm gesagt, dass du von der Inquisition bist, und hast ihm den Brief gezeigt.«

»Natürlich.«

»Ist er aus Köln?«

»Das habe ich noch nicht in Erfahrung bringen können. Was soll ich in diesem Fall tun?«

»Wir werden ihn vorladen und verhören. Er muss der Ketzerei abschwören, ansonsten übergeben wir ihn dem Rat. Dort wird er verurteilt.«

»Was, wenn er sich weigert, mit mir zu kommen?«

»Mit Bütteln an deiner Seite wird er keinen Widerstand leisten.«

Das hätte er direkt tun sollen.

»Außerdem werden wir bald von den Kanzeln die Einwohner Kölns über die Gefahren der Schriften belehren. Wir werden sie auffordern, sich freiwillig zu melden, dann erhalten sie die Absolution. Dankbar werden sie sodann als ehrfürchtige Mitstreiter des Reichs Gottes alle Anhänger der Ketzerschriften den heilenden Händen der Kirche zuführen. Verdächtigte werden vorgeladen und verhört.« Jakob Hochstraten stand auf. »Wenn der Buchführer sich weigert, wird er das bereuen!«

Enderlin erhob sich ebenfalls. »Kennt Ihr die Lutherschrift?«

Der Prior nickte. »Ein durch und durch ketzerisches Werk. Der Mönch wurde vom Teufel geleitet, als er die Worte verfasste.«

Enderlin sah zu Boden. Durfte er diese Bitte äußern? Aber es diente nur der Aufgabe. »Ich würde die Schrift gern lesen, um zu verstehen, wie schädlich sie für das Volk ist.«

Der Prior legte ihm eine Hand auf die Schulter. »Du solltest dich vor des Teufels Krallen hüten.«

»Ihr wisst, ich bin fest im Glauben. Der Antichrist wird mich nicht abbringen von dem Weg des HERRN.«

Der Prior sah ihn lange an. »Geh zu Bruder Melchior. Wir haben eine Schrift in unserer Bibliothek. Bruder Tetzel hat sie uns gebracht.«

Die Ketzerschrift war hier im Kloster. Enderlins Herz raste.

»Aber lies sie im Verborgenen. Die anderen Brüder sollen sie nicht zu Gesicht bekommen.«

Im Skriptorium saßen Melchior und Balthasar an den Schreibpulten. Obwohl diese sich vor den Fenstern befanden, hatte der Skriptor Kerzen entzündet. Was für eine Verschwendung! Die Federkiele kratzten über das Papier. Bruder Melchior sah auf. Es wurde Zeit, dass er die Tonsur erneuern ließ, sie war kaum noch zu erkennen, so sehr hatte sich der Flaum auf seinem Haupt ausgebreitet.

»Bitte gib mir Luthers Schrift.«

Der Skriptor runzelte die Stirn. »Diese Ketzerschrift ist gut verschlossen.«

Er wusste doch, wozu er berufen worden war. Hatte Enderlin sich nicht deutlich genug ausgedrückt? »Der Prior schickt mich.«

Bruder Melchior zögerte, stand dann auf, schloss eine dicke Holztür auf und verschwand dahinter. Enderlin trat ein paar Schritte vor, um einen Blick in die Bibliothek zu werfen. Die mannshohen Regale waren vollgestellt mit Büchern, die meisten angekettet an den Regalbrettern. Durch die kleinen Fenster schien nur wenig Licht hinein. Der eigentümliche Geruch nach

Leder, Staub und abgestandener Luft drang heraus. Melchior kam mit einem Schriftstück zurück und verriegelte die Tür sorgsam.

»Du wirst die Schrift nur an mich zurückgeben.« Melchior warf Bruder Balthasar, der zu ihnen herüberschielte, einen Blick zu.

Enderlin nahm das Schriftstück, nickte und zog sich zurück. Er ging in seine Kammer, um ungestört lesen zu können. »Die kirchlichen Bestimmungen über die Buße sind nur für die Lebenden verbindlich, den Sterbenden darf demgemäß nichts auferlegt werden.« Was schrieb dieser Ketzer da? Man musste den Menschen predigen, dass sie auch an die verstorbenen Angehörigen denken sollten. Fassungslos schüttelte er den Kopf. In den Thesen beleidigte Luther Priester, Ablassprediger und sogar den Papst! »Nicht genug kann man sich vor denen hüten, die den Ablass des Papstes jene unschätzbare Gabe Gottes nennen, durch die der Mensch mit Gott versöhnt werde.« Blasphemie! Ein Schauer lief ihm über den Rücken. Den Schatz im Himmel, den Jesus und die Heiligen durch ihre guten Taten erwirkt hatten, teilte der Papst freizügig mit den Bußfertigen, und dieser Luther zog es in den Dreck. Wie sollten die sündhaften Menschen sich sonst vor dem Fegefeuer schützen? Die Schrift übertraf seine schlimmsten Befürchtungen. Als er zu Ende gelesen hatte, schwirrte ihm der Kopf. Erst der Griff nach dem Buch Hiob, die vertrauten Verse und der Klang der Heiligen Schrift besänftigten seine Seele. Er nahm die Ketzerschrift und brachte sie zurück ins Skriptorium. Nicht länger als nötig wollte er sie in seiner Nähe wissen.

»So schnell zurück?«, fragte Melchior und nahm die Schrift entgegen.

»Eine Ketzerschrift, die keines intensiven Studiums bedarf.« Diese Schrift musste aus der Stadt verbannt werden. So wie heute Morgen von dem Rotschopf würde er sich nicht noch einmal abweisen lassen.

Kapitel 18

Simon lag auf der Bettstatt und starrte an die Decke. Durch den Spalt der Fensterläden schien fahles Mondlicht und bildete einen hellen Streifen an der Wand. Mathes Roht würde ihm Schriften abkaufen, doch er konnte weiterziehen, wenn ihn die Inquisition bedrohte. Das konnte Simon nicht. Und doch ließen sich die dünnen Schriften leichter verkaufen als dicke Bücher. Zudem hatten die Menschen ein Recht darauf, Luther zu lesen und zu hören. Die Inquisition hatte nur Angst vor den Texten, weil die Kirche womöglich weniger Geld einnahm. Die Kölner mussten erfahren, dass ihre Seelen nicht gerettet waren, wenn sie einen Ablass für teures Geld erwarben. Wie konnten diese Gottesleute die Menschen nur so hinters Licht führen? Ihr Seelenheil stand auf dem Spiel!

Und doch … Was geschah, wenn die Inquisition ihn verurteilen und ihm die Druckerei wegnehmen würde? Wovon sollte er leben – wovon seine Mutter? Seit Martins Tod war er für sie verantwortlich. Sein Bruder würde sich nicht um sie kümmern.

Eine Stufe knarzte. Nickell! Er schlich sich wieder aus dem Haus. So vorsichtig er auch hinunterging, dieses Brett verriet ihn stets. Wenn Nickell sich eine Wohnung mieten würde und sie sich nicht mehr jeden Tag sähen, vielleicht wäre das für alle das Beste.

Die Haustür öffnete und schloss sich. Das war seine Chance. Sollte er das Wagnis eingehen? Die Druckerei aufs Spiel setzen für die Menschen Kölns und … Das Gesicht Jonatas schob sich vor seine Augen. Die langen Haare, die Stupsnase und die wachen Augen. Ein warmes Gefühl breitete sich in seiner Brust aus. Er sah das Lächeln vor sich, wenn er ihr die frisch gedruckten Texte in die Hand drücken würde. Das wollte er sich nicht entgehen lassen!

Er schlich hinunter in die Werkstatt und zog »Ein Sermon von Ablass und Gnade« aus der Schreibtischschublade. Die Schrift war verständlich, von vornherein fürs Volk gedacht. Damit würde er anfangen. Er wählte eine geläufige Frakturschrift, die auch die Vorlage aufwies, und begann zu setzen. Irgendwann stand seine Mutter in der Tür. »Was machst du hier?« Ihre Augen waren gerötet, sie sah verschlafen aus.

Simon zog die Brauen hoch. »Ich drucke.«

»Mitten in der Nacht?« Sie ging zu dem Ständer und betrachtete die Schrift. »Druckst du etwa diese Ketzerschrift?«

»Es ist meine Sache, was ich drucke.«

»Nachts solltest du schlafen und tagsüber gottesfürchtige Bücher drucken.«

Er hob die Lettern aus den Winkelhaken und setzte die Zeilen in das Setzschiff.

»Hörst du mir nicht zu?«, fragte sie und trat hinter ihn.

»Ich habe dich sehr wohl gehört. Der Buchführer Mathes Roht kauft mir diese Schriften ab. Sie werden uns viel Geld einbringen.«

»Simon, Junge!« Ihre mageren Finger berührten seinen Arm. »Stürze uns nicht ins Unglück. Die Schriften sind gefährlich.«

Er fuhr herum. »Glaubst du, das weiß ich nicht? Warum sitze ich hier wohl mitten in der Nacht?«

»Weshalb setzt du uns solchen Gefahren aus? Was soll nur aus uns werden?«

»Hab Vertrauen und überlass mir die Angelegenheiten des Druckgewerks.«

»Wenn doch nur Martin noch leben würde.« Sie vergrub das Gesicht in den Händen und schüttelte resigniert den Kopf.

»Es reicht, Mutter! Ich führe nun die Druckerei und treffe die Entscheidungen. Finde dich damit ab. Jetzt lass mich arbeiten.«

Sie verließ die Werkstatt. Als ob er nicht um die Gefahr wüsste! Da brauchte er nicht noch die Vorträge seiner Mutter. Er griff nach den Bleilettern. Die Tür öffnete sich wieder.

»Geh schlafen, Mutter«, rief er, ohne sich umzublicken. Sie ging nicht, sondern kam näher, bis sie hinter ihm stand. So nah, dass er ihren Atem im Nacken spürte.

»Kannst du mich nicht …« Er fuhr herum und stockte, als er Michels Gesicht sah. »Was machst du hier?«, fragte Simon.

»Ich habe Geräusche gehört.«

Simon schluckte. Er hatte die Lutherdrucke vor ihm geheim

halten wollen. Der Junge beugte sich vor und betrachtete die Vorlage. »Wieso arbeitest du nachts?«

Der Lehrling hatte bereits erkannt, dass dies nicht die Heiligenlegende war. Lügen waren sinnlos.

»Ein geheimer Druck«, gab er zu.

»Geheim?« Die Augen des Jungen weiteten sich.

Simon packte Michel an den Schultern, sodass er ihn ansehen musste. »Du darfst keinem davon erzählen, hörst du?«

Der Lehrling nickte. »Darf ich helfen?«

»Du brauchst deinen Schlaf.« Simon drückte Michel Richtung Tür.

Michel zog einen Schmollmund. »Bitte.«

Wenn er den Lehrling mitdrucken lassen würde, würde ihm der Wortlaut nicht verborgen bleiben. Luther hatte selbst geschrieben, dass andere ihn einen Ketzer nennen würden. Anderseits kam Simon so schneller voran. »Also gut.«

Michels Augen strahlten.

Gemäß dem Quartformat setzten sie die Buchseiten eins, acht, vier und fünf und druckten die Vorderseite des Druckbogens, die Schöndruck genannt wurde. Sie brachten die bedruckten Blätter unters Dach und hängten sie dort zum Trocknen auf. In der nächsten Nacht würde er den Widerdruck mit den restlichen Seiten herstellen. Noch dämmerte es nicht, aber der Morgen war nicht mehr weit. Ein wenig mussten sie noch schlafen, war die Zeit auch kurz.

»Schluss für heute«, sagte Simon und schob Michel, der ein Gähnen unterdrückte, zur Tür.

***

Jonata zupfte im Kräutergarten Unkraut, als ihr Vater mit Bernando auf den Hof ritt. Den ganzen Tag war er unterwegs gewesen. Er trug den mit goldenem Rand abgesetzten Gehrock, darunter das seidene Wams, blaue Beinlinge und die neuen Kuhmaulschuhe aus hochwertigem Pferdeleder. Für wen hatte er sich so herausgeputzt? Er reichte Steffan die Zügel, der das Pferd in den Stall führte.

Jonata erhob sich. »Wo bist du gewesen?«

»Beim Bauern, unsere Gerstenlieferung für den Herbst sichern.«

Er hatte mit seiner Aufmachung wohl Eindruck schinden wollen. Hatte er Angst, die heimischen Bauern würden ihm ebenfalls den Handel verweigern wie von Wieskau?

Jonata wartete, bis er sich umgekleidet hatte und in die Brauerei ging. Sie warf eine Distel in den Eimer und folgte ihm. Er schlug das Geschäftsbuch auf und nahm eine Eintragung vor. »Willst du mir helfen?«

»Deswegen bin ich nicht hier.«

Er ließ den Federkiel sinken. »Was ist los? Hast du was ausgefressen? Oder hast du deine Meinung bezüglich der Hochzeit geändert?«

»Nein.« Am liebsten hätte sie ihm entgegengeschrien, dass Sebalt sie auf offener Straße geküsst hatte, doch sie biss sich auf die Lippe.

»Schade. Franz Magnus war nicht begeistert. Und sein Sohn sicherlich auch nicht.«

»Ich weiß«, sagte sie und senkte den Kopf. Sie hatte ihrem Vater Schande bereitet. Aber warum hatte er auch nicht vorher mit ihr gesprochen?

»Woher weißt du das?« Er sah sie durchdringend an, dabei zuckten seine Augen hin und her.

»Er hat mir auf dem Heimweg aufgelauert«, sprudelte es aus ihr heraus. »Hat mich bedrängt, hat …« Sie sah zu Boden.

»Was hat er?«, hakte ihr Vater nach.

»Hat mich geküsst, wollte mich nicht gehen lassen.«

Ihr Vater räusperte sich. »Er liebt dich wirklich.«

»Ich habe ihm klargemacht, dass ich ihn niemals heiraten werde, und er bedrängt mich.« Unwillkürlich schüttelte sie den Kopf. Sie konnte es immer noch nicht fassen. »Er ist ein Lüstling, Vater.«

Er zog die Brauen zusammen. »Wie kommst du darauf?«

Es war die Art, wie Sebalt sie ansah. Genauso wie Gallus. Sie krampfte die Hand zur Faust. Ihr Vater würde es doch nicht verstehen. »Lassen wir das.«

Ihr Vater brummte unwillig.

»Weswegen ich dich sprechen wollte.« Sie zog einen Schemel

heran und setzte sich. »Es geht um Brid.« Sie sah auf die Finger. Wie sollte sie es nur sagen? »Auf der Reise hat sie sich den Männern freigiebig hingegeben.«

Er machte eine wegwerfende Handbewegung. »Das soll ihre Sache sein.«

Wie konnte ihr Vater so nachgiebig sein? »Sie hat mir gesagt, dass sie es mit den Gästen der Schenke ebenso hält.«

Er sah sie überrascht an.

»Sie verwandelt unsere Schenke in ein Frauenhaus.« Sie sprang auf. »Wenn sich das rumspricht!«

»Das ist natürlich etwas anderes«, gab ihr Vater zu.

»Sie sagte, ohne ihre Dienste würde unser Bierzapf nicht so gut laufen.«

Endlich entzündete sich das Feuer in seinen Augen. »Was bildet sie sich ein? Sie weiß doch, dass mein Bier in der ganzen Stadt beliebt ist.« Er stand auf. »Ich werde direkt zu ihr gehen.«

Sie hatte ihm noch von den Lutherschriften erzählen wollen, doch der richtige Zeitpunkt schien immer noch nicht gekommen zu sein. Jemand klopfte, die Tür öffnete sich zaghaft.

»Kommt herein!«, rief ihr Vater. Wahrscheinlich jemand, der den Biervorrat auffüllen wollte. Sie erschrak, als sie die schwarzweiße Mönchskutte sah. Was machte Enderlin schon wieder hier?

»Was für eine Überraschung«, sagte ihr Vater und umarmte seinen Sohn.

»Ich dachte, ich finde dich allein.« Enderlins Augen funkelten Jonata an. Sie konnte seine Hakennase und die feindseligen Augen nicht mehr sehen. Wieso blieb er nicht hinter den Klostermauern? Er war von der Inquisition. Zum Glück hatte sie ihm auf dem Markt nichts von der Lutherschrift erzählt.

»Störe ich dich?«, fragte sie.

»Manche Dinge bespricht man besser unter Männern«, sagte Enderlin.

Ihr Vater warf ihr einen auffordernden Blick zu. Das durfte doch nicht wahr sein, er wollte sie tatsächlich hinauswerfen. »Hast du etwa Geheimnisse vor mir?«, fragte sie Enderlin.

»Jonata!«, sagte ihr Vater. »Sei nicht so feindselig.«

»Du solltest deinen Sohn lieber fragen, warum er so oft das Kloster verlässt. Er gehört jetzt zur Inquisition!«

»Ist das wahr?«, fragte ihr Vater, sah Enderlin überrascht an, doch der hatte nur sie im Visier.

»Was hast du mit dem Buchführer zu schaffen?«

»Ach, darum geht es also.« Sie trat einen Schritt auf ihn zu. »Verdächtigst du deine eigene Schwester, Ketzerschriften gekauft zu haben?«

Seine Mundwinkel zuckten. »Davon habe ich nichts gesagt.«

»Der Buchführer hat mir erzählt, dass du ihm Drucke stehlen wolltest.«

»Nicht stehlen, sondern konfiszieren. Drucke, die er nicht verkaufen darf. Hüte dich davor! Sie vergiften deine Seele.«

»Hast du sie überhaupt gelesen, oder plapperst du nur das Gerede des Priors nach?«

»Klingt so, als hättest du sie schon gelesen.« Seine tief liegenden Augen blitzten sie an.

Was wollte er dann tun? Sie anzeigen, ihr den Prozess machen? Sollte sie lügen, es dementieren? Besser war es, nicht sofort die ganze Wahrheit preiszugeben. »Der Buchführer hat mir von ihnen erzählt.«

»Kann mir jemand von euch mal sagen, was hier los ist?«, fragte ihr Vater und sah zwischen ihnen hin und her. »Um welche Schriften geht es?«

»Ketzerschriften eines gewissen Luthers. Er prangert Kirche, Ablassprediger und den Papst an! Spricht sich gegen den Ablass aus«, erklärte Enderlin.

»Und was hast du damit zu schaffen?«, fragte ihr Vater. »Woher kennst du den Buchführer?«

Jonata schluckte. Sie hatte es ihm erzählen wollen, aber doch nicht vor Enderlin. »Wir sind zusammen nach Sachsen gereist. Ich habe mich nur gefreut, ihn auf dem Markt wiederzusehen und mich kurz mit ihm zu unterhalten.«

»Das ist alles?«

Sie biss sich auf die Unterlippe. Sollte sie lügen? Sie sah Enderlin an. Er sollte sich nicht schon wieder in ihr Leben einmischen. Sie nickte. »Das ist alles.«

»Es gibt also keinen Grund zur Besorgnis«, sagte er an ihren Bruder gewandt.

Der schnaubte unwillig. »Sei gewiss: Die Inquisition wird

hart durchgreifen. Du wirst nicht verschont, nur weil du meine Schwester bist!«

Ihr Herz pochte. Was meinte er damit? Doch sie würde sich nicht von ihm einschüchtern lassen.

»Na, na, so harte Drohungen möchte ich in meinem Haus nicht hören«, sagte ihr Vater.

Jonata konnte sich ein Lächeln nicht verkneifen. »Ich lasse euch dann mal allein.«

Was war seine Schwester für ein durchtriebenes Weib. Sie hatte nicht die Wahrheit gesagt, das hatte er in ihren Augen gesehen. Sie kannte die Schrift, aber woher? Hatte sie die Ketzerschrift auf der Reise nach Sachsen in die Hände bekommen?

»Was möchtest du mit mir besprechen?«, fragte sein Vater.

»Sie sagt nicht die Wahrheit!«

»Jonata?« Sein Vater lachte. Erkannte er etwa nicht den Ernst der Lage? »Deine Schwester ist eine unbescholtene Seele. Zumindest, was den Glauben betrifft.«

Warum war er sich so sicher? »Das will ich hoffen.«

»Und du jagst nun die Häretiker?«

Enderlin nickte. »Ich wurde von meinen Ordensbrüdern gewählt, Jakob Hochstraten in dieser ehrenvollen Aufgabe zur Seite zu stehen.«

»Ich wusste schon immer, dass du es im Kloster weit bringen würdest.«

»Vor allem diene ich dem HERRN. Diese gotteslästerliche Schrift muss aus Köln verbannt werden.«

»Dieser Luther ist wirklich so gefährlich, wie du sagst?«

»Vom Teufel durchtrieben. Der Prior wird bald Predigten halten, um die Menschen Kölns vor den Drucken zu warnen.«

Sein Vater strich sich über das Kinn. »Aber sei so gut und lass Jonata aus dem Spiel. Sie hat nichts Böses im Sinn.«

»Wenn sie jedoch Ketzerschriften –«

Sein Vater hob abwehrend die Hand. »Du hast sie doch gehört. Sie hat damit nichts zu schaffen. Sie kennt nur zufällig den Buchführer. Den Umgang mit ihm werde ich ihr noch verbieten.«

Enderlin nickte unwillig. »Sei nicht zu nachsichtig mit ihr!«

»Ich wundere mich nicht, dass die Ordensbrüder dich erwählt haben.« Sein Vater lachte.

Enderlin hatte sich rasch verabschiedet und war zurück zum Kloster gegangen. Jakob Hochstraten erwartete ihn in seiner Studierkammer. Auf dem Tisch lag die aufgeschlagene Bibel.

»Ich war beim Erzbischof.« Der Prior strich über die Seite des Buches. »Wir werden Predigten in den verschiedenen Gemeinden halten, die Menschen vor der teuflischen Lehre warnen. Du wirst mir bei der Vorbereitung helfen.«

»In welchen Kirchen werden wir predigen?«

»In allen.«

»Wer wird sie halten?«

»Ich werde im Dom die Messe halten, die anderen Gemeinden teilen wir uns auf. Wir wollen alle Einwohner Kölns erreichen.«

»So überlasst mir Sankt Aposteln.«

»Wegen deiner Familie?«

Enderlin nickte und trat zum Tisch. Das Johannesevangelium war aufgeschlagen.

»*Dicebat ergo Iesus ad eos qui crediderunt ei Iudaeos si vos manseritis in sermone meo vere discipuli mei eritis.* Das soll der Leitsatz der Predigt sein«, sagte Jakob Hochstraten.

Wie wunderbar gewählt. Da sprach nun Jesus zu den Juden, die an ihn glaubten: So ihr bleiben werdet an meiner Rede, so seid ihr meine rechten Jünger.

»Wir fordern die Menschen auf, sich freiwillig zu melden und der Ketzerei abzuschwören. Jeden ersten Montag im Monat sollen sie zur neunten Stunde zum Kloster kommen. Wir werden sie gemeinsam befragen und die Absolution erteilen. Wer nicht freiwillig kommt und angezeigt wird, dem droht die Verurteilung durch das Gericht des Stadtrates.«

»Welche Strafe haben sie zu erwarten?«

»Das liegt nicht in unserer Hand. Aber sei gewiss, sie werden ihre gerechte Strafe erhalten.« Der Prior beschrieb einen hölzernen Kasten, den er an der Pforte des Klosters hatte anbringen lassen. »Dort können die Menschen unerkannt ihre Mitbürger anzeigen.«

Eine gute Idee, schließlich konnte Enderlin die Augen nicht überall haben. Die Ketzer sollten es schwer haben in Köln, und die Unbelehrbaren, die sich dem Teufel hingaben, würden auf dem Scheiterhaufen brennen.

***

»Wohin willst du so spät noch?«, fragte Elisabeth.

Am Himmel zogen dunkle Wolken auf. Heute würde es früh dunkel werden. Jonata drehte sich um. Sie wollte ihrer Ziehmutter nicht die Wahrheit sagen, doch lügen wollte sie auch nicht. Sie legte ihr die Hand auf die Schulter. »Ich bin zum Essen wieder da.«

Bevor Elisabeth weitere Einwände vorbringen konnte, zog Jonata die Tür hinter sich zu und sprang auf die Gasse. Sie musste wissen, wie sich Simon von Werden entschieden hatte. Sollte sie ihn warnen? Enderlin hatte klargemacht, dass er nicht zimperlich sein würde. Wieso musste ausgerechnet ihr Bruder gegen die Lutherschriften vorgehen? Wollte der HERR sie prüfen oder warnen? Sollte sie von dem Vorhaben ablassen und die Lutherdrucke in ihrer Truhe verstecken und vergessen? Nein. Die Menschen hatten ein Recht, diese Schrift zu lesen und sich ihre eigene Meinung dazu zu bilden.

Sie war froh, als der Drucker selbst die Tür öffnete. In der Werkstatt arbeitete er mit seinem Lehrling an den Heiligenlegenden.

»Wie habt Ihr Euch entschieden?«, fragte sie.

Er warf dem Lehrling einen flüchtigen Blick zu. Der Drucker lächelte.

»Kommt mit.« Er griff nach ihrer Hand und zog sie hinaus, die Treppen hinauf bis zum Dachboden. Oben angekommen, fehlte ihr der Atem. War es von der Anstrengung oder von der Berührung, die ihre Haut kribbeln ließ?

»Seht«, sagte er.

Erst jetzt nahm sie die vielen Blätter an den Leinen wahr. Sie las ein paar Zeilen, dann lächelte sie. »Ihr druckt sie wirklich.« Ihr Herz machte einen Satz. Sie wandte sich ihm zu. Seine Augen strahlten. Am liebsten hätte sie Simon von Werden umarmt.

»Ich weiß das zu schätzen, vor allem bei der Gefahr, der Ihr Euch aussetzt.«

»Daher drucke ich nur nachts.«

Sie sah zu Boden, biss sich auf die Unterlippe. Sollte sie ihm von Enderlin erzählen? Aber der Drucker wusste sicher um die Gefahr, sonst würde er nicht diese Vorsichtsmaßnahmen ergreifen.

»Auch heute Nacht?«, fragte sie.

Simon nickte. »Heute werde ich die Rückseite bedrucken.«

Sie würde gern sehen, wie diese Drucke entstanden. Ihr Herz pochte. Sie sah ihn an, erkannte das Feuer in seinen Augen. Auch ihn hatte die Schrift beeindruckt. »Würdet Ihr mich zusehen lassen?«

Er riss die Augen auf. »Und Euer Vater?«

»Er wird es nicht erfahren. Ich gehe nach Hause, und wenn alle schlafen, komme ich zurück.«

»Ihr wollt in der Dunkelheit durch Köln streifen? Das ist gefährlich.«

»Keiner wird mich sehen.«

»Ich zeige Euch gern jetzt das Druckhandwerk«, sagte Simon von Werden.

»Ich will nicht sehen, wie irgendeine Schrift entsteht, sondern die Luthers!« Sie zeigte auf die Blätter an der Leine.

»Ich lasse nicht zu, dass Ihr Euch freiwillig den Gaunern und Bettlern ausliefert.«

Sie stemmte die Hände in die Hüften. »Lasst Ihr mich etwa draußen stehen, wenn ich an Eure Tür klopfe?«

»Nein! Ich hole Euch ab!«

Entschieden schüttelte sie den Kopf. »Ich weiß nicht, wann ich mich aus dem Haus schleichen kann.«

»Dann warte ich auf Euch.«

»Um Zeit zu verlieren, die Ihr für den Druck aufwenden könntet?« Sie trat auf ihn zu. »Nein. Ich schaffe es allein zu Euch.« Sie strich über ein Blatt. Es fühlte sich fein und weich an, roch nach Druckerschwärze. »Sorgt Euch nicht! Die Gassen Kölns sind mir wohlbekannt.«

Resigniert zuckte er mit den Schultern. »Wie Ihr meint.«

Jonata zog sich nach dem Nachtmahl in die Kammer zurück und wartete, bis es still im Haus wurde. Als sie sicher war, dass alle zu Bett gegangen waren, streifte sie den braunen Wollmantel über. Sie zögerte. Sollte sie die Haube anziehen? Sie war zu hell, schon von Weitem wäre sie als Frau zu erkennen. Ihr Vater bestand zwar darauf, dass sie immer eine trug, aber viele Frauen zeigten sich mittlerweile ohne Kopfbedeckung auf den Straßen. Jonata warf die Haube in die Truhe.

Leise schlich sie sich die Treppe hinunter. Aus der Stube schien fahles Licht. Sie verharrte, lauschte, kein Geräusch drang zu ihr. Hatte jemand vergessen, die Kerze auszupusten? Langsam lugte sie um die Ecke. Figen saß am Tisch, den Kopf auf den Armen gebettet, und schnarchte. Das Talglicht flackerte bei jedem Atemzug. Sie konnte das Mädchen dort nicht schlafen lassen. Jonata rüttelte sachte an ihrer Schulter, bis die Magd die Augen aufschlug. »Was im Himmel tust du hier?«

Erst jetzt entdeckte sie das Pergament. Die Legende der heiligen Ursula. Ihre Schrift. »Woher hast du das?«

Figen rieb sich die Augen und sah schuldbewusst zu Boden. Jonata nahm das Pergament und rollte es zusammen. Nicht auszudenken, wenn die Talgkerze umgefallen wäre und das Pergament entzündet hätte.

»So lange hast du mir nicht mehr vorgelesen.«

»Kannst du denn lesen?«

»Nein, ich möchte es lernen.«

»Aber doch nicht nachts. Vor allem darfst du nicht einschlafen, wenn die Kerze brennt.«

Figen nickte, knetete ihre Hände. »Bitte nicht Elisabeth erzählen.«

»Werde ich nicht. Geh jetzt ins Bett, und ich bringe dir das Lesen bei.« Sie reichte Figen das Pergament. »Gib es mir morgen zurück.« Sie wollte nicht noch einmal in die Kammer gehen.

Figens Augen leuchteten. »Wirklich?«

Sie legte ihr eine Hand auf die Schulter. »Ich werde mit Elisabeth sprechen, dass du Zeit dafür bekommst.«

Beschwingt stand Figen auf. »Danke.«

Jonata legte den Finger auf den Mund. »Psst! Wir sollten niemanden aufwecken.«

Figen nickte. »Und wohin gehst du?«

»Wenn du ein Geheimnis für dich behältst, behalte ich deins für mich.«

»Geheimnisse werden nicht verraten«, flüsterte Figen.

»Ich gehe zu einem Drucker, der neue Schriften herstellt. Ich werde sie dir vorlesen, und bald kannst du sie selbst lesen.«

Figen sprang vor Freude in die Luft.

»Psst. Du weckst noch das ganze Haus auf.«

Mit dem Pergament und dem Talglicht schlich Figen die Treppe hinauf. Hoffentlich würde das Mädchen ihr Wort halten und nichts ausplaudern. Nicht auszudenken, was Jonatas Vater dazu sagen würde, wenn er erfuhr, dass sie sich nachts aus dem Haus schlich.

Geschwind bewegte Jonata sich durch die Gassen, blieb immer wieder an einer Tür stehen oder hockte sich hinter ein Fass und lauschte. Regen durchweichte den Wollmantel. Bei dem unliebsamen Wetter begegnete sie keiner Menschenseele. Sie warf einen kleinen Stein an den Fensterladen der Druckerei, wie sie es mit Simon von Werden vereinbart hatte.

»Ich habe nicht geglaubt, dass Ihr wirklich kommt«, sagte er im gedämpften Ton. Er spähte auf die Gasse in beide Richtungen, als wollte er sich vergewissern, dass ihr niemand gefolgt war. »Wir haben gerade erst begonnen.« Er führte sie in die Werkstatt. Eine Kerzenschar hüllte den Raum in geheimnisvolles Licht. Die große Kniehebelpresse erschien in dem Licht-und-Schatten-Spiel bedrohlich. Auf dem Schemel vor der seltsamen Kommode mit den vielen winzigen Kästchen saß der Lehrling. Er drehte sich zu ihr um und schenkte ihr ein schüchternes Lächeln.

»Wir mussten warten, bis mein Bruder das Haus verlassen hat«, sagte Simon von Werden. Seine lederne Schürze war mit Druckerschwärze besprenkelt.

»Euer Bruder verlässt nachts das Haus?«

»Er verdingt sich als Leuchtemann.« Er verzog unwillig das Gesicht. »So bekommt er wenigstens nicht mit, dass wir nachts drucken.«

Wahrscheinlich war das besser. Sie war froh, dem Bruder

nicht zu begegnen, und hoffte, der Regen würde ihn nicht frühzeitig nach Hause treiben.

»Womit beginnen wir?« Jonata streifte den Wollmantel ab und legte ihn über einen Schemel. Am liebsten hätte sie ihn am Kamin zum Trocknen aufgehängt, doch hier gab es keine Feuerstelle.

»Wir drucken die Schrift als Quartformat«, sagte Simon und nahm ein unbedrucktes Blatt. »Das bedeutet, wir falten den Bogen zweimal in der Mitte, sodass wir vier Blätter, also acht Seiten erhalten.« Er faltete das Blatt zweimal und reichte es ihr. »Nun müssen wir noch beachten, wohin wir welche Seite stellen und wie herum.«

Er erklärte ihr die Anordnung der Seiten. Bald schon schwirrte ihr der Kopf. »Ganz schön kompliziert.«

Er lächelte. »Es geht noch schlimmer. Bei dem Oktavformat würden wir das Blatt noch einmal mehr falten.«

Sie gab ihm die Blätter zurück. »Mir reicht das fürs Erste.«

»Ich habe gestern die Seiten eins, acht, vier und fünf gedruckt.« Er trat zu dem Lehrling. »Wir haben nun mit dem Setzen der Seite zwei begonnen. Die Lettern sind hier in dem Setzkasten sortiert, man muss sie nun nach der Vorlage zusammensetzen. Erst in diesen Winkelhaken.« Er reichte ihr das kleine Holzbrettchen, in dem sich bereits einige Lettern befanden. Es war schwerer, als sie vermutet hatte. »Wenn keine Zeile mehr reinpasst, heben wir den Satz aus und stellen ihn in den Druckrahmen.«

»Die Lettern sind seitenverkehrt«, stellte sie verwundert fest.

Simon nickte. »Natürlich. Wir pressen später das Papier auf den fertigen Satz.« Er führte die Hände zusammen und klappte sie wieder auseinander. »Und dafür müssen die Lettern seitenverkehrt sein.«

Sie ließ sich auf einem Schemel nieder. »Ich hätte nicht gedacht, dass das so umständlich ist.«

»Es ist nicht nur das. Schwieriger wird es, wenn der Text in Latein ist oder wenn ich Holzschnitte einfüge.« Er erzählte ihr von Initialen, die der Illuminator später ergänzte, von einem gleichmäßigen Satz, von Zwischenräumen und Fehlern, die behoben werden mussten. Währenddessen hatte der Lehrling den Text weitergesetzt. Simon kontrollierte den Satz, behob zwei Fehler und fertigte einen Korrekturabzug. Er setzte sich in die Ecke und bat für einen Moment um Ruhe. Er las den Abzug mehrmals gründlich durch und verglich ihn mit der Originalschrift, dann stand er auf und nickte. »Das können wir so drucken.«

Der Lehrling setzte die übrigen Seiten. Simon befestigte alle Seiten im Schließrahmen und erklärte ihr, wie die Druckerschwärze mit den Ballen aufzutragen war. Nicht zu viel und nicht zu wenig. Die Hände des Lehrlings waren flink, er schien dies nicht zum ersten Mal zu machen.

»Ihr könnt das Papier einlegen«, sagte Simon von Werden.

Er reichte ihr einen Papierbogen, der auf einer Seite bedruckt war. »Legt das Papier in die Passmarken.« Er zeigte auf kleine Ösen, die das Papier an Ort und Stelle hielten, und Jonata legte das Papier hinein.

»Nein, andersherum, die unbedruckte Seite muss nach oben. Seht her.« Er stellte sich hinter sie und nahm das Papier wieder heraus, dabei berührte er ihre Hand. Seine von Druckerschwärze gezeichnete Haut war rau, trotzdem war die Berührung zart, mehr ein Streifen. Ihr Herz pochte, Hitze stieg ihr ins Gesicht. Er zeigte, wie herum sie den Bogen einlegen musste. Sie konnte sich kaum auf die Anweisungen konzentrieren, spürte seinen Atem an der Wange, warm und weich wie eine Sommerbrise. Ein Schauer lief ihr über den Rücken.

»Ihr stülpt den Rahmen darüber, damit der Bereich außerhalb des Drucks sauber bleibt. Und dann klappt Ihr das Ganze über den eingefärbten Satz.«

Er griff nach ihrer Hand und führte sie, als bräuchte sie Hilfe bei dieser Bewegung. Sie hielt die Luft an, schloss die Augen, genoss seine Nähe. Wieso löste er solche Gefühle in ihr aus? Sie hatte sich keinem Mann mehr nähern wollen. Er zeigt dir nur, wie du die Druckerpresse zu bedienen hast, dachte sie.

Gemeinsam schoben sie den Schlitten unter die Presse. Sie schluckte, vertrieb die Gefühle, beobachtete konzentriert die Apparatur. Simon von Werden zog an dem Hebel, sodass sich die Holzspindel senkte und das Papier gegen den Satz gedrückt wurde. Er stemmte sich dabei mit einem Fuß am Holzrahmen der Druckerpresse ab.

»Nur etwas für kräftige Männer, stimmt's?«, fragte sie. Der Lehrling würde nicht genug Kraft dafür aufbringen können.

»Sehr anstrengend, vor allem, wenn man viele Blätter hintereinander bedruckt.«

Mit Freude sah sie, wie der Text auf den Blättern entstand. Am liebsten hätte sie die fertige Schrift in den Händen gehalten, doch erst mussten die Blätter trocknen. Zusammen brachten sie die Druckbogen auf den Dachboden. Simon gab ihr die Schriften aus Sachsen zurück. »Die Vorlage brauche ich nicht mehr. Falls ich die fünfundneunzig Thesen doch noch drucken möchte, weiß ich, wen ich fragen muss.« Er zwinkerte ihr zu. Schon wieder wurde ihr warm.

»Ich sollte jetzt nach Hause.«

Er nickte. »Auch ich muss etwas Schlaf finden.«

Eilends lief sie heim, der Regen hatte immer noch nicht aufgehört, doch wenigstens war kein Mensch mehr in den Gassen unterwegs. Sie schlich sich in ihre Kammer und legte sich in die Bettstatt. Sie schloss die Augen, doch an Schlaf war nicht zu denken, sie war viel zu aufgewühlt. Lag es an der Lutherschrift oder an dem Drucker?

Kapitel 19

»Mit wem hast du gestern Nacht in der Druckerei gesprochen?« Seine Mutter setzte ihm und Michel jeweils eine Schüssel Suppe vor. Dazu gab es Brot. Simon warf dem Lehrling einen Seitenblick zu. Der schaute auf sein Essen. Er würde nichts erzählen.

»Mit Michel.« Simon klopfte ihm auf die Schulter. »Er lernt fleißig.«

Seine Mutter hob skeptisch die Brauen. »Ich meine, eine Frau gehört zu haben.«

Er hasste es, lügen zu müssen. Musste er es wirklich? Er erwartete von ihr auch, dass sie die Wahrheit sagte, auch wenn sie es immer noch nicht getan hatte. »Da hast du richtig gehört«, sagte er schließlich.

»Diese Ketzerbraut!«

»Mutter!« Überrascht sah er sie an. Wann hatte sie das letzte Mal so geredet? »Sie ist die Tochter eines angesehenen Bürgers. Er ist der Meister der Brauerbruderschaft.«

»Sie verleitet dich, Teufelswerk zu drucken.«

»Es reicht jetzt! Du kennst die Schrift nicht einmal! Hör auf, so über sie zu urteilen.«

»Du bist diesem Weib ja völlig verfallen.«

»Das ist doch absurd«, sagte er, doch er musste sich eingestehen, dass er die ganze Nacht an sie gedacht hatte. Sie hatte keine Haube getragen wie sonst, sondern das Haar zu einem Zopf geflochten, der in dem seidigen Glanz bis zu ihren Hüften gereicht hatte. Ihre zarten Finger hatten so geschickt das Papier eingelegt, ihre Haut war so weich und geschmeidig gewesen. Er verbannte die Erinnerung.

»Was macht sie hier mitten in der Nacht?«, fragte seine Mutter.

»Sie wollte wissen, wie man druckt«, sagte Michel leise.

Seine Mutter zwang sich zu einem Lächeln. »Aber doch nicht nachts.« Sie warf Simon einen strafenden Blick zu.

»Ich lege viel Wert auf deine Meinung, aber in dieser Sache

wirst du mich nicht umstimmen können. Jetzt will ich nichts mehr davon hören«, sagte Simon mit fester Stimme.

Sie schüttelte den Kopf. »Bei Martin hätte es das nicht gegeben«, murmelte sie.

Er schlug auf den Tisch und erhob sich. »Jetzt führe ich die Druckerei und fälle die Entscheidungen. Gewöhn dich daran. Oder wäre es dir lieber, Nickell würde sie führen?«

»Nein«, sagte sie und sah auf den Tisch. Michel zitterte. Simon atmete tief durch und setzte sich wieder. Er wollte den Jungen nicht erschrecken.

»Ich sage dir die Wahrheit, und was tust du? Du kritisierst mich. Ich erwarte nicht, dass du meine Entscheidungen gut findest, nur dass du sie akzeptierst. Ich könnte dir auch Lügen auftischen, so wie du mir.«

Sie zuckte zusammen.

»Im Gegenzug erwarte ich, dass auch du mir die Wahrheit erzählst. Du kannst dich darauf verlassen, dass ich deine Entscheidungen nicht in Frage stelle. Ich will nur wissen, was damals passiert ist«, fuhr er fort.

Michel sah interessiert von dem Essen auf.

Sie seufzte. »Wann gibst du endlich auf?«

»Wenn ich erfahren habe, was ich wissen will.«

»Dass du nicht begreifen willst. Es ist nicht wichtig.«

»Für mich schon.«

Sie aß schweigend die Suppe. Würde er jemals erfahren, wer sein Vater war?

In der Druckerei fragte der Lehrling: »Was will Eure Mutter nicht erzählen?«

»Aus dem Testament habe ich erfahren, dass mein Vater nicht mein Erzeuger war. Ich möchte wissen, woher ich stamme.«

Michel nickte. »Ich kenne meinen Vater auch nicht. Er ist gestorben, als ich zwei Lenze zählte.«

Simon legte ihm eine Hand auf die Schulter. »Das tut mir leid.«

»Meine Mutter hat wieder geheiratet. Er war ein Trunkenbold und …« Michel sah zu Boden, knetete die Hände.

»Und?«

»… hat meine Mutter und mich geschlagen.«

Simon strich über den Kopf des Jungen. »Das wird dir hier nicht passieren.«

Michel nickte, sah zu ihm auf. »Manchmal ist es nicht so schlimm, seinen Vater nicht zu kennen.«

Simon lächelte. Wie recht der Junge hatte. Vielleicht war es besser, nicht zu wissen, wer sein Vater war. Möglicherweise wäre er enttäuscht. Und doch …

***

Jonata fand ihren Vater in der Brauerei. Er hatte das Geschäftsbuch aufgeschlagen.

»Gut, dass du kommst.« Er stand auf und wies auf den Schemel. »Setz dich. Irgendwann wird die Brauerei dir und deinem zukünftigen Mann gehören.« Er warf ihr einen strengen Blick zu. »Ich möchte, dass du über alles Bescheid weißt.«

Sie nahm den Federkiel und tunkte ihn ins Tintenfass.

»Nach Sankt Michael, wenn wir wieder brauen, wirst du jeden Tag in der Brauerei sein und zusehen.«

Sie nickte. Wenn sie wusste, wie sie die Brauerei zu führen hatte, war es nicht notwendig, dass sie heiratete. Vielleicht konnte sie ihren Vater noch von einer Hochzeit abbringen, oder sie musste sich einen anderen Ehemann aussuchen. Mathes Roht hatte doch gesagt, sie würde eine gute Ehefrau sein. Aber er würde sich niemals in Köln niederlassen und sich dem Braugewerk widmen. Er liebte das Reisen und die fernen Straßen. Was war mit Simon von Werden? Doch er war in dem eigenen Gewerk tätig. Es war schwer, einen Mann zu finden, der zuvor in einer Brauerei tätig war. Sie seufzte. Musste sie sich wirklich die Brauereigesellen näher ansehen? Doch dafür war noch Zeit.

»Träumst du?« Ihr Vater schlug ihr sachte auf den Rücken. »Zwanzig große Fässer habe ich an den Wirt Scherer für zwei Gulden verkauft. Du trägst hier die Anzahl der Fässer –«

»Ich habe das schon einmal gemacht.«

Er ließ sich auf einem Schemel nieder. »Sicher. Es ist nur …« Er stützte den Kopf auf der Hand ab.

»Du sorgst dich um die Brauerei«, folgerte Jonata.

Er nickte. »Jetzt, nachdem Lucas von uns gegangen ist.« Seine Augen waren matt, voller Trauer.

Sie fasste an seinen Arm. »Mach dir keine Sorgen. Du bist gesund, und ich werde alles lernen, was es über das Braugewerk zu wissen gibt.«

Er lächelte schwach. »Hätte mir deine Mutter noch einen Sohn geschenkt.«

Sie schluckte. Wünschte er sich, dass sie selbst ein Junge geworden wäre? Oder warf er ihr vor, dass sie ihre Mutter durch ihre Geburt getötet hatte? Enderlin hatte sie früher für ihren Tod verantwortlich gemacht.

»Du kannst dich auf mich verlassen. Ich werde eifrig lernen und mir …« Sie sah zu Boden. Wollte sie das wirklich versprechen? Aber sie hasste es, ihren Vater so traurig zu sehen. »… innerhalb eines Jahres einen passenden Ehemann suchen.«

»Normalerweise sucht der Vater den Ehemann aus.«

Sie griff nach seiner Hand. »Das machen wir zusammen, aber bitte nicht Sebalt.«

»Ach, Jonata. Es hätte so gut gepasst. Er kennt das Gewerk, ist auf der Suche nach einer Frau, er scheint dich zu lieben.«

Er schien sie immer noch nicht zu verstehen. Wie konnte sie auch erwarten, dass ein Mann sie verstand? »Wir finden einen, der noch besser zu mir passt.«

»Meine Tochter, stur wie ein Ziegenbock.« Jetzt lächelte er wenigstens wieder, entzog ihr die Hand. »Machen wir weiter. Hast du alles eingetragen?«

»Noch nicht.« Sie schrieb den Namen, die Anzahl der Fässer und den Betrag auf. »Hast du die Münzen bereits erhalten?«, fragte sie.

»Einen Gulden hat er mir gegeben, den anderen bringt er morgen. Das bedeutet –«

»Ich weiß. Das Merkbuch.« Sie stand auf, nahm das kleinere Buch vom Regal und notierte den Gulden und den Namen. Hier trug ihr Vater jeden ein, der ihm noch Geld schuldete. Nach der Begleichung wurde der Eintrag durchgestrichen. Vier Zahlungen standen noch aus. Neben Merk- und Verkaufsbuch führte ihr Vater noch ein Buch mit den Ausgaben für Gerste,

Hopfen, Fässer, Holz, Leinentücher und was er noch für die Brauerei benötigte.

Er legte den Gulden auf den Tisch. »Du weißt, wohin der kommt?«

Sie zog eine Schublade auf und holte ein Kästchen heraus. »Hier hinein.« Sie klappte es auf, es befanden sich ein paar Schillinge darin.

»Es enthält nie viele Münzen. Nicht auszudenken, wenn sich jemand Zutritt zu der Brauerei verschafft.«

»Wo hast du sie dann?«

»Steh mal auf.« Er schob den Schreibtisch zur Seite, unter dem sich eine kleine Klappe befand, die mit einem Schloss verriegelt war. Er holte einen armlangen Kasten mit Eisenbeschlägen heraus. Auch dieser war mit einem eisernen Schloss gesichert. Er war gut mit Münzen gefüllt. Ein Vermögen! Was hatte sich ihr Vater über drei Fässer Bier beschwert, die er an Franz Magnus abgegeben hatte. Sie ließ den Gulden hineinfallen, es klimperte. Das Geld erinnerte sie an das Versprechen, das sie dem Drucker gegeben hatte.

»Gehe niemals an das Kästchen, wenn Fremde oder auch die Lehrlinge oder Gesellen in der Brauerei sind. Niemand darf wissen, dass hier unser Geld versteckt liegt.«

»Danke für dein Vertrauen.«

Er nickte und klappte den Kasten zu.

»Bevor wir ihn wieder verstauen, habe ich noch eine Bitte.«

Er hob die Augenbrauen. »Hätte ich dir die Münzen doch nicht zeigen sollen?«

»Ich wollte dich ohnehin fragen. Leihst du mir Geld?«

»Wofür?«

Sie zögerte, biss sich auf die Unterlippe. Was würde ihr Vater dazu sagen?

»Ich habe in Sachsen den Mönch Luther kennengelernt.«

»Luther?« Seine Stirn kräuselte sich.

»Er hat über den Ablassbrief geschrieben. Ich wollte wissen, ob wir Lucas aus dem Fegefeuer gerettet haben, und habe mich mit dem Augustiner unterhalten.«

Ihr Vater riss die Augen auf. »Das ist dieser Ketzer, von dem Enderlin gesprochen hat, nicht wahr?«

»Für mich ist er kein Ketzer. Er war der Erste, der meine Fragen ernst genommen hat und mir Antworten geben konnte.«

»Ich glaube es nicht. Ich habe Enderlin gesagt, du seist fest im Glauben, und jetzt muss ich das hören.«

»Bist du dir sicher, dass wir Lucas gerettet haben? Wir haben einen Ablass für sieben Jahre gekauft, aber wie lange ist er der Feuersbrunst ausgesetzt? Das konnte mir niemand beantworten.«

»Du solltest dir nicht solche Fragen stellen, sondern auf die Priester und auf Enderlin hören.«

»Und warum haben wir erst nach zwei Wochen einen Ablassbrief für Lucas erstanden? Mussten wir ihn so lange im Fegefeuer schmoren lassen?«

Ungläubig schüttelte ihr Vater den Kopf. »Du solltest morgen deine ketzerischen Gedanken dem Beichtvater bekennen.«

»Ich sehe keine Veranlassung dazu. Ich habe Schriften von Luther aus Sachsen mitgebracht. Ein Drucker hat sie gedruckt, und ich werde sie verkaufen.«

Ihr Vater sprang auf. »Du bist doch keine Buchführerin!« Er lief auf und ab. »Dafür brauchst du das Geld, richtig?«

»Ja. Und du erhältst es zurück.«

»Für diesen Unfug bekommst du keinen Schilling! Hast du Enderlin nicht gehört? Die Inquisition bekämpft diese Schriften. Es wird gefährlich sein, nur den Namen dieses Mönches auszusprechen.«

»Enderlin wird mir nichts tun.«

»Hast du seine Worte schon vergessen? Er hat dir gedroht, nur ich habe ihn besänftigen können.«

»Lass das meine Sorge sein.«

»Deine Sorge? Und wenn du angeklagt wirst? Du hast mir vorhin gesagt, ich solle mir keine Gedanken um die Zukunft der Brauerei machen. Wie soll das gehen, wenn meine Tochter freiwillig auf den Scheiterhaufen klettert?«

Sie schluckte. »So weit wird es nicht kommen.«

»Du wirst dich von der Druckerei fernhalten. Du wirst keine Schriften dieses Ketzers erwerben! Was soll nur werden, wenn das in der Bruderschaft bekannt wird? Sie werden mich meines Amtes entheben. Wenn die Kölner davon erfahren, wird unsere Schenke leer bleiben, und keiner wird unser Bier kaufen. Das bedeutet das Ende der Brauerei, deines Erbes!« Seine Augen blitzten sie an.

»Das weißt du doch gar nicht. Vielleicht denken die Menschen ähnlich. Der Ablass kostet viel Geld, etliche geben ihre letzten Münzen her, die sie eigentlich für Brot und Kleidung bräuchten.«

»Und was soll die Menschen stattdessen aus dem Fegefeuer retten?«

»Reue! Luther schreibt, dass allein Gott Sünden erlassen kann.«

»Das ist Blasphemie! Hüte dich, das anderen gegenüber zu erwähnen. Und auch ich möchte kein Wort mehr davon hören.« Er nahm den Geldkasten und verriegelte das Schloss, verstaute ihn im Boden und schob den Schreibtisch darüber. »In dieser Sache werden wir nicht diskutieren! Und Geld gibt es auch nicht.«

»Möchtest du die Schriften nicht erst einmal lesen und dir ein eigenes Bild machen?«

Er schüttelte vehement den Kopf. »Mit dieser Ketzerei möchte ich nichts zu tun haben. Und nun geh. Ich habe genug von deinem Geschwätz!«

Sie stürmte aus der Brauerei. Wie konnte er über etwas urteilen, das er nicht gelesen hatte? Wie sollte sie jetzt an das Geld kommen? Sie hatte Simon von Werden versprochen, ihm Drucke abzukaufen. Nun musste sie sich etwas einfallen lassen.

***

Enderlin klopfte an die Tür. Der Infirmarius öffnete, Schweiß stand auf seiner Stirn, die Augen gerötet und glasig. Er schien kaum geschlafen zu haben.

»Darf ich zum Subprior?«, flüsterte Enderlin.

»Er ist nicht ansprechbar«, sagte Bruder Conrad, trat jedoch zur Seite und ließ ihn eintreten. Der Subprior lag auf einem breiten Bretterverschlag unter zwei Wolldecken, trotzdem zitterte er. Das Stroh auf der Bettstatt roch nach Urin und Wundflüssigkeit und hätte längst ausgetauscht werden müssen. Auf einem Tisch neben dem Bett flackerte eine Kerze. Im Kamin knisterte ein Feuer und erwärmte den Raum. Die Fenster waren mit Leinentüchern verhangen.

Enderlin zog sich den Schemel heran und setzte sich. Er tauchte das Leinentuch in die Wasserschüssel und wischte dem Subprior über die heiße Stirn.

»Was ist mit dem Bein?« Enderlin zog die Decke hoch, um einen Blick darauf werfen zu können. Der Verband hatte eine bräunlich gelbe Färbung angenommen. Das Bein zuckte.

»Die Wunde nässt unaufhörlich. Ich habe ihn zur Ader gelassen, doch sein Zustand wird nicht besser.«

»Was hat der Medicus gesagt?«

»Er weiß nicht, ob Bruder Vallentin das Bein wieder belasten kann, falls er überhaupt wieder aufwacht.«

»Wird er denn überleben?«

Der Infirmarius zuckte mit den Schultern. »Das liegt in Gottes Hand.«

Enderlin schlug die Decke zurück. »Kommt der Medicus noch einmal?«

»Nein. Er könne nichts weiter für ihn tun. Ich habe versucht, Bruder Vallentin Suppe einzuflößen, doch er nimmt nichts zu sich.«

Das würde den Subprior noch weiter schwächen. Es sah nicht gut aus. Bald würde das Amt neu zu besetzen sein. Bis dahin musste Enderlin dem Prior Erfolge zeigen. Lieber wäre es ihm gewesen, wenn er noch etwas Zeit gehabt hätte.

»Soll ich den Medicus noch einmal holen?«, bot er an.

»Nein«, sagte der Infirmarius. »Bete für ihn.«

Enderlin verließ das Spital und ging in eine Kapelle. Unter die steinerne Figur der Mutter Maria mit dem Jesuskind hatte jemand einen frischen Strauß Blumen gestellt. Das Sonnenlicht erhellte den Altar und umschloss das Kreuz mit Jesus Christus mit gleißendem Licht. Enderlin kniete nieder, faltete die Hände und begann zu beten.

Kapitel 20

Die Glocken von Sankt Aposteln läuteten. Der Westturm ragte hoch empor. Jedes Mal, wenn Jonata hinaufblickte, hatte sie das Gefühl, die Spitze würde bis in den Himmel ragen. Die Gläubigen strömten in die Kirche. Der Neumarkt war heute wie leer gefegt. Die Läden der festen Verkaufsbuden waren geschlossen. Im Schatten eines Baumes saß ein Einbeiniger, der den Vorbeigehenden einen zerschlissenen Hut entgegenstreckte und vor sich hin murmelte. Jonatas Vater warf ihm einen Schilling hinein. Der Almosenempfänger bedankte sich überschwänglich, beugte dabei den Oberkörper immer wieder nach vorn.

»Du wirst heute Pater Heinrich nach der Messe bitten, dir die Beichte abzunehmen«, sagte ihr Vater streng. Sie nickte, wollte ihm nicht auf offener Straße widersprechen. Drinnen tummelten sich die Menschen dicht gedrängt, sogar hinter den dicken Pfeilern. Täuschte sie sich, oder war die Sonntagsmesse heute besonders gut besucht? Die Sonne brachte die bunt verglasten Fenster zum Leuchten und tauchte die ganze Kirche in ein himmlisches Licht. Sie standen heute so weit hinten, dass Jonata von dem Chorraum, der die Form eines dreiblättrigen Kleeblatts hatte, kaum etwas sah. Auch die Skulpturen der Apostel konnte sie heute nicht sehen. Es wurde still. Das war das Zeichen, dass der Priester vor dem Altar erschien. Margret versuchte, Kuntz zu beruhigen, der munter vor sich hin brabbelte. Ihr Vater sah nach vorn, hielt die Luft an.

»Was ist?«, fragte Jonata.

»Das wirst du gleich hören.«

»In nomine Patris et Filii et Spiritus Sancti«, eröffnete der Priester die heilige Messe. Das war nicht die Stimme von Pater Heinrich. Es war die Stimme von … Konnte das wirklich sein? Sie stellte sich auf die Zehenspitzen, um über die Köpfe der anderen Gläubigen hinwegzuschauen. Tatsächlich! Vorn stand Enderlin in der schwarz-weißen Mönchskutte.

»Warum hält er die heilige Messe in unserer Kirche?«, zischte sie. War sie nirgendwo mehr vor ihm sicher?

Ihr Vater zuckte die Schultern. »Er sagte, es wird eine Bekanntmachung der Inquisition geben. Vielleicht ist er deswegen hier.«

Die Messe rauschte an ihr vorbei. Nach der Eucharistiefeier stieg Enderlin auf die Kanzel und wechselte von Latein ins Deutsche. »Einwohner Kölns! Der Papst hat den Prior des Dominikanerklosters Jakob Hochstraten erneut zum Inquisitor berufen.«

Ein Raunen ging durch die Menge.

»Der Teufel treibt sein Unwesen im Lande. Er hat Besitz genommen vom Augustinermönch Luther. Dieser beleidigt in seiner Schrift die Priester, die Kirche und den Nachfolger Petri höchstpersönlich.«

Enderlin hob drohend die Hand. Einige begannen zu tuscheln. »Hütet euch vor diesen Schriften! Die Inquisition wird die Ketzer aufspüren und anklagen, damit eure Seelen geschützt bleiben.«

Jonata sah sich um. Eine elegant gekleidete Bürgersfrau riss angsterfüllt die Augen auf und vergrub das Gesicht an der Brust ihres Mannes. Ein Mädchen mit rötlichen Locken weinte auf dem Arm der Mutter.

»Der Prior und ich fordern euch auf, euch freiwillig im Dominikanerkloster zu melden und der Ketzerei abzuschwören, so erhaltet ihr die Absolution und werdet vor der Exkommunikation bewahrt. Meldet ihr euch nicht und ein anderer zeigt euch an, drohen euch harte Strafen! Zeigt jeden an, den ihr verdächtigt, ein Ketzer zu sein! Falls ihr euch nicht zu erkennen geben wollt, könnt ihr eine Nachricht in einem Holzkasten an der Klosterpforte des Dominikanerordens hinterlassen.«

Eine geheime Anklage? Musste jetzt jeder Bürger Angst vor dem anderen haben?

»Meldet Ketzer, Gotteslästerer, Hexen, Magier und Unzüchtige. Aber vor allem zeigt an, wer Lutherschriften verkauft und verbreitet. Sie sind das Werk des Teufels. Ihre Verkäufer Diener der Dämonen!«

Jonatas Kehle schnürte sich zu. Hörte Simon von Werden eine ebensolche Predigt?

»Ihr guten Christenmenschen, Gott wird es euch vergelten!«, rief Enderlin von der Kanzel.

Jonata bekam einen Tritt in die Hacke. Sie drehte sich um. Brid grinste sie hämisch an, die Augen blitzten feindselig. Was hatte das zu bedeuten? Sie arbeitete immer noch in der Schenke, aber ihr Vater hatte sicherlich mit ihr gesprochen. Würde die Magd sich rächen wollen und Jonata anzeigen? Sie würde mit ihr reden müssen. Die Inquisition schürte Angst und Schrecken, weil sie selbst Angst hatte, bald kein Geld mehr von den Kölnern zu erhalten. Das zumindest hatte Luther vermutet. Wie recht er hatte! Anstatt Luthers Gedanken zu diskutieren, sie den Gläubigen preiszugeben, erstickte man sie im Keim und drohte mit Strafen.

Ihr Herz klopfte. Es würde gefährlich werden, die Texte Luthers zu verkaufen. Jeder Käufer konnte sie denunzieren. Sie musste mit Bedacht vorgehen. Aber wie? Das musste sie sich noch überlegen. Sie ballte die Hand zur Faust. Von dieser Schreckensrede durfte sie sich nicht einschüchtern lassen. Das war alles, was die Inquisition erreichen wollte. Aber die Menschen hatten ein Recht darauf, zu erfahren, was in den Schriften stand. Und Enderlin würde ihr nichts anhaben. Nicht ihr eigener Bruder.

Nach der Messe ließ sie sich von Pater Heinrich die Beichte abnehmen. Sie gestand Widerworte gegen ihren Vater und böse Gedanken gegenüber Enderlin, doch von der Begegnung mit Luther und seinen Schriften sagte sie nichts. Ihr Vater fragte sie auf dem Nachhauseweg, ob der Pater ihr empfohlen hatte, sich im Kloster zu melden.

»Er meinte, das sei nicht nötig.«

Damit gab sich ihr Vater zufrieden.

***

Simon ging mit seiner Mutter und Michel zum Dom. Hans von Rheinbach hatte allen Druckern befohlen, heute die heilige Messe dort zu feiern. Es solle eine Bekanntmachung der Dominikanermönche geben, die für die Drucker relevant sein sollte. Nickell war gerade erst nach Hause gekommen und hatte sich direkt ins Bett gelegt. Hoffentlich würde seine Abwesenheit dem Meister der Bruderschaft nicht verborgen bleiben. Das war noch ein Grund mehr, Nickell nicht die Druckerei zu überlassen.

Viele Menschen strömten durch das Südportal. Simon dachte an Jonata. Hier war er ihr zum ersten Mal begegnet. Warum war sie in den letzten beiden Tagen nicht zu ihm gekommen? Erst konnte sie es sich nicht nehmen lassen, nachts mit ihm zu drucken, und dann ließ sie sich nicht mehr blicken. Was war passiert? Hatte ihr Vater ihr verboten, wiederzukommen, oder fehlte ihr das Geld, um ihm Schriften abzukaufen? Wenn sie am nächsten Tag nicht auftauchte, würde er zu ihr gehen. Er könnte als Vorwand neues Bier bei Bechtolt von Menden erstehen. Zwar hatte er vor Kurzem ein Fass gekauft, doch es war nicht unüblich, sich einen Vorrat anzulegen.

Das Sonnenlicht fiel durch die hohen Buntglasfenster und tauchte den Dom in ein unbeschreibliches Licht. Simons Blick fiel auf die Szene der Leiden Christi. Seine Mutter zog ihn weiter nach vorn. Er sah zum Reliquienschrein der Heiligen Drei Könige, der sich in der zentralen Achskapelle des Chores befand. Der mit Gold überzogene Kasten mit den Edelsteinen und Figuren funkelte. Die Reliquien lockten Tag für Tag unzählige Pilger nach Köln, die sich eine heilende Wirkung von ihnen versprachen. Aber wirkten sie wirklich? Auch sein Vater war in seinen letzten Tagen oft hierhergekommen. Ihm hatte es nicht geholfen.

Hans von Rheinbach stand mit seiner Familie nicht weit entfernt. Er unterhielt sich mit Peter Quentell. Simon hob die Hand zum Gruße, der Meister nickte ihm zu. Hoffentlich sah er, dass Nickell nicht dabei war. Der Mann hinter Simon mit den gelben Zähnen hauchte feuchten Atem in seinen Nacken. Der beißende Mundgeruch ließ ihn schwindeln.

»Lass uns woandershin«, flüsterte Simon seiner Mutter zu, doch dann betrat ein Dominikanermönch den Chorraum und begann die heilige Messe. Seine Mutter schüttelte den Kopf. Simon fühlte sich eingeengt, konnte sich kaum auf die Worte des Priesters konzentrieren.

Der Mönch las aus dem Johannesevangelium und predigte lebendig und voller Inbrunst. Er gestikulierte mit den Armen, dabei klimperte die Kette mit dem Kreuz um seinen Hals. Aber kaum einer verstand seine Worte. Simon fragte sich, wann die Bekanntmachung kommen und ob er sie ebenfalls in Latein sprechen würde.

Nach dem Schlussgebet stieg der Mönch auf die Kanzel und breitete die Arme aus. »Ihr Männer, Frauen und Kinder Kölns! Der HERR sei mit euch und begleite euch auf all euren Wegen. Ich habe euch etwas Wichtiges zu verkünden.« Er nahm die Arme wieder zum Körper und faltete die Hände. »Der Papst hat mich erneut zum Inquisitor eingesetzt. In Sachsen treibt sich der Teufel rum.«

Simon fühlte, wie die Menschen um ihn herum den Atem anhielten.

»Er hat Besitz genommen von dem Augustinermönch Martinus Luther. Er ist ein Ketzer.«

Simon zuckte innerlich zusammen. Jetzt war es öffentlich! Die Schrift auf seinem Dachboden war eine Ketzerschrift.

»In einer Schrift klagt er die Kirche und den Heiligen Stuhl an. Diese Schrift kursiert bereits in unserer Gegend. Hütet euch davor!« Der Mönch ließ den Arm schweifen, schien auf Einzelne zu zeigen. »Ich bin besorgt um eure Seelen. Daher warne ich euch vor diesem Luther! Er kritisiert den Ablassbrief, aber was soll euch aus dem Fegefeuer retten, wenn nicht diese Briefe und der unendliche Schatz, über den der Papst verfügt und den er so freimütig an euch weitergibt?«

Simon unterdrückte ein Lachen. Was erzählte der Inquisitor? Glaubte er wirklich an seine eigenen Worte? In der Schrift kritisierte Luther zu Recht, dass sich der Papst die Ablässe mit Geld bezahlen ließ und nicht die Seelen der Menschen aus Liebe und Güte freigab.

»Meldet euch freiwillig, und ich erteile euch die Absolution. Zeigt euch ein anderer an, werdet ihr vorgeladen und verhört, und euch drohen Strafen! Falls ihr jemanden mit einer Schrift seht oder einen Buchführer oder Drucker kennt, der sie feilbietet, ist es eure Christenpflicht, dies bei einem Dominikanermönch anzuzeigen.«

Er redete weiter auf die Gläubigen ein, forderte sie auf, ihre Nachbarn und Eltern oder Kinder zu verraten. Er berichtete von einem Kasten, der an der Pforte des Dominikanerklosters hängen würde, um andere zu denunzieren. Das machte es den Menschen einfach, andere anzuklagen, ohne das Gesicht vor den Mitbürgern zu verlieren. Simon schauderte bei dem Gedanken und warf seiner Mutter einen Seitenblick zu. Sie sah gebannt zum Inquisitor, die Hände gefaltet. Und Michel? Sein Lehrling sah zu Boden. Am liebsten hätte Simon seine Meinung dazu rausgeschrien.

»So geht hin in Frieden«, endete der Mönch. »Aber vergesst den Namen Luther nicht! Er ist des Teufels.«

Simon ließ sich von den hinausströmenden Menschen mitreißen. Vor dem Dom warf seine Mutter ihm einen fragenden Blick zu. »Ist das die Schrift?«

»Nicht hier«, flüsterte er. Die Schrift schien gefährlicher zu sein, als er anfangs angenommen hatte.

Sie wollten sich gerade auf den Weg nach Hause machen, als er jemanden seinen Namen rufen hörte. Sein Herz setzte einen Schlag aus. War er aufgeflogen? Nein, keiner wusste von dem Druck. Er drehte sich um und war froh, als er Mathes Roht sah. Der Buchführer kam näher. »Ist der Druck fertig?«

Simon nickte, sah sich verstohlen um, doch die Menschen strömten an ihnen vorbei, ohne sie zu beachten.

»Ich werde morgen die Stadt verlassen und würde Euch vorher Drucke abkaufen wie vereinbart.«

»Es ist Euch zu gefährlich in der Stadt«, mutmaßte Simon.

»Ein Mönch ist bereits auf mich aufmerksam geworden. Ich komme wieder, wenn sich die Situation beruhigt hat.«

»Wollt Ihr direkt mitkommen?«, fragte Simon.

»Gern.«

»Es ist der Tag des HERRN«, protestierte seine Mutter. »Da macht man keine Geschäfte.«

Simon legte ihr eine Hand auf die Schulter. »Es wird schnell gehen. Du wirst gar nicht merken, dass er im Haus ist, dann ist er wieder weg.«

Sie schnaubte, drehte sich um und ging voran. Simon zuckte entschuldigend mit den Schultern.

Der Buchführer blieb nicht lange und kaufte zwölf Drucke. Damit hatte Simon zumindest seine Kosten wieder raus.

»Die Schrift war keine gute Idee«, sagte Simon.

»Die Angst der Inquisition vor Luthers Gedanken ist groß, aber die Schrift ist es immer noch wert, verbreitet zu werden.«

»Ich habe im Moment andere Probleme«, sagte Simon.

»Ich wünsche Euch viel Erfolg bei allem, was Ihr macht, und grüßt mir Jonata von Menden.«

***

Enderlin hatte keine Möglichkeit, nach der Messe mit seinem Vater zu sprechen. Er, seine Schwester und das Gesinde waren schnell verschwunden. Eine junge Frau in einem schlichten Kleid aus rotem Leinen und mit einer dünnen Haube erwartete Enderlin am Ausgang. Sie kratzte sich im Nacken, trat zögerlich auf ihn zu. »Ihr sagtet, man solle Ketzer melden.«

Seine Hände wurden feucht. Würde die Rede so schnell Erfolg bringen? »Ganz recht. Wen wollt Ihr melden?«

»Meinen Stiefvater, er …« Sie stockte, sah zu Boden. War sie sich nicht sicher, ob sie es erzählen sollte?

»Sprecht weiter. Habt keine Angst.«

Sie sah ihn wieder an. Ihre Augen leuchteten grün wie eine Frühlingswiese. »Er hat eine Schrift von diesem Luther von einer Geschäftsreise mitgebracht. Er will sie mir vorlesen, aber ich will nicht.« Sie schluckte. »Aber meine jüngere Schwester ist ganz begeistert. Ich habe Angst um ihr Seelenheil.«

»Ihr habt richtig gehandelt. Wo finde ich Euren Stiefvater?«

»Wir wohnen in der Wolfsgaß, nicht weit von hier.« Sie führte ihn zu dem Haus. »Aber sagt ihm nicht, dass ich ihn verraten habe.«

»Bestimmt nicht. Wie lautet sein Name?«

»Ott Durnhauser.«

»Der HERR wird es Euch vergelten. Nun geht hinein und lasst Euch nichts anmerken.«

***

Als sie wieder zu Hause waren, zog sich Jonata mit Figen in den Garten zurück. Elisabeth hatte der jüngsten Magd am Tag des

HERRN ein paar Stunden freigegeben, obwohl sie es nicht guthieß, wenn das Mädchen lesen lernte. »Wofür soll das einer Magd nützlich sein?«, hatte sie eingewendet, doch es dabei belassen.

Jonata holte sich zwei kleine Fässer aus dem Vorratskeller der Brauerei, und sie setzten sich neben den Gemüsegarten. Heute würde sie hier keiner stören. Auch eine Wachstafel und einen Griffel hatte Jonata mitgebracht. Darauf hatte bereits Lucas ihr das Lesen und Schreiben beigebracht. Jonata hatte erst daran gedacht, Figen das Lesen anhand der Luthertexte zu lehren, doch sie hatte sich für die Legende der heiligen Ursula entschieden. Es war einfacher, mit Texten zu arbeiten, die das Mädchen kannte.

»Kannst du dich an den ersten Satz erinnern?«, fragte Jonata und hielt dem Mädchen das Pergament hin.

»›Es war in Britannia ein frommer König‹«, sie überlegte, »›der hatte eine Tochter, die hieß Ursula.‹«

»Fast. Es heißt: ›Es war zu Britannia ein frommer christlicher König, Nothus oder Maurus mit Namen, der hatte eine Tochter, die hieß Ursula.‹«

Figen wiederholte den Satz. Jonata notierte ihn auf der Wachstafel.

»Jetzt schreibst du den Satz ab und gewöhnst dich an die Buchstaben.«

Eifrig nahm Figen die Tafel und malte die Buchstaben ab, es sah ungelenk aus, aber sie hatte durchaus Talent. Jonata erklärte ihr die einzelnen Buchstaben des Alphabets und wie sie ausgesprochen wurden. Auch die schrieb sie auf die Wachstafel und ließ das Mädchen sie nachmalen. Als Jonata die erste Lesestunde beendete, protestierte Figen, doch es hatten sich zum Schluss Fehler eingeschlichen, sie konnte sich nicht mehr konzentrieren.

»Bald werden wir weitermachen.«

Jonata schickte die Magd zu Elisabeth, die sicherlich schon auf das Mädchen wartete. Fässer und Wachstafel brachte sie zurück in die Brauerei. Als sie wieder in den Hof trat, stand Brid vor ihr. Sie trug ausnahmsweise kein Kleid mit einem aufreizenden Ausschnitt, sondern ein hochgeschlossenes braunes Sommerkleid.

»Du Petze! Musstest du gleich nach unserer Reise zu deinem Vater laufen?«, fauchte Brid.

»Habe ich dich nicht gewarnt? Wir können ein so sündhaftes Verhalten nicht dulden.«

»Er hat mir gedroht, den Lohn zu kürzen, wenn ich mich Männern aus der Schenke hingebe. Dabei bringt es ihm doch nur Geld in den Kasten.«

Jonata zuckte mit den Schultern. »Anscheinend sieht er das anders.«

»Und was ist mit dir?« Brids Augen funkelten. »Ich könnte ihm erzählen, dass du dich mit diesem Ketzer eingelassen hast.«

Jonata drückte den Rücken durch. »Er weiß es bereits.«

»Ach! Bestimmt ist er nicht sehr erfreut darüber.«

»Was geht es dich an?«

Brid lächelte schelmisch. »Vielleicht sollte ich dich anzeigen und Enderlin verraten, dass sein Schwesterchen Lutherschriften aus Sachsen mitgebracht hat.«

»Auch Enderlin weiß es schon. Er wird mir nichts anhaben, ich bin seine Schwester!« Brid musste nicht wissen, dass Enderlin nur den Verdacht geäußert hatte.

»Und was sagt der Inquisitor höchstpersönlich dazu? Weiß er es auch?«

Musste sie sich das wirklich gefallen lassen? Jonata packte Brid am Arm. »Wenn du es wagst, mich zu denunzieren, hast du den letzten Tag in der Schenke meines Vaters gearbeitet, das schwöre ich dir.«

Brid schlug ihre Hand weg. »Glaubst du, ich finde keine andere Anstellung?«

»Gewiss im Frauenhaus. Dort werden sie dich mit Kusshand aufnehmen.«

»Sind das die Worte einer Bürgerstochter?«

»Wer hat denn angefangen mit den Drohungen? Du solltest dich daran erinnern, wo dein Platz ist.« Jonata drehte sich um und ging ins Haus. Das musste sie sich nicht länger bieten lassen. Wieso hatte ihr Vater Brid nicht aus dem Haus geworfen?

Mit einem vollen Korb ging Jonata nach dem Mittagsmahl zum Waisenhaus. Ein Ministrant überreichte Agnes die heutige Kollekte.

»So wenig?«, fragte sie entsetzt.

Der Ministrant zuckte mit den Schultern und wollte sich abwenden. Jonata packte ihn am Arm. »Waren die paar Münzen wirklich alles, was sich im Klingelbeutel befand?«

Der Junge sah zu Boden.

»Sprich!«, forderte Jonata ihn auf und kniete sich hin, um ihm ins Gesicht sehen zu können. »Hast du dir Münzen davon genommen?«

Er schüttelte vehement den Kopf. »Der Priester.« Er presste die Lippen aufeinander.

»Der Priester hat Geld aus dem Klingelbeutel genommen, bevor er dich mit dem Rest hierhergeschickt hat?«

Der Junge nickte, dann riss er sich los und lief davon. Jonata stand auf und umarmte ihre Freundin.

Agnes seufzte. »Da hörst du es. Der Priester steckt sich das Geld lieber selbst in die Taschen, als den Kindern eine warme Mahlzeit zu gönnen.«

Jonata reichte ihr den Korb. »Für heute hast du etwas, aber du musst mit ihm sprechen.« Sie brachten die Vorräte in die Küche.

»Ich war heute mit den Kindern im Dom. Wilhelm wollte unbedingt das prächtige Gebäude von innen sehen. Dort hat der Inquisitor gepredigt.« Agnes stützte sich mit den Armen am Tisch ab. »Er hat den Kindern Angst gemacht, einige haben geweint, und ich war froh, als wir endlich raus waren.«

»Bei uns hat Enderlin die Messe gehalten. Er hat ebenso Schrecken verbreitet.«

»Sie jagen Ketzer. Sie wollen diese Schriften von Luther aus der Stadt verbannen. Hast du nicht davon erzählt?«, fragte Agnes.

Jonata nahm die beiden Schriften aus dem Korb. »Hier sind sie.«

»Was steht da drin, dass die Inquisition Angst davor hat?«

Als Agnes Brotteig knete, las Jonata ihr »Ein Sermon von Ablass und Gnade« vor. »Du sollst vor allen Dingen – weder den Bau von Sankt Peter noch den Ablass ansehend – deinen nächsten Armen geben, wenn du etwas geben willst.«

Agnes sah von dem Brotteig auf. »Das sollten sie mal in den Kirchen lehren, dann hätte ich genug Geld, um die Kinder durchzubringen.«

Jonata nickte. »Wenn der Priester dir das ganze Geld aus dem Klingelbeutel überlassen würde, wäre das schon ein Anfang.«

Agnes verzog das Gesicht. Jonata fuhr fort. Als sie geendet hatte, stellte Agnes den Brotteig in einer Schüssel mit einem Leinentuch bedeckt an den Ofen. »Allein durch Reue vergibt Gott einem die Sünden. Das ist mal eine Botschaft, und das ohne den Geizhälsen die Münzen in den Rachen zu werfen«, sagte Agnes.

»Luther schreibt, dass diese Wahrheit schädlich für den Kasten der Ablassprediger ist.«

»Deshalb wollen sie diese Schrift aus Köln verbannen.« Agnes richtete die Haube und stopfte eine gelöste Strähne darunter. »Hat der Drucker die Schrift schon nachgedruckt?«

»Sie ist fertig.« Jonata sah auf ihre Hände. Die letzten beiden Tage war sie nicht dort gewesen. Woher sollte sie bloß das Geld bekommen? Der Einzige, der ihr einfiel, war Mathes Roht, doch sie stand bereits zu tief in seiner Schuld.

»Wenn du mir ein paar davon abgibst, werde ich sie in der Gemeinde Sankt Maria Ablass verteilen.«

»Du?«, fragte Jonata überrascht. »Du hast doch gehört, dass es gefährlich ist.«

Agnes zuckte mit den Schultern. »Ich habe keine Angst vor den Pfaffen. Du siehst doch, dass sie uns sowieso verhungern lassen.«

»Rede mit dem Priester!«

Agnes lächelte. »Wenn du mir Drucke davon gibst.«

Jonata klagte ihrer Freundin das Problem mit dem Geld.

»Geh doch zu den Juden. Die leihen jedem etwas.«

»Sie nehmen horrende Zinsen«, protestierte Jonata. »Außerdem: eine Frau, die mit Juden Geschäfte macht. Wenn das jemand erfährt.«

»Das wird dein kleinstes Problem sein, wenn herauskommt, dass du Ketzerschriften verkaufst.«

»Du machst mir Mut.«

»Sorg dich nicht so viel und steh für deine Überzeugungen ein.« Agnes machte eine Pause, dann fragte sie nach der Überraschung, die ihr Vater ihr letztens gemacht hatte.

Jonata erzählte ihr von den Heiratsplänen ihres Vaters, von Sebalt und seinem aufdringlichen Verhalten.

Agnes verzog angewidert das Gesicht. »Und er ist wirklich so hässlich, wie du erzählst?«

»Noch schlimmer!«

Agnes schüttelte sich. »Du hast Glück, dass du deinen Vater umstimmen konntest.«

»Das hat Elisabeth auch gesagt. Ich kann mir ein Leben an Sebalts Seite nicht vorstellen.«

»Denk nicht mehr dran, geh lieber zu den Kindern und lies ihnen vor. Sie warten schon auf dich.«

***

Am nächsten Tag ging Enderlin mit zwei Bütteln zu Ott Durnhauser. Eine hagere Frau öffnete ihnen. Das Leinenkleid gab einen viel zu tiefen Blick in ihren Ausschnitt frei. »Was wollt Ihr?« Ihre Augen weiteten sich vor Erschrecken.

»Wo ist Euer Mann?«, fragte Enderlin und drängte sich an ihr vorbei.

Sie zog an seiner Kutte. »Er ist nicht da!«, kreischte sie.

Enderlin schlug ihre dreckigen Hände weg und sah sie finster an. »Davon will ich mich selbst überzeugen.«

Die Büttel folgten ihm in die Stube, wo Ott Durnhauser am Kamin vor einer Schüssel Haferbrei saß. Erschrocken sprang er auf, der Schemel kippte nach hinten. »Was wollt Ihr?«, wiederholte er die Frage seiner Frau. Das Mädchen, das gestern seinen Stiefvater angezeigt hatte, saß still in der Ecke, den Blick gesenkt.

»Ihr besitzt eine Ketzerschrift! Zeigt sie mir!«

»Wer behauptet solche Lügen?« Die Hände von Durnhauser zitterten. Er hatte Angst. Er war schuldig, daran gab es keinen Zweifel.

»Gebt sie mir!«, befahl Enderlin. Die Büttel hatten sich hinter ihm aufgestellt.

»Ich bin kein Ketzer.«

Enderlin trat einen Schritt auf Durnhauser zu. Auf dessen Stirn hatte sich ein Schweißfilm gebildet.

»Gebt sie uns freiwillig, oder wir werden das Haus durchsuchen.«

»Ich habe keine Ketzerschriften, nur Handelsbücher. Kommt,

seht selbst.« Durnhauser führte sie in eine Schreibstube. Auf einem staubigen Wandbrett lagen vier Bücher. Enderlin blätterte sie durch, fand Verkaufsverzeichnisse und Aufstellungen von teuren Stoffen. Auf einem Tisch reihten sich mehrere Tuchrollen auf. Hier war die Ketzerschrift nicht. Warum sollte er auch eine private Schrift in dem Arbeitszimmer verwahren?

»Durchsucht das Haus!«, befahl Enderlin den Bütteln.

»Nein!«, kreischte die Frau und stellte sich den Männern in den Weg. Der Erste schob sie grob beiseite, sodass sie mit dem Rücken gegen die Wand krachte. Eine jüngere Tochter mit braunen Locken tauchte schluchzend auf der Schwelle auf. Enderlin drückte sie zur Mutter.

»Passt auf sie auf! Beinahe wäre mein Helfer über sie gestolpert.«

Auch die Frau begann zu weinen. »Das dürft Ihr nicht! Ihr habt kein Recht.«

Sie wollte den Bütteln nachsetzen, doch Enderlin hielt sie auf. »Bleibt hier.«

»Ich hab etwas gefunden«, rief ein Büttel durch das Haus, einen kurzen Moment später reichte er Enderlin ein Schriftstück. »In der Truhe des Schlafgemachs.«

Bereits der erste Blick verriet ihm, um welche Schrift es sich handelte. Es waren die fünfundneunzig Thesen Luthers. Er rollte sie zusammen und schob sie unter sein Gewand. »Raus mit ihm!«

Zwei Büttel packten Durnhauser und zerrten ihn nach draußen.

»Habt Erbarmen. Ich muss zwei Kinder versorgen.« Frau Durnhauser warf sich Enderlin vor die Füße und streckte ihm die gefalteten Hände entgegen. In ihren Augen spiegelte sich die pure Verzweiflung, als stünde sie vor dem Tor zur Hölle. Sie tat gut daran, sich davor zu fürchten und den rechten Pfad Gottes einzuschlagen, dachte Enderlin.

»Betet für sie.« Mit dem Knie schob er sie zur Seite und trat auf die Gasse.

»Was geschieht mit mir?«, fragte Durnhauser auf dem Weg zum Kloster.

»Ihr werdet vom Inquisitor verhört«, sagte Enderlin.

»Wenn Ihr nicht abschwört, kommt Ihr in den Kerker. Dort werdet Ihr Bekanntschaft mit dem Henker machen«, keifte ein Büttel und fasste so fest zu, dass Durnhauser aufschrie. Er lachte höhnisch und verströmte dabei seinen weinsauren Atem. Enderlin hielt möglichst viel Abstand. Auch er hätte es nötig, sich einer Befragung zu unterziehen und sich Gott zuzuwenden, anstatt andere quälen zu wollen.

Enderlin war froh, als sie die Pforte des Klosters durchschritten. Sie brachten den Beschuldigten in die Abteikirche. Flackernde Kerzen warfen unruhige Schatten auf das Gewand des Priors, dessen Hände auf den dunklen Armlehnen des Stuhls ruhten. Neben ihm stand Melchior an einem Pult, um das Verhör aufzuzeichnen. Die Büttel brachten den Ketzer vor den Stuhl des Priors. Ein Tritt in die Kniekehlen, und schon sank der Mann unter kurzem Aufschrei auf die Knie. Die Büttel lachten und ließen sich auf einer Bank nieder. Enderlin reichte Jakob Hochstraten die Lutherschrift.

»Sagt mir Euren Namen«, sagte der Prior.

Der Beschuldigte blickte zu Boden, die strähnigen Haare fielen ihm ins Gesicht, die gesenkten Schultern bebten. Er fürchtete sich. Das hätte er sich eher überlegen sollen, dachte Enderlin. »Ott Durnhauser«, flüsterte er.

Der Prior brachte ihm die Bibel und gebot dem Gebeugten, die Hand darauf zu legen. »Schwört bei den Heiligen und dem HERRN, dass Ihr die Wahrheit sagen werdet.«

Durnhauser legte die Hand auf die Bibel, sie zitterte. »Ich schwöre.«

»Sagt es im ganzen Satz.«

Durnhausers Adamsapfel wippte. »Ich schwöre bei allen Heiligen und dem HERRN, dass ich die Wahrheit und nichts als die Wahrheit sagen werde.«

Der Prior nickte und nahm wieder auf seinem Stuhl Platz. »Was ist Euer Beruf?«

»Kaufmann.«

»Womit handelt Ihr?«

»Mit Stoffen.« Er redete so leise, dass Enderlin sich anstrengen musste, ihn zu verstehen.

»Könnt Ihr lesen?«

Der Beschuldigte nickte.

»Ich habe Euch nicht gehört«, sagte der Prior.

»Ja, ich kann lesen.«

»Ist das Eure Schrift?« Der Prior hob den Luthertext hoch.

Ott Durnhauser hob den Kopf. Er wirkte um Jahre gealtert, die Augen waren leer und ausdruckslos. »Ja.«

»Habt Ihr sie gelesen?«

»Ja.«

»Wer hat diese Schrift verfasst?«, fragte der Prior.

»Martinus Luther.«

»Dieser Luther ist ein Ketzer«, sagte Jakob Hochstraten scharf. »Wusstet Ihr das?«

Ott Durnhauser schwieg, den Blick auf den Boden geheftet.

»Wusstet Ihr das?«, fragte der Prior lauter.

»Nein«, sagte er schließlich.

»Dann werde ich Euch belehren, was dies angeht.« Der Prior erläuterte, dass Luther sich gegen die heilige Kirche und den HERRN versündigt habe und mit dem Teufel im Bunde stehe. »Wer sich mit Ketzern einlässt, dem droht die Exkommunikation.«

Ott Durnhauser reagierte nicht. Sein Körper bewegte sich im Rhythmus seines Atems.

»Schwört Ihr der Ketzerei ab?«

Der Beschuldigte sah auf, Hoffnung lag in seinen Augen. »Das werde ich.«

»Sagt es mit eigenen Worten.«

»Ich schwöre der Ketzerei ab. Ich werde diese Schrift nie wieder lesen, ich werde den Namen Luthers nie mehr in den Mund nehmen. Ich werde gottesfürchtig leben und dem Teufel und allen seinen Dienern entsagen.«

Was besagte schon der einzelne Schwur eines Ketzers? Viermal ließ der Prior Ott Durnhauser unter Zittern abschwören und um Vergebung betteln, erst danach war er bereit, dem Reumütigen den Bußpreis zu nennen.

»Als Kaufmann seid Ihr das Reisen gewohnt. Innerhalb eines Jahres werdet Ihr eine Bußwallfahrt nach Rom unternehmen.«

Ott Durnhauser nickte.

»Zu Fuß«, zischte der Prior. »Um Euch an Eure Sünden zu

erinnern und Eure Seele zu reinigen, dass sie niemals wieder in Versuchung gerät.«

»Das werde ich.«

Jakob Hochstraten erhob sich, trat zu dem Beschuldigten und streckte den Arm über seinem Kopf aus. »So sei es nun. Gott, der barmherzige Vater, hat durch den Tod und die Auferstehung seines Sohnes die Welt mit sich versöhnt und den Heiligen Geist gesandt zur Vergebung der Sünden. Durch den Dienst der Kirche schenke er dir Verzeihung und Frieden. So spreche ich dich los von deinen Sünden im Namen des Vaters und des Sohnes und des Heiligen Geistes.«

Der Prior forderte ihn auf, sich zu erheben. Durnhausers Beine zitterten, in seinen Augen lag Erleichterung. Diese Seele war gerettet. So demütig, wie Durnhauser sich gezeigt hatte, würde er erschaudern, wenn er nur den Namen Luther hörte.

Kapitel 21

Auf Zehenspitzen schlich Jonata zur Kammer ihres Vaters. Sie hasste, was sie jetzt tat, aber hatte sie eine Wahl? Sie hatte den Drucker in diese missliche Lage gebracht und musste ihm Schriften abkaufen. Den ganzen gestrigen Tag hatte sie darüber nachgedacht, wie sie an Geld kommen sollte, doch ihr war keine andere Möglichkeit eingefallen.

Die Tür knarzte leise, als Jonata sie aufschob. Sie hielt inne und spähte hinein. Mondlicht fiel durch den Spalt der Fensterläden in den Raum. Ihr Vater schnarchte. Sie tapste zum Bett. Auf der Kommode befand sich der Beutel mit den Schlüsseln. Geschwind nahm sie ihn an sich, schlich wieder hinaus, zog die Tür hinter sich zu und atmete erleichtert aus.

Sie ging zur Brauerei. Mit ganzer Kraft stemmte sie sich gegen den Schreibtisch und schob ihn beiseite. Sie schloss die Klappe auf und holte die Schatulle heraus. Ihr Vater würde nicht merken, dass Geld daraus fehlte. Vielleicht wusste er genau, wie viel Geld darin war, aber er würde es nicht täglich nachzählen.

Jonata entnahm mehrere Münzen und steckte sie in ihren Beutel. Sie hörte ein Knacken von draußen und verharrte. Die Tür stand noch offen, das Mondlicht fiel herein. Ihr Herz pochte wild. War ihr Vater wach geworden? Hatte jemand gehört, wie sie durchs Haus geschlichen war? Im nächsten Augenblick spazierte Pauli herein. Erleichtert atmete sie auf.

»Ach, du bist es!«, flüsterte sie. Der Kater strich um ihre Beine. Sie kraulte seinen Kopf, sodass er zu schnurren begann. Rasch verstaute sie den Kasten und schob den Schreibtisch zurück an seinen ursprünglichen Platz. Sie nahm Pauli mit hinaus und verriegelte die Brauerei. Als sie das Haus betrat und die Tür hinter sich zuzog, hielt sie inne. Etwas war anders. Sie lauschte. Da war jemand! Ein fahler Lichtschein im Treppenhaus wurde heller. Wer war aufgestanden?

Sie versteckte den Beutel ihres Vaters in einer Schüssel. Im nächsten Moment stand Elisabeth in der Küche und sah sie überrascht an. »Was machst du denn hier?«

»Das könnte ich dich auch fragen«, gab Jonata zurück.

»Ich konnte nicht schlafen. Der Vollmond …«

»Ich auch nicht«, sagte sie und trat ihrer Ziehmutter ein paar Schritte entgegen, weg von dem Beutel.

Elisabeth stellte die Talgkerze auf den Tisch und ließ sich auf einem Schemel nieder. Das Schattenspiel der Kerze schnitt tiefe Falten in Elisabeths Gesicht, ließ sie wie eine Greisin wirken. Vielleicht war ihre Ziehmutter mehr gealtert, als Jonata es sich eingestehen wollte. Wie sollte sie jetzt an den Beutel kommen? Sie musste Elisabeth dazu bringen, wieder ins Bett zu gehen. Jonata setzte sich ebenfalls, nahm die Hand ihrer Ziehmutter in ihre. »Es ist noch viel zu früh fürs Tagwerk. Lass uns zu Bett gehen.«

»Geh nur! Ich werde noch ein bisschen hier sitzen bleiben.«

»Ich kenn dich doch, du fängst gleich an, Suppe zu kochen oder den Boden zu kehren. Nein, du brauchst ebenso die Nachtruhe.«

Elisabeth rieb sich die Stirn, als überlegte sie angestrengt. Es dauerte eine gefühlte Ewigkeit, bis ihre Ziehmutter endlich antwortete. »Wahrscheinlich hast du recht, aber erst werde ich die Latrine aufsuchen.« Sie stand auf, nahm das Talglicht und ging nach draußen.

Geschwind griff Jonata nach dem Beutel und schlich die Treppe hinauf zur Kammer ihres Vaters. Als sie die Tür öffnete, schnarchte er in regelmäßigen Abständen. Sie schlüpfte hinein, legte den Beutel auf die Kommode und ging rückwärts hinaus, hielt dabei die Luft an, bis sie die Tür hinter sich zugezogen hatte. Sie legte sich ins Bett, doch sie konnte nicht schlafen, so sehr pochte ihr Herz. Erst als es dämmerte, fielen ihr die Augen zu.

Nach dem Frühmahl wollte Jonata das Haus verlassen, aber ihr Vater versperrte ihr den Weg. Ihr Herz setzte einen Schlag aus. Hatte er den Diebstahl bemerkt? So schnell?

»Wohin willst du?«, fragte er scharf.

»Ins Waisenhaus.«

»Ohne Korb?« Er zog die Stirn kraus und zeigte auf ihre Hände.

Sie war noch nie ohne etwas zu essen losgezogen. Wie sollte sie das erklären? Sie senkte den Blick. Sie brauchte eine Ausrede.

»Du gehst doch wohl nicht zu diesem Drucker!«

Sie schüttelte den Kopf. Er fasste unter ihr Kinn, sodass sie ihn ansehen musste. »Vater, nach der Predigt gestern habe ich begriffen, dass diese Schrift gefährlich ist.«

»Dann sag mir die Wahrheit. Wohin gehst du?«

»Ins Waisenhaus. Agnes hat Probleme mit dem Priester. Sie erhält nicht die gesamte Kollekte und kann kaum die Kinder ernähren. Ich unterstütze sie, wenn sie mit ihm spricht.«

»Figen wird dich begleiten.« Er machte Anstalten, in die Küche zu gehen.

»Vater, vertraust du mir etwa nicht?«

Er sah sie ernst an. »Kann ich das denn?«

»Du magst meine Sturheit schelten, aber angelogen habe ich dich noch nie. Sonst hätte ich dir kaum von der Lutherschrift erzählt.« Sie hasste sich für diese Worte. Was tat sie nur? Den eigenen Vater bestehlen und ihm frech ins Gesicht lügen. Das war keinesfalls gottgefällig.

»Also gut.« Ihr Vater schenkte ihr ein Lächeln. »Enttäusche mich nicht.«

Sie nickte. Ein Kloß drohte ihr die Kehle zuzuschnüren. Sie wandte sich ab und trat nach draußen. Wie konnte sie so etwas nur tun? Das alles wegen dieses Luthers und des Ablasses. War es das wert? Und doch mussten die Menschen erfahren, was es mit diesem Ablass auf sich hatte. Sie war sicherlich nicht die Einzige, die sich um einen Angehörigen sorgte und die diese Fragen quälten.

Als sie bei der Druckerei ankam, öffnete Simon die Tür einen Spaltbreit und lugte hindurch. Als er sie erkannte, erhellte sich sein Gesicht, und er ließ sie herein. »Ich habe Euch schon vermisst.«

In der Druckerei färbte Michel den Satz ein.

»Wollt Ihr helfen?«, fragte Simon. »Wir haben letztens so gut zusammengearbeitet.«

»Gern.« Jonata griff nach dem Papier und legte es in die Ösen. Simon betätigte die Druckerpresse. Sie druckten mehrere Bogen und genossen die Arbeit, keiner von ihnen sprach ein Wort, es erschien Jonata wie eine verschworene Gemeinschaft. Als sie fertig waren, ließ Simon den Lehrling vor dem Setzkasten Platz nehmen und wies ihn an, den Satz auszuheben. »Sei sorgfältig! Falsch sortierte Lettern finden wir nicht wieder.« Dann trat Simon zu ihr. »Ich soll Euch Grüße von Mathes Roht ausrichten. Er verlässt heute die Stadt.«

»Was?« Sie hatte ihn noch um Unterstützung bei dem Verkauf der Schriften bitten wollen.

»Er kommt zurück, wenn sich die Situation in Köln beruhigt hat, aber er hat mir ein paar von den Drucken abgekauft.«

»Wie versprochen, werde ich Euch auch welche abkaufen. Wie viele habt Ihr noch?«

»Vierundzwanzig.«

Jonata schluckte. Das war eine Menge. »Wie viel wollt Ihr dafür haben?«

»Für alle? Normalerweise einen Gulden. Aber da Ihr sie selbst weiterverkauft, gebt mir einen halben Gulden.«

Sie nickte und griff in den Beutel.

»Ihr müsst mir nicht alle abkaufen, lasst mir vier hier und nehmt die zwanzig.«

Sie legte zwanzig Schillinge in seine Hand. Bei der Berührung wurde ihr heiß. Was spielte ihr Körper ihr wieder für Streiche?

»Verkauft die Schrift für zwei Schillinge, dann habt Ihr einen Gewinn gemacht.«

»Danke.«

Simon holte die Drucke vom Dachboden, er zögerte jedoch.

»Was ist?«, fragte sie.

»Die Inquisition ist hinter den Drucken her. Der Inquisitor hat vorgestern im Dom gepredigt.«

»Ich weiß. Auch in unserer Kirche hat ein Dominikanermönch gepredigt, aber er ist …« Sie sah kurz zu Boden. Sie schämte sich für Enderlin, für seine sture Einstellung, für sein Wesen. »… mein Bruder.«

»Euer Bruder?«

Sie sah zu dem Drucker auf. Auch wenn seine Augen voller Sorgen waren, brachten sie ihr Herz zum Glühen. »Er hat mir gegenüber einen scharfen Ton angeschlagen, aber ich glaube nicht, dass er mich anzeigen oder anklagen wird.«

Simon nickte. »Es ist gut, Verbündete zu haben.«

»Einen Verbündeten würde ich ihn nicht nennen, aber …«

»… aber Ihr traut Euch zu, die Schriften zu verkaufen.«

Sie nickte und nahm die Drucke. »Ich habe das Gefühl, dass ich es muss. Ich tue es für Lucas. Nur wenn Luthers Worte von der Gnade des HERRN wahrhaftig sind, ist die Seele meines Bruders gerettet. Und dann gilt diese Gnade allen Menschen, und ich bin es ihnen schuldig, diese Wahrheit zu verbreiten. Sie werden von den Ablasspredigern und der Inquisition betrogen.«

»Gott stehe uns bei diesem Vorhaben bei.«

»Gottes Unterstützung können wir wahrlich gebrauchen.« Mit einem mulmigen Gefühl dachte sie daran, dass sie ihren Vater bestohlen hatte. Sie müsste zum Beichtvater gehen und ihre Sünden bekennen, doch wenn sie ihm den wahren Grund für den Diebstahl preisgab, würde die Inquisition hinter ihr her sein, noch bevor sie in das elterliche Haus zurückgekehrt wäre. Beichtgeheimnis hin oder her, sie traute den Pfaffen nicht mehr.

»Was ist eigentlich mit Eurem Bruder? Überlässt er Euch die Druckerei?«, fragte sie.

»Er hat sich nicht mehr hier blicken lassen, kann also keine Ansprüche stellen.«

»Seid Ihr nicht der Ältere und daher der Erbe?«

Seine Augen verloren das Strahlen. »Martin von Werden war nicht mein Vater.«

»Nicht?«

»Erst das Testament hat es preisgegeben. Seither bin ich auf der Suche nach meinem wahren Vater, doch meine Mutter möchte darüber nicht sprechen.« Simon von Werden sah Jonata traurig an. Eine solche Nachricht nach dem Tod eines geliebten Menschen musste ein Schock sein. Und dann machte ihm der Halbbruder auch noch die Druckerei streitig. Sie trat zu ihm und griff nach seiner Hand. »Das tut mir sehr leid.«

Er nahm ihre Hand und küsste sie, weich und zärtlich. Jonata schloss die Augen, atmete schnell, sein Atem streifte ihre Wangen. Ihr Herzschlag überschlug sich. Sie wünschte sich mehr, doch … Was tat sie hier? Sie trat einen Schritt zurück. Michel war im Raum und schielte zu ihnen herüber. Ihr Gesicht glühte.

»Verzeiht, ich wollte Euch nicht zu nahe treten«, sagte er.

»Das seid Ihr nicht«, versicherte sie.

»Wie wollt Ihr die Drucke nach Hause bringen? Ihr solltet sie nicht für jedermann sichtbar mit Euch herumtragen.«

Darüber hatte sie sich keine Gedanken gemacht. Ratlos sah sie sich um. Wie hatte sie nur so kopflos sein können?

»Wartet«, sagte er und berührte ihre Hand. Ihr Herz machte einen Sprung, die Haut kribbelte unter seiner Berührung. Sie sah ihn an. Diese Augen! Im nächsten Moment hatte er sich umgedreht. Sie atmete aus, hatte nicht bemerkt, dass sie die Luft angehalten hatte. Was machte dieser Kerl nur mit ihr? Simon zog eine Ledermappe aus dem Schreibtisch. Auf der Vorderseite war eine Feder eingebrannt. »Gebt sie mir beizeiten zurück.«

Sie sehnte sich danach, noch einmal seine Hand zu berühren, doch im nächsten Augenblick hielt sie die Mappe in der Hand, und Simon war einen Schritt zurückgetreten. Hitze stieg ihr ins Gesicht. Sie sah zu Boden. Fühlte er genauso wie sie, oder machte sie sich nur lächerlich?

Mit zittrigen Händen legte sie die Schriften in die Mappe. Simon begleitete sie zur Tür. Was sollte sie nur sagen? Sie sah ihn an. Die roten Wangen konnten ihm nicht verborgen bleiben. Unbeholfen deutete sie einen Knicks an. »Habt Dank.«

Er starrte sie an. Sie konnte seinem Blick nicht länger standhalten und wandte sich zum Gehen.

»Kommt bald wieder«, sagte er. Lag ein Flehen in seiner Stimme? Sie drehte sich noch einmal zu ihm. Er zögerte. »Die Mappe. Ich brauche sie bald zurück«, sagte er jetzt in geschäftsmäßigem Tonfall.

»Gewiss.« Sie drehte sich um und ging. Ihr Herz klopfte. Wie ungeschickt sie sich benahm.

***

Seine Schwester trat aus dem Haus des Druckers, sah sich um und lief die Gasse hinunter. Was hatte sie in der Hand? Etwa eine Mappe? Eine Mappe mit Ketzerschriften, kein Zweifel! Sie war nicht die unbescholtene Seele, wie sein Vater behauptet hatte, doch er brauchte Beweise. Simon von Werden konnte er später noch einen Besuch abstatten.

Enderlin nahm die Verfolgung auf. Sie lief zum Waisenhaus.

Er versteckte sich zwischen zwei Häusern und beobachtete den Eingang. Sein Herz klopfte. Er fühlte sich wie ein ungezogener Bengel, der etwas Verbotenes tat, dabei war sie es, die mit dem Teufel den Bund einging.

Kindergeschrei drang zu ihm herüber. Zwei Jungs mit Eimern liefern heraus, verschwanden um die Häuserecke und kamen nach kurzer Zeit wieder. Jetzt liefen sie deutlich langsamer und mühten sich mit der schweren Last ab. Eine Gauklertruppe näherte sich: ein Trommler, ein Lautenspieler und ein junger Flötenspieler. Letzterer bewegte sich, als wäre er von Bienen umschwirrt. Die anderen beiden lachten, unterbrachen ihr Spiel.

»Schaut an, ein Pfaffe!«, rief der Trommler und stoppte neben ihm. »Brauchst du eine kleine Aufheiterung? Wir spielen für dich. Wird dich aber etwas kosten.« Er rieb sich die Hände, als glaubte er, bei ihm viel abkassieren zu können. Dabei kam er Enderlin so nahe, dass dieser den fauligen Atem riechen konnte. Der Trommler ließ einen Schellenring dicht vor Enderlins Gesicht tanzen. Das Klingeln dröhnte in seinen Ohren. Der Junge mit der Flöte tanzte während des Spiels um ihn herum. »Verschwindet!«, rief Enderlin.

Die grauen Augen des Trommlers blitzten ihn an. Das schiefe Grinsen war das eines Dämons. Sie wollten ihn verführen. Der Trommler brummte und drehte sich um. »Kommt, lassen wir den Griesgram.«

Enderlins Glieder entspannten sich. Er war außerhalb des Klosters. Er musste auf der Hut sein. Der Teufel trieb sich überall, in jeder Gestalt herum.

Als die Gaukler auf der Höhe des Waisenhauses waren, stürmten Kinder ans Fenster. Wollten sie etwa auch die Seelen der Sprösslinge vergiften? Der Trommler und der Lautenspieler fielen in die Melodie des Flöters mit ein. Klänge der Hölle! Die Kinder lachten und klatschten. War denn keiner in dem Haus, der auf die Bengel aufpasste und ihnen die Gottesfurcht lehrte? Endlich zogen die Spielleute weiter, und Ruhe kehrte ein. Jonata ließ sich nicht blicken. Was machte sie in diesem Haus? Sie konnte wohl kaum die Ketzerschriften an die Kinder verteilen. Musste er seine Schwester dem Prior melden? Was würde Hochstraten dazu sagen, wenn er erfuhr, dass seine Schwester eine

Ketzerin war? Womöglich würde das auf ihn zurückfallen. Wie sollte Enderlin die Seelen Kölns vor Luther bewahren, wenn er es noch nicht einmal bei seiner Schwester schaffte? Aber wie sonst sollte er sie zur Vernunft bringen können?

***

Die Kinder stürmten Jonata entgegen. Wilhelm sprang an ihr hoch, versuchte, nach der Ledermappe zu greifen. Die Schwellung an seinem Auge war fast abgeklungen.

»Liest du uns etwas vor?«, rief ein Junge mit vorstehenden Schneidezähnen.

»Gleich vielleicht.«

Agnes kam mit einem Kehrbesen aus der Küche, Schweiß stand auf ihrer Stirn. Sie lehnte den Besen an die Wand und umarmte Jonata. »Schön, dich zu sehen.« Sie rief nach Hans und Mathias, die sogleich herbeigerannt kamen. »Holt Wasser aus dem Brunnen.« Die beiden rannten kichernd hinaus. »Alles in Ordnung mit dir?«, fragte Agnes besorgt.

Jonata begleitete ihre Freundin in die Küche. In einer Schüssel stapelte sich Geschirr. Über der Feuerstelle brodelte eine Suppe.

»Was liegt dir auf dem Herzen?«

Jonata legte die Ledermappe auf den Fenstersims. »Hier drin sind die Schriften, von denen ich dir erzählt habe. Zwanzig Stück. Jetzt fehlen mir nur noch die Käufer. Hast du nicht gesagt, ich könnte sie in der Gemeinde von Sankt Maria Ablass anbieten?«

»Unbedingt.« Agnes rührte die Suppe um.

»Du weißt, wenn ich an den Falschen gerate, zerrt mich die Inquisition an den Haaren auf den Scheiterhaufen.«

»Die Frau des Laternenmachers, Katharina von Rosenberg. Sie schimpft seit Langem über den Priester, und sie kennt viele Frauen. Bei ihr könnten wir es versuchen.«

»Du musst mich begleiten, Agnes. Dich kennt sie, dir wird sie vertrauen.«

»Wie stellst du dir das vor? Schau dich um. Ich kann nicht weg, die Kinder, das Essen, ich muss noch die Zimmer kehren.«

»Ich helfe dir danach bei allem, selbst wenn es den ganzen Tag dauert.«

Agens lächelte. »Also gut.«

Sie machten sich auf den Weg zum Laternenmacher. Jonatas Herz pochte heftig. Tat sie das Richtige? Würde die Frau sie bei der Inquisition anzeigen? Sollte sie nicht vorsichtiger sein? Selbst Mathes Roht hatte die Stadt verlassen, obwohl er überzeugt von Luthers Ansichten war.

Im Vorgarten arbeitete eine Magd im Gemüsebeet. Sie öffnete die Tür und ließ Agnes und Jonata in die Stube. Die Frau des Laternenmachers hatte ihren üppigen Leib zu den streitenden Kindern hinabgebeugt, deren schrille Stimmen den Raum erfüllten. Zwei Mädchen stritten sich um eine Holzpuppe, während sich zwei ältere Jungs mit Holzschwertern duellierten. Die Frau drehte sich überrascht um. Das enge braune Mieder gab den Blick auf die großen Brüste frei.

»Wen bringst du mir?« Ein Lächeln breitete sich auf ihrem Gesicht aus. Auf den Wangen zeigten sich rote Äderchen. »Agnes!« Die beiden umarmten sich. »Manchmal würde ich dir meine Rasselbande gern vorbeibringen, um einen Tag Ruhe zu haben, aber du hast sicherlich genug zu tun.«

»Mehr als das.«

»Greta, füll Holz für Agnes in einen Korb«, rief die Frau der Magd zu und drückte Agnes' Arm. »Was kann ich für dich tun, meine Liebe?«

Agnes schob Jonata einen Schritt nach vorn. »Das ist meine Freundin Jonata von Menden. Sie hat Texte aus Sachsen mitgebracht und möchte sie verkaufen.«

Jonata krallte sich an der Ledermappe fest.

Katharina von Rosenberg musterte sie skeptisch. »Schätzchen«, sagte sie an Agnes gewandt. »Du weißt doch, dass ich nicht lesen kann. Wieso kommst du damit zu mir? Ich bin keine Buchführerin.«

»Dein Ältester liest doch den Jüngeren vor. Du hast gesagt, der Priester mache den Kindern Angst und ziehe uns mit den Ablässen das Geld aus den Beuteln.«

Frau von Rosenbergs Augen begannen zu funkeln. »Und

ob! Viele Frauen wissen nicht, wie sie ihre Familie ernähren sollen, und die Ablassprediger bemächtigen sich ihrer Münzen wie die Beutelschneider. Die brauchen das Geld doch nur für den Petersdom!«

Jonata lächelte. Agnes hatte sie zu der richtigen Person geführt. Ihre Hände lockerten sich. »Genau das hat ein Augustiner in Sachsen kritisiert und eine Schrift verfasst.« Jonata öffnete die Mappe und zog einen Druck hervor. »Soll ich Euch etwas davon vorlesen?«

Die Frau nickte und setzte sich auf die Bank. Agnes tat es ihr gleich. Jonata atmete tief durch. Bisher hatte sie nur Kindern vorgelesen. Sie sah auf das Papier und begann zu lesen: »Zum Ersten sollt ihr wissen, dass viele neue Lehrer wie etwa Petrus Lombardus, Thomas und ihre Nachfolger die Buße dreiteilen: nämlich in Reue, Beichte, Genugtuung …« Selbst die Kinder kamen herbei und hörten gespannt zu. »Man kann aus keiner Stelle der Heiligen Schrift beweisen, dass die göttliche Gerechtigkeit vom Sünder irgendwas an Strafe und Genugtuung verlangt oder fordert als allein seine herzliche und wahre Reue oder Bekehrung …«

»So etwas habe ich noch nie gehört«, sagte die Frau.

Jonata stockte. Was hatte dieser Zwischenruf zu bedeuten? Sollte sie aufhören zu lesen?

»Fahrt fort«, forderte Frau von Rosenberg und wedelte ungeduldig mit der Hand. Jonata las die Schrift zu Ende.

Frau von Rosenberg sprang auf. »Wunderbar! Dieses Werk muss ich haben.«

Jonata atmete auf. »Für zwei Schillinge ist sie Euer.«

»Wartet!« Sie stürmte aus der Stube, kam ein paar Augenblicke später mit den Münzen wieder, und schon wechselte der erste Druck die Besitzerin.

»Ihr solltet die Hefte bei uns in der Gemeinde verkaufen. Zwar können die wenigsten lesen, aber es findet sich bestimmt jemand, der sie vorliest. Auf dem Markt am besten.«

»Ich würde sie nicht öffentlich vorlesen.«

»Warum nicht?«

»Ich fürchte, die Kirche sieht es nicht gern, wenn die Texte Luthers verbreitet werden. Das Wort ›Ketzerei‹ soll gefallen sein«, sagte Jonata.

Katharina von Rosenberg nickte. »Ich hörte davon.« Sie legte die Stirn in Falten, überlegte. »Würdet Ihr den Text noch einmal vortragen?«

»Wem?«

»Ich werde ein paar Leute zusammenrufen.«

Jonata zögerte. Konnte sie der Frau vertrauen? Ein Zweifler genügte, und seine Anzeige würde sie an den Schandpfahl bringen oder noch Schlimmeres. Aber hatte sie nicht auf solch eine Möglichkeit gewartet? »Einverstanden. Wann und wo?«

»In unserer Scheune. In zwei Tagen, zur neunten Stunde.«

Als sie aus dem Haus traten, kam ihnen ein Mann entgegen. Jonata brauchte einen Moment, bis sie begriff, wen sie vor sich hatte: Nickell von Werden. In der Hand hielt er eine Laterne. Er musterte sie skeptisch, sein Blick fiel auf die Ledermappe, die sie an die Brust presste. Sie hätte sie andersherum halten sollen, dann hätte er das Federmotiv nicht gesehen.

»Hast du uns bestohlen?«, fragte er barsch.

Er wollte nach der Mappe greifen, doch sie trat geschwind an ihm vorbei. »Das ist doch unsere Mappe«, protestierte er und setzte ihr nach.

Sie wich zurück. »Simon von Werden hat sie mir ausgeliehen.«

Er kräuselte die Stirn, wobei sich eine senkrechte Falte bildete. Seine Augen blitzten sie an. »Du lügst!«, rief er aus.

»Nein. Fragt Euren Bruder.«

»Er ist ein Bastard, mehr nicht!«

Musste er das so laut über die Gasse schreien? Jonata nahm Agnes an der Hand. »Komm! Lass uns verschwinden.«

Doch sie kamen nicht weit. An der nächsten Ecke tauchte Enderlin wie aus dem Nichts auf. Erschrocken blieben sie stehen.

»Was trägst du da mit dir herum?«

Bevor Jonata antworten konnte, hatte er ihr die Mappe entrissen. Sie versuchte, danach zu greifen, doch er wich zurück, während er sie aufschlug und den Titel der Drucke laut vorlas: »›Ein Sermon von Ablass und Gnade – durch den würdigen Dr. Martinus Luther Augustiner zu Wittenberg gemacht‹. Hab ich es mir doch gedacht.« Er nahm einen Druck heraus und zerknüllte ihn in der Hand.

»Nein.« Jonata entriss ihm die Mappe. Das zerknitterte weiße Schriftstück leuchtete in Enderlins erhobener Faust.

»Habe ich dich nicht davor gewarnt?«, zischte er.

»Wirst du mich jetzt dem Prior melden?«

»Oh, das sollte ich. Es sei denn, du sagst mir, welcher Drucker sie hergestellt hat. Wenn du abschwörst und gelobst, dich von den Ketzerschriften fernzuhalten, könnte ich es mir überlegen.«

Nie und nimmer würde sie Simon von Werden verraten. Hatte sie ihn nicht überredet, ihn, dem das Wasser bis zum Hals stand und den das Fortbestehen der Druckerei quälte? Sie hatte gezündelt, und sie allein musste dafür geradestehen.

»Nein. Aber lass dir eins gesagt sein: Wirst du mir den Prozess machen, wird dir das Vater nicht verzeihen – niemals! Wer soll dann die Brauerei weiterführen? Kuntz?« Sie lachte auf, hasste sich dafür. »Wag es nicht.« Sie sprang einen Satz nach vorn und riss ihm den zerknüllten Druck aus der Hand, dann rannte sie. Agnes lief ihr nach. Erst als sie zwei Gassen weiter waren und Jonata sich durch mehrmaliges Umdrehen versichert hatte, dass er ihnen nicht nachsetzte, verlangsamte sie die Schritte.

***

Enderlin ging zurück zum Drucker. Bestimmt hatte er noch Exemplare dieser Ketzerschriften.

Auf sein Klopfen öffnete die Mutter des Druckers. Ihre Haltung war gebeugt, die Augen wirkten müde. »Was wollt Ihr schon wieder?«

»Ich muss mit Eurem Sohn sprechen.«

»Ich hole ihn.«

Er wollte gerade eintreten, da schlug sie ihm die Tür vor der Nase zu. So ein Mist! Jetzt wurde der Drucker auch noch gewarnt und konnte die Ketzerschriften verstecken. Kurze Zeit später öffnete er die Tür und sah Enderlin grimmig an. Seine Augen irritierten ihn. Sie hatten unterschiedliche Farben, es war schwierig, seinem Blick standzuhalten. An wen erinnerten ihn diese Augen?

»Was wollt Ihr?«, fragte der Drucker scharf.

»Darf ich reinkommen?«, fragte Enderlin.

»Ich wüsste nicht, warum ich Euch einlassen sollte.«

»Weigert Ihr Euch, wird bald eine Horde Büttel Eure Druckerei auf den Kopf stellen. Finden sie nur eine Ketzerschrift, dann gnade Euch Gott.«

»Ihr droht mir?«

»Wollt Ihr die Angelegenheit hier auf der Gasse diskutieren?« Er ließ den Arm schweifen. Ein Fuhrwerk rumpelte vorbei. »Eigentlich wollte ich versöhnlich mit Euch sprechen.«

Der Drucker murrte, dann trat er zur Seite. Enderlin ging in die Druckerei, sah sich um. Er konnte keine ausgelegten Schriften oder Drucke entdecken. Der Lehrling saß vor dem Setzkasten. Enderlin trat näher heran, las ein paar Zeilen der Vorlage. Heiligenlegenden. Keine Ketzerschrift. Er drehte sich um. Der Drucker stand direkt vor ihm, die Arme vor der Brust verschränkt. »Ich höre.«

Enderlin trat zur Seite. »Sicher habt Ihr heute Morgen den Prior im Dom gehört.«

»Ich habe die heilige Messe besucht. Worauf wollt Ihr hinaus?«

»Ihr habt erfahren, dass Ihr keine Lutherschriften drucken dürft. Er ist ein Ketzer.« Hatte der Drucker kurz gezuckt, oder hatte Enderlin sich getäuscht?

»Ich werde keine Luthertexte drucken«, sagte Simon von Werden mit fester Stimme.

»Leugnet Ihr es etwa?«

»Ich habe nichts zu leugnen.«

Enderlin trat zur Druckerpresse und strich über das Holz. »Es wäre doch schade, wenn man Euch die Offizin entziehen würde.«

»Das wird nicht passieren.«

»Seid Ihr Euch so sicher?«

Die Augen des Druckers verengten sich. Er kam näher. »Wie Ihr seht, habe ich noch keine Schriften feilzubieten.« Simon von Werden machte eine ausladende Handbewegung. »Nach dem Tod meines Vaters muss ich erst wieder Drucke herstellen.«

»Und da kommt Euch die Lutherschrift gerade recht, richtig?«

»Ich habe keine Lutherdrucke.« Der Drucker schrie fast.

Enderlin lächelte. »Kein Grund, laut zu werden.«

»Wenn Ihr mir nicht sagt, warum Ihr hier seid, bitte ich Euch zu gehen. Ihr habt Euch überzeugt, dass ich keine Ketzerschriften anbiete. Gut. Ich danke Euch für den Besuch und freue mich auf ein Wiedersehen.« Der Drucker lächelte schief.

Enderlin atmete tief durch. Er musste also doch seine Schwester erwähnen. »Jonata von Menden ist vorhin aus Eurer Druckerei gekommen. Sie trug eine Ledermappe mit sich, in der sich mehrere Drucke Luthers befanden.« Jetzt endlich stand der Schrecken in seinen Augen. »Die Drucke hat sie von Euch, daran gibt es keinen Zweifel.«

Der Drucker schüttelte den Kopf. »Ihr müsst Euch irren. Ich habe niemals Luthertexte gedruckt.«

Das durfte doch nicht wahr sein. Der Drucker leugnete immer noch, und Enderlin hatte keinen Beweis, der das Gegenteil bezeugte. Was war mit dem Lehrling? Enderlin trat zu ihm, packte ihn an der Schulter. Der Junge sprang auf und wich zurück. Wieso war er so schreckhaft? Das konnte doch nur eins bedeuten. »Sag mir, was habt ihr in den letzten Tagen gedruckt?«

Das Sommersprossengesicht sah starr auf den Boden. Der Drucker stellte sich vor den Jungen. »Merkt Ihr nicht, dass Ihr ihn ängstigt? Werdet Ihr uns weiter belästigen, wende ich mich an den Meister der Bruderschaft, und wir werden erneut eine Beschwerde an den Prior richten.«

»Glaubt Ihr, dieser Brief hätte den Prior beeindruckt? Ins Feuer geworfen hat er ihn.«

Überrascht blickte der Drucker ihn an, doch er hatte sich schnell gefangen. Er trat auf ihn zu, kam ihm so nah, dass Enderlin den Atem auf seinem Gesicht spürte. Enderlin wich zurück. Heute würde er hier nichts mehr erreichen. »Ihr werdet noch von mir hören«, sagte er und wandte sich zum Gehen.

Vor der Tür kam ihm ein schlanker Mann in schlichter Kleidung entgegen. In der Hand hielt er eine Laterne. Dieser Mann hatte sich doch vorhin mit Jonata gestritten, ihr vorgeworfen, gestohlen zu haben, und er hatte etwas davon gesagt, dass Simon nicht sein Bruder sei. Ähnlich sahen sich die beiden wirklich nicht. Vielleicht sollte er ihn nach der Schrift fragen.

»Ihr arbeitet hier?«, fragte Enderlin.

»Warum willst du das wissen, Pfaffe?«

»Ich bin auf der Suche nach einer bestimmten Schrift.«

Der Kerl brummte.

»Müsst Ihr dazu Euren Bruder fragen?«

»Er ist nicht mein Bruder. Er ist ein Bastard!« Der Kerl machte Anstalten, ins Haus zu gehen.

Bastard? Interessant. Das war eine Information, die wichtig sein mochte. Wer konnte sein Vater sein? Enderlin hatte das Gefühl, ihn zu kennen. Die Augen. Er kannte diese Augen. »Wer ist der Vater?«, sprach er seine Frage aus.

»Was schert es Euch? Verschwindet und lasst mich in Frieden!«

Der Kerl stürmte ins Haus, ließ ihn stehen. Den Drucker würde er bald als Ketzer überführen. Doch was sollte er mit Jonata machen? Dieses umtriebige Weibsstück musste lernen, wo sein Platz war. Er würde noch mal mit ihrem Vater sprechen müssen.

***

Simon griff Nickell am Hemd. »Was hast du mit dem Pfaffen besprochen?«

»Nichts!«, rief er und schlug seine Hand weg.

»Ich habe Euch doch reden hören!«

»Er wollte eine bestimmte Schrift kaufen. Ich habe ihm gesagt, er solle verschwinden.« Nickell stampfte die Treppe hoch.

»Mehr nicht?«, fragte Simon.

»Nein!«

Er fasste sich an die Stirn. Er musste Jonata warnen. Sie war in Gefahr. Er gebot dem Lehrling, die Werkstatt zu hüten, und stürmte aus dem Haus.

Völlig außer Atem kam er bei von Mendens an. Aus der angrenzenden Schenke drangen Männerstimmen und der Geruch nach Bier und Suppe. Das erinnerte ihn an jene Nacht. Zu nah war er Jonata schon gekommen. Jetzt war der richtige Zeitpunkt, sie zu warnen und dann verschiedene Wege zu gehen. Immerhin hatte sie gesagt, dieser Mönch sei ihr Bruder. Ähnlichkeiten hatte er kaum wahrgenommen, vielleicht die wachen Augen und die Körpergröße. Aber sonst? Jonata sprühte vor Lebenslust, der Mönch war griesgrämig, hatte das Lachen verlernt.

Simon betätigte den Türklopfer. Eine Magd öffnete ihm. Sie wischte die Hände an der braunen Schürze ab. Ein schwacher Lavendelduft ging von ihr aus.

»Der Bierzapf ist nebenan«, sagte sie und wies auf das angrenzende Gebäude.

»Ich möchte mit Jonata von Menden sprechen. Ist sie zugegen?«

Die Frau runzelte die Stirn. »Was wollt Ihr von ihr?«

»Das möchte ich gern selbst mit ihr besprechen.«

Sie wandte sich um und rief laut nach der jungen Frau. Jonata erschien kurze Zeit später. Sie trug ein blaues Schnürkleid. Die Haare fielen offen über die Schultern.

»Ihr?« Sie trat nach draußen und zog die Tür hinter sich zu. »Ihr solltet nicht hier sein.«

»Warum?«

Sie griff nach seiner Hand und zog ihn hinter sich her. Sie liefen in den Hinterhof und bis in den Stall. Eines der Pferde schnaubte. Jonata streichelte den Hengst am Kopf. »Wieso seid Ihr hergekommen?«, fragte sie.

»Warum verstecken wir uns hier?«

Sie biss sich auf die Unterlippe. Bei dieser Geste sah sie noch aus wie ein Kind, doch ihre Figur war weitaus mehr Frau als Mädchen. Eine warme Woge überkam ihn.

»Weil mein Vater möchte, dass ich mich von Euch fernhalte. Ich habe ihm von den Drucken erzählt und …«

Er wollte sie nicht mehr reden hören, er wollte sie nur noch schmecken. Er fasste unter ihr Kinn, zog ihren Kopf zu sich, schloss die Augen und küsste sie. Ihre Lippen waren weich, schmeckten nach Sommerwiese. Er zog sie eng an sich. Ihre Hände wanderten seinen Rücken hinauf, er erschauderte bei der Berührung. Er knabberte an ihrer Lippe, strich mit der Zunge darüber und wollte ihren Mund erforschen, als sie ihn grob von sich drückte. Überrascht von der Wucht, stolperte er nach hinten und fiel. Mit dem Kopf schlug er gegen einen Balken. Ein Schmerz durchfuhr seinen Hinterkopf, zog bis in den Nacken. Er stöhnte, drehte sich zur Seite und fasste sich an die schmerzende Stelle.

»Verzeiht!« Sie kam zu ihm, streichelte sein Gesicht. Sie begutachtete seinen Kopf. »Kein Blut. Bitte seid mir nicht böse, ich war nur so überrascht.«

»Ich muss mich entschuldigen, ich hätte Euch nicht überrumpeln dürfen.«

Sie griff nach seiner Hand und zog ihn hoch, lächelte schüchtern. Sein Herz klopfte. Er war zu forsch gewesen, hatte es falsch angegangen. »Immer wenn ich bei Euch bin, bin ich in Gefahr«, sagte er.

Sie lächelte. Wie konnte er diesem Lächeln widerstehen? Diesmal hob sie den Kopf und küsste ihn. Er verhielt sich zurückhaltend, ließ sie seine Lippen liebkosen und mit der Zunge die seine suchen. Sie streichelte seinen Rücken und fuhr mit den Händen durch seine Haare. Jede Berührung war sanft wie der Wind und entfachte gleichzeitig ein Feuer in ihm. Sie löste sich von ihm. »Seid Ihr mir noch böse?«

Er lächelte. »Wie könnte ich, nach dieser Entschuldigung?«

Sie umarmten sich und blieben eine Weile so stehen. Er genoss ihre Nähe, sog den Duft ihrer Haare ein. Lavendel! Aber nicht so stark wie bei der Magd, sondern leicht, ganz eben, wie die Ahnung im Wind. Sie trat einen Schritt zurück. »Wieso seid Ihr hier?«

Er hatte sich von ihr entfernen wollen, und jetzt war er ihr näher als je zuvor. Das Leben spielte ein seltsames Spiel mit ihm. War es der Teufel, der ihn in Versuchung führte, oder brachte Gott sie zusammen, weil er einen Plan mit ihnen hatte? Wenn sie erfahren würde, was er vor ihr verheimlichte, würde sie ihn hassen. Das wäre das Beste, doch das würde er nicht ertragen. »Euer Bruder. Dieser Mönch, er war bei mir in der Druckerei.«

»Wann?«

»Gerade eben. Er hat mir erzählt, dass Ihr Lutherschriften habt. Ihr seid in Gefahr.«

»Er hat mich auf der Gasse abgefangen. Er wird mir nichts tun. Aber was ist mit Euch?« Besorgt sah sie ihn an, trat nah zu ihm.

Er griff nach ihren Händen. »Ich habe es abgestritten, die Drucke hergestellt zu haben. Er kann es nicht beweisen.«

Sie legte den Kopf an seine Brust. »Hoffentlich tun wir das Richtige.«

»Das tun wir!« Er strich über ihren Rücken. Ihre Nähe fühlte sich so gut an. Wieso musste Nickell auch nur …? Er begann, seinen Bruder zu verabscheuen. Halbbruder, berichtigte er sich in Gedanken.

»Ich habe heute den ersten Druck verkauft. Und übermorgen folgen die nächsten«, sagte sie.

Er fasste sie an den Schultern und schob sie von sich weg, damit er sie ansehen konnte. »Bringt Euch nicht in Gefahr!«

»Mir wird nichts geschehen, nur um Euch mache ich mir Sorgen.«

***

Simon lächelte sie an. »Sollen wir uns nicht langsam duzen?«

»Simon«, hauchte Jonata und nickte. Was war nur gerade geschehen? Sie spürte das Blut in den Schläfen pulsieren. Sie griff nach seiner Hand und streckte ihm erneut die Lippen entgegen. Seine Küsse waren so weich und zärtlich, seine Umarmungen wie das Einhüllen in eine Decke. Die Berührungen so ganz anders als die von Gallus. Sie hatte nur kurz die Bilder von jener Nacht wieder aufblitzen sehen, Simon von sich gestoßen. Das hatte sie nicht gewollt, aber er schien es ihr nicht übel zu nehmen. Sie lehnte sich an seine Brust, dann zog sie ihn aus dem Stall. Schritte näherten sich, sie stoppte, wollte sich wieder verstecken, doch schon schnitt die Stimme ihres Vaters durch die Luft. »Jonata?«

Er war nicht allein. Da war … ihr Herz setzte einen Schlag aus. Das schwarz-weiße Habit. Enderlin.

»Nicht nur Ketzerschriften verbreiten, sondern auch Unzucht treiben! Ich muss mich schämen, dich meine Schwester zu nennen«, rief Enderlin.

Sie hielt den Atem an, ließ Simons Hand los. Wie sollte sie das erklären?

Ihr Vater kam auf sie zugestürmt. »Ist das wahr?«

Noch nie hatte sie ihn so zornig gesehen. Sie schüttelte den Kopf. »Eine Lüge«, presste sie hervor.

»Und was habt ihr im Stall getrieben?« Ihr Vater wandte sich an Simon und drückte ihn nach hinten.

»Verzeiht, Herr, ich wollte kein Unglück über Euch bringen.«

Jonata drängte sich zwischen die beiden Männer. Sie musste Simon schützen. Ihr Vater wusste, dass sie die Schriften Luthers aus Sachsen mitgebracht hatte, und auch Enderlin hatte die Drucke gesehen. Es war sinnlos, das zu leugnen.

»Ich habe dich enttäuscht, Vater. Es stimmt. Ich habe eine Ketzerschrift drucken lassen und verkauft. Auch Simon von Werden wollte ich dazu überreden, doch er will sich der Zensur nicht widersetzen. Ich wollte ungestört mit ihm reden, daher bin ich mit ihm in den Stall, aber Unzucht …« Sie sah Enderlin an. »Du und deine Phantasien!«

»Wolltest du deswegen Sebalt nicht heiraten?«, fragte ihr Vater.

»Was? Nein! Das hat nichts mit Simon von Werden zu tun.«

»Was?« Enderlin trat näher. »Sie will den Brauer nicht ehelichen? Und das lässt du zu?«

Die Augen ihres Vaters zuckten hin und her. »Das sollte ich mir in der Tat noch einmal überlegen.«

»Was hörst du auf ihn? Du weißt, warum ich nicht Sebalts Frau werde.«

»Vielleicht sollte ich mir von Enderlin die Augen öffnen lassen«, sagte ihr Vater.

»Und wer hat nun die Lutherdrucke erstellt?«, fragte Enderlin und trat auf sie zu.

»Von mir erfährst du nichts.«

»Er war es. Du bist mit der Mappe aus seiner Druckerei gekommen.« Er zeigte auf Simon.

»Ich habe ihm nur die Drucke gezeigt.«

»Jetzt sag ihm, was er wissen will«, forderte ihr Vater.

»Warum? Damit er den Drucker anzeigt und ihm den Ketzerprozess macht?«

Enderlins Augen blitzten sie an. »Wenn du es nicht anders möchtest, wird dir der Ketzerprozess gemacht. Weißt du, was das bedeutet? Wenn du verurteilt wirst, wirst du rechtlos, du wirst Freiwild, vielleicht sogar hingerichtet.«

»Das wirst du nicht wagen.«

Simon trat einen Schritt näher, schwieg jedoch weiterhin.

»Du irrst dich. Der Inquisitionsauftrag kommt direkt vom Papst!«

»Hörst du das?« Ihr Vater packte sie an der Schulter. »Rede endlich!«

Sie riss sich los. »Die Kirche hat doch nur Angst vor der Wahrheit. Dass der Ablass zwecklos ist und die Menschen bald keinen Schilling mehr für den Bau des Petersdoms opfern.«

»Blasphemie!«, rief Enderlin. »Du beleidigst die Kirche und seine Exzellenz. Wenn das der Prior hören würde.«

Simon sog hörbar die Luft ein.

»Tut er aber nicht, sondern nur mein Bruder«, fauchte Jonata.

»Ich bin nicht nur dein Bruder, sondern auch Mitglied der Inquisition!«

»Wenn du mir den Prozess machen willst, dann mach das. Denk jedoch vorher an Lucas. Was hätte er dazu gesagt? Und denk an die Brauerei! Wer soll sie führen, wenn ich nicht mehr bin?« Sie drehte sich zu Simon. »Kommt!« Sie wagte weder, ihn zu duzen, noch, nach seiner Hand zu greifen, wie sie es gern gemacht hätte. Sie schluckte den Kloß hinunter, der ihr die Luft zum Atmen nahm, und unterdrückte Tränen.

»Du gehst direkt in deine Kammer«, rief ihr Vater ihr hinterher.

Als sie mit Simon vor dem Hauseingang stand, drehte sie sich zu ihm, lehnte sich an seine Brust. Er streichelte ihr Haar. »Danke«, hauchte er.

»Es ist alles meine Schuld.«

»Nein! Es war meine Entscheidung.«

Sie wischte sich eine Träne aus dem Auge. »Komm nicht wieder her. Es ist zu gefährlich. Ich besuche dich in der Druckerei, sobald ich kann.«

»Ich vermisse dich jetzt schon.«

Ihre Lippen berührten sich, und sie ließ sich für einen kurzen Moment in ein Meer aus Sorglosigkeit fallen. Sie wollte ihn nicht gehen lassen, hielt seine Hand so lange, bis ihre Arme sich nicht mehr erreichten. Er lief die Gasse hinunter, sah sich immer wieder zu ihr um, bis er um die Ecke gebogen war. Würde er um ihre Hand anhalten?

Kapitel 22

Jonata ging Simon nicht mehr aus dem Kopf. Sie hatte sich furchtlos für ihn eingesetzt, alles auf sich genommen. Dieser selbstgerechte Mönch würde, ohne mit der Wimper zu zucken, seine eigene Schwester anzeigen. Er musste die vier Drucke, die er noch besaß, so schnell wie möglich loswerden.

Als es klopfte, zuckte er zusammen. War es Jonata oder ihr Bruder? Zögerlich öffnete er die Tür. Als er Thomas sah, atmete er erleichtert auf. Mit einem schnellen Blick auf die Straße vergewisserte er sich, dass dem Freund niemand gefolgt war. Er umarmte ihn. »Komm rein! Gibt es heute keine Schiffe zu beladen?«

»Doch.« Thomas nahm den Hut ab. Er begrüßte Michel, doch der Lehrling gab sich schüchtern wie immer, sah bloß zu Boden.

»Der Italiener ist wieder da und fragt nach seinem Buch. Hast du es nachgedruckt?«

»Jetzt schon?«

»Seine Geschäfte liefen gut, nun reist er zurück in die Heimat.«

Simon ließ sich auf den Schemel sinken. »Ich habe noch nicht einmal damit angefangen. Zuerst musste ich eine andere Schrift drucken. Die Heiligenlegenden. Aber auch sie sind noch nicht fertig. Wir drucken die letzten Seiten, dann muss der Text noch gebunden werden.«

Thomas breitete die Arme aus. »Und was soll ich dem Händler sagen?«

»Gib ihm sein Buch zurück.« Simon reichte es seinem Freund. »Im Übrigen …« Er überlegte. Der einzige Druck, den er Thomas mitgeben konnte, war der Luthertext, doch was interessierte den Italiener eine Schrift in deutscher Sprache? Simon hielt inne. Vielleicht war der Gedanke doch nicht so abwegig. Welcher Kaufmann scherte sich schon um die Inquisitionsbestimmungen der Stadt Köln? Und Luthers Worte waren nicht nur für die Menschen im deutschen Sprachraum von Belang. Aber ob sich der Händler damit abspeisen ließ? Simon seufzte. »Leider habe ich nichts für ihn.«

»Ich kann ihm doch nicht mit leeren Händen gegenübertreten.«

»Ich weiß.« Sollte er seinen Freund einweihen? Wie stand er zu dem Ablass? Er hatte seine ganze Familie verloren. Gewiss hatte er für jedes Mitglied einen Ablassbrief erworben und viel Geld dafür bezahlt. Aber auch wenn Thomas nicht seiner Meinung war, würde der Freund ihn nicht verraten. Da war er sich sicher.

»Ich habe einen kurzen Druck in deutscher Sprache, ein sehr …«, er zögerte, »… aufschlussreiches Dokument. Aber sag, hast du gehört, dass die Inquisition in der Stadt tätig ist?«

»Meine Burschen haben es mir erzählt.«

»Von diesem besagten Druck wird die Inquisition nicht begeistert sein. Eine Ketzerschrift in ihren Augen.«

Thomas zog die Brauen hoch. »Du lässt dich mit Ketzern ein?«

»Um ehrlich zu sein, eine Frau hat mich darauf gebracht.«

Sein Freund schlug ihm freundschaftlich auf die Schulter. »Ah! Eva hat dich mit dem Apfel gelockt, und du hast hineingebissen. Du bist verliebt, mein Freund! Schön zu hören. Wie heißt sie?«

»Jonata. Jonata von Menden«, murmelte er und dachte an ihre strahlenden Augen.

»Und sonst? Jetzt lass dir doch nicht alles aus der Nase ziehen.« Thomas zeichnete in sanften Linien die Konturen eines Körpers in die Luft. »Wie sieht sie aus?«

»Sie ist wunderschön.«

»Alles klar.« Thomas grinste. »Um dich ist es geschehen. – Aber was ist mit diesem geheimnisvollen Text?«, fragte sein Freund.

»Es ist unglaublich, was dieser Luther schreibt, Thomas! Er wagt es, den Ablass als Geldeintreiberei der Kirche zu entblößen. Er sagt, Erlösung wird den Gläubigen allein durch Gottes Gnade zuteil! Verstehst du, was das bedeutet?« Simon ergriff den Arm des Freundes. »Diese Schriften werden alles verändern, sie rütteln an den Fundamenten des Klerus! Und das macht sie so gefährlich. Niemand darf wissen, dass der Druck aus meiner Offizin stammt.«

»Verstehe«, sagte Thomas und kratzte sich an der Schläfe. »Der ahnungslose Händler soll die Kunde in die Ferne bringen.«

»Ob er damit etwas anfangen kann?«

»Er ist Händler, Simon. Er wird den Druck zu Geld machen, selbst wenn er ihn nicht liest. Ein Druck, der schwer zu bekommen ist, ist im ganzen Land begehrt. Das treibt die Preise hoch.« Thomas lachte. »Darauf lässt er sich garantiert ein.«

Wenn sein Freund eines konnte, dann war es, überzeugende Reden zu schwingen. »Vielleicht sind deine Händler die richtigen Käufer für diese Schrift. Sie wissen nichts von der Inquisition, warum also sollten sie mich anzeigen?«

Simon holte einen der Drucke, die er auf dem Dachboden in einer Kiste versteckt hatte. Thomas legte den Text in das Buch des Händlers.

»Ich erwarte dich am Hafen«, sagte sein Freund und verabschiedete sich.

***

Enderlin konnte sich kaum auf den Choral und die Gebete konzentrieren. Immer wieder zerrten ihn die Gedanken zu seiner Schwester. Sie war unbelehrbar, ließ sich von diesem Drucker verführen. Und sein Vater ließ es ihr durchgehen, hatte sogar die Hochzeit abgesagt. Enderlin würde ihr klarmachen, dass sie sich von diesem Drucker fernhalten musste. Nur wie? Er war ein Bastard, das war ein Ansatzpunkt. Irgendetwas an diesem Simon kam ihm bekannt vor. Es hatte mit den Augen zu tun, dieser Verweigerung einer farblichen Symmetrie. Wer war nur sein Vater? Ein anderer Drucker, der Zensor oder gar ein anderer Brauer?

Seine Brüder stimmten das Kyrie an, und Enderlin fiel in den Gesang ein. Er wollte sein Herz mit den Klängen erfüllen, doch heute gelang es ihm nicht.

Nach den Laudes fing ihn der Prior ab. »Was hast du erreicht?«

»Ich habe einen Verdacht, dass ein Drucker Ketzerschriften gefertigt hat.« Kein Wort vorerst von seiner Schwester.

»Ja, dann konfisziere die Drucke, um des Allmächtigen willen!«

»Das ist nicht so einfach. Er versteckt sie vor mir.«

Der Prior schob die Hände in die weiten Ärmel des Habits. »Bruder Enderlin, ich habe dir weitreichende Vollmacht für diesen Dienst erteilt. Verstehst du nicht, sie zu nutzen? Droh ihm mit dem Ketzerprozess!«

»Habe ich schon. Es bringt nichts.«

»Ich fürchte, es fehlt dir an Phantasie.« Der Prior lächelte dünn. »Vielleicht solltest du einmal teilhaben an unseren läuternden Befragungen jener Kreaturen, derer sich der Satan bemächtigt hat. Sehr beeindruckend, wie ich dir versichern kann. Das wird dir in den Gesprächen eine bildreichere und überzeugendere Sprache verschaffen.« Der Prior wandte sich zum Gehen. »Ich brauche Ergebnisse. Der Papst wartet auf ein Antwortschreiben. Was soll ich ihm berichten?«

»Wir haben doch schon einem Ketzer den Prozess gemacht.«

»Wir müssen die Drucker unter Kontrolle bekommen. Darauf kommt es an.« Jakob Hochstraten ging Richtung Refektorium.

Nach dem Frühmahl verließ Enderlin das Kloster und ging zum Haus des Druckers. Wie sollte er nur beweisen, dass dieser die Luthertexte hergestellt hatte? Enderlin blieb im Abstand von drei Häusern stehen und beobachtete den Eingang. Ein breitschultriger Mann in edlem Gehrock und Pluderhose klopfte an die Tür. Den breitkrempigen Hut mit einer Feder hatte er tief in das pockennarbige Gesicht gezogen. Der Drucker öffnete und ließ den Mann hinein. Wer war der Kerl? Ein Käufer der Ketzerschrift? Nach einer Weile kam er mit einem Buch heraus, zu dick, als dass es die Ketzerschrift hätte sein können. Enderlin folgte ihm trotzdem.

»Seid Ihr Buchführer?«, fragte er, als er den Mann eingeholt hatte. Überrascht sah das Pockennarbengesicht ihn an. Gott musste diesen Mann lieben, dass er ihn die Seuche hatte überleben lassen.

»Was interessiert Euch das?«, zischte er misstrauisch, ohne stehen zu bleiben. Enderlin hielt mit ihm Schritt.

»Ihr habt die Druckerei mit einem Buch verlassen.«

Seine Stirn kräuselte sich. »Warum beobachtet Ihr mich?«

»Ich interessiere mich nur für Bücher. Was habt Ihr da erworben?«

Der Mann blieb stehen, fixierte ihn mit den tief liegenden Augen. »Ich wüsste nicht, was Euch das angeht, Mönch. Aber wenn ich Eure Neugier damit befriedigen kann: Es ist eine Abhandlung über die Wunder Roms.«

Keine Ketzerschrift also.

»Ihr seid von der Inquisition, habe ich recht?«

»Das stimmt«, bestätigte Enderlin.

»Hier seid Ihr falsch, Pfaffe! Die wahren Ketzer findet Ihr in den eigenen Reihen.«

Enderlin biss die Zähne zusammen. Was fiel ihm ein? Spielte er auf Luther an, oder was wollte er damit sagen?

Das Pockennarbengesicht lachte schallend und schlug ihm auf die Schulter. »Ich wünsche Euch viel Erfolg bei der Ketzerjagd.« Dann beschleunigte er den Schritt.

Enderlin blieb stehen. Unverschämter Kerl! Er lief wieder zurück und beobachtete den Eingang. Irgendwann trat die Mutter des Druckers mit einem Korb heraus. Er setzte auch ihr nach und holte sie ein. »Frau von Werden?«

Sie blieb stehen und sah ihn mit verengten Augen an. Sie trug ein braunes Leinenkleid, um den Hals hing eine Kette mit einem Holzkreuz. Sie schien eine gottesfürchtige Frau zu sein. »Ihr? Was wollt Ihr?«

»Euer Sohn hat mir einen guten Dienst erwiesen, als er mir bei den Ablassbriefen geholfen hat.« Das schien eine Ewigkeit her zu sein. »Ich wollte mich noch einmal bedanken.«

»Was wollt Ihr dann von mir? Bedankt Euch bei meinem Sohn.« Sie wandte sich ab und ging weiter.

Enderlin hielt mit ihr Schritt. »Hat Euer zweiter Sohn bei dem Druck mitgeholfen?«

»Bei den Ablassbriefen? Nein.«

»Arbeitet er nicht in der Druckerei?«

Sie sah zu Boden, ihre Augen wirkten traurig. »Seit dem Tod meines Mannes nicht mehr.«

»Ich verstehe«, sagte Enderlin sanft. »Auch in meiner Familie gibt es Streit.«

»Wie kommt Ihr darauf, dass es Streit gibt?«

Jetzt kam es auf die richtigen Worte an. »Euer jüngerer Sohn hat, wie soll ich sagen … abfällig über Simon gesprochen. Er hat ihn, ich wage kaum, es auszusprechen …«, er legte eine Pause ein, um den nächsten Worten das gebührende Gewicht zu verleihen, »… einen Bastard genannt.«

Sie atmete schwer. »Das hat die beiden entzweit.«

»Ich werde für Eure Söhne beten, dass sie wieder zueinanderfinden.«

Sie schenkte ihm ein schwaches Lächeln. »Habt Dank.«

»Ich habe mich gefragt, ob ich den Vater Eures Erstgeborenen kenne.«

Sie blieb stehen und sah ihn mit weit aufgerissenen Augen an. »Ihr kennt ihn?«

Enderlins Herz pochte. »Ich bin mir nicht sicher. Sagt Ihr mir den Namen?«

Sie fasste sich an die Brust und ging weiter, schüttelte dabei den Kopf.

Er folgte ihr. »Wer ist es? Auch für ihn werde ich beten.«

»Das braucht Ihr nicht. Er hat genug Fürsprecher.« Sie musterte ihn von oben bis unten, als würde sie ihn erst jetzt wahrnehmen. »Und ja, Ihr kennt ihn. Ich bitte Euch nur um eines: Behaltet es für Euch. Mein Sohn darf es nicht erfahren.«

Er war so nah dran. »Wer ist es?«

»Warum quält Ihr mich so? Ihr wisst es doch schon!« Sie schluchzte auf und lief davon. Enderlin sah ihr nach. Er hatte die Schlingen falsch gelegt. Sie würde ihm nichts verraten, er musste selbst darauf kommen.

Gedankenverloren ging er zurück zur Druckerei. Wer war der Vater? Er kannte ihn. Das wusste Frau von Werden. Abrupt blieb er stehen. Natürlich! Diese Augen! Er sah das Gesicht deutlich vor sich! Es war ihm nicht in den Sinn gekommen, weil es so abwegig war.

***

Jonata klappte den eisenbeschlagenen Deckel der Truhe auf und betrachtete die Mappe. Sollte sie eine der Schriften mit zum

Markt nehmen? Vielleicht fand sich ein Käufer. Sie holte den zerknüllten Druck heraus und verstaute ihn im Mieder. Den konnte sie ohnehin nicht mehr für die zwei Schillinge verkaufen. Und die Mappe? Hier war sie nicht mehr sicher. Wenn ihr Vater danach suchte, würde er hier als Erstes nachsehen. Dann kam ihr etwas in den Sinn. Lucas und sie hatten sich als Kinder dort oft versteckt.

Sie nahm die Ledermappe und lief in den Stall. Über die klapprige Holzleiter gelangte sie auf den Heuboden. Sie verstaute die Mappe in der hintersten Ecke unter einem Heuballen. Steffan würde öfter hier hochkommen, um Futter für die Pferde zu holen, doch er würde nicht bis nach hinten gehen, und allzu lange würde sie die Drucke hier ohnehin nicht verstecken.

Jonata stieg wieder hinunter und holte einen Korb aus der Vorratskammer. Elisabeth drückte ihr Münzen in die Hand. »Ich brauche Lauch, Kohl, Galgantwurzel und Salz.«

Margret kam mit einem Bündel Wäsche herbei und schob Kuntz vor sich her. »Nimmst du ihn mit? Heute ist Waschtag.«

Dies bedeutete, Margret würde den ganzen Tag beschäftigt sein. Jonata ergriff die Hand ihres Bruders und beugte sich zu ihm hinunter. »Gehst du mit mir zum Markt?«

Seine Augen leuchteten, und er sprang auf und ab. »Markt, Markt!«

Als sie das Haus verlassen wollte, hielt sie jemand grob an der Schulter zurück, dass sie strauchelte und beinahe stürzte.

»Wohin willst du?«, fragte ihr Vater scharf. Kuntz löste sich von ihr und verschwand in eine Ecke. Er kaute auf den Fingernägeln und sah den Vater mit großen Augen an.

»Du machst ihm Angst«, sagte Jonata und hob ihren Bruder auf den Arm. Sie strich ihm über die Wange, er vergrub das Gesicht in ihrer Halsbeuge.

»Willst du wieder zu ihm?«, zischte ihr Vater, jedoch mit deutlich gesenkter Stimme.

Jonata schwang den Korb hin und her. »Wir gehen zum Markt.«

»Das kann Margret übernehmen. Du kommst mit mir in die Brauerei. Ich will nicht, dass du in der Stadt herumstreifst.«

»Margret wäscht heute, Elisabeth kümmert sich um das Haus, und Brid ist gleich in der Schenke beschäftigt.«

Er brummte unwillig. »Dann lass Figen gehen.«

»Soll sie den schweren Kohl schleppen? Warum fängst du ständig mit dem Drucker an? Ich habe Geschäftliches mit ihm verhandelt, mehr nicht. Und selbst wenn es so wäre, dass ich mich mit einem Mann träfe, glaubst du ernsthaft, ich würde ihn mitnehmen?« Mit dem Kinn wies sie auf Kuntz.

»Wie soll ich dich verheiraten, wenn du vorher deine Jungfräulichkeit verlierst?«

»Traust du mir gar nicht mehr?«

»Vertrauen verdient man sich.«

Es gab ihr einen Stich ins Herz. Und er hatte so recht damit. Sie hatte ihn bestohlen. Aber sie würde es ihm zurückzahlen.

»Wenn du nichts mehr einzuwenden hast, gehen wir jetzt.« Sie drehte sich um.

»Du wartest! Beantworte mir eine Frage, und wage es nicht, mich zu belügen: Woher hast du das Geld für die Ketzerschriften?«

Sie biss sich auf die Unterlippe. Sollte sie ihm die Wahrheit sagen? Nein. Sie wandte sich zu ihm um. »Die paar Münzen, die ich im Beutel hatte, haben dem Drucker gereicht. Den Rest zahle ich ihm später.«

»Von dem Geld, das dir Elisabeth gegeben hat? Lass mich in deinen Beutel sehen.« Er streckte auffordernd die Hand aus.

»Sie hat mir Geld für den Einkauf gegeben. Ich soll unter anderem Salz und Galgantwurzel erstehen.« Das waren teure Gewürze, sie hoffte, dass er ihre Ziehmutter nicht nach dem Betrag fragen würde. »Vertrau mir. Ich bringe dich nicht in Verruf.«

»Wie denn, wenn du dich mit fremden Männern im Stall versteckst?« Seine Stimme war wieder lauter geworden, und Kuntz klammerte sich fest um ihre Schultern.

»Ich verstehe dich nicht, Vater«, sagte Jonata und presste Tränen in ihre Augen. »Warum denkst du so schlecht von mir?« Sie trat hinaus auf die Gasse, atmete tief durch. Ihr Herz schmerzte jedes Mal, wenn sie ihn anlog, und ihre falschen Tränen brannten auf den Wangen. Aber was sollte sie machen?

Den ganzen Weg hing sie ihren Gedanken nach, nahm kaum wahr, dass Kuntz quengelte. Auf dem Markt zog ihr Bruder sie zu einer Gauklertruppe. Ein junger Bursche spielte auf einer Flöte, dazu klimperte ein hochgewachsener Mann auf der Laute. Ein Bärtiger warf fünf brennende Stäbe in Kreisbewegungen durch die Luft und fing sie wieder auf. Jedes Mal hatte Jonata Angst, dass einer der Stäbe auf ihn fiel und seinen Gehrock aus buntem Leinen in Brand setzte. Kuntz hingegen lachte vergnügt, klatschte in die Hände. Eine schlanke Frau mit wallendem schwarzen Haar und ein Mann in rotem Gewand mit einer Teufelsmaske traten hinzu. Der Teufel hatte die Hände an den Hals der Frau gelegt, drückte sie zu Boden. Sie schrie, das Gesicht schmerzverzerrt. Der Bärtige trat hinter sie und ließ die Fackeln über ihrem Kopf fliegen. Der Lautenspieler sang vom Fegefeuer.

Jonata erschauderte. Kuntz lachte und klatschte immer noch. Er verstand nicht, was dort gespielt wurde. Einige Zuschauer grölten amüsiert, andere schauten erschrocken auf die Szenerie.

Ein Junge begann zu weinen. Der Vater in einem abgenutzten Wollmantel beugte sich zu ihm, strich ihm über den Lockenkopf. »Dagegen gibt es Ablassbriefe«, sagte er. Er nahm den Sohn auf den Arm und flüsterte seiner Frau etwas ins Ohr. Jonata konnte so gerade die Worte verstehen: »Die sind viel zu teuer. Hoffen wir, dass der HERR den armen Seelen auch ohne Ablasszettel gnädig ist.«

Jonatas Herz machte einen Sprung. Dieser Mann musste Luthers Schrift lesen! Sie tippte dem Mann auf die Schulter. Grimmig blickte er sie an. »Was?«

Sie schluckte schwer. So liebevoll war er mit dem Sohn umgegangen, warum blaffte er sie so barsch an? »Eure Hoffnung ist nicht unbegründet.« Sie sah sich um. Die Zuschauer sahen alle gespannt zu der Gauklertruppe, einem Gespräch zwischen ihnen würde kaum einer folgen. Sie nahm ihren Mut zusammen und fragte: »Habt Ihr schon mal von Martinus Luther gehört?«

»Von wem?« Irritiert sah er sie an.

Sie zog die Lutherschrift aus dem Mieder. »Ein Text über den Ablass. Gott vergibt uns ohne teure Spende für den Petersdom. Wollt Ihr wissen, wie Ihr wirklich in den Himmel kommt?«

Der Mann sah sich skeptisch um. Er flüsterte: »Was redet Ihr da?« Die Tränen des Jungen auf seinem Arm waren versiegt. Neugierig beäugte er sie.

»Vertraut Ihr einem Mönch? Diese Schrift hat ein Augustiner verfasst. Sie ist nur schwer zu bekommen.«

»Ein Mönch, sagt Ihr?« Seine gekräuselte Stirn verriet Skepsis, doch in den Augen funkelte Neugier.

»Ein gottesfürchtiger Mann, der sich vor dem Gericht des HERRN gefürchtet hat und nun seiner Gnade gewiss ist. Ein befreiendes Gefühl.«

Der Mann zögerte, sah sich wieder ängstlich um. Er hatte Angst, denunziert zu werden. »Und dieser Mönch hat den sicheren Weg in den Himmel gefunden?«

Sie nickte. »Ein Ablassbrief ist wertlos in Gottes Augen. Lest, wie Ihr vor dem Jüngsten Gericht bestehen könnt.«

»Auch wenn mich die Gedanken dieses Mönches interessierten, ich bin des Lateinischen nicht mächtig.«

»Könnt Ihr denn lesen?«

Der Mann hob den Kopf. »Meine Eltern haben mich in frühen Jahren auf die Domschule geschickt.«

»So freut Euch. Diese Schrift ist auf Deutsch.«

Die Frau zupfte an seinem Ärmel und machte mit einer Kopfbewegung deutlich, dass er sich umdrehen sollte.

»Was wollt Ihr dafür haben?«, fragte der Mann. Die Augen der Mutter blitzten Jonata feindselig an. Es war klar: Die Familie hatte kein Geld für Schriften übrig. Eigentlich hatte sie zwei Schillinge nehmen wollen. Dennoch hatte er ein Recht darauf, die Worte zu hören. Jonata schluckte und reichte dem Mann den Luthertext. »Betet für mich.«

»Das ist alles? Warum sollte eine Frau mir eine Schrift schenken?«, fragte der Mann zaghaft.

»Ich fühle, dass sich Euer fragendes Herz nach der Wahrheit sehnt. Lest die Schrift, lest sie Freunden vor, sprecht über sie.«

Der Mann überflog die Zeilen und lächelte schwach. Die Frau nahm ihrem Mann den Jungen ab und warf ihr bösartige Blicke zu. Die Gaukler spielten, wie ein Angehöriger einen Ablass erstand und sodann der Teufel die Frau freigab. Jonata griff nach Kuntz' Hand. »Wir gehen!«

»Nein, nein, nein!«, rief er.

Sie wollte nicht länger bleiben. Was, wenn Umstehende sie doch belauscht hatten? Sie kaufte so viel Lauch und Kohl, wie sie tragen konnte. Außerdem Salz und Galgantwurzel beim Gewürzhändler. Danach machte Jonata sich mit Kuntz auf den Heimweg. Am liebsten wäre sie noch zu Simon gegangen. Sie hatte ihre erste Schrift verteilt. Seine Augen würden vor Bewunderung leuchten. Doch das Risiko, ihn mit Kuntz aufzusuchen, war unkalkulierbar. Nicht auszudenken, wenn ihr kleiner Bruder zu Hause irgendetwas ausplauderte.

Kapitel 23

Jonatas Kopf fühlte sich an, als wäre er mit Wasser gefüllt und drohe zu zerplatzen. Ihre Gedanken kreisten. Sie saß schon den ganzen Morgen über den Geschäftsbüchern und musste ihrem Vater daraus vorlesen. Er erklärte ihr, welchem Kunden er wie viel Nachlass für ein Fass gewährte und warum.

»Wie viel nehmen wir für ein kleines Fass Bier?«, fragte er erneut.

»Einen Schilling.«

»Wie viel für ein großes?«

»Fünf Schillinge.«

»Was nimmst du für drei große Fässer?«

»Fünfzehn, dein Bruder muss nur dreizehn bezahlen und der Bürgermeister nur zwölf.«

Sie beantwortete diese Frage nun zum dritten Mal. Er schien sie heute nicht aus den Augen lassen zu wollen. Wie sollte sie sich nach dem Mittagsmahl davonschleichen, um zur neunten Stunde bei der Frau des Laternenmachers zu sein? Und sie musste die Schriften noch vom Heuboden holen.

Es klopfte an der Tür. Ein kleiner gebückter Mann betrat den Raum. Die Hose und das Leinenhemd waren lehmverschmiert.

»Seid Ihr gekommen, um Bier zu kaufen?«, fragte ihr Vater.

»Der Dombaumeister braucht neues Bier für die Arbeiter. Er schickt mich mit einer Anzahlung.« Der Mann wollte ihm das Geld in die Hand drücken, doch ihr Vater verschränkte die Arme. »Heute verhandelt Ihr mit meiner Tochter.«

Der Mann blickte sie verwirrt an. Zögerlich stand Jonata auf. »Wie viel benötigt Ihr?«

»Zehn große Fässer.« Er ließ die Münzen in ihre Hand fallen.

Zehn? Sie hatte mit ihrem Vater darüber gesprochen, was für einen Nachlass sie bei zwei oder drei Fässern gewährte, aber nicht, wie viel es bei zehn Stück war. Jetzt musste sie sich beweisen. Zehn Fässer waren eine Menge, und es war nicht ratsam, den Dombaumeister zu verärgern, schließlich kaufte er regelmäßig bei ihnen. Dreißig Schillinge hatte sie erhalten. Sie ging zum Schreibtisch und schob die Holzklötze des Abakus hin und her. Fünfzig Schillinge bekam sie regulär. Wenn sie für jedes Fass einen Schilling Nachlass gewährte, wäre das zu viel.

»Ich mache Euch einen guten Preis. Zehn Fässer kosten Euch zweiundvierzig Schillinge.«

»Den restlichen Betrag erhaltet Ihr vom Dombaumeister bei Lieferung.« Er beugte den Oberkörper trotz des krummen Rückens noch weiter nach unten und wandte sich an ihren Vater. »Bitte bringt die Fässer wieder zur Schenke am Dom.«

»Sagt Eurem Baumeister, heute zur neunten Stunde sind die Fässer dort.« Jonatas Herz setzte einen Schlag aus. Zur neunten Stunde musste sie bei dem Laternenmacher in der Scheune sein. Hoffentlich schickte ihr Vater sie nicht mit Steffan die Fässer ausliefern.

Der Mann bedankte sich und verschwand.

»War das in deinem Sinne?«, fragte Jonata.

»Acht Schillinge Nachlass ist eine Menge«, sagte er streng.

»Aber der Dombaumeister kauft regelmäßig Bier. Es wäre nicht gut, ihn zu verärgern.«

Er nickte. »Da hast du recht. Nun trag den Verkauf in das Buch ein.«

Jonata setzte sich an den Schreibtisch, schlug das Buch auf und tunkte den Federkiel in die Tinte. »Wie viel hättest du von ihm verlangt?«

»Wahrscheinlich hätte ich ihm nur sechs Schillinge erlassen. Wenn der Dombaumeister allerdings persönlich gekommen wäre, hätte er mich sicher weiter runtergehandelt. Ein Hundskopf, dieser Baumeister.«

Jonata trug den Verkauf in das Verkaufsbuch ein und den offenen Betrag in das Merkbuch.

»Nach dem Essen wirst du mit Steffan die Fässer zur Domschenke fahren.«

Das hatte sie befürchtet.

Nach dem Mittagsmahl schlich Jonata sich in den Stall und holte die Mappe vom Heuboden. Sie verstaute sie unter der Sitzfläche des Karrens. Kurz danach kam Steffan. Er griff nach einem großen Holzklotz und schleppte ihn nach draußen.

»Was machst du?«, fragte sie und ging ihm nach.
»Elisabeth braucht Brennholz zum Kochen.«
»Wir müssen zehn Fässer zur Domschenke liefern.«
»Das eilt nicht.«
Und wie das eilte. Sie ging auf und ab, beobachtete ihn. Er ließ die Axt niedersausen und durchtrennte den Stamm in Keile, als wäre er so weich wie Schmalz. Der Schweiß auf seiner Stirn zeugte jedoch von der Anstrengung. Er schleppte das Holz in die Küche, doch anstatt anschließend in die Brauerei zu gehen, holte er einen neuen Stamm.
»Reicht das nicht erst einmal?«, fragte sie.
»Was treibt dich an?«
Sie sollte einfach verschwinden, wenn er das nächste Mal das Holz in die Küche brachte, doch dann sah sie bereits das zornige Gesicht ihres Vaters vor sich. Nein, sie würde mit Steffan mitfahren, sich absetzen und später vorgeben, ins Waisenhaus gegangen zu sein. Hoffentlich kam Agnes auch, dann könnte sie ihr den Korb in die Hand drücken. Endlich verschwand der Knecht in der Brauerei und rollte ein Fass nach dem anderen nach draußen. Christoff half ihm, die Fässer auf die Ladefläche zu hieven. Dann verließ der Karren den Hof. Sie zwang sich, ruhig zu sitzen, auch wenn ihr ganzer Leib vor Aufregung zu platzen drohte.
»Wofür der Korb?«, fragte Steffan mit hochgezogenen Brauen.
»Ich will gleich noch zu den Waisenkindern.«
»Dein Vater hat gesagt, dass ich dich mit zurückbringen soll.«
»Er wird sich gedulden müssen.«
»Ich widersetze mich seinen Anweisungen nicht.«
»Und ich bin kein Fass, das du herumrollen kannst.«
Er hielt den Karren vor der Domschenke und brachte mit einem Knecht die Fässer in den Keller. Jonata nutzte die Gelegenheit, holte die Mappe hervor und verstaute sie in dem Korb unter dem Leinen, das sie wohlweislich über die gedörrten Kirschen, Mandeln und den Speck gelegt hatte. Vom Dombaumeister, einem kleinwüchsigen Mann, der ein Lotseil und einen Winkel am Gürtel trug, erhielt sie die restlichen Münzen.
Sie ging über den Domhof Richtung Waisenhaus. Erst als sie in die nächste Gasse eingebogen war, änderte sie die Richtung.

Beim Haus des Laternenmachers wurde sie bereits von Frau Rosenberg vor der Tür erwartet.

»Ich hatte schon Angst, Ihr kommt nicht«, sagte sie und drückte Jonata an sich.

»Wie viele sind gekommen?«

»Seht selbst.« Sie führte sie in den Stall, der sauber gekehrt und mit vielen Kerzen eine gemütliche Atmosphäre ausstrahlte. Auf Bänken, Schemeln und Heuballen saßen an die zwanzig Frauen mit ihren Kindern. Am Fenster standen fünf Männer zusammen, lachten und tranken. Agnes war nicht zu sehen. Wahrscheinlich forderten die Kinder auch zu dieser Stunde ihre ganze Aufmerksamkeit.

»Habt Ihr etwas mitgebracht?«, fragte Katharina von Rosenberg und zeigte auf den Korb. Jonata entnahm die Mappe und reichte ihr den Korb. »Das ist für Euch und Eure Familie. Als Dank, dass Ihr diese Zusammenkunft ermöglicht.«

Sie lächelte und kostete eine der gedörrten Kirschen. »Ich bringe es ins Haus, dann können wir beginnen.«

Jonatas Herz klopfte. Sie setzte sich auf den Schemel, der den Bänken gegenüber platziert war. Kalter Schweiß lief ihr den Rücken hinunter. Worauf hatte sie sich nur eingelassen? Sie war nie eine besonders gute Rednerin gewesen. Was würden die Männer dazu sagen, wenn eine Frau vorlas? Viele glaubten immer noch, dass das Gehirn der Frau viel zu klein sei, um eine Fähigkeit wie Lesen hervorzubringen. Das zumindest vermochte sie heute zu widerlegen. Außerdem verderbe Lesen den Charakter einer Frau. Eine Ansicht, die Enderlin zweifellos teilte. Jonata kannte keinen der anwesenden Männer. Das war beruhigend.

Die Frau des Laternenmachers kam mit dem leeren Korb zurück und stellte sich neben Jonata.

»Liebe Freunde! Wie versprochen wird diese junge Frau einen Text eines Augustinermönchs vorlesen, der über den Ablass geschrieben hat. Er ist auf Deutsch und somit für alle verständlich, nicht wie die Predigten in der Kirche. Möge der HERR die Zunge der jungen Frau lenken.«

Die Männer setzten sich, ein Baby krabbelte vor den Füßen seiner Mutter herum. Jonata holte einen Druck hervor. Das Blatt zitterte in ihrer Hand. Sollte sie aufstehen oder sitzen bleiben? Alle sahen sie erwartungsvoll an. Hitze stieg ihr in den Kopf. Sie schloss die Lider und versuchte, sich die Szene vor Augen zu rufen, wie die Waisenkinder an ihren Lippen hingen. Sie hob das Blatt und begann zu lesen. Alle lauschten gespannt. Was dachten sie darüber? Würden die Männer sie gleich packen und zum Inquisitor schleifen?

Sie las weiter, nahm den Sinn ihrer eigenen Worte kaum wahr. »Zum Zwanzigsten: Auch wenn einige Leute mich nun einen Ketzer schelten – denn eine solche Wahrheit ist sehr schädlich für den Kasten –, so achte ich doch solches Geplärre nicht hoch, zumal das niemand tut als einige Finsterhirne, die ihre Nase nie in die Bibel gesteckt, die christliche Lehre nie gelesen und ihre eigenen Lehrer nie verstanden haben, sondern in ihren löchrigen und zerrissenen Schulmeinungen geradezu untergehen. Denn hätten sie sie verstanden, so wüssten sie, dass sie niemanden beschuldigen sollten, der weder verhört noch widerlegt worden ist. Aber Gott gebe ihnen und uns den rechten Verstand. Amen.« Sie ließ das Papier auf den Schoß sinken, sah in die Gesichter. Keiner rührte sich, alle saßen steif, als wären sie eingefroren. Dann stand ein Mann in ihrem Alter auf. »Wofür habe ich einen halben Gulden für einen Ablassbrief bezahlt, wenn er nichts nützen soll?«

Ein anderer Mann, dessen aufgebauschte Kleidung ihn wie einen Händler aussehen ließ, erhob sich ebenfalls. »Das hast du doch gerade gehört: Die Pfaffen wollen nur unser Geld.«

»Wenn allein die Reue reicht, um Gnade vor dem HERRN zu finden, kann ich die Schillinge für Holz und Getreide aufbringen«, sagte die Mutter des Babys.

»Wer kann mir garantieren, ohne Ablass dem Fegefeuer zu entgehen?«, fragte der Erste.

Jonata stand auf, legte die Schrift auf den Schemel. »Ich habe mit diesem Mönch persönlich gesprochen. Er hat mir gestanden, dass er die gleichen Ängste hatte wie wir alle. Er glaubte, vor dem Gericht Gottes nicht bestehen zu können. Und das als Mönch! Erst als er den Römerbrief gelesen hat, habe er erkannt, welch großes Geschenk der HERR für uns bereithält.«

Sie schluckte. Die Anwesenden hörten sie wirklich an. »Die

Gnade! Er schenkt sie uns. Dafür bedarf es keines Ablassbriefes. Ist das nicht eine Botschaft!«

»Sie hat recht«, sagte der vermeintliche Händler. »Ich kaufe einen Druck. Was kostet er?«

»Zwei Schillinge.«

Sie tauschten Münzen und Druck aus. Die Diskussion ging weiter, und zum Schluss war sogar der Skeptiker überzeugt und kaufte einen Druck. Insgesamt wechselten acht Exemplare den Besitzer. Nun hatte Jonata genug Geld eingenommen, um die Münzen zurück in den Geldkasten ihres Vaters legen zu können. Wenn ihr das unbemerkt gelänge, würde diese Last von ihren Schultern fallen.

Euphorisch verließ Jonata den Hof. Sollte sie zu Simon gehen? Sie musste ihm von dem Erfolg erzählen. Und sie wollte ihn wiedersehen! Ihr Mund verlangte nach seinen zärtlichen Küssen, ihr Leib nach seinen Berührungen.

Als sie in die Stolkengaß einbog, packte sie jemand an der Schulter.

Ruckartig fuhr sie herum. Diese Hakennase, der schwarzweiße Habit. Wie sie den Anblick zu hassen begann.

»Du schon wieder.« Sie wich zurück.

»Wusste ich es doch, dass du zu ihm willst«, sagte Enderlin. »Dein Vater tobt.«

»Ich war im Waisenhaus.« Gut, dass die Mappe unter dem Leinen versteckt war.

»Und jetzt treibst du Unzucht mit diesem Ketzer.«

»Was denkst du von mir?«

»Ich muss mich schämen, dich meine Schwester zu nennen.«

»Lass mich einfach in Frieden.« Sie drehte sich um, wollte gehen, doch er hielt sie zurück. »Lass mich los.«

»Erst hörst du mir zu, und dann kannst du entscheiden, ob du ihm wieder in die Arme läufst.«

»Ich verzichte auf deine Moralpredigt.«

»Es wird dich interessieren, da bin ich mir sicher.«

Sie sollte sich nicht von ihm bereden lassen. Sie wandte sich ab, doch Enderlin packte sie an den Schultern und presste sie gegen die Hauswand. Für einen Moment blieb ihr die Luft weg. Die unebenen Steine drückten sich in ihren Rücken.

»Jetzt hör zu. Ich meine es nur gut. Du glaubst, du kennst Simon? Er ist nicht der Sohn des Druckers. Er ist …«

Zuckten seine Mundwinkel?

»… der Sohn von Johann Tetzel. Du weißt, wer das ist. Bei ihm hast du im Dom den Petersablass erstanden. Er ist Dominikanermönch und Ablassprediger.«

»Was erzählst du da? Ein Mönch hat keine Kinder.«

Enderlin sah kurz zu Boden. »So sollte es sein. Aber nein! Simons Mutter hat es mir bestätigt. Tetzel ist sein Vater.«

Wieder dieses Zucken.

»Und so einem vertraust du! Ausgerechnet ihm bietest du Ketzerschriften an? Weißt du, was er tun wird? Ich sage es dir: Er wird zu Tetzel rennen, wird dich um seiner Herkunft willen anzeigen! Er, der von seinem Vater belogen wurde, dessen Bruder ihm das Erbe streitig macht. Wohin sollte es ihn in dieser Lage treiben, wenn nicht zu seinem eigen Fleisch und Blut? Und du? Du bist ihm egal. Ich kann dich vor der Inquisition bewahren, dich zurückführen auf den Pfad des HERRN, aber Tetzel wird unerbittlich sein. Er wird dafür sorgen, dass er dich brennen sieht!«

Simon der Sohn eines Ablasspredigers? Das konnte nicht sein. Oder doch? Er hatte gesagt, er wisse nicht, wer sein Vater war. Aber ein Mönch als Vater eines unehelichen Kindes? Konnte das sein? Eine eiskalte Hand legte sich um ihr Herz. Wenn Simon das herausfand, dann … womöglich würde er seine Meinung ändern, Tetzel nachfolgen und … nein, das konnte sie sich nicht vorstellen. Vielleicht war alles nur ein Trick ihres Bruders.

»Du lügst!«, schrie sie. »Du willst nur, dass ich mich von Simon fernhalte.«

Enderlin ließ von ihr ab und trat einen Schritt zurück. »Frag seine Mutter. Sieh ihr in die Augen, wenn sie es leugnet.«

Jonata biss sich auf die Unterlippe und sah zu Simons Haus. Konnte es wirklich sein?

»Lass Vater nicht zu lange warten«, sagte Enderlin und machte auf dem Absatz kehrt.

Jonata sah ihm nach. Der Wind zerrte an seiner Kutte. Als er in die nächste Gasse eingebogen war, ging sie zum Haus und klopfte. Simon öffnete, lächelte. Er wollte nach ihrer Hand greifen, doch sie rauschte an ihm vorbei. Er folgte ihr in die Druckerei. Der Lehrling hob gerade einen Satz aus. Es wäre ihr lieber gewesen, er wäre hinausgegangen.

»Was ist los?«, fragte Simon und trat auf sie zu. Sein Gesicht strahlte so viel Wärme aus.

Sie wich zurück, sah zu Boden. »Mein Bruder hat mich vor der Druckerei abgefangen.«

Simon verdrehte die Augen. »Seit wann scherst du dich um ihn?«

»Er hat mir etwas Unglaubliches erzählt. Über dich.«

Simon runzelte die Stirn. »Was es auch ist, ich will es dir erklären.«

»Das will ich hoffen.« Sie blickte ihn an, unterdrückte den Drang, sich von seinen Augen erweichen zu lassen. So gern hätte sie seine Lippen gekostet, sich von den starken Armen halten lassen. »Er hat mir gesagt, wer dein Vater ist.«

Simons Augen weiteten sich. Sein Brustkorb hob und senkte sich in schnellen Zügen. »Wer ist es? Sag es mir.« Jetzt griff er nach ihren Händen. Sie entzog sie ihm wieder, trat zurück.

»Es ist der Ablasskrämer und Dominikanermönch Tetzel. Der, bei dem wir die Ablassbriefe erstanden haben.«

Er sah sie an, als wäre sie der Antichrist höchstpersönlich. »Das kann nicht sein!«

»Fragen wir deine Mutter.«

Simon stürmte aus der Druckerei, die Treppe hinauf. Jonata folgte ihm.

***

Simons Mutter saß in der Stube vor dem Kamin und nähte. Sie legte das Leinen beiseite und sprang auf. Sein Gesichtsausdruck musste sie aufgeschreckt haben. Als sie Jonata hinter ihm sah, verdüsterte sich ihr Gesicht. »Was macht sie schon wieder hier?«

»Sie hat es mir gesagt! Und jetzt wirst du es bezeugen.« Seine Mutter kam aus Sachsen. Tetzel auch. Jetzt ergab alles einen Sinn. »Ist Johann Tetzel mein Vater?«

Sie senkte den Blick. Mehr Bestätigung brauchte er nicht.

»Du hast es mit einem Mönch getrieben?«, fragte er. All die

Jahre hatte er geglaubt, seine Mutter sei eine gottesfürchtige Frau.

»Bitte, Simon«, flüsterte sie.

»Sag es. Ich will es aus deinem Mund hören. Ist er mein Vater?«

Ihr »Ja« war so leise, dass er es kaum wahrnahm. Trotzdem war es, als würde sie einen Dolch in sein Herz stechen.

»Ich fasse es nicht.«

»Du hast versprochen, mir keine Vorwürfe zu machen.«

»Ja, aber nicht du hast mir die Wahrheit gesagt, von ihr habe ich es erfahren!« Er zeigte auf Jonata, die immer noch regungslos auf der Türschwelle stand. »Und weißt du, woher sie es hat? Von dem Mönch, ihrem Bruder. Jetzt ist es schon im ganzen Kloster bekannt, nur ich, dein eigener Sohn, weiß es nicht.«

Erschrecken stand in ihren Augen. »Warum sollte er es im Kloster herumerzählen?«

»Was weiß ich? Ich will endlich erfahren, was damals passiert ist.«

»Aber nicht, wenn sie hier ist.«

Simon drehte sich zu Jonata um, trat auf sie zu. »Es tut mir leid, ich muss mit meiner Mutter allein sprechen. Sehen wir uns morgen?«

Jonata sah zu Boden. Er hob ihr Kinn an, sodass sie ihn ansehen musste. Ein großer Stein lag auf seinem Herzen, drohte es zu zerquetschen. Er wollte Jonata nicht wegschicken, er hätte sie gebraucht, ihre Nähe, ihre Küsse, doch erst musste er wissen, was seine Mutter ihm jahrelang verschwiegen hatte.

»Mein Vater möchte nicht mehr, dass wir uns sehen. Ich weiß nicht, ob ich das Haus morgen verlassen kann.«

»Dann komme ich zu dir.«

»Simon!«, rief seine Mutter. »Lass sie endlich. Such dir ein anderes Weib.«

Wut kochte in ihm hoch. »Halt dich da raus«, fuhr er sie an.

»Du kannst nicht einfach zu mir kommen, wenn mein Vater …« Jonata stockte.

»Wann passt es dir? Nach dem Nachtmahl? Ich komme nach Einbruch der Dunkelheit, warte im Stall auf dich.«

»Ich weiß nicht, ob ich es unbemerkt aus dem Haus schaffe.«

»Ich bin sicher, du findest einen Weg.«

Jonata nickte zaghaft. Sein Herz machte einen Sprung. Er wollte sie nicht verlieren, auch wenn er sie nicht lieben sollte. Er senkte den Kopf, wollte sie küssen, doch sie trat zurück. Was war mit ihr los? Erschreckte sie die Nachricht so sehr? Er hatte doch selbst nicht gewusst, wer sein Vater war. Jonata drehte sich ruckartig um und lief die Treppe hinunter. Er schluckte schwer. Er musste sich gedulden. Als die Haustür ins Schloss fiel, drehte er sich zu seiner Mutter. »Also. Ich höre.«

»Lass uns setzen«, sagte sie schwach. Sie ließen sich auf der Bank nieder, auch wenn er lieber in der Stube auf und ab gelaufen wäre. Sie sah zu Boden, knetete die Finger. Simon zwang sich, ihr Zeit zu geben, auch wenn er die Antworten am liebsten aus ihr herausgeschüttelt hätte.

»Johann war damals ein so beeindruckender Mann, schlank, stattlich und agil. Er hatte leuchtende Augen, deine Augen.« Sie strich ihm über die Schläfe, sah durch ihn hindurch, als erblickte sie in der Ferne die vergangenen Zeiten. »Und er konnte reden, so wie er heute die Gläubigen überzeugt. Er war der Sohn eines Goldschmieds, schenkte mir kostbare Schmuckstücke, Ringe, Ketten, einen Armreif. Sein funkelndes Goldstück hat er mich genannt, und in seinen Armen fühlte ich mich, als wäre ich die schönste Frau des Landes. Er begann das Theologiestudium, versprach, mich zur Frau zu nehmen, doch …«

Sie blickte auf die Hände. »Wir trafen uns im Wald. Die Zeiten waren nicht so frei wie heute. Hätte man uns ertappt, es wäre uns ans Leben gegangen. Aber versteckt hinter Bäumen, ganz allein, da wagten wir, einander zu berühren. Du weißt selbst, irgendwann machen einen Küsse nicht mehr satt. Unsere Körper verzehrten sich in Sehnsucht zueinander, aber ich wollte meinem Vater keine Schande bereiten. Dann zog Johann einen Ring mit einem leuchtenden Stein aus dem Gewand und steckte ihn mir an den Finger, fragte, ob ich seine Frau werden wollte. Ich war so glücklich! Da habe ich mich ihm hingegeben und darauf gewartet, dass er mich in meinem Elternhaus besucht, doch stattdessen …«, sie schluckte, »… ist er ins Dominikanerkloster eingetreten. Ich habe ihn seitdem nicht wiedergesehen. Erst wieder …« Sie stockte.

»Hier in Köln, vor ein paar Wochen«, ergänzte Simon. Ein Schauer lief ihm den Rücken hinunter. »Und du warst schwanger.«

Sie nickte. Tränen flossen über ihre Wangen. »Mein Vater hat mir nicht verziehen. Er war Bürgermeister in Leipzig, konnte es sich nicht leisten, dass seine Tochter Hurerei trieb. Also warf er mich aus dem Haus, bevor irgendjemand meinen runder werdenden Bauch bemerken konnte.«

»Warum bist du nach Köln gekommen?«

»Damals lebte eine Schwester meiner Mutter hier.«

»Und dann hast du Martin kennengelernt.«

Sie nickte.

»Hast du das Haus bezahlt? Hat Martin dich deswegen geheiratet?«

Sie schüttelte den Kopf. »Es war Liebe auf den ersten Blick. Mein Martin war so gut zu mir. Nicht ein einziges Mal hat er mir meine Verbindung zu Johann zum Vorwurf gemacht. Aber es stimmt, mit meinem Geld konnten wir uns das Haus leisten. Ich habe die Schmuckstücke von Tetzel verkauft. Außerdem habe ich«, sie seufzte, »darauf bin ich nicht stolz, mich aus dem Kasten meines Vaters bedient. Ich war so wütend auf ihn. Es war doch nicht meine Schuld.«

Sie schluchzte. Ihr Körper bebte. Simon rückte zu ihr und nahm sie in den Arm. »Warum hast du es nicht einfach erzählt?«

»Ich habe mich so geschämt.«

Er strich über ihren Rücken. »Er müsste sich schämen, dieser verantwortungslose Mönch. Eine Frau schwängern und sich dann aus dem Staub machen.«

»Vielleicht weiß er gar nicht, dass es dich gibt. Ich habe von einem Schreiber einen Brief verfassen lassen und ihn an der Klosterpforte abgegeben, aber nie eine Antwort erhalten. Möglicherweise hat er ihn nicht bekommen.«

»Das werde ich herausfinden.«

»Was?« Sie löste sich von ihm und sah ihn erschrocken an.

»Ich reise nach Leipzig und werde mit meinem Vater reden.«

»Nein! Mach doch nicht alles noch schlimmer. Vielleicht jagt er dich davon.«

»Ich lasse mich nicht abspeisen.«

»Was soll das bringen?«

»Vielleicht bin ich nicht zum Drucker geschaffen und zu etwas anderem bestimmt.«

Er stellte sich sich selbst in einer Mönchskutte vor. Wie wäre es, hinter den Klostermauern zu leben? Wie wäre es, sein Leben Gott zu widmen? Auch im Kloster konnte er Schriften herstellen. Er hätte Zugang zu so vielen Büchern, die ihm hier verwehrt blieben. Aber was war mit Jonata? Sein Herz krampfte sich zusammen. Sollte eine Verbindung zwischen ihnen nicht sein? Er hätte sich von ihr fernhalten sollen, das hatte er von Anfang an gewusst.

***

Wie entsetzt seine Schwester ihn angestarrt hatte. Enderlin hoffte, dass sie sich nun von diesem Ketzer abwenden würde, für den das einfältige Ding sogar bereit war, alle Schuld auf sich zu nehmen. Jetzt konnte er gegen diesen Drucker vorgehen und würde dem Prior bald Erfolge vorweisen. Der jüngere von Werden mochte der Schlüssel sein. Die Mutter hatte nicht verneint, dass es zwischen den beiden Streit gab.

Enderlin ließ sich auf einer Steintreppe nieder und beobachtete den Eingang der Druckerei, vielleicht waren ihm die Heiligen wohlgesinnt, und er würde auftauchen.

Die Glocken der Abteikirche ertönten. Jetzt? Es war keine Zeit für ein Stundengebet. Irgendetwas musste passiert sein. Er eilte zurück zum Kloster.

Bruder Fritz sah ihn erschrocken an, als er die Pforte öffnete. Es bedurfte keiner weiteren Worte. Enderlin lief zur Abteikirche, Fritz folgte ihm. Anscheinend hatte er nur auf ihn gewartet.

Sechs Mönche trugen die Bahre mit dem Subprior. Sein Gesicht war weiß wie Schnee, die Wangen eingefallen. Die Hände hatte ihm jemand gefaltet auf den Bauch gelegt. Die Träger brachten Bruder Vallentin in die Kirche, die übrigen Brüder folgten, ein jeder eine brennende Kerze in der Hand. Enderlin und Fritz reihten sich ein. Die tiefen Stimmen des Choralgebets hallten von den steinernen Wänden wider. Subprior Vallentin wurde neben dem Altar aufgebahrt. Die Brüder nahmen rechts und links ihre Plätze ein, der Prior trat nach vorn und breitete die Arme aus. *»Psalmus David prima sabbati Domini est terra et plenitudo eius orbis terrarum et universi; qui habitant in eo.«* Ein Psalm Davids: Die Erde des HERRN und was darinnen ist, der Erdkreis und die darauf wohnen.

Nach dem Eröffnungspsalm sangen sie die Hymnen. Enderlin schloss die Augen. Sein Herz zog sich zusammen. Er hatte vor dem Tod des Subpriors den Drucker überführen wollen. Ihm fehlten nur noch ein paar Tage. Ob er die noch haben würde? Die Mönche würden sich bald im Kapitelsaal versammeln, um über die Nachfolge abzustimmen.

Der Prior trat an das Stehpult und blätterte in der Bibel. Er ließ den Blick über die Brüder schweifen, schien jeden Einzelnen ansehen zu wollen. Hatte der Prior Tränen in den Augen? Er senkte den Kopf und begann zu lesen. Er hatte jene Verse des Johannesevangeliums gewählt, in denen Jesus Lazarus von den Toten auferweckt. »Lazarus, unser Freund schläft, aber ich gehe hin, ihn aufzuwecken.« Der Prior sprach von der Auferstehung, vom Jüngsten Gericht und der Gnade Gottes. Er forderte die Mönche auf, für ihren Bruder zu beten, damit er vor Gott bestehen möge und sein Leiden im Fegefeuer verkürzt werde. Sie sanken auf die Knie und beteten für Vallentin.

Enderlin dachte an die Worte dieses Ketzers. Wahre Reue reiche für die Gnade Gottes. Er erschauderte. Was konnte Gott milder stimmen als das gemeinsame Beten dieser Mönche, die ihr Leben ganz in den Dienst des HERRN stellten? Sie sangen abermals, beteten das Vaterunser und das Ave-Maria. Die Stundengebete der nächsten Tage würden dem Subprior gewidmet sein. Hoffentlich würde auch Enderlin irgendwann solch eine Ehre zuteilwerden.

***

Simon der Sohn dieses Ablasskrämers. Jonata schüttelte sich, konnte es immer noch nicht fassen. Was würde er mit dieser neuen Erkenntnis anfangen?

Als sie das Haus betrat, stürmte ihr Elisabeth entgegen und wollte ihr den Korb abnehmen, doch Jonata zog ihn zurück.

»Wo bist du gewesen?«, fragte ihre Ziehmutter streng.

»Wonach sieht es denn aus?«

»Dein Vater wartet in der Brauerei auf dich.«

Nicht schon wieder. Jonata seufzte.

»Gib mir den Korb«, forderte Elisabeth sie auf. Darin war noch die Mappe mit den restlichen Schriften.

»Ich bringe ihn selbst in den Vorratskeller. So viel Zeit muss sein.«

Jonata lief die Treppe hinunter und lauschte. Elisabeth folgte ihr nicht. Sie verstaute den Korb im Regal, die Mappe schob sie unter die Kiste mit den Äpfeln. Hoffentlich würde hier niemand genau nachsehen.

In der Brauerei saß ihr Vater über den Büchern. Er zog eine Augenbraue hoch, als sie näher kam. »Wo bist du gewesen?«

»Im Waisenhaus.«

»Du solltest mir doch heute in der Brauerei helfen.«

»Ich dachte, wir seien fertig.«

»Du hättest mich fragen sollen.«

»Seit wann muss ich dich um Erlaubnis bitten, wenn ich in die Stadt gehe?«

Ruckartig stand er auf, der Schemel fiel krachend zu Boden. »Seitdem du Ketzerschriften verkaufst und Hurerei treibst!«

»Vater! Das stimmt nicht.« Zumindest das eine stimmte nicht. Sie würde niemals Unzucht treiben. Nicht nachdem Gallus sie am Teich … Und Simon … Sie musste ihn vergessen. Ob er noch einmal Lutherschriften drucken würde? Jetzt, wo er wusste, wer sein leiblicher Vater war?

»Enderlin war hier«, sagte ihr Vater.

»Was wollte er?« Hatte er etwa ihrem Vater von Simons Abstammung erzählt? Das zumindest müsste ihren Vater erfreuen. Glaubte er doch noch immer an eine Vermählung seiner Tochter mit Sebalt.

»Mit dir sprechen.«

Sollte sie ihrem Vater erzählen, dass sie ihn getroffen hatte? Dann würde er sicher fragen, was ihr Bruder mit ihr zu besprechen hatte. Ihr schwirrte der Kopf. Jedes einzelne Wort musste sie inzwischen abwägen. Sie biss sich auf die Unterlippe. Wie konnte es so weit kommen, dass sie ihrem Vater kaum mehr etwas berichten durfte?

»Dann wird er noch einmal wiederkommen«, sagte sie. »Brauchst du mich noch in der Brauerei?«

»Ich habe alles selbst erledigt!«

Bevor ihr Vater noch weitere Fragen stellte, zog sie sich zurück und half in der Küche, das Nachtmahl vorzubereiten. Figen quengelte, dass sie wieder lesen üben wollte.

Als Elisabeth sie nach dem Essen nicht mehr brauchte, zog sich Jonata mit der Magd zurück und übte mit ihr erneut die Buchstaben. Das Mädchen wurde besser und lernte schnell. Jonata war jedoch nicht bei der Sache, ihre Gedanken schweiften immer wieder zu Simon. Auch im Bett bekam sie kein Auge zu. Als es still im Haus wurde, schlich sie zur Kammer ihres Vaters. Das gleichmäßige Schnarchen verriet ihr, dass er tief und fest schlief. Sie nahm seinen Beutel und begab sich zur Brauerei. Den Tisch beiseitezuschieben und den Geldkasten hervorzuholen, kam ihr heute noch schwerer vor als beim letzten Mal. Sie ließ die Münzen hineingleiten. Das leise Klirren ließ sie erstarren. Wie viele Bücher und Schriften man mit diesem Vermögen erstehen konnte.

»Was machst du da?«

Jonata zuckte zusammen und sah auf. Die flackernde Kerzenflamme ließ Brids Gesicht wie eine Fratze wirken. Geschwind klappte Jonata den Deckel zu und verriegelte das Schloss. Brid hätte nicht erfahren dürfen, wo der Geldkasten versteckt war, doch nun war es zu spät. »Was geht es dich an?«

Brid kam näher, hielt die Kerze nah an die Kiste und begutachtete sie. »Eine ganze Menge, wenn die Tochter des Hauses meinen Herrn bestiehlt.«

»Ich habe ihn nicht bestohlen.«

»Ach nein? Und was ist da drin? Wohl kein Hopfen oder Getreide zum Brauen. Warum sollte er den Kasten sonst unter dem Schreibtisch verstecken.«

»Das geht dich nichts an.«

»Was dein Vater dazu sagen wird, dass du dich nachts daran zu schaffen machst?«

»Das wirst du nicht wagen!«

»Warum nicht?« Brid hielt die Kerze vor ihr Gesicht. Die Kerzenflamme spiegelte sich in den Augen, ließ Feuer in den Pupillen tanzen. Dämonenfeuer. »Du hast mich auch bei deinem Vater verpetzt«, zischte die Magd.

»Das war deine eigene Schuld.«

»Schuldig sind wir doch alle!« Brid lachte schallend. Sie würde noch das ganze Haus aufwecken, und gleich würde ihr Vater in der Brauerei stehen.

»Was willst du?«, fragte Jonata.

»Jetzt kommen wir der Sache schon näher.« Ein hämisches Grinsen überspannte ihr Gesicht. Warum hatte ihr Vater Brid nicht entlassen? »Eine Entlohnung natürlich. Einen Gulden aus dem Kasten.«

»Du spinnst wohl! Das kann ich nicht machen!«

»Warum nicht? Wenn du dich doch selbst bedienst.«

»Ich habe mir nur etwas Geld geliehen und nun die Münzen zurückgelegt.«

»Was für eine ehrliche Diebin du bist.«

»Hast du nicht zugehört? Es war nur geliehen!«

»Ja, natürlich.« Brids Stimme wurde gefährlich weich. »Ich würde dir so gern glauben. Aber ich kann nicht aus meiner Haut. Schlechte Erfahrungen, wenn du weißt, was ich meine. Ein angemessener Geldbetrag könnte mir Sicherheit geben, dass du es ehrlich meinst.«

Viel hatte Jonata nicht mehr. Erst musste sie die restlichen Drucke verkaufen. Sie seufzte, griff in den Beutel und holte zwei Schillinge hervor. »Hier, dein Schweigegeld.« Sie warf die Münzen auf den Tisch.

»Das ist alles?«

»Mehr habe ich nicht.«

»Dann nächste Woche. Falls ich nichts bekomme, bleibt mir nichts anderes übrig, als zu deinem Vater zu gehen. Treue gegenüber meinem Hausherrn ist mir ein hohes Gut.«

Brid klaubte die Münzen von der Tischplatte und verschwand. Jonata stützte den Kopf in die Hände. Brid würde keine Ruhe geben. Sie musste sich überlegen, wie sie sich aus Brids Erpressung befreien konnte.

Kapitel 24

Jonata sah aus dem Fenster. Der Hof lag im Dunkeln. Keine Regung. Wie konnte sie sich unbemerkt davonstehlen? Ihr Vater saß in der Stube, die Mägde waren in der Küche beschäftigt. Sie würden hören, wenn sie die Haustür öffnete. Sie könnte vortäuschen, zur Latrine zu müssen, doch Elisabeth würde sie bald zurückerwarten und nachsehen. Seit wann war sie in ihrem eigenen Haus gefangen?

Sie beugte sich über den Fenstersims und sah nach unten. Ihr kam ein Gedanke. Sie konnte nicht aus dem Fenster springen, dafür war es zu hoch, doch zu Figens Kammer ragten die Äste des Apfelbaums herüber. Als Kind war sie mit Lucas oft in den Ästen des Baumes herumgeklettert, dann konnte es jetzt auch nicht so schwer sein.

Jonata schlich in Figens Kammer und öffnete die Fensterläden. Sie lehnte sich hinaus, doch der Ast war zu weit entfernt. Sie schwang die Beine über den Fenstersims, hielt sich mit einer Hand an der Hauswand fest und beugte sich nach vorn. Den Ast konnte sie immer noch nicht erreichen. Plötzlich ein Rascheln. Sie erstarrte, hielt die Luft an und spähte in die Nacht, konnte nur Umrisse erkennen. Eine Bewegung unter dem Baum. Wer hatte sie erwischt? Etwa ihr Vater?

»Jonata.« Erleichtert atmete sie auf. Simon. Ihr Herz machte einen Satz. Er stellte sich unter das Fenster und breitete die Arme aus. »Spring!«

Sie rutschte bis an die Kante des Fenstersimses, ihr Herz pochte. Sie beugte sich vor, zögerte kurz, dann ließ sie sich fallen. Für einen Augenblick hatte sie das Gefühl, in die Tiefen der Hölle zu stürzen, doch im nächsten Moment empfingen sie starke Arme. Die Wucht ließ Simon rückwärts stürzen, sodass Jonata auf ihm landete und sich ihre Röcke um seine Beine bauschten. Sie mussten beide lachen.

»Psst.« Jonata legte den Finger auf seinen Mund. »Wenn uns jemand hört.«

Er schlang die Arme um sie und zog ihren Kopf zu sich, küsste sie sanft. Ein Kribbeln durchfuhr ihren Unterleib und wanderte bis zum Herzen, wo es sich festsetzte und aufglühte, als hätte jemand dort ein Feuer entzündet. Er streichelte ihre Arme und den Rücken. Jede Berührung verstärkte das Kribbeln. Sie fuhr durch seine zotteligen Haare, massierte seinen Nacken. Seine Zunge spielte mit der ihren, wurde fordernd. Jonata bekam kaum noch Luft. Hitze erfasste ihren Leib, ihre Glieder zitterten vor Verlangen. Simon küsste ihre Wange, bis seine Lippen wieder die ihren fanden. Sie spürte sein Knie zwischen ihren Schenkeln. Das warme Kribbeln wanderte in ihren Unterleib. Sie wollte ihn spüren, ganz und gar. Zog ihn näher zu sich, sodass ihre pulsierenden Körper aneinanderklebten. Seine Hand an ihrer Brust. Sie stöhnte auf.

Ein Rascheln hinter ihnen ließ sie zusammenzucken. Ihr Herz setzte einen Schlag aus. Wer war da? Was taten sie hier nur? Sie spähte in die Dunkelheit, lauschte. Nichts. Hatte sie sich verhört? Im nächsten Moment sprang Pauli herbei, miaute, strich an ihren Beinen entlang. Beinahe hätte sie vor Erleichterung laut aufgelacht.

»Nur der Kater«, flüsterte sie und drückte sich hoch, zog Simon mit sich. »Komm! Im Stall sind wir sicher«, sagte sie, doch er hielt sie zurück. »Lass uns woandershin.«

Ihr stockte der Atem. Ihre Haut brannte, verlangte nach ihm. »Wohin?«, hauchte sie.

»Zu den Feldern.« Über sein Gesicht zog sich ein breites Grinsen. Er fuhr ihr durch die Haare und streichelte ihren Nacken. Sie schloss die Augen. Ein wohliger Schauer lief ihr den Rücken hinunter. Sie spielte mit dem Feuer, doch bevor sie widersprechen konnte, zog er sie hinter sich her.

Sie liefen zur Stadtmauer, rannten an ihr entlang und bogen Richtung Felder ein. Sie kletterten über eine brusthohe Steinmauer. Simon half ihr, sich hinüberzuschwingen. Sie ließen sich unter der Krone eines Baumes nieder. Jonatas Herz raste. Simon griff nach ihren Händen, streichelte sie. Das Kribbeln durchflutete erneut ihren Körper. Er fasste sie an den Hüften und zog sie an sich. Sie spürte seinen Atem auf ihren Wangen. Seine Augen funkelten begierig. Er beugte sich zu ihr, küsste sie leidenschaftlich. Sie keuchte, wollte ihn spüren, durfte es nicht.

Simon machte sich an der Schnürung ihres Kleides zu schaffen. Sie löste sich aus der Umarmung und trat zurück. »Warte!« Ihr Atem ging schnell.

»Was ist?«

Sie schluckte. Ihr Körper verzehrte sich nach ihm, doch nein! Sie waren nicht verheiratet, würden es niemals sein. Sie würde sich gegen Gott versündigen und ihren Vater enttäuschen. Wer würde sie noch zur Frau nehmen, wenn sie ein Kind im Leibe trüge? Simon wollte nach ihren Händen greifen, doch sie wich zurück. Sie wusste immer noch nicht, was er über seinen leiblichen Vater dachte.

»Was hat deine Mutter erzählt?«, fragte sie.

Simon stöhnte. »Das fragst du jetzt?«

»Du bist der Sohn eines Ablasshändlers.« Noch bevor sie es verhindern konnte, hatte sie den Satz ausgesprochen. Er klang wie eine Anklage. Sie biss sich auf die Unterlippe.

»Was willst du hören?«, keifte er. »Dass ich Tetzels Vaterschaft leugne, ihn hasse und nie wieder über ihn rede?«

»Nein.«

»Was dann?«

Sie schluckte. Konnte es selbst nicht erklären.

»Ich dachte, du …« Er stockte. »Ach.« Simon drehte sich zur Seite, sah in die Ferne. Sie hatte den Augenblick zerstört.

»Was dachtest du?«, fragte sie und trat einen Schritt näher.

Er schwieg. Er war gekränkt, was hatte sie auch erwartet? Und doch musste sie erfahren, was er darüber dachte. »Möchtest du mir nicht erzählen, was deine Mutter gesagt hat?«, fragte sie leise.

Simon atmete tief ein, begann, ohne sie anzusehen: »Ich bin der Sohn dieses Ablasshändlers. Er hat sie geschwängert, nachdem er ihr die Ehe versprochen hat. Doch anstatt sie zu heiraten, ist er ins Kloster eingetreten. Sie hat ihn nie wiedergesehen, und ihr Vater hat sie aus dem Haus geworfen. Also ist sie von Leipzig nach Köln geflohen und hat Martin von Werden geheiratet.«

Durch die aufbrechende Wolkendecke schob sich der Halbmond. Sie wollte die Gefühle in seinem Gesicht ergründen, doch er hatte den Blick immer noch abgewandt.

»Bist du nun zufrieden?«, fragte er.

Sie schluckte. Am liebsten hätte sie ihn umarmt, fest an sich gedrückt. »Es tut mir leid«, flüsterte sie.

»Was?«, fragte er laut und drehte sich zu ihr um. In seinen Augen standen Wut und Verzweiflung. »Dass meine Mutter sich von einem Mönch hat schwängern lassen oder dass meine Abstammung für dich wichtiger ist als ich?«

Sie sah auf ihre Hände, knetete sie. »Es ist egal, wer dein Vater –«

»Pah! Wirklich?«

»Kannst du nicht verstehen, dass es mich interessiert hat?«

Er seufzte. »Ich hätte es dir schon noch erzählt, aber warum musstest du so drängen?«

»Und was wäre passiert? Hättest du mich im Gras geliebt? Und dann? Wärst du zu meinem Vater gegangen und hättest um meine Hand angehalten?«

Simon grinste. »Nicht die schlechteste Idee.«

»Er würde einer Verbindung zwischen uns niemals zustimmen.«

»Und was ist das zwischen uns?«

Jetzt sah sie zum Mond. Wolkenschleier zogen davor her. Darauf wusste sie keine Antwort. Es war eine verbotene Liebe. Sie hätte nicht mit ihm hierherkommen dürfen. Ihr Unterleib zog sich zusammen. Es sollte nur um eines gehen: die Lutherdrucke.

»Was wirst du nun tun?«, fragte Jonata. »Wirst du noch Luthertexte drucken?« Ihre Stimme zitterte.

»Ich werde nach Leipzig reisen und meinen Vater kennenlernen.«

Ihr Hals schnürte sich zusammen, als hätte ihr jemand eine Eisenkette umgelegt und würde sie immer weiter zuziehen. »Willst du etwa ins Kloster eintreten?«

Er sah sie an. »Ich muss wissen, wer ich bin.«

»Tetzel ist ein Schuft. Er schwingt Reden, nur um den Menschen das Geld aus dem Beutel zu locken.«

»Wenn dich jemand hören würde, Jonata!«

»Ich dachte, du wärst der gleichen Meinung.« Sie stand auf, ging ein paar Schritte und sah zur Stadt hinüber. Die Dächer der Häuser waren im Mondschein gut zu erkennen. Der Kran der Dombaustelle ragte hoch empor.

»Das bin ich, aber …«, Simon trat neben sie, »… nachdem Martin gestorben ist, hat sich mein Leben auf den Kopf gestellt. Mein Bruder wollte mir die Druckerei streitig machen, ich habe erfahren, dass Martin nicht mein Vater ist und dass meine Mutter mich mein Leben lang angelogen hat. Ich habe mich gefragt, wer ich bin. Zumindest nicht der Sohn eines Druckers.«

»Man findet nicht auf alle Fragen des Lebens eine Antwort.«

»Auf diese kann ich eine Antwort finden.«

»Leipzig ist so weit entfernt.«

»Ehe du dich's versiehst, bin ich wieder hier.«

»Als Dominikanermönch, der mich bekämpft und der Inquisition übergibt?«

Er griff nach ihrer Hand. »Ich liebe dich, Jonata.«

Sie trat ein paar Schritte zurück. »Willst du deinem Vater nacheifern? Einer Frau ein Versprechen machen und dann ins Kloster eintreten?«

»Ich bin nicht Johann Tetzel. Ich komme zurück. Köln ist meine Heimat. Ich will ihm nur ein paar Fragen stellen.«

»Er wird dich von seinem Ansinnen überzeugen. Hast du ihn nicht reden hören? Er wickelt jeden um den Finger.«

»Du wirst mich nicht von dieser Reise abbringen. Ich will wissen, warum er meine Mutter sitzen gelassen hat. Ich will wissen, ob er von mir weiß.«

»Er ist dir wichtiger als ich und Luthers Thesen.«

Simon stemmte den Arm in die Hüfte. »Dieses Urteil steht dir nicht zu. Du hast schließlich einen Vater.«

»Meine Mutter ist bei meiner Geburt gestorben. Ich weiß, wie es ist, nur einen Elternteil zu haben«, konterte sie. »Manch einer wirft mir sogar vor, schuld an ihrem Tod zu sein.«

»Das tut mir leid«, sagte er sanft. Seine Arme sanken hinab, er ließ die Schultern hängen. »Versteh doch, Jonata! Ich muss nach Leipzig. Du wirst mich nicht davon abbringen. Ich verspreche dir, ich komme zurück.«

Er nahm sie in die Arme. Diesmal ließ sie es geschehen, lehnte den Kopf an seine Brust, sog seinen Duft ein und schloss die Augen. »Wehe, du brichst dein Versprechen.«

»Wie könnte ich dich enttäuschen?«

Er lächelte sie an. Wie konnte sie diesem Lächeln widerstehen? Sie ließ sich von seinen Lippen überzeugen.

***

Simon wartete die nächste Sitzung der Bruderschaft ab, bevor er nach Sachsen aufbrach. Da er die Heiligenlegenden als Buch vorzuweisen und auch einen Lehrling in der Druckerei beschäftigt hatte, war die Zuschreibung der Druckerei bloß eine Formsache. Nach der Sitzung ging er über den Markt, um ein paar Vorräte zu kaufen. Was würde ihn auf der Reise erwarten? Würde er seinen Vater überhaupt finden? Und setzte er mit der Reise die Druckerei aufs Spiel? Würde Nickell sie sich wieder aneignen? Als er die roten Haare und das Fuchsfell sah, ging ihm das Herz auf.

»Mathes Roht. Ihr seid wieder in der Stadt?«

Der Buchführer lächelte. »Ich hatte Sehnsucht nach Euch, Herr von Werden.«

Simon musste ebenfalls lächeln. »Wohl kaum! Aber sagt«, Simon sah sich um, die Menschen hasteten an ihnen vorbei, achteten nicht auf sie, »habt Ihr die Luthertexte verkauft?«, fragte er im Flüsterton.

»Ich bin alle Drucke losgeworden. Jetzt, da mein Bauchladen frei von den Texten ist, habe ich mich wieder nach Köln gewagt. Ich brauche Nachschub, habt Ihr etwas für mich?«

»Die Kurzfassung der ›Legenda aurea‹. Könnt Ihr Euch erinnern? Ihr hattet sie mir angeboten.«

»Ihr habt das Buch verschmäht, und dann habe ich es an Quentell verkauft.«

»Über Umwege ist es in meiner Druckerei gelandet. Wollt Ihr ein paar Exemplare kaufen?«

Der Buchführer begleitete ihn zur Druckerei und kaufte ihm vier Bücher ab, was Simons finanziellen Vorrat aufbesserte.

»Wie lange bleibt Ihr in Köln?«, fragte Simon.

»Nur noch heute. Ihr wisst, ich bin ein unruhiger Geist.«

»Ich werde nach Leipzig reisen. Ihr habt nicht zufällig das gleiche Ziel?«

Der Buchführer hob eine Augenbraue. »Ihr reist? Was treibt Euch dazu? Und wer wird Eure Druckerei führen?«

»Es ist eine lange Geschichte. Die Druckerei wird ein paar Wochen ohne mich auskommen müssen.«

»Wenn Ihr bis morgen warten könnt, begleite ich Euch.«

»Sehr gern.« Der Buchführer würde ihn mit der unbekümmerten Art von den Grübeleien ablenken.

»Dann werdet Ihr genug Zeit haben, mir Eure Geschichte zu erzählen. Außerdem interessiert es mich, wie es Jonata von Menden ergeht.«

Simon nickte. Das Herz erwärmte sich, als er an sie dachte.

Als der Buchführer gegangen war, gab Simon seiner Mutter die Hälfte der Münzen, die er für die vier Bücher erhalten hatte. Er wies sie an, für Michel zu sorgen und ihn zum Lernen anzutreiben. »Er soll es nicht wagen, sich auf die faule Haut zu legen«, sagte er mit einem Lächeln. »Ich habe ihn nicht umsonst auf der Lateinschule angemeldet.« An Michel gewandt sagte er: »Außerdem kannst du die Heiligenlegenden verkaufen.«

»Ich?« Michel sah ihn mit großen Augen an.

»Und zwar auf dem Markt. Nimm dir ein Buch und komm.«

Nur zögerlich gehorchte Michel. Es würde dem Jungen guttun, unter Menschen zu kommen und andere ansprechen zu müssen.

Simon führte Michel zum Dom, in den viele Pilger hinströmten. Sie stellten sich vor das Portal und priesen die Heiligenlegenden an. »Lest aus dem Leben der heiligen Ursula oder des Franziskus von Assisi«, schrie Simon. Michel sah ihn bewundernd an. »Und jetzt du!«

Schrecken stand in Michels Augen, er schüttelte den Kopf. Simon drückte dem Lehrling das Buch in die Hand. »Sieh zu, dass du es verkaufst.«

Beinahe entglitt Michel das Buch, als wäre es zu schwer. Er ließ die Schultern hängen und sah zu Boden.

»So wirst du es nicht loswerden.« Simon klopfte dem Lehrling aufmunternd auf die Schultern. Es dauerte einen Moment, bis sich Michel zusammenriss und ein paar Pilger ansprach. Keiner schien an dem Buch interessiert zu sein. Als ein breitschultriger Mann im feinen Gewand vorbeikam, stellte sich Michel ihm in den Weg und pries ihm leise, jedoch bestimmt das Buch an. »Es enthält die wichtigsten Heiligenlegenden, erquickt Euren Geist und lässt die Seele erfreuen.«

Simon war erstaunt über Michels Wortwahl. Der Mann nahm das Buch entgegen und blätterte darin. Zumindest schien er lesen zu können, denn er verharrte auf einer Seite, und die Augen zuckten hin und her. »Was willst du für dieses Prachtexemplar haben?«

»Einen halben Gulden.«

Der Mann nestelte an seiner Geldkatze und holte ein paar Münzen hervor. Michel verneigte sich dankend und kam zu Simon zurück. Anerkennend legte der ihm die Hand auf die Schulter. »Du scheinst ein Naturtalent zu sein, du musst dich nur trauen.«

Ein Stück Mandelkuchen, süß und saftig und direkt am Marktstand verzehrt, war dem Lehrling Lohn genug. Michels Augen glänzten, das Lächeln schien heute nicht mehr aus seinem Gesicht zu weichen. Das Schreien lag ihm nicht, dafür das ruhige, persönliche Gespräch mit den potenziellen Käufern. Darauf ließ sich aufbauen.

»Wenn ich weg bin, wirst du jeden Tag zum Domhof gehen und versuchen, eins der Bücher zu verkaufen.«

Zurück in der Druckerei, zeigte er dem Jungen die Geldschatulle, in die er die Münzen legen, und das Buch, in dem er Käufe und Verkäufe verzeichnen sollte. Michel stellte sich ungeschickt mit der Feder an, aber man konnte erkennen, dass er begriffen hatte.

Simon schnürte ein Bündel zusammen, bevor er ins Bett ging, und lag fast die ganze Nacht wach. Wie würde sein Vater reagieren? Und kam er überhaupt ins Kloster hinein? Sollte er doch lieber in Köln bleiben? Und Jonata? Sie hatte Angst, er würde sich von ihr abwenden. Das würde er nicht tun. Niemals. Auch wenn Nickell ihr so großen Kummer bereitet hatte. Musste er ihr nicht von jener Nacht erzählen? Würde sie ihn dann hassen?

Irgendwann fielen ihm die Augen zu, und am nächsten Morgen fühlte er sich, als wäre ein Fuhrwerk über seine Glieder gefahren. Beim Frühmahl sprach seine Mutter kein Wort mit ihm.

Sie hatte die Vergangenheit hinter sich bringen wollen, doch er konnte nicht anders. Er musste mit seinem Vater sprechen.

Während der Überfahrt zur anderen Rheinseite genoss Simon das Schaukeln der Fähre und den Wind, der im Gesicht kitzelte. Die kleinen Wellen glitzerten im Sonnenlicht. Noch nie war er außerhalb Kölns gewesen. In einer Schenke in Deutz schlossen er und der Buchführer sich einer Gruppe Reisender an.

»Los, steigt auf!«, sagte der Buchführer und klopfte neben sich auf die Sitzbank des Fuhrwerks. Dankbar folgte Simon der Aufforderung, wuchtete das Bündel auf den Bock. Sie wurden von einem Schuster auf Gesellenwanderschaft begleitet, von einer Wahrsagerin, einem Stoffhändler, vier Hübschlerinnen sowie einem Hausierer, der in der Schenke allen Anwesenden Nähutensilien feilgeboten hatte.

»Nun erzählt! Warum diese Reise?«, fragte Mathes Roht.

Simon hielt sich an dem Sitzbrett fest, das Fuhrwerk rumpelte über den unebenen Weg. Wie konnte man unter diesen Strapazen Freude am Reisen empfinden?

»Martin von Werden war nicht mein leiblicher Vater.«

Der Buchführer zog überrascht eine Augenbraue hoch. »Ach.«

»Ich habe es aus dem Testament erfahren. Und damit begann ein Haufen Schwierigkeiten.« Er erzählte von den Streitigkeiten mit seinem Bruder und den Widrigkeiten, denen er in der Bruderschaft ausgesetzt war. »Meine Mutter weigerte sich, mir von meinem leiblichen Vater zu erzählen. Erst kürzlich habe ich herausbekommen, wer es ist.«

»Und nun wollt Ihr ihm einen Besuch abstatten?«

»Ich habe eine Menge Fragen an ihn.«

Hinter einem Hügel kam eine weite Landschaft mit Wiesen und Feldern zum Vorschein. Kein einziges Haus war zu sehen. Simon atmete tief ein, wie rein und frisch die Luft war. Nicht so wie in Köln, wo es an jeder Ecke nach Unrat und Exkrementen stank.

»Wer ist Euer Vater?«, fragte Mathes Roht.

Simon sah zum Himmel, vermied den Blickkontakt. Was würde der Buchführer zu seiner Abstammung sagen? Wäre er genauso entsetzt wie Jonata? »Er ist ein Mönch.«

»Ein Mönch?« Mathes Roht lachte. »Was für eine Ironie. Da sollte man glauben, die Pfaffen seien Vorbilder in Gottesfürchtigkeit und Keuschheit, und dann so was.«

»Manche von ihnen sind sündhafter als die Halunken.«

»Ihr mögt recht haben. Seid Ihr sicher, dass er Euch empfängt?«

»Nein. Ich weiß noch nicht einmal, ob er von mir weiß.« Gut, dass Mathes Roht nicht genauer nachhakte, um welchen Mönch es sich handelte. Wahrscheinlich nahm er an, dass er ihn nicht kannte.

***

Enderlin schlenderte über den Domhof. An einem Stand ließ sich eine dicke Frau, deren Doppelkinn bei jeder Bewegung erzitterte, Lederbeutel und Geldkatzen zeigen. Ein höchstens zehnjähriger Rotschopf bot Pilgern Heiligenbilder an und fand in einem hinkenden Mann einen willigen Käufer. Ein Mädchen in einem dreckigen Gewand stolperte vor Enderlins Füße. In der Linken hatte es ein kleines Messer, in der Rechten einen Beutel. Eine Beutelschneiderin. Enderlin packte sie am Kragen und zog sie auf die Beine. »Wem hast du das gestohlen?«

Sie sah ihn mit angsterfüllten Augen an.

»Sprich, Göre! Du bringst es sofort zurück.«

Plötzlich durchfuhr ein Schmerz seine Schulter, jemand trat in seine Kniekehlen, er stürzte nach vorn. Das Mädchen riss sich los und entkam in der Menschenmenge.

Enderlin wandte sich um, der Angreifer war bereits hinter den Verkaufsbuden verschwunden. Er erhob sich. Die Kutte war besudelt. Das widerfuhr einem, wenn man sich unter das gottlose Volk mischte.

»Das sagt Luther«, rief jemand. Hatte er richtig gehört? Er sah sich um. Am Ende des Hofes stand, etwas erhöht, ein Mann mit einem Schriftstück in der Hand und sprach zu den umstehenden Marktbesuchern. Enderlin bahnte sich einen Weg durch umherstehende Passanten. Es war ein Mann um die zwanzig mit schütterem Haar und bürgerlicher Kleidung.

»Schmeißt Euer Geld nicht den Ablasskrämern in den Rachen, sondern spendet stattdessen den Bedürftigen der Stadt. Luther schreibt«, er blickte auf den Druck, »man kann aus keiner Stelle der Heiligen Schrift beweisen, dass die göttliche Gerechtigkeit vom Sünder irgendetwas an Strafe und Genugtuung verlangt oder fordert als allein seine herzliche und wahre Reue oder Bekehrung.« Er ließ seinen Arm schweifen. »Spürt Ihr die Wahrheit in diesen Worten? Er beruft sich nicht auf einen Menschen, sondern auf das Wort Gottes. Gott hat uns mitgeteilt, was wir tun sollen: unsere Sünden wahrlich bereuen. Dann sind wir alle gerettet, auch ohne teure Ablasszettel, die zerrissen oder verbrannt werden können. Gott schaut in Eure Herzen.«

»Ja«, rief eine alte Frau, der bereits mehrere Zähne fehlten. Sie streckte die Hand in die Luft. »Sie wollen nur unser Geld.«

Blasphemie. Wie konnte dieser Laie es wagen, von Gott zu predigen? Enderlin suchte in der Menge nach Bütteln. Dann erblickte er ein bekanntes Gesicht. Das Schielen und diese Knollennase waren unverkennbar. Enderlin trat auf Sebalt zu, der ebenfalls gebannt lauschte. »Sebalt Magnus. Helft mir, diesen Ketzer zu ergreifen.«

»Ihr?« Das Schielgesicht sah ihn erstaunt an. »Ihr wollt einen Gefallen von mir?«

»Seid Ihr ein gottesfürchtiger Mann, oder gehört Ihr zu diesen Ketzern?«

Sebalt verzog das Gesicht, schien zu überlegen und fragte: »Was soll ich tun?«

»Wenn er zu fliehen versucht, haltet ihn fest. Dann werde ich die Büttel holen.«

»Eine meiner leichtesten Übungen.«

Enderlin wandte sich dem Redner zu und trat vor.

»Wie auch Paulus sagt, dass Gott niemals jemanden stärker in Versuchung führen lässt, als er die Last tragen kann.«

»Schweigt, Ketzer!«, rief Enderlin.

Der Redner hielt inne und sah ihn überrascht an. »Ich lasse mir nicht den Mund verbieten. Diesen Text sollen die Menschen hören. Dass Ihr ihnen ohne Grund das Geld aus den Beuteln zieht und die wahre Botschaft der Bibel verschweigt!«

»Ihr beleidigt einen Mönch und damit die heilige Kirche. Kommt sofort von dem Fass herunter.«

Einige Männer widersprachen, doch als Sebalt durch die Menge trat und den Ketzer vom Fass herunterzerrte, verstummten sie. Enderlin wandte sich der Menge zu. »Vergesst seine ketzerischen Worte, oder wollt Ihr selbst zum Inquisitionsprozess vorgeladen werden?«

Leises Getuschel.

»Geht nach Hause! Wenn Ihr noch einmal solch ketzerische Rede hört, zeigt denjenigen im Kloster an.«

Die Umstehenden zerstreuten sich und gingen ihren Geschäften nach.

»Soll er zum Kloster?«, fragte Sebalt.

Enderlin nickte. »Ich hole die Büttel.«

»Nicht nötig, er wird mir nicht entwischen.« Sebalt griff noch fester zu. Der Mann wollte sich losreißen, doch seine Versuche glichen dem hilflosen Zappeln einer Fliege, die im Netz einer Spinne gefangen war.

Auf dem Weg zum Kloster erkundigte sich Sebalt nach Jonata.

»Sie ist ein undankbares Weib, und mein Vater lässt es ihr durchgehen«, sagte Enderlin.

»Sie glaubt, sie kann einer Vermählung mit mir entgehen, aber da hat sie sich getäuscht.«

»Ich rede noch einmal mit meinem Vater, und das solltet Ihr auch tun. Allein von ihm hängt eine Hochzeit ab. Ich sage Euch, der Zeitpunkt ist günstig. Ihr solltet nochmals bei ihm vorsprechen.«

»Habt Dank für den Hinweis.«

Enderlin führte den Ketzer zum Prior. Sie verhörten ihn mit Melchior zusammen, doch er sprach kein Wort, als ob ihm die Zunge herausgeschnitten worden wäre. Enderlin ging zum Rathaus und holte die Büttel. Der eine stank wieder nach Wein, er freute sich schon darauf, jemanden in den Kerker sperren zu können. In den nächsten Tagen besuchten der Prior und Enderlin täglich den Beschuldigten im Kerker. Mit zwei Ratsdienern fuhren sie mit der Befragung fort, doch der Ketzer schwieg weiterhin. Für die Verurteilung wurde ein Geständnis benötigt, auch wenn Enderlin die ketzerische Rede bezeugen konnte. Jakob Hochstraten übergab ihn somit endgültig dem städtischen Gericht. Auf dem Weg zum Kloster fragte Enderlin ihn nach dem Grund.

»Der Henker wird seine Arbeit aufnehmen. Ihm sollten wir alles Weitere überlassen.«

»Wird er auf dem Scheiterhaufen enden?«, fragte Enderlin.

»Das ist nicht auszuschließen.«

Enderlin nickte zufrieden. Nun konnte die Wahl zum Subprior kommen.

***

Endlich fuhren sie durch die Stadttore von Leipzig.

»Möchtest du mit zur Herberge, oder soll ich dich direkt am Kloster absetzen?«, fragte Mathes.

Schon bald hatten sie auf der langen Reise zum vertrauten Du gewechselt. Simon glaubte, den Buchführer nun besser zu kennen als seine Mutter.

»Bring mich zum Kloster. Ich finde dich in der Gaststätte.« Er wollte keine Zeit mehr vergeuden. Sein Herz klopfte, als das Fuhrwerk neben einer Pforte anhielt. Würde er Johann Tetzel überhaupt im Kloster antreffen, oder war er auf Reisen und pries den Ablass an?

Das hölzerne Tor war mit Eisen beschlagen. Über dem Torbogen wölbte sich ein zweiter Bogen, darunter ein Bildnis der Auferstehung Jesu. Simon betätigte den Türklopfer, kurz darauf öffnete sich eine Luke, und zwei wache Augen musterten ihn abschätzig. »Was wollt Ihr?« Die Stimme klang heiser.

Simon straffte die Schultern. »Lebt Bruder Tetzel in diesem Kloster?«

»Wer will das wissen?«

Würde die Wahrheit den Mönch abschrecken? Mit Sicherheit, außerdem wollte er seinen Vater bei den Ordensbrüdern nicht kompromittieren. »Eine alte Bekannte von ihm schickt mich. Sagt ihm, der Sohn von Irmel, der Tochter des ehemaligen Bürgermeisters zu Leipzig, ist hier.«

Zwischen den Augen bildete sich eine senkrechte Wulst. »Private Besuche werden nicht gestattet.« Krachend schloss sich die Luke. So ein Mist.

Simon wandte sich ab, ging ein paar Schritte. War die ganze Reise umsonst gewesen? Hätte er es nicht wissen sollen? Warum war er nicht in Köln geblieben? Nein. Er musste diesen Pförtner überzeugen. Dazu gab es nur einen sinnvollen Weg. Simon klopfte erneut, diesmal energischer.

Die Luke öffnete sich ruckartig. »Was?« Die Augen blitzten ihn an.

»Es ist nicht privat. Sagt ihm, ich muss mit ihm über Luther sprechen.«

Erstaunen mischte sich mit Skepsis in den Augen. »Sagt mir Euren Namen!«

»Mein Name wird Eurem Bruder nichts sagen.«

»Nennt ihn mir trotzdem.«

»Simon von Werden.«

Die Luke ratschte wieder zu. Schritte entfernten sich. Bisher war jeder Mönch, den er kennengelernt hatte, zerknirscht und feindselig gewesen. Machten einen die Klostermauern dazu? Das Eingesperrtsein? Er hatte sich nie erklären können, wie sich Menschen für dieses Leben entscheiden konnten. Sie waren Gott nahe, aber dafür das ganze Leben von diesen kalten Mauern umgeben. Sie konnten viele Schriften lesen, aber doch nur, wenn sie im Skriptorium arbeiteten oder wenn ihnen ein Buch zum Studium übergeben wurde. Konnte man Gott nicht auch außerhalb des Klosters finden?

Simon ging auf und ab, es schien ewig zu dauern. Er seufzte, lehnte sich mit verschränkten Armen an die Wand und beobachtete die Gasse. Eine junge Magd mühte sich mit einem vollen Korb ab, musste zur Seite springen, als ein Fuhrwerk vorbeiholperte. Ein breitschultriger Ritter stolzierte auf einem schwarzen Ross vorbei. Bei jedem Schritt klimperte das Kettenhemd. Er würdigte Simon keines Blickes.

Endlich öffnete sich die Klosterpforte.

»Kommt«, krächzte der Pförtner. Er ging gebückt, ein Buckel zeichnete sich unter der Kutte ab, und auf seinem Haupt reckten sich nur noch einzelne Haare. Die Tonsur konnte er sich mittlerweile sparen. Er führte ihn durch die Eingangshalle in einen Garten mit einer imposanten Kastanie und gepflegten Blumenbeeten. Es roch nach frischem Brot.

Der Mönch trat in einen Raum, dessen kuppelartiges Dach durch mächtige Pfeiler gestützt wurde. Über den dreigliedrigen Glasfenstern schwebten Kreise aus Bleiglasfenstern mit jeweils einem Heiligen. Der Pförtner zeigte auf eine der Holzbänke, die sich unter den Fenstern befanden. »Setzt Euch.« Mit auf dem Rücken verschränkten Armen hinkte er davon.

Es dauerte lange, bis Johann Tetzel zu ihm kam. Er war noch fülliger, als Simon ihn in Erinnerung hatte. Sein weißes Habit verdeckte kaum die Rundungen. Darüber trug er einen weiten Umhang und eine schwarze Gugel. Sein Gesicht war aufgedunsen, die Falten auf der Stirn ließen ihn ernst erscheinen. Dicke Augenringe hatten sich gebildet. Als Tetzel näher kam, stockte Simon der Atem. Diese Augen: Es waren seine Augen. Das eine braun, das andere grün. Er ballte die Hand. Wenn er bisher einen Zweifel in sich gespürt haben sollte, so war der nun verschwunden.

Tetzel blieb stehen und sah ihn überrascht an. »Wer seid Ihr?«

So oft war er dieses Gespräch auf der Reise durchgegangen, doch jetzt fehlten ihm die Worte. Wie sollte er beginnen? Mit seiner Mutter? Oder sich ihm direkt als Sohn offenbaren? Er rieb die feuchten Hände an der Hose trocken.

»Ich komme aus Köln«, begann er, schluckte, sah kurz zu Boden, dann wieder zu seinem Vater. »Meine Mutter heißt Irmel. Sagt Euch der Name etwas?«

Tetzel wies auf die Bank. »Setzen wir uns doch.«

Nur widerwillig ließ sich Simon auf der Bank nieder. Auch Tetzel setzte sich, doch der Abstand zwischen ihnen maß gut zwei Fässer.

»Warum schickt sie Euch?«, fragte der Mönch. Wieso beantwortete er nicht die Frage?

»Ich wollte Euch kennenlernen. Sie hat mir von Eurem Leben vor dem Klostereintritt erzählt.«

»Weit entfernte Vergangenheit.«

Simon rieb sich über die Knie. Wollte Tetzel es nicht wahrhaben? Er hatte ihn doch eben überrascht angesehen, musste seine Augen gesehen haben.

»Ihr hattet ihr die Ehe versprochen. Sie war schwanger. Mit mir. Ich bin Euer Sohn.«

Tetzels Stirn kräuselte sich. »Von mir? Unmöglich!«

»Seht mir in die Augen und denkt an das achte Gebot.« Simon starrte ihn an, Tetzels Augen verengten sich.

»Ich habe keinen Sohn«, sagte er bestimmt. Auch er strich über sein Gewand. Waren seine Hände ebenso feucht wie Simons?

»Habt Ihr ihren Brief gelesen?«, fuhr Simon fort.

»Welchen Brief?«

Simon stand auf, sah aus dem Fenster in den Garten. Ein Mönch schlenderte vorbei, den Kopf geneigt, in einem Buch lesend. Wieso war er nur nach Leipzig gereist? Der eine Vater hatte ihn geliebt und war tot. Der andere leugnete ihn, wollte von ihm nichts wissen. Sein Herz krampfte sich zusammen. Vater. Dieses Wort passte weder zu Martin noch zu Tetzel.

»Ihr sagtet meinem Ordensbruder, Ihr wolltet mit mir über Luther sprechen. War das nur ein Vorwand?«

Er könnte Tetzel herausfordern und ihm sagen, dass er Lutherschriften gedruckt hatte. Aber was nützte das? »In Köln sind Lutherdrucke aufgetaucht. Sie kritisieren Euren Ablasshandel. Was sagt Ihr dazu?«, fragte Simon.

Tetzel erhob sich ebenfalls, stöhnte leicht auf, als habe er Schmerzen. »Dieser Luther ist ein Ketzer. Er stellt sich gegen Gott und die heilige Kirche!«

»Er fragt, warum der Papst die Gläubigen nicht aus Güte am himmlischen Schatz teilhaben lässt, anstatt sie teuer zahlen zu lassen.«

»Mein Sohn«, sagte Tetzel. Simons Herz setzte einen Schlag aus, doch als er seinen Vater ansah, verstand er. Es war bloß eine geistliche Floskel. »Dem Papst ist die höchste Gewalt von Gott gegeben. Wenn er eine Entscheidung fällt, kommt sie direkt von unserem HERRN. Wir sind nicht befugt, das in Frage zu stellen.«

Simon erinnerte sich an eine Frage, die Jonata mal gestellt hatte. »Euer Ablassbrief verspricht sieben Jahre Erlass vom Fegefeuer. Woher weiß ich, wie viele Jahre mir bevorstehen?«

»Ihr fragt zu viel, mein Sohn.« Tetzel legte ihm die Hand auf die Schulter. Eine Geste, die er selbst gern machte. Es war ihm unangenehm, denn er hatte das Gefühl, Tetzel wollte seine

Überlegenheit demonstrieren. »Ihr solltet auf Gott vertrauen und auf die, die ihn vertreten.«

Simon wich einen Schritt zurück. »Ihr meint, jemanden wie Euch? Ihr seid ein Mann Gottes, schwängert eine Frau und leugnet die Vaterschaft.«

Tetzel breitete die Arme aus. »Ich sehe Eure Enttäuschung, aber Eure Mutter verwechselt mich.«

Simon schüttelte fassungslos den Kopf. Wie konnte er die Vaterschaft abstreiten, bei diesen Augen? »Du sollst nicht falsch Zeugnis reden wider deinen Nächsten. Gilt dieses Gebot nicht für Euch?«

»Eure Anschuldigungen wiegen schwer, aber ich will Euch verzeihen. Ich kämpfe für die unsteten Seelen, die keine Ruhe finden. Ich werde beten, dass Ihr Euren Frieden findet.«

»Ich werde Euch nicht an Eure Brüder verraten, ich will nur, dass Ihr es zugebt und mir sagt, warum Ihr meine Mutter verlassen habt. Ihr Vater hat sie verstoßen, aus dem Haus geworfen. Sie musste allein nach Köln reisen. Könnt Ihr Euch vorstellen, was für eine Schmach das war?«

»Es schmerzt, von dem Leiden Eurer Mutter zu erfahren. Auch sie werde ich in meine Gebete einschließen.«

»Spart Euch die Gebete. Sprecht die Wahrheit«, schrie Simon.

Tetzel wich zurück und faltete die Hände. »Euch mangelt es an Beherrschung. Geht nun Eures Weges.«

Simon ballte die Hand. »Ihr seid ein feiger Lüstling. Mal sehen, wie Euer Prior diese Nachricht aufnimmt.«

Tetzels Augen blitzten auf. »Wagt es nicht, solche Lügen zu verbreiten.«

»Er muss mir nur in die Augen schauen!«

Tetzel trat vor und packte ihn am Kragen. »Verschwindet oder ich werde dafür sorgen, dass Ihr vor dem Kirchengericht landet.«

»Weswegen? Verleumdung?«

»Ketzerei«, zischte Tetzel. »Ihr habt ein paar besorgniserregende Aussagen getätigt. Mal sehen, wem der Prior mehr vertraut.«

Simon befreite sich aus Tetzels Griff. »Wahrheit war das Einzige, worum ich Euch gebeten hatte, und Ihr droht mir mit

Gericht! Meine Mutter kann sich glücklich schätzen, nach Euch einen ehrenwerten Mann geheiratet zu haben«, schrie er, wandte sich um und stürzte zur Klosterpforte.

***

Jonata umfasste den Becher Bier und sah auf den Lutherdruck. Es war mittlerweile gefährlich, mit solch einem Text durch die Stadt zu laufen. Der Sohn des Laternenmachers war zu zehn Peitschenhieben verurteilt und aus der Stadt verbannt worden. Sie hatte sich das Spektakel nicht ansehen wollen, hatte seither nicht mehr in der Scheune des Laternenmachers vorgelesen. Nur Agnes zuliebe hatte sie den Text mitgebracht und daraus gelesen, vorher jedoch alle Fensterläden verschlossen. Und doch wollte sie sich nicht den Mund verbieten lassen. Sie besaß noch zwei Exemplare von »Ein Sermon von Ablass und Gnade«. Sie brauchte Nachschub. Simon war schon so lange fort. Ob er sich wieder dazu durchrang, diese Schrift zu drucken? Er hatte so darunter gelitten, dass er seinen leiblichen Vater nicht kannte. Wie wohl die Begegnung mit Tetzel verlief? Fand er in ihm den liebenden Vater, den er sich wünschte?

»Jonata!« Agnes setzte sich zu ihr und griff nach ihrer Hand. »Machst du dir noch Gedanken wegen Seitz von Rosenberg? Es war seine Entscheidung, nicht zu widerrufen.«

»Sie muss mich doch hassen.«

»Katharina von Rosenberg hasst dich nicht. Soll ich mit ihr reden? Ich bin sicher, du wirst bald wieder in ihrer Scheune lesen dürfen.«

»Richte ihr mein Beileid aus.«

»Was ist eigentlich mit deinem Simon?«, fragte Agnes. Jonata hatte ihr von der nächtlichen Begegnung erzählt. Irgendjemandem musste sie sich anvertrauen und von ihren widersprüchlichen Gefühlen erzählen.

»Er ist schon so lange fort. Was mache ich, wenn er dortbleibt?«

Agnes zog eine Augenbraue hoch. »Warum sollte er?«

»Tetzel ist ein guter Redner, ein Überzeuger. Vielleicht nimmt er Simon für sich ein?«

»Wenn er dich liebt, kommt er zurück.«

Jetzt, wo er so lange weg war, erschien ihr alles wie ein fast vergessener Traum. »Möglicherweise habe ich mich getäuscht.«

Agnes stützte den Kopf auf ihre Arme und sah Jonata verträumt an. »Du hattest so glücklich geklungen.«

»Mein Vater wird es nie erlauben, dass ich einen Drucker heirate. Nicht, wenn er einen Ehemann für mich sucht, der mit mir die Brauerei weiterführt.«

»Versuche, ihn zu überzeugen. Was hast du zu verlieren?«

»Er hat mir verboten, Simon wiederzusehen. Du glaubst doch nicht, dass er einer Hochzeit zustimmen wird.« Jonata stand auf und steckte den Druck in ihr Mieder. Sie wollte ihn nicht hierlassen und damit die Freundin gefährden. Dann leerte sie den Becher und nahm den Korb. »Ich muss nach Hause. Wenn ich zu lange fortbleibe, wird mein Vater misstrauisch.«

Agnes drückte sie an sich. »Lass dir nicht den Mut nehmen!«

»Niemals.«

Als Jonata zu Hause ankam und die Haustür hinter sich schloss, hielt sie inne. Ihr Vater war in der Stube, redete mit einem anderen Mann. Sie kannte diese Stimme. Wer war das? Ein Schauer durchfuhr sie. Sebalt. Was machte er hier? Sie ließ den Korb in die Ecke fallen und stürmte in die Stube. Beide Männer sahen sie erstaunt an.

»Da bist du ja«, sagte ihr Vater. »Setz dich zu uns.« Er zeigte auf einen Schemel neben Sebalt. Dieser grinste sie breit an.

»Wie erfreulich, dich zu sehen.«

Sie wich zurück, bis sie mit der Schulter gegen den Türrahmen stieß. Die Beine wurden weich, sie hatte das Gefühl, jeden Moment zu Boden zu sacken.

Ihr Vater stand auf und kam zu ihr. »Sei vernünftig.« Er griff nach ihrer Hand und führte sie zum Tisch. Ihr fehlte die Kraft, sich zu widersetzen, und sie nahm auf der Bank Sebalt gegenüber Platz.

»Ich musste wiederkommen«, sagte Sebalt. »Ich habe dich vermisst.«

Sie wandte sich an ihren Vater. »Hast du vergessen, dass er mich auf der Straße bedrängt hat?«

Er schüttelte den Kopf, reagierte nicht so, wie sie es sich erhofft hatte.

»Bitte verzeih mir, Jonata! Ich war so enttäuscht gewesen«, sagte Sebalt.

»Er beweist Größe, dass er noch einmal hergekommen ist, wo du ihn so rüde abgewiesen hast«, sagte ihr Vater. »Wir sind übereingekommen, dass wir das Jahr nicht abwarten, sondern dass die Hochzeit noch diesen Sommer stattfinden soll.«

»Was?« Ein schwerer Stein legte sich auf ihr Herz, schien es zu zerdrücken. Simons Gesicht tauchte vor ihrem inneren Auge auf, sie spürte seine Berührungen, schmeckte die süßen Küsse. Sebalt schielte sie an. Er grinste lüstern und roch scharf nach Bier. Jonata unterdrückte ein Würgen. So wie mit Simon würde es mit ihm nie sein. Wenn sein stämmiger Körper auf ihr lag, würde er sie zerquetschen. Sie erschauderte, versuchte, die Gedanken aus dem Kopf zu vertreiben.

»Wir sollten so schnell wie möglich heiraten, damit ich deinem Vater ab Sankt Michael beim Brauen zur Hand gehen kann.«

Jonata stand auf. »Habe ich dir nicht gesagt, dass ich niemals dein Eheweib werde?«

Sebalt breitete die Arme aus, lächelte überlegen. »Es ist beschlossene Sache. Wir müssen nur noch einen Termin finden.«

Der Stein auf ihrem Herzen wurde schwerer. »Vater, was ist mit deinem Versprechen?«

Er strich sich über das Kinn. »Du zwingst mich dazu, Jonata. So wie du dich in letzter Zeit benommen hast.«

»Steckt Enderlin dahinter?«

»Er hat damit nichts zu tun.«

»Ich wünschte, Lucas wäre hier. Er würde mich vor dieser Hochzeit bewahren«, schrie sie und rannte hinaus.

Jonatas Weg führte sie die Stadtmauer entlang zu den Feldern. Tränen brannten auf ihren Wangen. Als niemand auf der Gasse war, kletterte sie über die Mauer und lief bis zum Pflaumenbaum. Sie ließ sich im Schatten der Baumkrone nieder, strich über die Rinde, roch an dem Holz. Erinnerte sich der Baum an ihre Zweisamkeit mit Simon? Sie schlang die Arme um die

Beine und wiegte sich vor und zurück. Tränen tropften auf den hellen Stoff des Rockes.

Sie würde Simon niemals heiraten können, aber Sebalt? Musste es ausgerechnet dieser grobschlächtige Kerl sein, der sie nur an Gallus erinnerte? Ein Schauer durchfuhr ihren Körper. Sie sah den Mondschein, roch den fauligen Mundgeruch, hörte, wie er ihre Unterwäsche aufriss, spürte das Glied an ihren Schenkeln. Ihr Magen krampfte, trieb beißende Flüssigkeit in ihre Kehle. Stechender Schmerz krümmte ihren Leib, bis sie sich übergab und Galle auf die grünen Halme spritzte. So würde es mit Sebalt sein. Er hatte auf der Gasse bewiesen, dass er es nicht zärtlich angehen würde.

Was nur konnte sie tun? Sie nahm das Papier aus dem Mieder und las. Dann betete sie zu Gott und las erneut. Die Sonne verschwand hinter dem Horizont. Die kalte Nacht kroch unter die Kleidung. Sie zitterte, genoss die Kälte. Ihr Vater sollte sich ruhig Sorgen machen. Sie könnte hierbleiben und darauf warten, dass die Kälte ihr Herz erlahmte. Dann würde sie Lucas wiedersehen. Er würde sie in die Arme schließen, ihr über den Kopf streichen und sie trösten.

Kapitel 25

Simon fand den Buchführer in der Gaststätte, vor sich eine Schüssel dampfender Hirsesuppe, das Fuchsfell hatte er über die Stuhllehne gehängt. Als er Simon erblickte, winkte er ihn mit dem Löffel zu sich. Im Kamin loderte ein Feuer, es knisterte, als ein Holzscheit absackte.

»Wie war die Begegnung mit deinem Vater?«, fragte er.

Simon bestellte beim Wirt ebenfalls eine Suppe und Dickbier. »Er streitet die Vaterschaft ab.«

»War das nicht zu erwarten?« Mathes Roht schob die leere Schüssel von sich.

Simon rieb sich übers Gesicht. Ja, das war es, aber er hatte es sich nicht eingestehen wollen. »Er lügt! Ich habe die gleichen Augen wie er. Das kann keinem entgehen.«

»Hat euch jemand zusammen gesehen?«

Simon dachte an den Pförtner. War es ihm aufgefallen? »Nein.«

»Er wird dafür sorgen, dass du nie wieder einen Fuß ins Kloster setzen wirst.«

»Er ist oft auf Reisen, er ist …«, Simon schluckte, »… Johann Tetzel.«

»*Der* Tetzel?« Mathes riss die Augen auf.

»Wenn der Satan mir einen Streich spielt, dann richtig.«

Mathes pfiff durch die Zähne. »Donnerwetter! Luther ist Tetzels Feind, und du druckst dessen Schriften!«

Der Wirt brachte Suppe und Bier. Simon nahm einen großen Schluck. Das Bier war stark und bitter, genau das, was er jetzt brauchte. »Dieser selbstgefällige Pfaffe lebt wie die Made im Speck, sonnt sich in seiner heiligen Berühmtheit und ist in Wirklichkeit ein durchtriebener Hund. Wer weiß, wie viele Frauen er noch betrogen hat.«

»Was willst du tun?«

Simon zuckte mit den Schultern. »Am liebsten beim Papst verpfeifen.«

»Luthertexte zu drucken ist ein Anfang.« Mathes grinste.

»Er müsste am eigenen Leib erfahren, welche Schande er meiner Mutter bereitet hat.«

»Willst du ihn aus dem Kloster schleifen und am Schandpfahl auspeitschen?«

»Verdient hätte er es.« Wut kochte in ihm hoch, als er an das Gespräch dachte. Wie er diese Lügen satthatte.

Am nächsten Tag gingen sie zur Offizin vom Drucker Lotter. Dieser umarmte den Buchführer, klopfte ihm auf die Schulter.

»Ihr seid mager wie eh und je«, scherzte Lotter. »Aber es heißt ja, ein guter Hahn wird selten fett!« Lotters Lachen schepperte durch den Raum.

In einer kleinen Kammer waren Dutzende Bücher in Regalen ausgelegt. Aus dem hinteren Raum ertönte das vertraute Geräusch einer Druckerpresse. Durch eine offene Tür zählte Simon sechs Männer. Während sein Freund mit dem Drucker verhandelte, sah sich Simon die Bücher an. Der Drucker bot Legenden, Schulbücher, Messbücher sowie das »Rudimenta grammatices latine lingue« mit griechischen Lettern feil.

Ein Buch von Cicero erweckte seine Aufmerksamkeit. »De officiis« hieß der Titel und beschäftigte sich mit den Pflichten. War es nicht Tetzels Pflicht gewesen, ihn als Sohn anzuerkennen? Simon schlug das Buch wahllos auf und begann zu lesen. Die wichtigsten Tugenden, so Cicero, waren Klugheit, Gerechtigkeit und Tapferkeit. Tugenden, die sein Vater nicht besaß. Vater. Die Bedeutung dieses Wortes wurde für ihn zunehmend schwammiger. Und würde er jemals Vater werden? Vater. Stumm formten seine Lippen das sperrige Wort. Er kaufte das Buch.

Da Mathes so viele Bücher erworben hatte, musste Simon ihm beim Tragen helfen. Am Abend diskutierten sie in der Gaststube über die Schriften.

»Simon von Werden«, rief eine Stimme. Simon sah auf. Ein Bursche um die fünfzehn stand auf der Schwelle und sah sich um. Er trug eine Mönchskutte, bestimmt ein Novize. Was machte er in einer Schenke? Simon erhob sich und winkte den Jungen heran.

»Seid Ihr Simon von Werden?«, fragte der Bursche.

»Der bin ich.«

Der Novize überreichte ihm einen Brief. »Das soll ich Euch geben.« Er drehte sich um und ging Richtung Ausgang. »Von wem ist das?«, fragte Simon, doch der Junge verschwand, ohne sich umzudrehen.

Das gefaltete Pergament war zerknittert und abgegriffen, das Siegel aufgebrochen. War es das, was er glaubte? Mit zitternden Händen faltete er den Brief auseinander. Die Handschrift war sauber und geradlinig, die Tinte an einigen Stellen verblasst.

»Was ist das?«, fragte Mathes.

»Ein längst vergessener Brief«, flüsterte Simon.

Lieber Johann,
mir wurde zugetragen, Du seist ins Kloster eingetreten. Mein Herz verdunkelt sich, wenn ich daran denke, Dich verloren zu haben. Ich verzehre mich nach Dir und warte auf Dich. Neues Leben wächst unter meinem Herzen. Unser Kind! Ich flehe Dich an, komm zurück zu mir.
In Liebe
Dein funkelndes Goldstück

Darunter hatte seine Mutter ihren Namen geschrieben, in der Handschrift, die er kannte, krakelig, unbeholfen, zwei Tintenkleckse zeugten von verkrampften Fingern, zitternd in ihrer Not. Darunter befand sich ein weiterer Satz in einer anderen Handschrift, die Tinte war frisch:

Niemals wollte ich mein funkelndes Goldstück verletzen.

Simon sah auf.

»Was ist?«, fragte Mathes.

»Tetzel entschuldigt sich für sein Verhalten.«

»Wirklich?« Der Buchführer nahm ihm das Pergament aus der Hand und las. »Die Vaterschaft hat er damit lange noch nicht zugegeben«, sagte er und reichte ihm das Schriftstück zurück.

»Es ist mehr, als ich nach dem Gespräch mit ihm erwartet hatte.«

»Er will nur sein Gewissen beruhigen.«

Simon steckte den Brief in das Wams und zuckte mit den Schultern. »Möglich, aber meiner Mutter könnte es ein Trost sein.«

Er würde eine Frau niemals so enttäuschen, sondern seine Versprechen einhalten. Unwillkürlich musste er lächeln. Jonata, ich komme zurück zu dir! Wir streiten und kämpfen gemeinsam.

***

»Wo bist du gestern Abend gewesen?«, fragte ihr Vater zum fünften Mal.

Sie antwortete nicht, kein Laut wollte mehr ihre Kehle verlassen. Ihre Worte waren voller Liebe, sie wollte sie für Simon aufbewahren oder für immer im Herzen verschließen. Sie hatte keinen Appetit. Nach zwei Löffeln schob sie die Schüssel Haferbrei von sich.

Ihr Vater seufzte. »Du kannst schmollen, solange du willst, es wird an meiner Entscheidung nichts ändern.«

Der schwere Stein auf ihrem Herzen drohte zum ständigen Begleiter zu werden. Sollte sie mit dem Lutherdruck auf den Markt gehen und daraus vorlesen? So lange, bis Enderlin auftauchen würde und sie nicht mehr ignorieren konnte? Wenn man sie als Ketzerin verurteilte und aus der Stadt vertrieb, würde sie niemand mehr heiraten können. Was jedoch, wenn man ein härteres Strafmaß bei ihr anwenden würde als bei dem Sohn des Laternenmachers? Wenn man sie zum Tod auf dem Scheiterhaufen verurteilen würde? Wollte sie in den Feuertod gehen, nur um einer Hochzeit mit Sebalt zu entgehen?

»Wir haben uns auf Sankt Pantaleon geeinigt. Es bleibt noch genug Zeit, um ein prächtiges Kleid beim Schneider in Auftrag zu geben und die Gäste einzuladen.«

Ihr blieben also noch mehr als zwei Monate. Sie sah ihren Vater an. Seine Augen wirkten traurig. »Muss es unbedingt Sebalt sein?«, flüsterte sie.

»Er liebt dich, und er ist Brauer, einen Besseren finden wir nicht.«

»Er ist widerlich! Ich ekel mich vor ihm, Vater.«

»Du wirst dich an ihn gewöhnen, so schlimm ist er doch gar nicht.«

»Ich sage dir noch einmal: Ich ertrinke lieber in den Fluten des Rheins, als ihn zu heiraten!«

»Sag das nie wieder!«, zischte ihr Vater.

»Hast du Freudensprünge erwartet?«

»Gehorsam!«

»Aber du hast –«

Er hob die Hand. »Schweig! Du bist die Tochter eines Brauers und wirst einen Brauer ehelichen. Wir werden nicht weiter darüber diskutieren.«

Sie sah auf den Rock, den Rock, der ihre Tränen aufgesogen hatte. Sie würde nicht mehr mit ihrem Vater sprechen und die Trauer in sich einschließen. Hoffentlich würde es nicht lange dauern, bis sie Lucas nachfolgte.

In den nächsten Tagen verkroch sich Jonata in der Kammer. Sie ließ sich weder von Kuntz aufmuntern noch von Elisabeth auf den Markt schicken. Selbst die erneuten Erpressungsversuche von Brid ignorierte sie. Sie antwortete nicht, als Brid sie vor der Latrine abfing.

»Du läufst rum, als hätte man dich schon als Ketzerin verurteilt«, sagte sie.

Manchmal wünschte Jonata es sich, dass Brid zum Dominikanerkloster ginge und sie anzeigte. Doch weder Enderlin noch die Stadtbüttel kamen, um sie zu holen.

Dafür kam Sebalt. Sie ließ sich von Elisabeth aus der Kammer führen und setzte sich mit ihm in die Stube. Vater und er redeten über die Hochzeit und das Bierbrauen, sie hörte nicht zu. Sebalt sprach sie mehrmals an, aber sie würdigte ihn keines Blickes. Zum Abschied drückte er sie an sich, sie ließ es geschehen. Sie sah ihn nicht an, atmete flach, um seinem widerlich muffigen Gestank zu entgehen, kämpfte gegen den Würgereiz und schaffte es gerade noch, in den Garten zu rennen, bevor sie sich übergab. Mit zitternden Knien wankte sie zurück in die Kammer.

»Du willst mich mit deinem lächerlichen Verhalten nur von den Hochzeitsplänen abbringen«, schrie ihr Vater zwei Tage später beim Nachtmahl.

Sie reagierte nicht, blickte auf den Teller. Brot mit Wachtel. Früher hatte sie diese Mahlzeit geliebt, nun wollte sie keinen Bissen hinunterbringen. Die Kleider saßen locker an Bauch und Brust, und der Rock drohte ihr über die Hüften zu rutschen, wenn sie ihn nicht fest genug band.

»Rede endlich.« Ihr Vater schlug auf den Tisch. Mägde und Lehrlinge verstummten. Elisabeth legte ihr eine Hand auf die Schulter, doch Jonata schüttelte sie ab, stand auf und verließ die Stube. Warum sollte sie bei ihnen sitzen, wenn sie nichts essen wollte?

Sie legte sich ins Bett. Sie wollte schlafen. Schlafen und träumen. Von ihm. Von seinen Berührungen, den Küssen, von dem Abend unter dem Baum, von seiner warmen Stimme, dem Farbenspiel seiner Augen und dem Versprechen: Ich komme wieder.

Wo blieb er nur? Hatte er sie vergessen? Sie betete jeden Tag und bat um Vergebung ihrer Sünden, hoffte, dass Gott ihr gnädig sein und ihr helfen würde. Doch nichts veränderte sich. Vielleicht wogen ihre Sünden so schwer, dass sie kein anderes Leben verdient hatte. Sie hatte ihren Vater bestohlen und angelogen und hasste ihren eigenen Bruder. Niemals hätte sie sich Simon so hingeben dürfen. Sie musste ihn vergessen und sich mit ihrem neuen Leben abfinden.

***

Die Brüder versammelten sich im Kapitelsaal. Der Prior nahm Platz, faltete die Hände und sah zu Boden. *»Deus noster refugium et virtus adiutor in tribulationibus quae invenerunt nos nimis.«* – Gott ist unsre Zuversicht und Stärke, eine Hilfe in den großen Nöten, die uns getroffen haben. Er blickte auf. »Bruder Vallentin ist von uns gegangen. Möge der HERR sich seiner Seele annehmen. Wir sind zusammengekommen, um einen neuen Subprior zu wählen. Wer aus unserer Mitte könnte für dieses Amt bestimmt sein?«

Er forderte Bruder Balthasar auf, sich ans Schreibpult zu begeben. Der Gehilfe Melchiors schlug das Buch auf, tunkte den Federkiel in die Tinte und begann zu schreiben.

Der Infirmarius stand auf und sah in die Runde. »Bruder Vallentin hat mir vor seinem Tod anvertraut, dass er Melchior als den geeigneten Nachfolger gesehen hat.«

Enderlins Handflächen wurden feucht. Viele Brüder nickten, der Wunsch des verschiedenen Subpriors hatte Gewicht.

Der Prior nickte. »Möchte jemand noch einen Bruder nennen?«

Keine Wortmeldung. Was war mit ihm? Sah niemand seine Anstrengungen, die er täglich außerhalb der Klostermauern vollbrachte?

Endlich ein Räuspern. »So möchte ich Enderlin für die Wahl vorschlagen«, sagte Jakob Hochstraten. »Viele von euch erkennen nicht, wie gottesfürchtig und tüchtig Enderlin den Ketzern Kölns nachsetzt. Auch wenn er noch jung für dieses Amt ist, steht er fest im Glauben und würde mir ein würdiger Stellvertreter sein.«

Zustimmung in den Reihen der Brüder. Auch auf die Meinung des Priors würden sie viel Wert legen.

Der Infirmarius erhob sich erneut. »Darf ich einwenden, dass Bruder Enderlin so oft den Konvent verlässt, dass er sich nicht um die Belange des Klosters kümmern kann?«

»Da magst du recht haben. Es bedarf jedoch nicht nur der Anwesenheit eines Bruders, sondern auch seiner Fähigkeiten, Tugenden und vor allem seiner Gottesfürchtigkeit.«

Melchior verzog das Gesicht, fixierte ihn.

»Gibt es einen weiteren Bruder, den wir zur Wahl aufstellen sollten?«, fragte der Prior.

Keiner meldete sich. Der Prior forderte dazu auf, in sich zu gehen, Gott um Hilfe anzuflehen und für den rechten Ausgang der Wahl zu beten. Enderlin faltete die Hände, sah zu Boden und flehte die heilige Maria um Beistand an. Wenn er heute die Wahl nicht gewinnen würde, würde sie ihm für Jahre verwehrt sein. Melchior war zehn Jahre älter als er, zäh und von robuster Gesundheit, er würde das Amt des Subpriors lange ausüben. Zu lange.

»Nun gebt euer Handzeichen, wenn Gott euch eingegeben hat, Melchior soll der neue Subprior sein.«

Es meldeten sich vierzehn Brüder. Wenn sich jemand enthalten würde, konnte es knapp werden. Sollte er diesmal die Hand heben und sich selbst wählen? Das hatte Melchior auch gemacht.

Bruder Balthasar notierte die Zahl in dem Buch. Jakob Hochstraten forderte sie auf, für Enderlin die Hand zu heben. Sein Herz klopfte, er sah in die Runde, es waren mehr Stimmen als für Melchior. Enderlin behielt den Arm unten.

Der Prior sah ihn an. »Du willst dich wieder enthalten?«

»Die Entscheidung liegt bei Gott und meinen Brüdern«, sagte Enderlin.

Der Prior nickte. »Unser neuer Subprior wird somit Enderlin.«

Er hatte es geschafft, hatte den Prior und die Ordensbrüder überzeugt. Er würde vieles bewirken können und den anderen Brüdern ein Vorbild sein.

Nach der Wahl zogen sie aus dem Kapitelsaal und fanden sich in der Abteikirche zur großen Messe ein, um Gott zu danken und ihm zu huldigen.

In den nächsten Tagen hielt Enderlin sich oft auf den Märkten auf und beobachtete die Menschen, ohne Auffälliges entdecken zu können. Irgendwann sah er den jüngeren von Werden, der sich an einem Stand neue Beinlinge ansah.

»Herr von Werden«, sagte Enderlin und trat hinzu.

»Was wollt Ihr, Pfaffe?«

Die Brüder lagen im Streit, würde er so weit gehen, seinen Bruder zu denunzieren?

»Ich bin von der Inquisition. Wir vermuten, dass Euer Bruder Ketzerschriften gedruckt hat. Wenn Ihr davon wisst, ist es Eure Pflicht, das anzuzeigen.«

Er hob die Augenbrauen. »Ach, ist es das?« Sein scharfer Atem roch nach Wein. Enderlin zwang sich, nicht zurückzuweichen.

»Habt Ihr die Ankündigung der Inquisition in der heiligen Messe nicht gehört?«

»Meine Mutter hat mir davon erzählt.«

War er etwa nicht selbst in der Kirche gewesen? In allen Gemeinden war mittlerweile die Aufgabe der Inquisition verkündigt worden.

»Würdet Ihr mir Zugang zu den Schriften der Druckerei gewähren? Gott wird es Euch vergelten.«

Er lachte auf. »Euer Gott kann mir gestohlen bleiben.«

Enderlin schluckte, wollte sich abwenden und gehen, doch der Kerl fuhr fort. »Aber sagt, was passiert, wenn mein Bruder wirklich eine Ketzerschrift gedruckt hat und ich sie Euch beschaffe?«

Enderlin hielt in der Bewegung inne. »Ihm droht der Inquisitionsprozess.«

»Und dann?« Er hob die Augenbraue, stemmte einen Arm in die Hüfte.

»Das kommt ganz darauf an. Schwört Euer Bruder ab, wird ihm die Absolution erteilt. Vielleicht muss er eine Bußwallfahrt auf sich nehmen oder in Bußkleidung an einer Prozession teilnehmen. Weigert er sich, wird er dem Gericht Kölns übergeben, und ihm drohen Kerker oder sogar der Feuertod.«

Ein Lächeln zeichnete sich auf dem Gesicht des Bruders ab. Hatte Enderlin es also richtig eingeschätzt. Der Zwist zwischen den Brüdern war groß genug. Aber durfte er sich mit diesem Gotteslästerer einlassen?

»Folgt mir.«

Enderlin zögerte kurz, dann ging er mit. Diese Möglichkeit durfte er sich nicht entgehen lassen. Es diente einer größeren Sache. Die Seelen vieler Kölner waren in Gefahr. Gott würde es ihm verzeihen, wenn er die Hilfe dieses Abtrünnigen in Anspruch nahm.

»Wonach sucht Ihr?«, fragte der Kerl auf dem Weg.

»Nach einer dünnen Schrift von Martinus Luther. Die fünfundneunzig Thesen oder ›Ein Sermon von Ablass und Gnade‹.«

Enderlin wollte ihm in die Druckerei folgen, doch der Kerl ließ ihn vor der Tür stehen.

»Ich werde sie suchen.«

Enderlin lief vor dem Haus auf und ab. Fand von Werden etwas? Das würde Jonata endgültig davon abhalten müssen, sich mit diesem Drucker zu treffen. Es dauerte lange, bis sich die Tür wieder öffnete. Der Bruder des Druckers lächelte. »Zwei Drucke von Luther habe ich gefunden.«

Enderlin riss sie ihm aus der Hand. »Ein Sermon von Ablass

und Gnade«. Der Druck schien identisch mit der Schrift zu sein, die er bei Jonata in der Mappe gesehen hatte. Die Drucke stammten also aus dieser Offizin.

»Sie waren auf dem Dachboden versteckt.«

»Habt vielen Dank. Ist Euer Bruder zugegen?«, fragte Enderlin.

Er schüttelte den Kopf. »Er ist auf einer Reise nach Leipzig. Seinen Vater suchen oder so.«

»Wirklich?« Vielleicht brachte Tetzel diesen Drucker doch noch zur Vernunft. »Wann erwartet Ihr ihn zurück?«

Er zuckte mit den Schultern. »Keine Ahnung.«

Zurück im Kloster setzte Enderlin mit dem Prior eine Vorladung zur Anhörung auf und brachte sie am nächsten Tag zum Haus des Druckers. Diesmal öffnete die Mutter, beäugte ihn misstrauisch.

»Ihr habt Unglück über unsere Familie gebracht, ich will Euch nicht mehr sehen.«

»Ist Euer Sohn Simon von der Reise zurück?«

»Nein«, blaffte sie und wollte die Tür zuschlagen, doch er trat mit dem Fuß auf die Schwelle und hielt ihr das Schriftstück hin. »Euer Sohn hat sich der Ketzerei schuldig gemacht. Er muss ins Dominikanerkloster zum Verhör kommen, sobald er in der Stadt ist.«

»Was soll er getan haben?« Sie zog ihr Schultertuch enger um sich.

»Ihr habt recht gehört. Ketzerdrucke hat er hergestellt.«

»Niemals.«

»Gebt ihm das!« Er streckte ihr den Arm mit dem Schriftstück noch weiter entgegen. Mit spitzen Fingern griff sie danach, als wäre es heiß wie glühendes Brennholz. Enderlin wich zurück, unterdrückte ein Lächeln. Vielleicht würde der Drucker brennen, dann konnte er die Seele seiner Schwester nicht mehr vergiften.

Kapitel 26

Wie schön es war, durch die Gassen Kölns zu laufen. Auch wenn Simon die frische Luft genossen hatte. Wie war es seiner Mutter und Michel ergangen? Als er ins Haus trat, stürmte ihm seine Mutter entgegen. Sie umarmte ihn, vergrub das Gesicht an seiner Brust, begann zu weinen.

»Was ist denn los?« Simon strich ihr über den Rücken.

Sie schluchzte, trat einen Schritt zurück. »Du bist vorgeladen.« Ihre Stimme zitterte. »Der Mönch, die Inquisition. Du musst ins Kloster zum Verhör.«

»Was redest du da?« Er legte das Bündel auf den Boden.

Sie zog ihn in ihre Kammer. Aus der Truhe holte sie ein Schriftstück und reichte es ihm. Sie schluchzte erneut auf. Er brach das Siegel und las die kurze Nachricht. Er wurde der Ketzerei verdächtigt und ins Kloster beordert.

»Hast du dem Mönch irgendetwas erzählt?«, fragte Simon.

Sie schüttelte den Kopf. »Nein.«

Er stürmte die Treppen hinauf. Waren die Lutherdrucke noch dort? Wo sollten sie sonst sein? Er öffnete die Kiste, in die er sie gelegt hatte. Leer! Wer …? Im nächsten Moment traf ihn die Erkenntnis. Nickell! Simon lief hinunter zur Kammer des Bruders, klopfte, riss die Tür auf. Sie war leer. Seine Mutter trat hinter ihn. »Er ist seit zwei Tagen nicht nach Hause gekommen.«

»Dieser Schuft. Er hat mich verraten und der Inquisition ausgeliefert.«

»Was machen wir jetzt?«

»Ich muss ins Kloster.«

»Nein. Das darfst du nicht.«

»Wenn ich der Ketzerei abschwöre, komme ich mit einer Verwarnung davon.«

Sie wischte sich die Tränen aus dem Gesicht. »Eine Verwarnung?«, fragte sie hoffnungsvoll.

Er schloss sie in die Arme. »Ich werde dich nicht im Stich lassen. Versprochen!«

Doch erst musste er mit Jonata sprechen. Auch wenn ihr Vater ihn hinauswerfen würde, musste er versuchen, mit ihr zu reden.

Eine Magd, älter als seine Mutter, öffnete, nachdem er an die Tür der von Mendens geklopft hatte. Sie musterte ihn misstrauisch. »Was wollt Ihr?«

»Ist Jonata da?«

»Sie ist nicht zu sprechen.«

»Das heißt, sie ist da? Bitte, es ist wichtig.« Er trat einen Schritt näher.

»Ihr seid dieser Drucker, oder?« Sie beäugte ihn abfällig.

»Es dauert nur einen Augenblick.«

»Ihr seid in diesem Haus nicht willkommen.« Sie schlug ihm die Tür vor der Nase zu. Was war nur los? Später. Er würde sich später darum kümmern.

Mit einem mulmigen Gefühl ging er zum Kloster. Was erwartete ihn dort? Würde man ihn einsperren, nur weil er die Texte nachgedruckt hatte? Dann würde er die Druckerei endgültig verlieren. Warum nur hatte er diese sinnlose Reise nach Leipzig unternommen? Vielleicht hätte er verhindern können, dass die Luthertexte in die Hände der Dominikaner gefallen wären.

Er klopfte an die Pforte, die Luke wurde geöffnet, und zwei Augen erschienen. Simon steckte den Brief durch den Schlitz. »Ich werde erwartet.«

Der Pförtner ließ ihn eintreten. Hühner gackerten, und ein Knecht lief mit einem Eimer zum Brunnen. Der Mönch brachte ihn in einen kleinen Raum und wies auf eine Bank. Simon rieb die feuchten Hände an der Hose trocken. Konnte er dementieren, die Lutherschriften hergestellt zu haben? Nichts in den Schriften deutete auf ihn. Weder Name noch Druckersiegel. Würde man ihn dennoch überführen? Nein, er musste die Wahrheit sagen, der Ketzerei abschwören. Nur so konnte er auf ein mildes Strafmaß hoffen.

Jonatas Bruder trat herein. Er hielt die Hände in den Ärmeln des weißen Habits verborgen. Die Kapuze der Gugel reichte über seine Stirn, die tief liegenden Augen und die Hakennase gaben ihm etwas Bedrohliches. Oder kam ihm das jetzt nur so vor?

»Endlich. Wir hatten den Verdacht, Ihr wolltet Euch dem Verhör entziehen.«

»Erst heute bin ich von meiner Reise zurück. Hat man Euch nicht gesagt, dass –«

Enderlin hob die Hand. »Schweigt!«

Wollte dieser Mönch ihm den Mund verbieten? Wofür hielt er sich?

»Folgt mir«, sagte Enderlin.

Simon schluckte trocken. Sie gingen in die Abteikirche. Am Altar saß der Prior, neben ihm stand ein weiterer Mönch am Schreibpult. Enderlin bedeutete ihm die Stelle, zu der er vortreten sollte. Der Prior lehnte sich vor, musterte Simon, wobei die Kette um den Hals klimperte, an der ein großes Kreuz hing. Seine Augen blitzten neugierig. Die hohe Stirn schloss an die Tonsur an, die buschigen Brauen waren ergraut wie seine Haare.

»Wie lautet Euer Name?«, fragte der Inquisitor.

»Simon von Werden.«

Enderlin trat auf ihn zu und hielt ihm die Kirchenbibel hin. In der Mitte befand sich ein Relief des Gekreuzigten, darum ein Mosaik aus Perlen und winzigen Steinen. Metallschließen hielten das Buch zusammen. Am unteren Ende befand sich die Öse, damit es angekettet werden konnte. Noch nie hatte er ein solch kostbares Buch gesehen. Mit Sicherheit wiesen die Seiten zahlreiche Abbildungen auf.

»Legt die Hand darauf«, forderte Enderlin ihn auf. Simon gehorchte.

»Nun schwört bei allen Heiligen, dem HERRN, seinem Sohn und dem Heiligen Geist, dass Ihr die Wahrheit sprechen werdet«, sagte der Inquisitor.

Simon schluckte. Wenn er dies schwor, führte kein Weg an der Wahrheit vorbei. Er schloss die Augen und wiederholte den Satz des Priors. Enderlin zog die Bibel zurück und setzte sich. Der Mönch an dem Pult schrieb in einen Folianten.

»Welchen Beruf übt Ihr aus?«

»Ich leite die Druckerei von meinem kürzlich verstorbenen Vater.«

»Habt Ihr jemals einen Ketzer getroffen?«

Simon schluckte. Was musste er nun sagen? Was war mit

Jonata? Er schielte zu Enderlin, der ihn ausdruckslos ansah. War sie in seinen Augen eine Ketzerin? Hatte man ihr womöglich auch den Prozess gemacht, und deswegen war die Magd so abweisend zu ihm gewesen? Er musste sich etwas überlegen und Jonata aus dem Spiel lassen. »Ich weiß es nicht. Ich kann nicht in die Herzen der Menschen blicken.«

Der Prior brummte unwillig, verzog das Gesicht. »Hat Euch jemals jemand die Lutherschrift angepriesen?«

Jonata! Und Mathes. »Ich kann mich nicht entsinnen«, sagte er.

»Nicht entsinnen? Habt Ihr den Verstand eines Greises?«, polterte der Inquisitor. Er hob einen Druck hoch. »Ist das ein Druck aus Eurer Druckerei?«

»Das kann ich nur sagen, wenn ich ihn mir genauer anschauen darf.«

Der Inquisitor stand auf und hielt ihm den Druck unter die Nase. Kein Zweifel, diesen Druck hatte er mit Michel und Jonata hergestellt. Er nickte.

»Ich höre nichts!« Der Inquisitor setzte sich wieder.

»Ja, den Druck habe ich hergestellt.«

»Woher habt Ihr die Schrift?«

Was wusste Enderlin? Konnte Simon Jonata heraushalten? Er durfte sie nicht belasten. Und wer sollte ihm nachweisen, dass er die Vorlage für den Druck nicht anderweitig erworben hatte? »Von einem fahrenden Buchführer«, antwortete er.

Er schloss die Augen. Er hatte sich vor dem HERRN schuldig gemacht, er hatte auf die Bibel geschworen. Wahre Reue vergab der HERR, schrieb Luther, aber er bereute nicht. Er musste Jonata schützen. Er war der Hölle geweiht – auf ewig. Doch sie war es wert! Ihr durfte nichts geschehen!

»Name!«, forderte der Inquisitor.

Simon schluckte. Jetzt war alles egal. »Ich kenne seinen Namen nicht.«

»Beschreibt uns sein Äußeres.«

»Es ist so lange her, dass ich mich nicht erinnere.«

»Euer Gedächtnis scheint mir für Euer Alter zu lückenhaft zu sein«, sagte der Inquisitor scharf.

»Es erschien mir nicht wichtig, ihn mir genauer anzusehen.

Ich habe den Text erworben, bevor Ihr Eure Ankündigung im Dom gemacht habt.«

»Also gut. Kommen wir zu der Lutherschrift zurück.« Er hob den Druck erneut in die Höhe. »Ihr habt sie gedruckt und verkauft.«

Simon nickte. »Ganz recht. Aber auch das tat ich, bevor Ihr Eure Mahnpredigt gehalten habt. Mir war nicht bewusst, dass ich eine Ketzerschrift nachdrucke.«

»Es dürfte Euch nicht entgangen sein, dass Luther den Papst, die Kirche und die Ablassprediger angreift. Euch müsste klar gewesen sein, dass dies ein Ketzerwerk ist.«

Simon zuckte mit den Schultern. »Darüber habe ich nicht nachgedacht.«

»Ihr habt die Schrift nicht dem Zensor vorgelegt.«

»Das stimmt. Ich wollte den Text schnell verkaufen, dachte, diese christliche Schrift würde die Universität ohnehin billigen. Mein Vater war verstorben, wir brauchten neues Geld für Getreide, Bier und Brennholz.« Er verstrickte sich in Lügen, musste sich merken, was er dem Inquisitor sagte. Der Schreiber notierte seine Aussagen. Wenn er nochmals vorgeladen werden würde, musste er sich an das Gesagte halten.

»Das rechtfertigt nicht Euer Fehlverhalten.«

Simon sah zu Boden. »Ihr habt recht. Ich habe gesündigt, bitte vergebt mir.«

Der Inquisitor schnaubte. »Wie viele Drucke habt Ihr noch?«

»Keinen. Als ich heute in meiner Kiste nachgesehen habe, waren die zwei letzten Exemplare verschwunden. Man hat sie mir gestohlen. Ich denke, es sind jene, die Euch vorliegen.«

»Wem habt Ihr die übrigen Drucke verkauft?«

»Einwohnern Kölns, Pilgern. Ich kenne ihre Namen nicht.«

»Werdet Ihr nochmals Texte von Luther drucken?«

»Nein.«

»Schwört Ihr der Ketzerei ab?«

Simon sah den Prior an. Obwohl er das Kreuz um den Hals trug, kam er ihm mit dem scharfen Blick vor, als wäre er direkt der Hölle entstiegen. »Ich schwöre, nie wieder eine Ketzerschrift zu drucken, sie zu verbreiten oder zu lesen.«

»Werdet Ihr andere Ketzer denunzieren?«

»Wenn ich Ketzern begegne oder von ihnen höre, werde ich sie Euch anzeigen.«

Der Inquisitor hob den Arm. »Solltet Ihr Eurem Schwur nicht Folge leisten und rückfällig werden, droht Euch die Exkommunikation. Außerdem werdet Ihr dem Gericht der Stadt Köln übergeben, und Euch drohen Gefängnis oder sogar der Tod.«

Simon zuckte zusammen. So viel Angst hatte die Inquisition vor dieser Schrift, dass sie mit der Todesstrafe drohen musste.

»Als Zeichen der Reue und Buße werdet Ihr bei der Fronleichnamsprozession im Büßergewand mitlaufen.«

Simon schluckte. Jeder in der Stadt würde sehen, dass er als Ketzer angeklagt war. Niemand würde mehr mit ihm reden oder Geschäfte machen wollen. Vielleicht würde er keinen einzigen Druck mehr verkaufen. Er konnte nur hoffen, dass diese Schmach schnell von den Kölnern vergessen wurde.

»Außerdem werdet Ihr eine Bußwallfahrt nach Rom unternehmen und an einer Predigt des Papstes teilnehmen.«

»Rom?«, fragte Simon erschrocken. So lange konnte er sich nicht von der Druckerei fernhalten.

Der Inquisitor nickte. »Innerhalb des nächsten Jahres.« Er trat auf ihn zu, bedeutete ihm mit einer Handbewegung, sich hinzuknien. Er streckte die Hand über seinem Kopf aus. Simon schloss die Augen.

»So sei es nun. Gott, der barmherzige Vater, hat durch den Tod und die Auferstehung seines Sohnes die Welt mit sich versöhnt und den Heiligen Geist gesandt zur Vergebung der Sünden. Durch den Dienst der Kirche schenke er Euch Verzeihung und Frieden. So spreche ich Euch los von Euren Sünden im Namen des Vaters und des Sohnes und des Heiligen Geistes.«

Waren ihm nun auch seine Lügen bei diesem Verhör vergeben? Luther sagte, nur wahre Reue war der Garant für den Himmel. Bereute er die falschen Zeugnisse? Noch ehe er darüber nachgrübeln konnte, zerrte ihn Enderlin zur Klosterpforte. »Und haltet Euch von meiner Schwester fern. Sonst sorge ich dafür, dass Ihr brennen werdet«, zischte er. Seine Augen waren voller Hass.

***

»Zieh dich an. Wir müssen zum Schneider«, befahl Elisabeth.

Jonata wollte nicht aufstehen, starrte aus dem Fenster. Über den Himmel zogen Wolkenschleier. Sie sahen aus wie ein Seidenband, das im Wind flatterte. Die Sonnenstrahlen fielen aufs Bett, wärmten ihren Handrücken. Es duftete nach frischen Knospen.

»Jetzt steh auf, oder willst du dein restliches Leben im Bett verbringen?«

Am liebsten hätte sie das getan. Langsam erhob sie sich, wusch sich und ließ sich von Elisabeth in das grüne Kleid helfen.

»Ich verstehe ja, dass du mit deinem Vater nicht mehr sprichst, aber warum redest du nicht wenigstens mit mir?« Elisabeth sah sie eindringlich an. Worüber sollte sie mit ihrer Ziehmutter noch sprechen? Auch sie wollte Jonata nur zu dieser Vermählung überreden.

Elisabeth schleppte Jonata zum Markt. Sie blieben bei einem Tuchhändler stehen.

»Was kostet das hier?«, fragte Elisabeth und zupfte an einem Goldbrokatstoff. Der war viel zu wertvoll für diese Hochzeit. Jonata griff nach einem blauen Leinenstoff, doch Elisabeth schüttelte den Kopf. »Dein Vater hat mir aufgetragen, etwas Edles auszusuchen. Du sollst doch deinem Zukünftigen gefallen.«

Jonata verdrehte die Augen und wandte sich ab. Aus einem Lehmofen qualmte es, es roch nach frischen Fladen. Eine Mutter kaufte ihrer Tochter einen, nahm sie an die Hand und zog sie hinter sich her. Sie lief viel zu schnell, sodass das Mädchen über ihr Kleid stolperte und samt Fladen in den Matsch fiel. Bitterlich fing es an zu weinen. Würde Jonata selbst einmal Kinder haben? Würde der Stein von ihrem Herzen irgendwann verschwinden?

»Komm jetzt«, sagte Elisabeth. Sie hatte einen grünen Seidenstoff anstelle des Brokats über dem Arm.

Der Schneider erwartete sie bereits. Er war ein kleiner Mann mit einem Bart über der Oberlippe, den er zu beiden Seiten gezwirbelt hatte. Er trug rote Kniehosen aus Samt, dazu Strümpfe und flache Schuhe mit einer silbernen Schnalle. Seine hochgeschlossene Weste war mit Goldfäden durchzogen.

»Ein Hochzeitskleid für Euch?«, fragte er mit einem breiten Lächeln. Er betrachtete den Stoff. »Eine gute Wahl habt Ihr getroffen.«

Elisabeth besprach mit ihm den Schnitt und Stickereien. Das Kleid sollte mit dem Brauerwappen verziert werden. Mit Hilfe einer Schnur nahm der Schneider Jonatas Körpermaße. Er verströmte den Duft nach Rosenwasser. Noch nie hatte sie einen Mann getroffen, der so etwas auftrug. »Ihr werdet aussehen wie eine Königin.«

Hoffentlich nicht. Der Stein auf ihrem Herzen wurde schwerer.

»Wenigstens mit dem Schneider hättest du reden können«, rügte sie Elisabeth, als sie nach Hause gingen. Was hätte sie denn mit ihm besprechen sollen? Der Schnitt war ihr ebenso gleichgültig wie die Auswahl des Stoffes. Als sie fast daheim waren, rief jemand ihren Namen. Sie hielt den Atem an und drehte sich um. Simon kam auf sie zugestürmt. Er warf ihrer Ziehmutter einen skeptischen Blick zu, blieb unmittelbar vor Jonata stehen, griff nach ihren Händen. Das Leben schien unter seinen Berührungen in ihre Glieder zurückzukehren. Jonatas Herzschlag beschleunigte sich, ihr Atem ging flach.

»Meine Liebste«, sagte er.

Unwillkürlich musste sie lächeln. Er hatte sie doch nicht vergessen. Wenn sie geglaubt hatte, der Stein sei von ihrem Herzen gerollt, hatte sie sich jedoch geirrt. Im nächsten Moment war er wieder da. Sie zog die Hände zurück. »Wie war es in Leipzig?«, fragte sie.

Elisabeth stemmte die Hände in die Hüften. »Ach, hast du deine Stimme wiedergefunden? Dann komm mit nach Hause und vergiss diesen Kerl.«

Jonata beachtete sie nicht.

»Ich bin mit Mathes Roht gereist. Ich soll dir Grüße ausrichten.«

»Ihr duzt euch?«, warf ihre Ziehmutter ein.

Der Buchführer. Mit ihm hatte alles angefangen. Er hatte ihr von Luther erzählt, sie mit nach Wittenberg genommen. »Und dein Vater?«, fuhr Jonata fort, ohne auf Elisabeth einzugehen.

Simon sah zu Boden. »Er hat bestritten, mein Vater zu sein. Ich hätte auf meine Mutter hören und in Köln bleiben sollen.«

»Kommst du jetzt endlich?«, drängte Elisabeth.

»Nein! Lass uns allein«, rief Jonata.

»Was wird dein Vater dazu sagen?«

»Steh ein einziges Mal zu mir und verschweig ihm diese Begegnung.«

»Und was soll ich ihm erzählen?«

»Lass dir etwas einfallen!« Jonata griff nach Simons Hand und zog ihn hinter sich her. Sie wollte zu den Feldern, doch diesmal gab er die Richtung vor. Er führte sie durch die Weyer Pforte raus aus der Stadt bis zu einer verlassenen Hütte. Die Tür hing schief in den Angeln, im Fachwerk klafften Löcher und gaben den Blick ins Innere frei. Simon zog sie in einen der hinteren Räume, die ehemalige Stube. Kalte Asche füllte den Kamin, Spinnweben schwebten in allen Winkeln. Staub und Lehm bedeckten die Bank, die an den Wänden entlang verlief, doch das war ihr egal. Sie setzten sich. Er griff nach ihren Händen, streichelte sie.

»Was hast du damit gemeint, dass du dir keine Fehler mehr erlauben darfst?«, fragte sie.

»Der Inquisitor hat mich der Ketzerei angeklagt.«

»Bei allen Heiligen!« Ihr Herz setzte einen Schlag aus. »Enderlin steckt dahinter.«

»Nicht nur er, auch mein Bruder. Er muss ihm die letzten beiden Drucke gegeben haben.«

»Welche Strafe haben sie dir auferlegt?«

»Ich muss im Büßergewand an der Fronleichnamsprozession teilnehmen und innerhalb eines Jahres nach Rom pilgern. Aber davon lasse ich mich nicht abschrecken. Ich habe meinen Bruder an die Luft gesetzt. Keiner kann mich daran hindern, erneut die Lutherschrift zu drucken.«

»Hast du gehört, was sie mit dem Sohn des Laternenmachers gemacht haben?«

»Nein.«

»Er hat ›Ein Sermon von Ablass und Gnade‹ auf dem Markt vorgelesen, und beim Prozess hat er sich geweigert, zu widerrufen. An den Schandpfahl hat man ihn gestellt! Zehn Mal hat der

Henker mit der Peitsche auf ihn eingeschlagen, und anschließend hat man ihn aus der Stadt getrieben.«

»Die Kirche hat große Angst vor dieser Schrift. Umso wichtiger ist es, dass sie verbreitet wird.«

»Aber wenn du erneut angeklagt wirst!«

»Das wird nicht passieren.« Er griff nach ihren Händen. Sie schloss die Augen, genoss die Berührung. Der Stein fiel von ihrem Herzen, das Kribbeln kehrte in den Bauch zurück. Sie blickte ihn an, verlor sich in seinen Augen. Wie sehr sie seine Gegenwart genoss. Sie musste Simon von dem Vorhaben ihres Vaters erzählen. Er rückte näher zu ihr, zog ihren Kopf zu sich und küsste sie. Er schlang die Arme um sie und drückte sie an sich. Ein Feuer entfachte sich in ihrer Brust. Sie erwiderte den Kuss, ließ ihre Zunge über seine Lippen streichen. Wie süß er schmeckte, wie zart er sie berührte. Was tat sie hier nur? Sie löste sich von ihm und sprang auf.

»Was hast du?« Besorgnis lag in seinen Augen.

»Wir dürfen das nicht. Es gibt etwas, das ich dir sagen muss.«

»Was?« Er trat auf sie zu, doch sie wich zurück.

»Mein Vater will mich mit einem Brauer verheiraten. In zwei Monaten soll die Hochzeit stattfinden.«

»Aber das kann er nicht tun.« Seine Fassungslosigkeit stach ihr ins Herz.

»Natürlich kann er. Er ist mein Vater.«

Simon fasste nach ihren Händen. Warum musste er es ihr so schwer machen? »Willst du es auch? Diesen Brauer heiraten?«

Sie schüttelte den Kopf. Tränen stiegen ihr in die Augen, sie konnte sie nicht unterdrücken und schluchzte auf. Simon nahm sie in die Arme und drückte sie an sich. Sie lehnte den Kopf an seine Brust. Was konnte sie nur tun? Ihr Vater würde niemals einer Vermählung mit einem Drucker zustimmen, einem Drucker, der der Ketzerei angeklagt worden war.

»Wir überlegen uns was. Zwei Monate sind genug Zeit.«

Sie löste sich von ihm, wischte sich die Tränen aus dem Gesicht. »Du kennst meinen Vater nicht.«

»Ich werde mir etwas einfallen lassen.«

»Was denn?«

»Ich könnte um deine Hand anhalten.«

Wie wundervoll es wäre, immer bei ihm zu sein, ihm beim Drucken zur Hand zu gehen. Ein Traum, der sich nie erfüllen würde. »Er hat seine Wahl getroffen. Ich soll mit meinem Zukünftigen die Brauerei übernehmen.«

»Vom Brauen verstehe ich nichts, aber für dich würde ich es lernen.«

Sie lächelte. »Das ehrt dich, aber es wird nichts an seiner Entscheidung ändern. Er verbietet mir den Umgang mit dir. Wenn er erfährt, dass du der Ketzerei angeklagt worden bist …«

»Ich werde mir etwas einfallen lassen. Vertrau mir!«

Sie nickte, sah zu Boden. »Das tue ich, aber –«

»Dann sorge dich nicht!«

Durfte sie hoffen, oder würde die Enttäuschung sie am Ende in ein noch größeres Loch ziehen?

»Er muss nicht erfahren, dass ich Lutherdrucke herstelle. Komm heute Nacht zu mir, und wir drucken.«

»Ich kann nicht in der Nacht das Haus verlassen. Unmöglich.«

»Ich hole dich ab. Du springst wieder aus dem Fenster, ich fange dich auf. Das hat beim letzten Mal schon gut geklappt.« Er grinste.

Sollte sie das wagen? Und wenn ihr Vater etwas merkte? Aber was sollte noch schlimmer werden? Sie willigte ein und ließ sich von ihm nach Hause begleiten.

Als sie das Haus betrat, kam ihr Elisabeth entgegen. Schweiß stand auf ihrer Stirn, die Wangen waren gerötet.

»Was hat denn das so lange gedauert? Ich habe deinem Vater gesagt, du seist ins Waisenhaus gegangen. Er freut sich, dass du gesprochen hast. Also komm nicht wieder auf die Idee, die Stumme zu spielen.«

Sie nickte. Beim Nachtmahl erkundigte sich ihr Vater nach Neuigkeiten aus dem Waisenhaus. Das hatte er noch nie getan. Sie erwähnte Wilhelm und blieb ansonsten wortkarg. Simon wollte um sie kämpfen, jetzt durfte sie nicht aufgeben. Vielleicht gab es doch noch einen Weg, der Hochzeit mit Sebalt zu entgehen.

***

Simon hatte Jonata noch nie so niedergeschlagen gesehen. Er betete, ihren Vater von sich überzeugen zu können.

In der Druckerei stieß er auf Michel. Der Lehrling hatte bis auf drei Bücher alle Exemplare der »Legenda aurea« verkauft. Sie konnten das Geld gut gebrauchen.

»Wie kommst du mit dem Lateinstudium voran?«, fragte er den Jungen.

Michel zuckte die Schultern. »Geht langsam. Die Sprache ist schwierig.«

»Das stimmt.« Er strich ihm über das Haar. »Wir drucken ein neues Buch.« Er zeigte auf den Ständer. »›De officiis‹, das bedeutet ›Von den Pflichten‹. Kennst du Cicero?«

Michel schüttelte den Kopf.

»Er war römischer Gelehrter und lebte vor der Geburt unseres HERRN Jesus Christus. Wir werden seine Schrift nachdrucken und sie vom Illuminator reichlich verzieren lassen. Das ist ein Buch für Gelehrte, vielleicht sogar für ein Kloster.«

»Es ist auf Latein.«

»Ganz recht. So wirst du deine Lateinkenntnisse weiter verbessern können.«

Simon forderte Michel auf, mit dem Satz zu beginnen. Als seine Mutter sie zum Nachtmahl rief, hatten sie die erste Seite geschafft. Seit er Nickell aus dem Haus geschmissen hatte, war sie wortkarger geworden. Die Falten um ihre Augen schienen sich noch tiefer in die Haut gegraben zu haben. Er war trotzdem froh, Nickell nicht mehr zu sehen.

Als die Dämmerung einsetzte, machte er sich auf den Weg zu Jonata. Sein Herz klopfte, als er in den Hof einbog. Er sah hinauf. Das Fenster war nicht geöffnet. Er lehnte sich an den Baumstamm und wartete. Sterne funkelten, und der Halbmond tauchte die Nacht in ein fahles Licht. Er zog den Mantel enger um den Leib, rieb die Hände aneinander. Die Zeit verstrich, die Kälte kroch unter die Kleidung und in seine Glieder. Sein Leib zitterte, doch von Jonata immer noch kein Zeichen. Er konnte nicht die ganze Nacht auf sie warten.

Eine Tür ging auf, Schritte ertönten, jemand ging zur Latrine. Dem Gang und der Kleidung nach zu urteilen, war es ein Mann.

Als er zurückkam, blieb Simon hinter dem Stamm versteckt und hielt die Luft an. Die Schritte stoppten. Hatte man ihn entdeckt? Langsam lugte er am Baum vorbei. Die Gestalt stand keine zwei Pferdelängen von ihm entfernt. Schlich näher. Vermaledeiter Mist! Er durfte sich nicht im Hof erwischen lassen. Simon war aufgeflogen. Ruckartig drückte er sich vom Baum weg und rannte davon. Schritte ertönten hinter ihm. »Bleib stehen!«

Simon hastete weiter, ohne sich umzudrehen, bog mehrmals ab und blieb erst stehen, als er niemanden mehr hinter sich hörte. Er lehnte sich an eine Hauswand, keuchte. Und jetzt? Er wartete ab, dann schlich er zurück zu Jonatas Haus. Sein Verfolger war verschwunden. Ein Fensterladen stand offen. Er imitierte den Ruf eines Uhus. Jonata steckte den Kopf heraus. Simon stellte sich unter das Fenster.

Sie ließ sich fallen und landete direkt in seinen Armen. Diesmal konnte er sich aufrecht halten. Er drückte sie fest an sich. Ein hastiger Kuss, flüchtig nur strich Simon durch ihr weiches Haar. Wie er es liebte, wenn sie keine Haube trug.

»Lass uns verschwinden«, flüsterte er und zog sie mit sich.

»Unser Knecht Steffan erzählte, er hätte einen Gauner im Hof erwischt und ihn in die Flucht getrieben.« Sie lächelte verschmitzt.

»Das war knapp. Warum hat es bei dir so lange gedauert?«

»Ich hatte die Luthertexte in der Vorratskammer versteckt und musste warten, bis die Mägde die Arbeit in der Küche beendet hatten.«

»Es hat geklappt. Das allein zählt.«

»Ich hatte schon befürchtet, du würdest nicht zurückkommen.« Sie zog die Kapuze des Mantels über den Kopf. Hand in Hand liefen sie zur Druckerei.

Als sie die Tür zur Werkstatt hinter sich schlossen, zog Simon Jonata an sich und küsste sie. Ihr Körper war so weich und zart. Als er ihren Nacken streichelte, stöhnte sie leise. Er fuhr mit der Hand ihren Rücken hinunter und umfasste eine Pobacke, zog sie noch fester an sich. Er wollte sie spüren! Ein Quietschen ließ ihn aufschauen. Michel stand auf der Türschwelle und starrte sie an. Sie fuhren auseinander, Jonata strich den Rock glatt.

Simon räusperte sich. »Warum schläfst du nicht?« Er wechselte einen verstohlenen Blick mit Jonata. Ihre Wangen waren gerötet, sie pustete eine Haarsträhne aus dem Gesicht.

»Ich habe Geräusche gehört. Druckt ihr wieder?«

Simon schluckte. Er durfte Michel nicht dieser Gefahr aussetzen. Sein Lehrling sollte von den Lutherdrucken nichts erfahren, und doch würde er die Druckerpresse hören, wenn er ihn jetzt ins Bett schickte. Er kniete sich zu Michel. »Hör mal. Wir werden heute Nacht drucken, aber du brauchst den Schlaf. Morgen musst du voll konzentriert an Ciceros Text arbeiten.«

Michel zog einen Schmollmund. »Bitte.«

»Nein, du gehst ins Bett«, sagte Simon entschieden und stand auf. Er schob Michel aus der Werkstatt.

»Druckt ihr wieder Luthers Texte?«

»Psst!« Simon legte einen Finger auf den Mund. »Das darfst du niemandem sagen, hörst du! Wenn jemand davon erfährt, werde ich der Ketzerei angeklagt. Dann wird mir die Druckerei weggenommen, und ich muss ins Verlies. Hast du das verstanden?«

Michel nickte und sah zu Boden.

»Sieh mich an. Versprich mir, dass du mit niemandem, noch nicht einmal mit meiner Mutter oder meinem Bruder, darüber reden wirst.«

Michel sah ihn an. »Ich verspreche es.«

»Also gut. Komm mit rein.« Er klopfte dem Lehrling leicht auf die Schulter.

Jonata holte den Druck hervor. Simon begutachtete ihn. »Wir werden diesmal eine andere Schriftart verwenden. Textura, sie wird viel für liturgische Texte gebraucht, ist ansonsten kaum noch in Büchern zu finden. So ist nicht offensichtlich, dass diese beiden Drucke aus derselben Offizin stammen.«

Er hievte den Setzkasten in eine schmale Öffnung im Schrank. Dann zog er den Kasten mit der entsprechenden Schrift heraus und setzte ihn obenauf. Er keuchte. »Mit dem Kasten um den Hals kann ein Ochse im Rhein versenkt werden. Komm niemals auf die Idee, eine Schublade allein herauszuziehen, Michel. Mit den vielen Lettern sind sie viel zu schwer. Und nun setz dich. Wir werden zusammen den Satz erstellen.«

Jonata schaute ihnen über die Schultern und ließ es sich nicht nehmen, die Seiten Korrektur zu lesen. Sie setzten die Seiten eins, acht, vier und fünf für die eine Seite des Quartformats. Beim Druckvorgang teilten sie sich wieder auf. Jonata legte das Papier ein, Michel färbte den Satz, und Simon betätigte die Druckerpresse. Die Bewegungen gingen Hand in Hand, irgendwann gähnte Michel ununterbrochen.

»Geh ins Bett«, sagte Simon. Michel widersprach, doch als Simon ihn aus der Druckerei schob, leistete er keine Gegenwehr.

Jonata ließ sich auf dem Schemel nieder. »Auch ich bin müde.«

»Drucken wir noch ein paar Bogen?«

Sie nickte. »Dann können wir morgen den Widerdruck vornehmen.«

Sie hatte schon viel gelernt. »Du würdest dich wunderbar als Druckerfrau eignen.«

Sie lachte befreit. »Eine tolle Vorstellung.«

»Meinst du nicht, ich kann deinen Vater überzeugen?«

»Ich wünschte, es wäre so.« Sie kam zu ihm und umarmte ihn.

Er fuhr durch ihre Haare. »Was haben wir zu verlieren?«

Sie lehnte den Kopf an seine Brust. Ob sie sein Herz schlagen hörte? Wenn er um ihre Hand anhielt, musste er ihr nicht vorher von jener Nacht erzählen? Von dem, was Nickell ihrem Bruder angetan hatte? Er schluckte. Wie würde sie reagieren? Wollte sie ihn dann überhaupt noch? War es nicht sogar das Beste, wenn sie ihn verließ? Er holte tief Luft, bereit, ihr alles zu sagen, als sie sich von ihm löste.

»Lass uns weitermachen, sonst sind wir bei Sonnenaufgang noch nicht fertig«, sagte sie.

Er nickte, ging zur Druckerpresse. Er würde noch Zeit haben, es ihr zu beichten.

Kapitel 27

Katharina von Rosenberg sah gedankenverloren in den Becher. »Mein Sohn hat es nicht anders gewollt. Er glaubt an die Worte Luthers.«

»Es tut mir so leid.« Jonata griff nach ihrer Hand. »Ich fühle mich mitschuldig.«

Frau von Rosenberg schüttelte den Kopf. »Ihr tragt keine Schuld! Jeder konnte selbst entscheiden, was er mit dem Text macht.«

»Trotzdem wäre es nie passiert, hätte ich in Eurer Scheune nicht vorgelesen und die Texte nicht verkauft.«

Die Frau des Laternenmachers hob den Blick. Ihre Augen schwammen in Tränen, aber sie sprühten vor Tatkraft. »Lasst Euch nicht unterkriegen! Wir kämpfen für eine rechte Sache.«

»Wie könnt Ihr so denken, wenn Ihr Euren Sohn verloren habt?«

»Ich habe ihn doch nicht verloren, Teuerste.« Frau von Rosenberg tätschelte ihre Hand, als wäre sie es, die Trost brauchte. »Er ist bei meinem Bruder, hilft bei der Feldarbeit. Es geht ihm gut, und auch die Striemen auf dem Rücken sind fast verheilt. Die grausame Strafe hat ihn zu einem noch glühenderen Verfechter der Lehre Luthers gemacht.« Ihre Augen leuchteten vor Stolz. »Nun verbreitet er die Lehre unter den Bauern!«

Welch einen Mut er bewies. Und sie selbst? Sie sollte sich nicht mehr einschüchtern lassen. Wenn es darauf ankäme, würde Enderlin bei ihr Milde walten lassen.

»Auch in Köln muss die Schrift weiter verbreitet werden. Würdet Ihr noch einmal vorlesen?«, fragte Frau von Rosenberg.

Jonata schluckte. Sie bewunderte die Frau, die hatte mit ansehen müssen, wie ihr Sohn aus der Stadt getrieben wurde. »Seid Ihr sicher?«

»Und ob! Wir dürfen uns davon nicht unterkriegen lassen.«

Sie nickte. »Wieso nicht.«

»Morgen zur zehnten Stunde?«

»Gern.« Seitdem Jonata ihr Schweigen beendet hatte, ließ ihr Vater es wieder zu, dass sie das Haus verließ. Er schien erleichtert, dass es ihr besser ging. Er glaubte wohl, dass sie sich mit der Hochzeit mit Sebalt abgefunden hatte.

»Stellt Euch auf eine große Zuhörerschaft ein. Die Freunde meines Sohnes werden kommen.«

Jonata erhob sich. »Je mehr kommen, desto besser.«

Nachdem sie sich verabschiedet hatte, ging sie zum Alter Markt. An dem Stand mit Lederwaren begutachtete sie eine Tasche, die groß genug für die Texte war. Sie konnte am Gürtel befestigt werden und war mit einer Schnalle zu verschließen. Der Händler trat auf sie zu, Ketten aus Metallteilchen, Holzkugeln und Tierzähnen klimperten an seinem Hals. Die Fellmütze erschien ihr zu warm für die frühlingshaften Temperaturen. »Sehr gute Qualität. Aus der besten Hirschhaut, die Ihr in Köln bekommt.«

»Wie viel soll die kosten?«

»Drei Schillinge.« Er grinste. Was glaubte er, wen er vor sich hatte? Eine einfältige Patriziertochter, die jeden Preis zahlte?

»Wenn ich diese Mappe dazunehme, macht Ihr mir einen guten Preis?« Sie griff nach einer Ledermappe, die der Simons ähnelte. Sie wurde mit einem Band zusammengehalten und konnte an einer Metallschnalle in Form einer Sonne festgezurrt werden.

»Zusammen vier Schillinge«, sagte er.

»Drei.«

»Ich soll Euch die Mappe schenken?«

»Dreieinhalb.«

Der Händler schnaubte.

»Ich kann mich ebenso gut an einem anderen Stand umsehen.«

»Ihr seid nicht besser als die Halunken.« Er verzog das Gesicht, zögerte und lenkte doch ein. Wollte sich dieses Geschäft wohl nicht entgehen lassen.

Sie klaubte die Münzen aus dem Beutel. »Habt Ihr die Verurteilung des Ketzers mitbekommen?«

»Ich konnte es von hier aus sehen.« Er zeigte zur Hinrichtungsstätte. »Kein großes Spektakel. Viel Publikum kommt nur, wenn der Henker einem den Kopf abschlägt oder jemanden hängen lässt.«

»Fandet Ihr das Urteil gerecht?«

»Eine Sauerei ist das. Die Kirche glaubt, sie könnte sich alles erlauben. Nur weil der Junge auf dem Domhof einen Text vorgelesen hat.«

»Wisst Ihr, was es für ein Text war?«

»Eine Schrift von diesem Luther. Wüsste gern, was dort Teuflisches drinsteht.«

»Könnt Ihr lesen?«

Er zog die Stirn kraus. »Was interessiert Euch das?«

»Wenn Ihr mir die Tasche und die Mappe für zweieinhalb Schillinge überlasst, gebe ich Euch den Luthertext. Normalerweise kostet er zwei Schillinge.« Sie zog den Text aus dem Beutel. Sie hatte ihn mehrmals gefaltet, das musste sie mit der neuen Tasche bald nicht mehr tun.

»Ihr verkauft Lutherschriften?«

Sie sah sich um, legte den Finger auf den Mund. »Psst. Ihr solltet wissen, dass man diesen Namen nicht herausschreien sollte.«

»Ein seltsames Geschäft, das Ihr mir anbietet.«

»Es wird Euch die Augen öffnen. Luther argumentiert mit der Heiligen Schrift, schreibt, wie Ihr dem Höllenfeuer entkommt.«

»Dann her damit!« Er riss ihr den Druck aus der Hand. Sie gab ihm die Münzen und nahm Tasche und Mappe.

Auch am nächsten Tag trieb es Jonata zum Markt, sie verwickelte andere Händler in Gespräche, fragte, was sie von der Verurteilung des Ketzers hielten. Die Gewürzhändlerin war entsetzt und kaufte ihr einen Text ab. Genauso der Papierhändler, der gleich zwei Drucke erstand. Der Holzhändler prahlte, dass sein Sohn Theologie studierte, und kaufte ebenfalls einen Text, obwohl er eingestand, mit dem Namen Luther nichts anfangen zu können. Sie gab niemandem ihren Namen preis und hoffte, nicht erkannt zu werden.

»Der HERR ist meine Stärke und mein Schild«, flüsterte sie und presste die Tasche an die Brust. Wie oft hatte ihr Lucas tröstliche Worte aus den Psalmen übersetzt. Hoffentlich hatte er auch auf die Gnade des HERRN vertraut und war im Himmelreich. Es war in Gottes Interesse, dass sich diese Schrift im Volk verbreitete.

Als sie sich auf den Weg zu Katharina von Rosenberg machte, stellte sich Enderlin ihr in den Weg.

»Was willst du?«, blaffte sie.

»Du hast mich schon einmal freundlicher begrüßt.«

»Es muss zu einer Zeit gewesen sein, als du dich noch nicht so penetrant in mein Leben eingemischt hast. Du hast Vater doch wieder zu meiner Hochzeit mit Sebalt gedrängt.«

Seine Mundwinkel zuckten. »Es ist das Beste für dich und die Brauerei.«

»Das kannst du nicht beurteilen. Lass mich einfach in Ruhe.« Sie drängte sich an ihm vorbei, doch er folgte ihr.

»Ich habe jemanden mit einer Lutherschrift ertappt. Er sagte mir, er hätte den Text von einer jungen Frau. Weißt du da etwas von?«

»Auch wenn ich etwas wüsste, würdest du es von mir nicht erfahren.«

»So feindselig? Überleg dir lieber, ob das so klug ist.«

Sie blieb stehen, schaute ihm fest in die Augen. »Drohst du mir etwa?«

»Es ist eine Warnung.«

»Hörte sich nicht so an.«

»Lass mich mal sehen, was in deiner Tasche ist.«

Jonata wich zurück. »Weshalb?«

»Als Gehilfe der Inquisition habe ich das Recht dazu.«

Ihr Herzschlag beschleunigte sich, hoffentlich wurde sie nicht rot. Jetzt durfte sie sich nicht einschüchtern lassen. »Du verdächtigst mich also, Ketzerschriften zu verkaufen? Glaubst nicht, ich hätte mich davon losgesagt?«

»Genau das glaube ich.«

»Du musst lernen zu vertrauen, Enderlin!«

Sie wandte sich ab und stapfte davon. Hoffentlich folgte er ihr nicht. Sie sah ein paarmal über die Schulter, konnte ihn aber nirgends entdecken. Sie lief in den Gassen kreuz und quer, und als sie sich sicher war, dass er nicht hinter ihr war, ging sie zu Katharina von Rosenberg. Wie viele wohl dieses Mal in der Scheune waren und den Worten Luthers lauschen wollten?

***

Seine Schwester wurde immer unverschämter. Höchste Zeit, dass sie unter die Haube kam. Sebalt würde ein Auge auf sie haben und nicht erlauben, dass sie sich umtriebig in der Stadt herumschlich.

Enderlin folgte ihr. Sie lief kreuz und quer durch die Gassen, sah sich immer wieder um, doch er konnte sich geschickt in Häusernischen oder hinter Passanten verstecken. Sie bog in einen Hof ein. Enderlin blieb drei Häuser entfernt stehen und beobachtete den Eingang. Dort war sie schon einmal gewesen. Zwei Laternen hingen zu beiden Seiten der Tür. Hier unterhielt der Laternenmacher seine Werkstatt.

Was hatte Jonata bei ihm zu schaffen? Männer und Frauen, junge Burschen bogen ebenfalls in den Eingang ein. Was war da los? Enderlin wartete ab, bis keiner mehr den Hof betrat. Er zog den Mantel zu und band das Zingulum darum, damit die weiße Kutte ihn nicht sofort als Dominikaner erkennbar machte. Dennoch fiel er auf, denn nur wenige Bürger konnten sich schwarze Mäntel leisten. Er konnte nur hoffen, nicht entdeckt zu werden.

Wie selbstverständlich bog er in den Hof ein. Ein Gemüsegarten war an der Hauswand angelegt, daneben ein abgezäunter Bereich, in dem Hühner umherliefen. Aus einer Hütte hinter dem Haus drangen Stimmen. Hier hatten sich alle versammelt. Enderlin schlich um das Gebäude herum, fand ein Loch zwischen den Holzplatten und lugte hindurch. Menschen tummelten sich auf den Bänken, viele drängten sich dazwischen, weil sie keinen Platz mehr bekamen. Jonata stand vor allen.

Was machte sie da? Sie hielt ein Schriftstück in der Hand. Die Stimmen der Versammelten verstummten, und Jonata begann zu lesen. Er wollte seinen Ohren nicht trauen. Sie las den Luthertext vor. Seine Schwester war eine Ketzerin! Seine Hände wurden feucht. Hatte sie den Verstand verloren? Er musste sie anzeigen, ihr musste der Inquisitionsprozess gemacht werden.

Was würde ihr Vater dazu sagen? Würde Sebalt eine Ketzerin heiraten? Wahrscheinlich nicht. Und was wurde dann aus der Brauerei? Nein! Es musste eine andere Lösung geben. Er musste sie zu einem gottesfürchtigen Leben bewegen.

Enderlin lauschte dem Vortrag, und als Jonata geendet hatte, setzte sich die Gotteslästerlichkeit noch fort! Die Männer diskutierten über Luthers Ansichten, verteidigten sie und schimpften über die Ablassprediger. Ein schlanker, hochgewachsener Kerl missbilligte die Inquisition und das Urteil, das den Ketzer getroffen hatte. Dabei war es äußerst milde ausgefallen.

Nach der Diskussion verkaufte Jonata die Luthertexte. Das bedeutete, jemand musste sie gedruckt haben. Die Schriften kamen aus Köln, und er wusste auch schon, wer sie herstellte. Damit musste er sie zu fassen bekommen. Und er musste sich beeilen, er durfte nicht zulassen, dass sie weiterhin die Seelen der Menschen vergiftete! Es war Zeit, zu handeln!

***

Simon klopfte an die Tür der Brauerei.

»Tretet ein«, hörte er die Stimme von Bechtolt von Menden. Er erhob sich vom Schreibtisch. »Simon von Werden. Braucht Ihr neues Bier?«

Simon spürte das Blut in den Schläfen pulsieren. Sein Mund war trocken. Was würde Jonatas Vater zu seiner Frage sagen? Hatte er überhaupt eine Chance, ihn zu überzeugen? »Deswegen bin ich nicht hier.«

Er trat näher. Es roch nach Hopfen und Gerste, obwohl die Kessel leer waren.

»Was kann ich dann für Euch tun?« Der Brauer breitete die Arme aus, lächelte ihn an. Wenn Bechtolt von Menden seiner Tochter den Umgang mit ihm verbot, ließ er sich davon nichts anmerken.

»Ich bin wegen Eurer Tochter hier.«

Bechtolt von Menden zog die Brauen zusammen, seine Augen verengten sich. »Haltet Euch von Jonata fern!«

»Können wir uns setzen?«, fragte Simon und zeigte auf die Schemel.

»Ich wüsste nicht, wozu.«

Simon schluckte trocken. Wie gern hätte er einen Tropfen des Biers gekostet. »Warum hegt Ihr Groll gegen mich?«

»Ihr habt einen schlechten Einfluss auf meine Tochter, verleitet sie zu Ketzerschriften. Ich habe gehört, dass man Euch den Prozess gemacht hat.«

»Ich habe widerrufen, der Ketzerei abgeschworen!«

»Euer Ruf ist ruiniert, von Werden. Ich wünsche, dass Ihr den Umgang mit meiner Tochter meidet.«

Das war keine gute Voraussetzung für einen Hochzeitsantrag. Wie konnte er ihn nur von sich überzeugen? »Ihr schätzt mich falsch ein. Ja, ich habe einen Fehler begangen, indem ich Luthertexte gedruckt habe. Aber ich habe sie erstellt, noch bevor die Inquisition die Mahnpredigten gehalten hat. Zwei Drucke hatte ich noch auf dem Dachboden, hatte sie längst vergessen, als man sie mir gestohlen und der Inquisition vorgelegt hat.«

Bechtolt von Menden hob skeptisch eine Augenbraue, sagte jedoch nichts.

»Ich bin nach Leipzig gereist, um meinen leiblichen Vater kennenzulernen. Ich weiß nicht, ob Ihr es wisst, aber es handelt sich um den Mönch Johann Tetzel.«

Bechtolt von Menden verschränkte die Arme vor der Brust. »Ihr wollt mich zum Narren halten.«

»Das würde ich nicht wagen. Erst durch das Testament von Martin von Werden habe ich erfahren, dass er nicht mein leiblicher Vater war.«

Simon rieb sich die schweißnassen Hände an der Hose trocken. Sollte er noch weiter gehen? »Natürlich stehe ich hinter meinem Vater, wenn er Ablassbriefe verkauft. Luther ist ein Ketzer, das habe ich eingesehen.« Er schluckte, bat Gott in Gedanken um Vergebung für die Lügen.

Bechtolt von Menden strich sich über das Kinn, schaute ihn eindringlich an, wobei seine Augen hin und her zuckten. »Warum erzählt Ihr mir das alles, Simon von Werden?«

Simon schloss kurz die Lider, atmete tief durch. »Ich wollte Euch um die Hand Eurer Tochter bitten.«

Ein ungläubiges Lachen erschien auf von Mendens Gesicht. »Ihr wagt es?«

»Ich liebe Eure Tochter, werde sie ehren und ihr ein gutes Heim bieten. Meine Druckerei läuft gut.«

»Wie Ihr wisst, ist mein Sohn Lucas verstorben. Nun wird meine Tochter die Brauerei erben. Sie und ihr zukünftiger Ehemann sollen sie weiterführen, wenn ich nicht mehr unter den Lebenden weile.«

»Wenn Ihr es wünscht, werde ich das Braugewerk erlernen.«

Er lachte. »Pah! Ein Drucker als Brauer! Wer hat so etwas schon einmal gehört?«

»Lasst es mich versuchen!«

Bechtolt von Menden bewegte den erhobenen Zeigefinger hin und her. »Nein. Ich habe längst einen Ehemann für Jonata gefunden. Er ist Brauer und kennt das Gewerk.«

»Jonata hasst ihn.«

»Was fällt Euch ein, Euch ein Urteil über die Gefühle meiner Tochter zu bilden?«

Simon sah kurz zu Boden. »Verzeiht meine Unverfrorenheit. Dennoch glaube ich zu wissen, dass meine Zuneigung von ihr erwidert wird. Wir könnten sie fragen.«

»Das steht nicht zur Diskussion. Das Hochzeitsversprechen wird nicht gebrochen.«

Simons Herz setzte einen Schlag aus. »Respektiert doch die Gefühle Eurer Tochter.«

»Verlasst den Hof. Ich habe genug von Euch gehört.«

Simon wich zurück. »Um Eurer Tochter willen, überlegt es Euch noch einmal«, rief er, trat nach draußen und schloss die Tür hinter sich.

Jonata lief ihm entgegen. »Was hat er gesagt?«

Hoffnung spiegelte sich in ihren Augen. Er hasste es, sie enttäuschen zu müssen. Er griff nach ihren Händen, küsste sie. Resigniert ließ er den Kopf hängen. »Ich habe alles versucht, ihm sogar erzählt, dass ich der Sohn Tetzels bin.«

Sie schlang die Arme um ihn. Es fühlte sich gut, so richtig an. »Das habe ich befürchtet.« Sie lehnte den Kopf an seine Brust.

»Jetzt gibt es nur noch zwei Möglichkeiten. Entweder wir müssen Sebalt überzeugen, dass er die Hochzeit absagt, oder wir verschwinden aus Köln und beginnen in einer anderen Stadt ein neues Leben.«

Erschrocken sah sie ihn an. »Wohin sollen wir denn?«

»Wohin du willst.«

»Nein«, sagte sie entschieden, trat einen Schritt zurück. »Köln ist meine Heimat. Ich lasse mich nicht vertreiben.«

»Dann müssen wir deinen Verlobten von einer Vermählung abbringen.«

In dem Moment ertönte ein Knarzen. Simon sah über die Schulter. Jonatas Vater war herausgetreten. »Ihr verlasst sofort den Hof!«

»Wie kannst du nur so herzlos sein?«, schrie sie. »Du verbietest uns eine Hochzeit, und dann darf ich mich nicht einmal verabschieden?« Tränen traten in ihre Augen. »Komm«, flüsterte sie, griff nach Simons Hand und zog ihn zur Gasse. Sie entfernten sich ein paar Häuserlängen.

»Weißt du, wie wir Sebalt überreden können?«, fragte Simon.

Sie schluchzte. »Nein, leider nicht. Er ist so versessen darauf, mich zu heiraten, obwohl ich ihm gesagt habe, dass ich ihn verabscheue.«

Tränen liefen über ihre Wangen. Simon strich sie fort, sie brannten auf seiner Haut, als ob sich ihr Seelenschmerz auf seine Hände übertrüge. Er durfte nicht zulassen, dass sie diesen Brauer heiratete.

»Wir müssten ihn schon umbringen.«

Simon sah sie erschrocken an. Das meinte sie doch nicht ernst.

Sie sah Simons Blick und schüttelte den Kopf. »Das war nur so dahergesagt.«

Er nahm sie in den Arm und drückte sie fest an sich. »Ich werde mir was überlegen, Liebste. Versprochen.« Er durfte sie nicht enttäuschen.

***

Ihr Vater hatte Sebalt zum Abendessen eingeladen. Ein Schauer lief ihr über den Rücken. Wie konnte sie ihn nur von einer Hochzeit abbringen? Wenn sie ihm sagen würde, sie sei nicht mehr unbefleckt, würde er sich davon abschrecken lassen?

»Träumst du wieder?« Elisabeth nahm ihr den Holzlöffel aus

der Hand und rührte die Suppe um. »Sie brennt an. Häng den Topf einen Zahn höher.«

Jonata gehorchte. Brid kam in die Küche. »Jonata. In der Schenke fragt ein rothaariger Buchführer nach dir.«

Mathes Roht. Sie sah Elisabeth fragend an. Ihre Ziehmutter seufzte. »Schick Figen zu mir, wenn du rausgehst.«

Jonata lief in den Garten. Das Mädchen zupfte Unkraut im Gemüsebeet. »Elisabeth braucht dich in der Küche.«

Figen stand auf, wischte sich mit dem Handrücken den Schweiß von der Stirn. »Wann lesen wir mal wieder?«

»Bald.«

Jonata folgte Brid in den Bierzapf. »Es ist mal wieder Zeit für ein paar Münzen«, hauchte ihr die Magd ins Ohr. »Ich habe gesehen, du konntest dir eine neue Ledertasche leisten. Dann hast du auch Geld für mich übrig.«

»Durchtriebenes Weib. Glaubst du, ich habe Angst vor dir?«

»Vor der Inquisition bestimmt.«

»Wenn du mich der Ketzerei anklagst, werde ich dich der Unzucht anklagen.«

Sie lachte. »Meinst du, sie werden einer Ketzerin noch glauben?«

Jonata packte Brid an der Schulter. »Du vergisst, dass Enderlin mein Bruder ist. Er wird mir nichts anhaben.«

Sie betraten die Schenke. An einem vorderen Tisch erfreuten sich vier Handwerkerburschen am Würfelspiel, lachten herzhaft. Am Kamin saß der Buchführer mit einem Buch in der Hand. Sie trat auf ihn zu.

»Ihr seid wieder in der Stadt!«

Mathes Roht sah auf und lächelte. »Ich habe gehört, Ihr seid in meine Fußstapfen getreten.«

Sie legte den Finger auf den Mund und setzte sich ihm gegenüber. Sie warf einen Blick über die Schulter. Brid achtete nicht auf sie, stand schäkernd bei den Burschen. Sie stützte sich auf dem Tisch ab, gab den Männern den Blick auf ihre Brüste frei. Jonata wandte sich Mathes Roht zu. »Ihr solltet nicht so laut reden.«

»Die da drüben sind viel zu betrunken. Oder habt Ihr Angst vor Eurer Magd?«

»Sie ist mir nicht wohlgesinnt.«

Er strich die roten Haare über die Schulter. »Wie mir scheint, ist sie auch kein Unschuldslamm.«

Jonata zuckte mit den Schultern. Sie wollte nicht über Brid sprechen. »Aber sagt: Wart Ihr in Sachsen? Habt Ihr neue Kunde von …« Sie sah sich erneut um. Brid war immer noch bei den Burschen. »… Luther?«, flüsterte sie.

»In der Tat. Luther war in Heidelberg zu einer Disputation. Die Augustiner haben mit ihm über den Ablass diskutieren wollen, doch er hat vor allem seine ›Theologia crucis‹ erläutert.«

»Worum geht es darin?«

»Martinus behauptet, dass die Menschen nicht durch die Kirche gerettet würden. Allein das Sündenbekenntnis vor Gott führe zur Gnade Christi. Die Kirche solle bloß die Botschaft des Kreuzes verbreiten.«

Wie mutig Luther war. »Wird er nicht als Ketzer verfolgt?«

Der Buchführer nickte. »Rom ist nicht erfreut über seine Thesen, aber er hat mächtige Verbündete. Der Kurfürst Friedrich der Weise beschützt ihn.«

Wie schön es wäre, wenn sich auch in Köln ein Fürst für Luther einsetzen würde. Doch die Universität, die direkt dem Papst unterstellt war, hatte großen Einfluss auf die Kölner.

»Er predigt von der Kanzel: *Solus Christus, sola gratia, sola scriptura, sola fide.*«

»Ihr wisst, ich kann kein Latein.«

Er lächelte. »Es bedeutet: Allein durch Christus, allein durch Gnade, allein durch die Schrift und allein aus Glauben erhalten wir Heilsgewissheit.«

»Solus Christus, sola gratia, sola scriptura, sola fide«, murmelte Jonata. Sie wollte diese Worte im Herzen verwahren. »Nur der Glaube bringt uns also in den Himmel.«

Mathes Roht nickte. »So steht es in der Heiligen Schrift. Jesus sagt: Wer an mich glaubt, der hat das ewige Leben.«

»Wie tröstlich diese Worte sind.«

Beide hingen sie ihren Gedanken nach.

»Hat Luther schon einen neuen Text verfasst?«, fragte sie nach einem Moment.

Er lachte. »Ihr steht mir in Geschäftstüchtigkeit in nichts nach.«

»Es geht darum, dass den Menschen die Botschaft nahegebracht wird.« Ob Lucas daran geglaubt und den HERRN um Vergebung seiner Sünden angefleht hatte? Sie hoffte es inständig. Hoffte, ihn im Himmel wiederzusehen.

Mathes Roht nickte. »Ihr habt so recht. Habt Geduld. Es wird nicht das Letzte sein, was wir von Luther zu erwarten haben. Er hat mir erzählt, dass er davon träumt, dass Predigten auf Deutsch gehalten werden und dass es die Bibel in deutscher Sprache gibt. Fürs Volk, damit jeder, der des Lesens mächtig ist, das Wort Gottes selbst studieren kann.«

»Wir sollen die Bibel lesen, ohne von den Priestern angeleitet zu werden? Geht das nicht ein bisschen zu weit?«

Er breitete die Arme aus. »Warum? Hat nicht jeder ein Recht darauf, Gottes Worte in der Gesamtheit zu erfahren?«

Ihre Hände zitterten, wenn sie daran dachte, die Heilige Schrift lesen und verstehen zu können. Dieses dicke Buch. Was mochte alles darinstehen?

»Wir brauchen nicht die Pfaffen als Mittler. Der einzige Vermittler, den wir benötigen, ist Jesus Christus. Er ist für unsere Sünden am Kreuz gestorben. Nur durch ihn gelangen wir in den Himmel.«

»Die Geistlichen sind überflüssig, meint Ihr?«, fragte Jonata.

»Das sagt Luther.«

»Und Ihr glaubt ihm?«

Mathes Roht nickte. »Ich glaube, dass Gott nicht gewollt hat, dass die Kirche den armen Seelen die Münzen aus den Beuteln lockt, sondern dass er in seiner großen Barmherzigkeit und Liebe alle zu sich holen möchte. Wir müssen nur wahrhaftig bereuen und zu ihm umkehren.«

Allein durch den Glauben! Wie gern würde sie diese Worte über den Marktplatz schreien und den Menschen diese Botschaft verkünden.

»Sagt Luther beim nächsten Mal, er soll sich mit der Übersetzung beeilen.« Sie lächelte.

»Werde ich ihm ausrichten. Und auch, dass die Schrift in Köln weit verbreitet wird, dank einer tapferen jungen Frau.«

Sie machte eine wegwerfende Handbewegung. »So tapfer bin ich nicht.«

»Ich soll Euch übrigens von ihm grüßen. Er hat sich nach Euch erkundigt.«

»Er konnte sich an mich erinnern?«, fragte sie erstaunt.

»Eure Fragen haben ihn beeindruckt.«

Hitze stieg ihr in die Wangen. War sie so besonders? Alles, was sie wollte, war, den Flammen der Hölle zu entkommen und am Lebensende die Himmelspforte zu passieren. Wollte das nicht jeder?

Kapitel 28

»Und du bist gewiss, dass die Lutherdrucke aus seiner Offizin stammen?«, fragte der Prior.

»Absolut. Seine Drucke kursieren bereits in der Stadt. Er hat sie jedoch nicht in der Druckerei ausliegen«, sagte Enderlin.

»Dumm ist er nicht.« Jakob Hochstraten rieb sich die Schläfen.

»Wir müssen ihn überraschen. Am besten, wir tauchen unangemeldet in der Offizin auf und durchsuchen sie. Er muss die Luthertexte im Haus haben.«

»Was macht dich so sicher, dass er derjenige ist?«

Enderlin musste seine Schwester heraushalten. »Ich habe eine Frau mit mehreren Lutherdrucken die Offizin verlassen sehen.«

»Und du hast sie nicht gestellt?« Der Prior zog eine Augenbraue hoch.

»Sie ist davongelaufen.« Damit hatte er nicht einmal gelogen.

»Wenn du sie siehst, ergreif sie und bring sie ins Kloster.«

Enderlin schluckte. Wenn der Prior von der Versammlung erfuhr, würde Jonata ein höheres Strafmaß erhalten als zehn Peitschenhiebe und die Verbannung aus der Stadt. Das würde auf ihn zurückfallen. Es gab nur einen Weg, wie er sie zur Vernunft bringen konnte: Simon von Werden musste auf dem Scheiterhaufen landen! An ihm würden sie ein Exempel statuieren. Das wäre ganz im Sinne von Jakob Hochstraten. Enderlin brauchte nur einen einzigen Lutherdruck in von Werdens Offizin zu finden, dann war er wiederholt der Ketzerei schuldig geworden. Er würde so viele Büttel mitnehmen, wie ihm der Rat zur Verfügung stellte. Bald würde der Ketzer brennen!

***

Eine Magd öffnete die Tür.

»Ist Sebalt Magnus zugegen?«, fragte Simon.

Sie nickte, machte einen Knicks und verschwand im Haus.

Kurze Zeit später trat ein breitschultriger Kerl auf die Schwelle. Bei allen Heiligen, war der hässlich.

»Wer seid Ihr, und was wollt Ihr?«

»Ich bin der Drucker Simon von Werden. Wir müssen uns unterhalten.«

»Ich wüsste nicht, worüber.« Er wollte ihm die Tür vor der Nase zuschlagen, doch Simon schob den Fuß dazwischen. »Es geht um Eure Verlobte Jonata von Menden.«

Sebalt Magnus zog die Brauen hoch, wobei sich mehrere Falten auf seiner Stirn bildeten. »Was geht sie Euch an?«

»Ihr solltet alles über sie wissen.« Simon trat noch näher. Beißender Mundgeruch stieg ihm in die Nase.

Sebalt brummte unwillig. »Na gut. Tretet ein.« Er führte Simon in eine Stube. Sein Blick fiel auf das Regal mit den vielen unterschiedlichen Krügen und das Bild der Muttergottes mit dem Jesuskind neben dem Kachelofen. Die Familie musste vermögend sein, wenn sie solche Kostbarkeiten besaß. Sie nahmen an dem großen Tisch Platz.

»Fasst Euch kurz.« Sebalt kratzte sich an der Knollennase.

Simon atmete tief durch. »Ich bitte Euch, von einer Hochzeit abzusehen.«

»Damit Ihr sie Euch schnappen könnt? Vergesst es!« Er schnalzte mit der Zunge.

»Sie hat ihr Herz bereits verschenkt.«

»An Euch, meint Ihr wohl?« Sebalt lachte schallend.

»Daran werdet Ihr nichts mehr ändern.«

Sebalt lehnte sich auf den Tisch und beugte sich vor. »Eine Ehe bedarf der Liebe nicht! Es geht um die Zukunft der Brauerei.«

»Das allein interessiert Euch?« Ein Schauer lief Simon über den Rücken. Wenn er die Hochzeit nicht verhindern konnte, würde Jonata bald das Lager mit diesem Teufelsgenossen teilen müssen.

Sebalt verschränkte die Arme und grinste. »Auch ich liebe sie. Gute Voraussetzung für eine glückliche Verbindung. Sie wird mich irgendwann zurücklieben.«

Simon schloss die Augen, rieb sich die Hände an der Hose trocken, bat Jonata insgeheim um Verzeihung. »Ihr wisst noch nicht alles«, fuhr er fort und öffnete die Lider.

»Ihr habt schon das Lager mit ihr geteilt?«, fragte Sebalt mit hochgezogenen Brauen.

Der Kerl schien ihm immer einen Schritt voraus zu sein.

Sebalt lachte. »Habe ich es mir doch gedacht. Nach der Hochzeit ist Schluss damit. Ihr werdet sie nicht mehr wiedersehen. Und wenn doch …«, er beugte sich vor, hob drohend den Finger, »… reiß ich Euch den Schwanz ab!«

Simon ballte die Hand. Dem Kerl ging es nur um die Brauerei, er würde jede beliebige Frau nehmen.

»Wenn Ihr sie heiratet, werde ich in der Bruderschaft und der ganzen Stadt erzählen, dass Ihr eine befleckte Frau zum Weib genommen habt. Dann wird Euch die Brauerei nicht lang gehören.«

»Das wagt Ihr nicht. So schadet Ihr auch Eurer Liebsten.«

Simon sprang auf. »Sehr wohl, sie ist meine Liebste! Und ich schwöre Euch, diese Hochzeit wird niemals stattfinden.«

Sebalt erhob sich und trat auf ihn zu. Wie Simon dieses hämische Grinsen hasste. »Ich bin gespannt, wie Ihr das verhindern wollt.«

Genau das wusste er auch nicht. »Ihr werdet keine Freude mit ihr haben!«, unternahm er einen letzten Versuch.

»Weil sie beim Liebesakt wild ist wie eine Furie oder still wie ein treudoofer Hund?«

Simon kochte vor Wut. Ohne nachzudenken, schlug er ihm das Grinsen aus dem Gesicht. Sebalt taumelte nach hinten. Eine Augenbraue war aufgeplatzt, Blut rann die Schläfe hinab.

»Ich bring dich um!« Sebalts Augen blitzten auf. Er stürmte auf Simon zu und holte zum Schlag aus. Simon duckte sich unter dem Arm her und schlug mit voller Kraft gegen Sebalts Brust. Dieser keuchte, fiel rückwärts wie ein abgesägter Baum und knallte mit dem Kopf gegen das Tischbein. Simon ging in die Knie und hob die Fäuste, bereit zum Angriff. Doch Sebalt blieb regungslos liegen. Simon stieß sachte gegen Sebalts Schulter. Nichts. Simon senkte den Kopf, lauschte, konnte keine Atemgeräusche hören, nur sein eigenes Blut, das in seinem Kopf rauschte. Was hatte er getan?

»Sebalt?«, rief eine Stimme aus dem oberen Stockwerk.

Vermaledeiter Tag! Simon stürmte hinaus und rannte quer durch die Stadt, bis er sich nach Luft schnappend an eine Häuserwand lehnte. Der Scheißkerl hatte sich nicht mehr bewegt. Er war zum Mörder geworden. Die Magd hatte ihn gesehen. Wenn sie ihn nicht wegen Ketzerei anklagten, dann wegen Mordes. Kalter Schweiß bildete sich auf seiner Stirn. Er sah bereits das Richtschwert des Henkers aufblitzen, während es auf ihn niedersauste. Ein Schauer durchfuhr seinen Körper. Jonata hatte er für immer verloren.

***

Enderlin klopfte an die Tür. Acht Büttel in seinem Rücken. Der Rat hatte die Wichtigkeit der Angelegenheit erkannt. Niemand öffnete. Das durfte doch nicht wahr sein! Wenn jetzt keiner zu Hause war, würde Simon von Werden womöglich durch Nachbarn gewarnt werden. Doch endlich das Klappern des Schlüssels in der Tür. Die Mutter des Druckers sah sie mit großen Augen an. »Was wollt Ihr?«, kreischte sie.

»Aus dem Weg!« Enderlin trat auf die Schwelle. »Ist Euer Sohn Simon von Werden da?«

Sie schüttelte den Kopf. Angst stand in ihren Augen. Ja, sollte sie Angst haben! Auch sie hatte sich vor Gott schuldig gemacht. Unzucht. Zu schade, dass er sie deswegen nicht in Köln anklagen konnte, wenn die Tat in Sachsen und vor so vielen Jahren geschehen war.

»Könnt Ihr nicht warten, bis er wiederkommt?« Sie sah ihn flehend an.

»Nein.« Enderlin drängte sich an ihr vorbei und lief in die Druckerei. Die Büttel folgten ihm. »Ihr zwei durchsucht das Haus, du passt auf die Alte auf, und Ihr durchforstet mit mir die Werkstatt«, befahl er.

Die Büttel nickten. Zwei trampelten die Treppe hinauf. Der Lehrling hatte sich in eine Ecke gedrängt. »Komm her!«, rief Enderlin und zerrte ihn hervor. »Wo verwahrt Euer Meister die Lutherdrucke?«

Das Sommersprossengesicht sah zu Boden und zuckte mit den Schultern. »Raus mit der Sprache. Wo sind sie?« Er zog an seinem Ohr. Der Junge schrie auf.

»Lasst ihn zufrieden«, rief Frau von Werden.

»Haltet den Mund!« Er wandte sich wieder dem Lehrling zu. »Lügen ist eine Sünde. Dafür landest du im Fegefeuer.«

Der Junge begann zu schluchzen.

»So lasst ihn doch! Er weiß nichts.«

»Ach ja?« Er packte den Jungen am Arm und stieß ihn zu der Frau hinüber. Sie umfasste seine Schultern und drückte ihn an sich, ließ zu, dass er den Kopf in den Falten ihres Kleides vergrub. »Aber Ihr wisst etwas? Raus mit der Sprache.«

Enderlin trat auf sie zu. Sie zog das Schultertuch enger zusammen, als könnte sie sich damit schützen. Sie trug ein Kreuz um den Hals. Ein gottesfürchtiges Weib? Aber das mochte eine Tarnung sein. Vielleicht steckte sie mit dem Drucker unter einer Decke.

»Sagt, was Ihr wisst, sonst wird Euch der Teufel persönlich in die Hölle ziehen.«

Eine Träne rollte über ihre Wange. »Ich weiß nichts. Ich kann noch nicht einmal lesen.«

»Wäre auch noch schöner! Frauen sind nicht zum Lesen geboren!«

»Was passiert mit meinem Sohn?«

»Er wird erneut vor das Inquisitionsgericht gestellt, und dann gnade ihm Gott.«

Sie schluchzte auf, drückte den Jungen noch enger an sich. Dieses verheulte Weibsbild. Sie würden auch ohne ihre Hilfe die Drucke finden. »Stellt alles auf den Kopf!«, befahl Enderlin.

Er sah sich die Blätter an der Leine an. Ein lateinischer Text über Pflichten. Das Buch lag auf dem Ständer. Ein Text von Cicero. Nicht die Ketzerschrift. Auf dem Fenstersims lagen zwei Exemplare der »Legenda aurea«, aber kein Luthertext. Ein Büttel zog die Schreibtischschubladen heraus, schüttete den Inhalt aus. Ein anderer zog die Schubladen aus dem Setzkasten und entleerte sie ebenfalls. Die vielen Bleilettern klimperten, verteilten sich auf dem ganzen Boden.

»Nichts«, verkündete ein Büttel irgendwann. Auch die anderen hatten im Haus nichts gefunden. Verflucht. Er war sich so sicher gewesen. Irgendwo versteckte der Ketzer die Lutherdrucke. Jonata hatte die Drucke von ihm. »Durchsucht alles noch einmal«, befahl er.

Die Büttel verdrehten die Augen, doch sie stellten das Haus erneut auf den Kopf. Sie entleerten Töpfe und Krüge, durchsuchten Truhen und Körbe, suchten auf dem Dachboden und im Keller, doch nirgends fanden sie weitere Schriften. »Abmarsch!«, kommandierte Enderlin und trieb die Büttel zum Ausgang. In dem Moment öffnete sich die Haustür. Simon von Werden. Der Schreck stand ihm ins Gesicht geschrieben.

***

Simon stockte der Atem. Die Büttel und der Mönch hatten die Druckerei verwüstet. Er würde Tage brauchen, um die Lettern wieder einzusortieren. Die Setzkästen lehnten senkrecht an der Wand, einer war in der Mitte durchgebrochen. Simon kochte vor Wut.

»Was um Himmels willen treibt Ihr hier?«

Der Dominikanermönch trat auf ihn zu. Sein Gesicht war starr, die tief liegenden Augen funkelten wie die eines Dämons. »Ihr werdet erneut der Ketzerei verdächtigt.«

Verdächtigt. Das bedeutete, sie hatten die Texte nicht gefunden. Gut, dass er sie in einer Kiste im Garten vergraben hatte.

»Habt Ihr etwas gefunden, das mich belastet?«

»Ich brauche nichts zu finden. Ich weiß, dass Ihr schuldig seid«, zischte er. »Führt ihn ab.« Büttel packten ihn und zogen ihn nach draußen.

»Nein«, schrie seine Mutter. Sie wollte nach ihm greifen, doch ein Büttel stieß sie zurück, sodass sie zu Boden fiel.

»Mutter. Mach dir keine Sorgen«, rief Simon. Er würde sich etwas einfallen lassen. Sie konnten ihn doch nicht verurteilen, wenn sie nichts gegen ihn in der Hand hatten. Oder hatten sie Jonata geschnappt, sie gefoltert, und sie hatte gestanden? Was war mit ihr? Konnte er den Mönch nach ihr fragen? Nein, besser, er erwähnte sie nicht. Womöglich brachte er sie damit nur in Gefahr.

»Wohin bringt Ihr mich?«

»Zuerst ins Kloster. Der Inquisitor wünscht Euch zu sehen.«

Er musste nur leugnen. Ohne ein Geständnis würden sie ihn nicht verurteilen können.

Als sie ihn aus dem Haus führten, stand Nickell auf der Gasse. Dieser Hundskopf.

»Du hast mich verraten!«, schrie Simon.

»Vielleicht«, sagte Nickell und grinste überlegen.

»Dein eigen Fleisch und Blut. Was würde Martin dazu sagen?«

Nickell zuckte gleichgültig mit den Schultern. »Ich bin sein rechtmäßiger Erbe, und bald gehört die Druckerei wieder mir.«

Simons Blick fiel auf das Messer, das an Nickells Gürtel hing. Er hatte es ihm aus der Truhe gestohlen? »Du hast mein Messer gestohlen!«, rief er.

»Dein Messer? Pah!« Nickell lachte. »Das ist von Klaus. Du hast es ihm gestohlen.« Klaus? Simon wollte noch etwas erwidern, doch die Büttel zogen ihn weiter. Ein eiskalter Schauer durchfuhr ihn. Klaus hatte ihn in jener Nacht überfallen. Das konnte nur eines bedeuten: Nickell hatte ihn dazu angestiftet. Sein eigener Bruder wollte ihn tot sehen. Es würde ihm nur recht sein, wenn Simon als Ketzer auf dem Scheiterhaufen landete.

Simon wurde erneut in die Abteikirche geführt. Der Inquisitor erwartete sie. Zwei Büttel bezogen Stellung, während die übrigen mit flatternden Mänteln den Saal verließen.

»Auf die Knie!«, befahl Enderlin und drückte ihn nieder. Simons Knie schlugen auf dem Steinboden auf. Er unterdrückte einen Schmerzenslaut.

»Ihr schon wieder!«, sagte der Prior. »Euer Name ist Simon von Werden, richtig?«

»Ihr kennt meinen Namen!«, zischte er.

»Hütet Eure Zunge. Wisst Ihr nicht, welche Autorität ich vertrete? Ich wurde vom Papst höchstpersönlich zum Inquisitor bestellt! Also antwortet mit ›ja‹ oder ›nein‹.«

»Ja.«

Der Prior nickte dem Prozessschreiber zu. Wieder musste Simon die Hand auf die Bibel legen und die Wahrheit geloben.

»Habt Ihr erneut Luthertexte gedruckt?«

Er spürte das Blut in den Schläfen pulsieren. »Nein.«

»Seid Ihr sicher?«

Er durfte sich nicht erweichen lassen und musste bei seinem Standpunkt bleiben, dann konnte ihm nichts geschehen. »Natürlich. Seit dem letzten Verhör habe ich nur eine Schrift hergestellt. ›De officiis‹ von Cicero. Das Buch hat der Zensor genehmigt.«

Jonatas Bruder stand auf. »Ich weiß, dass Ihr einer Frau Lutherdrucke verkauft habt. Das war nach Eurer letzten Anhörung.«

Woher wusste er das? Von Jonata? Niemals. Sie würde ihn nicht verraten. Nur, wenn Enderlin sie zwingen würde.

»Wer war die Frau?«, fragte Simon.

»Es ist nicht an Euch, Fragen zu stellen!«, zischte er. »Gebt Ihr zu, Lutherschriften feilgeboten zu haben?«

»Das habe ich nicht.«

Enderlins Augen blitzten.

»Habt Ihr Lutherdrucke in meiner Offizin gefunden?«, fragte Simon.

»Wo habt Ihr sie versteckt?«, entgegnete Enderlin.

»Ich habe nichts versteckt. Ich bin unschuldig«, rief er in Richtung des Inquisitors. »Euer Mönch hegt einen persönlichen Groll gegen mich.«

»Warum sollte er das?«, fragte der Inquisitor.

Durfte er Jonatas Namen erwähnen? Unverfänglich, ohne sie in Verruf zu bringen? »Nur weil seine Schwester ein paarmal in meiner Druckerei war, unterstellt er mir, ich würde sie verführen. Dabei hat sie nur ein Buch gekauft, die ›Legenda aurea‹, keinen Lutherdruck.« Hoffentlich würde das keiner nachprüfen.

Der Prior und Enderlin wechselten einen kurzen Blick. Was hatte das zu bedeuten? Hatten sie Jonata bereits vernommen, oder wusste der Prior nichts von ihr?

»Es geht hier nicht um sie. Es sei denn, Ihr wolltet sie der Ketzerei anklagen«, sagte der Prior. »Könnt Ihr uns Namen anderer Ketzer nennen? Das könnte das Strafmaß mildern.«

Niemals würde er andere verraten und schon gar nicht Jonata. »Nein.«

»Die Schwester von Bruder Enderlin hat also keine Luthertexte bei Euch gekauft?«, fuhr der Prior fort.

»Nein. Da ich keine Luthertexte gedruckt habe, kann ich sie auch nicht verkauft haben.«

Fragen, Fragen, immer wieder neue Unterstellungen. Simon schwirrte der Kopf, seine Kehle brannte, und die Knie schmerzten. Wie gern würde er aufstehen, doch als er wagte, darum zu bitten, drückte Enderlin ihm in die Schulterblätter. Nach einer Ewigkeit beendete der Inquisitor den Prozess. »Die Büttel werden Euch in den Kerker bringen. Morgen werdet Ihr erneut verhört. Vor dem städtischen Gericht.«

Simon schluckte trocken. Das konnte nur eins bedeuten: Der Henker würde bei der Befragung dabei sein. Sie brauchten ein Geständnis. Er musste stark bleiben, durfte unter den Schmerzen nicht einknicken, sonst war er verloren.

Er ließ sich von den Bütteln aus der Kirche führen. Die Beine fühlten sich an, als gehörten sie nicht ihm. Hoffentlich würde er unter der Folter Jonatas Namen nicht erwähnen. Er durfte ihr Leben nicht gefährden. Sie war auf sich gestellt. Wahrscheinlich würde er sie nie wiedersehen. Und seine Mutter. Nickell würde sich die Druckerei und das Haus zurückholen, doch würde er für sie sorgen? Niemals hätte er damit gerechnet, dass sein eigener Bruder ihm nach dem Leben trachten würde.

Die Büttel brachten ihn ins Verlies. Der Henker öffnete ihnen die schwere, mit Eisen beschlagene Tür. Die Gänge waren eng, es tropfte von der Decke, und die Kälte kroch unter seine Kleidung. Beißender Gestank nach Urin, Exkrementen und vergammeltem Essen. Jemand schrie, aus einer Zelle ertönte ein Wimmern. Sie bogen mehrmals ab, sodass er die Orientierung verlor. Der Scharfrichter schloss eine Gittertür auf, die Büttel stießen ihn in den kleinen Raum.

»Schlaf süß, Ketzer«, rief einer der Büttel und lachte.

Mit drei großen Schritten war er von einer Wand zur anderen, stieß in einer Ecke gegen einen Eimer, der erbärmlich stank. Die dünne Schicht Stroh in der gegenüberliegenden Ecke war nicht genug für ein Bettlager, zudem war sie dreckig, stank, und ein Käfer hangelte sich einen Strohhalm hinauf. Eine Ratte knabberte an einem verfaulten Apfelbutzen, quiekte und huschte durch die Gittertür nach draußen. Nie hätte er es für möglich gehalten, dass er einmal in die Situation käme, mit einer Ratte tauschen zu wollen.

Er ließ sich an der Wand hinuntergleiten, umfasste die Knie

und legte den Kopf darauf. Er hatte sein Leben verloren! Wenn er hier je wieder lebend herauskäme, würde er den Kerker durch die Folter als Krüppel verlassen. Dann konnte er das Druckergewerk nicht mehr ausführen. Er würde nur noch vor den Kirchen um Almosen betteln können. Oh HERR, bitte lass es Jonata gut gehen! Verschone sie vor diesem Gericht!

***

»Nun schreibst du die Buchstaben noch einmal«, wies Jonata Figen an.

Sie hatte Elisabeth gedrängt, der Magd eine Stunde freizugeben. Das Mädchen malte die Buchstaben geschickt in die Wachstafel. Würde Simon es wirklich schaffen, Sebalt dazu zu bringen, die Hochzeit abzusagen? Was konnte ihr Vater dann dagegen tun?

Elisabeth kam in die Stube. »Jonata!«, keuchte sie atemlos.

»Die Stunde ist noch nicht um«, sagte sie.

»An der Tür steht eine Frau. Sie verlangt nach dir, ist völlig aufgelöst.«

Jonata sprang auf. »Mach weiter«, befahl sie Figen und lief zur Tür.

Simons Mutter schlug mit den knochigen Fäusten gegen ihre Brust. »Ihr seid an allem schuld.«

»Woran?« Ihr Herz setzte einen Schlag aus. Irgendetwas musste mit Simon geschehen sein.

»Sie haben ihn mitgenommen«, schrie die Mutter unter Tränen, ließ von ihr ab und lehnte sich an die Hauswand.

»Wer?«, fragte Jonata. Die Mutter schlug die Hände vors Gesicht und schüttelte fassungslos den Kopf. Als sie nicht antwortete, packte Jonata sie bei den Schultern. »Wer hat ihn mitgenommen?«

Simons Mutter sah sie an. Die Augen waren geschwollen, und Tränen rannen ihr über die Wangen. »Der Mönch mit den Bütteln. Sie haben das ganze Haus verwüstet. Sie werden ihn töten«, kreischte sie und fiel dabei auf die Knie.

»Was redet Ihr da? Kommt.« Jonata wollte sie stützen, doch sie zog ihren Arm weg.

»Lasst mich!«

»Wo ist Simon jetzt?«

»Ich weiß es nicht. Sie wollen ihn als Ketzer verurteilen, und Ihr seid schuld daran!«

Wie war er aufgeflogen? Eine eiskalte Hand legte sich um ihr Herz. Das konnte, durfte nicht sein! Simon zum zweiten Mal vor dem Inquisitionsgericht! Das würde nicht gut ausgehen. Man würde ihn nicht nur aus der Stadt jagen, sondern womöglich … Ihr wurde speiübel. Sie durfte ihn nicht im Stich lassen.

Sie packte Simons Mutter an der Schulter, zwang sie, sie anzusehen. »Wohin haben sie ihn gebracht?«

»Rettet ihn! Rettet meinen Sohn«, flehte sie.

»Ich will es versuchen, aber Ihr müsst mir helfen!«

Doch Frau von Werden sackte zu Boden, ergab sich hemmungslos den Tränen. Enderlin! Er steckte dahinter. Sie musste ihren Bruder überreden, Simon freizulassen.

Jonata holte ihren Mantel und lief zum Kloster.

Energisch klopfte sie gegen die Pforte. Zwei Augen erschienen hinter einer kleinen Luke.

»Ich muss mit meinem Bruder Enderlin sprechen. Holt ihn! Ich bin Jonata von Menden.«

Die Augen blickten sie feindselig an, dann schloss sich die Luke wieder. Sie hörte, wie sich Schritte entfernten. Jonata lehnte sich an die Mauer, schnappte nach Luft. Hoffentlich konnte sie Enderlin überzeugen. Er war doch ihr Bruder. Niemals konnte er so herzlos sein. Nach einer Weile öffnete sich die Tür, und Enderlin trat heraus.

»Du!«, sagte er feindselig.

»Wo hast du Simon hingebracht?«

»Ach, deinen Drucker.« Er faltete die Hände und umrundete sie musternd. »Den mussten wir leider ins Verlies sperren.«

Die kalte Hand drückte ihr Herz zusammen.

»Er hat sich erneut der Ketzerei schuldig gemacht.«

»Was hat er getan?«

»Er hat Luthertexte gedruckt.«

»Hat er nicht!« Woher wusste Enderlin es? Simon hatte gesagt, dass er die Texte gut versteckt habe, sodass sie keiner finden würde.

»Ich weiß vieles, Schwesterchen.«

»Woher?«

»Du hast mich darauf gebracht.«

»Ich?« Was hatte sie nur gesagt? »Du musst mich missverstanden haben.«

Er lächelte fast. »Oh, ich habe dich gut verstanden, als du in einer Scheune Luthertexte vorgelesen hast.«

Jonatas Herz setzte einen Schlag aus. Enderlin war dabei gewesen? Er war ihr gefolgt? Sie hatte sich doch so oft umgeschaut, sich vergewissert, dass er nicht hinter ihr war.

»Und noch dazu hast du sie verkauft. Die Drucke kannst du nur von Simon haben.«

»Hast du einen Beweis?«

»Einen Beweis?« Er hob die Brauen. »Nein, liebste Schwester. Wir brauchen keinen Beweis, nur ein Geständnis.«

»Er hat nichts zu gestehen.«

Wieder das Zucken um seinen Mund. Wie sie das hasste.

»Zweifelst du etwa an den Fertigkeiten des Henkers?«

»Des Henkers?« Sie beugte sich vor, keuchte. Simon! Ihr Herz krampfte sich zusammen.

Enderlin trat einen Schritt zurück. »Jetzt tu doch nicht so.«

Sie wischte sich über den Mund, richtete sich auf. »Du musst ihn da rausholen, ich flehe dich an.«

Er lachte laut auf. Wann hatte sie das von ihm zuletzt gehört? Doch es war kein freundliches Lachen, sondern voller Schadenfreude und Missgunst.

»Warum sollte ich das tun? Damit du dich ihm in die Arme wirfst und Unzucht treibst?«

Wie konnte er nur so herzlos sein? »Du klagst ihn doch nur an, weil du mir schaden willst.«

»Nein«, zischte er und trat auf sie zu. »Ich verschone dich, weil du meine Schwester bist. Um Vaters willen. Eigentlich müsstest du mit im Verlies sitzen.«

»Das würde ich auch gern!«

»Wenn du einmal da unten gewesen wärest, würdest du nicht so reden! Auf Simon wartet der Tod. Das wirst du nicht verhindern. Und wenn du klug bist, gehst du nach Hause und heiratest Sebalt.«

Jonata trat zurück. »Du bist kein Diener Gottes, sondern ein Diener Satans! Du widerst mich an!«

»Irgendwann wirst du mich für die Beleidigungen um Vergebung bitten.«

»Ich muss nur einen um Gnade anflehen, und das ist der HERR. Das solltest du auch tun.« Sie spuckte Enderlin vor die Füße, drehte sich um und lief zum Kunibertsturm am nördlichen Ende der Stadt. Obwohl er nur drei Stockwerke hoch war, wirkte er groß und bedrohlich. Die Fenster waren vergittert, ein greller Schrei drang aus dem untersten. Vor der Tür standen zwei Henkersknechte. Wie konnte sie Simon retten? Sie lief auf und ab. Eigentlich gab es nur eine Möglichkeit. Schweren Herzens trottete sie nach Hause. Simon, bitte halte noch einen Tag aus.

KAPITEL 29

Die Glieder schmerzten, sein ganzer Leib zitterte, doch am schlimmsten war der Durst. Der machte ihn verrückt. In einer Nachbarzelle schrie jemand um Hilfe. Die Nacht hatte er kein Auge zugetan. Schritte ertönten, kurze Zeit später erschien ein Henkersknecht vor der Tür.

»Hier.« Er stellte einen Becher in die Zelle und warf einen Kanten Brot in das dreckige Stroh. »Wohl bekomm's.« Er lachte hämisch und verschwand.

Simon zwang sich, aufzustehen, konnte sich kaum bewegen. Wie würde es erst sein, wenn der Henker sein Werk begann? Er würde hier drin nicht lange überleben. Vielleicht war es besser, direkt zu gestehen und sich der Strafe zu stellen. Was hatte er zu erwarten? Würde man ihn köpfen, rädern oder auf dem Scheiterhaufen verbrennen?

Er kroch zum Becher und trank. Wasser. Es schmeckte widerlich! Sie hatten es sicherlich aus einem der Brunnen genommen, in deren Nähe sich ein Abtritt befand. Schon allein das konnte das Todesurteil bedeuten.

Er musste noch lange warten, bis der Henkersknecht wieder erschien.

»Komm!«

Simon erhob sich, trat heraus.

»Beeil dich!« Der Knecht stieß ihn nach vorn, sodass Simon stürzte und sich das Knie aufschlug. »Auch noch ein Trottel.« Der Knecht packte ihn am Wams und zog ihn hoch. Es ratschte, eine Naht riss. Humpelnd bewegte Simon sich vorwärts.

»Mach voran!« Wieder ein Stoß, doch diesmal war er vorbereitet, hielt sich an der Wand fest. Langsam trottete er weiter, bis der Knecht ihn in einen Raum stieß. Er fiel die zwei Stufen hinunter und landete mit der Schulter auf dem Steinboden, schrie kurz auf.

»Du sollst ihn nicht schon vorher umbringen«, raunte der Henker dem Knecht zu. Er zog Simon auf die Füße und drückte ihn an einen Pfahl. Dann knotete er ein Seil um seine Handgelenke, warf das Seil durch einen Ring an der Decke und zog daran. Ruckartig wurde Simon in die Höhe gezogen. Das Seil schnitt in seine Handgelenke, die Schulter brannte. Der Scharfrichter gab Seil nach, sodass Simon auf den Zehenspitzen stehen konnte, dann befestigte er das Seil an einer Öse am Boden.

Am Gürtel des Henkergewandes klimperten Eisenketten. Kein Gesicht, nur eine schwarze Maske, die Augen, Mund und Nase freigab. In neugierigem Halbkreis standen der Inquisitor, Enderlin, zwei Ratsherren, der Richter und der Henkersknecht.

Simons Blick hetzte durch den Raum. Der Folterstuhl mit den Stacheln aus Hartholz, die Streckbank, das Beil, mit dem man ihm die Gliedmaßen abtrennen würde, Zangen, Messer, Daumenschrauben. Die Spitze einer Eisenstange lag im Kaminfeuer, das sie blutrot gefärbt hatte. Ihm wurde übel. HERR, gib mir die Kraft, das durchzustehen.

»Simon von Werden ist Euer Name?«, fragte der Ratsherr mit dem buschigen Bart. Der Jüngere legte sein Barett auf das Schreibpult und begann zu schreiben.

»Ja.« Die Arme schmerzten jetzt schon. Wie sollte er das Verhör durchstehen?

»Was seid Ihr von Beruf?« Der Ratsherr wusste das genau.

»Drucker.«

»Herr von Werden, die Inquisition hat uns zugetragen, dass Ihr Euch zum wiederholten Male der Ketzerei schuldig gemacht habt. Was sagt Ihr dazu?«

»Nicht schuldig.«

»Habt Ihr Lutherschriften gedruckt?«

Jetzt musste er sich an das halten, was er bereits ausgesagt hatte. »Ich hatte welche gedruckt, bevor die Inquisition ihre Predigten gehalten hat. Ich habe der Ketzerei abgeschworen und die Absolution erhalten. Man hat mir auferlegt, im Büßergewand an der Fronleichnamsprozession teilzunehmen und innerhalb eines Jahres nach Rom zu pilgern. Das werde ich gern auf mich nehmen.«

»Ihr sollt ein zweites Mal Texte von Luther gedruckt haben. Was sagt Ihr dazu?«

»Das habe ich nicht.«

»Es gibt einen Zeugen. Der Dominikanermönch Enderlin

hat gesehen, wie eine Frau mit Luthertexten aus Eurer Offizin gekommen ist.«

»Er lügt.«

»Ihr bezichtigt einen Mönch der Lüge?«

»Ich habe schon erklärt, dass er einen persönlichen Groll gegen mich hegt.«

»Wieso sollte er das?«

»Seine Schwester war mehrmals in meiner Druckerei und hat ein Buch bei mir gekauft. Heiligenlegenden. Keine Ketzerschrift.«

»Warum sollte er Euch deswegen nicht wohlgesinnt sein?«

Wie sollte er das nur erklären, ohne Jonata in Gefahr zu bringen? »Er möchte nicht, dass seine Schwester liest, aber das kann nicht meine Schuld sein.«

Enderlin stand auf. »Er will sich nur rausreden!«

Simons Arme schmerzten, er tippelte zur Seite, versuchte, die Position zu verändern, doch alles, was er erreichte, war, dass sein Körper noch weiter gestreckt wurde.

»Ich frage Euch noch einmal: Habt Ihr Luthertexte gedruckt?«, fragte der Ratsherr. Simon dementierte erneut. Der Ratsherr wurde nicht müde, die Frage zu wiederholen. Er fragte ihn, ob er andere Ketzer kenne, ob er welche beherbergt habe. Das Verhör zermürbte ihn.

»Wenn Euer Gedächtnis Euch verlassen hat, wird der Henker Euch helfen, es wiederzufinden.« Der Ratsherr nickte dem Scharfrichter zu. Der trat zum Kamin, hob den Eisenstab aus dem Feuer und kam zu Simon. Er hielt ihm den glühenden Kreis, der am Ende angebracht war, unter die Augen. Simon spürte die Hitze an seinem Gesicht.

»Wenn das Eisen Eure Haut verbrennt, werdet Ihr schon die Wahrheit sagen.«

Simon schluckte, seine Lippen zitterten. Wieso? Warum hatte er das nur getan? Weshalb hatte er nicht aufgehört, die Luthertexte zu drucken? Er hätte sich doch denken können, dass es irgendwann aufflog. Er hatte sich einfach nicht vorstellen können, dass die Inquisition so weit gehen würde. »Ich sage die Wahrheit«, versuchte Simon es erneut.

Der Henker riss Wams und Leinenhemd auf. Ein Schauer lief

Simon den Rücken hinunter. HERR, hilf mir, dies durchzustehen!

Der Henker trat einen Schritt zurück, sah ihn fragend an. Als er nicht antwortete, drückte er ihm das Eisen auf die Brust. Es zischte. Simon schrie. Feuer durchfuhr seine Brust, zog durch seinen Körper, brachte ihn zum Zittern. Der Gestank verbrannten Fleisches stieg in seine Nase. Seine Beine knickten weg, er hing mit dem ganzen Gewicht nur noch an den Handgelenken. Immer wieder schob sich eine wohltuende Schwärze vor seine Augen, weit entfernte Stimmen, Feuer, Kohlen. Hitze durchflutete seine Glieder. Wurde sein Leib durch das Höllenfeuer gezerrt? So musste sich der Tod anfühlen. Seine Mutter – sie weinte, streichelte sein Gesicht, umarmte ihn. Sie wandte sich ab, schürte das Feuer im Kamin. Er wollte ihr sagen, dass es warm genug war, doch er war unfähig zu sprechen. Die Flammen loderten meterhoch, krochen durch den Raum, erfassten seine Füße und sprangen seinen Körper hoch.

Er schrie auf. Jemand schlug ihm ins Gesicht, er öffnete die Lider. Er war nicht zu Hause. Die Maske des Henkers war vor ihm. Der Schmerz in der Brust kehrte zurück wie ein Blitzschlag. Er sah an sich hinunter. Die Haut war verbrannt.

»Habt Ihr Luthertexte gedruckt?«, ertönte eine weit entfernte Stimme. Er wollte gestehen, doch alles, was seine Lippen verließ, war ein Grunzen. Der Kopf sank auf die Brust, er konnte ihn nicht mehr halten. Die Schwärze kam zurück. Bitte, fang mich ein, dachte er. Bitte, HERR, lass mich sterben.

***

Das verbrannte Fleisch roch süßlich. So musste es im Fegefeuer riechen – nach den Sünden der gottlosen Menschen. Simon von Werden schrie, als der Henker ihm zum zweiten Mal das Feuereisen an den Leib drückte. Es zischte. Von Werden hing wie ein Sack Korn an den Seilen. Als der Scharfrichter den Eisenstab sinken ließ, forderte Enderlin ihn auf, weiterzumachen.

»Dann ist er gleich tot«, raunte der Henker. Es klang fast so, als hätte er Mitleid.

»Weckt ihn auf«, befahl der Ratsherr.

Der Henker legte das Eisen zurück ins Feuer und kippte von Werden einen Eimer Wasser über den Kopf. Der schreckte auf und keuchte. Der Ratsherr begann erneut mit den Fragen. Der Drucker antwortete nicht mehr, er gab nur noch ein Wimmern von sich.

»Daumenschrauben«, befahl der Ratsherr.

»Wartet!«, sagte Enderlin. »Lasst mich mit ihm reden. Ich weiß, was ihn zu einem Geständnis bewegen wird.«

Der Ratsherr schnaubte. »Er wurde dem städtischen Gericht übergeben. Ihr habt nichts mehr zu sagen.«

»Wollt Ihr, dass er heute oder erst in ein paar Tagen gesteht?«

Der Ratsherr kratzte sich am Kinn. »Also gut. Probiert es.«

Enderlin trat zu Simon von Werden, dessen Lider flatterten und der wieder in die Ohnmacht abzudriften schien. Erst nach einigen Schlägen ins Gesicht öffnete der Ketzer die Augen. Die Tatkraft und der Lebenswille waren aus ihnen gewichen. Warum bestritt er es noch?

»Ihr wisst, wenn Ihr gesteht, seid Ihr der Ketzerei überführt, und der Richter wird das Todesurteil sprechen. Aber das Leiden hat ein Ende.«

Simon spuckte ihm ins Gesicht. »Teufel!«

Enderlin wischte sich mit dem Ärmel über Stirn und Wange. Was für ein Mistkerl. »Wenn Ihr heute nicht gesteht, werde ich Jonata anzeigen. Nicht der Ketzerei, sondern der Unzucht mit Euch.«

»Lauter«, forderte der Ratsherr. Enderlin hörte nicht darauf.

»Ihr …« Simons Körper bäumte sich auf, er versuchte, ihm eine Kopfnuss zu geben, doch er wurde von den Seilen zurückgezogen.

»Ihr habt mein Wort: Wenn Ihr gesteht, lass ich Jonata in Frieden. Wenn nicht …«

***

Seine Brust brannte, als stünde sie in Flammen. Das Seil schnitt in die Handgelenke, er hatte keine Kraft mehr, sich mit den Füßen abzustützen. Es fiel ihm schwer, den Kopf zu heben, doch er wollte Enderlin ins Gesicht sehen. Dieser durchtriebene Mönch grinste ihn an. Wie Simon diese Fratze hasste. Er wäre bereit, seine eigene Schwester zu töten. Was war er nur für ein Mensch? Simons Herz pochte, als wollte es das Leben in seinem Körper erhalten. Dabei wollte er nur noch in der Dunkelheit versinken. Bald durfte er in die schwarze Tiefe eintauchen.

»Wie kann ich mich auf Euer Wort verlassen?«, flüsterte Simon.

»Ich bin ein Mann Gottes«, hauchte Enderlin.

Könnte er dem Kerl nur an die Kehle! Doch er war kaum in der Lage, bei Besinnung zu bleiben. Immer wieder drückte sich der Schmerz in sein Bewusstsein und nahm ihm die Fähigkeit, einen klaren Gedanken zu fassen. Tod! Er sehnte sich nach ihm. Er verstand nun, wie unschuldige Menschen unter Folter alles gestanden.

»Was habt Ihr ihm ins Ohr geflüstert?«, rief der Ratsherr.

Enderlin zog sich an das Schreibpult zurück. »Stellt Eure Frage erneut an den Ketzer«, sagte Enderlin.

Der Ratsherr grummelte missmutig, fuhr jedoch fort: »Simon von Werden, habt Ihr Texte von Luther nachgedruckt?«

Simon keuchte. Was blieb ihm für eine Wahl? Wenn Enderlin Jonata wegen Unzucht anklagte, drohte ihr womöglich der Tod. Enderlin war alles zuzutrauen. Simon konnte sie nicht in Gefahr bringen. Sein Herz krampfte sich zusammen. Er hätte sie heiraten und ein glückliches Leben mit ihr verbringen sollen. Das erste Mal seit Langem wünschte er sich, Martin wäre da und würde ihn in den Arm nehmen. Sein Vater hätte auf ihn aufgepasst, ihn vor den Dummheiten bewahrt. Eigentlich hatte alles mit seinem Tod begonnen. Erst bei dem Kauf des Ablassbriefes hatte er Jonata kennengelernt, und sie hatte ihm die Lutherdrucke gebracht.

»Habt Ihr mich gehört?«, fragte der Ratsherr.

Es war an der Zeit, das zu beenden. »Ja«, keuchte er.

»Auf welche Frage habt Ihr nun geantwortet?«

Der Henker holte die Daumenschrauben. Simon schluckte trocken. Durst. Er hatte so unendlichen Durst. Ihm schwindelte, doch er durfte die Besinnung nicht verlieren. Er musste Jonata retten. »Auf beide, ich habe Luthertexte gedruckt!«, sagte er, so laut es seine Stimme noch zuließ. Dann wurde ihm schwarz vor Augen.

***

Der Beutel an ihrem Gürtel war schwer. Wieder hatte Jonata der väterlichen Schatulle Münzen entwendet. Diesmal würde sie sie nicht zurückbringen. Hoffentlich traf sie den Henker persönlich an und konnte ihn mit dem Geld locken. Vielleicht würde er auch sie ins Verlies sperren, doch sie musste es versuchen.

Den Eingang zum Verlies bewachten zwei Henkersknechte. Sie trugen Kurzschwerter an den Gürteln. Der eine überragte sie um zwei Köpfe, die Muskeln zeichneten sich unter seinem Hemd ab.

»Wo ist der Henker?«, fragte sie.

»Was geht es Euch an?«, blaffte der Kleine und kratzte sich zwischen den stämmigen Beinen. In dem Bart klebten Essensreste.

»Ich muss mit ihm sprechen.«

»Er ist nicht da.« Er verschränkte die Finger ineinander und streckte die Hände von sich weg, als stünde eine Prügelei bevor.

»Wann kommt er zurück?«

»Das geht dich nichts an«, rief der Große. »Verschwinde, Metze!«

Was sollte sie tun? Zum Haus des Henkers gehen? Doch würde sie ihn vor dem Abend dort überhaupt antreffen? So lange konnte Simon nicht warten.

»Ich weiß, wo der Henker ist.«

Ruckartig drehte sie sich um. Sebalt. Warum war er hier? »Wo ist er?«, fragte sie.

Er baute sich vor ihr auf, verschränkte die Arme und lachte. »Warum sollte ich es dir erzählen?«

Die Henkersknechte grölten. Jonata warf ihnen einen vernichtenden Blick zu und zog Sebalt am Wams zur nächsten Häuserecke. »Bitte verrate es mir!«

Er verschränkte wieder die Arme. »Was habe ich davon?«

»Ich kann dich bezahlen.«

»Pah! Seh ich aus wie ein Almosenempfänger?«

Jonata sah zu Boden. Was konnte sie ihm noch anbieten? Musste sie ihm versprechen, sein Eheweib zu werden? Alles in ihrem Körper wehrte sich dagegen. Aber wenn es Simon rettete?

»Du wirst mich nicht heiraten, stimmt's?«, fragte er mit hochgezogener Augenbraue.

Sie sah auf. Ihn an ihrer Seite, ein Leben lang? Das würde sie nicht ertragen. »Lieber würde ich sterben.«

»Meinst du das ernst?«

Wollte sie wirklich sterben? Nein, aber Sebalt würde sie nicht ehelichen! Und ohne Simon hatte das Leben keinen Sinn mehr. Simon. Eine kalte Hand umfasste ihr Herz. Sie musste endlich etwas unternehmen. »Lieber versinke ich in den Fluten des Rheins.«

Er nickte grimmig. »Ich habe verstanden.«

»Wirst du mir nun sagen, wo der Henker ist?«

»Nicht nur das. Ich werde ein gutes Wort für dich einlegen. Er ist regelmäßig Gast bei uns in der Schenke und schuldet mir noch einen Gefallen.«

Ihr Herz machte einen Satz. Gab es doch noch Hoffnung für Simon?

»Das würdest du für mich tun?«, fragte sie hoffnungsvoll.

Er grinste. Ein Gallus-Grinsen. Sie bekam eine Gänsehaut. »Für eine Gegenleistung.«

»Was meinst du damit?«

»Du weißt genau, was ich meine.« Er trat auf sie zu, presste die großen Hände auf ihre Brust und küsste sie. Sie wich zurück. Er ließ sie gewähren. »Na, ist es dir dein Liebchen wert?«

Gab es keine andere Möglichkeit? Ihr schwindelte, sie erinnerte sich an Gallus. Noch schlimmer als damals würde es sein. Sie würde ihren Körper verkaufen. Jonata schloss die Lider, sah Simon vor sich, spürte seine Berührungen, schmeckte die Küsse. Sie musste ihm helfen, egal, was es kostete. Sie sah Sebalt an. Die Knollennase schien noch größer als sonst, die Augen sahen in die Ferne und blickten sie doch lüstern an. Sein Atem roch scharf nach Wein. Ein Schauer durchfuhr ihren Leib. Sie könnte versuchen, selbst den Henker zu finden. Aber was passierte, wenn ihr das nicht rechtzeitig gelang? Was, wenn er sie nicht beachtete und ihr Geld nicht wollte? Dann war Simon verloren, verkrüppelt, womöglich tot. Nein, ihr blieb keine Wahl. Sie schluckte und nickte.

»Wusste ich es doch!« Er packte sie am Arm und zog sie mit sich.

***

Eine Stimme redete beruhigend auf ihn ein. War das seine Mutter? Alles war verschwommen, erst allmählich sah er die Flamme einer Kerze, die dunklen, feuchten Mauern und einen Mann. Er war kräftig und groß, hatte einen buschigen Bart und kurz geschorene Haare. Es war der Henker, der sich über ihn beugte. Simon zuckte zusammen. Schmerz durchfuhr seine Brust.

»Haltet still«, sagte der Henker. Mit einem Leinentuch fuhr er durch einen Tiegel und strich Salbe auf Simons Brust.

Simon schrie. Das Feuer zog bis in seinen Kopf.

»Ich werde Euch die Wunden verbinden, Ihr müsst bei der Urteilsverkündung wieder bei Sinnen sein.« Der Henker stützte ihn und band zwei Tücher um Brust und Bauch. Die Brandstellen schmerzten höllisch.

»Falls das Urteil Euer Leben verschont, war Euch der Herr gnädig. Wenn Ihr die Wunden täglich neu verbindet und mit dieser Salbe bestreicht, wird es heilen.«

»Was ist das für ein Zeug? Wer sagt mir, dass Ihr mir nicht den Wundbrand bringt?«

Der Henker murrte. »Sie besteht aus Salbei, Efeu, Kamille und Ringelblume.«

Simon glaubte nicht, dass das Gericht ihn nur zu Peitschenhieben und Verbannung verurteilen würde. Enderlin würde seinen Einfluss geltend machen. Ihm drohte der Tod, aber Jonata würde leben. Er ließ sich vom Scharfrichter aufrichten und in die Folterkammer zurückführen. Wie viel Zeit war vergangen, seitdem er ihm die Eisen in die Haut gedrückt hatte? Simon hatte jedes Zeitgefühl verloren.

»Simon von Werden, wir kommen nun zur Urteilsverkündung«, begann der Richter. Enderlin stand am Schreibpult. Grinste er? Dieser durchtriebene Mönch. Hätte er das eher gewusst, hätte er ihn aus der Stadt geschleift und ihm eigenhändig die Kehle zugedrückt. Er war eine Schande für seine Familie und für den HERRN.

»Ihr seid der Ketzerei überführt und habt Euch deren zum wiederholten Male schuldig gemacht. Das Gericht verurteilt Euch zum Tod auf dem Scheiterhaufen«, sagte der Richter.

Ein Schauer durchfuhr seinen Körper. Welche Schmerzen würde er aushalten müssen? Was war ein Brenneisen gegen die Gewalt züngelnder Flammen?

»Die Vollstreckung erfolgt morgen zur sechsten Stunde.«

So schnell war sein Leben zu Ende. Würde Jonata dort sein? Hoffentlich nicht. Und doch wünschte er sich, ihr Gesicht noch einmal zu sehen.

Der Henker packte ihn am Arm und brachte ihn zurück ins Verlies. Simon ließ sich auf das Stroh fallen. Käfer krabbelten auf seine Beine. »Eure Mühen waren umsonst«, sagte Simon.

»Glaubt nicht, dass ich Euch gern Schmerzen bereite.« Der Henker kniete sich zu ihm und zog eine kleine Phiole aus dem Umhang. »Trinkt das, bevor ich Euch hole. Es wird Euch die Schmerzen lindern.«

Simon sah ein Messer an dem Bein des Scharfrichters aufblitzen. War das seine Rettung? Nein, es würde seine Erlösung sein. Er stützte sich ab und richtete sich auf. Der Schmerz durchfuhr seinen Körper wie ein Blitz, er keuchte.

»Strengt Euch nicht zu sehr an«, sagte der Henker.

Simon umarmte ihn. »Habt Dank.« Der Henker klopfte ihm freundschaftlich auf die Schulter, wie Thomas es öfter getan hatte. Auch ihn würde er nie wiedersehen. Mit einer flinken Bewegung zog Simon das Messer aus der Scheide, ließ es hinter dem Rücken verschwinden und lehnte sich zurück, während er mit der anderen Hand die Phiole entgegennahm.

»Würdet Ihr mir einen Gefallen tun?«, fragte Simon.

»Gern.«

»Sagt meiner Mutter, was mit mir geschehen ist.«

»Sie wird es erfahren.«

»Sagt ihr, dass es mir leidtut und dass ich sie trotz allem liebe.«

Der Scharfrichter drückte ihn auf das Lager und schenkte ihm ein warmes Lächeln.

»Das werde ich.«

Der Henker stand auf und verließ die Kammer. Simon zog das Messer hervor, strich sich mit der Klinge über den Arm. Am sichersten war es, wenn er sich die Kehle aufschlitzte. Wenn er vorher die Phiole austrank, würde er nicht so viel merken. Er setzte sich auf und schloss die Augen.

»HERR, vergib mir meine Sünden und nimm dich meiner Seele an.«

***

Sebalt brachte Jonata in einen Bierzapf, sprach mit dem Wirt und zerrte sie hinauf in eine Kammer. Es roch nach Schweiß und abgestandener Luft. Eine schmale Pritsche war mit Stroh belegt, das längst hätte ausgetauscht werden müssen. Auf einem klapprigen Tisch stand eine Talgkerze. Das Fenster war so klein, dass es kaum Licht hineinließ. Er stieß sie auf das Bett, beugte sich über sie.

»Wartet!«, sagte sie. Sie wollte nicht, dass er ihre Kleidung zerriss, wie es Gallus getan hatte. Sie lockerte die Bänder an ihrem Kleid und entblößte die Brüste.

»Oh ja!« Seine Augen blitzten lüstern auf.

Sie griff unter das Kleid und zog das Untergewand aus. Sebalt nestelte an dem Knopf der Hose. Sein steifes Glied drückte von innen gegen das Leinen. Sie schluckte. Sie tat es für Simon. Sie musste ihn vor dem Tod bewahren. Dann würde sie mit ihm aus Köln fliehen, wie er es vorgeschlagen hatte. Es kam ihr vor, als läge diese Begegnung Jahre zurück. Jonata zog ihr Kleid hoch und entblößte ihre Scham. Hitze stieg ihr in den Kopf, ihr Schädel brummte. Nur einmal hatte sie sich so ausgeliefert gefühlt. In jener Nacht am Teich, als Gallus sie überwältigt hatte.

»Davon habe ich so lange geträumt.« Er ließ die Hose sinken, sein Glied stand waagerecht vom Körper ab. Er stürzte sich auf sie, saugte an den Brustwarzen und biss hinein.

»Au!«, rief Jonata.

Er packte sie an den Haaren und schlug ihren Kopf auf das Lager. »Stell dich nicht so an. Dafür, dass ich dich nicht heirate, muss es dieses Mal besonders gut werden.«

Er befingerte ihre Scham, drang mit den Fingern in sie ein, wie Gallus es schon getan hatte. Ihr wurde übel. Sie schloss die Augen und wandte den Kopf ab. »Du solltest dich mehr entspannen.« Er küsste sie, versuchte, seine Zunge in ihren Mund zu schieben, doch sie presste die Lippen aufeinander.

»Wenn ich nicht zufrieden bin, werde ich den Scharfrichter um gar nichts bitten.«

Erschrocken sah sie ihn an. »Aber wir hatten eine Abmachung.« Wofür tat sie das hier?

»Die Abmachung war, dass du mich zufriedenstellst!«

Ekel überkam sie, doch als er sie erneut küsste, schaffte sie es, die Lippen zu öffnen und ihn gewähren zu lassen. Seine Zunge war forsch, unruhig und grob, schmeckte nach bitterem Wein. Hart umfasste er ihre Brüste, knetete sie, als wären sie ein Brotteig. Sie spürte sein Glied an der Scham, zuckte zusammen.

»Na, freust du dich schon?«

Sie würde ihm heute das letzte Mal begegnen. Sie schloss die Augen und wandte den Kopf ab, doch er schob ihn zurück. »Sieh mich gefälligst an!«

Er lutschte an seinen Fingern und schob sie grob in ihre Scham. Sie keuchte. Es schmerzte. Endlich drang sein Glied in sie ein. Er stöhnte, sein Körper bäumte sich auf, seine Augen verdrehten sich. »Oh ja!« Er sah sie wieder an, zog sein Glied heraus, drang erneut in sie ein, presste die Hüfte an ihre, stieß wieder zu, bis er einen gleichmäßigen Rhythmus fand. Die eiskalte Hand drückte ihr Herz zusammen. Sie schloss die Augen, wünschte sich weit weg, wollte den Schmerz ignorieren. Wollte an Simon denken, doch es gelang ihr nicht. Würde sie ihr Herz jemals wieder öffnen können? Für Simon?

Endlich gab Sebalt ein befreiendes Stöhnen von sich und sackte über ihr zusammen, erdrückte sie fast. Sie wollte ihn von sich schieben, doch er war zu schwer. Eine Träne rann über ihr Gesicht.

»Jetzt lass uns zum Scharfrichter«, sagte sie. Ihre Stimme war kaum mehr als ein Flüstern.

Er stand auf, grinste. »Wir haben noch Zeit!«

»Ich habe meinen Teil der Abmachung erfüllt, jetzt bist du an der Reihe.«

»Nicht so schnell, meine Liebste.« Er streichelte ihre Wange. »Zieh dein Kleid aus.«

»Was?« Sie keuchte. Das konnte er doch nicht ernst meinen.

»Tu schon, was ich sage, oder willst du deinen Liebsten nicht vor dem Feuer bewahren?«

***

Enderlin ging mit Jakob Hochstraten zurück zum Kloster.

»Verrate mir, wie du ihn allein mit Worten zu einem Geständnis bewegt hast«, sagte der Prior.

Enderlin konnte ihm nicht die Wahrheit erzählen. Erpressung. Das war eine Sünde, und dafür würde er sich heute Nacht geißeln. Aber sie hatte zum erwünschten Erfolg geführt.

»Ich habe ihm gesagt, dass ich ein Auge auf seine Liebste haben werde, wenn er gesteht.« Das war zumindest die halbe Wahrheit.

»Es ist deine Schwester, richtig?«

Enderlin nickte.

»Ich hatte dich unterschätzt. Beim nächsten Inquisitionsprozess möchte ich, dass du das Verhör führst.«

Was für ein Vertrauen der Prior ihm entgegenbrachte. Enderlin war dort angekommen, wo er immer hinwollte!

»Nun beten wir für die arme Seele des Ketzers. Er wurde vom Teufel verführt, vielleicht wird der HERR seiner Seele gnädig sein«, sagte der Prior.

»Er landet in der Hölle«, entgegnete Enderlin.

»Wir müssen trotzdem unserer Christenpflicht nachgehen.«

Enderlin nickte und ging mit dem Prior in die Abteikirche, in der sich bereits die anderen Brüder versammelt hatten.

***

Ihre Scham schmerzte, als sie durch die Gassen liefen. Sie wollte sich verkriechen in einem dunklen Loch und nie wieder hervorkommen, doch sie musste Simon retten. Sie hatte Mühe, mit Sebalt Schritt zu halten.

Als sie vor seinem Haus ankamen, schwindelte ihr. Was

hatte er vor? Doch er betrat nicht sein Elternhaus, sondern die benachbarte Schenke. Sie folgte ihm. Warme Luft schlug ihr entgegen, nahm ihr fast die Besinnung. Es stank nach Männerschweiß und Bier. Ein alter Krüppel gaffte sie lüstern an.

»Er ist nicht hier«, rief Sebalt und drehte sich um. Sein Mantel streifte ihre Wange. War alles umsonst? Sie erstarrte, hatte keine Kraft mehr, sich zu bewegen.

»Komm! Wahrscheinlich ist er zurück im Kunibertsturm. Wenn dir Gott beisteht, hat dein Simon noch all seine Glieder.«

War der HERR auf ihrer Seite? Es fühlte sich nicht so an. Doch als Sebalt Simon erwähnte, kehrte Leben zurück in ihren Körper. Wenn Sebalt glaubte, der Scharfrichter würde im Turm sein, würde sie ihm dahin folgen.

Vor dem Eingang hielten noch dieselben Henkersknechte Wache.

»Holt den Henker!«, sagte Sebalt und drückte jedem eine Münze in die Hand. Sie hatte ihm den Beutel überlassen. Vermutlich würde sie keinen Schilling davon wiedersehen.

»Was wollt Ihr von ihm?«, fragte der Große.

»Es zu erklären, würde Euren Verstand übersteigen«, fauchte Sebalt und baute sich vor ihm auf. Die beiden Männer sahen sich feindselig an. Sie waren gleich groß. Wer aus einer Prügelei als Sieger hervorgehen würde, war ungewiss. Zwar hatte der Knecht ein Schwert, aber Sebalt war kräftiger.

»Hat es mit dieser Metze zu tun?« Der Kleinere zeigte auf sie. In seinen Augen spiegelte sich lüsterne Begierde. Ein Schauer lief ihr den Rücken hinunter.

»Das sollte Euch einen Dreck scheren. Und jetzt holt ihn, ansonsten steht Ihr bald selbst am Schandpfahl.«

»Pah!« Der Kleine schloss die Tür auf und verschwand im Turm. Es dauerte eine Weile, bis er mit dem Henker zurückkam. Er trug ein schwarzes Gewand und die Maske. Unwillkürlich trat Jonata einen Schritt zurück. Sie hatte ihn noch nie angesehen, hatte die Gasse gemieden, wenn sie ihn hatte kommen sehen. Aber oft war er nicht in den Straßen Kölns unterwegs.

Sebalt und der Henker umarmten sich freundschaftlich. »Habt Ihr einen Augenblick für uns?« Sebalt zeigte auf sie.

»Kommt!« Der Scharfrichter führte sie in den Turm, es ging

Stufen hinab, die Wände waren kalt, es tropfte von den Decken und stank erbärmlich. Hier irgendwo musste Simon ausharren. Ihr Herz krampfte sich zusammen.

Sie betraten eine kleine Kammer. Auf einem Tisch brannte eine Kerze, davor ein Schemel. Auf einem Regal standen mehrere Bücher. Las der Henker etwa? An der anderen Seite eine Truhe, auf der ein Schaffell lag.

»Was wollt Ihr?«

Sebalt nahm eine Münze aus dem Beutel und steckte sie ein. Die restlichen Münzen schüttete er auf den Tisch. »Meine Liebste hier.« Sebalt zog sie neben sich. »Sie will Euch um einen Gefallen bitten.«

Der Henker ließ sich auf den Schemel fallen und nahm die Maske ab. Er hatte einen buschigen Bart, seine Augen funkelten traurig im Schein der Kerze. Interessiert sah er sie an, musterte sie aber nicht lüstern wie die Knechte oder Sebalt. In seinem Ausdruck lag etwas, das sie an ihren Vater erinnerte.

»Lasst Simon von Werden frei, und ich werde mit ihm aus Köln verschwinden«, sagte sie.

»Er ist zum Tode verurteilt.«

»Nein! Bitte, lasst ihn frei«, flehte sie.

Der Henker sah auf das Geld. »Er ist nicht irgendein Gefangener. Die Inquisition will ihn brennen sehen. Morgen schon!«

»Ihr schuldet mir noch einen Gefallen«, warf Sebalt ein.

Der Henker sah ihn durchdringend an. »Ihr werdet doch nicht zum Bürgermeister gehen.«

»Natürlich nicht. Da Ihr Jonata von Menden helfen werdet, wird niemand erfahren, warum Wilbalt Fuchs beim Rädern so schnell das Bewusstsein verlor.« Sebalt zwinkerte ihr zu.

Der Scharfrichter rieb sich die Stirn, seufzte. »Ihr versteht es, einen Mann zu überreden.« Er grinste schief und wandte sich ihr zu. »Und wie wollt Ihr mit ihm aus der Stadt? Er wird sich kaum auf den Beinen halten können.«

Ihre Knie wurden weich. »Was habt Ihr mit ihm gemacht?«

»Er hat die peinliche Befragung über sich ergehen lassen müssen.«

»Oh nein!« Sie ließ sich auf der Truhe nieder. »Ist er so schwach?«

»Das wird sich zeigen.« Er stand auf. »Wenn ich mich und meine Knechte in Gefahr bringe, indem ich Euch helfe, sagt mir wenigstens, warum. Seid Ihr sein Eheweib?«

Sie schüttelte den Kopf, warf Sebalt einen Seitenblick zu. Er stand mit verschränkten Armen an die Wand gelehnt. »Noch nicht.«

Der Henker nickte, sammelte die Münzen ein und verstaute sie in seinem Beutel. Einen Gulden drückte er ihr in die Hand. »Hier. Das werdet Ihr auf der Reise brauchen.«

Jonata lächelte ihm dankbar zu, nahm Sebalt den Beutel ab, steckte die Münze hinein und band ihn an ihren Gürtel.

»Wir müssen warten, bis es dunkel wird. Ihr solltet solange hierbleiben, in den Verliesen ist es eiskalt.«

»Nein, ich möchte zu ihm.«

Er sah sie einen Moment durchdringend an und nickte. »Eure Entscheidung.«

Jonata folgte ihm durch die dunklen Gänge, bis er eine Gittertür aufschloss. Eine Ratte lief über ihre Füße, sie schreckte zurück. Jonata rieb sich die Arme. Die Kälte kroch in ihre Glieder. Es stank nach Urin und Exkrementen. Zögerlich betrat sie das Verlies. Simon lag auf der Erde, regte sich nicht. Sie kniete sich zu ihm. »Simon!«

Um seinen Leib waren zwei Verbände gebunden.

»Habt Ihr das gemacht?«, fragte sie den Henker.

»Er hat zwei Brandwunden am Körper. Ich habe sie mit Salbe versorgt, trotzdem ist er geschwächt.«

»Ich werde ihn stützen.«

»Sobald die Sonne untergeht, komme ich wieder.«

Simon schlief, schien dort wie tot zu liegen. Sie rüttelte ihn an den Schultern, doch er wachte nicht auf. Sie schlug ihn sachte auf die Wange. Zwecklos. Was war nur los? Dann fiel ihr Blick auf die kleine Phiole. Sie war leer. Was hatte er genommen? Sie schüttelte heftiger an seinen Schultern. Nein! War er tot? »Simon!«

War sie zu spät?

***

Jemand rief seinen Namen. Er hatte geträumt – von ihr. Simon wollte nicht aufwachen. Nur schemenhaft nahm er Umrisse wahr. Er war eingeschlafen, erinnerte sich an den Henker, an das Messer und die Phiole. Ob das Mittel noch gegen die Schmerzen half?

»Simon!«

Er musste noch träumen. Es war ihre Stimme.

»Wach auf!«

Er rieb sich die Augen. Sie war es wirklich. »Jonata!«, krächzte er. Oder löste die Tinktur Trugbilder aus? »Jonata?«, fragte er.

»Ja, ich bin es.« Sie streichelte seine Wange. Wie gut es sich anfühlte. Er richtete sich auf. Seine Brust schmerzte nicht mehr so wie zuvor. Das Mittel wirkte.

»Was machst du hier?«, fragte er.

»Wir werden fliehen. Wenn es dämmert, wird uns der Henker freilassen.«

»Wie hast du ihn dazu gebracht?«

Sie sah kurz zu Boden, dann lächelte sie ihn an. »Ich habe meinem Vater etwas Geld abgenommen. Er hat es nicht anders verdient. Aber deine Wunden? Wie schlimm ist es?«

Simon zeigte auf die Phiole. »Gegen die Schmerzen. Im Moment ist es auszuhalten.«

»Kannst du laufen?«

»Ich werde es versuchen.«

Jonata nahm ein viel zu großes Risiko auf sich. Wenn die Büttel sie auf der Flucht erwischten, dann war nicht nur er dem Tod geweiht.

»Jonata, noch kannst du dich retten! Wir schaffen das nicht, wir werden beide sterben. Bring dich in Sicherheit!«

Sie strich über seine Wange. »Nein, Simon von Werden! Entweder wir beide oder keiner.« Sie gab ihm einen Kuss, zaghaft mehr, aber ein Kuss voller Liebe. Er brachte das Leben zurück in seinen Körper. Wenn sie das wirklich tat, musste sie die Wahrheit kennen.

»Bevor du mit mir fliehst, musst du noch eines wissen.«

»Gar nichts muss ich wissen. Es reicht, wenn wir zusammen sind.«

Er schüttelte den Kopf. »Hör es dir an, sonst komme ich nicht mit.«

Sie seufzte. »Was kann so wichtig sein?«

»Du hast deinen Bruder verloren. Lucas.«

Sie nickte. »Müssen wir jetzt über ihn reden?«

Er lehnte sich an die Mauer. Schmerz durchfuhr seine Schulter. Würde er sich von dieser Tortur jemals wieder erholen? »Ich habe dir nie erzählt, dass ich dabei war, als er gestorben ist.«

»Du?« Unwillkürlich zuckte sie zurück und sprang auf.

***

Hatte sie richtig gehört? Simon war dabei gewesen? Wieso hatte er ihr nie davon erzählt? »Was ist passiert?«

»Ich war mit Nickell in Gottfrieds Bierschank. Wir haben zu viel getrunken, beide. Er hat mir von seiner geliebten Adelhaid erzählt.«

Sie blieb stehen, sah ihn an. »Auch Lucas' Auserwählte hieß Adelhaid.«

Simon nickte. »Es kam heraus, dass beide in dieselbe Frau verliebt waren.«

Jonata ballte die Hand zur Faust. »Und dann?«

»Als Lucas die Schenke verlassen hat, musste Nickell hinterher. Ich wollte ihn abhalten, doch er ließ sich nicht beruhigen. Sie haben sich auf der Gasse geprügelt wie zwei Jungs.«

»Nur, dass einer dabei gestorben ist«, fauchte sie.

»Nickell hat ihn gestoßen, Lucas ist rückwärts gefallen und mit dem Kopf auf einer Steintreppe aufgekommen.«

»Und ihr habt keine Hilfe geholt?«, schrie sie. Sie wollte nicht glauben, was sie hörte. Er hatte ihr das alles die ganze Zeit verschwiegen.

»Sein Körper zitterte. Ich bin zu ihm, habe seine Hand gehalten.«

»Anstatt zum Medicus zu laufen?« Jonata konnte es nicht fassen. Lucas hätte gerettet werden können.

»Das wollte ich, doch es ging alles so schnell. Ein Medicus hätte ihm nicht mehr helfen können.«

»Du hast es nicht einmal versucht!«

»Wenn es dich beruhigt: Wir haben zusammen gebetet, und er hat in den letzten Augenblicken den HERRN angerufen und ihn um Vergebung seiner Sünden angefleht.«

Sie lehnte sich an die Wand, bekam kaum Luft, als drückte ihr jemand die Kehle zu. Lucas hatte vor dem Tod seine Sünden bereut. Er war in Sicherheit, befand sich im Himmel. Das hatte sie immer wissen wollen. Wie hatte Simon ihr das verheimlichen können? Wie hatte sie für diesen Mistkerl ihre Unschuld verlieren und sich vor Gott versündigen können? Er war es nicht wert, gerettet zu werden. Er hatte sie hintergangen, sie belogen.

Sie schluchzte, Tränen rannen über ihre Wange, hinterließen eine heiße Spur wie der Pfad der Dämonen. Sie sah zur Tür. Sollte sie nach dem Henker rufen und nach Hause gehen? Simon seinem Schicksal überlassen? Welche Zukunft stand ihr bevor? Ihr Vater würde sie mit Sebalt verheiraten. Und vorher müsste sie auf dem Hinrichtungsplatz mit ansehen, wie Simon verbrannt wurde, und würde seine Schreie hören. Und sich das niemals verzeihen können. Ihretwegen war er der Ketzerei angeklagt worden. Hätte sie ihn nicht überredet, die Luthertexte nachzudrucken, wäre er nicht gefoltert worden.

Sie blickte ihn an. Im fahlen Licht sah sie seinen gequälten Gesichtsausdruck. Es schmerzte ihn selbst. Und er hatte Lucas nicht umgebracht. Es war sein Bruder gewesen. Was konnte er dafür? Sie hatte schließlich selbst einen Bruder, den sie verabscheute. Sie waren beide Verletzte in dieser Schlacht.

Simon kam zu ihr. Sie verlor sich in seinen Augen. Er streichelte ihre Wange. »Ich habe Gott um Gnade angefleht. Kannst du mir auch verzeihen?«

Sie zögerte, obwohl sich ihr Herz schon entschieden hatte.

»Nickell hat mich angefleht, dieses Geheimnis zu bewahren«, fuhr er fort.

»Du hättest es mir sagen müssen«, sagte sie.

»Ich weiß.«

»Eines will ich wissen.« Sie drückte ihn weg, er keuchte. »Hättest du Lucas noch retten können?«

Simon schüttelte den Kopf, sah zu Boden. »Er starb nach dem Gebet. Kein Medicus hätte noch etwas ausrichten können.«

Sie griff nach seinen Händen. Er hatte Lucas im letzten Moment beigestanden. War das nicht ein tröstender Gedanke?

»Kannst du mir vergeben?«, fragte er.

Wie sollte sie ihm nicht verzeihen, wenn sie auch auf die Gnade Gottes hoffte? Die brauchte sie jetzt mehr denn je. Sie hatte ihren Körper verkauft, sich selbst verraten. Sie war nur gerettet, wenn es wirklich einen HERRN der Gnade gab. »Ich verzeihe dir, wenn du auch mir vergeben kannst«, sagte sie.

»Alles, meine Liebste.«

Sie lehnte den Kopf an seinen Arm, unter Tränen brachen sich die Erlebnisse mit Sebalt Bahn. »Der Henker schuldete ihm noch einen Gefallen«, endete sie, unfähig, ihn anzuschauen.

Die ganze Zeit hatte Simon stumm zugehört, keine Regung gezeigt. Sie sah in seine Augen. Im fahlen Licht konnte sie die unterschiedlichen Farben nicht erkennen, aber sie strömten trotzdem die bekannte Wärme aus. Sie schluckte.

»Willst du mich noch?«, fragte sie. Ihr Oberkörper fühlte sich an, als klaffte dort ein großes Loch. Was würde sie tun, wenn er Nein sagte? Doch sein ausdrucksloses Gesicht verwandelte sich in ein warmherziges Lächeln.

»Meine Jonata.« Er strich über ihren Rücken und küsste sie. Sie atmete erleichtert auf und lächelte, freute sich auf ein Leben an seiner Seite.

Sie saßen nebeneinander an der Wand und hielten ihre Hände, als der Henker die Tür aufschloss. »Kommt!«, flüsterte er. Sie folgten ihm durch die Gänge. Jonata atmete tief durch, als sie ins Freie traten. Der Scharfrichter brachte sie zum Stadttor. Simon stützte sich auf sie.

»Die Wachen machen Pause.« Er öffnete die Pforte und ließ sie hinausschlüpfen. »Möge der HERR Eure Wege begleiten.«

»Habt vielen Dank!«, sagte Jonata. Sie drehte sich nicht mehr um. Sie wollte Köln vergessen und ein neues Leben beginnen. Ein Leben in Freiheit und an der Seite Simons.

»Bevor wir neue Gefahren bestreiten …«, sagte er, blieb stehen und zog sie nah an sich, »… muss ich dir noch eine Frage stellen.«

»Was kann jetzt noch wichtig sein?« Sie mussten sich so weit wie möglich von der Stadt entfernen, bevor die Sonne aufging und man ihnen nachsetzte. »Wir müssen verschwinden.« Jonata wollte ihn weiterziehen, doch er hielt sie fest.

»Auf diesen Augenblick kommt es nicht an.«

Ungeduldig sah sie ihn an. Die Wärme in seinen Augen ließ ihr Herz höherschlagen. Er lächelte, streichelte ihre Wange. Ein wohliger Schauer durchfuhr ihren Körper. Dass sie zu diesen Gefühlen noch fähig war. Sie legte den Kopf in seine Hand und schloss die Augen.

»Möchtest du meine Frau werden?«

Ihr Herz machte einen Sprung. Simon senkte den Kopf und küsste sie. Er schmeckte nach Honigkuchen und frischer Sommerbrise.

EPILOG

Die Wittenberger Stadtkirche war bis in den letzten Winkel mit Menschen gefüllt. Luther und die Ministranten betraten den Chorraum. Luther kniete sich vor den Altar und küsste ihn, drehte sich zu ihnen um und lächelte Jonata zu. Er schlug das Kreuzzeichen. »Im Namen des Vaters, des Sohnes und des Heiligen Geistes.«

Jonata hatte Luther gebeten, die Hochzeitsmesse auf Deutsch zu halten, und er hatte eingewilligt. Sie sah Simon an. Er hatte sich wieder vollständig von der Folter erholt. Er konnte sich bei dem Drucker Johannes Rhau-Grunenberg verdingen und hatte zudem Zugriff auf die Lutherdrucke. Jonata half im Verkaufsladen aus und bot die Schriften auf dem Markt feil.

Sie griff nach Simons Hand. Die Vermählung würde ihre einzigartige Verbindung vor Gott vollkommen machen. Luther predigte über Jesus und die Gnade durch seinen Tod am Kreuz. Alle Kirchenbesucher konnten nun die Worte verstehen.

»So hat Gott die Welt geliebt, dass er seinen eingeborenen Sohn auf die Erde geschickt hat. So bleibt in dieser Liebe einander treu und stärkt Euch gegenseitig im Glauben. Euch wird an nichts mangeln, wenn Ihr füreinander eine Stütze seid und auf den Beistand Gottes vertraut. Hiermit erkläre ich Euch zu Mann und Frau.«

Sie streiften die Armbänder gegenseitig über die Handgelenke. An dem ihren hing eine Metallplatte mit einem eingravierten »S«. Sie küsste die Platte, dann wandte sie sich Simon zu. Diese Augen, das eine grün, das andere braun. Vom ersten Moment an war sie von ihnen fasziniert gewesen. Vom ersten Tag an hatte sie sich zu ihm hingezogen gefühlt. Simon neigte den Kopf zu ihr. »Ich liebe dich«, flüsterte er. Dann berührten sich ihre Lippen. Ihr Herz erfüllte sich mit Wärme. Sie sah sich um, konnte Mathes Roht in der Menge ausmachen. Er winkte ihr zu. Wenn er nicht gewesen wäre, stünde sie heute nicht neben Simon.

Dichtung und Wahrheit

Über Luther ist viel überliefert. Nicht zuletzt der Buchdruck und Gutenbergs Erfindung der beweglichen Bleilettern hatte einen wesentlichen Anteil daran. Doch über vieles diskutieren die Historiker bis heute, so zum Beispiel, ob Luther die fünfundneunzig Thesen an die Schlosskirche in Wittenberg geschlagen hat. Einig sind sie sich, dass er die Thesen an seinen vorgesetzten Bischof und Kardinal Albrecht von Brandenburg gesendet hat. Da die Pforte der Schlosskirche als eine Art Schwarzes Brett für die Universität diente, ist es zumindest denkbar, dass sie dort gehangen haben. Sie waren ursprünglich auf Latein verfasst und sollten zu einer Diskussion unter Theologen führen, doch innerhalb von nur vierzehn Tagen verbreitete sich die deutsche Übersetzung im ganzen Land.

Der bekannteste Ablassprediger zu der Zeit war der Dominikanermönch Johann Tetzel. Der zog im Auftrag des Markgrafen Albrecht II. von Brandenburg durchs Land. Albrecht hatte sich zahlreiche Ämter erkauft und schuldete dem Papst eine Menge Geld, das ihm Jakob Fugger vorgestreckt hatte. Das Geld aus dem Ablassverkauf diente zum einen Teil der Tilgung des Fugger'schen Darlehens, zum anderen der Finanzierung des Baus des Petersdoms und floss auch in Tetzels eigenen Beutel. Tetzel war vornehmlich in Sachsen tätig. Es ist nicht überliefert, dass er in Köln gepredigt hat, das ist im Roman frei erfunden. Auch dass Tetzel einen unehelichen Sohn haben soll, entstammt meiner Phantasie, ist allerdings nicht abwegig. Er wurde wegen Ehebruch verurteilt, jedoch dank seiner mächtigen Freunde begnadigt. Tetzel, ein begabter Rhetoriker von stattlicher Gestalt mit imposanter Stimme, war tatsächlich der Sohn eines Goldschmieds.

Auch der Prior des Dominikanerklosters ist einer historischen Persönlichkeit nachempfunden. Jakob Hochstraten war Prior, Inquisitor und päpstlicher Richter für die Erzbistümer Köln, Mainz und Trier. 1516 wurde er vom Ordenskapitel seines Postens als Inquisitor enthoben und 1520 vom Papst erneut eingesetzt. Ich habe mir erlaubt, diesen Umstand im Roman auf das Jahr 1518 vorzuverlegen. Bereits im April 1519 ging er gegen Luther vor.

Papst Sixtus IV. hatte die Universität in Köln als Zensurbehörde für die Drucker eingesetzt. Die Vorschrift hatte nicht den erwünschten Erfolg, doch die Drucker waren unter ständiger Beobachtung und konnten nicht drucken, was ihnen beliebte. Die bedeutendste Druckerei war die »officina Quenteliana« auf dem Domhof. Sie wurde nach dem Tod des Begründers Heinrich Quentell 1501 von seinen Erben weitergeführt.

Die kleine Druckerei von Martin von Werden, der vermutlich 1517 gestorben war, lag in der Stolkengasse in der Nähe des damaligen Dominikanerklosters. Simons Familiengeschichte ist frei erfunden. Die Drucker Hermann Bongart von Kettwig und Johannes von Landes sind ebenfalls historisch bezeugt, genauso der Drucker Johannes Rhau-Grunenberg in Wittenberg.

Den Bierbrauern kam in der Zeit eine große Bedeutung zu. Da die Brunnen meist in der Nähe der Latrinen lagen, wurden die Menschen krank, wenn sie daraus tranken. Deshalb griffen sie auf Wein oder Bier zurück. Dass die Genießbarkeit des Bieres am Abkochen lag, wussten die Menschen damals nicht. Es gab Keutebier, Gruitbier (mit Gewürzen versetztes Bier) und Hopfenbier, das sich aufgrund von Geschmack, Haltbarkeit und Preis bald durchsetzte. Unterschieden wurde je nach Alkoholgehalt zwischen Dickbier und Dünnbier. Jeder Bürger trank im Durchschnitt zwei bis drei Liter Dünnbier am Tag.

Der Kunibertsturm in Köln diente damals wirklich als Gefängnis, in dem auch peinliche Verhöre durchgeführt wurden. Das Verlies, in das Simon eingesperrt wird, entstammt jedoch meiner Phantasie.

Die Kunst, mit den heutigen Worten die Welt des 16. Jahrhunderts zu beschreiben, gleicht manchmal einem Drahtseilakt. Einen Roman in der Sprache der damaligen Zeit würde heute kaum jemand verstehen, und doch sollten Worte jüngeren Datums im Text nicht auftauchen. Ein gutes Beispiel ist das Wort »Base«, das zu der damaligen Zeit die Schwester des Vaters bezeichnete, wobei man heutzutage die Cousine darunter verstehen würde. Doch ich habe mich gescheut, unser heute gebräuchliches Wort »Tante« dafür zu verwenden, da dies erst im 18. Jahrhundert aus dem Französischen entlehnt wurde.

Danksagung

Zuallererst möchte ich mich bei Ihnen, liebe Leserinnen und Leser, bedanken! Was wären wir Autorinnen und Autoren ohne Sie? Wahrscheinlich gäbe es uns nicht, denn ohne Sie wäre es sinnlos, Figuren zum Leben zu erwecken und Worte zu zusammenhängenden Geschichten zu formen. Ich hoffe, es hat Ihnen Freude bereitet, mir ins 16. Jahrhundert zu folgen.

Mein besonderer Dank gilt dem Emons Verlag, von dem ich wie auch bei meinem Kriminalroman große Unterstützung erfahren durfte. Vielen Dank für die tolle Zusammenarbeit!

Weiterhin danke ich Kathrin Lange, die mir einen entscheidenden Hinweis bei der Erstellung des Plots gegeben hat.

Als Nächstes möchte ich dem Autorenkreis »Waldstadtstifte« danken, der mir bei verschiedenen Fragen immer mit Rat zur Seite gestanden hat.

Mein besonderer Dank gilt auch meiner Testleserin Susanne Brandt. Es war so hilfreich, dass du mit deinem kritischen Auge Dinge hinterfragt hast, auf die ich nie gekommen wäre.

Ich danke auch Andreas Witteler, der mir von seiner Arbeit erzählt und mir Fragen zum Druckerhandwerk beantwortet hat.

Nicht zuletzt danke ich meiner Familie für die Unterstützung und vor allem meinem Mann, den ich in Museen und fremde Städte geschleppt habe und der mich in die Geheimnisse des Bierbrauens eingeweiht hat.

Schlussendlich möchte ich Mona danken. Ohne deine Geduld hätte ich diesen Roman nicht vollenden können.